HEYNE ‹

AF204738

ANNA TODD

AFTER
truth

Roman

Band 2

Aus dem Amerikanischen
von Corinna Vierkant und Julia Walther

WILHELM HEYNE VERLAG
MÜNCHEN

Die Originalausgabe
After We Collided *(The After Series, Band 2)*
erschien bei Gallery Books,
a division of Simon & Schuster, Inc., New York.

Verlagsgruppe Random House FSC® N001967

Erweiterte deutsche Taschenbuchausgabe 10/2020
Copyright © 2014 by Anna Todd
Published by arrangement with Bookcase Literary Agency.
Copyright © 2020 der deutschsprachigen Ausgabe
by Wilhelm Heyne Verlag, München,
in der Verlagsgruppe Random House GmbH,
Neumarkter Str. 28, 81673 München
Redaktion: Catherine Beck, Anita Hirtreiter, Anne Tente
Brief der Autorin und Kapitel Tessa am Ende des Romans
übersetzt von Nicole Hölsken
Printed in Germany
Umschlaggestaltung: Zero Werbeagentur, München
Umschlagabbildung: © Constantin Film Verleih GmbH;
Cover Art by © Voltage Pictures
Satz: Leingärtner, Nabburg
Druck und Bindung: GGP Media GmbH, Pößneck
ISBN: 978-3-453-50409-7

www.heyne.de

Für alle Leserinnen und Leser
mit viel, viel Liebe und Dankbarkeit

Prolog

Hardin

Ich spüre weder den eisigen Asphalt unter meinen Knien, noch den Schnee, der mich bedeckt. Ich spüre nur das Loch in meiner Brust. Hilflos knie ich auf dem Parkplatz und sehe zu, wie Zed mit Tessa davonfährt.

Nie hätte ich das gedacht – nicht einmal in meinen absurdesten Träumen hätte ich mir vorstellen können, dass ich mal so einen Schmerz empfinden würde, diesen brennenden Schmerz, jemanden zu verlieren. Noch nie hatte ich jemanden richtig gern, hatte nie jemanden, der nur mir gehört, mein ganzes Leben nicht. Noch nie wollte ich jemanden so sehr haben. Die Panik – diese verdammte Scheißpanik, sie zu verlieren – war so nicht geplant. Nichts von dem hier war irgendwie geplant. Es sollte ganz easy laufen: Sex haben, mein Geld kassieren und Zed zum Loser machen. Ein ganz klares Ding. Nur dass es eben so nicht gelaufen ist. Stattdessen hat sich diese blonde Frau mit den zu langen Röcken, die wie besessen To-do-Listen schreibt, in mein Herz geschlichen, bis ich irgendwann so rettungslos verliebt war, dass ich es selbst nicht fassen konnte. Wie sehr ich sie liebe, wurde mir erst klar, als ich kotzend über einem Waschbecken hing, nachdem ich meinen kranken Freunden den Beweis für ihr erstes Mal gezeigt hatte.

Ich habe es gehasst, jede einzelne beschissene Sekunde ... aber trotzdem nicht damit aufgehört.

Die Wette habe ich zwar gewonnen aber dabei das Einzige verloren, was mich je glücklich gemacht hat. Außerdem habe ich das wenige Gute in mir, das wenige, das ich doch erst durch sie entdeckt habe, auch noch verloren. Während die Schneeflocken langsam meine Klamotten durchnässen, würde ich am liebsten meinem Vater, dem Säufer, die Schuld geben, weil er seine Sucht an mich weitervererbt hat. Oder meiner Mutter, weil sie zu lange bei ihm geblieben ist und mit ihm einen so abgefuckten Sohn produziert hat. Ich will Tessa die Schuld dafür geben, dass wir überhaupt je miteinander gesprochen haben. Verdammt, am liebsten würde ich die ganze Welt dafür verantwortlich machen.

Aber das kann ich nicht. Ich bin schuld, ganz allein. Ich habe sie fertiggemacht und das zerstört, was zwischen uns war.

Ich will alles tun, um meinen Fehler wiedergutzumachen.

Wo geht sie jetzt hin? Werde ich sie dort finden?

1

Tessa

»Das lief über einen Monat«, schluchze ich, nachdem Zed mir erklärt hat, wie es zu dieser Wette gekommen war. Mir ist kotzübel. Ich schließe die Augen, um mich zu beruhigen.

»Ich weiß. Er kam dauernd mit neuen Ausreden an, wollte mehr Zeit und dafür eben weniger Geld. Es war echt seltsam. Wir dachten alle, es ging ihm nur darum zu gewinnen – als ob er uns was beweisen wollte –, aber jetzt kapier ich's.« Zed hält inne und sieht mich aufmerksam an. »Er hat über nichts anderes mehr geredet. Und dann, an dem Tag, als ich dich ins Kino eingeladen habe, ist er völlig ausgetickt. Nachdem er dich nach Hause gebracht hatte, ist er ausgerastet und meinte, ich soll gefälligst meine Finger von dir lassen, dich nicht treffen. Aber ich habe bloß gelacht, weil ich dachte, er ist besoffen.«

»Hat er … hat er dir vom Fluss erzählt? Und von … den anderen Sachen?« Ich halte den Atem an. Zeds mitleidiger Blick beantwortet meine Frage. »O Gott.« Ich verberge das Gesicht in den Händen.

»Er hat uns alles erzählt … wirklich *alles* …«, sagt Zed leise.

Schweigend schalte ich mein Handy aus. Seit ich die Bar verlassen habe, versucht er es pausenlos bei mir. Er hat kein Recht mehr dazu, mich anzurufen.

»In welchem Wohnheim bist du jetzt?«, fragt Zed. Erst da fällt mir auf, dass wir schon fast an der Uni sind.

»Ich wohne nicht mehr auf dem Campus. Hardin und ich …«
Ich kann kaum den Satz beenden. »Er hat mich überredet, dass wir
zusammenziehen. Ist nicht länger als eine Woche her.«

»Er hat was?« Zed schnappt nach Luft.

»Doch. Er ist so jenseits von … er ist völlig …« Mir fällt kein
passendes Wort für seine Grausamkeit ein.

»Ich hätte nie gedacht, dass er so weit geht. Ich war davon ausgegangen, sobald wir die … du weißt schon … den Beweis gesehen
haben, wird er wieder normal und hat jede Nacht eine andere. Doch
dann ist er einfach abgetaucht. Hat sich kaum noch bei uns blicken
lassen, außer neulich abends. Da kam er auf einmal zu den Docks
und wollte Jace und mich überreden, dir nichts von der Sache zu
erzählen. Er hat Jace sogar einen Haufen Kohle dafür geboten, dass
er die Klappe hält.«

»Kohle?« Schlimmer konnte es nicht mehr werden. Das Innere
von Zeds Truck scheint mit jeder neuen abartigen Enthüllung kleiner zu werden.

»Ja. Jace hat natürlich bloß gelacht und Hardin versprochen, dass
er nix sagen wird.«

»Du nicht?«, frage ich, weil mir Hardins blutige Knöchel und
Zeds übel zugerichtetes Gesicht wieder einfallen.

»Nicht wirklich … Ich hab zu ihm gesagt, wenn er es dir nicht
bald erzählt, dann tu ich's für ihn. Das hat ihm nicht gefallen, wie
man sieht.« Er zeigt auf seine Nase. »Wenn's dich irgendwie tröstet,
ich glaube wirklich, dass ihm was an dir liegt.«

»Tut es nicht. Und selbst wenn, ist das völlig egal.« Ich lehne den
Kopf an die Fensterscheibe.

Hardins Freunde wissen von jedem Kuss und jeder Berührung,
jeder Augenblick wurde vor ihnen ausgebreitet. Meine intimsten Erlebnisse. *Alle* meine intimen Erlebnisse gehören gar nicht mehr mir
allein.

»Möchtest du mit zu mir kommen? Also, nicht dass du was Falsches denkst. Aber ich hab eine Couch, auf der du übernachten kannst, bis du … bis alles geklärt ist«, bietet er mir an.

»Nein. Nein, vielen Dank. Aber darf ich kurz dein Handy benutzen? Ich muss Landon anrufen.«

Zed nickt zum Smartphone auf der Mittelkonsole, und kurz frage ich mich, wie anders alles wäre, wenn ich Zed nach dem Bonfire keine Abfuhr erteilt hätte. Dann hätte ich all diese Fehler nie gemacht.

Landon geht nach dem zweiten Klingeln ran, und wie erwartet bietet er mir an, bei ihnen zu übernachten. Obwohl ich ihm gar nicht erzählt habe, was passiert ist. Landon hilft einfach gerne. Ich gebe Zed die Adresse. Während der Fahrt quer durch die Stadt redet er wenig.

»Hardin macht mir garantiert die Hölle heiß, weil ich dich nicht in eure Wohnung gebracht habe«, meint er schließlich.

»Ich würde mich ja dafür entschuldigen, dich da mit reingezogen zu haben … aber das habt ihr Jungs euch selbst eingebrockt«, erwidere ich. Zed tut mir schon irgendwie leid, denn er hatte bestimmt nicht so miese Absichten wie Hardin, aber ich bin noch viel zu verletzt, um über so etwas überhaupt nachzudenken.

»Ich weiß. Wenn du irgendwas brauchst, ruf mich an«, sagt er, und ich nicke, bevor ich aus dem Auto steige.

Mein Atem bildet Dampfwolken in der eisigen Luft, doch ich spüre die Kälte gar nicht. Ich spüre überhaupt nichts.

Landon ist mein einziger Freund, nur wohnt er leider im Haus von Hardins Vater. Ironie des Schicksals.

»Das ist ja ein Wetter!«, meint Landon und scheucht mich ins Haus. »Wo hast du denn deinen Mantel?«, fragt er halb vorwurfsvoll, halb im Scherz. Dann zuckt er zusammen, als das Licht im Flur auf mein Gesicht fällt. »Was ist passiert? Was hat er getan?«

Während mein Blick den Raum absucht, hoffe ich, dass Ken und

Karen nicht auch hier unten sind. »Ist es so offensichtlich?« Ich versuche, meine Tränen wegzuwischen.

Als Landon mich in seine Arme nimmt, habe ich keine Kraft mehr zu heulen, weder körperlich noch emotional. Diesen Punkt habe ich längst überschritten.

Landon holt mir ein Glas Wasser und sagt: »Geh am besten gleich hoch in dein Zimmer.«

Es gelingt mir zu lächeln. Oben angekommen führt mich irgendein perverser Instinkt direkt zu Hardins Tür. Als mir das bewusst wird, flammt der Schmerz wieder auf und droht mich zu überwältigen. Schnell drehe ich mich weg. Während ich die Tür gegenüber öffne, kommen die Erinnerungen an jene Nacht zurück, als ich Hardin nachts im Schlaf schreien hörte, und sie brennen wie verrückt. Unbehaglich sitze ich nun in »meinem Zimmer« auf dem Bett und weiß nicht, was ich als Nächstes tun soll.

Einige Minuten später taucht Landon auf und setzt sich neben mich – nahe genug, um mir zu zeigen, dass er für mich da ist, aber trotzdem mit genügend Abstand, um nicht aufdringlich zu sein.

»Möchtest du darüber reden?«, fragt er.

Ich nicke. Als ich die ganze Geschichte noch einmal erzähle, schmerzt es fast noch mehr als in dem Moment, in dem ich davon erfahren habe. Trotzdem fühlt es sich fast befreiend an, Landon die Wahrheit zu sagen. Und es tröstet mich sogar etwas, dass wenigstens *ein* Mensch nicht darüber Bescheid wusste, wie ich die ganze Zeit gedemütigt wurde.

Landon hört mir wie gelähmt zu, und ich habe keine Ahnung, was er denkt. Was hält er jetzt von seinem Stiefbruder? Von mir? Aber als ich fertig bin, springt er sofort wütend auf.

»Ich fass es nicht! Was ist bloß los mit ihm, verdammt! Gerade dachte ich noch, dass er langsam fast … vernünftig wird … und dann bringt er *so was!* Das ist doch krank! Und dass er ausgerechnet dir das antut. Warum zerstört er das Einzige, was er hat?«

Kaum hat er seinen Satz beendet, hält er abrupt inne.

Da höre ich es auch: Eilige Schritte auf der Treppe. Nein, nicht nur Schritte: schwere Boots, die die Holzstufen hinaufpoltern.

»Er kommt hoch«, sagen wir beide gleichzeitig, und für den Bruchteil einer Sekunde überlege ich tatsächlich, mich im Kleiderschrank zu verstecken.

Landon blickt mich ernst an und sieht plötzlich sehr erwachsen aus. »Willst du ihn sehen?«

Heftig schüttele ich den Kopf. Gerade als Landon die Tür schließen will, schneidet Hardins Stimme wie ein Messer durch mich.

»*Tessa!*«

Landon hat die Hand nach der Klinke ausgestreckt, als Hardin schon hereinstürmt, direkt an ihm vorbei. Er bleibt in der Mitte des Zimmers stehen. Ich stehe vom Bett auf. Landon ist einen Moment lang fassungslos, er ist so etwas bestimmt nicht gewöhnt.

»Tessa, Gott sei Dank. Gott sei Dank bist du hier.« Seufzend fährt Hardin sich durch die Haare.

Bei seinem Anblick brennt es in meiner Brust, sodass ich mich schnell zur Wand drehe.

»Tessa, Baby. Hör mir zu. Bitte, hör mir einfach …«

Stumm drehe ich mich um und mache einige Schritte auf ihn zu. Hoffnung blitzt in seinen Augen auf, und er streckt die Hand nach mir aus, aber als ich wortlos an ihm vorbeigehe, sehe ich, wie die Hoffnung erlischt.

Gut so.

»Rede mit mir«, bettelt er.

Doch ich schüttele den Kopf und stelle mich neben Landon. »Nein. Ich werde nie wieder mit dir reden!«

»Das meinst du nicht so …« Hardin kommt näher.

»Lass mich in Ruhe!«, schreie ich, als er nach meinem Arm greift.

Sofort tritt Landon zwischen uns und packt seinen Stiefbruder an der Schulter. »Hardin, du solltest jetzt gehen.«

Die Muskeln in Hardins Kiefer zucken, während sein Blick zwischen uns hin und her wandert. »Landon, verpiss dich«, warnt er ihn.

Doch Landon weicht nicht vor ihm zurück. Ich kenne Hardin gut genug, um zu wissen, dass er sich gerade überlegt, ob er Landon vor meinen Augen eine reinhauen soll.

Offensichtlich entscheidet er sich dagegen, denn er holt tief Luft und sagt beherrscht: »Bitte ... lass uns kurz allein.«

Landon sieht das Flehen in meinen Augen und erwidert: »Sie will aber nicht mit dir reden.«

»Du erzählst mir nicht, was sie will, verdammt!«, brüllt Hardin und schlägt mit der Faust so heftig gegen die Wand, dass die Gipsplatte knackt.

Erschrocken zucke ich zusammen und fange wieder an zu weinen. *Nicht jetzt, bitte nicht jetzt,* bete ich stumm vor mich hin, während ich versuche, meine Gefühle unter Kontrolle zu kriegen.

»Hardin, hau ab!«, brüllt Landon. In dem Moment tauchen Ken und Karen in der Tür auf.

O nein. Ich hätte nicht hierherkommen dürfen.

»Was, zum Teufel, ist hier los?«, fragt Ken.

Niemand antwortet. Karen betrachtet mich voller Mitgefühl, während Ken seine Worte wiederholt.

Hardin starrt seinen Vater an. »Ich will mit Tessa reden, und Landon soll sich gefälligst um seinen eigenen Scheiß kümmern!«

Ken sieht zuerst Landon und dann mich an. »Hardin, was hast du getan?« Sein Tonfall ist nicht länger besorgt, sondern ... *wütend?* So genau kann ich es nicht sagen.

»Nichts! Verdammt!« Hardin hebt abwehrend die Arme.

»Von wegen nichts. Er hat alles kaputt gemacht, und jetzt weiß Tessa nicht, wo sie hin soll«, erklärt Landon.

Ich möchte gerne auch etwas sagen, ich weiß nur nicht, was.

»Sie weiß sehr wohl, wo sie hin kann. Sie kann nach Hause kommen, wo sie hingehört ... zu mir«, widerspricht Hardin.

»Hardin hat die ganze Zeit nur mit Tessa gespielt – er hat ihr etwas Grausames angetan!«, platzt Landon heraus, worauf Karen erschrocken Luft holt und zu mir kommt.

Ich fühle mich plötzlich so klein. Noch nie habe ich mich so nackt und klein gefühlt. Ken und Karen sollten nicht davon erfahren … aber wahrscheinlich macht das jetzt auch keinen großen Unterschied mehr, weil sie mich nach heute Abend sicher nicht mehr wiedersehen wollen.

»Möchtest du denn mit zu ihm?«, will Ken von mir wissen und unterbricht meine Gedankenspirale.

Verwirrt schüttele ich den Kopf.

»Aber ich werde nicht ohne dich gehen«, fährt Hardin mich an. Als er einen Schritt auf mich zu macht, zucke ich zurück.

»Hardin, ich glaube, du gehst jetzt besser«, erklärt Ken. Damit habe ich nicht gerechnet.

»Wie bitte?« Hardins Gesicht hat inzwischen eine tiefrote Farbe angenommen, so wütend ist er. »Du kannst froh sein, dass ich dein Haus überhaupt betrete – und dann wagst du es, mich rauszuschmeißen?«

»Mein Sohn, ich bin sehr froh darüber, wie sich unsere Beziehung in letzter Zeit entwickelt hat, aber heute Abend musst du leider gehen.«

»Bullshit! Ist *sie* dir jetzt wichtiger als ich?«

Ken wendet sich zuerst mir, dann wieder seinem Sohn zu. »Was auch immer du ihr angetan hast, ich hoffe, es war wert, das einzig Gute zu verspielen, was du hattest.« Er senkt den Kopf.

Ich weiß nicht, ob es der Schock über Kens Worte ist, oder ob er einfach den Punkt erreicht hat, an dem seine ganze Wut in sich zusammenfällt, jedenfalls steht Hardin nur da, sieht mich kurz an und verlässt dann tatsächlich das Zimmer. Stumm lauschen wir seinen regelmäßigen Schritten auf der Treppe.

Als das Knallen der Eingangstür durch das nun stille Haus dröhnt, wende ich mich schluchzend an Ken: »Es tut mir so leid. Ich gehe jetzt. Ich wollte das alles nicht.«

»Nein, Tessa, bleib bitte hier, so lange du magst. Du bist immer bei uns willkommen«, versichert er mir. Karen und er nehmen mich in den Arm.

»Ich will eure Beziehung nicht zerstören.« Ich fühle mich schlecht, weil Ken wegen mir seinen Sohn rausgeworfen hat.

Karen greift nach meiner Hand und drückt sie sanft, während Ken mich müde ansieht. »Tessa, ich liebe Hardin, aber wir wissen doch beide, dass wir ohne dich gar keine Beziehung hätten.«

2

Tessa

Ich blieb so lange wie möglich unter der Dusche und ließ das Wasser an mir hinabfließen. Ich wollte mich reinigen, mich irgendwie beruhigen. Doch die heiße Dusche entspannte mich nicht. Ich weiß wirklich nicht, was diesen Schmerz in meinem Innern lindern könnte. Er fühlt sich grenzenlos an. Endgültig. Wie ein Organismus, der sich in mir eingenistet hat, aber gleichzeitig auch wie ein Loch, das immer größer wird.

»Das mit der kaputten Wand tut mir wirklich leid. Ich würde den Schaden bezahlen, aber das will Ken nicht«, sage ich zu Landon, während ich meine nassen Haare bürste.

»Mach dir keine Gedanken deswegen. Du hast ganz andere Sorgen.« Tröstend streichelt er mir über den Rücken.

»Ich begreife einfach nicht, was passiert ist. Wie konnte es so weit kommen?« Ich starre ins Leere, weil ich meinem besten Freund nicht in die Augen sehen kann. »Vor drei Monaten ergab alles noch Sinn. Ich hatte Noah, der mir so etwas niemals antun würde. Meine Mutter und ich waren uns nah. Und ich wusste genau, wie mein Leben ablaufen würde. Jetzt habe ich gar nichts mehr. Ich habe nichts. Gar nichts. Ich weiß nicht mal, ob ich noch zur Arbeit gehen soll, denn entweder wird Hardin dort aufkreuzen, oder er überredet Christian Vance, mich zu feuern, einfach nur, weil ihm danach ist.«

Ich nehme das Kissen vom Bett und vergrabe die Finger in den weichen Daunen. »Er hat nichts zu verlieren, ich schon. Ich habe zugelassen, dass er mir alles nimmt. Früher war mein Leben einfach, geregelt und klar. Jetzt … nach ihm, nach der Wahrheit … ist alles … ganz anders.«

Landon sieht mich mit großen Augen an. »Tessa, du darfst dein Praktikum nicht sausen lassen! Er hat dir schon zu viel weggenommen. Nicht auch noch das, bitte«, fleht er mich an. »Das Gute an dem Leben nach ihm, das ist doch gerade, dass du machen kannst, was immer du willst. Du kannst noch mal ganz neu anfangen.«

Ich weiß, dass er recht hat, aber so einfach ist es nicht. Inzwischen ist alles in meinem Leben mit Hardin verbunden, selbst die Farbe meines verdammten Autos. Irgendwie wurde er zum Faden, der alle Teile in meinem Leben zusammenhielt. Ohne ihn stehe ich vor einem Trümmerhaufen.

Als ich schließlich nachgebe und halbherzig nicke, sagt Landon: »Jetzt ruh dich erst mal aus.« Dann umarmt er mich zum Abschied.

»Glaubst du, er hört jemals wieder auf?«, frage ich.

An der Tür dreht er sich um. »Wer?«

Meine Stimme ist nur noch ein Flüstern. »Dieser Schmerz.«

»Ich weiß es nicht … aber ich glaube schon. Die Zeit heilt … die *meisten* Wunden«, antwortet er mit einem tröstenden Gesichtsausdruck, halb Lächeln, halb Stirnrunzeln.

Ich weiß nicht, ob die Zeit es heilen wird oder nicht. Aber eins weiß ich: falls nicht, werde ich es nicht überleben.

Etwas ungeschickt, aber auf seine typisch höfliche Art scheucht Landon mich am nächsten Morgen rechtzeitig aus dem Bett, damit ich auf jeden Fall zur Arbeit gehe. Ich schreibe noch eine Nachricht an Ken und Karen, um mich zu bedanken und mich noch einmal für den Riss zu entschuldigen, den Hardin in ihrer Wand hinterlassen hat. Landon ist ziemlich schweigsam, schaut mich aber während der

Fahrt zu meinem Wagen, der immer noch bei der Bar steht, in der ich gestern die grausame Wahrheit erfuhr, immer wieder aufmunternd an und versucht, mir ein paar Tipps mit auf den Weg zu geben, damit ich durchhalte.

Als wir auf den Parkplatz einbiegen, kommen die Erinnerungen wieder hoch: Hardin auf den Knien im Schnee. Zed, wie er mich über die Wette aufklärt. Schnell schließe ich mein Auto auf und steige ein, um der kalten Luft zu entkommen. Als ich im Rückspiegel mein Gesicht sehe, zucke ich erschrocken zusammen: Dunkle Ringe unter meinen immer noch geröteten Augen, die geschwollenen Tränensäcke vervollständigen den Horrorfilm-Look. Ich brauche definitiv mehr Make-up, als ich dachte.

Bei Walmart, dem einzigen Laden in der Nähe, der um diese Zeit schon geöffnet hat, kaufe ich alles Nötige, um meine Gefühle zu überschminken. Allerdings habe ich weder die Kraft noch die Energie, mir wirklich Mühe mit meinem Aussehen zu geben. Ich bin mir nicht sicher, ob ich jetzt wirklich besser aussehe.

Und es stimmt: Bei Vance Publishing bleibt Kimberly die Luft weg, als sie mich sieht. Zwar ringe ich mir ein Lächeln ab, aber sie springt trotzdem von ihrem Schreibtischstuhl auf.

»Tessa, Liebes, ist alles in Ordnung?«, erkundigt sie sich besorgt.

»Sehe ich so schlimm aus?«

»Nein, natürlich nicht«, lügt sie. »Du wirkst nur so …«

»Erschöpft. Ich weiß. Die Abschlussprüfungen haben mich echt geschafft«, erkläre ich.

Sie nickt verständnisvoll, doch als ich den Flur entlang zu meinem Büro gehe, spüre ich bei jedem Schritt ihren Blick im Rücken. Der Tag zieht sich endlos in die Länge, bis am späten Vormittag plötzlich Mr. Vance an meine Tür klopft.

»Hallo Tessa«, begrüßt er mich freundlich.

»Hallo«, erwidere ich mühsam.

»Ich wollte nur mal kurz reinschauen und Sie wissen lassen, wie beeindruckt ich von Ihrer Arbeit bisher bin.« Er lacht verschmitzt. »Sie machen Ihren Job besser und gründlicher als so manche meiner *echten* Angestellten.«

»Vielen Dank, das bedeutet mir sehr viel«, antworte ich. Die Stimme in meinem Kopf erinnert mich aber sofort daran, dass ich dieses Praktikum nur Hardin verdanke.

»Deshalb würde ich Sie gerne zur Seattle-Konferenz kommendes Wochenende einladen. Oft sind diese Veranstaltungen ziemlich langweilig, aber diesmal geht es um digitales Publizieren, um ›die Zukunft des Buches‹ und diesen ganzen Kram. Sie werden viele Leute kennenlernen und bestimmt das eine oder andere erfahren. In einigen Monaten will ich eine Zweigstelle in Seattle aufmachen, auch darum wird es in einigen Meetings gehen.« Er lacht. »Also, was sagen Sie? Der Verlag übernimmt sämtliche Kosten, Freitagnachmittag geht es los. Hardin ist natürlich ebenfalls herzlich eingeladen. Nicht zur Konferenz, aber nach Seattle«, erklärt er und zwinkert mir zu.

Wenn er wüsste!

»Natürlich komme ich da gerne mit! Und ich weiß die Einladung sehr zu schätzen.« Ich bin begeistert und erleichtert, dass mir endlich wieder etwas Gutes passiert.

»Wunderbar! Kimberly soll mit Ihnen die Einzelheiten besprechen und Ihnen erklären, wie das mit der Reisekostenabrechnung funktioniert …« Er redet noch eine Weile weiter, aber meine Gedanken schweifen ab.

Die Aussicht, an dieser Konferenz teilzunehmen, lindert den Schmerz ein wenig. Ich werde weiter weg von Hardin sein, aber gleichzeitig denke ich bei Seattle auch daran, dass Hardin mit mir dorthin fahren wollte. Er hat wirklich jeden Teil meines Lebens vergiftet, und noch dazu ganz Washington. Auf einmal scheint mein Büro zu schrumpfen, und ich ringe nach Luft.

»Alles in Ordnung mit Ihnen?«, erkundigt sich Mr. Vance besorgt.

»Äh, ja. Ich bin nur … ich habe heute noch nichts gegessen und letzte Nacht nicht so gut geschlafen«, antworte ich.

»Na, dann gehen Sie doch lieber nach Hause. Was Sie da gerade bearbeiten, können Sie auch zu Hause fertig machen.«

»Es ist schon –«

»Nein, fahren Sie nach Hause. Im Verlagswesen geht es nicht um Leben und Tod. Wir kommen schon ohne Sie klar«, versichert er mir und verlässt mit einem freundlichen Winken mein Büro.

Ich packe meine Sachen zusammen, werfe auf der Toilette einen letzten Blick in den Spiegel – ja, immer noch ziemlich übel – und will gerade im Aufzug verschwinden, als Kimberly meinen Namen ruft.

»Gehst du?«, erkundigt sie sich, und ich nicke. »Na, dann pass bloß auf. Hardin hat schlechte Laune.«

»Was? Woher weißt du das?«

»Weil er mich gerade runtergemacht hat, als ich ihn nicht zu dir durchstellen wollte.« Sie lächelt. »Auch bei seinem zehnten Anruf nicht. Ich hab mir gedacht, wenn du mit ihm reden wolltest, hättest du das sicher schon auf dem Handy getan.«

»Danke dir.« Ich bin wirklich froh, dass sie so aufmerksam ist. Hardins Stimme am Telefon hätte die qualvolle Leere in mir nur vergrößert.

Ich schaffe es gerade noch zu meinem Auto, bevor ich wieder zusammenbreche. Wenn ich mit meinen Gedanken und Erinnerungen alleine bin, ohne Ablenkung, wird der Schmerz noch heftiger. Und natürlich auch, wenn ich die fünfzehn verpassten Anrufe von Hardin auf meinem Handy sehe und den Hinweis, dass ich zehn neue Nachrichten bekommen habe, die ich alle nicht lesen werde.

Nachdem ich mich so weit zusammengerissen habe, dass ich fahren kann, tue ich das, wovor mir schon die ganze Zeit graut: Ich rufe meine Mutter an.

Sie nimmt nach dem ersten Klingeln ab. »Hallo?«

»Mom«, schluchze ich. Das Wort fühlt sich komisch an in meinem Mund, aber ich brauche jetzt ihren Trost.

»Was hat er getan?«

Dass alle ähnlich reagieren, zeigt mir, wie klar es jedem um mich herum war, dass Hardin gefährlich ist, nur ich war blind.

»Ich … er …« Ich kriege keinen Satz zustande. »Kann ich nach Hause kommen, nur für heute? Jetzt?«

»Natürlich, Tessa. Dann bis in zwei Stunden«, sagt sie und legt auf.

Besser als befürchtet, aber nicht so herzlich, wie ich gehofft hatte. Ich wünschte, sie wäre mehr wie Karen, liebevoll und nachsichtig gegenüber den Schwächen anderer. Ich wünschte, sie wäre ein bisschen sanfter, wenigstens manchmal. Dann hätte ich das tröstliche Gefühl, eine Mutter zu haben, und zwar eine liebende, eine, die mir Mut macht.

Als ich den Highway erreiche, schalte ich das Telefon aus, bevor ich etwas Dummes tun kann, zum Beispiel Hardins Nachrichten zu lesen.

3

Tessa

Die Fahrt nach Hause ist vertraut und einfach, sodass ich mich nicht groß konzentrieren muss. Ich zwinge mich, meinen Schmerz herauszuschreien – im wahrsten Sinne des Wortes, denn ich brülle so laut, wie ich kann, bis mein Hals wund ist. Es fällt mir schwerer, als ich gedacht hätte, vor allem weil mir eigentlich nicht nach Schreien zumute ist. Lieber würde ich weinen und mich verkriechen. Ich würde alles dafür geben, die Zeit noch einmal bis zum ersten Tag am College zurückzudrehen. Dann würde ich den Rat meiner Mutter befolgen und das Zimmer tauschen. Dabei hat meine Mutter ja befürchtet, dass *Steph* einen schlechten Einfluss auf mich haben würde. Wenn wir doch nur geahnt hätten, dass der seltsame Typ mit den Locken das Problem sein würde. Dass er alles in mir auf den Kopf stellen, mich in winzige Stücke reißen und sie dann in alle Himmelsrichtungen und unter die Füße seiner Freunde verstreuen würde.

Die ganze Zeit über war ich nur zwei Stunden von ihr entfernt, aber nach allem, was passiert ist, kommt es mir viel weiter vor. Seit Semesterbeginn bin ich kein einziges Mal zu Hause gewesen. Hätte ich mich nicht von Noah getrennt, wäre das sicher anders gewesen. Als ich an seinem Haus vorbeifahre, zwinge ich mich, nach vorn auf die Straße zu blicken.

Ich parke in unserer Einfahrt und steige aus. Als ich vor der Haustür stehe, weiß ich plötzlich nicht, ob ich anklopfen soll. Einerseits fühlt es sich komisch an, aber irgendwie ist mir auch nicht wohl dabei, einfach hineinzugehen. Wie kann sich in den paar Wochen so viel verändert haben?

Schließlich öffne ich dann doch die Tür. Meine Mutter steht perfekt geschminkt neben der braunen Ledercouch, in Kleid und High Heels. Alles sieht aus wie immer: sauber und sehr ordentlich. Der einzige Unterschied zu vorher ist, dass mir die Räume kleiner vorkommen, vielleicht durch die Besuche bei Ken und Karen. Aber auch wenn das Haus meiner Mutter von außen klein und nicht besonders schön wirkt, ist es auf jeden Fall hübsch eingerichtet. Meine Mutter wollte das Chaos ihrer Ehe immer mit schönen Farben, Blumen und Sauberkeit kaschieren. Selbst nachdem mein Vater uns verlassen hatte, hielt sie an dieser Dekostrategie fest, vermutlich weil sie schon so daran gewöhnt war. Im Haus ist es warm, und der vertraute Zimtgeruch steigt mir in die Nase. Meine Mutter war nämlich schon immer verrückt nach Duftkerzen, sodass in fast jedem Raum eine steht. Noch an der Haustür ziehe ich die Schuhe aus, weil ich weiß, dass sie keinen Schneematsch auf ihren gebohnerten Holzdielen mag.

»Hallo Theresa, möchtest du einen Kaffee?« Sie umarmt mich zur Begrüßung.

Meine Kaffeesucht habe ich von ihr geerbt. Ich muss über diese Gemeinsamkeit lächeln. »Ja, bitte.«

Ich folge ihr in die Küche und setze mich an den kleinen Tisch, unschlüssig, wo ich beginnen soll.

»Also, willst du mir erzählen, was passiert ist?«, fragt sie ganz direkt.

Ich hole tief Luft und trinke einen Schluck Kaffee, bevor ich antworte. »Hardin und ich haben uns getrennt.«

Sie lässt sich nichts anmerken. »Warum?«

»Weil sich herausgestellt hat, dass er nicht der ist, für den ich ihn gehalten habe.« Um mich von meinem inneren Schmerz abzulenken und mich auf die Reaktion meiner Mutter vorzubereiten, umfasse ich den kochend heißen Becher.

»Und für wen hast du ihn gehalten?«

»Für jemanden, der mich liebt.« Ich weiß selbst nicht genau, was ich darüber hinaus für ein Bild von Hardin hatte, als Mensch, als Einzelperson.

»Und das glaubst du jetzt nicht mehr?«

»Nein, ich weiß, dass es nicht stimmt.«

»Was macht dich da so sicher?«, fragt sie kühl.

»Weil ich ihm vertraut habe und er mich verraten hat, auf ziemlich grausame Weise.« Die Details lasse ich aus, denn irgendwie will ich immer noch nicht, dass sie schlecht von Hardin denkt, will ihn vor ihrem Urteil schützen. Wie dumm von mir, wo er das für mich ganz sicher nicht täte!

»Meinst du nicht, du hättest dir das überlegen sollen, bevor du mit ihm zusammenziehst?«

»Ja, ich weiß. Sag mir ruhig, wie bekloppt ich bin. Sag mir, dass du mich gewarnt hast.«

»Ich habe dich gewarnt. Immer wieder habe ich dich vor Typen wie ihm gewarnt. Von Männern wie ihm und deinem Vater hält man sich besser fern. Ich bin bloß froh, dass es vorbei ist, bevor es richtig angefangen hat. Jeder macht mal einen Fehler, Tessa.« Sie nimmt einen Schluck Kaffee und hinterlässt dabei einen rosafarbenen Lippenstiftabdruck am Tassenrand. »Ich bin sicher, er wird dir verzeihen.«

»Wer?«

»Noah natürlich.«

Warum kapiert sie das nicht? Ich will einfach nur mit ihr reden, von ihr getröstet werden. Stattdessen drängt sie mich zu Noah zurück. *Das kann doch nicht ihr Ernst sein.* »Nur weil es mit Hardin nicht funktioniert hat, bedeutet das noch lange nicht, dass ich wieder was mit Noah anfangen werde!«

»Warum denn nicht? Tessa, du solltest dankbar sein, dass er bereit ist, dir noch eine Chance zu geben.«

»Was? Warum kannst du nicht damit aufhören? Ich will im Moment mit niemandem zusammen sein, schon gar nicht mit Noah.« Ich stehe auf. Ich weiß vor Wut gar nicht, wohin mit mir.

»Wie meinst du das, schon gar nicht mit Noah? Wie kannst du so etwas sagen? Von klein auf war er immer anständig zu dir.«

Seufzend setze ich mich wieder hin. »Mutter, ich weiß. Und ich mag Noah auch unheimlich gern. Aber nicht so.«

»Du weißt doch gar nicht, wovon du sprichst.« Sie steht auf und schüttet ihren Kaffee in den Ausguss. »Es geht nicht immer um Liebe, Tessa. Es geht um Verlässlichkeit und Sicherheit.«

»Ich bin aber erst achtzehn.« Ich kann doch nicht mit jemandem zusammen sein, den ich nicht liebe, nur weil ich mich auf ihn verlassen kann. Ich will mir selbst Stabilität und Sicherheit geben. Ich möchte einen Mann lieben und von ihm geliebt werden.

»Fast neunzehn. Und wenn du jetzt nicht aufpasst, will dich bald keiner mehr haben. Jetzt geh und bring dein Make-up in Ordnung, Noah wird jeden Moment hier sein«, sagt sie und verlässt die Küche.

Ich hätte wissen müssen, dass es sinnlos ist, bei ihr Trost zu suchen. Da wäre es besser gewesen, im Auto zu schlafen.

Wie angekündigt, steht fünf Minuten später Noah vor der Tür. Ich habe mir nicht die Mühe gemacht, mich neu zu schminken. Als er die kleine Küche betritt, fühle ich mich noch mieser als zuvor. Dass das überhaupt geht.

Er lächelt sein herzliches, perfektes Lächeln. »Hey.«

»Hey Noah.«

Ich stehe auf, um ihn zu umarmen. Er fühlt sich warm an, und sein Sweatshirt riecht so gut, genau wie ich es in Erinnerung habe.

»Deine Mom hat mich angerufen«, sagt er.

»Ich weiß.« Ich versuche zu lächeln. »Es tut mir echt leid, dass sie dich da immer wieder mit reinzieht. Ich weiß nicht, was ihr Problem ist.«

»Ich schon. Sie will, dass du glücklich bist«, verteidigt er sie.

»Noah …«, warne ich.

»Sie weiß nur leider nicht, was dich wirklich glücklich macht. Sie will unbedingt, dass ich es bin. Und das ist ja nicht der Fall.« Er zuckt leicht mit den Schultern.

»Es tut mir leid.«

»Tess, hör auf, dich zu entschuldigen. Ich wollte wirklich nur sehen, wie's dir geht«, versichert er mir und umarmt mich noch einmal.

»Nicht gut«, gebe ich zu.

»Das sehe ich. Willst du darüber reden?«

»Ich weiß nicht … bist du sicher?« Ich darf ihm nicht wieder wehtun, indem ich über den Mann spreche, wegen dem ich ihn verlassen habe.

»Ja, bin ich.« Er schenkt sich ein Glas Wasser ein und setzt sich mir gegenüber an den Tisch.

»Na gut …« Ich erzähle ihm so ziemlich alles mit Ausnahme der Sexdetails, denn die sind privat.

Wobei … das sind sie ja nicht wirklich. Aber für mich schon. Ich kann immer noch nicht fassen, dass Hardin seinen Freunden alles erzählt hat … das ist das Schlimmste daran. Schlimmer, als ihnen die Bettlaken zu zeigen. Wie kann er zu mir sagen, dass er mich liebt, nachdem wir miteinander geschlafen haben, und sich dann genau darüber mit allen anderen lustig machen?

»Ich wusste, dass er dir wehtun würde. Ich hatte nur keine Ahnung, wie sehr.« Ich spüre, wie wütend Noah ist. Es ist seltsam, ihn so zu sehen, weil er normalerweise immer so ruhig und zurückhaltend ist. »Du bist zu gut für ihn, Tessa. Er ist der letzte Dreck.«

»Wie konnte ich nur so bescheuert sein?! Ich habe *alles* für ihn aufgegeben. Aber das Allerschlimmste ist, jemanden zu lieben, der einen nicht liebt.«

Noah dreht sein Glas zwischen den Händen hin und her. »Mir brauchst du das nicht erzählen«, sagt er leise.

Am liebsten würde ich mich schlagen. Wie kann ich so etwas zu ihm sagen? Ich öffne den Mund, aber noch bevor ich mich entschuldigen kann, unterbricht er mich.

»Schon okay.« Er streicht mit dem Daumen über meine Hand.

Wie sehr ich mir wünsche, ich würde Noah lieben. Mit ihm wäre ich so viel glücklicher, und er würde mir nie so etwas antun wie Hardin.

Dann erzählt mir Noah, was alles zu Hause passiert ist, seit ich weggezogen bin. Es ist nicht viel. Aber er wird zum Studieren nach San Francisco gehen statt an die WCU, wofür ich dankbar bin. Dass wir uns getrennt haben, hat immerhin auch eine positive Seite: Er brauchte einen Anstoß, Washington zu verlassen, und nun hat er ihn. Er erzählt mir, was er über die Uni herausgefunden hat, und als er schließlich aufbricht, ist es draußen bereits dunkel. Mir wird bewusst, dass meine Mom während seines ganzen Besuchs in ihrem Zimmer geblieben ist.

Nachdem wir uns verabschiedet haben, gehe ich nach hinten in den Garten hinaus und zum Gewächshaus hinüber, wo ich den Großteil meiner Kindheit verbracht habe. Ich betrachte mein Spiegelbild in der Scheibe. Dann spähe ich hinein. Sämtliche Pflanzen und Blumen sind verwelkt, und es herrscht ein ziemliches Chaos, was ja gerade ziemlich gut zur Situation passt.

Ich muss so viel tun, so vieles für mich klären. Ich muss mir eine neue Bleibe suchen und irgendwie meine Sachen aus Hardins Wohnung holen. Am liebsten würde ich einfach alles dalassen, aber das geht nicht. Ich habe sonst nur noch die Klamotten, die hier bei meiner Mutter sind, und vor allem brauche ich meine Bücher fürs Studium.

Ich hole mein Handy aus der Tasche und schalte es ein. Innerhalb von Sekunden ist die Inbox voll, und das Voicemail-Symbol leuchtet auf. Die Nachrichten auf der Mailbox ignoriere ich, aber ich scrolle kurz durch die Absenderliste der Texte. Bis auf einen sind alle von Hardin.

Kimberly hat mir geschrieben: Christian lässt ausrichten, dass du morgen zu Hause bleiben sollst. Um 12 Uhr gehen sowieso alle, weil der Boden im ersten Stock neu eingelassen wird, also bleib zu Hause. Lass mich wissen, falls du was brauchst.

Ich bin erleichtert, dass ich morgen frei habe. Ich liebe meinen Job, aber vielleicht sollte ich versuchen, die Uni zu wechseln oder sogar Washington State verlassen. Der Campus ist nicht groß genug, um Hardin und allen seinen Freunden aus dem Weg zu gehen, und ich will nicht pausenlos an das erinnert werden, was ich mit Hardin hatte. Beziehungsweise, was ich dachte zu haben.

Als ich schließlich ins Haus zurückkehre, sind meine Hände und mein Gesicht ganz taub vor Kälte. Meine Mutter sitzt in der Küche und blättert in einer Zeitschrift.

»Kann ich heute Nacht hierbleiben?«, frage ich.

Sie blickt kurz auf. »Ja. Und morgen schauen wir, wie wir dir einen neuen Platz im Wohnheim besorgen können.« Dann wendet sie sich wieder ihrer Zeitschrift zu.

Da ich annehme, dass von ihr heute Abend nichts mehr kommt, gehe ich hinauf in mein altes Zimmer, in dem noch alles genauso ist, wie ich es zurückgelassen habe. Sie hat nicht das Geringste verändert. Ich mache mir nicht die Mühe, mein Make-up zu entfernen. Obwohl es mir schwerfällt, zwinge ich mich zu schlafen und träume von meinem alten schönen Leben. Dem Leben vor Hardin.

Mitten in der Nacht klingelt mein Handy. Ich gehe nicht ran, aber ich frage mich, ob Hardin überhaupt noch schläft.

Bevor meine Mutter am nächsten Morgen zur Arbeit geht, sagt sie nur, dass sie am College anrufen und dafür sorgen wird, dass ich wieder ins Wohnheim zurück kann, aber in ein anderes Gebäude als das alte. Auch ich mache mich auf den Weg. Eigentlich will ich zum Campus, beschließe dann aber spontan, zuerst zu unserer Wohnung zu fahren. Bevor ich es mir anders überlegen kann, nehme ich die entsprechende Ausfahrt.

Zweimal lasse ich den Blick über den Parkplatz vor dem Apartmentblock schweifen, bis ich ganz sicher bin, dass Hardins Auto nicht da ist. Dann gehe ich schnell über den verschneiten Platz zur Eingangstür. Bis ich das Foyer erreiche, sind meine Jeans bereits durchweicht, und mir ist eiskalt. Ich versuche, an alles zu denken, bloß nicht an Hardin, aber es klappt nicht.

Er muss mich sehr hassen, sonst hätte er nicht Stück für Stück erst mein Leben zerstört und mich dann auch noch in eine Wohnung gelockt, die so weit weg von allen meinen Freunden ist. Bestimmt ist er gerade ziemlich stolz auf sich, weil er mir so wehgetan hat.

Während ich mit zitternden Händen versuche, die Wohnungstür aufzuschließen, erfasst mich plötzlich die Panik wie eine Welle und zwingt mich fast in die Knie.

Wann hört das auf? Oder wird wenigstens besser?

Drinnen steuere ich zielstrebig aufs Schlafzimmer zu, wo ich meine Taschen aus dem Schrank zerre und achtlos meine Klamotten hineinstopfe. Mein Blick wandert kurz zum Nachttisch hinüber, wo in einem kleinen Rahmen das Foto von Hardin und mir bei Kens Hochzeit steht. Unsere lächelnden Gesichter sehen mich an.

Nur blöd, dass nichts davon echt war. Ich beuge mich übers Bett, schnappe mir das Bild und werfe es auf den Steinfußboden, wo das Glas in tausend Stücke zerspringt. Dann laufe ich ums Bett herum und reiße das Foto in so viele kleine Fetzen, wie ich nur kann. Erst als ich keine Luft mehr bekomme, merke ich, wie heftig ich schluchze.

Eilig stapele ich meine Bücher in einen leeren Karton und aus irgendeinem Instinkt heraus packe ich noch Hardins Ausgabe von *Sturmhöhe* dazu. Er wird sie nicht vermissen und, ganz ehrlich, nach dem, was er mir genommen hat, steht sie mir zu.

Weil sich mein Hals so wund anfühlt, gehe ich in die Küche und hole ein Glas Wasser. Damit setze ich mich an den Tisch und erlaube mir, ein paar Minuten lang so zu tun, als wäre nichts passiert. Als müsste ich nicht allein die Zukunft bewältigen. Als würde Hardin bald von der Vorlesung nach Hause kommen, mich anlächeln und mir sagen, dass er mich liebt und wie sehr er mich den Tag über vermisst hat. Dann würde er mich hochheben, auf die Arbeitsplatte setzen und mich liebevoll und leidenschaftlich küssen –

Das Klicken des Türschlosses reißt mich aus meinem armseligen Traum. Hardin kommt herein, und ich springe erschrocken auf. Er bemerkt mich nicht, weil er den Blick nach hinten über die Schulter gerichtet hat.

Auf eine braunhaarige Frau in einem Sweaterkleid.

»Also das ist –« Abrupt bricht er ab, als er meine Taschen auf dem Fußboden entdeckt.

Wie versteinert stehe ich da, während er sich suchend im Raum umschaut. Als er mich sieht, reißt er erschrocken die Augen auf.

»Tess?«, fragt er, als wäre ich ein Geist.

Tessa

Ich sehe furchtbar aus: ausgeleierte Jeans und Sweatshirt, verschmiertes Make-up und völlig zerzauste Haare. Mein Blick fällt auf die Frau hinter ihm. Die glänzenden braunen Locken fallen ihr in weichen Wellen über die Schultern. Sie ist dezent, aber perfekt geschminkt, wobei sie eine jener Frauen ist, die das eigentlich gar nicht nötig hätten. War ja klar.

Es ist so unglaublich demütigend, dass ich am liebsten im Erdboden versinken würde, wo mich dieses schöne Mädchen nicht sehen kann.

»Tessa, was machst du hier?«, fragt er mich, während ich mich nach meinen Taschen bücke.

Hardin scheint sich wieder an seine Begleitung zu erinnern und fragt seine Neue: »Würdest du uns kurz alleine lassen?«

Sie schaut mich an, dann nickt sie und zieht sich in den Hausflur zurück.

»Ich kann nicht fassen, dass du hier bist.« Er kommt in die Küche und zieht seine Jacke aus. Dabei rutscht sein weißes T-Shirt ein Stück hoch, und die gebräunte Haut seines Oberkörpers wird sichtbar. Die knorrigen Äste des kahlen Baumes auf seinem Bauch reizen mich. Wecken in mir den Wunsch, sie anzufassen. Von allen seinen Tattoos liebe ich dieses am meisten. Erst jetzt erkenne ich die Parallelen zwischen ihm und dem Baum. Beide gefühllos. Beide einsam. Wenigstens besteht beim Baum die Hoffnung, dass er noch mal blüht. Bei Hardin nicht.

»Ich ... ich wollte gerade gehen«, nuschele ich. Er sieht so perfekt aus, so wunderschön. So ein wunderschönes Desaster.

»Bitte, lass es mich erklären.« Ich sehe, dass die dunklen Ringe unter seinen Augen noch tiefer sind als meine.

»Nein.« Wieder greife ich nach meinen Taschen, aber er nimmt sie mir weg und lässt sie zurück auf den Boden fallen.

»Zwei Minuten, Tess. Mehr verlange ich gar nicht.«

Zwei Minuten hier mit Hardin sind zu lang, aber ich brauche diesen Abschluss, damit ich weitermachen kann. Seufzend setze ich mich und versuche ihn mit ausdrucksloser Miene anzuschauen und mir nicht anmerken zu lassen, wie es mir wirklich geht. Hardin ist sichtlich überrascht, setzt sich aber schnell mir gegenüber hin.

»Du hast dir also schon was Neues zugelegt«, sage ich leise und deute mit dem Kinn Richtung Tür.

»Was?« Zuerst wirkt Hardin verwirrt, doch dann fällt ihm die Frau wieder ein. »Wir kennen uns von der Arbeit. Unten wartet ihr Mann mit dem Baby. Sie suchen eine neue Wohnung, deshalb wollte sie unsere ... na ja, sehen, wie unsere geschnitten ist.«

»Du ziehst aus?«

»Nein, wenn du bleibst, nicht, aber ohne dich hierzubleiben ist sinnlos. Ich checke nur die verschiedenen Möglichkeiten ab.«

Einerseits bin ich ein wenig erleichtert, aber dann wird mir schnell bewusst: Nur weil er mit der Frau draußen keinen Sex hat, heißt das noch lange nicht, dass er nicht demnächst eine andere hat. Ich ignoriere den Stich, den es mir versetzt, wenn Hardin übers Ausziehen redet, obwohl ich dann ja gar nicht hier sein werde.

»Glaubst du etwa, ich würde jemanden hierher bringen, in unser Apartment? Es ist gerade mal zwei Tage her – denkst du so von mir?«

Der hat Nerven, ausgerechnet er. »Ja! Natürlich ... mittlerweile schon!«

Als ich dazu auch noch heftig nicke, sehe ich den Schmerz über sein Gesicht huschen. Einen Augenblick später seufzt er niedergeschlagen. »Wo warst du letzte Nacht? Ich bin zu meinem Vater gefahren, aber du warst nicht dort.«

»Bei meiner Mutter.«

»Oh.« Er betrachtet seine Hände. »Habt ihr euch wieder versöhnt?«

Ich sehe ihm direkt in die Augen. Wie kann er jetzt einfach so mit mir über meine Familie sprechen? »Das geht dich nichts mehr an.«

Er will die Hand nach mir ausstrecken, hält dann aber inne. »Tessa, ich vermisse dich so sehr.«

Wieder bleibt mir die Luft weg, aber ich weiß schließlich, wie gut er die Dinge verdrehen kann. »Schon klar.«

Obwohl ein Sturm durch meine Gefühle tobt, will ich auf keinen Fall vor ihm die Fassung verlieren.

»Doch, wirklich. Tessa, ich weiß, ich hab's echt versaut – aber ich liebe dich. Ich brauche dich.«

»Ach, Hardin, hör doch auf. Spar dir die Zeit und die Mühe. Mich kannst du nicht verarschen, nicht mehr. Du hast bekommen, was du wolltest, warum lässt du's nicht einfach gut sein?«

»Weil ich es nicht kann.« Er will nach meiner Hand greifen, aber ich ziehe sie zurück. »Ich liebe dich. Du musst mir die Chance geben, es wiedergutzumachen. Tessa, ich brauche dich. Ich brauche dich so sehr. Und du brauchst mich auch –«

»Nein, ich brauche dich nicht. Mir ging es gut, bevor du aufgekreuzt bist.«

»Gut ist nicht *glücklich*.«

»*Glücklich*?«, werfe ich ihm hin. »Und was bin ich jetzt? Bin ich jetzt etwa glücklich?« Wie kann er es wagen, zu behaupten, er würde mich glücklich machen?

34

Auch wenn er mich wirklich glücklich gemacht hat. So glücklich. Früher.

»Du kannst doch nicht ernsthaft behaupten, dass du mir nicht glaubst, dass ich dich liebe.«

»Ich weiß, dass du's nicht tust. Für dich war das alles ein Spiel. Während ich mich in dich verliebt habe, hast du mich bloß benutzt.«

Tränen steigen ihm in die Augen. »Lass mich dir beweisen, dass ich dich liebe, bitte. Tessa, ich werde alles dafür tun. Alles.«

»Du hast mir schon genug bewiesen. Ich höre mir dein Gerede nur an, damit ich endlich weitermachen kann.«

»Ich will aber nicht, dass du weitermachst.«

Ich schnaube genervt. »Hier geht es nicht darum, was *du* willst! Sondern wie sehr *du mich verletzt hast*.«

Seine Stimme ist leise und klingt brüchig. »Du hast versprochen, mich nie zu verlassen.«

Wenn er so ist, traue ich mir nicht. Ich hasse es, wie viel Macht sein Schmerz über mich hat, wie irrational ich dann werde. »Ich sagte, ich verlasse dich nicht, solange du mir keinen Grund dafür gibst. Aber das hast du!«

Jetzt ergibt es natürlich erst recht einen Sinn, dass er immer solche Angst hatte, ich könnte gehen. Ich dachte, es läge an seiner Paranoia, nicht gut genug für mich zu sein, aber da lag ich falsch. Und wie. Er wusste, dass ich abhauen würde, wenn ich es herausfände. Genau das sollte ich jetzt auch tun. Immer wieder habe ich ihn in Schutz genommen wegen der Dinge, die er als Kind durchgemacht hat, aber vielleicht hat er mich auch darüber angelogen. Vielleicht war alles eine Lüge.

»Hardin, ich kann das nicht mehr. Ich habe dir vertraut. Ich habe dir mit jeder Faser meines Körpers vertraut. Ich habe mich auf dich verlassen, ich habe dich geliebt, und du hast mich die ganze Zeit nur benutzt. Ahnst du eigentlich, wie sich das anfühlt? Dass sich alle um mich herum über mich lustig gemacht und hinter meinem Rücken über mich gelacht haben? Auch du, die Person, der ich am meisten vertraut habe.«

»Ich weiß, Tessa, ich weiß. Ich kann dir gar nicht sagen, wie leid es mir tut. Ich hab keinen verdammten Schimmer, was mit mir los war, als ich diese Scheißwette angeleiert habe. Ich dachte, es wäre einfach …« Seine Hände zittern, als er mich anfleht: »Ich dachte, wir hätten Sex und fertig. Aber du warst so dickköpfig, so du selbst und so … faszinierend, dass ich auf einmal ständig an dich denken musste. Ich saß in meinem Zimmer und habe darüber nachgedacht, wie ich dich treffen kann, und sei es nur, um wieder mit dir zu streiten. Nach der Sache am Fluss war mir klar, dass es nicht mehr nur um eine Wette ging, aber ich konnte es mir nicht eingestehen. Ich habe mit mir gekämpft, aber ich hatte auch Angst um mein Image – ich weiß, das ist echt krank, aber ich will ehrlich sein. Und als ich den anderen davon erzählt habe, was wir gemacht haben, da habe ich gelogen … Das konnte ich dir nicht antun, nicht mal am Anfang. Ich habe mir einfach Sachen ausgedacht, und sie haben mir das abgenommen.«

Eine Träne rinnt mir über die Wange, und er streckt die Hand aus, um sie wegzuwischen. Leider weiche ich nicht schnell genug aus. Seine Berührung brennt auf meiner Haut, und ich muss mich unendlich zusammenreißen, mich nicht an seine Handfläche zu schmiegen.

»Ich hasse es, dich so zu sehen«, murmelt er. Verzweifelt versuche ich, die Tränen zurückzuhalten. Stumm höre ich zu, während er fortfährt. »Ich schwöre dir, ja, ich habe Nate und Logan vom Fluss erzählt, aber als ich damit anfing, merkte ich, wie ätzend es war, wie eifersüchtig es mich machte, dass sie wissen, was ich mit dir getan habe … wie es sich für dich angefühlt hat. Also habe ich behauptet, du hättest mir … na ja, ich hab mir halt irgendeinen Scheiß ausgedacht.«

Ich weiß, es macht die Sache nicht wirklich besser, dass er sie angelogen hat. Nicht wirklich. Aber aus irgendeinem Grund bin ich trotzdem erleichtert, dass Hardin und ich die Einzigen sind, die genau wissen, was wir getan haben und die wahren Details kennen.

Aber das reicht nicht. Außerdem, wer sagt mir, dass er jetzt gerade nicht auch lügt? Woher soll ich das wissen? Und doch will ich ihm schon wieder glauben. *Was ist bloß los mit mir, verdammt?*

»Selbst wenn ich dir glauben würde, kann ich dir trotzdem nicht verzeihen«, sage ich. Ich blinzele die Tränen weg, während er das Gesicht in den Händen vergräbt.

»Liebst du mich denn nicht?«

»Doch, das tue ich«, gebe ich zu. Mein Geständnis legt sich schwer auf uns. Hardin lässt die Hände sinken und sieht mich auf eine Art an, die mich meine Offenheit bereuen lässt. Aber es stimmt. Ich liebe ihn. Ich liebe ihn zu sehr.

»Warum kannst du mir dann nicht verzeihen?«

»Weil es unverzeihlich ist. Du hast nicht bloß gelogen, du warst der erste Mann, mit dem ich geschlafen habe, du wusstest das, und du hast es wegen einer Wette getan – und dann den Leuten das Blut auf dem Laken gezeigt. Wie kann man so etwas verzeihen?«

Seine grünen Augen blicken mich verzweifelt an. »Ich habe mit dir geschlafen, weil ich dich liebe!«, sagt er. Als ich bloß heftig den Kopf schüttele, fährt er fort: »Ich weiß nicht mehr, wer ich ohne dich bin.«

Nun muss ich den Blick abwenden. »Das mit uns hätte sowieso nicht geklappt, das wissen wir doch beide«, sage ich, um mich etwas aufzubauen. Es ist schwer, ihm gegenüberzusitzen und ihn leiden zu sehen, aber gleichzeitig finde ich es nur gerecht, und sein Schmerz lässt meinen etwas kleiner werden … zumindest ein bisschen.

»Warum sollte es nicht klappen? Es lief doch gut mit uns –«

»Hardin, alles, was wir hatten, war auf einer Lüge aufgebaut.« Und da ich mich durch seine Qual plötzlich selbstbewusster fühle, füge ich hinzu: »Außerdem, schau uns doch an, dich und mich.« Ich meine es nicht wirklich so, und es ist, als würde dabei etwas in mir zerbrechen. Doch wie er mich bei diesem Satz ansieht, erinnert mich daran, dass er es verdient hat. Er hat sich immer Gedanken gemacht, wie wir zusammen wirken, dass ich zu gut für ihn bin. Und nun habe ich ihm genau das reingewürgt.

»Geht es jetzt um Noah? Du hast ihn getroffen, stimmt's?«, will Hardin wissen. Dass er so dreist ist, macht mich fassungslos. Tränen schimmern in seinen Augen, und ich muss mich daran erinnern, dass er uns das angetan hat. Er hat alles zerstört.

»Ja, ich habe ihn gesehen, aber das hat mit uns nichts zu tun. Genau das ist dein Problem – du machst mit den Menschen, was, verdammt noch mal, du willst, du verschwendest keinen einzigen Gedanken an die Folgen und erwartest, dass alle das dann einfach so hinnehmen!«, schreie ich und stehe auf.

»Nein, Tessa, das tue ich *nicht!*«, brüllt er. Ich verdrehe die Augen. Da hält er inne, steht ebenfalls auf und sieht aus dem Fenster. »Na gut, vielleicht tue ich es. Aber du bist mir wirklich wichtig.«

»Tja, das hättest du dir besser mal überlegen sollen, bevor du mit deiner Eroberung angegeben hast«, erwidere ich, jetzt wieder ruhig.

»Mit meiner Eroberung? Verdammt, ist das dein Ernst? Du bist keine meiner Eroberungen – du bedeutest mir alles! Du bist mein Atem, mein Schmerz, mein Herz, mein Leben!« Er kommt einen Schritt auf mich zu. Das Traurige ist, dass das die berührendsten Worte sind, die Hardin je zu mir gesagt hat, aber er schreit sie mir ins Gesicht.

»Tja, dafür ist es jetzt ein bisschen zu spät!«, schreie ich zurück. »Du glaubst, du kannst einfach –«

Völlig unerwartet legt er plötzlich eine Hand in meinen Nacken, zieht mich an sich und drückt seine Lippen fest auf meinen Mund. Die Wärme ist so vertraut, dass ich beinahe auf die Knie sinke. Bevor mein Gehirn richtig registriert, was passiert, bewegt sich meine Zunge schon im Takt mit seiner. Als er erleichtert stöhnt, versuche ich, ihn wegzuschieben. Er packt jedoch mit der freien Hand meine Handgelenke und zieht sie an seine Brust, hält sie dort, während er mich weiter küsst. Obwohl ich nach wie vor versuche, mich aus seinem Griff zu befreien, bleiben meine Lippen auf den seinen. Rückwärts gehend zieht er mich mit, bis er die Arbeitsplatte erreicht und sich anlehnt. All das Leid, all der Schmerz in meinem Innern lösen sich langsam auf, und meine Hände wehren sich nicht mehr gegen seine. Was wir hier tun, ist falsch, aber es fühlt sich so richtig an.

Trotzdem falsch.

Ich gehe einen Schritt zurück, und als Hardin versucht, unseren Kuss fortzusetzen, drehe ich den Kopf weg. »Nein«, sage ich.

Sein Blick wird ganz weich. »Bitte …«, fleht er.

»Nein, Hardin. Ich muss jetzt gehen.«

Da erst lässt er meine Handgelenke los. »Wohin denn?«

»Ich … ich weiß es noch nicht. Meine Mutter versucht, mir wieder ein Zimmer auf dem Campus zu besorgen.«

»Nein … nein …« Er schüttelt den Kopf, und seine Stimme zittert. »Du wohnst doch hier. Geh nicht zurück.« Er fährt sich mit den Fingern durch die Haare. »Wenn jemand gehen sollte, dann ich. Bitte bleib hier, damit ich weiß, wo du bist.«

»Du brauchst nicht zu wissen, wo ich bin.«

»Bleib«, wiederholt er.

Wenn ich ehrlich zu mir bin, würde ich tatsächlich am liebsten bei ihm bleiben. Ich will ihm sagen, dass ich ihn mehr liebe als die Luft zum Atmen, aber das kann ich nicht. Ich kann da nicht wieder reingezogen werden. Ich will keine von den Frauen sein, die alles mit sich machen lassen.

Also nehme ich endlich meine Taschen und sage das Einzige, was ihn davon abhalten wird, mir zu folgen. »Noah und meine Mutter warten auf mich. Ich muss los.« Mit dieser Lüge gehe ich hinaus.

Er folgt mir nicht, und auch ich erlaube mir nicht, zurückzublicken und noch einmal seinen Schmerz zu sehen.

5

Tessa

Anders als ich dachte, muss ich nicht weinen, als ich schließlich im Auto sitze. Stattdessen sitze ich einfach nur da und starre aus dem Fenster. Die Schneeflocken sammeln sich auf der Windschutzscheibe und hüllen mich in eine weiße Decke. Der kräftige Wind wirbelt den Schnee durch die Luft und bildet so einen Schutzschild um mich herum. Mit jeder Flocke, die auf der Scheibe landet, wächst die Mauer zwischen der harten Realität draußen und dem Inneren des Wagens.

Ich kann immer noch nicht fassen, dass Hardin ausgerechnet in dem Moment nach Hause kam, als ich da war. Ich hatte so gehofft, ihn nicht zu treffen. Trotzdem war es gut. Nicht der Schmerz an sich, aber die Begegnung mit ihm. Wenigstens kann ich nun versuchen, diese Katastrophe hinter mir zu lassen. Ich will ihm glauben, dass er mich liebt, aber genau das hat mich überhaupt erst in diese Lage gebracht. Vielleicht tut er jetzt nur so, weil er keine Kontrolle mehr über mich hat. Und selbst wenn er mich tatsächlich liebt, was würde das ändern? Diese abartigen Sachen kann man nicht rückgängig machen, die Witze auf meine Kosten, die ganze Angeberei mit dem, was wir angeblich gemacht haben, die Lügen.

Ich wünschte, ich könnte mir dieses Apartment alleine leisten, dann würde ich bleiben und Hardin zwingen auszuziehen. Ich will nicht zurück ins Wohnheim. Ich will keine neue Mitbewohnerin und keine Gemeinschaftsduschen. Warum musste alles mit einer Lüge beginnen? Wenn wir uns anders kennengelernt hätten, könnten wir jetzt lachend zusammen da oben auf der Couch sitzen oder uns im Schlafzimmer küssen. Stattdessen sitze ich in meinem Auto und weiß nicht, wo ich hinsoll.

Als ich schließlich den Motor starte, sind meine Finger ganz steif vor Kälte. Konnte mir das nicht wenigstens im Sommer passieren?

Ich komme mir wieder vor wie Catherine, nur diesmal nicht wie meine Catherine aus *Sturmhöhe*. Jetzt gerade bin ich die völlig geschockte Catherine aus *Northanger Abbey,* die gezwungen wird, allein auf eine lange Reise zu gehen. Okay, ich wurde nicht rausgeworfen und bloßgestellt und habe keine siebzig Meilen vor mir, aber trotzdem, ich fühle denselben Schmerz. Allerdings bin ich mir nicht sicher, wer Hardin wäre. Einerseits gleicht er dem intelligenten, geistreichen Henry, der genauso viel über Bücher weiß wie ich. Andererseits ist Henry viel liebenswürdiger als Hardin, der in dieser Hinsicht eher wie John ist, arrogant und rotzig.

Während ich ohne Plan durch die Stadt fahre, wird mir klar, dass Hardins Worte einen größeren Eindruck hinterlassen haben, als mir lieb ist. Als er mich gebeten hat, nicht zu gehen, hat er mich fast wieder geheilt, nur um dann alles wieder zu zerstören. Er wollte mich bestimmt nur zum Dableiben überreden, um sich zu beweisen, dass er es kann. Außerdem hat er weder angerufen noch geschrieben, seit ich gegangen bin.

Ich zwinge mich, zur Uni zu fahren und meine letzte Prüfung vor den Weihnachtsferien hinter mich zu bringen. Alles ist ganz weit weg, als ich die Aufgaben beantworte. Und wie kann es sein, dass niemand auch nur ahnt, was ich durchmache? Aber hinter einem aufgesetzten Lächeln und etwas Small Talk lässt sich scheinbar auch der tiefste Schmerz verstecken.

Anschließend rufe ich meine Mutter an, um zu hören, was mit dem neuen Zimmer ist, doch sie murmelt nur »sieht nicht gut aus« und legt dann schnell wieder auf. Nachdem ich wieder eine Weile herumgefahren bin, stelle ich irgendwann fest, dass ich nur einen Block vom Verlag entfernt bin und es schon fünf Uhr nachmittags ist. Ich kann Landon nicht noch einmal fragen, ob ich bei Karen und Ken übernachten kann, das würde unsere Freundschaft überstrapazieren. Obwohl es ihm bestimmt nichts ausmachen würde, ist es einfach nicht fair, wenn ich Hardins Familie noch mehr in die Sache hineinziehe. Außerdem erinnert mich das Haus einfach an zu viel, das könnte ich nicht ertragen. Spontan biege ich auf den Parkplatz eines Motels ein, das halbwegs in Ordnung aussieht. Ich habe noch nie in einem Motel übernachtet, aber mir bleibt wohl nichts anderes übrig.

Der kleine Mann hinterm Tresen lächelt einigermaßen freundlich, als er mich um meinen Führerschein bittet. Kurz darauf reicht er mir eine Schlüsselkarte und einen Zettel mit dem WLAN-Passwort. Es ist einfacher, ein Zimmer zu mieten, als erwartet – ein bisschen teuer, aber sicherer als irgendein billiges Loch.

»Den Weg runter und dann links«, erklärt er mir.

Ich bedanke mich und gehe wieder hinaus in die eisige Kälte und parke mein Auto direkt vor dem Zimmer, damit ich meine Taschen nicht so weit schleppen muss.

So tief bin ich gefallen, und alles nur wegen diesem grausamen, egoistischen Typen. Ich übernachte allein in einem Motel, und alles, was ich besitze, liegt wild zusammengepackt in meinem Auto. Ich, die immer einen genauen Plan hatte, habe nun niemanden, an den ich mich wenden kann.

Ich hole ein paar meiner Taschen heraus und schließe den Wagen ab, der verglichen mit dem BMW daneben aussieht wie die letzte Schrottkarre. Gerade als ich denke, dass mein Tag nicht mehr schlimmer werden kann, rutscht mir einer der Griffe aus der Hand, und die Tasche fällt auf den verschneiten Gehweg. Meine Klamotten und ein paar Bücher landen im nassen Schneematsch. Sofort versuche ich, sie mit der freien Hand aufzuheben. Ich will gar nicht wissen, welche Bücher es sind. Es ist einfach zu viel, dass nicht nur ich, sondern vielleicht auch noch meine liebsten Schätze zerstört sind, das packe ich heute nicht.

»Warten Sie, Miss, ich helfe Ihnen«, höre ich eine Männerstimme. »*Tessa?*«

Erschrocken hebe ich den Kopf und blicke in blaue Augen und ein besorgtes Gesicht. »Trevor?«, frage ich, obwohl ich natürlich genau weiß, dass er es ist. Dann richte ich mich schnell auf und sehe mich um. »Was machen Sie denn hier?«

»Dasselbe könnte ich Sie auch fragen.« Er lächelt.

»Nun ja … ich …« Verlegen kaue ich auf meiner Unterlippe herum.

Er erspart mir jede Rechtfertigung. »Bei mir zu Hause gab's einen Wasserrohrbruch, deshalb bin ich hier.« Dann bückt er sich nach meinen verstreuten Sachen und reicht mir mit fragendem Blick die durchweichte Ausgabe von *Sturmhöhe*. Als Nächstes folgen einige nasse Sweatshirts und schließlich *Stolz und Vorurteil*. »Bitteschön … ich fürchte, das hier sieht nicht gut aus.«

Das Universum muss sich einen gemeinen Spaß mit mir erlauben.

»Irgendwie habe ich geahnt, dass Sie auf Klassiker stehen«, meint er mit einem freundlichen Lächeln. Dann nimmt er mir die Taschen ab, damit ich die Hand frei habe, um das Zimmer aufzuschließen. Da es drinnen eiskalt ist, drehe ich sofort die Heizung voll auf.

»Man sollte eigentlich meinen, bei den Preisen hier müssten sie sich um ihre Heizkosten keine Gedanken machen.« Trevor stellt mein Gepäck ab.

Ich nicke. Dann hänge ich gleich die nassen Klamotten im Bad über die Duschstange. Als ich zurück ins Zimmer komme, herrscht einen Moment lang betretenes Schweigen. »Ist Ihr Apartment hier in der Nähe?«, frage ich, um etwas zu sagen.

»Es ist ein Haus, und ja, es ist nur einen guten Kilometer entfernt, nahe am Arbeitsplatz, damit ich es immer schaffe, pünktlich zu sein.«

»Verstehe ich …« Klingt wie etwas, das ich auch tun würde.

Trevor wirkt in seinem Freizeitoutfit ganz anders. Bisher habe ich ihn immer nur im Anzug gesehen, aber jetzt trägt er enge Jeans und ein rotes Sweatshirt. Seine Haare, die er sonst mit Gel stylt, fallen ihm locker in die Stirn.

»Finde ich auch. Sind Sie alleine hier?«, erkundigt er sich mit gesenktem Blick, so als sei es ihm peinlich, so neugierig zu sein.

»Ja. Ich bin allein.« Wie allein, kann er sich gar nicht vorstellen.

»Es geht mich ja auch überhaupt nichts an. Ich frage nur, weil Ihr Freund mich anscheinend nicht sonderlich gut leiden kann.« Er lacht ein bisschen und streicht sich die dunklen Haare aus der Stirn.

»Ach, Hardin kann niemanden leiden, also nehmen Sie's nicht persönlich.« Ich zupfe an einem Nagelhäutchen herum. »Er ist auch nicht mein Freund.«

»Oh, Entschuldigung, dass ich einfach davon ausgegangen bin.«

»Er war es ja … in gewisser Weise.«

War er es denn wirklich? Behauptet hat er es zumindest. Andererseits hat Hardin viel behauptet.

»Das tut mir leid. Wie es scheint, sage ich dauernd das Falsche.« Er lacht.

»Schon in Ordnung, das macht nichts«, versichere ich ihm. Ich schaue zu meinen Taschen auf dem Boden.

»Möchten Sie, dass ich gehe? Ich will nicht stören.« Er dreht sich halb zur Tür, als wolle er sein Angebot unterstreichen.

»Nein, nein, bleiben Sie ruhig. Natürlich nur, wenn Sie mögen. Sie müssen nicht«, füge ich zu schnell hinzu.

Was ist bloß los mit mir?

»Na, dann bleibe ich«, meint er und nimmt auf dem Schreibtischstuhl Platz. Auch ich sehe mich nach einer Sitzgelegenheit um und entscheide mich schließlich für die Bettkante. Damit bin ich ziemlich weit von ihm weg, wodurch mir erst bewusst wird, wie groß das Zimmer ist.

»Und, wie gefällt es Ihnen bisher bei Vance?«, erkundigt Trevor sich und malt dabei mit dem Finger Muster auf den Holztisch.

»Super gut. Es ist noch viel besser, als ich es mir vorgestellt hatte. Ein absoluter Traumjob! Ich hoffe sehr, dass sie mir nach dem College vielleicht sogar eine Festanstellung anbieten.«

»Oh, ich glaube, ein solches Angebot wird schon viel früher kommen. Christian hält viel von Ihnen – als ich neulich mit ihm Mittag essen war, hat er pausenlos von diesem Manuskript geredet, das Sie ihm letzte Woche gegeben haben. Er sagt, Sie hätten ein gutes Auge, und aus seinem Mund ist das ein großes Kompliment.«

»Wirklich? Das hat er gesagt?« Ich muss lächeln.

»Klar, warum sollte er Sie sonst zur Konferenz einladen? Es fahren ja nur vier von uns hin.«

»Nur vier?«, frage ich erstaunt.

»Ja. Christian, Kim, Sie und ich.«

»Oh, ich wusste gar nicht, dass Kim auch mitkommt.« Hoffentlich hat Mr. Vance sich nicht verpflichtet gefühlt, mich einzuladen, weil ich mit dem Sohn seines besten Freundes zusammen bin.

»Er würde es kein Wochenende lang ohne sie aushalten«, sagt Trevor mit einem Lächeln. »Natürlich nur wegen ihrer Qualitäten als Office Manager.«

Ich grinse. »Verstehe. Und weshalb fahren Sie hin?«, frage ich und könnte mich sofort dafür ohrfeigen. »Ich meine, weshalb fahren Sie hin, wo Sie doch im Bereich Controlling und Finance arbeiten?«, versuche ich zu erklären.

»Nein, ich versteh schon. Ihr Bücherwürmer mögt uns menschliche Taschenrechner nicht besonders.« Er zieht eine Grimasse, die mich zum Lachen bringt, und zwar so richtig. »Wo wir schon dabei sind: Wollen wir nicht Du sagen?«

»Sehr gerne.« Das meine ich wirklich.

»Also, um auf deine Frage zurückzukommen, Christian will demnächst ein zweites Büro in Seattle eröffnen, und wir treffen uns am Wochenende mit einem möglichen Investor. Außerdem werden wir nach geeigneten Räumlichkeiten suchen. Mich braucht er, damit wir einen guten Deal bekommen, und Kimberly, um sicherzugehen, dass das neue Gebäude sich auch für unsere Arbeitsabläufe eignet.«

»Kennst du dich mit Immobilien auch aus?« Da es endlich einigermaßen warm im Zimmer ist, ziehe ich die Schuhe aus und schlage die Beine unter.

»Nein, nicht wirklich, aber ich kann gut mit Zahlen umgehen«, sagt er. »Das wird sicher gut. Seattle ist so eine schöne Stadt. Warst du schon mal dort?«

»Ja, es ist meine Lieblingsstadt. Nicht dass ich eine besonders große Auswahl hätte …«

»Ich auch nicht. Ich bin aus Ohio, hab auch noch nicht viel gesehen. Aber verglichen mit Ohio ist Seattle wie New York City.«

Ich merke, dass ich gerne mehr über Trevor wissen möchte. »Und was hat dich nach Washington verschlagen?«

»Nun ja, während meinem letzten Jahr an der Highschool ist meine Mutter gestorben, und danach musste ich einfach weg. Es gibt noch so viel mehr zu sehen, wenn du verstehst, was ich meine. Ich musste ihr kurz vor ihrem Tod versprechen, dass ich mein Leben nicht in dieser furchtbaren Stadt verbringen würde, in der wir wohnten. Der Tag, an dem ich die Zusage von der WCU bekommen habe, war der beste Tag meines Lebens, und der schlimmste.«

»Der schlimmste?«

»An dem Tag ist sie gestorben. Ironie des Schicksals, oder?« Er lächelt müde. Es ist irgendwie süß, wie sich dabei nur ein Mundwinkel hebt.

»Das tut mir leid.«

»Braucht es nicht. Sie war einer jener Menschen, die nicht hier auf die Erde gehören. Sie war einfach zu gut für diese Welt. Wir haben mehr Zeit mit ihr gehabt, als wir verdienen. Es ist gut, wie es war.« Nun lächelt er mich wieder fröhlicher an. Dann zeigt er auf mich. »Was ist mit dir? Willst du hierbleiben?«

»Nein, ich wollte schon immer nach Seattle ziehen. Aber nun überlege ich mir, ob ich nicht noch weiter weg soll«, gebe ich zu.

»Das ist eine gute Idee. Du solltest reisen und dir so viel anschauen, wie es geht. Eine Frau wie du muss ihre Freiheit haben.« Offenbar bemerkt er meinen erstaunten Blick, denn er fügt hastig hinzu: »Tut mir leid … ich wollte damit nur sagen, du könntest so viel machen. Du hast viele Talente, das merkt man.«

Doch das war es gar nicht. Die Art, wie er mich ganz selbstverständlich als Frau bezeichnet hat, macht mich glücklich. Ich komme mir immer noch zu oft wie ein Kind vor, weil alle mich so behandeln. Trevor ist ein Bekannter, ein neuer Bekannter. An diesem schrecklichen Tag bin ich wirklich froh über seine Gesellschaft.

»Hast du denn schon was gegessen?«, frage ich ihn.

»Noch nicht. Ich war am Überlegen, mir eine Pizza zu bestellen, damit ich nicht noch mal raus in den Schneesturm muss.« Er lacht.

»Sollen wir uns eine große teilen?«, schlage ich vor.

»Abgemacht.« So freundlich hat mich schon lange niemand mehr angesehen.

6

Hardin

Der Gesichtsausdruck meines Vaters ist einfach lächerlich. Den setzt er immer dann auf, wenn er autoritär wirken will, so wie jetzt gerade. Die Arme verschränkt, steht er breitbeinig in seiner Haustür.

»Hardin, sie wird nicht herkommen. Sie weiß genau, dass du sie hier suchen würdest.«

Ich unterdrücke den Impuls, ihm in die Fresse zu hauen. Stattdessen fahre ich mir durch die Haare und zucke leicht zusammen, weil meine Fingerknöchel wehtun. Diesmal sind die Abschürfungen tiefer. Der Faustschlag gegen die Trockenwand hat mehr Schaden angerichtet, als ich dachte. Aber das ist nichts im Vergleich zu dem, wie es sich in mir drin anfühlt. Ich wusste gar nicht, dass es Qualen gibt, die so viel schlimmer sind als jeder körperliche Schmerz, den ich mir je zufügen könnte.

»Ich glaube, du solltest ihr etwas Zeit geben.«

Für wen hält sich dieser Scheißkerl eigentlich?

»Zeit? Sie braucht keine Zeit! Sie soll nach Hause kommen!«, brülle ich. Die alte Dame von nebenan sieht zu uns herüber, und ich bin kurz davor, ihr den Stinkefinger zu zeigen.

»Bitte sei nicht unhöflich zu meinen Nachbarn«, warnt mich mein Vater.

»Dann sag deinen Nachbarn, dass sie sich gefälligst um ihren eigenen Scheiß kümmern sollen!« Ich bin sicher, *das* hat die Alte gehört.

»Auf Wiedersehen, Hardin.« Er atmet tief ein und schließt die Tür.

»*Fuck!*«, brülle ich und laufe ein paar Mal vor dem Eingang auf und ab, bevor ich schließlich zurück zu meinem Auto gehe.

Wo, zum Teufel, ist sie? Einerseits bin ich wütend, andererseits mache ich mir verdammte Scheißsorgen um sie. Ist sie wieder bei ihrer Mutter oder, noch schlimmer, bei Noah? Das kann ich mir nicht vorstellen. Ist sie alleine? Hat sie Angst? Wobei, so wie ich Tessa kenne, hat sie keine Angst. Wahrscheinlich listet sie in Gedanken all die Gründe auf, weshalb sie mich hasst, weshalb sie ohne mich besser dran ist. Nein, vermutlich schreibt sie sie sogar auf. Ihr Zwang, alles zu kontrollieren. Obwohl mich ihre dämlichen Listen beinahe in den Wahnsinn getrieben haben, wünsche ich mir jetzt, ich könnte ihr dabei zusehen, wie sie irgendwelche unwichtigen Dinge aufs Papier kritzelt. Ich würde alles dafür geben zu sehen, wie sie vor lauter Konzentration auf ihrer vollen Unterlippe herumkaut. Oder diesen liebenswert finsteren Ausdruck auf ihrem süßen Gesicht zu erleben. Wenigstens noch ein einziges Mal. Wenn sie jetzt tatsächlich wieder mehr bei Noah und ihrer Mutter ist, habe ich wohl keine Chance mehr. Sobald sie sich daran erinnert, warum er viel besser für sie ist als ich, geht sie zu ihm zurück.

Ich rufe sie noch einmal an, aber zum zwanzigsten Mal springt bloß ihre Mailbox an. Verdammt, ich bin ein solcher Idiot. Nachdem ich eine Stunde lang sämtliche Bibliotheken und Buchläden abgeklappert habe, fahre ich wieder zum Apartment. Vielleicht kommt sie doch noch mal vorbei … Ich weiß, dass sie es nicht tun wird.

Aber was, wenn doch? Dann sollte ich besser das Chaos beseitigen und ein paar neue Teller als Ersatz für die kaufen, die ich an die Wand geworfen habe. Nur für den Fall, dass sie doch nach Hause kommt.

Eine Männerstimme dröhnt durchs Haus. Ich spüre sie bis in die Knochen. »Scott, wo bist du?«

»Ich hab genau gesehen, wie er die Bar verlassen hat. Er muss hier sein«, sagt ein anderer Mann.

Der Fußboden ist kalt, als ich aus dem Bett steige. Zuerst dachte ich, es sind Daddy und seine Freunde, aber Daddy ist nicht da.

»Komm raus, komm raus aus deinem Versteck!«, brüllt die tiefe Stimme, gefolgt von einem lauten Poltern.

»Er ist nicht hier«, sagt meine Mommy, als ich den Fuß der Treppe erreiche und alle sehen kann. Meine Mom und vier Männer.

»Ohhh, wen haben wir denn da?«, tönt der größte der Männer. »Wer hätte gedacht, dass der Scott so ein Prachtweib hat.« Er packt meine Mom am Arm und zieht sie von der Couch hoch.

Verzweifelt hält sie ihre Bluse fest. »Bitte … er ist nicht hier. Wenn er Ihnen Geld schuldet, gebe ich Ihnen alles, was ich habe. Sie können auch alles aus dem Haus mitnehmen, den Fernseher vielleicht …«

Doch der Mann lacht nur höhnisch. »Einen Fernseher? Ich will keinen verdammten Fernseher.«

Ich beobachte, wie sie sich windet, wie ein Fisch an der Angel. »Ich habe ein wenig Schmuck – nicht viel, aber, bitte –«

»Halt die Fresse!«, zischt einer der anderen Männer und gibt ihr eine Ohrfeige.

»Mom!« Ich renne ins Wohnzimmer.

»Hardin … geh nach oben!«, ruft sie, aber ich werde meine Mommy nicht mit diesen bösen Männern alleine lassen.

»Raus mit dir, kleiner Scheißer.« Einer von ihnen schubst mich so fest, dass ich rückwärts auf dem Hintern lande. »Hör zu, du Schlampe, dein Gatte hat das hier verbrochen«, knurrt er und zeigt auf seinen kahlen Schädel, den eine tiefe Schnittwunde ziert. »Und wenn er nicht hier ist, wollen wir nur eines, nämlich *dich*.« Als er boshaft lächelt, tritt sie nach ihm.

»Hardin, Schatz, geh nach oben … Sofort!«, brüllt sie.

Aber warum ist sie böse auf mich?

»Vielleicht will er ja zuschauen.« Der Mann mit der Wunde schubst sie auf die Couch.

Ich schrecke hoch und bin schlagartig hellwach.

Scheiße.

Sie kommen immer wieder, jede Nacht schlimmer als die davor. Dabei hatte ich mich gerade daran gewöhnt, ohne diese Träume schlafen zu können. Wegen ihr, nur wegen ihr.

Nun sitze ich hier morgens um vier mit höllischen Kopfschmerzen im Bett, die Laken blutig von meinen aufgeplatzten Knöcheln.

Ich schließe die Augen, versuche mir einzubilden, dass sie da ist, und hoffe, dass ich wieder einschlafen kann.

7

Tessa

»Tessa, Baby, wach auf«, flüstert Hardin und küsst mich sanft auf die empfindliche Stelle direkt unter meinem Ohr. »Du bist so wunderschön, wenn du aufwachst.«

Ich lächele und ziehe seinen Kopf an den Haaren zu mir heran. Als ich meine Nase an seiner reibe, lacht er leise.

»Ich liebe dich«, sagt er und berührt meine Lippen mit seinen. Nur dass ich sie nicht spüren kann. »Hardin?«, frage ich. »Hardin?« Er verblasst neben mir …

Ich mache die Augen auf, und die Realität hat mich wieder im Griff. Es ist stockdunkel in diesem fremden Zimmer, und eine Sekunde lang weiß ich nicht, wo ich bin. Dann fällt es mir wieder ein: in einem Motel. Allein. Ich greife nach dem Handy auf meinem Nachttisch. Vier Uhr morgens. Nachdem ich mir die Tränen aus den Augenwinkeln gewischt habe, schließe ich die Augen und versuche, zu Hardin zurückzukehren, selbst wenn es nur im Traum ist.

Als ich schließlich wieder aufwache, ist es sieben. Das heiße Wasser unter der Dusche entspannt mich ein wenig. Dann föhne ich mir die Haare und schminke mich sorgfältig. Heute habe ich zum ersten Mal wieder das Bedürfnis, einigermaßen vernünftig auszusehen. Ich muss es irgendwie loswerden, dieses … Chaos in meinem Innern. Da ich nicht weiß, was ich sonst tun soll, folge ich dem Beispiel meiner Mutter und male eine perfekte Maske, um zu verbergen, was dahinterliegt.

Als ich fertig bin, sehe ich erholt und sogar richtig gut aus. Ich drehe meine Haare zu Locken und hole mein weißes Kleid aus der Tasche. Oje. Zum Glück gibt es in diesem Zimmer ein Bügeleisen. Eigentlich ist es zu kalt, viel zu kalt für dieses Kleid, das mir nicht mal bis zu den Knien reicht, aber ich werde ja nicht lange draußen sein. Ich entscheide mich für ein Paar schwarze Ballerinas, die ich neben das Kleid aufs Bett lege.

Bevor ich mich anziehe, packe ich meine Taschen neu und etwas ordentlicher. Hoffentlich meldet sich meine Mutter bald mit guten Nachrichten in Sachen Unterkunft. Falls nicht, muss ich wohl fürs Erste hierbleiben, was meine ohnehin überschaubaren Reserven schnell aufzehren wird. Vielleicht sollte ich mir doch eine eigene Wohnung suchen? Wer weiß, eventuell könnte ich mir sogar etwas Kleines in Verlagsnähe leisten.

Als ich die Tür öffne, stelle ich fest, dass der Schnee in der Morgensonne fast vollständig geschmolzen ist. Zum Glück. Gerade als ich mein Auto aufschließe, kommt Trevor aus seinem Zimmer zwei Türen weiter. Im schwarzen Anzug mit grüner Krawatte wirkt er sehr seriös.

»Guten Morgen! Ich hätte dir doch helfen können«, meint er, als er sieht, dass ich schon wieder meine Taschen durch die Gegend schleppe.

Nachdem wir gestern Abend die Pizza gegessen hatten, haben wir noch ein bisschen ferngesehen und uns übers College unterhalten. Da Trevor ja längst seinen Abschluss hat, konnte er deutlich mehr Geschichten erzählen, und obwohl ich gerne hörte, wie mein Studentenleben auch hätte laufen können – oder, besser, hätte laufen sollen – machte es mich trotzdem ein wenig traurig. Statt mit Leuten wie Hardin rumzuhängen, hätte ich mir ein paar echte Freunde suchen sollen. Das wäre zwar anders, aber viel, viel besser gewesen.

»Hast du gut geschlafen?«, erkundigt sich Trevor und zieht seine Autoschlüssel aus der Tasche. Mit einem Klick startet der Motor des BMW. Der gehört natürlich ihm.

»Dein Auto springt von alleine an?«, ziehe ich ihn lachend auf.

Er hält den Schlüssel in die Höhe. »Na ja, eher durch dieses Ding hier.«

»Nicht schlecht.« Eine kleine Spur Ironie.

»Praktisch«, kontert er.

»Extravagant?«

»Ein bisschen.« Er lacht. »Aber trotzdem sehr praktisch. Du siehst heute bezaubernd aus, wie immer.«

Ich verstaue meine Taschen auf der Rückbank meines Wagens. »Danke. Ist das kalt heute!«, sage ich beim Einsteigen.

»Dann bis gleich im Verlag«, verabschiedet sich Trevor.

Weil es trotz des Sonnenscheins immer noch eisig ist, stecke ich schnell den Schlüssel ins Zündschloss und will den Motor starten, damit die Heizung anspringt.

Klick … klick … klick … ist die einzige Reaktion meines Autos. Verwundert probiere ich es noch einmal, mit demselben Ergebnis.

»Das kann doch echt nicht wahr sein!« Ich haue aufs Lenkrad.

Auch beim dritten Versuch passiert natürlich nichts, nicht einmal das Klickgeräusch ist mehr zu hören. Zum Glück ist Trevor noch da, der nun sein Seitenfenster herunterlässt.

»Meinst du, du könntest mich ein Stück mitnehmen?«, frage ich.

»Na klar. Ich glaube, ich weiß sogar, wo du hinwillst…«, meint er lachend, als ich bei ihm einsteige.

Auf der kurzen Fahrt zum Verlag kann ich es mir nicht verkneifen, mein Handy einzuschalten. Überraschenderweise habe ich keine Nachrichten von Hardin bekommen. Es sind zwar ein paar Anrufe auf der Mailbox, aber da ich nicht weiß, ob sie nicht doch von ihm sind, höre ich sie sicherheitshalber nicht ab. Stattdessen texte ich meiner Mutter, um mich nach der Zimmersituation zu erkundigen. Trevor setzt mich direkt am Eingang ab, damit ich nicht durch die Kälte laufen muss. Das ist wirklich nett von ihm.

»Du siehst heute deutlich frischer aus«, begrüßt mich Kimberly lächelnd, als ich mir einen Donut nehme.

»Ich fühle mich auch ein bisschen besser«, erwidere ich und schenke mir noch einen Kaffee ein.

»Bist du schon bereit für morgen? Ich kann's kaum erwarten, mal ein Wochenende hier rauszukommen – in Seattle kann man super einkaufen, und während Mr. Vance und Trevor ihre Meetings haben, wird uns schon was einfallen, wie wir uns beschäftigen können. Ist … äh … hast du mit Hardin gesprochen?«

Nach kurzem Überlegen beschließe ich, ihr die Wahrheit zu sagen. Sie wird es früher oder später sowieso erfahren. »Nein. Um ehrlich zu sein, bin ich gestern ausgezogen«, sage ich. Kimberly runzelt die Stirn.

»Das tut mir leid. Es wird bestimmt mit der Zeit einfacher.«

Ich hoffe sehr, dass sie recht hat.

Mein Tag geht schneller vorüber als erwartet, und ich kann das Manuskript von dieser Woche vorzeitig abschließen. Wegen des Ausflugs nach Seattle bin ich schon ganz aufgeregt. Hoffentlich lenkt er mich von Hardin ab, wenn auch nur für kurze Zeit. Am Montag habe ich nämlich Geburtstag, und darauf freue ich mich wirklich überhaupt nicht. Wenn nicht alles so plötzlich bergab gegangen wäre, wäre ich am Dienstag mit Hardin nach England geflogen. Auch auf Weihnachten mit meiner Mutter habe ich keine Lust. Hoffentlich habe ich bis dahin wieder ein Zimmer auf dem Campus – selbst wenn der über die Feiertage bestimmt total leer ist. Dann fällt mir sicher auch noch ein guter Grund ein, weshalb ich mich nicht zu Hause blicken lasse. Ich weiß, es ist immerhin Weihnachten, und es wäre nicht sonderlich nett, aber momentan bin ich einfach absolut nicht in Feiertagsstimmung.

Als ich gerade meinen Schreibtisch aufräume, kommt eine Nachricht von meiner Mutter, dass sie noch nichts von der Uni gehört hat. *Na, toll.* Wenigstens muss ich nur noch eine Nacht überstehen, bis wir nach Seattle fahren. Es macht wirklich keinen Spaß, dauernd von einem Ort zum nächsten zu ziehen. Beim Zusammenpacken erinnere ich mich wieder daran, dass ich ja gar nicht selbst hergefahren bin. Hoffentlich ist Trevor noch nicht weg.

»Dann bis morgen. Wir treffen uns hier im Verlag. Christians Chauffeur bringt uns dann nach Seattle«, erklärt mir Kimberly.

Mr. Vance hat einen Chauffeur?

War ja eigentlich klar.

Als ich unten aus dem Aufzug komme, sehe ich Trevor auf einem der Sofas im Foyer sitzen und auf sein Smartphone blicken. Die schwarze Couch und sein dunkler Anzug bilden einen schönen Kontrast zu seinen blauen Augen. Er blickt auf.

»Ich war mir nicht sicher, ob du noch mal eine Mitfahrgelegenheit brauchst, aber ich wollte dich nicht im Büro stören«, meint er.

»Danke, das ist wirklich sehr nett. Sobald ich wieder im Motel bin, lasse ich jemanden kommen, der sich um mein Auto kümmert.« Draußen ist es zwar ein bisschen wärmer als heute Morgen, aber immer noch ziemlich kalt.

»Ich kann mit dir warten, wenn du willst. Der Klempner war erfolgreich, also muss ich nicht mehr im Motel übernachten, aber ich leiste dir gerne Gesellschaft, falls du –« Er bricht plötzlich mitten im Satz ab, überrascht.

»Was ist denn?« Seinem Blick folgend, sehe ich Hardin neben seinem Auto auf dem Parkplatz stehen. Wütend starrt er Trevor und mich an.

Sofort bekomme ich keine Luft mehr. Wieso wird das mit jedem Mal schlimmer?

»Hardin, was willst du hier?« Ich stürme auf ihn zu.

»Du gehst ja nicht ans Handy, also blieb mir nicht viel anderes übrig«, verteidigt er sich.

»Ich hatte ja wohl meine Gründe. Du kannst nicht einfach hier bei der Arbeit auftauchen!«

Trevor ist Hardins Anwesenheit unangenehm. Er wirkt eingeschüchtert, aber er weicht mir nicht von der Seite. »Alles in Ordnung, Tessa? Lass mich wissen, wenn du so weit bist.«

»So weit für was?« Hardins Blick ist wild.

»Er fährt mich zurück ins Motel, weil mein Auto heute Morgen nicht angesprungen ist.«

»Ins Motel?« Hardin ist inzwischen ziemlich laut.

Bevor ich etwas dagegen tun kann, hat er Trevor am Kragen seines Jacketts gepackt und schleudert ihn gegen einen roten Truck.

»Hardin! Hör sofort auf! Lass ihn los! Wir waren nicht zusammen dort!«, brülle ich. Weshalb ich ihm das überhaupt erkläre, kapiere ich selber nicht, aber ich will nicht, dass er Trevor verletzt.

Hardin lässt zwar Trevors Anzug los, tritt aber keinen Schritt zurück.

»Lass ihn gefälligst in Ruhe!« Ich packe Hardin an der Schulter, was ihn etwas zu besänftigen scheint.

»Lass ja die Finger von ihr, bleib weg!«, zischt er, nur wenige Zentimeter von Trevors Gesicht entfernt.

Trevor wirkt blass, und mir tut es wieder einmal leid, dass ich einen Unbeteiligten in diese Sache mit hineinziehe.

»Es tut mir so leid«, entschuldige ich mich bei Trevor.

»Schon okay. Soll ich dich immer noch fahren?«, erkundigt er sich.

»Nein, sollst du nicht«, antwortet Hardin für mich.

»Ja, bitte«, sage ich. »Ich brauche hier nur noch eine Minute.«

Gentlemanlike, wie er ist, nickt er nur und geht zu seinem Auto hinüber, damit wir ungestört sind.

8

Tessa

»Ich kann nicht fassen, dass du in einem Motel wohnst.« Hardin fährt sich durch die Haare.

»Ja … geht mir genauso.«

»Du kannst doch in die Wohnung. Ich übernachte dann in der Verbindung oder so.«

»Nein.« Auf gar keinen Fall.

»Bitte stell dich nicht so an.« Er reibt sich die Stirn.

»Ich stelle mich an? Das soll wohl ein Witz sein! Ich sollte überhaupt nicht mit dir reden!«

»Jetzt beruhige dich doch mal. Was ist denn mit deinem Auto los? Und warum übernachtet dieser Typ bei dir im Motel?«

»Ich weiß nicht, was mit meinem Auto ist«, stöhne ich. Seine Frage nach Trevor werde ich nicht beantworten, denn das geht ihn gar nichts an.

»Ich schau's mir an.«

»Nein, ich rufe jemanden. Geh nach Hause.«

»Ich fahre euch zum Motel hinterher.« Er deutet mit dem Kopf Richtung Straße.

»Kannst du endlich mal aufhören«, knurre ich, und Hardin rollt mit den Augen. »Ist das eine Art Spiel für dich, willst du herausfinden, wie weit du bei mir gehen kannst?«

Er macht einen Schritt zurück, als hätte ich ihn gestoßen. Trevor wartet immer noch auf mich.

»Nein, ist es nicht. Wie kannst du so was auch nur denken nach allem, was ich getan habe.«

»Eben. Das denke ich gerade wegen *dem, was du getan hast.*« Seine Formulierung bringt mich beinahe zum Lachen.

»Ich will doch nur, dass du mit mir redest. Wir kriegen das hin, da bin ich mir sicher«, beteuert er. Er hat mich so oft belogen, dass ich nicht mehr weiß, was wahr ist.

»Du vermisst mich doch auch«, sagt er und lehnt sich dabei an sein Auto. Ich halte inne. Was für eine Arroganz.

»Das willst du also hören? Dass ich dich vermisse? Natürlich vermisse ich dich, aber weißt du was? Nicht dich vermisse ich, sondern den, für den ich dich gehalten habe, und jetzt, wo ich weiß, wer du wirklich bist, will ich nichts mehr mit dir zu tun haben!«, schreie ich.

»Du hast immer gewusst, wer ich wirklich bin! Ich bin die ganze Zeit ich gewesen, und das weißt du genau!«, brüllt er zurück. Warum können wir nicht miteinander sprechen, ohne uns anzuschreien? Weil er mich verrückt macht, deshalb.

»Nein, das weiß ich nicht. Wenn ich das wüsste, dann …« Ich breche ab, bevor ich zugebe, dass ich ihm verzeihen möchte. Was ich tun will und was ich tun sollte, das sind zwei völlig verschiedene Dinge.

»Wenn du das wüsstest, dann würdest du was?«, hakt er sofort nach. Natürlich wird er jetzt versuchen, mich zum Weiterreden zu bringen.

»Nichts. Du gehst jetzt besser.«

»Tess, du kannst dir nicht vorstellen, wie es mir die letzten Tage gegangen ist. Ich kann nicht schlafen, ich funktioniere nicht ohne dich. Ich muss wissen, ob es eine Chance gibt, dass wir –«

Ich falle ihm ins Wort, bevor er den Satz beenden kann.

»Wie es *dir* gegangen ist?« Wie kann er nur so egoistisch sein?

»Was glaubst du denn, wie's mir gegangen ist, Hardin? Stell dir vor, wie es sich anfühlt, wenn dein ganzes Leben in wenigen Stunden in Stücke gerissen wird! Stell dir vor, wie es sich anfühlt, jemanden so zu lieben, dass man diesem Menschen alles gibt, nur um dann herauszufinden, dass es für ihn bloß ein Spiel war, eine Wette! Was glaubst du, wie sich das anfühlt!« Ich mache einen Schritt auf ihn zu und gestikuliere beim Reden wild. »Was glaubst du, wie es sich anfühlt, die Beziehung zu meiner Mutter für jemanden zu opfern, der sich einen Dreck für mich interessiert! Was glaubst du, wie es ist, in einem verdammten Motelzimmer zu wohnen? Was glaubst du, wie es sich anfühlt, dass ich mit all dem abschließen will, und du dann ständig überall aufkreuzt! Du weißt einfach nicht, wann es reicht!«

Er sagt nichts, also mache ich weiter. Etwas in mir hat das Gefühl, zu hart zu ihm zu sein, aber er hat mich so übel betrogen und verdient es.

»Also erzähl *du* mir nicht, wie schlimm es für *dich* war, denn *du* allein hast das hier angerichtet! Du hast alles zerstört! So wie du es immer tust. Weißt du was? Ich habe kein Mitleid mit dir … Wobei, vielleicht doch. Du tust mir leid, weil du nie wieder glücklich sein wirst. Du wirst den Rest deines Lebens alleine sein, und dafür bemitleide ich dich. Ich werde neu anfangen, einen Mann kennenlernen, der mich so behandelt, wie du es hättest tun sollen, und dann heiraten wir und bekommen Kinder. Ich werde glücklich sein.«

Nach meiner langen Rede bin ich völlig außer Atem. Hardin starrt mich mit roten Augen und offenem Mund an.

»Und weißt du, was das Schlimmste ist? Du hast mich noch gewarnt. Du hast gesagt, du würdest mich fertigmachen, aber ich wollte nicht auf dich hören.« Verzweifelt versuche ich, meine Tränen zurückzuhalten, aber es geht nicht. Sie laufen mir übers Gesicht, vermischen sich mit meiner Wimperntusche, brennen in meinen Augen.

»Ich … Es tut mir leid. Ich gehe«, sagt er leise. Er wirkt gebrochen, genau wie ich es wollte, aber ich fühle keine Genugtuung.

Vielleicht hätte ich ihm noch verzeihen können, wenn er mir am Anfang die Wahrheit gesagt hätte, sogar noch nachdem wir miteinander geschlafen hatten. Stattdessen verheimlichte er es mir auch danach noch, wollte die anderen sogar mit Geld bestechen, damit sie schweigen, und mich in die Falle locken, als wir zusammenzogen. Mein erstes Mal werde ich nie vergessen, und er hat es zerstört.

Schnell laufe ich zu Trevors Wagen hinüber und steige ein. Drinnen bläst mir die Heizungsluft voll ins Gesicht, doch auch sie kann die heißen Tränen nicht trocknen. Wieder bin ich dankbar für Trevors Schweigen auf der Fahrt zum Motel.

Als schließlich die Sonne untergeht, zwinge ich mich, heiß zu duschen, zu heiß. Hardins Blick, als er vor mir zurückwich und in sein Auto stieg, ist tief in mein Gedächtnis eingebrannt. Jedes Mal, wenn ich die Augen schließe, sehe ich ihn vor mir.

Mein Handy hat nicht ein einziges Mal geklingelt. Ich war so naiv zu glauben, dass wir es zusammen hinbekommen können. Dass wir es trotz unserer Unterschiede und seiner Ausraster… na gut, unserer beider Ausraster … irgendwie schaffen? Ich weiß nicht, wie, aber irgendwann schlafe ich ein.

Am nächsten Morgen bin ich ziemlich nervös. Schließlich ist das mein erster Businesstrip. Außerdem habe ich vergessen, jemanden wegen meines Autos zu suchen. Ich rufe die erstbeste Werkstatt an. Wahrscheinlich muss ich extra zahlen, wenn sie mein Auto übers Wochenende behalten, aber das ist momentan meine geringste Sorge. Sicherheitshalber erwähne ich es dem freundlichen Mann gegenüber aber nicht. Nicht dass ich ihn noch auf eine Idee bringe.

Dann ziehe ich mich an, drehe mir Locken und benutze mehr Make-up als üblich. Ich entscheide mich für ein marineblaues Kleid, das ich noch nie getragen habe. Ich habe es gekauft, weil ich wusste, dass es Hardin gefallen würde, wie der dünne Stoff meine Kurven betont. Das Kleid selbst zeigt sonst überhaupt nicht viel: Es geht bis unters Knie und die Ärmel bis zu den Ellenbogen. Doch so, wie es sitzt, sieht es richtig gut an mir aus.

Ich hasse es, dass mich alles an ihn erinnert. Als ich vor dem Spiegel stehe, stelle ich mir vor, wie er mich in diesem Kleid anschauen würde, wie sich seine Pupillen weiten und er sich die Lippen lecken und mit den Zähnen an seinem Piercing herumspielen würde, während er zusieht, wie ich mir zum Schluss noch einmal durch die Haare gehe.

Ein Klopfen an der Tür reißt mich aus meinem Tagtraum.

»Ms. Young?« Vor mir steht ein Mann in blauer Werkstattmontur.

»Das bin ich.« Ich greife in meine Handtasche, um die Schlüssel herauszuholen. »Hier, bitteschön, es ist der weiße Corolla draußen.«

Er wirft einen Blick über die Schulter. »Weißer Corolla?«, fragt er verwirrt.

Ich trete einen Schritt vor die Tür. Mein Auto ist … weg.

»Was zum … Okay, ich rufe kurz an der Rezeption an, vielleicht haben sie mein Auto abgeschleppt, weil ich ihn gestern hier stehen gelassen habe.« Was für ein toller Start in den Tag.

»Hallo, hier spricht Tessa Young, Zimmer sechsunddreißig«, sage ich, als der Herr an der Rezeption sich meldet. »Kann es sein, dass Sie mein Auto vom Parkplatz entfernt haben?« Ich versuche, freundlich zu bleiben, obwohl ich extrem genervt bin.

»Nein, habe ich nicht«, antwortet er.

Jetzt bin ich völlig verwirrt. »Äh, okay, dann wurde es wohl gestohlen oder so …« Falls jemand mein Auto geklaut hat, habe ich echt ein Problem. Ich muss nämlich gleich los.

»Ihr Bekannter kam doch heute Morgen vorbei, um es abzuholen.«

»Mein Bekannter?«

»Ja, der mit … mit den ganzen Tattoos und so.« Er sagt es leise, als könnte Hardin ihn womöglich noch hören.

»Was?« Natürlich habe ich ihn verstanden, aber etwas anderes fällt mir einfach nicht ein.

»Ja, er kam heute Morgen mit einem Abschleppwagen, vor etwa zwei Stunden«, erklärt er. »Tut mir leid, ich dachte, Sie wüssten Bescheid.«

»Vielen Dank«, stöhne ich und lege auf. Dann wende ich mich wieder an den Mechaniker vor meiner Tür. »Das tut mir jetzt wirklich unheimlich leid. Anscheinend hat ein Freund mein Auto bereits zu einer anderen Werkstatt schleppen lassen. Davon wusste ich nichts. Bitte verzeihen Sie, dass ich Ihre Zeit verschwendet habe.«

Lächelnd versichert er mir, das sei kein Problem.

Nach meinem Streit mit Hardin gestern habe ich völlig vergessen, dass ich ja heute auch irgendwie zum Verlag kommen muss. Als ich Trevor anrufe, erklärt er mir, dass er Mr. Vance und Kimberly bereits gebeten hat, mich abzuholen. Und schon sehe ich einen schwarzen Wagen auf den Parkplatz einbiegen und vor meinem Zimmer halten. Das Seitenfenster wird heruntergelassen, und Kimberlys blonder Haarschopf erscheint.

»Guten Morgen! Wir sind gekommen, um dich zu retten!«, meint sie lachend, als ich die Tür öffne. Der nette Trevor hat smart wie immer vorausgedacht.

Der Fahrer steigt aus, tippt an seine Mütze und verstaut mein Gepäck hinten im Kofferraum. Als er mir die Wagentür öffnet, erblicke ich zwei gegenüber liegende Ledersitzbänke. Kimberly klopft einladend auf den freien Platz neben sich. Die andere Bank haben bereits Mr. Vance und Trevor in Beschlag genommen.

»Bereit für unseren Wochenendtrip?«, erkundigt sich Trevor grinsend.

»Du kannst dir gar nicht vorstellen, wie sehr«, antworte ich und steige ein.

9

Tessa

Als wir den Highway erreichen, nehmen Trevor und Mr. Vance ihr offensichtlich intensives Gespräch über die Quadratmeterpreise eines infrage kommenden Gebäudes in Seattle wieder auf. Kimberly stupst mich mit dem Ellenbogen an und macht dann die ernste Unterhaltung der beiden nach.

»Die haben es echt wichtig.« Dann wird sie ernst. »Trevor hat erzählt, es ist was mit deinem Auto passiert?«

»Stimmt. Ich weiß nur nicht genau, was.« Ich bemühe mich um einen lockeren Tonfall, was mir bei Kimberlys freundlicher Art ziemlich leichtfällt. »Es ist gestern nicht mehr angesprungen, deshalb habe ich jemanden gerufen, der danach schaut. Leider hatte Hardin es bereits abholen lassen.«

Sie grinst. »Der ist ganz schön hartnäckig, was?«

Ich seufze. »Sieht so aus. Ich wünschte nur, er würde mir ein bisschen Zeit geben, das alles zu verdauen.«

»Was genau musst du verdauen?«, hakt sie nach. Ich vergesse immer wieder, dass sie ja nichts von der Wette und meiner Demütigung weiß, und ich werde ihr ganz sicher nicht davon erzählen. Sie soll ruhig denken, Hardin und ich hätten uns normal getrennt.

»Ich weiß auch nicht, alles. Bei mir ist gerade einfach viel los, und ich habe immer noch keine neue Wohnung. Ich finde, er nimmt das alles nicht ernst genug. Er denkt wohl, er kann mich und mein Leben steuern wie eine Marionette. Dass er bloß auftauchen und sich entschuldigen muss, und alles ist vergessen, aber so funktioniert das nicht. Zumindest nicht mehr«, schnaube ich.

»Sehr gut. Ich bin froh, dass du dich dagegen wehrst.«

Zum Glück fragt sie nicht nach Einzelheiten. »Danke. Ich auch.«

Ich bin wirklich stolz darauf, dass ich standhaft geblieben bin und nicht einfach nachgegeben habe, aber gleichzeitig fühle ich mich schlecht wegen dem, was ich gestern zu ihm gesagt habe. Er hat es verdient, aber ich denke trotzdem immer wieder: *Was, wenn es ihm wirklich so wichtig ist, wie er behauptet?* Aber selbst wenn es tief in seinem Inneren so sein sollte, hält es ihn vermutlich nicht davon ab, mich wieder zu verletzen.

Denn das tut er: Er verletzt die Menschen.

Kimberly wechselt das Thema: »Wir sollten heute Abend nach dem letzten Vortrag auf jeden Fall noch was unternehmen. Am Sonntag sind die beiden Männer den ganzen Vormittag über bei Meetings, da können wir also in Ruhe shoppen. Heute Abend gehen wir aus und morgen vielleicht auch. Was meinst du?«

»Wohin denn?«, frage ich lachend, weil sie so aufgeregt ist. »Ich bin doch erst achtzehn.«

»Also bitte. Christian kennt in Seattle so viele Leute. Wenn du mit ihm unterwegs bist, kommst du überall rein.« Ich liebe es, wie ihre Augen leuchten, wenn sie von Mr. Vance spricht, selbst wenn er ihr direkt gegenübersitzt.

»Na gut«, sage ich. Ich war noch nie »aus«. Auf den Studentenpartys, ja, aber noch nie in einem Club.

»Keine Sorge, das wird lustig«, versichert sie mir. »Und du musst dann unbedingt dieses Kleid tragen«, fügt sie augenzwinkernd hinzu.

10

Hardin

Du wirst den Rest deines Lebens alleine sein, und dafür bemitleide ich dich. Ich werde neu anfangen, einen Mann kennenlernen, der mich so behandelt, wie du es hättest tun sollen, und dann heiraten wir und bekommen Kinder. Ich werde glücklich sein.

Tessas Worte wiederholen sich wie in Endlosschleife in meinem Kopf. Ich weiß, sie hat recht, auch wenn ich mir tief drinnen wünsche, dass es nicht so ist. Alleinsein hat mir noch nie etwas ausgemacht, bis jetzt – jetzt weiß ich, was mir fehlt.

»Bist du dabei?« Jaces Stimme durchbricht meine konfusen Gedanken.

»Äh, was?« Beinahe hätte ich vergessen, dass ich am Steuer sitze. Er verdreht die Augen und nimmt einen Zug von seinem Joint.

»Ich habe gefragt, ob du dabei bist. Wir treffen uns bei Zed.«

Ich stöhne. »Ich weiß nicht …«

»Warum nicht? Du musst langsam mal aufhören, dich wie ein Schlappschwanz zu benehmen. Du heulst hier rum wie ein verdammtes Baby.«

Ich starre ihn an. Wenn ich nicht die komplette letzte Nacht wach gelegen hätte, würde ich ihn jetzt erwürgen. »Tue ich nicht«, sage ich langsam.

»Aber so was von, Kumpel. Du musst dir heute Abend einfach

mal richtig die Kante geben und mal wieder vögeln. Ich bin sicher, es werden ein paar Mädels da sein, die ganz easy sind.«

»Das brauche ich nicht.« Ich will keine außer ihr.

»Jetzt komm schon, fahr endlich zu Zed. Wenn du schon keinen Bock auf Sex hast, dann trink wenigstens ein paar Bier«, meint er.

»Willst du nicht mehr?«, frage ich. Er schaut mich an, als würden mir plötzlich Hörner wachsen.

»Was?«

»Na, ödet dich das nicht manchmal an, dauernd bloß Party und mit irgendwelchen Frauen rumvögeln?«

»Krass, Mann – das ist ja schlimmer, als ich dachte. Dich hat's echt erwischt, Alter!«

»Nein, hat es nicht. Ich meine ja bloß. Die ganze Zeit dieselbe Scheiße, das wird langsam lahm.«

Er weiß nicht, wie schön es ist, im Bett zu liegen und Tessa zum Lachen zu bringen. Er weiß nicht, wie viel Spaß es macht, sie von ihren Lieblingsbüchern schwärmen zu hören. Wie sie nach mir schlägt, wenn ich versuche, sie anzufassen. Das ist so viel besser als jede Party, auf der ich je war oder auf die ich je gehen werde.

»Die hat dich richtig fertiggemacht. Das ist echt hart, was?« Jace lacht.

»Nein, hat sie nicht«, lüge ich.

»Schon klar …« Er wirft den Rest seines Joints aus meinem Autofenster. »Aber sie ist jetzt Single, oder?«, fragt er, und als ich das Lenkrad fester umklammere, lacht er noch lauter. »War nur Spaß, Scott. Wollte bloß sehen, wie angepisst du bist.«

»Leck mich«, grummele ich und biege auf die Straße ab, die zu Zeds Wohnung führt.

11

Tessa

Das Four Seasons in Seattle ist das schönste Hotel, das ich je gesehen habe. Ich versuche, langsam zu gehen, um all die schönen Details wahrzunehmen, aber Kimberly zerrt mich förmlich in den Aufzug und eilt dann den Flur hinunter, sodass Trevor und Mr. Vance hinter ihr zurückbleiben.

Vor einer Tür bleibt sie schließlich stehen. »Hier ist dein Zimmer. Sobald du ausgepackt hast, treffen wir uns in unserer Suite, um den Ablauf fürs Wochenende durchzugehen, obwohl ich weiß, dass ihr das schon gemacht habt. Du solltest dich umziehen. Wie gesagt, ich bin der Meinung, dass du dir dieses Kleid für heute Abend aufheben solltest, wenn wir ausgehen.« Sie zwinkert mir wieder zu und geht davon.

Der Unterschied zwischen dem Hotel letzte Nacht und diesem hier ist gewaltig. Ein einziges Gemälde aus dem Foyer hier kostet vermutlich mehr als die gesamte Einrichtung des Motelzimmers. Der Blick aus meinem Fenster ist unglaublich. Seattle ist so eine schöne Stadt. Ich kann mir gut vorstellen, hier zu leben, in einem schicken Apartment mit einem Job in der Verlagsbranche, vielleicht sogar bei Vance, wenn die jetzt ein Büro hier eröffnen. Das wäre der Wahnsinn.

Nachdem ich meine Kleider in den Schrank gehängt habe, ziehe ich einen schwarzen Bleistiftrock und eine fliederfarbene Bluse an. Auf die Konferenz freue ich mich sehr, aber das Ausgehen macht mich doch eher nervös. Ich weiß, ein bisschen Spaß täte mir gut, aber das ist alles noch so frisch, und ich fühle mich einfach nur leer und verletzt.

Als ich schließlich zur Suite von Kimberly und Mr. Vance gehe, ist es bereits halb drei. Und wir sollen schon um drei unten im Festsaal sein.

Kimberly begrüßt mich überschwänglich und winkt mich herein. Zur Suite gehören ein eigenes Wohnzimmer und eine separate Sitzecke. Der Raum wirkt größer als das Haus meiner Mutter.

»Das ist ja ... wow«, staune ich.

Mr. Vance lacht und schenkt sich ein Glas Wasser ein. »Es ist ganz okay.«

»Wir haben was beim Zimmerservice bestellt, damit wir alle essen können, bevor wir runtergehen. Es müsste eigentlich gleich da sein«, erklärt Kimberly. Ich bedanke mich lächelnd. Bis gerade eben hatte ich nicht gemerkt, wie hungrig ich bin. Ich habe heute noch gar nichts gegessen.

»Na, bereit, dich zu Tode zu langweilen?«, erkundigt sich Trevor, der aus dem Wohnzimmer kommt.

»Für mich wird das ganz sicher nicht langweilig«, erwidere ich, und er lacht. »Wahrscheinlich will ich gar nicht mehr weg hier.«

»Ich auch nicht«, gibt er zu.

»Mir geht's genauso«, meint Kim.

Mr. Vance schüttelt den Kopf. »Das lässt sich einrichten, mein Schatz.« Als er ihr über den Rücken streichelt, wende ich den Blick ab, so intim ist die Geste.

»Wir sollten einfach das Hauptbüro hierher verlegen und alle umziehen!«, scherzt Kimberly. Zumindest glaube ich, dass es ein Scherz ist.

»Smith fände Seattle bestimmt toll«, sagt Mr. Vance.

»Smith?«, frage ich. Dann erinnere ich mich an seinen Sohn auf der Hochzeit, und ich werde rot. »Ihr Sohn natürlich, Verzeihung.«

»Schon in Ordnung – es ist ein seltsamer Name, ich weiß.« Lachend lehnt er sich an Kimberly. Es muss so schön sein, eine liebevolle, vertraute Beziehung zu haben. Ich beneide Kimberly darum, und dafür schäme ich mich. Sie hat einen Mann an ihrer Seite, dem offensichtlich sehr viel an ihr liegt und der alles für sie tun würde. Sie hat solches Glück.

Ich lächele. »Es ist ein hübscher Name.«

Nach dem Essen gehen wir nach unten, wo ich mich in einem riesigen Konferenzsaal voller Menschen wiederfinde, die alle Bücher lieben. Es ist der Himmel auf Erden.

»Networking, Networking, Networking«, meint Mr. Vance. »Kontakte zu knüpfen ist das Wichtigste überhaupt.« In den folgenden drei Stunden macht er mich mit so ziemlich jeder Person im Raum bekannt. Und das Beste daran ist, dass er mich nicht als Praktikantin vorstellt und mich wie eine Erwachsene behandelt. Das tun alle.

12

Hardin

»Na, sieh mal einer an, wen haben wir denn da?« Molly rollt mit den Augen, als Jace und ich bei Zed auftauchen.

»Schon besoffen?«, kontere ich.

»Ja, und? Es ist nach fünf«, meint sie mit einem teuflischen Grinsen. Als ich noch den Kopf über sie schüttele, fügt sie hinzu: »Komm, trink einen mit.« Sie nimmt sich eine Flasche mit brauner Flüssigkeit und zwei Schnapsgläser von der Küchentheke.

»Na gut. Einen.« Gut gelaunt schenkt sie ein.

Zehn Minuten später ertappe ich mich dabei, wie ich die Fotos auf meinem Smartphone anschaue. Ich wünschte, ich hätte Tessa mehr Bilder von uns beiden machen lassen. Mein Gott, mich hat's wirklich erwischt, wie Jace richtig gesagt hat. Ich habe das Gefühl, langsam den Verstand zu verlieren, und das Krasseste daran ist, dass mir völlig egal ist, wie verrückt ich bin, solange ich nur wieder in ihre Nähe komme.

Ich werde glücklich sein, hat sie gesagt. Ich weiß, ich habe sie nicht glücklich gemacht, aber ich könnte es. Gleichzeitig ist es nicht fair von mir, immer wieder bei ihr aufzutauchen und sie anzurufen. Ich habe ihr Auto reparieren lassen, weil ich nicht wollte, dass sie das selbst erledigen muss. Sonst hätte ich auch gar nicht erfahren, dass sie nach Seattle fährt. Ich habe nämlich bei

Vance angerufen, um sicherzustellen, dass sie trotzdem zur Arbeit kommt.

Warum hat sie mir das nicht erzählt? Dieser Scheißkerl Trevor ist jetzt bei ihr, obwohl ich an ihrer Seite sein sollte. Er steht auf sie, und ich könnte mir vorstellen, dass auch sie sich in ihn verknallt. Er ist genau das, was sie braucht, und die beiden sind sich ziemlich ähnlich. Im Gegensatz zu ihr und mir. Er könnte sie glücklich machen. Dieser Gedanke kotzt mich echt an, und am liebsten würde ich seinen Kopf durch ein Fenster rammen …

Aber vielleicht muss ich ein bisschen auf Abstand gehen und ihr die Chance geben, glücklich zu sein. Sie hat ja gestern ziemlich deutlich gemacht, dass sie mir nicht verzeihen kann.

»Molly!«, rufe ich vom Sofa aus.

»Was?«

»Bring mir noch einen Shot.« Und selbst ohne sie anzusehen, spüre ich ihr triumphierendes Lächeln.

13

Tessa

»Das war so toll! Vielen, vielen Dank, dass Sie mich mitgenommen haben«, bedanke ich mich überschwänglich bei Mr. Vance, als wir alle wieder den Aufzug betreten.

»Es war mir wirklich ein Vergnügen. Sie sind eine meiner besten Mitarbeiterinnen. Praktikantin hin oder her, Sie haben Talent. Aber nennen Sie mich doch in Gottes Namen bitte Christian«, sagt er mit gespielter Strenge.

»Ja, in Ordnung. Das heute war einfach unglaublich, Mister … *Christian*. Es war so toll zu hören, was alle über E-Publishing zu sagen hatten, vor allem weil es ja auf jeden Fall immer wichtiger wird und so praktisch und einfach für Leser ist. Das ist ein Riesenthema. Dieser Markt wird weiter wachsen…«, plappere ich.

»Stimmt, stimmt. Und heute haben wir Vance Publishing dabei geholfen, auch ein bisschen zu wachsen – stellen Sie sich nur mal vor, wie viele neue Kunden wir bekommen, wenn wir unseren Betrieb voll optimiert haben«, pflichtet er mir bei.

»Seid ihr zwei dann mal fertig?«, zieht Kimberly uns auf und hakt sich bei Christian ein. »Also, alle ziehen sich um, und dann machen wir die Stadt unsicher! Das ist das erste Wochenende seit Monaten, an dem wir einen Babysitter haben.« Beim letzten Satz tut sie, als würde sie schmollen.

Christian strahlt sie an. »Zu Befehl, Ma'am.«

Ich bin froh, dass Mr. Vance – ich meine *Christian* – nach dem Tod seiner Frau noch einmal die Chance bekommen hat, glücklich zu sein. Ich sehe zu Trevor hinüber, der mir ein kleines Lächeln schenkt.

»Ich brauche jetzt jedenfalls einen Drink«, verkündet Kimberly.

»Ich auch«, meint Christian. »Also, dann treffen wir uns in einer halben Stunde unten in der Lobby. Der Fahrer holt uns vor dem Haupteingang ab. Dinner geht auf mich!«

Als ich zurück in mein Zimmer komme, stecke ich als Erstes den Lockenstab ein, damit meine Haare wieder etwas lockiger werden. Dann trage ich dunklen Lidschatten auf und betrachte mich im Spiegel: Er betont die Augen schon ziemlich, ist aber nicht zu auffällig. Nachdem ich meine Augen mit schwarzem Eyeliner umrandet und etwas Rouge aufgetragen habe, kümmere ich mich um meine Frisur. Das dunkelblaue Kleid von heute Morgen sieht jetzt, mit dem Abend-Make-up und den offenen Haaren, noch besser aus. Ich wünschte, Hardin …

Nein, tue ich nicht, tue ich nicht, wiederhole ich wie ein Mantra, während ich in meine schwarzen hohen Schuhe schlüpfe. Ich stecke noch mein Handy ein und mache mich auf den Weg, um meine Freunde zu treffen … *Sind* das meine Freunde?

Ich weiß es nicht, aber bei Kimberly habe ich schon das Gefühl, und Trevor ist wirklich nett. Christian ist mein Boss, deshalb ist das was anderes.

Im Aufzug texte ich Landon, um ihm zu sagen, wie gut es mir hier geht. Er fehlt mir, und ich hoffe, dass wir Freunde bleiben, auch wenn Hardin und ich nicht mehr zusammen sind.

Als ich aus dem Aufzug komme, entdecke ich sofort Trevors schwarzen Haarschopf neben dem Eingang. In seiner schicken schwarzen Hose und dem cremefarbenen Pulli erinnert er mich ein bisschen an Noah. Ich genieße den attraktiven Anblick einen Moment lang, bevor ich mich bemerkbar mache. Als er mich sieht, weiten sich seine Augen, und er gibt ein Geräusch von sich, das halb Husten, halb Räuspern ist. Ich muss lachen, als er rot wird.

»Du siehst … du siehst toll aus«, sagt er.

Ich lächele. »Danke. Du siehst auch nicht übel aus.«

»Vielen Dank«, murmelt er. Es ist komisch, ihn so verlegen zu erleben. Normalerweise ist er so souverän.

»Da drüben sind sie!«, höre ich Kimberly rufen.

»Wow! Kim!«, staune ich und wische mir mit der Hand vor dem Gesicht herum, als müsse ich ein Trugbild verscheuchen. In ihrem kurzen roten Neckholder-Kleid sieht sie atemberaubend aus. Ihre blonden Haare sind ganz glatt, was gleichzeitig sexy und elegant wirkt.

»Ich habe das Gefühl, wir werden den ganzen Abend andere Männer abwehren müssen«, meint Christian an Trevor gewandt. Lachend führen uns die beiden nach draußen.

Christian lässt uns zu einem wirklich schönen Fischrestaurant fahren, wo ich köstliche Salmon and Crab Cakes esse, während Christian uns Geschichten aus seiner Verlagszeit in New York erzählt. Wir haben viel Spaß, und Trevor und Kimberly ziehen ihn auf. Er hat einfach Humor.

Nach dem Dinner bringt uns der Chauffeur zu einem verglasten dreistöckigen Gebäude in der Nähe. Durch die Scheiben sehe ich tanzende Menschen im Licht Hunderter blinkender Lichter, eine faszinierende Mischung aus Hell und Dunkel zwischen den sich bewegenden Gestalten. So ungefähr habe ich mir einen Club vorgestellt, nur nicht ganz so groß und voll.

Beim Aussteigen fasst Kimberly nach meinem Arm. »Morgen gehen wir irgendwo hin, wo es ruhiger ist – aber ein paar von der Konferenz wollten kommen, deshalb sind wir hier!« Sie lacht.

Der Türsteher mit dem Klemmbrett in der Hand kontrolliert, wer reindarf. Die Schlange reicht bis um die nächste Straßenecke.

»Meinst du, wir müssen lange warten?«, frage ich Trevor.

»O nein.« Er lacht leise. »Mr. Vance wartet nicht.«

Kurz darauf sehe ich, was er meint, denn Christian flüstert dem Türsteher etwas ins Ohr, woraufhin der Mann die Seilabsperrung öffnet und uns durchwinkt. Ich fühle mich benommen, als wir reingehen. Musik wummert, und Lichter flackern durch den riesigen, von Nebelschwaden erfüllten Raum.

Ich werde wohl nie verstehen, warum die Leute Geld dafür bezahlen, dass sie Kopfschmerzen bekommen, künstlichen Nebel einatmen und sich an fremden Menschen reiben.

Eine Frau im Minikleid führt uns einige Stufen hinauf zu einem kleinen, mit dünnen Vorhängen abgetrennten Raum. Ich sehe zwei Sofas und ein Tisch.

»Das ist der VIP-Bereich«, erklärt mir Kimberly, als ich mich neugierig umschaue.

»Oh.« Mehr fällt mir dazu nicht ein. Ich folge den anderen und nehme auf einem der Sofas Platz.

»Was trinkst du denn normalerweise so?«, fragt mich Trevor.

»Normalerweise gar nichts«, antworte ich.

»Ich auch nicht. Na ja, ich mag Wein, aber ich trinke sonst nicht viel.«

»O nein, Tessa, *du* wirst heute Abend auf jeden Fall was trinken. Das brauchst du jetzt!«, mischt sich Kimberly ein.

»Ich –« Doch sie lässt mich nicht ausreden.

»Sie nimmt einen Sex on the Beach, und ich auch.«

Die Kellnerin nickt. Christian bestellt sich einen Drink, von dem ich noch nie gehört habe, und Trevor ein Glas Rotwein. Bis jetzt wollte noch niemand von mir wissen, ob ich einundzwanzig bin. Vielleicht sehe ich ja älter aus, oder Christian ist hier wirklich so bekannt, dass die Leute lieber nicht nachfragen, um es sich nicht mit ihm zu verscherzen.

Ich habe keine Ahnung, was ein Sex on the Beach ist, aber das behalte ich lieber für mich. Die Bedienung kommt zurück und reicht mir ein hohes Glas mit Strohhalm und einem Stück Ananas am Rand, in dem ein pinkfarbenes Schirmchen steckt. Ich bedanke mich und probiere vorsichtig. Es schmeckt wirklich gut: süß, aber mit einem leicht bitteren Nachgeschmack.

»Gut?«, erkundigt sich Kim. Ich nicke und nehme gleich noch einen großen Schluck.

14

Hardin

»Ach, Hardin, jetzt komm schon. Einen noch«, flüstert mir Molly ins Ohr.

Ich weiß nicht, ob ich mich volllaufen lassen will. Bisher hatte ich schon drei Shots, und mit einem vierten wäre ich dicht. Vielleicht ist es gar nicht so übel, mich so zuzudröhnen, dass ich alles vergesse. Andererseits muss ich einen klaren Kopf bewahren.

»Sollen wir woanders hingehen?« Molly nuschelt schon.

Sie riecht nach Hasch und Whiskey. Etwas in mir würde sie am liebsten ins Scheißklo zerren und sie durchficken, einfach nur so. Einfach nur, weil Tessa mit diesem Scheißtrevor in Seattle ist und ich drei Stunden entfernt halb besoffen auf einem Sofa hänge.

»Komm schon, Hardin, ich sorge dafür, dass du sie vergisst.« Molly krabbelt auf meinen Schoß.

»Was?«, frage ich, als sie mir die Arme um den Hals schlingt.

»Na, Tessa. Ich sorge dafür, dass du sie vergisst. Du kannst mich so lange vögeln, bis du dich nicht mal an ihren *Namen* erinnerst.« Ihr heißer Atem streift meinen Hals, und ich weiche zurück.

»Geh runter«, sage ich.

»Hardin, was soll der Scheiß?«, zischt sie. Offensichtlich habe ich ihr Ego verletzt.

»Ich will dich nicht«, herrsche ich sie an.

»Seit wann das denn? *All die anderen Male* hattest du kein Problem damit, mich zu ficken.«

»Nicht seit …«,

»Nicht seit *was?*« Sie springt von der Couch und fuchtelt mit den Armen herum. »Seit du diese *verklemmte Bitch* kennengelernt hast?«

Ich darf nicht vergessen, dass Molly eine Frau ist – und nicht die Furie, die da gerade vor mir steht. Sonst tue ich noch etwas Dummes. »Sprich nicht so über sie.« Ich stehe auf.

»Es stimmt also. Sieh dich bloß mal an. Du führst dich auf wie ein armer, kleiner ausgesetzter Welpe, und alles nur wegen so einer verdammten Ex-Jungfrau-Maria-Schlampe, die dich offensichtlich nicht mal haben will!«, brüllt sie und lacht – oder weint. Bei Molly sieht das meistens ziemlich ähnlich aus.

Ich balle die Hände zu Fäusten, als Jace und Zed neben ihr auftauchen. Molly legt Jace die Hand auf die Schulter. »Sagt's ihm, Jungs. Sagt ihm, dass er ein total langweiliger Scheißloser geworden ist, seit wir ihn geoutet haben.«

»Nicht wir. *Du*«, korrigiert Zed sie.

Sie funkelt ihn böse an. »Kommt aufs selbe raus«, meint sie.

»Was geht hier ab?«, will Jace wissen.

»Nichts«, antworte ich für sie. »Molly ist bloß sauer, weil ich sie nicht in den Arsch ficken will, obwohl sie es verdammt nötig hat.«

»Nein. Ich bin sauer, weil *du* ein Arsch*loch* bist. Hier will dich sowieso niemand mehr haben. Nur darum hat Jace mir gesagt, dass ich's ihr stecken soll.«

Auf einmal sehe ich rot. »Er hat was?«, stoße ich hervor. Mir war klar, dass Jace ein Scheißkerl ist, aber ich dachte, dass Molly Tessa aus purer Eifersucht von der Wette erzählt hatte.

»Ja, Jace hatte alles geplant. Ich sollte es ihr erzählen, wenn du dabei bist und sie ein paar Drinks intus hat. Dann wollte er ihr hinterherlaufen und sie trösten, während du rumheulst wie ein verdammtes Baby.« Sie lacht. »Wie hast du es formuliert, Jace? Du

79

wolltest ›ihr das Gehirn rausvögeln‹?« Molly malt mit den Fingern Anführungszeichen in die Luft.

Ich mache einen Schritt auf Jace zu.

»He, das war doch bloß ein Witz, Mann –«, fängt er an.

Wenn ich mich nicht täusche, umspielt ein Lächeln Zeds Lippen, als meine Faust auf Jaces Kiefer trifft.

Meine Fingerknöchel spüren nichts von den wiederholten Schlägen in sein Gesicht. Meine Wut verdrängt alles andere, als ich auf ihn draufsteige, um weiterzumachen. Bilder, wie er Tessa anfasst, sie küsst, sie auszieht, flackern vor meinen Augen und lassen mich noch fester zuschlagen. Das Blut stachelt mich nur weiter an, ihn wieder und wieder so hart zu schlagen, wie ich nur irgendwie kann.

Jaces schwarz gerahmte Brille liegt mit zerbrochenen Gläsern neben seiner blutigen Fresse, als starke Hände mich von ihm runterziehen.

»Hör jetzt auf, Mann! Sonst bringst du ihn noch um!«, brüllt Logan und holt mich damit in die Realität zurück.

»Wenn sonst noch einer von euch mir was zu sagen hat, dann sagt es jetzt!«, brülle ich die Leute an, die ich mal für meine Freunde gehalten habe, oder für so etwas Ähnliches.

Alle schweigen, selbst Molly.

»Ich mein's ernst! Wenn einer von euch auch nur noch ein einziges verdammtes Wort über sie verliert, dann mache ich jeden einzelnen von euch Wichsern fertig!« Ich werfe einen letzten Blick auf Jace, der mühsam versucht aufzustehen, bevor ich Zeds Apartment verlasse und in die kalte Nacht hinausgehe.

15

Tessa

»Die schmecken sooo gut!«, schreie ich Kimberly ins Ohr, während ich den Rest meines fruchtigen Drinks schlürfe. Gierig schiebe ich das Eis hin und her, um so viel Flüssigkeit wie möglich zu erwischen.

Sie strahlt mich an. »Magst du noch einen?« Ihre Augen sind leicht gerötet, aber insgesamt merkt man ihr den Alkohol eigentlich nicht an. Ich hingegen fühle mich seltsam schwerelos.

Betrunken. Das ist das Wort, nach dem ich gesucht habe.

Ich nicke eifrig und merke, dass ich mit den Fingerspitzen zum Takt der Musik auf meine Knie klopfe.

»Geht's dir gut?«, erkundigt sich Trevor lachend, als er es bemerkt.

»Ja, sogar richtig gut!«, rufe ich über die Musik hinweg.

»Komm, wir tanzen!«, meint Kimberly.

»Ich tanze nicht! Also, ich meine, ich *kann* nicht tanzen, zumindest nicht zu so einer Musik!« Ich habe noch nie so getanzt wie die Leute hier im Club, und normalerweise hätte ich total Schiss, es zu versuchen. Doch der Alkohol, der durch meinen Körper kribbelt, gibt mir so viel Mut wie noch nie zuvor. »Ach, was soll's – lass uns tanzen!«, rufe ich.

Kimberly lächelt, dreht sich um und küsst Christian auf den Mund, länger als sonst. Dann springt sie auf, zieht mich von der Couch und in Richtung der vollen Tanzfläche. Als wir an einem

Geländer vorbeikommen, blicke ich nach unten und sehe, dass auch die beiden Stockwerke unter uns voll sind mit tanzenden Menschen. Alle wirken in ihrer eigenen Welt versunken, beunruhigend und faszinierend zugleich.

Natürlich bewegt sich Kimberly perfekt zum Rhythmus, also schließe ich die Augen und versuche, mich ebenfalls voll der Musik hinzugeben. Ich komme mir ziemlich komisch dabei vor, aber ich will einfach hier reinpassen. Ich habe nichts anderes.

Nachdem wir wer weiß wie viele Songs durchgetanzt und zwei weitere Drinks getrunken haben, fängt der Raum an, sich zu drehen. Ich entschuldige mich, um zur Toilette zu gehen, nehme meine Clutch und quetsche mich an verschwitzten Leuten vorbei. Ich spüre mein Handy in der Handtasche vibrieren. Es ist meine Mutter, aber ich bin viel zu betrunken, um mit ihr zu reden. Während ich Schlange stehe, scrolle ich durch meine Nachrichten und stelle erstaunt fest, dass Hardin sich nicht gemeldet hat.

Vielleicht sollte ich mich mal bei ihm melden?

Nein. Auf gar keinen Fall. Das geht gar nicht, und morgen würde ich es ohnehin bereuen.

Mir wird schwindelig von den blinkenden Lichtern, die über die Wände flackern. Ich versuche, mich auf das Handydisplay zu konzentrieren und hoffe, dass die Übelkeit dadurch verschwindet. Als endlich eine der Kabinen frei wird, stürze ich hinein, beuge mich über die Schüssel und warte darauf, dass mein Körper entscheidet, ob ich kotzen muss oder nicht. Ich hasse dieses Gefühl. Wenn Hardin jetzt hier wäre, würde er mir ein Glas Wasser bringen. Er würde mir die Haare aus dem Gesicht halten.

Nein. Nein, das würde er nicht.

Ich sollte ihn anrufen.

Als ich sicher bin, dass ich mich nicht übergeben muss, verlasse ich die Kabine und gehe zu den Waschbecken. Meine Finger bewegen sich auf dem Handydisplay. Dann klemme ich mir das Telefon zwischen Ohr und Schulter, damit ich nebenher ein Papierhandtuch aus dem Wandspender ziehen kann. Dieses halte ich unter den Hahn, aber es fließt erst Wasser, als ich mit dem Tuch vor dem Sensor herumwackele. Wie ich diese automatischen Waschbecken hasse! Mein Eyeliner ist etwas verschmiert, und ich sehe irgendwie anders aus. Meine Haare sind ganz wild, die Augen blutunterlaufen. Nach dem dritten Klingeln gebe ich auf und lege das Handy neben das Waschbecken.

Mann, warum geht er nicht ran? In diesem Moment fängt das Handy an zu vibrieren und fällt dabei fast ins Wasser. Ich muss kichern. Keine Ahnung warum, aber ich finde es lustig.

Hardins Name steht auf dem Display. Mit nassem Finger wische ich darüber. »Harold?«, sage ich.

Harold? O Gott, ich hab wirklich viel zu viel getrunken.

Hardin klingt ganz komisch und atemlos. »Tessa? Ist alles okay? Hast du mich gerade angerufen?«

Oh, seine Stimme ist göttlich.

»Ich weiß nicht – wenn mein Name auf deinem Phone auftaucht, dann isses ziemlich wahrscheinlich, dass ich es war«, antworte ich lachend.

Sein Tonfall verändert sich. »Bist du betrunken?«

»Vielleicht?«, sage ich mit zu hoher Stimme und werfe das feuchte Handtuch in den Müll.

Zwei betrunkene Frauen kommen herein. Eine von ihnen stolpert fast über die eigenen Füße, und alle lachen. Die beiden taumeln in die größte der Kabinen.

»Wo bist du?«, knurrt Hardin.

»Ach, jetzt reg dich ab.« Ständig sagt er mir, dass ich mich abregen soll. Jetzt bin ich damit dran.

Er seufzt. »Tessa …« Ich höre, dass er sauer ist, aber ich bin so benommen, dass es mir egal ist. »Wie viel hast du getrunken?«, will er wissen.

»Ich weiß nich' … vielleicht fünf. Oder sechs. Glaub ich«, antworte ich und lehne mich an die Wand. Durch den dünnen Stoff meines Kleides fühlen sich die Fliesen wunderbar kühl auf meiner erhitzten Haut an.

»Fünf oder sechs was?«

»Sex on the Beach … *wir* hatten nie Sex am Strand … das wäre vielleicht lustig gewesen«, sage ich grinsend. Ich wünschte, ich könnte sein blödes Gesicht jetzt sehen. Nicht blöd … *wunderschön*. Aber blöd klingt besser.

»Mein Gott, du bist ja total besoffen«, meint er. Bestimmt fährt er sich mit den Fingern durch die Haare. »Wo bist du?«, fragt er wieder.

Ich weiß, es ist lächerlich, aber ich antworte: »Da, wo du nicht bist.«

»Offensichtlich. Sag schon. In einem Club?«, schreit er.

»Ohhh … da hat aber jemand schlechte Laune.« Ich lache.

Er hört bestimmt die Musik im Hintergrund. Jetzt droht er mir: »Ich kann ganz leicht herausfinden, wo du bist.« Das glaube ich ihm sogar irgendwie. Wobei es mir egal ist.

Die Worte sind ausgesprochen, bevor ich sie zurückhalten kann: »Warum hast du mich heute nicht angerufen?«

»Wie bitte?« Meine Frage haut ihn scheinbar um.

»Du hast heute nicht versucht, mich anzurufen.« Wie armselig das klingt.

»Ich dachte, du willst das nicht.«

»Will ich auch nicht, aber trotzdem.«

»Na gut, ich kann dich morgen anrufen«, sagt er.

»Leg noch nicht auf.«

»Tue ich nicht … ich habe nur gesagt, dass ich dich morgen anrufen werde, auch wenn du nicht rangehst«, erklärt er, und mein Herz macht einen Satz.

Ich versuche, möglichst neutral zu klingen. »Okay.« *Was mache ich eigentlich hier?*

»Und, kannst du mir jetzt sagen, wo du bist?«

»Nee.«

»Ist Trevor da?« Sein Tonfall ist ernst.

»Ja, aber Kim auch … und Christian«, verteidige ich mich, ohne zu wissen, warum.

»Dann war das also der Plan? Dich auf eine Konferenz mitnehmen, dich abfüllen und in einen verdammten Club schleppen?« Seine Stimme wird lauter. »Du musst zurück ins Hotel. Du verträgst nicht so viel Alkohol, und jetzt bist du da allein, und Trevor –«

Ich lege auf, bevor er seinen Satz beenden kann. Für wen hält er sich eigentlich? Er kann froh sein, dass ich ihn überhaupt angerufen habe, betrunken hin oder her. Er will mir nur den Abend vermiesen.

Ich brauche noch einen Drink.

Mein Handy vibriert immer wieder, aber ich drücke jedes Mal auf Ablehnen. *Da hast du's, Hardin.*

Ich finde den Weg zurück zu unserer VIP-Lounge und bitte die Bedienung um einen weiteren Cocktail.

»Alles okay?«, erkundigt sich Kimberly. »Du wirkst irgendwie sauer.«

»Ja, alles bestens!«, lüge ich und leere meinen Drink, sobald er vor mir steht. Hardin ist so ein Idiot. Er ist doch schuld, dass wir nicht mehr zusammen sind, und da brüllt er *mich* an, wenn ich ihn anrufe? Dabei könnten wir hier nun zusammen sitzen, wenn er mir das nicht angetan hätte. Stattdessen ist Trevor hier. Trevor ist süß und sehr attraktiv.

»Was ist?« Trevor lächelt, als er mich dabei ertappt, wie ich ihn anstarre.

Ich lache und wende den Blick ab. »Nichts.«

Ich trinke noch einen, und wir reden darüber, wie aufregend der nächste Tag wird. Dann stehe ich wieder auf. »Ich geh noch mal tanzen!«, rufe ich den dreien zu.

Trevor sieht aus, als wolle er etwas sagen, vielleicht sogar anbieten, mich zu begleiten, aber stattdessen wird er rot und schweigt. Kimberly scheint genug zu haben, denn sie winkt mir nur zu. Es macht mir nichts mehr aus, alleine da rauszugehen. Ich bahne mir einen Weg zur Mitte der Tanzfläche. Wahrscheinlich sehe ich total lächerlich aus, aber es fühlt sich gut an, einfach nur die Musik zu genießen, mich dazu zu bewegen und alles andere zu vergessen, wie zum Beispiel meinen betrunkenen Anruf bei Hardin.

Nach etwa der Hälfte des Songs spüre ich jemanden hinter mir. Als ich mich umdrehe, tanzt da ein ziemlich gut aussehender Typ in dunklen Jeans und weißem Hemd. Die Haare trägt er ganz kurz geschnitten, und sein Lächeln ist ganz hübsch. Er ist nicht Hardin, aber das gilt ja für alle.

Hör auf, an Hardin zu denken, ermahne ich mich, als der Mann meine Hüfte umfasst und dicht an meinem Ohr sagt: »Darf ich mit dir tanzen?«

»Äh … klar«, antworte ich. Aber eigentlich spricht der Alkohol.

»Du bist wunderschön«, raunt er. Dann dreht er mich sanft wieder um und drängt sich von hinten an mich. Ich schließe die Augen und versuche mir vorzustellen, ich sei jemand anders. Eine Frau, die mit Fremden tanzt.

Der nächste Song ist langsamer, sinnlicher, ich bewege auch meine Hüften langsamer. Nun sehen wir uns auch wieder an, und er führt meine Hand an seinen Mund, berührt mit den Lippen meine Haut. Dabei blickt er mir tief in die Augen, und ehe ich kapiere, was er tut, hat er seine Zunge in meinen Mund geschoben. Mein Herz befiehlt mir, ihn wegzustoßen, beinahe würge ich, weil er so fremd schmeckt. Aber mein Kopf sagt etwas ganz anderes: *Küss ihn, um Hardin zu vergessen. Küss ihn.*

Also ignoriere ich das Gefühl in meinem Bauch. Ich schließe die Augen, lasse meine Zunge mit seiner spielen. In den drei Monaten auf dem College habe ich mehr Männer geküsst als in meinem ganzen Leben davor. Die Hände des Fremden wandern meinen Rücken hinab.

»Magst du mit zu mir kommen?«, fragt er, als der Kuss endet.

»Wie bitte?« Ich habe ihn schon verstanden, aber etwas in mir hofft, ich könnte damit seine Frage ungeschehen machen.

»Komm, wir gehen zu mir.« Er nuschelt.

»Oh … ich glaube, das ist keine gute Idee.«

»O doch, das ist eine sehr gute Idee.« Er lacht. Die bunten Lichter flackern über sein Gesicht und lassen ihn irgendwie viel bedrohlicher wirken als zuvor.

»Wie kommst du darauf, ich würde mit zu dir gehen? Ich kenne dich doch nicht mal!«, rufe ich über die Musik hinweg.

»Weil du gerade mit mir rumgemacht hast und total darauf abgefahren bist, Süße.« Er sagt es, als sei es eine Tatsache und keine Beleidigung.

Am liebsten würde ich ihn anbrüllen und ihm in die Eier treten, doch stattdessen versuche ich, mich abzuregen und eine Sekunde lang klar zu denken. Ich habe mit diesem Typen total eng getanzt und ihn dann geküsst. *Natürlich* will er da mehr. Was ist bloß los mit mir? Ich und dieser Kerl – das bin doch nicht ich.

»Nein, tut mir leid«, sage ich und lasse ihn stehen.

Als ich zurück zu den anderen komme, wirkt Trevor, als würde er gleich auf dem Sofa einschlafen. Ich muss lächeln, weil er so bezaubernd aussieht.

Gibt es das Wort überhaupt? Verdammt, ich habe echt zu viel getrunken.

Rasch setze ich mich hin und nehme eine Wasserflasche aus dem Eiskühler auf dem Tisch.

»Spaß gehabt?«, erkundigt sich Kimberly. Ich nicke.

»Ja, war echt super«, antworte ich, trotz der Sache von gerade eben.

»Bist du dann bald so weit, Schatz? Wir müssen morgen früh raus«, sagt Christian zu Kim.

»Ja, von mir aus können wir los.« Ihre Hand wandert seinen Schenkel hinauf. Schnell wende ich den Blick ab und spüre, wie ich rot werde.

Dann stupse ich Trevor an. »Kommst du auch mit, oder willst du hier übernachten?«

Er setzt sich auf und grinst. »Hab mich noch nicht entschieden. Diese Couch ist ziemlich bequem, die Musik sehr beruhigend …«

Christian ruft den Chauffeur an, der verspricht, in ein paar Minuten da zu sein. Wir stehen alle auf und beschließen, die Wendeltreppe zu nehmen, die sich an einer Seite des Clubs über alle Stockwerke zieht. An der Bar im Erdgeschoss bestellt Kimberly sich einen letzten Drink, und ich überlege, ob ich mir die Wartezeit auch noch mit einem Cocktail verkürzen soll, aber wenn ich noch mehr trinke, kippe ich womöglich um oder muss mich doch übergeben.

Als Christians Smartphone aufleuchtet, gehen wir zum Ausgang hinüber. Die kühle Nachtluft auf meinen glühenden Wangen tut gut, aber ich bin dankbar, dass nur ein leichter Wind geht.

Es ist fast drei Uhr morgens, als wir im Hotel ankommen. Ich bin absolut betrunken und habe einen Mordshunger. Nachdem ich die Minibar geplündert und fast alles aufgegessen habe, stolpere ich zum Bett hinüber und lasse mich darauffallen, ohne auch nur die Schuhe auszuziehen.

16

Tessa

»RRRRuhe!«, stöhne ich, als mich grauenhafter Lärm aus meinem komatösen Schlaf reißt. Es dauert ein paar Sekunden, bis ich begreife, dass es nicht meine Mutter ist, die mich wegen irgendwas anschreit, sondern dass jemand an meine Zimmertür hämmert.

»Verdammt, ich *komm* ja schon!«, rufe ich und stolpere durch das Zimmer.

Auf halber Strecke halte ich inne und werfe einen Blick auf die Uhr über dem Tisch. Es ist kurz vor halb vier morgens. Wer kann das sein?

Selbst in meinem benebelten Zustand packt mich die Panik. Was, wenn es Hardin ist? Inzwischen ist mein betrunkener Anruf bei ihm über drei Stunden her, aber wie kann er mich gefunden haben? Und was soll ich zu ihm sagen? Ich bin dafür noch nicht bereit.

Als es wieder klopft, schiebe ich alle Gedanken beiseite und öffne schwungvoll die Tür, auf das Schlimmste vorbereitet.

Doch es ist bloß Trevor. Die Enttäuschung versetzt mir einen Stich, und ich wische mir über die Augen. Ich fühle mich noch genauso betrunken wie vorhin, als ich ins Bett gegangen bin.

»Tut mir leid, dass ich dich wecke, aber hast du mein Handy?«, fragt er.

»Was?« Ich gehe zur Seite, damit er reinkommen kann. Als die

Tür hinter ihm zufällt, stehen wir auf einmal im Dunkeln. Der einzige Lichtschimmer kommt von der nächtlichen Stadt. Ich bin leider zu blau, um den Lichtschalter zu finden.

»Ich glaube, wir haben unsere Telefone vertauscht. Ich hab deins, und ich vermute, du hast aus Versehen meins genommen.« Er streckt mir mein Handy hin. »Eigentlich wollte ich bis morgen früh warten, aber deins hat immerzu geklingelt.«

»Oh.« Mehr bringe ich nicht raus. Ich gehe zu meiner Handtasche hinüber, und tatsächlich, ich sehe im Dämmerlicht Trevors Telefon auf meinem Geldbeutel liegen.

»Tut mir leid … ich muss im Auto nach deinem gegriffen haben«, entschuldige ich mich und reiche es ihm.

»Kein Problem. Sorry noch mal, dass ich dich geweckt habe. Du bist die einzige Frau, die ich kenne, die beim Aufwachen genauso schön aussieht wie –«

Er wird von lautem Klopfen an der Tür unterbrochen. Der plötzliche Krach macht mich total wütend.

»*Was ist das hier für ein Scheiß?* Party bei Tessa?«, brülle ich und marschiere genervt zur Tür, um die Hotelangestellten zusammenzustauchen, die sich wahrscheinlich über den Lärm beschweren wollen, den Trevor veranstaltet hat. Ironischerweise sind sie noch lauter als er.

Als ich gerade nach der Türklinke greife, wird das Gepolter noch lauter, und ich zucke vor Schreck zusammen. Dann höre ich es: »Tessa! Mach die Tür auf!«, dröhnt Hardins Stimme durch die nächtliche Stille. Hinter mir geht ein Licht an, und ich sehe, dass Trevor bleich vor Angst ist.

Wenn Hardin ihn in meinem Zimmer erwischt, gibt es garantiert Ärger, egal was in Wirklichkeit gelaufen ist.

»Versteck dich im Bad!«, zische ich. Trevor macht große Augen.

»Was? Ich kann mich doch nicht im Bad verstecken!« Da wird auch mir klar, was für eine lächerliche Idee das ist.

»*Mach sofort die verdammte Tür auf!*«, brüllt Hardin wieder und fängt auch noch an, dagegenzutreten.

Ich werfe Trevor einen letzten verzweifelten Blick zu und versuche, mir sein attraktives Gesicht einzuprägen, bevor Hardin es zu Brei schlägt.

»Ich *komme* ja schon!«, schreie ich und öffne die Zimmertür ein Stück. Draußen steht Hardin, komplett in Schwarz. Mein Blick wandert zu seinen Füßen, an denen er statt seiner schweren Boots schlichte schwarze Chucks trägt. Ich hab ihn noch nie mit etwas anderem als seinen Boots gesehen. Die neuen gefallen mir …

Aber jetzt bloß nicht von so was ablenken lassen.

Hardin drückt die Tür auf und stürmt einfach an mir vorbei, auf Trevor zu. Zum Glück gelingt es mir, ihn am Shirt zu packen und festzuhalten.

»Du glaubst wohl, du kannst sie abfüllen und dann mit ihr aufs Zimmer kommen!«, brüllt Hardin und will sich auf ihn stürzen. Er setzt dabei aber nicht seine ganze Kraft ein, sonst läge ich jetzt bestimmt schon auf dem Boden, statt mich an sein dünnes T-Shirt zu klammern. »Ich hab durch den Türspion genau gesehen, wie das Licht anging – was habt ihr zwei hier im Dunkeln gemacht?!«

»Ich hab gar nichts … ich –«, stammelt Trevor.

»Hardin, hör sofort auf! Du kannst nicht dauernd allen eine reinhauen!«, brülle ich und zerre weiter an seinem Shirt.

»Doch … kann ich wohl!«, knurrt er.

»Trevor«, sage ich. »Geh am besten zurück in dein Zimmer, dann kann ich ihn vielleicht wieder zur Vernunft bringen. Tut mir leid, dass er sich wie ein Irrer aufführt.«

Beinahe hätte Trevor über meine Wortwahl gelacht, aber ein einziger Blick von Hardin lässt ihn verstummen.

Als Trevor gegangen ist, dreht Hardin sich zu mir um. »Ein Irrer?«

»Ja, total! Du kannst doch nicht einfach hier reinplatzen und Trevor verprügeln.«

»Der hat hier nichts verloren. Was wollte der überhaupt von dir? Warum bist du immer noch angezogen? Und, scheiße, wo kommt dieses Kleid her?«, fragt er und verschlingt mich buchstäblich mit seinem Blick.

Ich ignoriere das Kribbeln im Bauch, das sich sofort einstellt, und konzentriere mich stattdessen auf meine Empörung.

»Er wollte sein Handy holen, weil ich das aus Versehen mitgenommen habe. Und … was du noch wissen wolltest, habe ich jetzt vergessen«, gebe ich zu.

»Tja, vielleicht hättest du nicht so viel trinken sollen.«

»Ich trinke, was und warum und wie und wann ich will. Vielen Dank auch.«

Er verdreht die Augen. »Du nervst, wenn du betrunken bist.« Dann lässt er sich in den Sessel fallen.

»Du nervst, wenn du … bei *allem*. Und wer hat gesagt, dass du dich hinsetzen darfst?«, schnaube ich und verschränke wütend die Arme vor der Brust.

Hardin blickt mit diesen leuchtend grünen Augen zu mir auf. Mann, wie sexy er aussieht! »Ich kann nicht fassen, dass er bei dir im Zimmer war.«

»Ich kann nicht fassen, dass *du* bei mir im Zimmer bist«, gebe ich zurück.

»Hast du ihn gefickt?«

»*Wie bitte?* Wie kannst du das auch nur fragen!«, schreie ich.

»Beantworte gefälligst meine Frage.«

»Nein, du Arschloch. Habe ich nicht.«

»Hattest du es vor – willst du es?«

»Mein Gott, Hardin! Du bist so was von gestört!« Kopfschüttelnd gehe ich zwischen Fenster und Bett hin und her.

»Also, warum bist du dann noch angezogen?«

»Was soll das denn jetzt?«, seufze ich. »Außerdem geht es dich überhaupt nichts an, mit wem ich Sex habe. Vielleicht hatte ich ja

mit ihm Sex – vielleicht auch mit einem anderen.« Meine Mundwinkel zucken, aber ich zwinge mich, ernst zu bleiben. »Du wirst es
nie erfahren.«

Meine Worte haben die gewünschte Wirkung, denn Hardins Ge-
sichtszüge verfinstern sich, werden fast animalisch. »Was hast du da
gerade gesagt?«, bellt er.

Das macht viel mehr Spaß, als ich dachte. Es gefällt mir, in Hardins Gegenwart betrunken zu sein, weil ich dann endlich rede, ohne
vorher nachzudenken – und Sachen sage, die ich wirklich meine.
Alles ist dann so lustig.

»Du hast mich genau gehört …« Ich baue mich vor ihm auf.
»Vielleicht bin ich ja mit diesem Typ im Club zu den Toiletten gegangen. Vielleicht hat Trevor mich hier gefickt.« Ich werfe einen
beiläufigen Blick über die Schulter Richtung Bett.

»Hör auf, Tessa. Hör sofort auf damit«, warnt mich Hardin.

Aber ich lache nur. Ich fühle mich auf einmal stark und mäch-
tig – und ich würde Hardin am liebsten das T-Shirt vom Leib reißen. »Was hast du denn? Gefällt dir die Vorstellung nicht, wie Trevors Hände über meinen Körper wandern?« Ich weiß nicht, ob es
an Hardins Wut liegt, am Alkohol oder an der Tatsache, dass ich ihn
vermisse, aber bevor ich darüber nachdenken kann, steige ich rittlings auf seinen Schoß. Meine Knie berühren seine Hüften. Er ist
sprachlos, und wenn ich mich nicht sehr täusche, dann zittert er.

»W-was machst du … Tessa, was machst du da?«

»Sag es mir, Hardin, gefällt dir die Vorstellung, wie Trev–«

»Hör auf. Hör sofort auf damit!«, bittet er, und ich tue ihm den
Gefallen.

»Ach, jetzt mach dich mal locker, Hardin. Du weißt doch, dass
ich das nicht tun würde.«

Ich schlinge ihm die Arme um den Hals. Das Gefühl der Nos-
talgie, das mich durchflutet, als ich ihm so nah komme, raubt mir
fast den Atem.

»Tessa, du bist betrunken.« Er versucht, meine Arme wegzuziehen.

»Na und … ich will dich«, sage ich und überrasche uns beide damit.

Ich beschließe, mein Gehirn auszuschalten, zumindest den rationalen Teil, und vergrabe meine Finger in seinen Haaren. Oh, wie sehr mir dieses Gefühl gefehlt hat.

»Tessa … Du weißt doch gar nicht, was du tust. Du bist total betrunken.«

Aber es liegt keine wirkliche Überzeugung in seiner Stimme.

»Hardin … hör auf, so viel nachzudenken. Vermisst du mich denn nicht?«, flüstere ich an seinem Hals, während ich ihn zärtlich küsse. Meine Hormone haben völlig die Kontrolle übernommen, und ich weiß nicht, ob ich ihn schon jemals so unbedingt wollte.

»Jaaaa …«, zischt er, als ich fester sauge. Das gibt bestimmt einen Knutschfleck. »Tess, ich kann nicht … bitte.«

Doch ich weigere mich aufzuhören. Stattdessen reibe ich mich an ihm, wiege mein Becken auf seinem Schoß vor und zurück, und er stöhnt.

»Nein …«, flüstert er. Er packt meine Hüften mit seinen kräftigen Händen und stoppt mich.

Abrupt richte ich mich auf und funkele ihn an. »Du hast jetzt genau zwei Möglichkeiten: Entweder du fickst mich, oder du gehst. Deine Entscheidung.«

Was habe ich da gerade gesagt?

»Wenn ich das tue, während du … in diesem Zustand bist, hasst du mich morgen dafür.« Er sieht mir tief in die Augen.

»Ich hasse dich sowieso schon«, sage ich, und er zuckt zurück. »Irgendwie«, füge ich hinzu, sanfter als beabsichtigt.

Dann lässt er mich los, sodass ich mich wieder bewegen kann. »Können wir wenigstens zuerst über alles reden?«

»Nein. Sei kein Weichei.« Stöhnend reibe ich mich an seinem Bein.

»Wir können das nicht machen … nicht so.«

Seit wann ist er so moralisch? »Du willst mich, Hardin. Ich merke doch, wie hart du bist«, flüstere ich ihm ins Ohr.

Ich kann es selbst kaum fassen, ich und Dirty Talk, aber ich kann nicht anders, Hardins Lippen sind tiefrot und seine Pupillen riesig, fast schwarz.

»Komm schon, Hardin, willst du mich denn nicht dort über den Tisch legen? Oder übers Bett? Gegen das Waschbecken? So viele Möglichkeiten …«, wispere ich und beiße sanft in sein Ohrläppchen.

»Fuck … Okay. Scheiß drauf«, sagt er und vergräbt die Hände in meinen Locken, um mich an sich zu ziehen.

In dem Moment, als Hardins Lippen meine berühren, entzündet sich das Feuer in meinem Körper. Ich stöhne dicht an seinem Mund und werde mit einem ähnlichen Laut von Hardin belohnt. Meine Finger ziehen nun fester an seinen Haaren, denn ich kann weder mich noch mein Verlangen nach ihm zurückhalten. Ich weiß, er nimmt sich zurück, und das macht mich wahnsinnig. Meine Hände wandern hinab zum Saum seines schwarzen T-Shirts und ziehen es nach oben über seinen Kopf. Als unser Kuss unterbrochen wird, lehnt Hardin sich ein Stück zurück.

»Tessa …«, fleht er.

»Hardin.« Ich fahre mit den Fingerspitzen seine Tattoos nach. Wie habe ich das vermisst, seine harten Muskeln unter der Haut, die verschnörkelten schwarzen Linien auf seinem perfekten Körper.

»Ich kann das hier nicht ausnutzen«, sagt er, gefolgt von einem Stöhnen, weil ich mit der Zungenspitze seine Unterlippe berühre.

Ich lache spöttisch. »Sei einfach still.«

Als meine Hand nach unten wandert, um ihn durch die Jeans hindurch zu reiben, weiß ich, dass er mir nicht widerstehen kann, und das verschafft mir unglaubliche Befriedigung. Ich hätte nie im Leben gedacht, Hardin einmal ganz in meiner Hand, ganz unter

Kontrolle zu haben. Eigentlich lustig, wie wir so komplett die Rollen getauscht haben.

Er ist so hart und geil. Ungeduldig klettere ich von ihm herunter und öffne seinen Reißverschluss.

17

Hardin

In meinem Kopf dreht sich alles, und ich weiß, dass es falsch ist, aber ich kann nicht anders. Ich will sie, ich brauche sie. Ich verzehre mich nach ihr. Ich muss sie haben – außerdem hat sie mich vor die Wahl gestellt, zu gehen oder sie zu vögeln, und verlassen werde ich sie auf keinen Fall. Wenn das meine Optionen sind, bleibe ich. Diese Worte aus ihrem Mund klangen so gar nicht nach ihr, so seltsam …

Aber so scharf.

Ihre kleinen Hände öffnen den Knopf meiner Jeans, dann den Reißverschluss. Als meine Hose bis auf die Knöcheln runterrutscht, schüttele ich den Kopf. Ich kann nicht klar denken, keinen einzigen vernünftigen Gedanken fassen. Ich bin betrunken, berauscht von dieser normalerweise so zurückhaltenden, aber jetzt völlig hemmungslosen Frau, die ich mehr liebe, als ich ertragen kann.

»Warte …«, sage ich wieder, obwohl ich nicht wirklich will, dass sie aufhört. Aber ich muss mich wenigstens wehren, um die Schuldgefühle zu dämpfen, die sich irgendwo in mir bemerkbar machen, in dem kleinen Teil von mir, der gut ist.

»Nein … es wird nicht gewartet. Ich habe genug gewartet.« Ihre Stimme ist sanft und verführerisch, als sie meine Boxershorts runterzieht und mit der Hand meinen Schwanz umschließt.

»Fuck, Tessa …«

»Genau darum geht's. Fuck. Tessa. Fick mich.«

Ich kann sie nicht bremsen. Nicht einmal, wenn ich es wollte. Sie braucht das, braucht mich. Ob sie nun betrunken ist oder nicht, wenn sie mich nur in diesem Zustand begehrt, bin ich egoistisch genug, das mitzunehmen.

Sie sinkt vor mir auf die Knie und nimmt mich in den Mund. Dann blickt sie mit unschuldigem Augenaufschlag zu mir auf. Scheiße, sie sieht aus wie ein Engel und der Teufel gleichzeitig, so rein und so verdammt dreckig, als sie mich mit der Zunge bearbeitet.

Dann hält sie inne, die Wange an meinem Schwanz, und fragt lächelnd: »Gefalle ich dir so?«

Ich komme fast bei ihren Worten. Ich nicke, kann nicht sprechen, als sie mich wieder in ihren süßen Mund nimmt, fester saugt und mich noch tiefer aufnimmt. Ich will nicht, dass sie aufhört, aber ich muss sie anfassen. Sie spüren. »Stop«, flehe ich und drücke sie sanft an den Schultern zurück. Doch sie schüttelt den Kopf und quält mich, indem sie den Kopf gefährlich schnell auf und ab bewegt. »Tessa ... bitte«, stöhne ich, aber ich merke, wie sie lacht, eine tiefe Vibration. Zum Glück hört sie gerade noch rechtzeitig auf, bevor ich in ihr komme.

Sie lächelt und wischt sich mit dem Handrücken die geschwollenen Lippen ab. »Du schmeckst so gut.«

»Fuck, wo kommt das denn auf einmal her?«, will ich wissen, als sie aufsteht.

»Ich weiß auch nicht ... ich denke diese Sachen immer. Ich hab nur nicht die Eier, sie auszusprechen.« Dabei geht sie zum Bett.

Die Art, wie sie »Eier« sagt, bringt mich fast zum Lachen. Es passt so gar nicht zu ihr, aber heute Nacht bestimmt sie, wo es langgeht, und das weiß sie genau. Sie genießt es, dass ich ihr völlig ausgeliefert bin.

Ihr Kleid würde jeden Mann umhauen. Wie der Stoff sich an ihre Rundungen schmiegt, wie er wie eine zweite Haut jede Kurve zeigt, das ist wahnsinnig sexy. Etwas so Heißes habe ich noch nie gesehen. Bis sie das Kleid über den Kopf zieht und es mir zuwirft. Ich spüre, wie mir die Augen übergehen, als ich den Blick über ihren Körper wandern lasse. Die weiße Spitze ihres BHs kann ihre vollen Brüste kaum halten, und ihr Slip bauscht sich auf der einen Seite zusammen, wodurch die weiche Stelle zwischen Hüfte und Schambein entblößt wird. Sie liebt es, dort geküsst zu werden, obwohl sie sich für die dünnen, fast unsichtbaren weißen Linien auf ihrer Haut schämt. Keine Ahnung, warum. Für mich ist sie auch mit diesen kleinen Fehlern perfekt.

»Du bist dran.« Sie lächelt und lässt sich rückwärts aufs Bett fallen.

Von diesem Moment habe ich seit dem Tag geträumt, als sie mich verlassen hat. Ich hätte nie gedacht, dass es je wieder passieren würde. Ich weiß, ich muss mir jedes Detail genau einprägen, weil es wahrscheinlich das letzte Mal ist.

Ich zögere wohl etwas zu lang, denn sie legt den Kopf schief und sieht mich mit hochgezogenen Augenbrauen an. »Muss ich schon mal alleine anfangen?«

Verdammt, sie ist wirklich gierig.

Statt einer Antwort gehe ich zum Bett. Ich knie mich neben ihre Oberschenkel, während sie ungeduldig an ihrem Slip zerrt. Dann schiebe ich ihre Hände weg und ziehe ihn für sie aus. Schließlich knie ich zwischen ihren Beinen.

»Du hast mir so gefehlt«, sage ich, doch sie packt nur meine Haare und drückt mein Gesicht dorthin, wo sie mich haben will. Ich schüttele den Kopf, gebe aber nach und presse meine Lippen auf sie. Sie wimmert und windet sich unter meiner Zunge, als ich ihrer empfindlichsten Stelle ganz besondere Aufmerksamkeit schenke. Ich weiß, wie sehr sie das genießt, wie sehr sie das braucht. Ich erinnere mich noch, wie ich sie das erste Mal dort berührt habe und sie mich fragte. »Was ist das?«

Ihre Unschuld hat mich damals schon unglaublich scharfgemacht und tut es immer noch.

»O mein Gott, Hardin«, stöhnt sie.

Wie ich das vermisst habe. Normalerweise würde ich ihr jetzt sagen, wie feucht sie ist, wie bereit, aber ich finde keine Worte. Ich bin viel zu fasziniert von den Lauten, die sie von sich gibt, und ihren Händen, die sich ins Laken krallen, weil ich ihr diese Lust verschaffe. Ich lasse einen Finger in sie hineingleiten, immer wieder rein und raus, rein und raus, und sie stöhnt.

»Mehr, Hardin, bitte, mehr«, fleht sie, und ich gebe ihr, was sie will. Ich lasse zwei gekrümmte Finger in ihr kreisen, bevor ich wieder meine Zunge einsetze. Ich merke, wie ihre Beine steif werden, wie immer, kurz bevor sie kommt. Damit ich sie ansehen kann, ziehe ich mich ein Stück zurück, während ich ihre Klitoris reibe, immer schneller, hin und her. Sie schreit – wirklich, sie schreit – meinen Namen, als sie unter meinen Fingern kommt. Ich starre sie an, nehme jedes Detail auf: Wie sie die Augen schließt, wie ihr Mund sich zu einem perfekten O formt, wie ihre Brüste und ihre Wangen sich röten, während sie ihren Orgasmus auskostet. Ich liebe sie. Scheiße, ich liebe sie. Als sie fertig ist, kann ich nicht anders, als die Finger in den Mund zu stecken. Sie schmeckt so gut. Hoffentlich kann ich mich daran noch erinnern, wenn sie mich wieder verlässt.

Ihr Brustkorb hebt und senkt sich schnell. Dann schlägt sie die Augen auf. Ein breites Grinsen bringt ihr wunderschönes Gesicht zum Strahlen. Ich muss ebenfalls lächeln, als sie mich zu sich winkt.

»Hast du ein Kondom dabei?« Ihre Augen blitzen, als ich mich über sie beuge.

»Ja …«, antworte ich. Das Lächeln weicht einem Stirnrunzeln, und ich hoffe, sie interpretiert nicht zu viel hinein. »Reine Gewohnheit«, gebe ich zu, was stimmt.

»Mir egal«, murmelt sie. Dann beugt sie sich zu den Jeans auf dem Fußboden hinunter und durchsucht die Taschen, bis sie es gefunden hat.

Widerwillig nehme ich das Briefchen entgegen und sehe ihr in die Augen. »Bist du dir wirklich ganz sicher?«

»Ja, und wenn du noch ein Mal fragst, geh ich mit *deinem* Kondom runter zu *Trevors* Zimmer«, blafft sie.

Meine Augen werden schmal. Sie ist heute Abend wirklich gnadenlos, aber ich kann sie mir nicht mit einem anderen vorstellen. Vielleicht, weil es mich umbringen würde. Sofort beschleunigt sich mein Puls, als ich mir ausmale, wie sie mit diesem Noah-Verschnitt … Mein Blut beginnt zu kochen, und ich schäume vor Wut.

»Gut, wie du willst. Ich bin sicher, er wird –«, sagt sie, will sich aufsetzen, doch ich halte ihr den Mund zu.

»Wage es ja nicht, diesen Satz zu beenden«, knurre ich und spüre, wie sie unter meiner Hand lächelt. Ich weiß, es ist nicht gut, dass sie mich so reizt, und ich sollte sie auch nicht vögeln, wenn sie betrunken ist, aber wir scheinen beide nicht anders zu können. Ich kann nicht Nein sagen, wenn sie mich will, und vielleicht gibt es eine kleine … eine winzige Hoffnung, dass sie mir noch mal eine Chance gibt, wenn sie daran erinnert wird, was wir haben. Ich nehme also die Hand von ihrem Mund und reiße die Verpackung auf. Kaum habe ich das Kondom übergezogen, klettert sie auf meinen Schoß.

»Ich will's zuerst so.« Sie packt meinen Schwanz und senkt sich auf mich herab. Ich stöhne lustvoll, als sie sich langsam vor und zurück wiegt. Ihre kreisenden Bewegungen finden einen göttlichen Rhythmus. Die Form ihres Körpers, die perfekte Rundung ihrer weichen Hüften hypnotisiert mich, während sie mich reitet, sie ist so verdammt sexy. Ich weiß, ich werde nicht lange durchhalten. Dazu hatte ich das hier zu lange nicht. Die einzige Erleichterung in letzter Zeit habe ich mir selbst verschafft und sie mir dabei vorgestellt.

»Sprich mit mir, Hardin. Sprich mit mir so wie früher«, flüstert sie und schlingt mir die Arme um den Hals, um mich dichter an sich zu ziehen. Ich hasse, wie sie das sagt: *Früher*. Als wäre es wirklich schon so lange her.

Ich richte mich etwas auf, um mich ihren Bewegungen anzupassen. Dann flüstere ich ihr ins Ohr: »Du magst Dirty Talk, stimmt's?«, hauche ich, und sie stöhnt. »Antworte mir.« Sie nickt. »Wusste ich's doch. Du tust immer so unschuldig, aber ich kenn dich ganz genau.« Zärtlich beiße ich ihr in den Nacken, doch dann ist es mit meiner Selbstbeherrschung und meiner Zärtlichkeit vorbei, sodass ich fest an ihrem Hals sauge, um etwas Sichtbares zu hinterlassen. Für Trevor. Für die ganze Welt.

»Du weißt, dass ich der Einzige bin, der dir dieses Gefühl verschafft … der dich zum Schreien bringt … kein anderer weiß so genau, wo du berührt werden willst.« Ich schiebe meine Hand zwischen uns, und reibe sie. Sie ist so feucht, dass meine Finger ganz leicht über ihre Haut gleiten.

»O ja …«, schnurrt sie.

»Sag es, Tessa, sag, dass ich der Einzige bin.« Ich reibe ihre Klitoris in immer engeren Kreisen, stoße in sie hinein, während sie mich reitet.

»Das bist du.« Sie legt den Kopf in den Nacken, gibt sich ihrer Lust hin. Genau wie ich.

»Ich bin *was?*«

Ich muss hören, wie sie es ausspricht, selbst wenn sie lügt. Es schockt mich, wie sehr ich sie brauche. Ich packe sie an den Hüften und stoße sie auf den Rücken, drehe mich mit ihr um, sodass ich oben bin. Sie stöhnt, als ich meinen Schwanz nun härter als jemals zuvor in sie hineinramme. Meine Finger suchen ihre vollen Lippen. Sie muss mich spüren, mich ganz spüren, sie muss fühlen, wie ich von ihr Besitz ergreife, und sie muss genau das wollen, sie muss es brauchen. Sie gehört mir, und ich gehöre ihr. Ihre weiche Haut glänzt vor Schweiß. Sie sieht absolut hinreißend aus, wie ihre Brüste im Rhythmus meiner Stöße schaukeln und ihre Augen halb geschlossen sind.

»Du bist der Einzige … Hardin … der Einzige …«, keucht sie, und ich sehe, wie sie sich fast schmerzhaft auf die Lippen beißt, wie sie erst nach ihrem, dann nach meinem Gesicht fasst. Und wie sie dann unter mir kommt … es ist wunderschön. Wie sie in diesem Moment loslässt, ist einfach perfekt. Mehr als diese Worte brauche ich nicht, um auch zu kommen, aber dann fährt sie mit den Fingernägeln meinen Rücken hinab. Das leichte Brennen gefällt mir, ich liebe die feurige Leidenschaft zwischen uns. Ich setze mich auf und ziehe sie auf meinen Schoß, damit sie mich wieder reiten kann. Die Arme um sie gelegt, ihren Kopf an meiner Schulter, löse ich meine Hüften vom Bett. Mein Schwanz stößt in gleichmäßigem Rhythmus in sie hinein, bis ich ihren Namen stöhne und komme.

Ich halte sie fest und lasse mich wieder aufs Bett zurücksinken. Sie seufzt, als ich ihre Stirn streichele und ihr die schweißnassen Haare aus dem Gesicht streiche. Ihr Brustkorb hebt und senkt sich, hebt und senkt sich, und ich komme endlich zur Ruhe.

»Ich liebe dich«, sage ich und versuche, sie dabei anzusehen, aber sie dreht den Kopf weg und drückt mir grob den Finger auf die Lippen.

»Schhh …«

»Ich kann nicht einfach schhhh …« Ich rolle sie von mir herunter und füge sanft hinzu: »Wir müssen darüber reden.«

»Schlafen … in drei Stunden aufstehen … schlafen …«, murmelt sie und schlingt den Arm um meinen Bauch.

Die Art, wie sie mich umarmt, fühlt sich noch besser an als der Sex eben, und die Vorstellung, mit ihr in einem Bett zu schlafen, macht mich unendlich glücklich. Es ist schon so lange her. »Na gut«, sage ich und küsse sie auf die Stirn. Sie zuckt ein wenig zurück, aber ich weiß, sie ist zu erschöpft, um sich zu wehren.

»Ich liebe dich«, wiederhole ich. Als sie nichts erwidert, beruhige ich mich damit, dass sie vermutlich schon eingeschlafen ist.

In einer einzigen Nacht hat sich unsere Beziehung, oder was auch immer das ist, komplett gewendet. Ich bin auf einmal das, was ich nie sein wollte. Sie hat völlige Kontrolle über mich. Sie könnte mich zum glücklichsten Mann der Welt machen – oder mich mit einem einzigen Wort vernichten.

18

Tessa

Die Melodie meines Handyweckers dringt in meinen Schlaf wie ein tanzender Pinguin. Ja, mein Hirn verwandelt sie im Schlaf tatsächlich in einen tanzenden Pinguin.

Diese nette Fantasie hält nicht lange an. Ich werde langsam wach, und sofort fängt mein Schädel an zu pochen. Als ich versuche, mich aufzusetzen, werde ich von etwas niedergedrückt … von jemandem.

O nein. Erinnerungsfetzen tauchen in meinem Kopf auf, wie ich mit irgendeinem seltsamen Typen tanze. Voller Panik reiße ich die Augen auf … und erblicke stattdessen Hardins vertraute Tattoos. Sein Kopf liegt auf meinem Bauch, und einen seiner Arme hat er um mich geschlungen.

O mein Gott. Was, zum Teufel …?!

Ich versuche, Hardin wegzuschieben, ohne ihn zu wecken, aber er öffnet stöhnend die Augen. Dann schließt er sie wieder und schiebt sich von mir runter, wobei wir erst noch unsere verschränkten Beine entknoten müssen. Kaum bin ich frei, springe ich aus dem Bett. Als er die Augen wieder öffnet, sagt er nichts, sondern beobachtet mich nur, als wäre ich ein unberechenbares Raubtier. Das Bild, wie Hardin hemmungslos in mich hineinstößt und ich seinen Namen rufe, flackert durch mein Hirn. *Was habe ich mir nur dabei gedacht?*

Ich möchte etwas sagen, aber ich weiß einfach nicht, was. In mir tobt die Panik, ein echter Breakdown. Als ob er meinen Zwiespalt spüren würde, steigt Hardin aus dem Bett, wobei er das Laken mitnimmt und um seinen nackten Körper wickelt. O Gott. Er setzt sich in den Sessel und sieht mich an. Da erst merke ich, dass ich nur meinen BH anhabe. Instinktiv presse ich die Schenkel zusammen und hocke mich schnell aufs Bett.

»Sag was«, fordert er.

»Ich … ich weiß nicht, was ich sagen soll«, gebe ich zu. Wie konnte das passieren? Ich kann nicht fassen, dass Hardin hier ist, in meinem Bett, nackt.

»Es tut mir leid.« Er vergräbt den Kopf in den Händen.

Mein Schädel pocht dumpf, was wohl zwei Ursachen hat: dass ich erst vor wenigen Stunden einen Drink nach dem nächsten in mich reingeschüttet habe und dass ich letzte Nacht mit Hardin geschlafen habe. »Sollte es auch«, murmele ich.

Er rauft sich die Haare. »Du hast mich angerufen.«

»Aber ich hab dich nicht dazu aufgefordert herzukommen«, gebe ich zurück. Ich weiß immer noch nicht, was ich nun tun soll. Ob ich mit ihm streiten, ihn rauswerfen oder versuchen soll, das wie eine Erwachsene zu klären.

Als ich aufstehe und ins Bad gehe, höre ich, wie er sagt: »Du warst betrunken, und ich dachte, du bist irgendwie in Schwierigkeiten. Außerdem war Trevor hier.«

Ich stelle die Dusche an und blicke in den Spiegel. Meinen Hals ziert ein dunkelroter Fleck. Ach du Schande. Als ich die empfindliche Stelle vorsichtig berühre, spüre ich sofort wieder Hardins Zunge auf meiner Haut. Wahrscheinlich bin ich immer noch ein bisschen betrunken, denn ich kann einfach nicht klar denken. Ich dachte, ich hätte diese ganze Geschichte abgehakt, und doch sitzt der Mann, der mein Herz gebrochen hat, hier in meinem Zimmer, während ich einen riesigen Knutschfleck am Hals habe und aussehe wie ein Teenager.

»Tessa?« Hardin kommt ins Bad, als ich gerade unter die Dusche steige. Schweigend lasse ich mir vom heißen Wasser meine Sünden abwaschen. »Bist du –« Seine Stimme kippt. »Ist das für dich okay, was heute Nacht passiert ist?«

Warum benimmt er sich so komisch? Ich hätte mit einem selbstgefälligen Grinsen und mindestens fünf »Gern geschehen« gerechnet.

»Ich … ich weiß nicht. Nein, es ist für mich nicht okay«, antworte ich.

»Hasst du mich dafür? Du weißt schon … mehr als vorher?«

Der verletzliche Ton in seiner Stimme rührt an mein Herz, aber ich muss standhaft bleiben. Diese ganze Situation ist ein einziges Chaos. Ich war gerade dabei, mich ein Stück von ihm zu lösen. *Von wegen,* höhnt meine innere Stimme, aber ich ignoriere sie.

»Nein. Ungefähr so wie vorher«, sage ich.

»Oh.«

Ich spüle meine Haare ein letztes Mal aus und bete inständig, dass die Dusche meinen Kater kuriert.

»Ich wollte dich nicht ausnutzen, ich schwör's«, beteuert er, als ich das Wasser abdrehe. Ich nehme ein Handtuch vom Halter und wickele es mir um den Körper. Hardin lehnt in seinen Boxershorts im Türrahmen. Seine Brust und sein Hals sind ebenfalls mit roten Flecken bedeckt.

Ich werde nie wieder was trinken.

»Tessa, ich weiß, du bist wahrscheinlich sauer, aber wir haben eine Menge zu bereden.«

»Nein, haben wir nicht. Ich war betrunken und hab dich angerufen. Du bist hergekommen, und wir hatten Sex. Was gibt es da noch zu bereden?« Ich versuche, so ruhig wie möglich zu bleiben, denn ich will nicht, dass er merkt, welche Wirkung er auf mich hat. Welche Wirkung die vergangene Nacht auf mich hatte.

Dann fällt mein Blick auf die aufgeplatzte Haut seiner Fingerknöchel. »Was ist mit deinen Händen passiert?«, will ich wissen.

»O mein Gott, Hardin! Du hast Trevor verprügelt, gib's zu!«, brülle ich und zucke zusammen, als ein stechender Schmerz durch meinen Kopf fährt.

»Was? Nein, hab ich nicht.« Er hebt abwehrend die Hände.

»Wen dann?«

Er schüttelt den Kopf. »Völlig egal. Wir haben Wichtigeres zu besprechen.«

»Nein, haben wir nicht. Es hat sich nichts geändert.« Ich öffne meine Kosmetiktasche, hole den Concealer heraus und verteile ihn großzügig auf meinem Hals, während Hardin mich schweigend beobachtet.

»Es war ein Fehler, ich hätte dich nicht mal anrufen dürfen«, sage ich schließlich genervt, weil auch die dritte Schicht Concealer den Fleck nicht abdeckt.

»Das war kein Fehler. Offensichtlich hast du mich vermisst. Und deshalb hast du angerufen.«

»Was? Nein, ich habe angerufen, weil … aus Versehen. Ich wollte es eigentlich gar nicht.«

»Du lügst.«

Er kennt mich zu gut. »Weißt du was? Es ist völlig egal, warum ich angerufen habe«, fahre ich ihn an. »Du hättest nicht herkommen dürfen.« Ich schnappe mir den Eyeliner und beginne, meine Augen zu schminken.

»Doch, musste ich. Du warst betrunken, und es hätte alles Mögliche passieren können.«

»Ach, was denn zum Beispiel? Ich hätte mit jemandem Sex haben können, mit dem ich besser keinen hätte?«

Er wird rot. Ich weiß, ich bin ziemlich hart zu ihm, aber er hätte sich beherrschen müssen, wo ich so betrunken war. Ungeduldig fahre ich mit der Bürste durch meine nassen Haare.

»Du hast mir ja keine große Wahl gelassen, wenn du dich erinnerst«, erwidert er ebenso barsch.

Ich erinnere mich durchaus. Ich erinnere mich daran, wie ich auf seinen Schoß gestiegen und mich an ihm gerieben habe. Ich erinnere mich, dass ich von ihm verlangt habe, entweder mit mir zu schlafen oder zu gehen. Ich erinnere mich daran, wie er sich geweigert und mich gebeten hat aufzuhören. Ich war absolut peinlich, ich bin von mir selbst geschockt, aber das vielleicht Allerschlimmste daran ist, dass es mich an jenes erste Mal erinnert, als ich ihn geküsst habe und er später behauptet hat, ich hätte mich ihm an den Hals geworfen.

Wut kocht in mir hoch, und ich knalle die Bürste auf die Ablage. »Wage es ja nicht, mir die Schuld zuzuschieben. Du hättest Nein sagen können!«, sage ich lauter als beabsichtigt.

»Hab ich doch! Mehrmals!«, schreit er zurück.

»Ich hab gar nicht mehr mitgekriegt, was überhaupt passiert, und das weißt du!« Auch wenn das so nicht stimmt. Ich wusste ganz genau, was ich will. Ich bin nur nicht bereit, es zuzugeben.

Doch dann wiederholt er meine Worte der vergangenen Nacht: »›Du schmeckst so gut!‹, ›Sprich mit mir so wie früher!‹, ›Du bist der Einzige, Hardin!‹« Da brennt bei mir eine Sicherung durch.

»Raus! Verschwinde!«, brülle ich. Ich greife nach meinem Handy, um nachzusehen, wie spät es ist.

»Heute Nacht wolltest du nicht, dass ich gehe«, erwidert er kalt.

Ich drehe mich zu ihm um. »Mir ging es super, bis du hier aufgekreuzt bist. Trevor war da.« Das sage ich natürlich nur, weil es ihn wütend macht.

Doch zu meiner großen Überraschung lacht er bloß. »Ach, komm schon. Du und ich, wir wissen doch beide, dass Trevor dir nicht reicht. Du wolltest mich, nur mich. Das tust du immer noch.«

»Hardin, ich war betrunken! Warum sollte ich dich wollen, wenn ich *ihn* haben kann?« Sofort bereue ich meine Worte.

Hardins Augen blitzen auf, entweder vor Schmerz oder vor Eifersucht. Ich trete einen Schritt auf ihn zu.

»Fass mich nicht an.« Er streckt den Arm aus. »Weißt du was? In Ordnung. Er kann dich von mir aus haben! Ich weiß nicht, warum ich überhaupt hierhergekommen bin. Ich hätte wissen müssen, dass du dich so aufführst!«

Ich versuche, meine Stimme zu dämpfen, bevor sich die anderen Gäste beschweren, aber ich bin mir nicht sicher, ob es mir gelingt. »Willst du mich verarschen? Du tauchst hier auf, nutzt mich aus, und dann beleidigst du mich auch noch?«

»Dich ausnutzen? Tessa, *du* hast *mich* ausgenutzt! Du weißt genau, dass ich dir nicht widerstehen kann – aber du hast immer weitergemacht, immer weitergemacht!«

Er hat recht, aber jetzt schäme ich mich dafür, wie hemmungslos ich letzte Nacht war. »Es ist völlig egal, wer hier wen ausgenutzt hat. Alles, was zählt, ist, dass du jetzt gehst und nicht mehr wiederkommst«, erkläre ich entschieden. Dann schalte ich sofort den Fön ein, um seine Antwort zu übertönen. Sekunden später hat er den Stecker aus der Wand gerissen – und die Steckdose beinahe gleich mit.

»Was soll die Scheiße?«, brülle ich und stecke ihn wieder ein. »Die hätte kaputt gehen können!«

Hardin macht mich wahnsinnig – *was habe ich mir nur dabei gedacht, ihn anzurufen?*

»Ich gehe erst, wenn du mit mir über alles geredet hast«, knurrt er.

Ich ignoriere den Schmerz in meiner Brust und erkläre ihm: »Wie ich schon sagte, es gibt nichts zu bereden. Du hast mir wehgetan, und ich kann dir nicht verzeihen. Schluss, aus, Ende.« So sehr ich auch dagegen ankämpfe, tief in meinem Innern liebe ich es, ihn hier zu haben. Selbst wenn wir streiten und uns anbrüllen. Er hat mir so sehr gefehlt.

»Du hast doch gar nicht versucht, mir zu verzeihen.« Seine Stimme ist jetzt sanfter.

»Doch, habe ich. Ich habe versucht, darüber wegzukommen, aber ich kann es nicht. Woher soll ich wissen, dass das alles hier nicht immer noch Teil deines Spiels ist. Ich kann nicht darauf vertrauen, dass du mich nicht wieder verletzt.«

Seufzend stecke ich den Fön ein. »Ich muss mich jetzt dringend fertig machen.«

Als ich den Fön wieder einschalte, verlässt Hardin das Bad, und ich hoffe, dass er geht. Ein kleiner Teil von mir wünscht sich trotzdem, dass er auf dem Bett sitzt, wenn ich rauskomme. Ein bescheuerter, irrationaler Teil. Es ist das naive, lächerliche kleine Mädchen in mir, das sich in einen Kerl verliebt hat, der das genaue Gegenteil von dem ist, was sie braucht. Das mit Hardin und mir wird nie funktionieren, das weiß ich. Ich wünschte nur, das kleine Mädchen wüsste das auch.

Ich bürste meine Haare so, dass sie Hardins Knutschfleck an meinem Hals verdecken. Als ich schließlich zurück ins Zimmer komme, sitzt Hardin tatsächlich noch auf dem Bett, und das dumme Mädchen jubelt leise. Ich hole meinen hellroten BH samt Slip aus meiner Tasche und ziehe beides an, ohne vorher das Handtuch abzulegen. Als ich es schließlich fallen lasse, zieht Hardin scharf die Luft ein, versucht aber, das Geräusch hinter einem Husten zu verbergen.

Ich habe das Gefühl, als würde ein unsichtbares Band mich zu ihm ziehen, doch ich kämpfe dagegen an und gehe stattdessen zum Schrank, um mein weißes Kleid herauszunehmen. Wenn man bedenkt, wie es gerade zwischen uns steht, ist es schon seltsam, dass ich mich so wohl mit ihm fühle. Warum ist das alles so verwirrend und verstörend? Warum muss es so verdammt kompliziert sein? Und, vor allem, warum kann ich ihn nicht einfach vergessen und das alles abhaken?

»Ich sollte jetzt wirklich los«, sage ich leise.

»Brauchst du Hilfe?«, bietet er an, als ich mit dem Reißverschluss kämpfe.

»Nein … geht schon. Ich hab's gleich.«

»Na komm.« Er steht auf und kommt zu mir herüber. Wir bewegen uns auf diesem schmalen Grat zwischen Liebe und Hass, Wut und Gelassenheit. Das ist seltsam und ganz bestimmt pures Gift.

Ich hebe meine Haare hoch, damit er das Kleid zumachen kann, wobei er sich extra viel Zeit lässt. Ich spüre, wie mein Herz schneller klopft. Warum habe ich das zugelassen?

»Wie hast du mich eigentlich gefunden?«, frage ich. Der Gedanke ist mir plötzlich durch den Kopf geschossen.

Er zuckt so beiläufig mit den Schultern, als wäre er mir nicht gerade wie ein Stalker durch den halben Bundesstaat gefolgt. »Ich hab Vance angerufen, was sonst.«

»Und der hat dir meine Zimmernummer gegeben?« Die Vorstellung gefällt mir gar nicht.

»Nein, das war die Kleine am Empfang unten.« Er grinst verhalten. »Ich kann sehr überzeugend sein.«

Dass das Hotel einfach die Zimmernummer rausgibt, finde ich nicht toll. »Wir können nicht … du weißt schon, du machst Witze und tust, als wenn nichts wäre.« Ich schlüpfe in meine schwarzen hohen Schuhe.

In der Zwischenzeit zieht er seine Jeans an. »Warum nicht?«

»Weil uns beiden die Nähe des anderen nicht guttut.«

Er lächelt, und seine irren Grübchen kommen zum Vorschein. »Du weißt, dass das nicht stimmt«, meint er lässig und streift sein T-Shirt über.

»Doch, tut es.«

»Nein.«

»Könntest du jetzt einfach gehen?«, bitte ich.

»Das meinst du nicht so. Da bin ich mir sicher. Du wusstest genau, was du tust, als ich die Nacht über hierbleiben durfte.«

»Nein«, stöhne ich. »Ich war total betrunken. Ich hab keine Ahnung mehr, was ich letzte Nacht gemacht habe und warum. Weder, warum ich diesen Typen geküsst habe, noch warum ich dich reingelassen hab.«

Sofort beiße ich mir auf die Zunge. Das habe ich jetzt nicht wirklich laut gesagt? Aber so wie Hardin mich ansieht und wie seine Kiefermuskeln arbeiten, habe ich es wohl doch getan. Sofort verzehnfachen sich meine Kopfschmerzen. Ich könnte mir eine runterhauen.

»W-w-wie bitte? Was hast du … was hast du eben gesagt?«, knurrt er.

»Nichts … ich …«

»Du hast jemanden *geküsst?* Wen?« Seine Stimme klingt, als wäre er gerade einen Marathon gelaufen.

»Einen Typ beim Tanzen«, gebe ich zu.

»Ist das dein Ernst?«, keucht er. Als ich nicke, geht er sofort in die Luft. »Was zum … Tessa, was soll die verfickte Scheiße?! Du knutschst mit irgendeinem Typen in einem verdammten Club rum und vögelst dann mit mir? Wer *bist* du?« Er reibt sich das Gesicht. So wie ich ihn kenne, ist er knapp davor, irgendetwas kurz und klein zu schlagen.

»Es ist einfach passiert, und das war's dann auch schon«, versuche ich, mich zu verteidigen, doch es klingt dadurch nur noch schlimmer.

»Wow … du bist echt unglaublich. Meine Tessa würde nie mit einem verdammten Fremden rumknutschen!«, bellt er.

»›Deine‹ Tessa gibt es nicht!«

Er schüttelt nur immer wieder den Kopf. Schließlich sieht er mir tief in die Augen und sagt: »Weißt du was? Du hast recht. Und nur, damit du's weißt: Während du mit diesem Typen geknutscht hast, hab ich Molly gefickt.«

19

Tessa

Ich hab Molly gefickt. Ich hab Molly gefickt. Ich hab Molly gefickt. Ich hab Molly gefickt. Ich hab Molly gefickt. Ich hab Molly gefickt. Ich hab Molly gefickt. Ich hab Molly gefickt. Ich hab Molly gefickt. Ich hab Molly gefickt. Ich hab Molly gefickt. Ich hab Molly gefickt.

Hardins Worte hallen in meinem Kopf wider, lange nachdem er die Tür zugeknallt hat und für immer aus meinem Leben verschwunden ist. Ich versuche, mich etwas zu beruhigen, bevor ich endlich zu den anderen hinuntergehe.

Ich hätte wissen müssen, dass er nur mit mir spielt. Ich hätte wissen müssen, dass er immer noch mit dieser Schlampe rummacht. Ach verdammt, wahrscheinlich hat er die ganze Zeit mit ihr geschlafen, während er mit mir »zusammen« war. Wie konnte ich so blöd sein? Als er heute Nacht sagte, er liebt mich, hätte ich ihm fast geglaubt. Ich dachte: Warum sonst sollte er den weiten Weg nach Seattle fahren? Doch die Antwort lautet: Weil er Hardin ist und einfach solche Dinge tut, und das nur, um mit mir zu spielen. Das war immer schon so und wird immer so bleiben. Was mich verwirrt, sind meine Schuldgefühle, weil ich damit herausgeplatzt bin, dass ich diesen Typen geküsst habe. Und die Art, wie ich Hardin für die letzte Nacht verantwortlich gemacht habe, obwohl ich es doch genauso wollte wie er. Ihm gegenüber will ich das bloß nicht zugeben, und mir selbst gegenüber auch nicht, nicht wirklich.

Mir vorzustellen, wie er und Molly ... dabei wird mir schlecht. Wenn ich nicht bald etwas esse, muss ich mich noch übergeben. Nicht nur, weil ich einen Kater habe, sondern auch, weil Hardin das eben gesagt hat. Ausgerechnet Molly ... die ich so verachte. Ich sehe sie vor mir, mit ihrem bescheuerten triumphierenden Grinsen, weil sie weiß, wie sehr sie mich quält, wenn sie mit Hardin ins Bett geht.

Diese Gedanken umkreisen mich wie Geier, bis ich mich endlich vom Abgrund zurückreiße. Ich tupfe mir die Augen mit einem Taschentuch ab und greife nach meiner Handtasche. Im Aufzug verliere ich fast wieder die Fassung, aber bis ich unten ankomme, habe ich mich wieder im Griff.

»Tessa!«, ruft Trevor von der anderen Seite der Lobby. »Guten Morgen.« Er reicht mir eine Tasse Kaffee.

»Vielen Dank. Trevor, das mit Hardin letzte Nacht tut mir so leid.«

»Schon okay. Er ist ein bisschen ... krass drauf ...?«

Beinahe hätte ich gelacht, aber beim Gedanken daran wird mir wieder übel. »Äh, ja ... *krass*«, murmele ich und nehme einen Schluck Kaffee.

Trevor wirft einen Blick auf sein Handy, bevor er es wieder in die Tasche steckt. »Kimberly und Christian sind in ein paar Minuten unten.« Er lächelt. »Und ... ist Hardin noch hier?«

»Nein. Und er wird auch nicht wiederkommen.« Ich bemühe mich, gleichgültig zu klingen. »Hast du gut geschlafen?«, versuche ich, das Thema zu wechseln.

»Doch, ja, aber ich hab mir Sorgen um dich gemacht.« Da Trevors Blick zu meinem Hals wandert, streiche ich schnell die Haare über die Stelle, wo vielleicht der Fleck durchschimmert.

»Sorgen? Warum?«

»Darf ich dich was fragen? Ich will dir damit aber nicht zu nahetreten ...« Sein zögerlicher Tonfall macht mich ein bisschen nervös.

»Ja … schieß los.«

»Hat Hardin dich je … du weißt schon … Er hat dir noch nie wehgetan, oder?« Trevor blickt zu Boden.

»Was? Na ja, wir streiten ziemlich viel, also, ja, er tut mir die ganze Zeit weh«, antworte ich und nehme noch einen Schluck von dem köstlichen Kaffee.

Trevor sieht mich verlegen an. »Ich meinte *körperlich*«, murmelt er.

Geschockt sehe ich ihn an. Hat er mich tatsächlich gerade gefragt, ob Hardin mich schon einmal geschlagen hat? Dass er überhaupt auf den Gedanken kommen kann! »Nein! Natürlich nicht. Das würde er niemals tun.«

An Trevors Blick kann ich erkennen, dass er mich nicht beleidigen wollte. »Bitte verzeih … Er wirkt einfach immer so aggressiv und zornig.«

»Hardin ist oft wütend, und manchmal wird er auch handgreiflich, aber er würde mir niemals etwas antun.« Ich bin nun doch etwas sauer auf Trevor, dass er Hardin so etwas unterstellt. Er kennt ihn doch überhaupt nicht … andererseits gilt das für mich ja genauso, wie es scheint.

Wir stehen einige Minuten schweigend da, bis ich zwischen den Gästen Kimberlys blonden Haarschopf entdecke.

»Es tut mir wirklich leid. Ich finde nur, du solltest viel besser behandelt werden«, sagt Trevor leise, bevor die anderen uns erreichen.

»Mein Gott, ist mir übel. Ich fühl mich richtig beschissen«, stöhnt Kimberly.

»Ich auch. Vor allem hab ich wahnsinnige Kopfschmerzen«, pflichte ich ihr bei, während wir gemeinsam den langen Flur zum Konferenzcenter hinuntergehen.

»Dafür siehst du aber echt gut aus. Bei mir könnte man meinen, ich wäre gerade erst aus dem Bett gekrochen«, jammert sie.

»So ein Quatsch«, widerspricht Christian und küsst sie auf die Stirn.

»Vielen Dank, Schatz, aber du bist leider nicht objektiv.« Lachend massiert sie sich die Schläfen.

Trevor muss nun auch schmunzeln. »Sieht aus, als würden wir heute Abend eher nicht mehr um die Häuser ziehen.« Alle stimmen ihm zu.

Im Konferenzbereich steuere ich direkt aufs Frühstücksbuffet zu und nehme mir eine Schale mit Müsli, das ich dann viel zu schnell hinunterschlinge. Ich kriege Hardins Worte einfach nicht aus dem Kopf. Ich wünschte, ich hätte ihn wenigstens noch ein Mal geküsst … Nein, tue ich *nicht*. Offenbar bin ich immer noch betrunken.

Die Seminare gehen ziemlich schnell vorbei, und obwohl Kimberly stöhnt, als die Stimme des Moderators lautstark durch den Raum schallt, sind meine Kopfschmerzen bis zur Mittagspause fast verschwunden.

Mittag. Hardin ist inzwischen bestimmt wieder zu Hause, vermutlich bei Molly. Wahrscheinlich ist er direkt zu ihr gefahren, nur um es mir heimzuzahlen. Ob sie wohl schon in unserem Apartment Sex hatten? Ich meine, in unserem *ehemaligen* Apartment. In unserem Bett? Wenn ich jetzt daran denke, wie er mich berührt und meinen Namen gestöhnt hat, dann habe ich ihren Körper statt meinem vor Augen. Ich sehe nur noch Hardin und Molly. Molly und Hardin.

»Hast du mich gehört?« Trevor sitzt neben mir.

Ich lächele ihn entschuldigend an. »Sorry, war gerade in Gedanken woanders.«

»Ich wollte wissen, ob du Lust hast, heute Abend mit mir irgendwo was essen zu gehen, jetzt wo die anderen im Hotel bleiben.« Ich blicke in seine leuchtenden blauen Augen, und als ich nicht sofort antworte, stammelt er: »W-wenn du … wenn du nicht willst, ist das völlig in Ordnung.«

»Ehrlich, ich habe Lust.«

»Wirklich?« Er strahlt, und ich sehe ihm an, dass er mit einer Abfuhr gerechnet hat, vor allem nach Hardins Auftritt.

Während der nächsten vier Stunden wärmt es mir das Herz, dass Trevor trotz meines verrückten Ex mit mir ausgehen will.

»Gott sei Dank ist es vorbei. Ich muss jetzt dringend *schlafen*«, stöhnt Kimberly, als wir in den Aufzug steigen.

»Irgendwie bist du auch nicht mehr so jung wie früher«, zieht Christian sie auf, woraufhin sie das Gesicht verzieht und sich an seine Schulter lehnt.

»Tessa, morgen früh, wenn die Männer bei ihren Meetings sind, gehen wir shoppen.« Sie schließt die Augen.

Klingt gut. Genauso wie ein schönes, entspanntes Dinner mit Trevor. Nach meiner wilden Nacht mit Hardin klingt das sogar ganz *ausgezeichnet*. Mir ist nicht ganz wohl bei dem Gedanken daran, wie ich mich an diesem Wochenende verhalten habe: Ich habe einen Fremden geküsst, Hardin mehr oder weniger zum Sex gezwungen, und jetzt gehe ich noch mit einem dritten Mann essen. Wenigstens ist Letzterer der Netteste von allen, und ich weiß zumindest, dass es dabei nicht um Sex geht.

Für dich nicht, nein, aber für Hardin und Molly … wirft meine innere Stimme ein.

Mann, die geht mir auf die Nerven.

Vor meiner Zimmertür bleibt Trevor stehen: »Ich hol dich dann um halb sieben ab, ist das okay?«

Ich nicke lächelnd, bevor ich an den Tatort zurückkehre.

Eigentlich wollte ich mich vor dem Dinner noch kurz hinlegen, aber dann dusche ich stattdessen doch lieber. Nach letzter Nacht fühle ich mich schmutzig, und ich muss mir noch mal Hardins Geruch von der Haut waschen. Heute vor zwei Wochen dachte ich noch, alles wäre jetzt ganz anders. Wir waren kurz davor, nach London zu seiner Mutter zu fliegen. Jetzt habe ich nicht einmal mehr eine Wohnung, was mich sofort daran erinnert, dass ich meine Mom zurückrufen sollte. Sie hat es gestern Abend mehrfach bei mir versucht.

Nachdem ich mich geduscht und geschminkt habe, wähle ich schließlich ihre Nummer.

»Hallo Theresa.« Sie ist kurz angebunden.

»Hallo. Tut mir leid, dass ich gestern Abend nicht mehr zurückgerufen habe. Ich bin in Seattle auf einer Verlagskonferenz, und wir waren anschließend noch mit Kunden essen.«

»Ah, verstehe. Ist er da?«, will sie wissen und überrumpelt mich damit völlig.

»Nein … Warum?«, frage ich so locker wie möglich.

»Weil er gestern Abend sehr spät hier angerufen hat und wissen wollte, wo du bist. Ich finde es nicht gut, dass du ihm diese Nummer gegeben hast. Du weißt, was ich von ihm halte, Theresa.«

»Ich hab ihm die Nummer aber nicht gegeben –«

»Ich dachte, ihr hättet Schluss gemacht?«, unterbricht sie mich.

»Haben wir. Habe ich. Wahrscheinlich wollte er nur irgendwas wegen der Wohnung wissen oder so«, lüge ich. Offenbar wollte er mich unbedingt finden, wenn er sogar bei meiner Mutter angerufen hatte. Der Gedanke schmerzt und freut mich zugleich.

»Wo wir gerade davon sprechen, wir bekommen erst im neuen Jahr einen Wohnheimplatz für dich, aber da du die Woche über sowieso frei hast, kannst du ja einfach nach Hause kommen.«

»Oh … in Ordnung«, willige ich ein. Eigentlich wollte ich die Weihnachtsferien ja nicht bei meiner Mutter verbringen, aber habe ich eine Wahl?

»Dann sehen wir uns am Montag. Und, Tessa, wenn du halbwegs bei Sinnen bist, dann hältst du dich von diesem Kerl fern.« Danach legt sie auf.

Eine ganze Woche zu Hause wird die Hölle. Keine Ahnung, wie ich es achtzehn Jahre lang dort ausgehalten habe. Mir wird überhaupt erst jetzt klar, wie anstrengend meine Mutter ist, wo ich nun zum ersten Mal die Freiheit koste. Da Hardin am Dienstag nach England fliegt, kann ich ja vielleicht noch zwei Nächte im Motel bleiben und dann ins Apartment gehen, solange er weg ist. Ich will zwar nicht dorthin zurück, aber immerhin steht auch mein Name auf dem Mietvertrag, und Hardin muss ja schließlich nichts davon wissen.

Er hat nicht noch einmal angerufen oder getextet, aber damit habe ich sowieso nicht gerechnet. Ich kann nicht fassen, dass er mit Molly Sex hat und es mir dann so ins Gesicht schleudert. Das Schlimmste daran ist: Wenn mir das mit dem Kuss beim Tanzen nicht rausgerutscht wäre, hätte er es mir nie erzählt. Genau wie diese Wette, mit der unsere »Beziehung« überhaupt erst angefangen hat. Das alles zeigt ja nur, dass man ihm einfach nicht vertrauen kann.

Ich mache mich fertig und entscheide mich für ein schlichtes schwarzes Kleid. Die Zeiten der Faltenröcke aus Wolle scheinen endlos lange her zu sein. Zum Schluss trage ich eine weitere Schicht Concealer auf die Stelle am Hals auf und warte. Pünktlich wie Trevor ist, klopft er Punkt halb sieben an der Zimmertür.

20

Hardin

Ich starre auf das riesige Haus meines Vaters und kann mich nicht entscheiden, ob ich hineingehen soll oder nicht.

Karen hat es mit der Weihnachtsdeko ziemlich übertrieben: zu viele Lichter, Miniweihnachtsbäume und ein Teil, das aussieht wie ein tanzendes Rentier. Der aufblasbare Santa im Garten wackelt im Wind und scheint sich über mich lustig zu machen, als ich aus dem Auto steige. Fetzen von zerrissenen Flugtickets flattern über den Sitz, bevor ich die Tür zuschlage.

Ich muss mich darum kümmern, dass ich eine Gutschrift für die ungenutzten Flüge bekomme, sonst haben sich gerade zweitausend Dollar in Luft aufgelöst. Wahrscheinlich sollte ich einfach alleine fahren, eine Weile aus dem ganzen Scheiß hier rauskommen, aber aus irgendeinem Grund kann ich mir nicht vorstellen, ohne Tessa nach London zu fliegen. Ich bin froh, dass meine Mom einverstanden war, stattdessen mich zu besuchen. Sie scheint sich sogar auf Amerika zu freuen.

Als ich bei meinem Vater klingele, versuche ich noch schnell, mir eine Ausrede auszudenken, warum ich hier bin, aber da macht Landon schon auf.

»Hallo«, begrüße ich ihn, während er mir die Tür aufhält.

»Hallo.«

Ich vergrabe die Hände in den Taschen, weil ich nicht weiß, was ich sonst sagen oder tun soll.

»Tessa ist nicht hier«, meint er und verschwindet Richtung Wohnzimmer, als wäre ich gar nicht da.

»Ja … ich weiß. Sie ist in Seattle.« Ich folge ihm mit etwas Abstand.

»Und …?«

»Ich … äh … also, ich bin hergekommen, um mit dir zu reden … oder mit meinem Dad, ich meine, mit Ken. Oder mit deiner Mom«, fasele ich.

»Reden? Über was?« Er nimmt das Lesezeichen aus seinem Buch und fängt an zu lesen. Am liebsten würde ich es ihm aus der Hand reißen und ins Feuer schmeißen, aber das würde wohl nichts bringen.

»Über Tessa«, sage ich leise. Ich spiele an meinem Lippenpiercing herum und stelle mich darauf ein, dass er mich auslacht.

Stattdessen sieht er mich an und klappt das Buch zu. »Verstehe ich das richtig … Tessa will nichts mit dir zu tun haben, also kommst du hierher, um mit mir zu reden? Oder mit deinem Vater, oder sogar mit meiner Mutter?«

»Mhm … so ungefähr …« Mann, der kann echt nerven. Das Ganze ist schon peinlich genug.

»Aha … und was genau, glaubst du, kann ich für dich tun? Ich persönlich finde ja, dass Tessa kein Wort mehr mit dir reden sollte. Und ehrlich gesagt, hätte ich auch damit gerechnet, dass du dir inzwischen was Neues gesucht hast.«

»Sei kein Arsch. Ich weiß, ich hab es versaut, Landon, aber ich liebe sie. Und sie liebt mich auch. Sie ist einfach nur total verletzt gerade.«

Landon holt tief Luft und reibt sich das Kinn.

»Hardin, ich weiß nicht. Was du gemacht hast, das kann man eigentlich nicht verzeihen. Sie hat dir vertraut, und du hast sie gedemütigt.«

»Ich weiß … ich weiß. Fuck, meinst du nicht, dass ich das weiß?«

Er seufzt. »Gut, wenn du hier aufkreuzt und um Hilfe bittest, gehe ich mal davon aus, du kapierst, wie komplett verkorkst die ganze Situation ist.«

»Und was, meinst du, soll ich machen? Nicht als ihr Freund, sondern als mein … du weißt schon, als Stiefsohn meines Vaters?«

»Du meinst Stiefbruder? Als dein Stiefbruder.« Er grinst, und als ich die Augen verdrehe, lacht er. »Hat sie denn überhaupt mal mit dir gesprochen?«, fragt Landon.

»Ja … Ich bin gestern Abend nach Seattle gefahren, und sie hat mich bei sich übernachten lassen.«

»Sie hat *was?*«

»Sie war betrunken. Also, *richtig* betrunken, und sie hat mich praktisch dazu *gezwungen,* sie zu ficken.« Ich sehe, wie Landon bei meiner Wortwahl das Gesicht verzieht. »Sorry … sie hat mich gezwungen, mit ihr zu schlafen. Also nicht wirklich *gezwungen,* weil ich wollte schon auch, ich meine, wie könnte ich da Nein sagen … sie ist einfach …« *Warum erzähle ich ihm das überhaupt?*

Er macht eine abwehrende Handbewegung. »Schon gut! Schon gut! Ich hab's kapiert, Mann.«

»Jedenfalls hab ich ihr dann heute Morgen Scheiße erzählt. Ich hätte das nicht tun dürfen, es war nur, weil sie gesagt hat, dass sie einen anderen geküsst hat.«

»Tessa hat jemanden geküsst?«, fragt er überrascht.

»Ja … irgend so einen Typen in einem verdammten Club«, stöhne ich. Ich will nicht mehr daran denken.

»Wow. Sie muss echt ganz schön angepisst sein«, meint er.

»Ich weiß.«

»Was hast du denn heute Morgen zu ihr gesagt?«

»Dass ich gestern Molly gevögelt habe«, gebe ich zu.

»Und, hast du? Du weißt schon … hattest du Sex mit Molly?«

»O Gott, nein.« Ich schüttele den Kopf.

Was zum Teufel ist das hier eigentlich, dass ich ausgerechnet Landon mein Herz ausschütte?

»Und warum hast du's dann behauptet?«

»Weil sie mich provoziert hat.« Ich zucke mit den Schultern. »Sie hat einen anderen geküsst!«

»Aha … du hast das mit Molly gesagt, weil du genau weißt, dass Tess sie nicht ausstehen kann, also nur um ihr wehzutun?«

»Ja …«

»Gute Idee.«

Ich gehe nicht auf seine spöttische Bemerkung ein. »Glaubst du, sie liebt mich?«, frage ich, weil ich es unbedingt wissen muss.

Landon hebt ruckartig den Kopf, auf einmal ganz ernst. »Ich weiß nicht …« Er ist ein schlechter Lügner.

»Sag es mir. Keiner kennt sie so wie du. Mich mal ausgenommen.«

»Sie liebt dich. Aber weil du sie so mies hintergangen hast, ist sie überzeugt, dass du sie nie geliebt hast«, sagt Landon.

Es bricht mir aufs Neue das Herz. Und obwohl ich selbst nicht fassen kann, dass ich ihn um Hilfe bitte, tue ich es doch, weil ich sie brauche. »Was soll ich machen? Hilfst du mir?«

»Ich weiß auch nicht …« Unschlüssig sieht er mich an, aber offenbar sieht er, wie verzweifelt ich bin. »Ich schätze, ich kann mal versuchen, mit ihr zu reden. Sie hat morgen Geburtstag. Das weißt du, oder?«

»Klar weiß ich das. Seid ihr verabredet?«, frage ich. Ich hoffe nicht.

»Nein, sie hat gesagt, sie ist zu Hause bei ihrer Mutter.«

»Zu Hause? Warum? Wann hast du mit ihr gesprochen?«

»Sie hat mir vor etwa zwei Stunden eine Nachricht geschickt. Was soll sie denn sonst machen? An ihrem Geburtstag alleine in einem Motel hocken?«

Ich beschließe, diese Frage zu ignorieren. Wenn ich mich heute Morgen besser im Griff gehabt hätte, hätte ich vielleicht noch eine

Nacht bei ihr bleiben können. Stattdessen sitzt sie immer noch mit dem verdammten Trevor in Seattle.

Ich höre Schritte auf der Treppe, und kurz darauf taucht mein Vater im Türrahmen auf. »Habe ich doch richtig gehört ...«

»Ja ... Ich bin vorbeigekommen, um mit Landon zu reden.« Na ja, es ist immerhin nicht ganz gelogen. Ich hätte mit jedem hier geredet, egal mit wem.

Ich bin wirklich ein Loser.

Mein Vater wirkt überrascht. »Ach ja?«

»Ja. Ähm, also, Mom kommt am Dienstagmorgen«, sage ich. »Über Weihnachten.«

»Freut mich, das zu hören. Ich weiß, dass sie dich vermisst.«

Mein erster Impuls ist irgendeine Retourkutsche, eine Bemerkung darüber, was für ein beschissener Vater er ist, aber mir ist einfach nicht danach.

»Gut, dann lass ich euch Jungs mal alleine«, meint er und dreht sich um. »Ach, und, Hardin?«, ruft er noch über die Schulter.

»Was?«

»Ich freu mich, dass du da bist.«

»Okay.« Ich weiß nicht, was ich sonst sagen soll. Er lächelt mich etwas verkrampft an und verschwindet dann nach oben.

Dieser ganze Tag ist ein einziges Desaster. Mein Kopf tut weh. »Also ... ich gehe dann wohl mal ...«, sage ich zu Landon, und er nickt.

»Ich tu, was ich kann«, verspricht er.

»Danke.« Und als wir beide etwas unbeholfen an der Haustür stehen, murmele ich: »Dir ist schon klar, dass ich dich jetzt nicht irgendwie umarme oder so einen Scheiß, oder?«

Als ich zum Auto gehe, höre ich ihn hinter mir lachen. Dann schließt er die Tür.

21

Tessa

»Und, was hast du Weihnachten vor?«, fragt Trevor.

Er muss allerdings auf meine Antwort warten, denn ich lasse mir gerade einen Bissen Ravioli auf der Zunge zergehen. Das Essen ist wirklich extrem gut. Ich bin kein Feinschmecker, aber das Restaurant könnte ohne Probleme fünf Sterne haben.

»Nichts Großes. Ich fahre nach Hause zu meiner Mutter. Und du?«

»Ich arbeite über die Feiertage in einem Obdachlosenheim, also ehrenamtlich. In Ohio habe ich zwar noch ein paar Cousins und Tanten, aber seit meine Mutter gestorben ist, zieht mich da nichts mehr hin«, erklärt er.

»Oh, Trevor, das mit deiner Mutter tut mir so leid. Aber das mit der Arbeit finde ich toll.« Ich lächele mitfühlend und schiebe mir die letzte Gabel Ravioli in den Mund. Es schmeckt noch genauso gut wie der erste Bissen, aber diese traurige Erklärung dämpft meinen Appetit, und gleichzeitig bin ich umso dankbarer für unser Dinner. Ist das seltsam?

Wir unterhalten uns noch eine Weile und bestellen zum Nachtisch einen himmlischen Schokoladenkuchen mit Karamellsauce. Als die Bedienung schließlich die Rechnung bringt, zieht Trevor sein Portemonnaie aus der Tasche.

»Du gehörst hoffentlich nicht zu den Frauen, die unbedingt splitten wollen, oder?«

»Ha!« Ich lache. »Vielleicht wenn wir bei McDonald's wären.«

Er grinst, sagt aber nichts. Hardin hätte sicher irgendeine blöde Bemerkung gemacht, dass ich mit dieser Aussage die Emanzipation um fünfzig Jahre zurückgeworfen hätte.

Da draußen inzwischen wieder leichter Schneeregen eingesetzt hat, bietet Trevor mir an, drinnen zu warten, während er uns an der Straße ein Taxi organisiert. Ich finde das sehr rücksichtsvoll. Ein paar Minuten später winkt er mir durch die Scheibe zu, und ich spurte hinaus zum warmen Taxi.

»Und, was hat dich in die Verlagsbranche gezogen?«, erkundigt er sich auf der Fahrt zum Hotel.

»Na ja, ich lese unheimlich gerne. Eigentlich tue ich nichts anderes. Es ist das Einzige, was mich interessiert, deshalb war das die logische Wahl. Vielleicht schreibe ich auch einmal selbst einen Roman, aber fürs Erste gefällt mir mein Job bei Vance sehr gut.«

Er lächelt. »Das ist bei mir mit dem Accounting genauso. Mich interessiert auch nichts anderes. Ich wusste schon von klein an, dass ich später mal was mit Zahlen machen will.«

Ich hasse Mathe, aber ich höre ihm trotzdem aufmerksam zu. »Und, liest du gerne?«, erkundige ich mich, als wir vor dem Hotel halten.

»Ja, schon. Vor allem Sachbücher.«

»Oh … warum das?« Ich kann mir die Frage nicht verkneifen.

Er zuckt mit den Schultern. »Ich mache mir einfach nichts aus Romanen.« Dann steigt er aus dem Taxi und hält mir die Hand hin.

»Aber wie kann das sein?« Ich nehme seine Hand. »Das Beste am Lesen ist doch, dass man dem Alltag eine Weile entfliehen kann. Dass man Hunderte oder sogar Tausende anderer Leben leben kann. Sachbücher besitzen diese Macht nicht. Sie verändern einen nicht, wie Literatur es tut.«

»Verändern?« Er sieht mich skeptisch an.

»Ja, verändern. Wenn es dich nicht irgendwie berührt, und sei es auch nur ein kleines bisschen, dann liest du nicht das richtige Buch.« Auf dem Weg durchs Foyer betrachte ich die Kunstwerke an der Wand. »Ich habe manchmal das Gefühl, dass jeder Roman, den ich gelesen habe, ein Teil von mir geworden ist. Mich gewissermaßen zu dem Menschen gemacht hat, der ich bin.«

»Du brennst ja für das Lesen!« Er lacht.

»Ja … vermutlich schon.« Hardin würde mir zustimmen. Wir würden jetzt stundenlang weiterreden, vielleicht sogar tagelang.

Mehr oder weniger schweigend fahren wir mit dem Aufzug hinauf in mein Stockwerk. Trevor steigt mit mir aus und begleitet mich durch den Flur, immer einen halben Schritt hinter mir. Ich bin völlig erschöpft und müde, obwohl es erst neun ist.

Er lächelt, als wir meine Zimmertür erreichen. »Es war ein sehr schöner Abend mit dir heute. Danke, dass du mit mir essen gegangen bist.«

»Danke *dir* für die Einladung«, erwidere ich.

»Ich habe es wirklich sehr genossen, Zeit mit dir zu verbringen. Wir haben eine Menge Gemeinsamkeiten. Ich würde dich sehr gerne wiedersehen.« Als ich nicht reagiere, fügt er erklärend hinzu: »Unabhängig von der Arbeit.«

»Ja, das fände ich auch schön.«

Als er einen Schritt auf mich zu macht, werde ich plötzlich stocksteif. Er legt mir die Hand auf die Hüfte und beugt sich zu mir herüber.

»Äh … ich glaube, das ist jetzt kein guter Zeitpunkt«, krächze ich.

Sofort wird er rot, und ich fühle mich schlecht, weil ich ihn habe abblitzen lassen.

»Oh, verstehe. T-tut mir leid. Ich hätte n-nicht …«, stottert er.

»Nein, schon okay. Ich bin nur einfach noch nicht bereit …«, erkläre ich. Er lächelt erleichtert.

»Verstehe ich. Dann lass ich dich jetzt allein. Gute Nacht Tessa.« Er dreht sich um und geht.

Sobald ich die Zimmertür hinter mir geschlossen habe, atme ich erst einmal aus. Ich habe gar nicht gemerkt, dass ich die Luft angehalten hatte. Dann streife ich die hohen Schuhe ab und überlege mir, ob ich mich ausziehen oder erst mal aufs Bett legen soll. Ich bin hundemüde. Also beschließe ich, mich zum Nachdenken kurz hinzulegen. Schon nach wenigen Augenblicken bin ich eingeschlafen.

Der Tag mit Kimberly vergeht wie im Flug. Wir sind mehr mit Klatsch und Tratsch als mit Shoppen beschäftigt.

»Wie war denn dein Abend gestern?«, erkundigt sie sich.

Die Frau, die meine Fingernägel feilt, spitzt interessiert die Ohren, und ich lächele sie an. »Es war nett. Hardin und ich sind zusammen essen gegangen«, antworte ich.

Kimberly gibt einen überraschten Laut von sich. »Hardin?«

»Trevor. Ich meinte natürlich Trevor.« Ich würde mich am liebsten schlagen, wenn nicht gerade jemand meine Nägel machen würde.

»So so …«, neckt mich Kimberly, und ich verdrehe die Augen.

Als unsere Nägel fertig sind, gehen wir in ein Kaufhaus. Dort probieren wir jede Menge Schuhe an. Ich sehe ein paar Sachen, die mir gefallen, aber nichts, was ich unbedingt haben will. Die Begeisterung, mit der Kimberly mehrere Tops kauft, zeigt, dass sie *wirklich* gerne shoppt.

Als wir an der Männerabteilung vorbeikommen, nimmt sie ein dunkelblaues Hemd vom Ständer und meint: »Ich glaube, das bringe ich Christian mit. Das macht Spaß, weil er es hasst, wenn ich Geld für ihn ausgebe.«

»Ist er nicht … ich meine, hat er nicht ziemlich viel Geld?« Hoffentlich klinge ich nicht zu neugierig.

»O ja. Massenhaft. Aber ich zahle gerne selbst, wenn wir unterwegs sind. Ich bin nicht wegen des Geldes mit ihm zusammen«, erklärt sie stolz.

Ich bin froh, dass ich Kimberly kennengelernt habe. Abgesehen von Landon und ihr habe ich ja keine Freunde. Viele Freundinnen hatte ich allerdings nie, deshalb ist das alles irgendwie neu für mich.

Trotzdem bin ich froh, als Christian anruft und uns abholen lässt. Es war toll hier in Seattle, aber gleichzeitig war es auch echt anstrengend, sodass ich die gesamte Rückfahrt nach Washington verschlafe. Sie setzen mich wieder am Motel ab. Zu meiner Überraschung steht mein Auto da, auf demselben Stellplatz wie zuvor.

Ich bezahle für zwei weitere Nächte im Voraus und schicke meiner Mutter eine Nachricht, dass ich krank bin. Vermutlich eine Lebensmittelvergiftung. Sie antwortet nicht. Ich ziehe gleich meinen Pyjama an und schalte den Fernseher ein. Es läuft nichts, wirklich überhaupt nichts. Da ich außerdem sowieso lieber lesen würde, nehme ich die Autoschlüssel und gehe hinaus, um meine andere Tasche zu holen.

Als ich die Autotür öffne, fällt mein Blick auf einen schwarzen Gegenstand auf dem Sitz. Ein E-Reader?

Ich nehme ihn in die Hand und lese den kleinen Notizzettel, der darauf klebt. *Happy Birthday – Hardin.* Zuerst wird mir ganz warm ums Herz, bevor kurz darauf der Schmerz zurückkommt. Ich fand diese Lesegeräte nie besonders interessant. Viel lieber halte ich ein Buch in der Hand. Doch nach der Konferenz dieses Wochenende hat sich meine Meinung etwas geändert. Außerdem kann ich so besser Manuskripte für den Verlag prüfen, ohne so viel Papier zum Ausdrucken verschwenden zu müssen.

Trotzdem fische ich auch noch Hardins Ausgabe von *Sturmhöhe* aus dem Fußraum, bevor ich ins Motelzimmer zurückkehre. Als ich das Gerät einschalte, muss ich unwillkürlich lächeln. Dann kommen mir die Tränen. Auf der Startseite gibt es einen Ordner namens *Tess.* Als ich darauf tippe, erscheint eine lange Liste mit sämtlichen Romanen, über die Hardin und ich je gesprochen, über die wir gestritten oder auch gelacht haben.

22

Tessa

Als ich schließlich aufwache, ist es bereits zwei Uhr nachmittags. Wann habe ich das letzte Mal länger als bis elf oder sogar bis Mittag geschlafen? Aber schließlich war ich bis vier Uhr wach und habe in Hardins wunderbarem E-Reader gelesen und »geblättert«. Es ist das beste und aufmerksamste Geschenk, das ich je bekommen habe.

Ich nehme das Handy vom Nachttisch, um nach verpassten Anrufen zu sehen. Zwei von meiner Mutter, einer von Landon. Ein paar »Happy Birthday«-Nachrichten in meiner Inbox, inklusive einer von Noah. Ich habe auf Geburtstage noch nie sonderlich viel Wert gelegt, aber die Vorstellung, heute alleine zu sein, ist auch nicht gerade reizvoll.

Nun, ich bin ja nicht allein. Catherine Earnshaw und Elizabeth Bennet sind wesentlich bessere Gesellschaft als meine Mutter.

Ich bestelle mir bergeweise Essen beim Chinesen und verbringe den ganzen Tag im Pyjama. Als ich meine Mutter anrufe, ist sie ziemlich wütend darüber, dass ich »krank« bin. Ich merke, dass sie mir nicht glaubt, aber mir ist das ehrlich egal. Es ist mein Geburtstag, an dem ich tun und lassen kann, was ich will, und wenn ich beschließe, mit Fastfood und meinem neuen Spielzeug im Bett zu bleiben, dann ist das eben so.

Ein paarmal bin ich kurz davor, Hardins Nummer anzutippen,

aber ich halte mich zurück. Egal, wie toll sein Geschenk war, er hat immer noch mit Molly geschlafen. Jedes Mal, wenn ich denke, dass er mich nicht noch tiefer verletzen kann, tut er es doch. Stattdessen denke ich an mein Dinner mit Trevor am Samstag. Trevor, der so nett und charmant ist. Der sagt, was er meint, der mir Komplimente macht. Der mich weder anbrüllt noch nervt. Er hat mich auch noch nie angelogen. Ich muss nie erst kompliziert erraten, was er denkt oder fühlt. Er ist intelligent, gebildet, erfolgreich und arbeitet in den Ferien in einem Obdachlosenheim. Verglichen mit Hardin ist er einfach perfekt.

Das Problem ist, dass ich ihn nicht mit Hardin vergleichen sollte. Ja, Trevor ist ein bisschen langweilig, und er teilt nicht diese Leidenschaft für Literatur mit mir, so wie Hardin, aber wir teilen dafür auch keine kaputte Vergangenheit.

Das Schlimmste an Hardin ist, dass ich ihn liebe, wie er ist, mit all seiner Grobheit und seiner seltsamen Art. Er ist lustig, witzig und kann so süß sein, wenn er will. Dieses Geschenk bringt mich ganz aus der Spur! Ich darf nicht vergessen, was er mir angetan hat. All die Lügen, die Geheimnisse, und vor allem die vielen Male, die er mit Molly im Bett war.

Ich texte Landon und bedanke mich für die Glückwünsche. Wenige Sekunden später schreibt er schon zurück und fragt nach dem Namen meines Motels. Er soll wegen mir nicht den weiten Weg hierher fahren, andererseits will ich auch nicht den Rest des Tages allein verbringen. Ich mache mich nicht schick, aber ich ziehe wenigstens einen BH unters Schlafanzugoberteil. Dann lese ich noch ein bisschen, während ich auf Landon warte.

Eine Stunde später klopft er an meiner Tür, und als ich öffne, freue ich mich über sein vertrautes warmes Lächeln. Er nimmt mich in den Arm.

»Herzlichen Glückwunsch zum Geburtstag, Tessa«, sagt er in meine Haare.

»Vielen Dank.« Ich drücke ihn noch etwas fester.

Schließlich lässt er mich los und nimmt am Schreibtisch Platz. »Fühlst du dich älter?«

»Nö … das heißt, schon irgendwie. Ich bin in der letzten Woche um zehn Jahre gealtert.«

Er lächelt ein bisschen, sagt aber nichts.

»Ich hab vorhin was zu essen bestellt, und es ist noch jede Menge übrig, falls du was magst«, biete ich ihm an.

Er nimmt sich den weißen Styroporbehälter und eine Plastikgabel vom Tisch. »Danke. Das ist also das Programm heute?«, zieht er mich auf.

»Na klar«, antworte ich lachend und setze mich wieder im Schneidersitz aufs Bett.

Kauend blickt Landon an mir vorbei und zieht fragend eine Augenbraue hoch. »Du hast einen E-Reader? Ich dachte, du kannst die Dinger nicht ausstehen.«

»Na ja … konnte ich auch nicht, aber jetzt mag ich ihn irgendwie total.« Ich strecke die Hand nach dem Gerät aus und drehe es bewundernd hin und her. »Tausende von Büchern, immer verfügbar! Was könnte schöner sein?« Lächelnd lege ich den Kopf schief.

»Die schönsten Geburtstagsgeschenke sind sowieso die, die man sich selber macht«, meint er, den Mund voller Reis.

»Na ja, den habe ich von Hardin bekommen. Er hat ihn in mein Auto gelegt.«

»Oh. Das war aber nett von ihm.« Sein Tonfall ist irgendwie komisch.

»Ja, ziemlich. Er hat sogar viele wunderbare Romane draufgeladen und …« Ich breche ab.

»Und wie findest du das?«, erkundigt sich Landon.

»Es verwirrt mich noch mehr. Manchmal tut er diese unglaublich lieben Dinge, und dann trampelt er wieder auf mir rum.«

Landon fuchtelt mit der Gabel herum. »Tja, er liebt dich eben.

Leider gehören Liebe und gesunder Menschenverstand nicht immer zusammen.«

Ich seufze. »Er weiß doch gar nicht, was Liebe ist.« Dabei scrolle ich durch die ganzen Liebesromane und stelle fest, dass gesunder Menschenverstand etwas ist, das in diesen Geschichten für gewöhnlich eher selten auftaucht.

»Er ist gestern vorbeigekommen, um zu reden«, berichtet Landon, woraufhin ich vor Schreck den Reader auf die Matratze fallen lasse.

»*Wie bitte?*«

»Ja, ich weiß. Hat mich auch ziemlich überrascht. Er wollte zu mir, seinem Dad oder sogar zu meiner Mutter«, erklärt er. Ich schüttele fassungslos den Kopf.

»Warum?«

»Weil er Hilfe braucht, sagt er.«

Sofort werde ich unruhig. »Hilfe? Womit? Geht es ihm gut?«

»Ja, schon … also, nicht wirklich. Er wollte Rat wegen *dir*, Tessa, er war völlig fertig. Ich meine, wenn er ausgerechnet zu seinem Vater kommt!«

»Was hat er gesagt?« Ich kann mir absolut nicht vorstellen, dass Hardin bei Ken anklopft, um sich Beziehungsratschläge zu holen.

»Dass er dich liebt. Dass ich ihm dabei helfen soll, dich davon zu überzeugen, ihm noch eine Chance zu geben. Ich wollte, dass du das weißt. Ich will dir nichts verheimlichen.«

»Ich … also … ich weiß nicht, was ich sagen soll. Ich kann nicht fassen, dass er zu dir kommt. Dass er überhaupt irgendjemanden um Rat gefragt hat.«

»Auch wenn ich's nur ungern zugebe, aber er ist nicht mehr derselbe Hardin Scott wie früher, als ich ihn kennengelernt habe. Er hat sogar Witze darüber gemacht, mich zum Abschied zu umarmen.« Er lacht.

Ich kann nicht anders, als auch zu lachen. »Das ist nicht dein Ernst!« Ich weiß nicht, was ich fühlen soll, aber das ist auf jeden Fall lustig. Dann sehe ich Landon an und wage es: »Glaubst du wirklich, dass er mich liebt?«

»Ja, das glaube ich. Ich weiß nicht, ob du ihm verzeihen solltest, aber wenn ich mir einer Sache sicher bin, dann, dass er dich liebt.«

»Aber er hat mich angelogen, er hat mich vor allen lächerlich gemacht. Selbst nachdem er mir gesagt hat, dass er mich liebt, hat er trotzdem den anderen von uns erzählt. Und gerade, als ich darüber nachdenke, ob ich das irgendwie hinter mir lassen kann, schläft er mit Molly.« Tränen brennen in meinen Augen, deshalb greife ich schnell nach der Wasserflasche auf dem Nachttisch, um mich irgendwie abzulenken.

»Er hat nicht mit ihr geschlafen.«

Ich blicke Landon an. »Doch, hat er. Er hat es mir selbst erzählt.«

Landon stellt den Styroporbecher weg und schüttelt den Kopf. »Das hat er nur gesagt, um dich zu verletzen. Ich weiß, das macht es nicht viel besser, aber ihr seid beide dafür bekannt, dass ihr Feuer mit Feuer bekämpft.«

Der erste Gedanke, der mir durch den Kopf schießt, als ich Landon so ansehe, ist, wie *clever* Hardin ist. Sogar sein Stiefbruder nimmt ihm seine Lügen ab. Der zweite ist: *Aber was, wenn Hardin tatsächlich nicht mit Molly geschlafen hat?* Könnte ich ihm dann irgendwann verzeihen? Ich war fest entschlossen, dass das nie passieren würde, aber irgendwie scheine ich diesen Kerl nicht abschütteln zu können.

Als wolle sich das Schicksal einen Spaß mit mir erlauben, leuchtet in diesem Moment eine Nachricht von Trevor auf meinem Handy auf: Herzlichen Glückwunsch, meine Schöne.

Ich schicke ihm ein kurzes Dankeschön, bevor ich mich wieder Landon zuwende. »Ich brauche mehr Zeit. Ich weiß nicht, was ich von all dem halten soll.«

»Kann ich verstehen. Und, was machst du über Weihnachten?«

»Das hier.« Ich zeige auf die leere Essensschachtel und den E-Reader.

Landon nimmt sich die Fernbedienung. »Du fährst nicht nach Hause?«

»Hier bin ich mehr zu Hause als bei meiner Mutter«, antworte ich und versuche, nicht darüber nachzudenken, wie mitleiderregend das klingt.

»Tessa, du kannst an Weihnachten nicht alleine in einem Motelzimmer hocken. Komm doch zu uns. Ich glaube, meine Mutter hat sowieso ein paar Sachen für dich besorgt, bevor … du weißt schon.«

»Bevor mein Leben den Bach runterging?« Ich lache etwas bemüht, und Landon nickt schmunzelnd. »Ehrlich gesagt, hab ich mir überlegt, ins Apartment zu ziehen, nachdem Hardin ja morgen nach England fliegt … zumindest bis ich was auf dem Campus kriege, hoffentlich, bevor er zurückkommt. Falls nicht, bleibt mir ja immer noch diese hübsche Unterkunft hier.« Meine Situation ist so lächerlich, da bleibt mir einfach nur noch die Flucht in die Ironie.

»Ja … das ist eine gute Idee.« Landon hält den Blick auf den Fernseher gerichtet.

»Meinst du? Was, wenn er plötzlich dort auftaucht oder so?«

Ohne mich anzusehen meint er: »Er wollte doch nach London fliegen, oder?«

»Ja. Du hast recht. Und schließlich steht mein Name mit auf dem Mietvertrag.«

Wir sehen eine Weile gemeinsam fern und unterhalten uns darüber, dass seine Freundin Dakota bald nach New York zieht. Landon überlegt sich, nächstes Jahr an die NYU zu wechseln, falls sie beschließen sollte, dortzubleiben. Einerseits freue ich mich für ihn, andererseits will ich nicht, dass er aus Washington weggeht – was ich ihm natürlich nicht sage. Landon bleibt bis neun, und nachdem er gegangen ist, kuschele ich mich ins Bett und lese, bis ich einschlafe.

Am nächsten Morgen packe ich alles für meinen »Umzug« ins Apartment zusammen. Irgendwie kann ich nicht fassen, dass ich dorthin zurückkehre, aber mir bleibt nicht viel anderes übrig. Ich will Landon nicht ausnutzen, zu meiner Mutter will ich auf gar keinen Fall, und wenn ich im Motel bleibe, geht mir demnächst das Geld aus. Natürlich habe ich ein schlechtes Gewissen, nicht nach Hause zu fahren, doch ich will mir nicht eine Woche lang die abfälligen Bemerkungen meiner Mutter anhören. Vielleicht besuche ich sie über Weihnachten, aber nicht schon heute. Mir bleiben noch fünf Tage, das zu entscheiden.

Als ich mit den Haaren und dem Make-up fertig bin, ziehe ich eine langärmelige weiße Bluse und eine dunkelblaue Jeans an. Am liebsten würde ich im Schlafanzug bleiben, aber ich muss ein paar Lebensmittel einkaufen. Wenn ich Hardins Vorräte esse, weiß er, dass ich da war. Ich packe also meine überschaubaren Habseligkeiten ein und bringe alles zum Auto, das überraschenderweise innen gesaugt wurde und leicht nach Pfefferminz riecht. Hardin.

Auf dem Weg zum Supermarkt fängt es an zu schneien. Ich besorge die wenigen Dinge, die ich brauche, um über die Runden zu kommen, bis ich mich endgültig entschieden habe, was ich an Weihnachten machen will. Während ich an der Kasse in der Schlange stehe, denke ich plötzlich daran, was Hardin mir wohl zu Weihnachten geschenkt hätte. Sein Geburtstagsgeschenk war so sorgfältig ausgewählt und vorbereitet, wer weiß, was ihm noch eingefallen wäre. Hoffentlich etwas Einfaches, nicht zu teuer.

»Können Sie sich mal ein bisschen beeilen?«, meckert eine Frauenstimme hinter mir.

Als ich aufblicke, sehe ich, dass die Kassiererin schon ungeduldig wartet. Ich hatte gar nicht bemerkt, dass sich die Schlange vor mir inzwischen aufgelöst hat.

»Tschuldigung«, murmele ich und packe schnell meine Einkäufe aufs Band.

Als ich auf den Parkplatz vor dem Apartment einbiege, klopft mein Herz auf einmal schneller. Was, wenn er noch nicht weg ist? Es ist schließlich erst Mittag. Hektisch sehe ich mich um, aber sein Auto ist nirgends zu entdecken. Wahrscheinlich ist er damit zum Flughafen gefahren und hat es dort abgestellt.

Oder Molly hat ihn gefahren.

Mein Unterbewusstsein weiß wirklich nicht, wann es besser die Klappe halten sollte. Sobald ich sicher bin, dass er nicht da ist, parke ich und nehme die Einkaufstüten. Inzwischen schneit es heftiger, sodass die Autos um mich herum schon von einer dünnen Schneeschicht bedeckt sind. Wenigstens werde ich gleich im Trockenen sein. Vor der Apartmenttür hole ich noch einmal tief Luft, bevor ich aufschließe und eintrete. Wie ich diese Wohnung liebe – sie ist einfach perfekt für uns ... für ihn ... oder für mich, als Einzelperson.

Als ich die Schränke und den Kühlschrank öffne, stelle ich überrascht fest, dass die Vorräte aufgefüllt sind. Offensichtlich war Hardin vor Kurzem einkaufen. Ich stopfe meine Sachen dorthin, wo ich Platz finde, und gehe dann wieder runter, um mein Gepäck zu holen.

Dabei muss ich die ganze Zeit an das denken, was Landon gesagt hat. Es haut mich immer noch um, dass Hardin ihn um Rat gefragt hat. Und dass Landon zugegeben hat, dass Hardin mich seiner Meinung nach liebt. Eigentlich habe ich das gewusst, doch ich hatte dieses Wissen tief vergraben, weil ich Angst hatte, dass es mir Hoffnung gibt. Wenn ich mir eingestehe, dass er mich liebt, macht das alles nur noch schlimmer.

Oben in der Wohnung schließe ich die Tür ab und bringe meine Taschen ins Schlafzimmer. Dort packe ich das meiste aus und hänge meine Kleider auf Bügel, damit sie keine Falten bekommen. Es fühlt sich an, als würde ich das Messer in meiner Brust noch einmal umdrehen, als ich den Schrank benutze, der mal unserer war. Von Hardin hängen lediglich fünf Paar schwarze Jeans auf der linken

Seite. Ich muss mich zwingen, seine T-Shirts nicht aufzuhängen. Sie sind immer etwas zerknittert, und trotzdem schafft er es irgendwie, perfekt auszusehen. Dann wandert mein Blick zu dem schwarzen schicken Hemd, das achtlos in einer Ecke liegt. Jenes Hemd, das er zur Hochzeit anhatte. Schnell packe ich den Rest aus und verlasse das Schlafzimmer.

In der Küche mache ich mir eine Portion Makkaroni. Dann schalte ich drüben im Wohnzimmer den Fernseher ein und drehe die Lautstärke so weit auf, dass ich die alte *Friends*-Episode auch in der Küche noch hören kann. Da ich diese Folge bestimmt schon zwanzig Mal gesehen habe, spreche ich die Dialoge mit, während ich die Spülmaschine einräume. Hoffentlich merkt Hardin das nicht, aber ich hasse schmutzige Teller im Spülbecken. Dann zünde ich eine Kerze an und wische die Arbeitsflächen ab. Zuletzt fege ich auch noch den Fußboden, sauge die Couch ab und mache das Bett. Als die ganze Wohnung sauber ist, stopfe ich eine Ladung Wäsche in die Maschine und lege die Sachen zusammen, die Hardin im Trockner vergessen hat. Es ist der friedlichste und ruhigste Tag der ganzen letzten Woche. Zumindest bis ich vor der Wohnungstür Stimmen höre und wie in Zeitlupe beobachte, wie sich das Schloss dreht.

Scheiße. Da ist er, schon wieder. Warum taucht er jedes Mal auf, wenn ich hier bin! Hoffentlich hat er nur einem seiner Freunde den Schlüssel gegeben, damit der mal in der Wohnung schauen kann, ob alles okay ist … Vielleicht ist es ja Zed mit einem Mädchen? *Mir ist jeder recht, außer Hardin. Bitte, lass es irgendjemand sein, nur nicht Hardin.*

Eine Frau, die ich noch nie gesehen habe, betritt den Flur. Irgendwie weiß ich instinktiv, wer sie ist. Die Ähnlichkeit ist unverkennbar, und sie ist wunderschön.

»Wow, Hardin, diese Wohnung ist ja unglaublich.« Ihr britischer Akzent ist genauso ausgeprägt wie der ihres Sohnes.

Das darf jetzt echt nicht wahr sein. Ich werde vor Hardins *Mom* dastehen wie eine Psychopathin: Mit meinem Essen in den Schränken, meinen Klamotten in der Waschmaschine und der komplett geputzten Wohnung. Starr vor Panik stehe ich da, als sie mich entdeckt.

»Ach, schau an! Du musst Tessa sein!« Lächelnd eilt sie auf mich zu.

Als Hardin hinter ihr die Wohnung betritt, lässt er vor Schreck ihre geblümte Reisetasche fallen. Die Überraschung ist ihm deutlich anzusehen. Mühsam reiße ich den Blick von ihm los und konzentriere mich auf die Frau, die mit offenen Armen auf mich zukommt.

»Ich war ja so enttäuscht, als Hardin sagte, dass du die Woche über nicht da bist!«, ruft sie und umarmt mich herzlich. »Was für ein frecher Kerl! Erzählt mir solche Geschichten, nur um mich zu überraschen!«

Wie bitte?

Sie legt mir die Hände auf die Schultern, um mich genauer anzuschauen. »Was für eine bezaubernde junge Frau du bist!« Dann drückt sie mich wieder an sich.

Stumm erwidere ich ihre Umarmung. Hardin ist total geschockt und überrumpelt.

Willkommen im Club.

23

Tessa

Als seine Mutter mich das vierte Mal umarmt, murmelt Hardin schließlich: »Mom, jetzt überfall sie nicht gleich so. Sie ist etwas schüchtern.«

»Du hast recht. Es tut mir wirklich leid, Tessa. Ich freue mich nur so, dich endlich kennenzulernen. Hardin hat mir schon so viel von dir erzählt«, sagt sie warm. Ich spüre, wie ich rot werde, als sie einen Schritt zurücktritt und anerkennend nickt. Dass sie überhaupt von meiner Existenz weiß, überrascht mich. Eigentlich hätte ich erwartet, dass er mich vor ihr geheim gehalten hat, wie sonst ja auch.

»Schon okay«, bringe ich schließlich heraus.

Sie strahlt ihren Sohn an.

»Mom, ich würde vorschlagen, du nimmst dir am besten erst mal was zu trinken.« Kaum ist sie in der Küche verschwunden, macht Hardin einen vorsichtigen Schritt auf mich zu. »Kann ... ich, äh ... kurz mit dir reden, nebenan?«, stammelt er.

Ich nicke und werfe einen letzten Blick Richtung Küche, bevor ich ihm in das Schlafzimmer folge, das früher auch meins war.

»Was, bitte schön, soll das?«, will ich wissen, sobald ich die Tür geschlossen habe.

Hardin zuckt zusammen. Er setzt sich aufs Bett. »Ich weiß ... es tut mir leid. Ich konnte ihr nicht erzählen, was passiert ist. Ich konnte ihr nicht sagen, was ich getan habe.«

»Bist du hier … du weißt schon, bleibst du hier?« In seiner Stimme liegt mehr Hoffnung, als ich ertragen kann.

»Nein …«

»Oh.«

Seufzend fahre ich mir durch die Haare, eine Angewohnheit, die ich mir wahrscheinlich bei Hardin abgeschaut habe. »Und was soll ich jetzt machen?«, will ich wissen.

»Ich weiß nicht …« Er holt tief Luft. »Du sollst ihr nicht irgendwas vormachen oder so … Ich brauche nur ein bisschen Zeit, um es ihr beizubringen.«

»Ich wusste ja nicht mal, dass du hier sein würdest. Ich dachte, du fliegst nach London.«

»Hab ich mir anders überlegt. Ich wollte nicht gehen ohne …« Er beendet den Satz nicht, doch ich kann den Schmerz deutlich in seinen Augen sehen.

»Gibt es einen besonderen Grund, weshalb du ihr verschwiegen hast, dass wir nicht mehr zusammen sind?« Ich weiß nicht, ob ich seine Antwort hören will.

»Sie war einfach so glücklich, dass ich jemanden gefunden habe … Das will ich ihr nicht wieder nehmen.«

Mir fällt wieder ein, wie Ken zu mir sagte, er hätte nicht gedacht, dass Hardin eine echte Beziehung haben könnte, und er hatte recht. Trotzdem will ich Hardins Mutter ihren Besuch hier nicht vermiesen. Was ich als Nächstes entgegne, sage ich ganz bestimmt nicht ihm zuliebe: »Von mir aus. Erklär's ihr, wann immer du willst. Aber erzähl ihr nichts von der Wette.« Ich senke den Blick. Wenn seine Mom wüsste, wie ihr geliebter einziger Sohn seine erste Beziehung versaut hat, würde ihr das sicher sehr wehtun.

»Wirklich? Ist es für dich in Ordnung, wenn sie glaubt, wir wären zusammen?« Er klingt überrascht. Als ich nicke, seufzt er erleichtert.

»Danke. Ich war mir sicher, dass du mich sofort vor ihr zur Rede stellen würdest.«

»So was würde ich doch nicht machen.« Das meine ich auch so. Wie wütend ich auch auf Hardin war und bin, ich würde niemals seine Beziehung zu seiner Mutter beschädigen. »Ich mach nur noch schnell meine Wäsche fertig, dann gehe ich. Ich dachte, du bist verreist und die Wohnung steht leer, deshalb hab ich beschlossen, hier zu übernachten statt im Motel.« Ich zucke mit den Schultern. Wir sind schon etwas zu lange im Schlafzimmer.

»Kannst du sonst nirgends hin?«

»Ich könnte zu meiner Mutter fahren. Aber das will ich auf keinen Fall«, gebe ich zu. »Das Motel ist nicht schlecht, nur ein bisschen teuer.« Es ist die zivilisierteste Unterhaltung, die Hardin und ich in der letzten Woche zustande gebracht haben.

»Ich weiß, dass du nicht hierbleiben möchtest, aber darf ich dir Geld geben?« Ich merke, dass er Angst hat, wie ich auf sein Angebot reagiere.

»Ich brauche dein Geld nicht.«

»Ich weiß, aber ich wollte es dir wenigstens anbieten.« Er blickt zu Boden.

»Wir gehen besser wieder raus.« Seufzend öffne ich die Tür.

»Ich komme gleich nach«, sagt er leise.

Obwohl ich nicht sonderlich begeistert bin, mit seiner Mutter allein zu sein, kann ich auch nicht länger mit Hardin in diesem engen Raum bleiben.

Als ich in die Küche komme, steht sie am Spülbecken und sieht mich an. »Ist er sauer auf mich? Ich wollte dir nicht zu nahetreten.« Sie klingt so nett. Das totale Gegenteil von ihrem Sohn.

»O nein, natürlich nicht. Er wollte nur … ein paar Sachen wegen dieser Woche durchsprechen«, sage ich. Ich war noch nie eine gute Lügnerin, deshalb vermeide ich es normalerweise um jeden Preis.

»Dann ist gut. Ich weiß ja, wie launisch er sein kann.« Ihr Lächeln ist so warm, dass ich nicht anders kann als zurückzulächeln.

Dann schenke ich mir auch ein Glas Wasser ein, um meine Nerven zu beruhigen. Als ich gerade den ersten Schluck nehme, sagt sie: »Ich kann immer noch nicht fassen, wie bildhübsch du bist. Er hat mir zwar gesagt, dass du die schönste Frau bist, die er je gesehen hat, aber ich dachte natürlich, er übertreibt.«

Weniger elegant, als die schönste Frau, die man je gesehen hat, es tun würde, spucke ich mein Wasser ins Glas zurück. *Hardin hat was gesagt?* Am liebsten würde ich sie bitten, es zu wiederholen, aber ich trinke lieber schnell noch einen Schluck, um meine peinliche Reaktion zu überspielen.

Sie lacht. »Um ehrlich zu sein, habe ich erwartet, dass du von Kopf bis Fuß tätowiert bist und grüne Haare hast oder so.«

»Nein, keine Tattoos für mich. Und auch keine grünen Haare.« Ich lache und spüre, wie die Anspannung in meinen Schultern etwas nachlässt.

»Du studierst Englisch im Hauptfach wie Hardin, richtig?«

»Ja, Mrs. Daniels.«

»Mrs. Daniels? Nenn mich doch bitte Trish. Ich hoffe, es ist okay, dass ich einfach gleich Du gesagt habe.«

»Natürlich. Momentan mache ich ein Praktikum bei Vance Publishing, deshalb ist mein Semesterstundenplan etwas durcheinander. Aber jetzt gerade haben wir ja sowieso Weihnachtsferien.«

»Bei Vance? Christian Vance?«, fragt sie. Ich nicke. »Mensch, Christian habe ich seit mindestens … zehn Jahren nicht mehr gesehen.« Ihr Blick ist auf das Glas in meiner Hand gerichtet. »Hardin und ich haben mal ein Jahr lang bei ihm gewohnt, nachdem Ken … Wie auch immer, Hardin mag es nicht, wenn ich rede wie ein Buch.« Sie lacht etwas nervös.

Dass Hardin und seine Mutter bei Mr. Vance gewohnt hatten, war mir neu, auch wenn ich weiß, dass Hardin ihm sehr nahestand, also näher, als es der Fall wäre, wenn Christian einfach nur ein Freund seines Vaters wäre.

»Ich weiß das mit Ken«, sage ich, damit sich Trish etwas wohler fühlt, doch dann wird mir klar, dass ich damit indirekt zugegeben habe, dass ich weiß, was mit *ihr* passiert ist. Ich bin ihr bestimmt zu nahegetreten.

»Wirklich?«, erwidert sie.

Schnell versuche ich, ein wenig auszuweichen: »Ja, Hardin hat mir erzählt …«

Doch in diesem Moment taucht Hardin in der Küche auf, und ich bin froh über die Unterbrechung.

Er sieht mich fragend an. »Hardin hat dir *was* erzählt?«

Die Anspannung zerreißt mich fast, doch überraschenderweise gibt mir seine Mutter Rückendeckung: »Nichts, mein Sohn, nur Frauenkram.« Dann geht sie zu ihm und legt ihm den Arm um die Taille. Er scheint sich automatisch etwas zurückzuziehen, aber ich habe den Eindruck, dass sie das von ihm gewöhnt ist.

In diesem Moment piepst der Trockner, und ich nutze das, um die Küche zu verlassen und meine Wäsche fertig zu machen, damit ich hier rauskomme, und zwar schnell.

Mit den warmen Kleidern auf dem Schoß setze ich mich in der kleinen Wäschekammer auf den Boden, um die Sachen zusammenzufalten. Hardins Mutter ist wirklich nett. Ich wünschte, ich hätte sie unter anderen Umständen kennengelernt. Ich bin nicht mehr wütend auf Hardin; das war ich schon viel zu lange. Ich spüre nur noch Trauer und eine Sehnsucht nach dem, was zwischen uns hätte sein können.

Sobald ich mit der Wäsche fertig bin, gehe ich ins Schlafzimmer, um meine Taschen wieder zu packen. Jetzt bereue ich, dass ich vorhin alles aufgehängt und meine Einkäufe in der Küche verstaut habe.

»Brauchst du Hilfe, Liebes?«, erkundigt sich Trish.

»Äh, ich bin gerade dabei, meine Sachen zu packen, weil ich über Weihnachten zu meiner Mutter fahre«, antworte ich. Da das Motel zu teuer ist, kann ich genauso gut gleich dorthin.

»Fährst du heute noch? Also jetzt gleich?« Sie runzelt die Stirn.

»Ja … Ich habe ihr versprochen, über Weihnachten zu kommen.« Könnte Hardin jetzt nicht einfach mal reinkommen und mir helfen, mich hier rauszureden?

»Oh. Ich hatte gehofft, du würdest wenigstens noch eine Nacht bleiben. Wer weiß, wann ich dich das nächste Mal sehe. Ich würde so gerne die junge Frau kennenlernen, in die mein Sohn sich verliebt hat.«

Auf einmal erwacht in mir der Wunsch, Trish glücklich zu machen. Ich weiß nicht, ob es an meinem Fauxpas von eben liegt, oder weil sie mir vor Hardin Deckung gegeben hat. Aber ich darf nicht zu lange darüber nachdenken, also überhöre ich meine innere Stimme und nicke bloß. »In Ordnung.«

»*Wirklich?* Du bleibst noch? Nur eine Nacht, dann kannst du zu deiner Mutter. Bei diesem Schneetreiben solltest du sowieso nicht fahren.« Sie legt die Arme um mich und umarmt mich zum fünften Mal an diesem Tag.

Wenigstens wird sie ein Puffer zwischen Hardin und mir sein. Wenn sie hier ist, können wir nicht streiten. Ich zumindest werde nicht streiten. Ich weiß, es ist wahrscheinlich … also absolut garantiert eine extrem schlechte Idee, aber Trish kann man nur sehr schlecht etwas abschlagen. Genau wie ihrem Sohn.

»Gut, dann gehe ich mal kurz duschen. Es war ein langer Flug!« Sie strahlt mich an und geht hinaus.

Sobald sie draußen ist, lasse ich mich aufs Bett sinken und schließe die Augen. Das werden bestimmt die unangenehmsten, schmerzhaftesten vierundzwanzig Stunden meines Lebens. Egal was ich tue, ich scheine immer wieder dort zu landen, wo ich angefangen habe: bei ihm.

Nach einigen Minuten öffne ich die Augen und sehe Hardin mit dem Rücken zu mir vor dem Schrank stehen. »Tut mir leid, ich wollte dich nicht stören«, sagt er und dreht sich um. Ich setze mich auf. Er ist so seltsam, entschuldigt sich in jedem zweiten Satz. »Ich habe gesehen, dass du die Wohnung geputzt hast«, sagt er leise.

»Ja … ich konnte nicht anders.« Als ich lächle, lächelt auch er. »Hardin, ich habe deiner Mom versprochen, dass ich heute noch hierbleibe. Nur heute Nacht, aber wenn du das nicht willst, gehe ich. Ich hatte bloß ein unheimlich schlechtes Gewissen, weil sie so nett ist, dass ich nicht Nein sagen konnte, aber wenn dir das nicht recht ist, dann —«

»Tessa, das ist kein Problem.« Doch seine Stimme zittert, als er hinzufügt: »Ich will, dass du bleibst.«

Ich weiß nicht, was ich erwidern soll, und ich verstehe nicht, wie wir beide wieder hier in diesem Apartment landen konnten. Das ist so merkwürdig. Eigentlich möchte ich mich noch bei ihm für das Geschenk bedanken, aber mein Kopf platzt fast vor lauter Gedanken.

»Hattest du einen schönen Geburtstag gestern?«, fragt er.

»Ja, schon. Landon ist vorbeigekommen.«

»Oh …« Dann hören wir seine Mutter im Wohnzimmer, und er wendet sich zum Gehen. In der Tür dreht er sich jedoch noch einmal zu mir um. »Ich habe nicht die geringste Ahnung, wie ich das hier machen soll.«

Ich seufze. »Ich auch nicht.«

Er nickt. Ich stehe auf, und wir gehen hinüber zu seiner Mutter.

24

Tessa

Als Hardin und ich ins Wohnzimmer kommen, sitzt Trish auf dem Sofa. Die feuchten Haare hat sie in ein Handtuch gewickelt. Sie sieht so jung aus für ihr Alter, so schön. »Wir sollten uns ein paar Filme ausleihen, und ich koche uns allen was Leckeres!«, ruft sie. »Vermisst du meine Kochkünste, Dickerchen?«

Hardin verdreht die Augen und zuckt mit den Schultern. »Klar. Die beste Köchin überhaupt.«

Wie schräg das ist.

»Hey! So schlecht bin ich auch wieder nicht.« Sie lacht. »Und ich finde, du hast dich soeben freiwillig zum Kochen gemeldet.«

Unbehaglich trete ich von einem Bein aufs andere, weil ich nicht weiß, wie ich mich in Hardins Gegenwart benehmen soll, wenn wir kein Paar sind, uns aber gerade auch nicht streiten. Das kennen wir beide nicht, obwohl ich auf einmal ein gewisses Muster erkenne: Auch Karen und Ken dachten, wir wären ein Paar, allerdings, bevor wir tatsächlich eins wurden.

»Tessa, kannst du denn kochen?«, unterbricht Trish meine Gedanken. »Oder macht das bei euch auch Hardin?«

»Äh, wir beide gewissermaßen. Nennen wir es lieber Essen machen als kochen«, antworte ich.

»Ich bin froh zu hören, dass du dich um meinen Jungen kümmerst, und dieses Apartment ist wirklich schön. Ich nehme mal an, dass Tessa fürs Putzen zuständig ist«, zieht sie Hardin auf.

»Ich kümmere mich nicht um ihren Jungen«, denn genau das hat er verspielt, indem er mich so verletzt hat. »Ja ... er ist ein echter Chaot«, antworte ich.

Ein Lächeln umspielt Hardins Mundwinkel, als er mich ansieht. »Ich bin überhaupt kein Chaot; sie ist zu ordentlich.«

Ich rolle mit den Augen. »Er ist ein Chaot«, sagen Trish und ich im Chor.

»Was ist jetzt, schauen wir einen Film, oder lästern wir den ganzen Abend über mich?«, brummt Hardin.

Ich setze mich schneller als Hardin hin, damit ich nicht entscheiden muss, wie wir sitzen. Ich sehe, wie sein Blick zwischen mir und der Couch hin und her wandert und er stumm überlegt. Kurz darauf setzt er sich direkt neben mich. Ich spüre die vertraute Wärme seiner Nähe.

»Was wollt ihr denn anschauen?«, erkundigt sich seine Mutter.

»Völlig egal«, erwidert Hardin.

»Du darfst dir was aussuchen«, versuche ich seine harsche Antwort abzumildern.

Sie lächelt mich an und entscheidet sich für *50 erste Dates,* einen Film, den Hardin garantiert hassen wird.

Wie aufs Stichwort fängt er an zu stöhnen, kaum dass der Film eine Minute läuft. »Der ist doch uralt.«

»Schhhh«, mache ich. Er schnaubt, gibt dann aber Ruhe.

Ich erwische ihn ein paarmal dabei, wie er mich anstarrt. Trish und ich gehen mit der Geschichte mit und müssen dabei abwechselnd lachen oder seufzen. Eine Weile vergesse ich sogar fast das mit Hardin und mir. Es fällt mir schwer, mich nicht an ihn zu lehnen, seine Hände nicht zu berühren, ihm nicht die Haare aus der Stirn zu streichen.

»Ich hab Hunger«, grummelt er, als der Abspann läuft.

»Warum kochst du nicht was mit Tessa zusammen? Ich habe schließlich so einen langen Flug hinter mir.« Trish grinst.

»Das mit dem langen Flug passt dir echt gut in den Kram, was?«, meint er.

Sie nickt. Dieses schiefe Lächeln habe ich auch bei Hardin schon ein paarmal gesehen.

»Ich kann kochen, kein Problem«, biete ich an und stehe auf. In der Küche klammere ich mich an der marmornen Arbeitsplatte fest und versuche, tief durchzuatmen. Ich weiß nicht, wie lange ich das durchhalte, wie lange ich so tun kann, als hätte Hardin nicht alles zerstört, so tun, als würde ich ihn lieben. *Aber ich liebe ihn, ich bin bis über beide Ohren in ihn verliebt.* Das Problem sind nicht meine mangelnden Gefühle für diesen launischen, egoistischen Typen. Das Problem ist, dass ich ihm schon so viele Chancen gegeben habe und ihm all die verdammten Dinge, die er sagt und tut, immer wieder verziehen habe. Dieses Mal war es einfach zu viel.

»Hardin, sei ein Gentleman und hilf ihr«, höre ich Trish sagen und gehe schnell zum Gefrierschrank rüber, damit er mir meinen kleinen Zusammenbruch nicht anmerkt.

»Äh … kann ich helfen?« Er steht hinter mir.

»Von mir aus …« Ich drehe mich um.

»Eis?«, fragt er. Ich betrachte den Gegenstand in meiner Hand. Eigentlich wollte ich Hühnchen rausnehmen, aber ich war wohl geistig abwesend.

»Klar. Eis mag doch jeder, oder?«, sage ich. Er lächelt, und seine Grübchen tauchen wieder auf.

Ich schaffe das. Ich ertrage ihn. Ich kann freundlich zu ihm sein, wir können höflich miteinander umgehen.

»Wie wäre es mit dieser Pasta mit Huhn, die du für mich gekocht hast«, schlage ich vor.

Seine grünen Augen fixieren mich. »Das willst du essen?«

»Ja, wenn es nicht zu viel Aufwand ist.«

»Natürlich nicht.«

»Du bist heute so komisch«, flüstere ich, damit Trish uns nicht hört.

»Nein, bin ich nicht.« Er zuckt mit den Schultern und macht einen Schritt auf mich zu.

Als er sich zu mir herüberbeugt, fängt mein Herz an zu klopfen. Instinktiv trete ich zur Seite, doch er macht bloß die Tür vom Gefrierschrank auf.

Ich dachte, er würde mich küssen. Was ist bloß los mit mir?

Wir kochen mehr oder weniger schweigend, da keiner von uns weiß, was er sagen soll. Dabei beobachte ich ihn die ganze Zeit: Wie seine langen Finger den Messergriff halten, als er das Hühnchen und das Gemüse schneidet, wie er die Augen schließt, weil ihm der heiße Wasserdampf ins Gesicht steigt, wie seine Zunge über die Mundwinkel fährt, als er die Sauce probiert. Ich weiß, es hilft mir nicht gerade dabei, neutral zu bleiben, wenn ich ihn so ansehe, und es tut mir auch nicht besonders gut, aber ich kann einfach nicht anders.

»Ich decke schon mal den Tisch, während du deine Mom zum Essen holst«, sage ich, als wir schließlich fertig sind.

»Wieso das denn? Ich rufe sie einfach.«

»Nein, das ist unhöflich. Geh zu ihr hin.«

Er verdreht die Augen, gehorcht mir aber trotzdem, nur um wenige Sekunden später wieder dazustehen, alleine. »Sie schläft«, sagt er.

Ich habe ihn zwar verstanden, aber ich frage trotzdem: »Was?«

»Ja, sie ist auf der Couch eingeschlafen. Soll ich sie wecken?«

»Nein … Sie hat einen langen Tag hinter sich. Ich gebe etwas auf einen Teller, dann kann sie essen, wenn sie aufwacht. Es ist sowieso schon ziemlich spät.«

»Es ist acht Uhr.«

»Ja … das ist spät.«

»Wenn du meinst.« Sein Tonfall ist neutral.

»Was ist denn los mit dir? Ich weiß, das ist unangenehm und alles, aber du bist wirklich *merkwürdig*.« Ich verteile Pasta und Sauce auf zwei Teller, ohne darüber nachzudenken.

»Danke.« Hardin nimmt einen davon und setzt sich damit an den Tisch.

Ich hole mir währenddessen eine Gabel aus der Schublade und beschließe, im Stehen an den Tresen gelehnt zu essen. »Rückst du damit raus?«

»Womit rausrücken?« Er macht sich über seine Pasta her.

»Warum du so … still und … nett bist. Das ist echt komisch.«

Er nimmt sich die Zeit zu kauen und zu schlucken, bevor er antwortet. »Ich will einfach nichts Falsches sagen.«

»Oh.« Mehr fällt mir dazu nicht ein. *Damit* habe ich auf jeden Fall nicht gerechnet.

Dann dreht er den Spieß um. »Und warum bist *du* so nett und komisch?«

»Weil deine Mutter hier ist. Und weil sich das, was passiert ist, nicht mehr rückgängig machen lässt. Daran kann ich nichts mehr ändern. Ich kann meine Wut nicht für immer festhalten.« Mit dem Ellbogen stütze ich mich an der Arbeitsplatte ab.

»Und was bedeutet das?«

»Nichts. Ich sage nur, dass ich nicht mehr streiten will, dass wir irgendwie zivilisiert miteinander umgehen sollten. Es ändert nichts zwischen uns.« Dabei muss ich mir auf die Wange beißen, damit mir nicht die Tränen in die Augen steigen.

Statt etwas zu erwidern, steht Hardin auf und knallt seinen Teller ins Spülbecken. Das Porzellan bricht mit einem lauten Knacks mittendurch. Erschrocken zucke ich zusammen. Hardin lässt sich jedoch nichts anmerken, dreht sich nicht mal um, sondern verschwindet wortlos im Schlafzimmer.

Ich werfe einen vorsichtigen Blick ins Wohnzimmer, um nachzusehen, ob sein impulsiver Auftritt seine Mutter geweckt hat. Zum

Glück schläft sie immer noch tief und fest. Mit dem leicht geöffneten Mund sieht sie ihrem Sohn noch ähnlicher als zuvor.

Wie immer darf ich das Chaos beseitigen, das Hardin hinterlassen hat. Ich räume also die Spülmaschine ein und verpacke die Reste, bevor ich den Tresen abwische. Inzwischen bin ich völlig erschöpft, geistig mehr als körperlich, aber ich muss noch duschen, bevor ich ins Bett gehe. Wo, verdammt, soll ich eigentlich schlafen? Im Schlafzimmer ist Hardin, und Trish liegt auf der Couch. Vielleicht sollte ich doch einfach ins Motel zurückfahren.

Ich drehe die Heizung etwas hoch und schalte das Licht im Wohnzimmer aus. Als ich ins Schlafzimmer komme, um meinen Pyjama zu holen, sitzt Hardin auf der Bettkante und hat den Kopf in den Händen vergraben. Da er nicht aufblickt, ziehe ich schnell ein Paar Shorts, ein T-Shirt und einen Slip aus meiner Tasche, bevor ich wieder den Rückzug antrete. Im Türrahmen höre ich plötzlich ein Geräusch hinter mir, das wie ein unterdrücktes Schluchzen klingt.

Weint Hardin?

Tut er nicht. Das kann gar nicht sein.

Aber falls doch, kann ich nicht einfach rausgehen. Also tapse ich zum Bett zurück und stelle mich vor ihn. »Hardin«, sage ich leise und versuche, ihm die Hände vom Gesicht zu ziehen. Er wehrt sich, und ich ziehe fester. »Sieh mich an«, bitte ich.

Als er es tut, stockt mir der Atem. Seine Augen sind gerötet und seine Wangen tränennass. Ich will nach seinen Händen fassen, aber er reißt sie mir weg. »Tessa, geh einfach«, sagt er.

Das habe ich ihn schon zu oft sagen hören. »Nein.« Stattdessen knie ich mich zwischen seine Beine.

Er wischt sich die Augen mit dem Handrücken ab. »Das war keine gute Idee. Ich werde meiner Mom morgen früh alles sagen.«

»Das musst du nicht.« Ich habe ihn zwar schon mal weinen sehen, aber nie so heftig, zitternd und tränenüberströmt.

»Doch, muss ich. Es ist die reinste Folter für mich, dass du so nah bist und doch so fern. Das ist die allerschlimmste Strafe überhaupt. Nicht dass ich es nicht verdient hätte, natürlich habe ich das. Aber ich ertrage es nicht.« Er weint immer noch. »Nicht mal ich.« Er holt mühsam Luft. »Als du gesagt hast, dass du bleibst … dachte ich, dass du vielleicht … dass du vielleicht immer noch etwas für mich empfindest, so wie ich für dich. Aber ich sehe es, Tess, ich sehe, wie du mich jetzt anschaust. Ich sehe, wie sehr ich dir wehgetan habe. Ich sehe, wie du dich verändert hast wegen mir. Ich bin schuld daran, das weiß ich, aber es bringt mich trotzdem um, zu sehen, wie du mir entgleitest.« Inzwischen fließen seine Tränen noch heftiger, tropfen auf sein schwarzes T-Shirt.

Ich möchte etwas sagen – irgendwas – damit das aufhört. Damit sein Schmerz aufhört.

»Willst du, dass ich gehe?« Er nickt.

Seine Zurückweisung tut weh, sogar jetzt. Ich weiß, ich dürfte ja gar nicht hier sein, und wir dürften das hier auch nicht tun, aber trotzdem, ich brauche mehr. Ich brauche mehr Zeit mit ihm. Diese gefährliche, diese schmerzhafte Zeit, die nur wehtut, ist besser als gar keine. Ich wünschte, ich würde ihn nicht lieben, ich wünschte, ich wäre ihm nie begegnet.

Aber das ist nun mal passiert. Und ich liebe ihn.

»In Ordnung.« Ich schlucke und stehe auf.

Er packt mein Handgelenk, um mich aufzuhalten. »Es tut mir leid. Alles. Dass ich dir wehgetan habe, alles«, sagt er. Seine Stimme ist vom Abschiedsschmerz belegt.

So sehr ich mich auch dagegen wehre, tief in mir drin weiß ich, dass ich uns noch nicht aufgeben kann. Andererseits bin ich auch noch nicht so weit, ihm zu verzeihen. Ich bin seit Tagen so verwirrt, aber das hier übertrifft alles.

»Ich …« Mehr bringe ich nicht heraus.

»Was?«

»Ich will nicht gehen«, sage ich so leise, dass er mich vielleicht überhaupt nicht hört.

»Was?«, fragt er noch einmal.

»Ich will nicht gehen. Ich weiß, ich sollte, aber ich will nicht. Zumindest nicht heute Abend.« Es ist, als könnte ich zusehen, wie die Scherben dieses gebrochenen Mannes sich vor meinen Augen langsam wieder zusammenfügen, eine nach der anderen. Es ist ein wunderbarer Anblick, aber gleichzeitig macht er mir auch Angst.

»Was heißt das?«

»Ich weiß es nicht, aber ich bin auch noch nicht so weit, dass ich es herausfinden möchte.« Ich hoffe, dass ich diesem Gefühl auf die Spur komme, indem ich darüber rede.

Hardin sieht mich mit leerem Blick an. Er hat aufgehört zu weinen. Mechanisch trocknet er sich das Gesicht mit dem T-Shirt ab und sagt dann: »Okay. Du kannst im Bett schlafen, ich nehme den Fußboden.«

Während er sich zwei Kissen und den Überwurf holt, kann ich den Gedanken nicht unterdrücken, dass diese Tränen eben vielleicht, ganz vielleicht nur Show waren. Doch irgendwie weiß ich, dass das nicht stimmt.

25

Tessa

Als ich unter der Bettdecke liege, geht mir immer wieder durch den Kopf, dass ich nie, nie im Leben damit gerechnet hätte, Hardin so zu erleben. Er war so aufgewühlt, so verletzlich. Ich habe das Gefühl, dass sich die Dynamik zwischen Hardin und mir ständig verändert, wodurch einer von uns immer die Kontrolle über den anderen gewinnt. Jetzt gerade bin ich diejenige, die bestimmt, wo es langgeht.

Doch das will ich gar nicht. Und mir gefällt es auch nicht, dass einer immer oben ist. Liebe sollte nicht so ein Kampf sein. Außerdem traue ich mir gar nicht zu, zu kontrollieren, was zwischen uns passiert. Bis vor ein paar Stunden war mir alles klar, doch jetzt, wo er so außer sich war, herrscht Chaos in meinem Kopf. Meine Gedanken sind wie umnebelt.

Selbst in der Dunkelheit spüre ich Hardins Blick. Dabei merke ich gar nicht, dass ich die Luft angehalten habe, doch als ich hörbar ausatme, fragt er sofort: »Möchtest du, dass ich den Fernseher anmache?«

»Nein. Mach, wenn du magst, aber wegen mir brauchst du nicht.«

Wenn ich meinen E-Reader mit ins Bett genommen hätte, könnte ich jetzt lesen, bis ich einschlafe. Vielleicht würde mir mein Leben im Vergleich zu Catherines und Heathcliffs etwas einfacher, weniger albtraumhaft erscheinen. Catherine kämpfte ihr ganzes Leben gegen die Liebe zu diesem Mann an, immer und immer wieder bis zu dem Tag, an dem sie ihn anflehte, ihr zu verzeihen, und ihm gestand, dass sie nicht ohne ihn leben könne – nur um Stunden später zu sterben. Ich könnte ohne Hardin leben, oder? Ich werde jedenfalls nicht mein gesamtes Leben damit verschwenden, gegen das hier anzukämpfen. Das geht ja alles vorbei ... Richtig? Wir werden uns selbst und andere nicht fertigmachen, nur weil keiner von uns nachgeben kann, oder? Die Parallele macht mir trotzdem zu schaffen, denn dann müsste ich ja auch Trevor mit Edgar vergleichen. Ich weiß nicht, was ich denken, was ich fühlen soll. Das ist absurd.

»Tess?«, flüstert mein Heathcliff und reißt mich damit aus meinen Gedanken.

»Ja?« Ich kann kaum sprechen.

»Ich habe Molly nicht gef... nicht mit ihr geschlafen«, sagt er, als ob es mich weniger schocken würde, wenn er bestimmte Wörter vermeidet.

Ich sage nichts, erstens weil es mich sehr erstaunt, dass er das Thema überhaupt anschneidet, und zweitens, weil ich ihm gerne glauben würde. Dabei darf ich natürlich nicht vergessen, dass er ein Meister der Täuschung ist.

»Ich schwöre es«, fügt er hinzu.

Na, wenn er es »schwört« ... »Warum hast du es dann behauptet?« Mein Tonfall ist hart.

»Um dir wehzutun. Ich war einfach so sauer, weil du einen anderen geküsst hast, also hab ich gesagt, wovon ich wusste, dass es dich am meisten verletzen würde.«

Ich kann Hardin zwar nicht sehen, aber irgendwie weiß ich, dass er auf dem Rücken liegt und an die Decke starrt, die Arme hinterm Kopf verschränkt. »Hast du wirklich jemanden geküsst?«, fragt er, bevor ich etwas erwidern kann.

»Ja«, gebe ich zu. Doch als ich ihn tief Luft holen höre, will ich den Schlag etwas abmildern: »Aber nur ein Mal.«

»Warum?« Er klingt kühl, aber gleichzeitig scheint er vor Wut zu kochen. Es hört sich merkwürdig an.

»Ganz ehrlich, ich habe keine Ahnung … Ich war sauer darüber, wie du am Telefon warst, und ich hatte viel zu viel getrunken. Also hab ich mit diesem Typen getanzt, und er hat mich geküsst.«

»Du hast mit ihm getanzt? Wie getanzt?«

Ich verdrehe die Augen. Warum muss Hardin immer über jedes Detail Bescheid wissen, obwohl wir nicht zusammen sind? »Das willst du nicht wirklich wissen.«

Seine Worte verstärken die Anspannung zwischen uns. »Doch, will ich.«

»Hardin, wir haben einfach getanzt wie zwei Leute in einem Club das nun mal machen. Dann hat er mich geküsst und versucht, mich abzuschleppen.« Ich starre hinauf zum Deckenventilator. Wenn wir weiter darüber reden, wird er irgendwann stillstehen, weil er nicht mehr durch die spannungsgeladene Luft kommt.

Vielleicht hilft ein Themenwechsel. »Vielen Dank für den E-Reader. Das war ein tolles Geschenk.«

»Er wollte, dass du mit ihm nach Hause gehst? Und, bist du?« Dem Rascheln entnehme ich, dass er sich jetzt aufgesetzt hat.

Ich bleibe ganz still liegen. »Musst du das überhaupt fragen? Du weißt doch, dass ich so etwas nie tun würde«, zische ich.

»Na ja, ich hätte auch nie gedacht, dass du mal in einem Club rumknutschst«, sagt er aufgebracht.

Nach einer kurzen Stille sage ich: »Ich glaube nicht, dass ausgerechnet du dich über Überraschungen auslassen solltest.«

Wieder rascheln die Decken, dann spüre ich ihn direkt neben mir. Seine Stimme ist ganz nah. »Sag es, bitte sag mir, dass du's nicht getan hast.«

Als er sich neben mich auf die Matratze setzt, rutsche ich ein

Stück weg von ihm. »Das weißt du doch. Schließlich war ich gleich danach mit *dir* zusammen.«

»Ich muss hören, wie du es sagst.« Sein Tonfall ist scharf, aber gleichzeitig flehend. »Sag, dass du ihn nur ein Mal geküsst hast und seither nicht mehr mit ihm gesprochen hast.«

»Ich habe ihn nur ein Mal geküsst und seither nicht mehr mit ihm gesprochen«, wiederhole ich, denn ich weiß, dass er das unbedingt hören muss.

Ich blicke starr auf das Spiral-Tattoo, das aus dem Kragen seines T-Shirts herausschaut. Ihn neben mir auf dem Bett sitzen zu haben beruhigt mich und wühlt mich gleichzeitig auf. Ich ertrage diesen Kampf in mir nicht mehr, der weder vor- noch zurückgeht.

»Gibt es noch irgendetwas, was ich wissen sollte?«, fragt er leise.

»Nein«, lüge ich. Ich werde ihm nicht von meinem Date mit Trevor erzählen. Es ist nichts passiert, und außerdem geht es Hardin auch überhaupt nichts an. Ich mag Trevor, und ich möchte ihn vor der tickenden Zeitbombe Hardin beschützen.

»Bist du sicher?«

»Hardin … ich glaube wirklich nicht, dass du irgendein Recht hast, mich so zu verhören.« Da erst sehe ich ihm in die Augen. Ich kann nicht anders.

»Ich weiß«, antwortet er zu meiner großen Überraschung.

Als er sich wieder auf den Boden legt, versuche ich, die Leere zu ignorieren, die sich in mir ausbreitet.

26

Hardin

Heute war die absolute Hölle. Eine Hölle, die ich mit offenen Armen begrüßt habe, aber trotzdem die Hölle. Nie hätte ich gedacht, dass Tessa da sein würde, als wir vom Flughafen zurückkamen. Ich hatte mir eine ganz simple Story ausgedacht: Meine Freundin ist leider die ganze Weihnachtswoche zu Hause. Meine Mutter hat zwar ein bisschen herumgejammert, aber weder viele Fragen gestellt noch nachgebohrt. Sie war viel zu begeistert – und offenbar überrascht –, dass ich eine Freundin habe. Sie und mein Vater dachten wohl, dass ich mein Leben lang allein bleiben würde. Und ich dachte das ja auch.

Irgendwie ist es schon lustig, auf eine verquere Art, dass ich jede Sekunde an diese Frau denke, obwohl ich vor gerade mal drei Monaten nur meine Ruhe haben wollte. Ich wusste nicht, was mir fehlte, und jetzt, wo ich es gefunden habe, kann ich es nicht mehr loslassen. Das geht mir nur bei ihr so. Egal, was ich tue, ich kann sie einfach nicht abschütteln.

Ich habe versucht, damit aufzuhören, sie zu vergessen, das Kapitel abzuhaken … und es war die reine Katastrophe. Die nette Blonde, mit der ich am Samstag essen war, war nun mal nicht Tessa. Ja, sie sah ihr ähnlich, trug sogar dieselben Klamotten wie sie. Sie wurde rot, als ich fluchte, und schien sich die ganze Zeit vor mir zu fürchten. Sie war ganz okay, das schon, aber auch langweilig.

Ihr fehlte das Feuer von Tess. Das Mädchen beschwerte sich nicht über meine F-Words, sie sagte auch nichts, als ich beim Dinner meine Hand auf ihren Oberschenkel legte. Ich wusste, dass sie nur mit mir ausgegangen war, weil sie irgendeine kranke Bad-Boy-Fantasie ausleben wollte, bevor es am nächsten Morgen in die Kirche ging. Aber das ist okay, denn ich habe sie auch nur benutzt, um die Leere zu füllen, die Tessa hinterlassen hat. Um mich davon abzulenken, dass sie immer noch mit diesem verdammten Trevor in Seattle war. Die Schuldgefühle, als ich mich zu dem Mädchen rüberbeugte, um sie zu küssen, haben mich fertiggemacht. Ich zuckte zurück, und ich sah auf dem unschuldigen Gesicht ganz deutlich, wie peinlich ihr das war. Ich rannte mehr oder weniger nach draußen zu meinem Auto und ließ sie allein im Restaurant sitzen.

Ich richte mich ein Stück auf und betrachte die schlafende Frau, die ich so sehr liebe. Sie in unserer Wohnung zu sehen, ihre Sachen in der Waschmaschine, alles geputzt, und sogar ihre Zahnbürste im Bad … das hat mir Hoffnung gegeben. Auf der anderen Seite ist ja auch klar, wie das mit der Hoffnung so ist.

Ich klammere mich immer noch an den letzten Rest, an die winzige Möglichkeit, dass sie mir vielleicht verzeiht. Wenn sie jetzt aufwacht und sieht, wie ich sie anstarre, würde sie bestimmt losschreien.

Ich muss mich zusammenreißen. Ich muss ihr Raum geben. Mein eigenes Verhalten und meine Gefühle sind echt anstrengend, sie sind stärker als ich, und ich habe keine Ahnung, wie ich mit ihnen umgehen soll. Aber ich werde es herausfinden. Ich muss das alles wieder in Ordnung bringen. Zärtlich streiche ich ihr eine Strähne ihres seidigen Haars aus dem Gesicht und zwinge mich dann, mich wieder unter meinen Berg Decken auf den Steinfußboden zu legen, wo ich hingehöre.

Vielleicht kann ich ja heute Nacht zur Abwechslung mal wieder schlafen.

27

Tessa

Als ich aufwache, verwirrt es mich kurz, über mir die vertraute Zimmerdecke zu sehen. Nach der letzten Woche im Hotel und Motel ist es komisch, wieder hier zu sein. Der Fußboden vor dem Bett ist leer, die Decke und die Kissen neben dem Schrank gestapelt. Mit meiner Kosmetiktasche in der Hand mache ich mich auf den Weg ins Bad.

Aus dem Wohnzimmer höre ich Hardins Stimme: »Mom, sie kann heute nicht bleiben. Ihre Mutter wartet auf sie.«

»Könnten wir nicht ihre Mutter hierher zu uns einladen? Ich würde sie sehr gerne kennenlernen«, antwortet Trish.

Bloß nicht.

»Nein, ihre Mutter ... mag mich nicht besonders«, sagt er.

»Warum nicht?«

»Sie glaubt, ich bin nicht gut genug für Tessa, vermute ich. Vielleicht auch, weil ich so aussehe.«

»Weil du *wie* aussiehst? Hardin, lass dich von niemandem verunsichern. Ich dachte, du magst deinen ... Stil.«

»Tue ich ja auch. Mir ist scheißegal, was die anderen denken. Außer Tessa.«

Höre ich richtig? Trish lacht. »Wer bist du, und wo ist mein Junge hin?« Sie klingt richtig glücklich. »Ich kann mich gar nicht daran erinnern, wann wir uns das letzte Mal unterhalten haben, ohne dass du mich runtergemacht hast. Das muss Jahre her sein. Gefällt mir.«

»Schon gut ... schon gut ...«, stöhnt Hardin, und ich muss lächeln, weil ich mir vorstelle, wie Trish ihn zu umarmen versucht.

Nach dem Duschen beschließe ich, mich richtig hübsch zu machen, bevor ich da rausgehe. Ich bin ein Feigling, ich weiß, aber ich brauche noch etwas Zeit, bevor ich wieder mein Fake-Smile für Hardins Mutter aufsetze. Eigentlich ist es nicht wirklich fake ... *Und genau das ist Teil des Problems,* erinnert mich meine innere Stimme. Ich hatte gestern wirklich einen schönen Abend, und ich habe besser geschlafen als die ganze letzte Woche.

Als meine Haare schließlich perfekt sitzen, klopft es leise an der Tür. »Tessa?«, fragt Hardin.

»Komme schon.« In grauen Baumwollshorts und einem weißen T-Shirt lehnt er im Türrahmen.

»Ich will nicht drängeln oder so, aber ich muss echt dringend pissen.«

Dabei lächelt er ein bisschen. Ich nicke und versuche, nicht darauf zu achten, dass die Shorts tief auf seinen Hüften sitzen und sich der Schriftzug, den er sich an dieser Stelle hat stechen lassen, unter seinem weißen T-Shirt abzeichnet.

»Ich zieh mich noch schnell an, und dann fahr ich los«, sage ich. Er wendet den Blick ab. »Okay.«

Zurück im Schlafzimmer fühle ich mich ziemlich mies, weil ich Trish angelogen habe und so bald schon aufbreche. Denn sie hat sich sichtlich gefreut, mich kennenzulernen, und kaum ist sie da, bin ich weg.

Ich entscheide mich für mein weißes Kleid, ziehe aber die alte schwarze Strumpfhose drunter, weil es sonst zu kalt ist. Wahrscheinlich wären Jeans und Sweatshirt sinnvoller, aber in diesem Kleid fühle ich mich auf eine merkwürdige Art sicher, und das brauche ich heute unbedingt. Ich fange an, meine Klamotten wieder in die Taschen zu packen und die leeren Bügel zurück in den Schrank zu hängen.

»Brauchst du Hilfe?« Trish steht hinter mir. Erschrocken zucke ich zusammen und lasse dabei das dunkelblaue Kleid fallen, das ich in Seattle anhatte.

»Ich bin nur …«, stammele ich.

Sie betrachtet den halbleeren Schrank. »Wie lange willst du denn bei deiner Mutter bleiben?«

»Äh … ich …« Ich bin wirklich eine schlechte Lügnerin.

»Sieht aus, als würdest du für eine ganze Weile verreisen.«

»Ja … Ich habe nicht mehr viele Anziehsachen dort«, murmele ich.

»Ich wollte fragen, ob du Lust hast, ein bisschen shoppen zu gehen, solange ich hier bin. Vielleicht können wir das nach Weihnachten noch machen, falls du zurückkommst, bevor ich wieder fliege?«

Ich kann nicht sagen, ob sie mir glaubt, oder ob sie ahnt, dass ich nicht vorhabe, zurückzukommen. »Ja … klar«, weiche ich aus.

»Mom«, sagt Hardin leise, als er das Zimmer betritt. Ich sehe, wie er die Stirn runzelt, als er den leeren Schrank sieht, und hoffe, dass Trish ihren Sohn nicht genauso aufmerksam beobachtet wie ich.

»Bin gleich fertig«, erkläre ich, und er nickt. Sobald ich den Reißverschluss der letzten Tasche zugezogen habe, sehe ich ihn an. Was soll ich denn nun sagen?

»Ich bring deine Taschen runter.« Er nimmt sich meinen Schlüssel von der Kommode und verschwindet mit dem Gepäck.

Als er weg ist, umarmt Trish mich wieder. »Ich bin so froh, Tessa, dich noch getroffen zu haben. Du kannst dir gar nicht vorstellen, wie schön es als Mutter ist, mein einziges Kind so zu sehen.«

»Wie, so?«, bringe ich mühsam heraus.

»Glücklich«, antwortet sie, und ich spüre, wie meine Augen anfangen zu brennen.

Wenn das für sie ein glücklicher Hardin ist, dann will ich ihren normalen Hardin gar nicht erleben.

Schließlich verabschiede ich mich von Trish – und mache mich bereit, die Wohnung für immer zu verlassen.

»Tessa?« Ich drehe mich noch einmal um.

»Du wirst doch zu ihm zurückkommen, oder?«, fragt sie, und mir wird übel. Denn vermutlich meint sie damit mehr als das Ende der Weihnachtsferien.

Ich traue mich nicht, etwas zu sagen. Deshalb nicke ich nur und haue schnell ab.

Vor dem Aufzug entscheide ich mich spontan für die Treppe, um Hardin nicht mehr zu begegnen. Bevor ich hinausgehe auf den Parkplatz, wische ich mir über die Augen und hole einmal tief Luft. Als ich am Auto bin, sehe ich, dass die Windschutzscheibe vom Schnee befreit ist und der Motor schon läuft.

Ich rufe meine Mutter nicht an, um ihr zu sagen, dass ich unterwegs bin. Mir ist jetzt einfach nicht danach, mit ihr zu reden. Stattdessen will ich auf der zweistündigen Fahrt lieber versuchen, den Kopf freizubekommen. Ich muss eine Liste mit Pro und Kontra machen: Soll ich wieder mit Hardin zusammenkommen oder nicht? Ich weiß, wie dumm es ist, darüber auch nur nachzudenken – er hat mir furchtbare Dinge angetan. Er hat mich belogen, betrogen und gedemütigt. Bisher haben wir auf der Kontra-Seite also: die Lügen, das Bettlaken, das Kondom, die Wette, seine Freunde, Molly, sein Ego, seine ganze Art und dass er mein Vertrauen in ihn zerstört hat.

Bei Pro steht: … nun ja … die Tatsache, dass ich ihn liebe. Dass er mich glücklich macht, dass er mir das Gefühl gibt, stärker zu sein, selbstbewusster. Dass er normalerweise mein Bestes will, außer natürlich, wenn er alles zerstört … Wie er lacht und lächelt, wie er mich festhält, wie er mich küsst, wie er mich umarmt, und wie er für mich an sich arbeitet.

Auf meiner Pro-Seite stehen lauter kleine Dinge, vor allem im Vergleich zu den größeren Dingen auf der anderen Seite, aber die kleinen Dinge sind im Leben doch die wichtigsten, oder? Bin ich völlig übergeschnappt, dass ich überhaupt darüber nachdenke, ihm zu verzeihen, oder tue ich nur das, was die Liebe mir diktiert? Was ist der bessere Ratgeber in der Liebe: das Gefühl oder der Verstand?

So sehr ich auch dagegen anzukämpfen versuche, ich kann nicht von ihm wegbleiben. Das konnte ich noch nie.

Jetzt wäre es gut, eine Freundin zum Reden zu haben. Eine, die selbst schon mal in so einer Situation war. Ich wünschte, ich könnte Steph anrufen, doch sie hat mich auch die ganze Zeit belogen. Und Landons Meinung kenne ich schon, außerdem ist die Meinung einer Frau manchmal besser, näher dran.

Der Schnee fällt ziemlich dicht, und die Windböen sind so stark, dass mein Auto auf den leeren Straßen leicht hin und her schlingert. Ich hätte einfach im Motel bleiben sollen. Ich hätte nicht fahren sollen.

Aber schließlich vergeht die Fahrt trotz einiger Schreckmomente doch schneller als erwartet, und bald schon taucht das Haus meiner Mutter vor mir auf.

Ich parke in der penibel freigeschippten Einfahrt. Nach dem dritten Klopfen öffnet sie schließlich im Bademantel und mit nassen Haaren die Tür. Ich kann an einer Hand abzählen, wie oft ich sie in meinem Leben ohne perfekte Frisur und Make-up gesehen habe.

»Was machst du hier? Warum hast du nicht vorher angerufen?«, herrscht sie mich an.

Ich gehe an ihr vorbei ins Haus. »Ich weiß nicht. Es hat so geschneit, und ich wollte beim Fahren nicht abgelenkt werden.«

»Du hättest trotzdem anrufen sollen, dann hätte ich mich vorbereiten können.«

»Du musst dich nicht vorbereiten. Ich bin es doch nur.«

Sie schnaubt. »Für schlampiges Aussehen gibt es nie eine Entschuldigung, Tessa.« Sie sagt es, als rede sie über *mich* in meiner aktuellen Lage. Beinahe lache ich über ihre lächerliche Bemerkung, aber dann halte ich mich zurück.

»Wo ist dein Gepäck?«, will sie wissen.

»Im Auto. Das hole ich später.«

»Was ist das … dieses Kleid, das du da anhast?« Sie mustert mich von Kopf bis Fuß.

»Habe ich mir für die Arbeit gekauft. Ich finde es toll.«

»Es ist viel zu weit ausgeschnitten … aber die Farbe ist einigermaßen hübsch.«

»Danke. Und, wie geht's den Porters?«, erkundige ich mich, weil ich weiß, dass die Erwähnung von Noahs Familie sie ablenken wird.

»Bestens. Sie vermissen dich.« Auf dem Weg in die Küche fügt sie beiläufig hinzu: »Vielleicht sollten wir sie für heute Abend zum Essen einladen.«

Ich verziehe das Gesicht. »Ach, ich glaube, das ist keine gute Idee.«

Sie sieht mich an, dann schenkt sie sich eine Tasse Kaffee ein. »Warum nicht?«

»Ich weiß auch nicht … es wäre komisch.«

»Theresa, du kennst die Porters seit Jahren. Ich fände es sehr schön, wenn sie dich mal wieder sehen, wo du nicht nur aufs College gehst, sondern auch einen Job hast.«

»Du willst also nur mit mir angeben?« Das ärgert mich.

»Nein, ich möchte ihnen zeigen, was du erreicht hast. Das hat überhaupt nichts mit Angeben zu tun«, fährt sie mich an.

»Mir wäre es lieber, wenn sie nicht kommen.«

»Nun, Theresa, das hier ist mein Haus, und wenn ich sie einladen will, dann tue ich das auch. Ich werde mich jetzt salonfähig machen, dann bin ich wieder da.« Mit theatralischem Schwung verlässt sie die Küche und lässt mich alleine sitzen.

Ich gehe in mein altes Zimmer, und weil ich so müde bin, lege ich mich aufs Bett und warte, bis meine Mutter ihre ausgiebigen Verschönerungsrituale beendet hat.

»Theresa?«, weckt mich ihre Stimme. Ich kann mich gar nicht daran erinnern, eingeschlafen zu sein, mit Buddha, meinem uralten Stoffelefanten, als Kissen.

Nun hebe ich den Kopf und rufe etwas orientierungslos: »Komme gleich!«

Schlaftrunken stehe ich auf und wanke den Flur entlang. Als ich ins Wohnzimmer komme, sitzt dort Noah auf der Couch. Zwar nicht der gesamte Porter-Clan, wie angedroht, aber ich bin trotzdem mit einem Schlag hellwach.

»Sieh mal, wer vorbeigekommen ist, während du Mittagsschlaf gemacht hast!« Meine Mutter lächelt ihr falschestes Lächeln.

»Hallo!«, sage ich und denke gleichzeitig: *Ich wusste, ich hätte nicht hierherkommen sollen.*

Noah hebt zur Begrüßung die Hand. »Hallo, Tessa, du siehst toll aus.«

Natürlich habe ich kein Problem mit Noah. Ich mag ihn sehr, wie ein Familienmitglied. Aber ich brauche mal eine Pause von allem, was in meinem Leben gerade passiert, und ihn hier zu sehen, hilft nicht gerade gegen meine Schuldgefühle und meinen Schmerz. Ich weiß, er kann nichts dafür, und es wäre nicht fair von mir, kurz angebunden zu sein, vor allem da er während unserer ganzen Trennung immer nett war und nie ausgerastet ist.

Sobald meine Mutter das Zimmer verlassen hat, ziehe ich die Schuhe aus und setze mich ihm gegenüber im Schneidersitz aufs Sofa. »Wie sind deine Weihnachtsferien bisher so?«, erkundigt er sich.

»Gut. Und deine?«

»Auch. Deine Mom hat erzählt, dass du in Seattle warst.«

»Ja, das war echt super. Ich war mit meinem Chef und einigen Kollegen dort.«

Er nickt begeistert. »Das klingt toll. Ich freu mich für dich! Du ziehst das echt durch mit dem Verlagswesen.«

»Danke«, erwidere ich lächelnd. Das Gespräch mit ihm ist lange nicht so unangenehm wie erwartet.

Nach einer Weile wirft er einen Blick Richtung Flur, wohin meine Mutter verschwunden ist. Dann beugt er sich zu mir herüber. »Also, seit Samstag ist deine Mom irgendwie total angespannt. Irgendwie mehr als ohnehin schon. Wie geht's dir damit?«

Ich runzele die Stirn. »Was meinst du?«

»Na, mit der Sache mit deinem Dad?« Er sagt es so selbstverständlich, als müsste ich wissen, wovon er spricht.

Wie bitte? »Mein Dad?«

»Hat sie dir etwa nichts erzählt?« Wieder schaut er hinaus in den leeren Flur. »Hm … Sag ihr bitte nicht, dass ich dir –«

Bevor er seinen Satz beenden kann, springe ich schon auf. »Mutter!«

Was, verdammt, ist mit meinem Dad? Ich habe seit acht Jahren nichts mehr von ihm gesehen oder gehört. Und so ernst, wie Noah geklungen hat … *Ist er gestorben?* Ich weiß nicht, wie es mir damit ginge.

»Was ist mit Dad?«, rufe ich, als ich in ihr Zimmer stürme. Sie reißt erschrocken die Augen auf, hat sich jedoch schnell wieder im Griff. *»Sag schon!«*, fordere ich.

Sie verdreht die Augen. »Tessa, schrei nicht so. Es ist nichts. Nichts, worüber du dir Gedanken machen müsstest.«

»Das hast nicht du zu entscheiden. Sag mir sofort, was los ist! Ist er tot?«

»Tot? O nein. Das würde ich dir doch sagen.« Sie macht eine verächtliche Handbewegung.

»Was ist dann los?«

Sie seufzt und sieht mich eine Sekunde lang schweigend an. »Er ist wieder hergezogen. Gar nicht so weit weg von dort, wo du jetzt wohnst. Aber du brauchst dir keine Sorgen zu machen, er wird keinen Kontakt zu dir aufnehmen. Dafür habe ich gesorgt.«

»Was soll denn das heißen?« Mir platzt schon fast der Kopf wegen diesem ganzen Mist mit Hardin, und jetzt zieht mein Vater, der nie für mich da war, zurück nach Washington. Wenn ich darüber nachdenke, hat meine Mutter mir nie erzählt, dass er damals weggezogen ist. Ich wusste immer nur, dass er nicht mehr bei *mir* war.

»Es heißt überhaupt nichts. Ich wollte es dir ja erzählen, als ich dich am Freitagabend angerufen habe. Aber da du dir nicht die Mühe gemacht hast, ans Telefon zu gehen, habe ich mich selbst darum gekümmert.«

Am Freitagabend war ich viel zu betrunken zum Telefonieren. Zum Glück bin ich nicht rangegangen. Ich weiß nicht, wie ich in diesem Zustand reagiert hätte. Ich weiß es ja jetzt schon kaum.

»Er wird dich nicht behelligen, also kannst du dir diese Trauermiene gleich wieder abschminken und dich fertig machen. Wir gehen nämlich shoppen«, erklärt sie emotionslos.

»Mutter, ich will jetzt wirklich nicht shoppen gehen. Das ist für mich eine ziemlich große Sache, verstehst du?«

»Nein, ist es nicht«, sagt sie giftig. »Er ist seit Jahren nicht mehr da. Und er wird auch jetzt nicht da sein. Es hat sich nichts verändert.« Dann verschwindet sie in ihrem Ankleideraum. Es hat keinen Sinn, mit ihr zu streiten.

Ich gehe zurück ins Wohnzimmer, stecke mein Handy ein und ziehe meine Schuhe an.

»Wo wollt ihr zwei denn hin?«, erkundigt sich Noah.

»Mal schauen«, antworte ich und gehe hinaus an die kalte Luft.

Hierherzukommen war reine Zeitverschwendung, zwei Stunden Fahrt durchs Schneetreiben, nur damit sie sich wie eine verdammte Zicke benimmt … nein, wie eine *Hexe*. Sie ist eine absolute Hexe. Mit dem Arm wische ich den Schnee von meiner Windschutzscheibe, eine schlechte Idee, weil er dadurch nur noch mehr anfriert. Ich steige ein, beiße die klappernden Zähne zusammen, starte den Motor und warte, dass er warm wird.

Während der Fahrt schreie ich herum und gebe meiner Mutter jeden Schimpfnamen, der mir einfällt. Als ich langsam heiser werde, überlege ich, was ich als Nächstes tun soll, doch vor lauter Erinnerungen an meinen Vater kann ich mich auf nichts richtig konzentrieren. Tränenüberströmt greife ich nach dem Handy auf dem Beifahrersitz.

Nach wenigen Sekunden höre ich Hardins Stimme durch den kleinen Lautsprecher. »*Tess?* Alles in Ordnung?«

»Ja …« Doch meine Stimme verrät mich. Ich muss wieder weinen.

»Was ist passiert? Was hat sie getan?«

»Sie … kann ich zurückkommen?«, frage ich und höre, wie er tief durchatmet.

»Natürlich kannst du das, Baby … Tessa«, korrigiert er sich. Ich wünschte, er hätte es nicht getan.

»Wie weit bist du noch weg?«, will er wissen.

»Zwanzig Minuten.« Ich schniefe.

»Okay. Willst du, dass wir so lange telefonieren?«

»Nein … es schneit ja so. Bis später.« Ich lege schnell auf.

Ich hätte gar nicht erst nach Hause fahren sollen. Was für eine Ironie, dass ich nun ausgerechnet zu Hardin flüchte nach allem, was er mir angetan hat.

Viel später biege ich schließlich auf den Parkplatz ein. Ich weine immer noch. So gut ich kann, trockne ich mir das Gesicht, aber mein Make-up ist total verschmiert. Als ich aussteige, sehe ich Hardin neben der Eingangstür stehen, beinahe eingeschneit. Ohne darüber nachzudenken, renne ich auf ihn zu und werfe mich in seine Arme. Er tritt einen Schritt zurück, offensichtlich überrumpelt von meinen Gefühlen, doch dann hält er mich fest, und ich weine in sein schneebedecktes Sweatshirt.

28

Hardin

Sie zum ersten Mal seit gefühlten Ewigkeiten wieder in den Armen zu halten, ist unbeschreiblich. Ich spüre die Erleichterung im ganzen Körper, als sie sich an meine Brust schmiegt – ich hätte nie damit gerechnet. Sie war in letzter Zeit so distanziert, so kühl. Ich meine das nicht als Vorwurf, aber verdammt wehgetan hat es trotzdem.

»Alles in Ordnung?«, frage ich, meine Lippen auf ihrem Haar.

Sie nickt, weint aber trotzdem weiter. Natürlich ist nicht alles in Ordnung. Wahrscheinlich hat ihre Mutter ihr irgendeinen Mist erzählt, den sie besser für sich behalten hätte. Ich habe geahnt, dass so etwas passieren würde, und, ganz ehrlich, etwas in mir ist froh darüber. Nicht weil Tessa verletzt ist, sondern weil nun mein Mädchen zu mir gekommen ist, damit ich sie trösten kann.

»Komm, lass uns reingehen«, sage ich.

Sie nickt, lässt mich aber nicht los, sodass ich sie schließlich fast ins Haus schieben muss. Ihr wunderschönes Gesicht ist von schwarzen Streifen überzogen, und ihre Augen und Lippen sind geschwollen. Hoffentlich hat sie nicht die ganze Fahrt über geweint.

Sobald wir die Lobby betreten, wickele ich den Schal, den ich mit heruntergebracht habe, um ihren Kopf, bis er zu einem weichen, lilafarbenen Knäuel wird. In diesem Kleid und ohne Jacke muss ihr eiskalt sein. Dieses Kleid ... normalerweise würde ich mir jetzt genüsslich ausmalen, wie ich den dünnen Stoff von ihrer Haut streife. Aber nicht heute, nicht wenn sie in diesem Zustand ist.

Sie hat einen ganz süßen Schluckauf und zieht sich den Schal weiter über den Kopf. Auf der Seite stehen ihre blonden Haare in einem dicken Knoten heraus, wodurch sie noch jünger aussieht als sonst.

»Willst du darüber reden?«, frage ich sie, als der Aufzug oben ist und wir den Flur zu unserem … zum Apartment entlanggehen.

Sie nickt, und ich schließe die Tür auf. Meine Mom sitzt auf der Couch. Als sie Tessa sieht, ist ihr die Besorgnis deutlich anzusehen. Ich werfe ihr jedoch einen warnenden Blick zu. Hoffentlich denkt sie an ihr Versprechen, Tessa bei ihrer Rückkehr nicht mit Fragen zu bombardieren. Es macht ihr sichtlich Mühe, wieder Richtung Fernseher zu schauen und gleichgültig zu tun.

»Wir sind eine Weile nebenan«, sage ich, und sie nickt. Ich weiß, es macht sie wahnsinnig, nicht reden zu dürfen, aber ich werde nicht zulassen, dass sich Tessa noch schlechter fühlt, weil sie mit Fragen überhäuft wird.

Auf dem Weg ins Schlafzimmer drehe ich den Thermostat etwas hoch, denn Tessa ist garantiert kalt. Als ich ins Zimmer komme, sitzt sie schon auf der Bettkante. Da ich nicht sicher bin, wie weit ich mich ihr nähern darf, warte ich darauf, dass sie etwas sagt.

»Hardin?« Ihre Stimme klingt schwach und so heiser. Wahrscheinlich hat sie doch die ganze Fahrt über geweint. Sie tut mir noch mehr leid.

Als ich vor ihr stehe, überrascht sie mich damit, dass sie mein T-Shirt packt und mich zwischen ihre Beine zieht. Es kann nicht nur um irgendwelche dummen Kommentare ihrer Mutter gehen.

»Tess … was hat sie getan?«, frage ich, woraufhin sie wieder zu weinen beginnt und ihr Make-up auf mein weißes T-Shirt schmiert. Es ist mir egal. Wenn überhaupt, dann wird es mich an sie erinnern, wenn sie weg ist.

»Mein Dad …« Sie bricht ab, und ich erstarre.

»Dein Dad?« Wenn er dort war … »Tess, war er da? Hat er dir was getan?«, stoße ich zwischen zusammengebissenen Zähnen hervor.

Sie schüttelt den Kopf. Vorsichtig fasse ich unter ihr Kinn und zwinge sie dazu, mich anzusehen. Tessa ist sonst nie so still, selbst wenn es ihr nicht gut geht. Gerade dann redet sie eigentlich am meisten.

»Er ist wieder hierher gezogen, aber ich wusste nicht mal, dass er damals weggezogen ist. Ich meine, ich hab's schon geahnt, aber nie so richtig darüber nachgedacht. Ich habe überhaupt nie an ihn gedacht.«

Meine Stimme ist nicht ganz so ruhig wie geplant, als ich sie frage: »Hast du heute mit ihm gesprochen?«

»Nein, aber meine Mutter. Sie sagt, er wird nicht mal in meine Nähe kommen, aber ich will nicht, dass sie das für mich entscheidet.«

»Du willst ihn sehen?« Alles, was sie mir über diesen Mann erzählt hatte, war schlecht. Er war gewalttätig, schlug ihre Mutter oft vor Tessas Augen. Warum sollte sie diesen Typen treffen wollen?

»Nein … also, ich weiß es nicht. Aber *ich* will die Entscheidung treffen.« Mit dem Handrücken wischt sie sich die Augen ab. »Wobei er mich bestimmt sowieso nicht sehen will …«

Mich überwältigt das instinktive Verlangen, diesen Mann zu suchen und dafür zu sorgen, dass er wirklich nicht in ihre Nähe kommt. Ich muss mich zusammenreißen, damit ich nichts Dummes, Unüberlegtes tue.

»Ich denke nur dauernd, was, wenn er wie *dein* Vater ist?«

»Wie meinst du das?«

»Was, wenn er jetzt anders ist? Was, wenn er nicht mehr trinkt?« Die Hoffnung in ihrer Stimme bricht mir das Herz … na ja, das, was noch davon übrig ist.

»Ich weiß nicht … normalerweise läuft es eher nicht so«, erwidere ich ehrlich. Sie sieht enttäuscht aus, deshalb fahre ich rasch fort: »Aber es könnte natürlich sein. Vielleicht ist er jetzt anders …« Ich glaube zwar nicht daran, aber wie kann ich ihr die Hoffnung nehmen? »Ich wusste gar nicht, dass du an ihn denkst, dich für ihn interessierst.«

»Tue ich auch nicht … zumindest bisher nicht. Ich bin einfach nur wütend, weil meine Mutter mir das verheimlicht hat …« Immer wieder drückt sie ihre Nase, ihr ganzes verheultes Gesicht an mein T-Shirt. Dazwischen erzählt sie mir den Rest der Geschichte. Tessas Mutter ist die einzige Person auf der Welt, die die Rückkehr ihres alkoholkranken Exmanns verkünden und direkt im Anschluss eine Shoppingtour vorschlagen kann. Ich halte meinen Mund, was Noahs Anwesenheit betrifft, obwohl es mich echt ankotzt. Dieser Typ will einfach nicht verschwinden.

Schließlich blickt sie zu mir auf, etwas ruhiger als vorher. Es scheint ihr schon viel besser zu gehen als vorhin auf dem Parkplatz. Ich hoffe, es liegt daran, dass sie hier bei mir ist. »Es ist okay, dass ich zurückgekommen bin, oder?«, fragt sie.

»Ja … natürlich. Du kannst bleiben, so lange du magst. Es ist schließlich auch deine Wohnung.«

Ich versuche zu lächeln, und überraschenderweise lächelt sie zurück, bevor sie sich wieder die Nase an meinem T-Shirt abputzt. »Nächste Woche habe ich vermutlich wieder ein Wohnheimzimmer.«

Ich nicke. Wenn ich jetzt den Mund aufmache, flehe ich sie bestimmt an, mich nie wieder zu verlassen.

29

Tessa

Ich gehe ins Bad, um das restliche Make-up zu entfernen und mich zusammenzureißen. Das warme Wasser spült alle Spuren meines turbulenten Vormittags weg. Wie erleichtert ich bin, wieder hier zu sein! Trotz allem, was Hardin und ich durchgemacht haben, bin ich froh zu wissen, dass ich bei ihm immer noch einen sicheren Ort habe. Er ist der einzige Fixpunkt, die einzige Konstante in meinem Leben, das hat er einmal zu mir gesagt. Ob er das ernst meinte?

Selbst wenn nicht, jetzt empfindet er es ganz bestimmt so. Ich wünschte, er würde mich mehr an seinen Gefühlen teilhaben lassen. So emotional, so offen wie bei seinem Zusammenbruch gestern war er, seit wir uns kennen, noch nie. Ich möchte die Worte hinter den Tränen hören.

Als ich wieder ins Schlafzimmer komme, stellt Hardin gerade meine Taschen ab. »Ich bin kurz zum Auto und habe deine Sachen geholt«, erklärt er mir.

»Danke. Ich hoffe wirklich, dass ich nicht störe.« Ich bücke mich, um eine Jogginghose und ein T-Shirt herauszukramen, denn ich muss dringend aus diesem Kleid raus.

»Ich will dich hier haben, das ist dir doch klar, oder?«, sagt er leise. Als ich mit den Schultern zucke, runzelt er die Stirn. »Tess, das solltest du inzwischen wissen.«

»Tue ich … aber deine Mutter ist da, und ich komme mit meinem ganzen Drama und der Heulerei«, erkläre ich.

»Meine Mutter freut sich, dass du hier bist, und ich auch.«

Mir wird ganz warm, darum wechsele ich schnell das Thema. »Habt ihr denn für heute irgendwas geplant?«

»Ich glaube, sie wollte ein bisschen einkaufen oder so, aber das können wir auch morgen machen.«

»Geht ruhig. Ich kann mich selbst beschäftigen.« Ich will nicht, dass er die Pläne mit seiner Mutter über den Haufen wirft, wenn er sie seit über einem Jahr nicht mehr gesehen hat.

»Nein, das ist kein Problem, wirklich. Du solltest jetzt nicht allein sein.«

»Ich komm schon klar.«

»Tessa, hörst du mir überhaupt zu?«, knurrt er, und ich sehe ihn streng an. Er scheint vergessen zu haben, dass er mir nichts mehr zu sagen hat. Niemand hat das.

Sofort lenkt er ein. »Entschuldige … bleib du hier. Ich gehe mit ihr mit.«

»Viel besser.« Ich muss das Lächeln unterdrücken.

Hardin war die letzten Tage so sanft, so … *vorsichtig*. Auch wenn es falsch von ihm war, mich zu drängen, war es doch irgendwie gut zu sehen, dass er noch der Alte ist.

Hardin geht hinaus, damit ich mich umziehen kann, doch als ich gerade mein Kleid über den Kopf ziehe, klopft er an die Tür. »Tess?«

»Ja?«

Er scheint zu zögern. Dann: »Du bist aber schon noch da, wenn wir zurückkommen?«

Ich schnaube. »Na klar. Wo soll ich denn sonst hin?«

»Okay. Wenn du irgendwas brauchst, ruf mich an.« Seine Stimme klingt traurig.

Einige Minuten später höre ich, wie die Wohnungstür geschlossen wird, und ich gehe ins Wohnzimmer. Wahrscheinlich hätte ich mitgehen sollen, um nicht allein mit meinen Gedanken zu sein. Ich fühle mich jetzt schon einsam. Nach einer Stunde Fernsehen bin ich zu Tode gelangweilt. Immer mal wieder klingelt mein Handy, und der Name meiner Mutter erscheint auf dem Display, doch ich ignoriere sie. Hoffentlich kommt Hardin bald wieder. Um mir die Zeit zu vertreiben, lese ich eine Zeit lang auf meinen E-Reader, doch selbst dabei schaue ich dauernd auf die Uhr.

Am liebsten würde ich Hardin eine Nachricht schicken und fragen, wie lange sie noch unterwegs sind, aber stattdessen beschließe ich zu kochen. In der Küche überlege ich, welches Gericht ein bisschen länger braucht, aber nicht zu kompliziert ist. Meine Wahl fällt auf Lasagne.

Bald ist es acht, dann halb neun, und um neun denke ich schon wieder darüber nach, ihm zu schreiben.

Was ist bloß los mit mir? Ein einziger Streit mit meiner Mutter, und schon klammere ich mich wieder an Hardin? Wenn ich ehrlich zu mir bin, habe ich nie wirklich aufgehört, an ihm zu hängen. Obwohl ich es nur sehr ungern zugebe: Ich kann mir noch kein Leben ohne ihn vorstellen. Ich werde mich nicht kopfüber in irgendetwas hineinstürzen, aber ich bin es wirklich leid, ständig mit mir zu kämpfen. So mies er mich auch behandelt hat, ohne ihn ginge es mir noch schlechter als in dem Moment, in dem ich von der Wette erfahren habe. Ein Teil von mir ärgert sich, dass ich so schwach bin, doch ich kann auch nicht ignorieren, wie erleichtert ich war, heute wieder zurückzukommen. Trotzdem brauche ich noch etwas Zeit zum Nachdenken, um zu schauen, wie sich die Dinge entwickeln, wenn wir wieder Zeit miteinander verbringen. Ich bin nach wie vor ziemlich durcheinander.

Um Viertel nach neun habe ich den Tisch fertig gedeckt und das Chaos in der Küche beseitigt. Ich beschließe, ihm ein kurzes, schlichtes Hey, alles klar? zu schicken, nur um mich zu vergewissern, dass nichts passiert ist. Schließlich schneit es draußen.

In dem Moment, als ich nach dem Telefon greife, geht die Wohnungstür auf. Verstohlen lege ich mein Handy beiseite. Hardin und seine Mutter kommen in die Küche.

»Und, wie war's?«, frage ich im selben Augenblick, in dem er fragt: »Du hast gekocht?«

»Du zuerst«, sagen wir beide gleichzeitig und lachen.

Ich hebe wie in der Schule die Hand und berichte ihm und Trish: »Ich habe was zu essen gemacht. Falls ihr aber schon unterwegs gegessen habt, ist das auch kein Problem.«

»Das riecht sehr gut!«, schwärmt seine Mutter und betrachtet den gedeckten Tisch. Dann lässt sie sofort die Einkaufstüten fallen und nimmt Platz. »Vielen Dank, Tessa. Es war furchtbar in der Mall, voll mit Leuten, die in letzter Minute noch Geschenke suchen. Wer wartet bis zwei Tage vorher mit den Geschenken?«

»Äh, *du*«, antwortet Hardin und schenkt sich ein Glas Wasser ein.

»Ach, sei still!«, sagt sie im Spaß, bricht sich ein Stück Grissini ab und schiebt es in den Mund.

Hardin setzt sich neben seine Mutter, und ich wähle den Stuhl ihr gegenüber. Während des Essens erzählt Trish von ihrem Shoppinghorror und wie ein Mann von den Sicherheitskräften niedergestreckt wurde, weil er bei Macy's ein Kleid klauen wollte. Hardin schwört, das Kleid wäre garantiert für den Mann selbst gewesen, aber Trish verdreht nur die Augen und fährt mit ihrer wilden Geschichte fort. Das Essen ist mir überraschend gut gelungen – besser als sonst –, und als wir alle fertig sind, ist die Lasagneschüssel so gut wie leer. Ich hatte selbst auch zwei Portionen und schwöre mir, nie wieder den ganzen Tag lang nichts zu essen.

»Ach, außerdem haben wir einen Baum gekauft«, meint Trish plötzlich. »Nur einen kleinen, aber ihr zwei müsst einfach einen Tannenbaum haben, vor allem an eurem ersten gemeinsamen Weihnachtsfest!« Sie klatscht in die Hände, und ich lache.

Selbst vor dem großen Knall hatten Hardin und ich nie darüber gesprochen, uns einen Weihnachtsbaum zuzulegen. Ich war so mit dem Einzug und ganz allgemein mit Hardin beschäftigt, dass ich die Feiertage beinahe vergessen hätte. Keiner von uns hatte Lust auf Thanksgiving – er aus offensichtlichen Gründen und ich, weil ich keine Lust hatte, den Tag mit meiner Mutter in der Kirche zu verbringen. Also haben wir Pizza bestellt und es uns bei mir im Zimmer gemütlich gemacht.

»Das ist in Ordnung, oder?«, fragt Trish, und ich merke, dass ich gar nicht reagiert habe.

»O ja, natürlich.« Ich blicke zu Hardin hinüber, der jedoch bloß seinen leeren Teller anstarrt.

Dann übernimmt Trish die Unterhaltung wieder, wofür ich dankbar bin. Nach einiger Zeit verkündet sie allerdings: »Also, ich würde mich ja gerne noch eine Weile mit euch unterhalten, aber ich brauche meinen Schönheitsschlaf.« Nachdem sie sich noch mal bei mir bedankt hat, steht sie auf, stellt ihren Teller in die Spüle und wünscht uns eine gute Nacht. Sie versucht, Hardin auf die Wange zu küssen, doch der dreht stöhnend den Kopf weg, sodass ihre Lippen ihn kaum berühren. Aber selbst dieser kleine Kontakt scheint ihr zu genügen. Mir legt sie die Arme um die Schultern und drückt mir einen Kuss auf die Haare. Weil Hardin deswegen das Gesicht verzieht, trete ich ihm unterm Tisch gegen das Schienbein. Nachdem Trish verschwunden ist, stehe auch ich auf und verpacke die wenigen Reste.

»Danke fürs Kochen. Das hättest du wirklich nicht machen müssen«, sagt Hardin. Dann gehen wir beide ins Schlafzimmer.

»Heute Nacht kann ja ich auf dem Fußboden schlafen«, biete ich an, obwohl ich weiß, dass er das nie zulassen würde.

»Nein, geht schon. So schlimm ist es gar nicht.«

Ich setze mich aufs Bett, während Hardin die Decken aus dem Schrank holt und ausbreitet. Als ich ihm zwei Kissen zuwerfe, lächelt er kurz und fängt dann an, seine Jeans aufzuknöpfen. *Oh, jetzt sollte ich definitiv wegschauen.* Eigentlich will ich nicht, aber ich weiß ja, es wäre besser. Er schiebt die schwarze Jeans zu den Knöcheln runter und steigt aus den Hosenbeinen. Die Art, wie sich dabei die Muskeln seines tätowierten Bauches abzeichnen, macht es mir unmöglich, den Blick abzuwenden, und wieder merke ich, wie anziehend und sexy ich ihn finde, ob ich nun wütend bin oder nicht. Die schwarzen Boxershorts sitzen wie eine zweite Haut. Plötzlich hebt er den Kopf und sieht mich an. Sein Gesicht ist so kantig, so faszinierend, und ich versinke noch tiefer in Trance. Er starrt mich immer noch an.

»Sorry«, sage ich und wende mich schnell mit glühenden Wangen ab. Das Ganze ist mir extrem peinlich.

»Nein, meine Schuld, sorry. Reine Gewohnheit, schätze ich.« Er zuckt mit den Schultern und holt sich eine Jogginghose aus der Kommode.

Ich halte den Blick auf die Wand gerichtet, bis er »Gute Nacht, Tess« sagt und das Licht ausmacht. Fast höre ich, wie er dabei grinst.

Von einem plötzlichen Geräusch geweckt, mache ich die Augen auf. In der Dunkelheit kann ich kaum den Deckenventilator über mir erkennen.

Dann höre ich es wieder, Hardins Stimme. »Nein! Bitte!«, wimmert er.

Verdammt, er hat einen von seinen Albträumen! Ich springe aus dem Bett und knie mich neben seinen sich hin und her werfenden Körper.

»Nein!«, wiederholt er, jetzt viel lauter.

»Hardin! Hardin, wach auf!«, sage ich direkt an seinem Ohr und rüttele ihn an seinen Schultern.

Sein T-Shirt ist schweißnass und sein Gesicht verzerrt, als er die Augen öffnet und sich sofort aufsetzt. »Tess ...« Seine Stimme bricht, und er zieht mich an sich.

Ich fahre ihm mit den Fingern durch die Haare und streichele mit gleichmäßigen Bewegungen sanft seinen Rücken, auf und ab, auf und ab.

»Schon okay«, flüstere ich immer wieder, während er mich fester an sich drückt. »Komm, lass uns ins Bett gehen«, sage ich und stehe auf. Ohne mein Shirt loszulassen, kommt er mit ins Bett.

»Geht's wieder?«, erkundige ich mich.

Er nickt und zieht mich noch enger an sich. »Meinst du, du könntest mir einen Schluck Wasser holen?«, bittet er.

»Natürlich. Bin gleich wieder da.«

Ich schalte die Nachttischlampe an, bevor ich leise das Zimmer verlasse, um Trish nicht zu wecken. Doch als ich in die Küche komme, ist sie bereits dort.

»Alles in Ordnung mit ihm?«, fragt sie.

»Ja, es geht wieder. Ich hole ihm nur etwas Wasser«, antworte ich und fülle ein Glas. Als ich mich umdrehe, nimmt sie mich in den Arm und küsst mich auf die Wange.

»Können wir morgen reden?«, fragt sie.

Auf einmal bin ich zu nervös, um zu antworten, darum nicke ich nur. Sie lächelt, doch als ich rausgehe, höre ich sie hinter mir schniefen.

Hardin wirkt erleichtert, als ich wiederkomme. Gierig leert er das Glas Wasser in einem Zug, während ich mich wieder zu ihm aufs Bett lege. Ich merke, wie unsicher er ist, wahrscheinlich durch den Albtraum, aber wohl auch wegen mir.

»Komm her«, sage ich. Die Erleichterung in seinen Augen ist nicht zu übersehen, als er dicht an mich heranrutscht und ich meinen Kopf auf seine Brust lege. Unsere Umarmung wird sich für ihn genauso gut, genauso tröstlich anfühlen wie für mich. Trotz allem, was er sich geleistet hat, fühle ich mich in den Armen dieses bei Weitem nicht perfekten Mannes zu Hause.

»Lass mich nicht mehr los, Tess«, flüstert er und schließt die Augen.

30

Tessa

Ich wache völlig verschwitzt auf. Hardins Kopf liegt auf meinem Bauch, und er hält mich fest umklammert. Seine Arme müssen längst taub sein von meinem Gewicht. Seine Beine sind mit meinen verschränkt, und er schnarcht leise.

Nachdem ich einmal tief Luft geholt habe, hebe ich vorsichtig die Hand, um ihm eine dichte Haarsträhne aus der Stirn zu streichen. Es kommt mir vor, als hätte ich seine Haare seit Ewigkeiten nicht mehr angefasst, dabei ist es erst ein paar Tage her. In meinem Kopf laufen die Ereignisse in Seattle wie ein Film ab, während ich seine weichen Locken streichele.

Als er blinzelnd die Augen öffnet, ziehe ich rasch die Hand weg. »Sorry.« Es ist mir peinlich, dabei erwischt worden zu sein.

»Nein, hat sich gut angefühlt.« Er klingt noch ganz verschlafen.

Einen Moment lang bleibt er liegen, und ich spüre seinen Atem auf meiner Haut, dann stemmt er sich hoch und steht auf. Hätte ich seine Haare nicht angefasst, dann würde er jetzt noch schlafen und mich festhalten.

»Ich muss heute was arbeiten, deshalb fahre ich eine Weile in die Stadt.« Er holt eine schwarze Jeans aus dem Schrank und zieht schnell seine Boots an. Er scheint es sehr eilig zu haben wegzukommen.

»Okay …« *Was soll denn das?* Ich dachte, er wäre froh, dass wir nebeneinander geschlafen und uns wieder in den Armen gehalten haben. Ich war fest davon ausgegangen, dass sich etwas verändert hat – nicht alles, aber er musste doch merken, dass mein Widerstand dahinschmolz, dass ich einige Schritte näher daran war als gestern, mich irgendwie mit ihm zu versöhnen.

»Ja …«, meint er. Dann spielt er einen Moment lang an seinem Augenbrauenpiercing herum, bevor er das weiße T-Shirt über den Kopf zieht und sich ein schwarzes aus dem Schrank nimmt. Ohne noch irgendwas zu sagen, geht er aus dem Schlafzimmer und lässt mich wieder einmal völlig verwirrt zurück. Ich hatte ja mit vielem gerechnet, aber nicht damit, dass er so davonrennt. Was muss er denn jetzt so dringend machen? Er liest Manuskripte, genau wie ich, aber er kann sich aussuchen, wann er von zu Hause aus arbeitet. Warum sollte er das also heute in der Stadt erledigen? Bei der Erinnerung daran, was Hardin das letzte Mal getan hat, als er »arbeiten« musste, dreht sich mir der Magen um.

Ich höre, wie er kurz mit seiner Mutter spricht, bevor die Wohnungstür ins Schloss fällt. Ich lasse mich zurück in die Kissen fallen und strampele wütend wie ein Kind herum. Als ich jedoch den Sirenenruf des Koffeins vernehme, stehe ich schließlich auf, um mir einen Kaffee zu machen.

»Guten Morgen, Liebes«, sagt Trish gut gelaunt. Sie sitzt bereits am Tresen.

»Guten Morgen. Danke, dass du schon Kaffee gekocht hast.« Ich greife nach der frisch aufgebrühten Kanne.

»Hardin meinte, er müsse irgendwas arbeiten«, sagt sie, wobei es eher wie eine Frage klingt.

»Ja … so was in der Art hat er erwähnt.« Ich weiß nicht, was ich sonst sagen soll.

Sie geht jedoch nicht weiter darauf ein, sondern meint stattdessen: »Ich bin froh, dass es ihm wieder gut geht nach heute Nacht.« Ihr Tonfall klingt besorgt.

»Ja, ich auch.« Und ohne darüber nachzudenken, füge ich hinzu: »Ich hätte ihn nicht auf dem Fußboden schlafen lassen dürfen.«

Fragend runzelt sie die Stirn. »Er hat keine Albträume, wenn er nicht auf dem Boden liegt?«, hakt sie vorsichtig nach.

»Nein, nicht wenn wir …« Ich rühre Zucker in meinen Kaffee. Wie komme ich da wieder raus?

»Wenn *du* da bist«, beendet sie meinen Satz.

»Genau … wenn ich da bin.«

Sie sieht mich hoffnungsvoll an, mit einem Blick, wie ihn wohl nur Mütter bekommen, wenn sie über ihre Kinder sprechen. »Möchtest du wissen, weshalb er sie hat? Ich weiß, er wird mich dafür hassen, dass ich es dir erzähle, aber ich finde, du solltest es wissen.«

»Oh.« Ich schlucke schwer. Ich will es mir nicht aus ihrem Mund anhören. »Er hat mir davon erzählt … von jener Nacht.« Wieder schlucke ich mühsam. Sie reißt die Augen auf.

»Er hat es dir *erzählt?*«, haucht sie.

»Es tut mir leid, ich wollte damit nicht einfach so rausplatzen. Gestern Abend, ich dachte, du wüsstest …« Ich bitte nochmals um Verzeihung und nehme schnell einen Schluck Kaffee.

»Nein … nein … du brauchst dich nicht zu entschuldigen. Ich kann einfach nur nicht fassen, dass er es dir gesagt hat. Dass du von den Albträumen weißt, ist ja klar, aber das … das ist erstaunlich.« Sie tupft sich die Augen ab. Ihr Lächeln scheint direkt aus ihrem Herzen zu kommen.

»Ich hoffe, das ist in Ordnung. Es tut mir so unendlich leid, was passiert ist.« Ich möchte nicht in Familiengeheimnisse eindringen, aber ich hatte auch noch nie mit so etwas zu tun.

»Das ist mehr als in Ordnung, Tessa, Liebes.« Nun fängt sie richtig an zu weinen. »Ich bin einfach so froh, dass er dich hat … Die Träume waren furchtbar. Er hörte gar nicht mehr auf zu schreien. Ich habe versucht, ihn zur Therapie zu überreden, aber du kennst ja Hardin. Er weigerte sich, bei den Therapeuten auch nur den Mund aufzumachen. Kein einziges Wort. Er saß einfach nur da und starrte die Wand an.«

Ich stelle meine Tasse ab und nehme Trish in den Arm.

»Ich weiß nicht, was dich gestern dazu bewogen hat zurückzukommen, aber ich bin sehr froh drüber«, sagt sie, als wir eng voreinander stehen.

»Wie meinst du das?«

Sie löst sich von mir, lächelt mich etwas schief an und trocknet sich wieder die Augen. »Also, Herzchen, ich bin zwar alt, aber nicht so alt. Ich merke doch, dass zwischen euch irgendwas war. Ich habe gesehen, wie überrascht er war, dich hier zu sehen, als wir vom Flughafen kamen, und mir war ohnehin schon klar, dass irgendwas nicht stimmt, als er meinte, du könntest nicht mit nach England kommen.«

Also hat sie doch etwas geahnt, wie ich schon vermutet hatte, aber dass wir für sie so absolut durchschaubar waren, überrascht mich trotzdem. Schnell nehme ich die Tasse und trinke noch einen Schluck von meinem inzwischen lauwarmen Kaffee.

Trish fasst sanft nach meinem freien Arm. »Er war so aus dem Häuschen … so sehr Hardin das eben sein kann …, dich mit nach England zu bringen, und als du dann einfach weggefahren bist, also da dachte ich mir meinen Teil. Was ist passiert?«

Ich trinke noch etwas Kaffee, dann sehe ich sie an. »Tja …« Was soll ich ihr sagen? *Ach, nichts weiter, dein Sohn hatte bloß als Teil einer Wette Sex mit mir, und er wusste, dass es mein erstes Mal war,* ist wahrscheinlich nicht unbedingt hilfreich.

»Er … er hat mich angelogen.« Ich will nicht, dass sie sauer auf Hardin ist, und ich möchte das alles mit ihr auch nicht wirklich diskutieren, aber sie anlügen will ich trotzdem nicht.

»Eine schlimme Lüge?«

»Eine ziemlich schlimme.«

Sie sieht mich besorgt an, als könnte ich jeden Moment ausrasten. »Tut es ihm leid?«

Ich finde es merkwürdig, mich mit Trish über dieses Thema zu unterhalten. Erstens kenne ich sie ja kaum, und zweitens ist sie seine Mutter, sodass sie sowieso eher für ihn Partei ergreifen wird. Deswegen formuliere ich meine Antwort vorsichtig: »Ja … ich glaube schon.« Und trinke den Rest meines Kaffees.

»Hat er es gesagt?«

»Ja … ein paarmal.«

»Hat er es dir gezeigt?«

»Gewissermaßen.« *Hat er?* Er hatte diesen Quasizusammenbruch, als ich hier aufgetaucht bin, und er ist friedlicher als sonst. Das, was ich hören will, hat er aber nicht wirklich gesagt.

Trish sieht mich an, und einen Augenblick lang frage ich mich besorgt, wie sie reagieren wird. Doch dann überrascht sie mich völlig: »Nun, ich als seine Mutter muss mir seine Ausraster wohl gefallen lassen. Aber du nicht. Wenn er will, dass du ihm verzeihst, dann muss er etwas dafür tun. Er muss dir zeigen, dass er nie wieder etwas Derartiges tun wird, was auch immer er getan hat. Und wenn du sogar ausgezogen bist, gehe ich davon aus, dass es eine ziemlich fette Lüge gewesen sein muss. Aber bitte vergiss nicht, dass er Gefühle nicht allzu oft zulässt, dass er damit nicht umzugehen weiß. Er ist ein ziemlich wütender Junge … *Mann*.«

Ich weiß, die Frage ist absolut lächerlich – Menschen lügen schließlich die ganze Zeit –, aber die Worte rutschen mir heraus, bevor mein Gehirn sie rausfiltern kann: »Würdest du jemandem verzeihen, der dich angelogen hat?«

»Also, es würde natürlich von der Lüge abhängen, und wie leid es demjenigen tut. Ich würde sagen, wenn du dir zu viele Lügen gefallen lässt, dann wird es schwer, den Weg zur Wahrheit zurückzufinden.«

Will sie damit sagen, ich soll ihm nicht vergeben?

Sie trommelt leise mit den Fingern auf die Arbeitsplatte. »Allerdings kenne ich meinen Sohn, und ich sehe, wie sehr er sich seit dem letzten Mal verändert hat. Denn das hat er, Tessa. Ich kann dir gar nicht sagen, wie sehr. Er lacht plötzlich und lächelt auch öfter. Er hat sich gestern sogar mit mir unterhalten.« Sie strahlt, trotz des ernsten Themas. »Wenn er dich verliert, würde er bestimmt wieder so werden wie vorher, aber ich will nicht, dass du dich deswegen verpflichtet fühlst, mit ihm zusammen zu sein.«

»Ich … ich meine, ich fühle mich nicht verpflichtet. Ich weiß im Moment nur nicht, was ich denken soll.« Ich wünschte, ich könnte ihr die ganze Geschichte erklären, um ihre ehrliche Meinung zu hören. Und dass meine eigene Mutter so verständnisvoll wäre, wie Trish es zu sein scheint.

»Ja, das ist am schwierigsten. Das kannst nur du entscheiden. Lass dir einfach Zeit, und er soll ruhig etwas dafür tun. Meinem Sohn sind die Dinge immer zugeflogen. Vielleicht ist das Teil seines Problems, er bekommt immer, was er will.«

Ich lache, weil sie mit dem letzten Satz voll ins Schwarze trifft. »Ja, das stimmt.«

Seufzend gehe ich zum Vorratsschrank hinüber, um mir Müsli zu holen, doch Trish hat einen anderen Plan: »Was hältst du davon, wenn wir zwei jetzt irgendwo frühstücken gehen und dann Frauenkram machen? Ich persönlich könnte dringend einen neuen Haarschnitt brauchen.« Lachend schüttelt sie ihre braunen Locken.

Ihre gute Laune und ihr Humor sind ansteckend, genau wie bei Hardin, wenn er ihn mal durchblitzen lässt. Seiner ist natürlich dreckiger, aber ich kann sehen, von wem er ihn geerbt hat.

»Super Idee. Ich gehe vorher nur noch schnell duschen.« Mit diesen Worten stelle ich die Müslipackung zurück.

»Duschen? Draußen schneit es wie verrückt, und unsere Haare werden nachher sowieso gewaschen! Ich hatte nicht vor, mich groß umzuziehen.« Sie zeigt auf ihren schwarzen Jogginganzug. »Zieh dir eine Jeans an oder so, und dann starten wir!«

Das ist so völlig anders, als mit meiner Mutter unterwegs zu sein. Selbst wenn wir nur in den Supermarkt fahren, besteht sie auf gebügelte Klamotten, perfekte Haare und wenigstens eine Spur Make-up.

Ich lächle. »Einverstanden.«

Im Schlafzimmer schlüpfe ich in Jeans, Sweatshirt und meine Toms, dann stecke ich die Haare zu einem losen Knoten hoch. Im Bad putze ich mir kurz die Zähne und spritze mir etwas kaltes Wasser ins Gesicht. Als ich herauskomme, wartet Trish schon an der Tür auf mich.

»Ich sollte Hardin noch eine Nachricht hinterlassen oder ihm wenigstens texten«, sage ich.

Doch sie lächelt und zieht mich hinaus in den Flur. »Der Junge kommt schon klar.«

Nachdem ich den restlichen Vormittag und einen Großteil des Nachmittags mit Trish verbracht habe, bin ich deutlich entspannter. Sie ist nett, lustig, und man kann sehr gut mit ihr reden. Wir unterhalten uns über dies und das, und immer wieder bringt sie mich zum Lachen. Beim Friseur lässt Trish sich einen Pony schneiden und will mich davon überzeugen, es ebenfalls zu wagen, doch ich lehne dankend ab. Zum Ausgleich lasse ich mich von ihr zu einem schwarzen Kleid für Weihnachten überreden. Dabei habe ich noch keine Ahnung, was ich an Weihnachten mache. Ich will Hardin und seiner Mutter nicht auf die Nerven gehen, außerdem habe ich noch gar keine Geschenke gekauft. Vielleicht nehme ich ja tatsächlich Landons Einladung an. Es kommt mir ziemlich heftig vor, die Feiertage mit Hardin zu verbringen, obwohl wir nicht zusammen sind. Wir befinden uns in diesem komischen Zwischenstadium: Wir sind getrennt, aber trotzdem hatte ich das Gefühl, dass wir uns wieder näherkommen, na ja, bis er heute Morgen abgerauscht ist.

Als wir zurückkommen, steht Hardins Auto unten auf dem Parkplatz. Ich merke, wie ich nervös werde. Als wir reinkommen, sitzt er auf dem Sofa. Er hat auf dem Couchtisch und auf seinem Schoß Blätter ausgebreitet. Einen Stift zwischen die Zähne geklemmt, scheint er sehr vertieft in das zu sein, was er tut. Arbeiten, vermutlich, wobei ich ihn in den Monaten, die ich ihn jetzt kenne, nur sehr selten habe arbeiten sehen.

»Hallo, mein Sohn!«, begrüßt Trish ihn fröhlich.

»Hallo«, antwortet er ausdruckslos.

»Hast du uns vermisst?«, zieht sie ihn auf, doch er verdreht nur die Augen, sammelt die losen Blätter ein und stopft sie in eine Mappe.

Dann steht er auf. »Ich geh rüber.«

Schulterzuckend sehe ich Trish an, bevor ich Hardin ins Schlafzimmer folge.

»Wo wart ihr denn?«, fragt er und legt seine Mappe auf die Kommode. Als ein Blatt herausfällt, schiebt er es schnell wieder hinein und schließt die Schnalle.

Ich setze mich im Schneidersitz aufs Bett. »Frühstücken, dann beim Friseur und zum Schluss noch ein bisschen shoppen.«

»Oh.«

»Und wo warst du?«, frage ich. Er blickt zu Boden, bevor er antwortet.

»Arbeiten.«

»Morgen ist Heiligabend. Das nehm' ich dir nicht ab.« Ich sage es so bestimmt, scheinbar hat Trish schon auf mich abgefärbt.

Seine grünen Augen funkeln mich an. »Mir ist ehrlich ziemlich egal, ob du mir das *abnimmst*«, erwidert er abfällig und setzt sich auf die andere Seite des Betts.

»Was ist eigentlich dein Problem?«, fahre ich ihn an.

»Nichts. Ich habe kein Problem.« Er hat die Mauern um sich herum wieder hochgezogen.

»Komm schon. Warum bist du heute Morgen so schnell verschwunden?«

Er fährt sich durch die Haare. »Das hab ich dir schon gesagt.«

»Mich anzulügen bringt aber nichts. Das hat dich … uns nämlich genau dahin gebracht, wo wir jetzt sind.«

»Na gut! Du willst wissen, wo ich war? Ich war bei meinem Dad!«, brüllt er und springt auf.

»Deinem Dad? Warum?«

»Ich hab mit Landon geredet.« Er lässt sich auf den Stuhl fallen. Ich verdrehe die Augen. »Da fand ich die Geschichte mit der Arbeit aber glaubwürdiger.«

»Ich war da. Ruf ihn an, und frag ihn, wenn du mir nicht glaubst.«

»Na gut, und worüber hast du mit Landon geredet?«

»Über dich natürlich.«

»Was über mich?«

»Über alles eben. Dass du eigentlich nicht hier sein willst.« Er wirft mir einen Blick zu.

»Wenn ich nicht hier sein wollte, wäre ich nicht hier.«

»Du kannst sonst nirgends hin. Nur deshalb bist du da.«

»Was macht dich da so sicher? Wir haben letzte Nacht im selben Bett geschlafen.«

»Ja, und du weißt genau, warum. Wenn ich keine Albträume gehabt hätte, hättest du dich nie darauf eingelassen. Das ist der einzige Grund, der einzige, weshalb du jetzt mit mir redest. Weil ich dir leidtue.« Seine Hände zittern, sein Blick durchbohrt mich. Ich kann in seinen grünen Augen sehen, wie sehr er sich schämt.

»Ist doch völlig egal, weshalb wir beide oben geschlafen haben«, erkläre ich kopfschüttelnd. Ich weiß wirklich nicht, warum er immer alles missversteht. Warum fällt es ihm so schwer zu begreifen, dass er geliebt wird.

»Dir tut der arme kleine Hardin leid, der Albträume hat und nicht allein in einem verdammten Bett schlafen kann!« Seine Stimme ist zu laut, wir sind nicht allein.

»Hör auf, so zu brüllen! Deine Mom kann alles hören!«, schreie ich zurück.

»Habt ihr das den ganzen Tag gemacht … über mich geredet? Ich brauch dein beschissenes Mitleid nämlich nicht.«

»Mein Gott, das ist echt frustrierend! Wir haben nicht über dich geredet, nicht so. Und nur fürs Protokoll: Ich hab kein Mitleid mit dir. Ich wollte dich bei mir im Bett haben, das hatte nichts mit deinen Träumen zu tun.« Wütend verschränke ich die Arme.

»*Na klar*«, bellt er.

»Hör zu, Hardin, es geht doch gar nicht um mich. Es geht nur darum, wie es dir mit dir selbst geht. Du musst aufhören, dir selbst leidzutun, das ist das Einzige, was hilft«, erwidere ich ebenso scharf.

»Ich tue mir nicht leid.«

»Kommt mir aber so vor. Du hast gerade eben völlig ohne Grund einen Streit provoziert. Lass uns nach vorne schauen, statt immer nur wieder Rückschritte zu machen.«

»Nach vorne schauen?« Er sieht mich an.

»Ja … ich meine, v-vielleicht.«

»Vielleicht?« Er lächelt.

Auf einmal sieht er so glücklich aus. Er grinst wie ein kleiner Junge unterm Weihnachtsbaum. Seine Wangen sind immer noch gerötet von unserem Streit. Auch meine Wut verfliegt. Es macht mir eine Wahnsinnsangst, wie viel Macht er über meine Gefühle hat. »Du bist doch total durchgeknallt«, sage ich.

Er grinst breit. »Deine Haare sehen gut aus.«

»Du musst was dagegen nehmen.« Ich lächele, und er lacht.

»Da will ich nicht widersprechen.«

Ich muss auch lachen … Vielleicht bin ich genauso durchgeknallt wie er.

31

Tessa

Unser vertrauter Moment wird durch das Vibrieren meines Handys unterbrochen. Hardin reicht es mir mit Blick aufs Display. »Landon.«

»Ja, hallo?«

»Hi Tessa«, begrüßt mich Landon. »Du, meine Mutter lässt fragen, ob du denn jetzt an Weihnachten zu uns kommen magst.«

Seine Mom ist einfach nett. Und ich wette, sie legt sich für die Feiertage so richtig ins Zeug, was das Kochen angeht. »Oh … ja, sehr gern. Wann soll ich da sein?«

»So gegen zwölf.« Er lacht. »Sie steht schon seit Tagen in der Küche, also wenn ich du wäre, würde ich am besten bis dahin nichts mehr essen.«

»Dann fange ich gleich an zu fasten.« Ich lache. »Kann ich irgendwas mitbringen? Ich weiß, Karen kann viel besser kochen als ich, aber ich könnte ja zum Beispiel einen Nachtisch machen oder so?«

»Okay, dann bring einen Nachtisch mit. Und noch was … ich weiß, das ist ein bisschen komisch, und wenn es dir sehr unangenehm ist, dann sag's einfach.« Er senkt die Stimme. »Hardin und seine Mom sind auch eingeladen. Falls ihr aber weiter Zoff habt, Hardin und du –«

»Nein, alles gut. Mehr oder weniger«, unterbreche ich Landon. Hardin sieht mich fragend an, und ich lächele etwas nervös.

Landon wirkt erleichtert. »Super. Würdest du die beiden fragen? Das wäre sehr nett.«

»Mache ich«, verspreche ich. Dann fällt mir noch etwas ein. »Worüber würden Ken und Karen sich denn freuen, geschenketechnisch.«

»Am besten gar nichts! Du brauchst wirklich nichts mitbringen.«

Hardin starrt mich weiter von der Seite an, und ich versuche, mich nicht verunsichern zu lassen. »Das habe ich kapiert. Aber ich werde trotzdem was besorgen, also gib mir mal einen Tipp.«

Landon seufzt. »Du und dein Dickkopf. Also gut, meine Mutter steht, wie du weißt, auf Küchenkram, und Ken würde sich wahrscheinlich über einen Briefbeschwerer freuen … oder irgend so was.«

»Einen Briefbeschwerer?«, schnaube ich. »Das ist ein ziemlich übles Geschenk.«

»Hauptsache keine Krawatte, denn die hab ich schon gekauft.« Er lacht. »Also, lass mich wissen, wenn du bis morgen noch irgendwas brauchst. Ich muss jetzt nämlich beim Hausputz helfen«, stöhnt er und legt auf.

Kaum habe ich das Handy weggelegt, löchert mich Hardin auch schon: »Du gehst an Weihnachten zu denen?«

»Ja. Ich will nicht zu meiner Mutter«, sage ich und setze mich aufs Bett.

»Kann ich verstehen.« Etwas unsicher reibt er sich das Kinn. »Du könntest doch hierbleiben?«

Ich spiele an meinen Fingern herum. »Du könntest … du könntest aber auch mitkommen?«

»Und meine Mom hier alleine lassen?«, fragt er spöttisch.

»Nein! Natürlich nicht. Karen und dein Dad haben sie mit eingeladen … Euch beide.«

Er sieht mich an, als wäre ich völlig übergeschnappt. »Ja, klar. Und warum sollte meine Mom bitte da hinwollen, zu meinem Vater und seiner neuen Frau?«

»Ich … ich weiß nicht, aber es könnte doch schön sein, wenn alle zusammen feiern.«

In Wirklichkeit bin ich mir natürlich überhaupt nicht sicher, ob das hinhauen würde, vor allem weil ich nicht weiß, wie gut Trish und Ken inzwischen miteinander klarkommen, wenn überhaupt. Es ist aber auch nicht meine Aufgabe, alle zu vereinen – schließlich gehöre ich gar nicht zur Familie. Verdammt, ich bin ja noch nicht mal Hardins Freundin.

»Das halte ich für ziemlich unwahrscheinlich«, meint er skeptisch.

Egal, was zwischen Hardin und mir nun ist, ich hätte gerne Weihnachten mit ihm verbracht, aber ich kann ihn schon verstehen. Es wäre schwierig genug, Hardin zu überreden, dass er mit zu seinem Vater kommt, ganz zu schweigen von seiner Mutter.

Gleichzeitig bin ich in Gedanken bereits bei der Frage, was ich Landon und seinen Eltern schenken soll. Und worüber Trish sich vielleicht freuen würde? Ich müsste auch gleich los – es ist schon fünf, also bleibt mir nur noch bis Ladenschluss heute und morgen der Heiligabend. Ich habe keinen Schimmer, ob ich mir etwas für Hardin ausdenken soll oder nicht. Nein, eigentlich bin ich mir ziemlich sicher, dass nicht. Es wäre komisch in diesem seltsamen Zwischenzustand.

»Was ist los?«, fragt Hardin, weil ich so still bin.

Ich seufze. »Ich muss noch Geschenke kaufen. Das kommt davon, wenn man an Weihnachten ohne eigene Wohnung dasteht.«

»Ich glaube nicht, dass schlechte Planung irgendwas damit zu tun hat, dass du gerade kein Dach über dem Kopf hast«, zieht er mich auf. Er lächelt dabei zwar nicht richtig, aber seine Augen funkeln …

Flirtet er etwa gerade mit mir? »Schlechte Planung gibt es bei mir nicht, niemals.« Ich lache.

»Schon klar.«

Ich schlage nach ihm, doch er hält blitzschnell mein Handgelenk fest. Sofort durchflutet mich die vertraute Hitze. Als sich unsere Blicke begegnen, lässt er mich schnell los, und wir schauen beide weg. Und schon liegt wieder diese verdammte Spannung in der Luft. Ich stehe auf, um meine Schuhe anzuziehen.

»Gehst du jetzt gleich?«, fragt Hardin.

»Ja. Die Läden machen doch um neun zu.«

»Allein?« Er scharrt etwas verlegen mit den Füßen.

»Warum, würdest du gerne mitkommen?« Das ist wahrscheinlich keine sonderlich gute Idee, aber wenn ich herausfinden will, ob wir es noch einmal zusammen versuchen sollen, dann ist gemeinsames Christmasshopping vermutlich nicht schlecht. Oder?

»Mit dir einkaufen?«

»Ja … aber wenn du nicht willst, ist das auch kein Problem«, antworte ich verlegen.

»Nein, natürlich will ich. Ich war … also, ich hatte nur nicht damit gerechnet, dass du fragst.«

Ich nicke, stecke Handy und Portemonnaie in meine Tasche und gehe nach nebenan ins Wohnzimmer. Hardin folgt mir.

»Wir fahren zur Mall«, erklärt Hardin seiner Mutter.

»Ihr beide?« Ihr Tonfall ist vielsagend, was Hardin mit einem Augenrollen quittiert. Als wir schon an der Wohnungstür sind, ruft sie uns noch hinterher: »Tessa, Liebes, wenn du ihn nachher lieber dortlassen willst, würde ich dir das nicht verübeln.«

»Ich werde dran denken!«, antworte ich lachend und folge Hardin nach draußen.

Als Hardin den Motor anlässt, tönt eine vertraute Klaviermelodie aus den Lautsprechern. Hektisch dreht er die Lautstärke runter, aber zu spät. Ich grinse ihn an.

»Ja, schon gut, es wird besser, wenn man es öfter hört, okay?«, verteidigt er sich.

»So, so.« Ich lächele und drehe den Song wieder lauter.

Wenn es nur immer so bleiben könnte. Wenn dieses unbeschwerte Flirten ewig anhalten würde. Aber das wird es nicht. Kann es nicht. Irgendwann müssen wir über das sprechen, was passiert ist, und wie es jetzt weitergehen soll. Ich weiß allerdings auch, dass wir dieses Problem nicht auf einen Schlag lösen können, selbst wenn ich auf ein Gespräch drängen würde. Ich will den richtigen Moment abpassen, und bis dahin sollten wir es langsam angehen lassen.

Den Großteil der Fahrt schweigen wir, während die Musik all die Dinge sagt, die ich so gerne sagen und hören würde. Als wir Macy's erreichen, meint Hardin: »Ich setz dich davor ab.« Ich nicke. Dann warte ich unter der warmen Lüftung im Eingangsbereich, bis er geparkt hat und durch die Kälte zu mir herüberkommt.

Nachdem wir uns etwa eine Stunde lang Backzubehör jeglicher Art angeschaut haben, beschließe ich, Karen ein Set mit Kuchenformen zu kaufen. Vermutlich hat sie davon schon mehr als genug, aber Kochen und Gärtnern scheinen ihre einzigen Hobbys zu sein, und ich habe keine Zeit, mir etwas Besseres auszudenken.

»Können wir das ins Auto bringen, bevor wir den Rest erledigen?«, frage ich Hardin, während ich mit der unhandlichen Box zu kämpfen habe.

»Gib ruhig her, ich mach das schon. Bleib du hier.« Er nimmt mir den Karton ab.

Sobald er verschwunden ist, gehe ich zur Herrenabteilung hinüber, wo mich Hunderte von Krawatten in Schaukästen an Landons Bemerkung zum Thema »Standardgeschenke« erinnern. Suchend laufe ich die Gänge entlang, aber da ich noch nie ein »Vater-Geschenk« gekauft habe, kenne ich mich damit nicht aus.

»Draußen ist es echt scheißkalt«, meint Hardin, als er frierend zurückkehrt und seine Hände reibt.

»Na ja, vielleicht sollte man bei Schnee auch nicht im T-Shirt herumlaufen.«

Er streckt mir die Zunge raus. »Ich hab Hunger, du auch?«

Also gehen wir zum Food Court hinunter, wo Hardin zuerst einen freien Platz sucht und uns dann die einzig anständige Pizza holt, die es da gibt. Als er mit den Tellern an unseren Tisch zurückkommt, nehme ich mir eine Serviette und ein Stück Pizza und beiße sofort hinein, ohne Messer und Gabel.

»Wie vornehm«, zieht er mich auf, als ich mir zufrieden den Mund abwische.

»Klappe.« Ungerührt nehme ich noch einen Bissen.

»Das hier ist … nicht schlecht. Oder?«, fragt er.

»Was? Die Pizza?«, frage ich naiv zurück, obwohl ich weiß, dass er nicht vom Essen redet.

»Wir. Hier zusammen. Ist lange her.«

So lange kommt es mir gar nicht vor … »Keine zwei Wochen.«

»Das ist ziemlich lang … für uns.«

»Ja …« Schnell beiße ich ein großes Stück ab, damit ich eine Weile nichts sagen muss.

»Wie lange denkst du denn schon drüber nach, ob wir vielleicht doch noch eine Chance haben?«, will er wissen.

Ich kaue extra langsam und trinke dann erst noch einen Schluck Wasser. »Seit ein paar Tagen, oder so.« Ich möchte die Unterhaltung möglichst locker halten, damit es nicht noch knallt, aber ich füge trotzdem hinzu: »Wir müssen immer noch eine Menge besprechen.«

»Ich weiß, aber ich bin so …« Er bricht ab, weil er offensichtlich hinter mir etwas entdeckt hat. Als ich mich umdrehe und den roten Haarschopf sehe, zieht sich mein Magen plötzlich zusammen. Steph. Und daneben Tristan, ihr Freund.

»Ich will weg hier«, sage ich und stehe auf, obwohl noch jede Menge Pizza übrig ist.

»Tessa, dir fehlen noch die ganzen anderen Geschenke. Außerdem haben sie uns gar nicht gesehen, glaube ich.«

Als ich mich wieder umdrehe, begegne ich Stephs Blick, und die Überraschung ist ihr deutlich anzusehen. Ich weiß allerdings nicht, ob sie erstaunt ist, weil sie mich sieht oder weil ich mit Hardin da bin. Wahrscheinlich beides.

»Doch, hat sie.«

Als sich die beiden einen Weg zu unserem Tisch bahnen, fühlen sich meine Füße wie festgewachsen an.

»Hallo«, grüßt Tristan etwas verlegen, als sie uns erreichen.

»Hallo«, erwidert Hardin und reibt sich dabei nervös den Nacken.

Ich sage gar nichts. Nach einem kurzen Blick auf Steph greife ich nach meiner Tasche und verschwinde.

»Tessa, warte!«, ruft sie mir hinterher. Die klobigen Absätze ihrer Schuhe klappern auf dem Fliesenboden, als sie hinter mir herrennt. »Können wir reden?«

»Über *was* reden, Steph?«, fahre ich sie an. »Darüber, dass meine erste und mehr oder weniger einzige Freundin zugelassen hat, dass ich vor allen gedemütigt werde?«

Hardin und Tristan drüben am Tisch sehen sich an, unsicher, ob sie eingreifen sollen.

Steph hebt entschuldigend die Hände. »Es tut mir leid, okay! Ich weiß, ich hätte es dir erzählen sollen – ich dachte, er würde es dir selber sagen!«

»Ach, und damit soll jetzt alles wieder gut sein, oder was?«

»Nein, natürlich nicht. Tessa, es tut mir total leid. Ich weiß, ich hätte es dir sagen sollen.«

»Hast du aber nicht.« Ich verschränke die Arme.

»Du fehlst mir. Das Abhängen und so«, sagt sie.

»Du meinst, dir fehlt jemand, über den du dich lustig machen kannst.«

»Tessa, so war das nicht. Du bist … warst meine Freundin. Ich hab Scheiße gebaut, ja, aber es tut mir wirklich leid.«

Ihre Entschuldigung verunsichert mich kurz, doch ich habe mich schnell wieder im Griff. »Tja, ich kann dir trotzdem nicht verzeihen.«

Sie runzelt die Stirn, und dann wird sie wütend. »Aber *ihm* kannst du verzeihen, ja? Er ist doch derjenige, der mit dem ganzen abgefuckten Scheiß angefangen hat. Und *ihm* hast du verziehen? Wie krass ist das denn?«

Ich würde sie am liebsten anschreien, sie eine Bitch nennen, aber sie hat leider recht. »Ich habe ihm nicht verziehen. Ich bin nur … Ich weiß auch nicht, was ich eigentlich tue.« Ich schlage die Hände vors Gesicht.

Steph seufzt. »Tessa, ich erwarte doch auch gar nicht, dass du das einfach alles so abhakst, aber gib mir wenigstens eine Chance. Wir könnten mal was zusammen machen, nur wir vier. Die anderen sind sowieso scheiße drauf.«

Ich sehe sie an. »Wie meinst du das?«

»Na ja, Jace ist noch arschiger, seit Hardin ihn zusammengeschlagen hat. Deshalb wollen Tristan und ich mit denen nichts mehr zu tun haben.«

Ich werfe einen Blick zu Hardin und Tristan hinüber, die uns beobachten, bevor ich mich wieder Steph zuwende. »Hardin hat Jace verprügelt?«

»Ja, letzten Samstag.« Sie legt die Stirn in Falten. »Hat er nichts gesagt?«

»Nein …« Ich will so viel wie möglich wissen, bevor Hardin rüberkommt und das verhindert. Zum Glück möchte Steph offenbar etwas wiedergutmachen, denn sie legt unaufgefordert los.

»Also, das war, weil Molly Hardin erzählt hat, dass Jace die ganze … du weißt schon … geplant hat«, fügt sie zögerlich hinzu. »Dass sie dir vor allen anderen von der Wette erzählt …« Dann lacht sie leise in sich hinein. »Ganz ehrlich, er hatte es mehr als verdient, und Mollys Gesichtsausdruck, als Hardin sie von sich runtergeschubst hat, war unbezahlbar. Ohne Witz, ich hätte ein Foto machen sollen!«

Während ich noch darüber nachdenke, dass Hardin vor seinem Besuch in Seattle Molly abblitzen ließ und Jace verprügelt hat, hören wir plötzlich Tristans Stimme: »Na, Ladies?« Fast so, als wolle er uns vorwarnen, dass Hardin unterwegs ist.

Schon taucht Hardin neben mir auf und nimmt meine Hand. Als Tristan weitergehen und Steph mitziehen will, schaut mich Steph lange an und sagt fast flehend: »Tessa, bitte denk wenigstens darüber nach, ja? Ich vermisse dich.«

32

Tessa

»Alles klar?«, fragt Hardin, nachdem die beiden verschwunden sind und wir wieder in Richtung der Läden gehen.

»Ja … alles bestens.«

»Was hat sie gesagt?«

»Nichts … nur, dass ich ihr verzeihen soll.« Ich zucke mit den Schultern. Bevor ich Hardin darauf anspreche, muss ich erst einmal Stephs Neuigkeiten verdauen. Offenbar haben sie sich an dem Abend alle getroffen, und Molly war auch da. Zugegeben, ich bin wahnsinnig erleichtert über das, was Steph eben erzählt hat. Eigentlich ist es fast schon lustig, dass er in derselben Nacht, in der er sie demonstrativ stehen ließ, mir gegenüber behauptet hat, dass sie Sex hatten. Meine Erleichterung darüber und die Ironie des Ganzen werden schnell von meinen Schuldgefühlen überschattet, dass ich genau zu dem Zeitpunkt mit diesem Fremden rumgeknutscht habe.

»Tess?« Hardin bleibt stehen und wedelt mit der Hand vor meinem Gesicht herum. »Was ist los?«

»Nichts. Ich habe nur gerade überlegt, was ich deinem Dad schenken könnte.« Das mit dem Lügen werde ich nie lernen! Ich klinge immer gleich viel zu hektisch. »Er steht doch auf Sport, oder? Ihr zwei habt dieses Footballspiel angeschaut, weißt du noch?«

Hardin betrachtet mich einen Moment lang, dann sagt er: »Die Packers, er mag die Packers.« Ich bin mir sicher, er würde eigentlich gerne noch mehr über Steph wissen, aber er schweigt.

Also gehen wir in ein Sportgeschäft, wo auch ich ziemlich still bin und zusehe, wie Hardin einige Dinge für seinen Vater aussucht. Er will nicht, dass ich bezahle, also kaufe ich extra noch einen Schlüsselanhänger von einem Ständer neben der Kasse, nur um ihn zu ärgern. Als er die Augen verdreht, strecke ich ihm die Zunge heraus.

»Du weißt aber schon, dass du den falschen Verein erwischt hast?«, meint er, als wir den Laden verlassen.

»Was?« Entsetzt ziehe ich den kleinen Gegenstand wieder aus der Tasche.

»Das sind die Giants, nicht die Packers.« Er grinst, während ich den Footballanhänger zurück in die Tüte werfe.

»Tja … wie gut, dass niemand erfahren wird, dass die guten Geschenke nur von dir sind.«

»Haben wir's jetzt bald?«, stöhnt er.

»Nein, ich brauche noch was für Landon, schon vergessen?«

»Na super. Er hat neulich erwähnt, dass er gerne mal eine neue Lippenstiftfarbe ausprobieren würde. Wie wäre es mit Koralle?«

Ich bleibe stehen, die Hände in die Hüften gestemmt. »Lass gefälligst Landon in Ruhe. Und vielleicht sollte ich dir den Lippenstift kaufen, wo du dich ja so gut mit den Farbtönen auskennst.« Es fühlt sich gut an, so mit Hardin herumzualbern, statt immer nur zu streiten.

Er verdreht bloß die Augen, aber ich sehe, dass er ein Lächeln unterdrückt. »Wie wäre es mit Karten fürs Eishockey? Unkompliziert und nicht zu teuer.«

»Das ist gar keine schlechte Idee!«

»Ich weiß«, sagt er. »Wie schade, dass er keine Freunde hat, die mitgehen würden.«

»Ähm, und was ist mit mir?«

Ich muss lächeln, als Hardin sich nun über Landon lustig macht, weil es so anders ist als früher. Es ist nicht mehr boshaft.

»Ich wollte auch für deine Mom was besorgen«, sage ich.

Er wirft mir einen seltsamen, aber harmlosen Blick zu. »Warum?«

»Weil Weihnachten ist.«

»Dann kauf ihr einen Pulli oder so.« Er zeigt auf ein Geschäft mit Mode für ältere Damen.

»Ich bin so schlecht im Schenken. Was bekommt sie denn von dir?« Ich muss von dem Geschäft ablenken.

Sein Geburtstagsgeschenk für mich war so perfekt, dass ich automatisch davon ausgehe, dass er für seine Mutter etwas genauso Besonderes ausgesucht hat.

Er zuckt mit den Achseln. »Ein Armband und ein Halstuch.«

»Ein Armband?« Ich ziehe ihn ein Stück weiter die Mall entlang.

»Nein, ich meinte eine Halskette, mit Anhänger. Ganz schlicht, und da steht *Mom* drauf oder so'n Scheiß.«

»Wie lieb von dir«, sage ich, als wir wieder bei Macy's ankommen. Zuversichtlich sehe ich mich um. »Ich bin sicher, hier finde ich was für sie. Diese Jogginganzüge da drüben könnten ihr zum Beispiel gefallen.«

»O Gott, bitte nicht noch einen Jogginganzug. Sie trägt die Dinger *jeden* Tag.«

Ich muss über seine säuerliche Miene lächeln. »Na, und? Noch ein Grund, ihr einen zu kaufen.«

Als wir die Kleiderständer durchsehen, streckt Hardin die Hand aus, um den Stoff zu befühlen. Dabei fällt mein Blick auf seine verschorften Fingerknöchel, und ich muss wieder daran denken, was Steph mir verraten hat.

Ziemlich schnell finde ich einen mintgrünen Anzug, bei dem ich mir ziemlich sicher bin, dass er Trish gefallen wird. Währenddessen machen meine Grübeleien plötzlich einer Entscheidung Platz. Das liegt auch daran, dass ich jetzt weiß, dass er tatsächlich nichts mit Molly hatte, während ich in Seattle war.

Als ich an der Kasse den Anzug auf den Tisch lege, drehe ich mich unvermittelt zu Hardin um und sage: »Heute Abend müssen wir reden.«

Der Blick der Kassiererin wandert neugierig zwischen Hardin und mir hin und her. Am liebsten würde ich ihr sagen, dass es unhöflich ist, Leute so anzustarren, aber bevor ich den Mut dazu finde, sagt Hardin:

»Reden?«

»Ja …« Ich sehe zu, wie die Kassiererin den Sicherheitsmagnet entfernt. »Nachdem wir den Baum aufgestellt haben, den ihr gestern besorgt habt, deine Mom und du.«

»Aber über was denn reden?«

Ich schaue ihn an. »Über alles.«

Hardin blickt panisch, und die möglichen Bedeutungen dieses Wortes hängen schwer in der Luft. Das Schweigen wird erst durch das Piepsen unterbrochen, als die Kassiererin das Preisschild des Jogginganzugs einliest. »Ach so … ich hol dann schon mal das Auto«, murmelt Hardin.

Während ich zusehe, wie die Frau Trishs Geschenk einpackt, denke ich: *Nächstes Jahr werde ich mir für jeden was richtig Schönes ausdenken und die bescheuerten Geschenke von diesem Jahr wiedergutmachen.* Doch mein nächster Gedanke ist: *Nächstes Jahr? Wer sagt mir, dass es ein nächstes Jahr mit ihm geben wird?*

Während der Fahrt zurück zum Apartment schweigen wir beide. Ich, weil ich versuche, in Gedanken zu sortieren, was ich zu ihm sagen will, und er … nun ja, ich habe das Gefühl, dass er dasselbe tut. Auf dem Parkplatz angekommen, nehme ich die Einkaufstüten und laufe durch den eisigen Regen ins Haus. Da ist mir Schnee deutlich lieber.

Als wir zusammen in den Aufzug steigen, knurrt mein Magen. »Ich hab Hunger«, erkläre ich Hardin.

»Ach so.« Er sieht aus, als wolle er etwas Sarkastisches sagen, entscheidet sich dann aber dagegen.

Das Grummeln wird lauter, als wir die Wohnung betreten, wo es köstlich nach Knoblauch duftet. Sofort läuft mir das Wasser im Mund zusammen.

»Ich hab gekocht!«, verkündet Trish. »Wie war's beim Einkaufen?«

Hardin nimmt mir die Tüten ab und verschwindet damit im Schlafzimmer.

»Eigentlich gar nicht so schlimm. Lange nicht so überfüllt, wie ich dachte«, antworte ich.

»Das ist gut. Ich hab mir überlegt, vielleicht könnten wir zwei zusammen den Baum aufstellen und schmücken? Ich kann mir nicht vorstellen, dass Hardin dabei helfen will.« Sie grinst. »Er hasst nämlich alles, was Spaß macht. Was meinst du?«

Ich muss lachen. »Klar, warum nicht.«

»Aber iss zuerst was«, befiehlt mir Hardin, der zurück in die Küche kommt.

Ich werfe ihm einen strengen Blick zu. Da mich nach dem Aufstellen des kleinen Bäumchens mit Trish das gefürchtete Gespräch mit Hardin erwartet, habe ich es ohnehin nicht sonderlich eilig. Außerdem brauche ich noch mindestens eine Stunde, um genug Mut und Kraft zu sammeln, damit ich auch alles sagen kann, was ich sagen will. Wahrscheinlich ist eine so wichtige Unterhaltung keine gute Idee, wenn seine Mutter zu Besuch ist, aber ich kann einfach nicht mehr länger warten. Wir müssen über bestimmte Dinge endlich reden … und zwar jetzt. Meine Geduld ist plötzlich am Ende. Wir können nicht länger in diesem ungeklärten Zustand bleiben.

»Hast du denn überhaupt Hunger, Tessa, Liebes?«, erkundigt sich Trish.

»Hat sie«, antwortet Hardin für mich.

»Ja, habe ich tatsächlich«, sage ich und ignoriere ihren unerträglichen Sohn.

Während Trish mir eine Portion Hähnchen-Spinat-Auflauf auf den Teller füllt, setze ich mich schon mal an den Tisch und genieße den leckeren Knoblauchduft. Als sie mir den Teller bringt, stelle ich fest, dass es sogar noch besser aussieht, als es riecht.

Trish zu Hardin: »Könntest du vielleicht schon mal die Einzelteile vom Baum auspacken, damit wir es nachher einfacher haben?«

»Klar«, meint er.

Sie lächelt mich an. »Ich hab auch ein bisschen Schmuck besorgt.«

Bis ich fertig bin mit essen, hat Hardin bereits die Zweige in die vorgebohrten Löcher gesteckt und den Baum aufgestellt.

»War doch gar nicht so schlimm, oder?«, fragt seine Mom lachend. Aber als er nach der Schachtel mit den Kugeln greift, bremst sie ihn. »Da helfen wir mit.«

Ich bin ziemlich satt und stehe nun auch auf. Ich hätte es nie für möglich gehalten, dass ich einmal mit Hardin und seiner Mutter einen Weihnachtsbaum aufstellen würde, noch dazu in unserer Wohnung. Das gemeinsame Dekorieren macht Spaß, und am Ende wirkt Trish ausgesprochen zufrieden, obwohl die Kugeln ziemlich planlos über den Baum verteilt hängen.

»Wir sollten ein Foto von uns vor dem Weihnachtsbaum machen!«, schlägt sie vor.

»Ich will keine Fotos, Mom.«

»Ach, jetzt komm schon. Es ist Weihnachten.« Sie klimpert mit den Wimpern, woraufhin er zum gefühlt hundertsten Mal seit ihrer Ankunft die Augen verdreht.

»Heute nicht«, antwortet er.

Ich weiß, es ist nicht fair, aber da seine Mutter mir leidtut, schaue auch ich ihn mit ganz großen Augen an. »Nicht mal ein einziges Foto?«

»Ach Scheiße, von mir aus. Aber nur eins.« Als er sich neben Trish vor den Baum gestellt hat, mache ich schnell mit meinem Handy ein Bild von den beiden. Hardin lächelt zwar kaum, aber Trishs Fröhlichkeit gleicht das wieder aus. Trotzdem bin ich froh, dass sie nicht vorschlägt, auch eins von Hardin und mir zu machen. Bevor wir romantische Bilder vor Weihnachtsbäumen aufnehmen, müssen wir erst einmal klären, wie es weitergeht.

Trish gibt mir ihre Handynummer, damit ich ihr das Foto schicken kann. Hardin ist inzwischen auf dem Weg in die Küche, um sich auch etwas zu essen zu holen.

»Ich packe noch ein paar Geschenke ein, bevor ich zu müde bin«, verkünde ich.

»Okay. Dann bis morgen, Liebes.« Trish umarmt mich.

Im Schlafzimmer sehe ich, dass Hardin bereits Geschenkpapier, Schleifen, Tesafilm und alles, was ich brauchen könnte, bereitgelegt hat. Ich fange gleich an, damit wir lieber früher als später »reden« können. Zwar will ich das schnell hinter mich bringen, aber gleichzeitig habe ich auch Angst davor. Eigentlich habe ich mich ja schon entschieden, aber ich bin mir nicht sicher, ob ich das schon zugeben kann. Ich weiß auch, dass es ziemlich unvernünftig ist, aber seit ich Hardin kenne, war ich immer unvernünftig, und das war nicht immer schlecht.

Als ich gerade Kens Namen auf einen Geschenkanhänger schreibe, kommt Hardin herein.

»Fertig?«, fragt er.

»Ja … Ich muss nur noch die Tickets für Landon ausdrucken, danach können wir reden.«

Er legt den Kopf schief. »Warum erst danach?«

»Weil ich dabei deine Hilfe brauche, und du nicht sonderlich hilfsbereit bist, wenn wir uns streiten.«

»Woher willst du denn wissen, dass wir uns streiten?«

»Weil wir das immer tun.« Ich lache zaghaft. Er stimmt mir mit einem stummen Nicken zu.

»Dann hole ich mal den Drucker raus.«

Währenddessen fahre ich mein Laptop hoch. Zwanzig Minuten später haben wir zwei Karten für die Seattle Thunderbirds ausgedruckt und in einer kleinen Schachtel verpackt.

»Okay … noch irgendwelche anderen Ablenkungsmanöver, bevor wir … du weißt schon, *reden?*«, fragt Hardin.

»Nein, ich glaube nicht.«

Dann setzen wir uns beide aufs Bett, er ans Kopfende gelehnt, die langen Beine ausgestreckt, ich im Schneidersitz ihm gegenüber. Ich habe immer noch keine Ahnung, wo ich anfangen und was ich sagen soll.

»Also …«, meint Hardin.

Das ist ganz schön schwierig. »Also …« Ich zupfe an meinen Nagelhäutchen herum. »Was ist mit Jace passiert?«, frage ich.

»Steph hat's dir also erzählt«, stellt er ausdruckslos fest.

»Ja, hat sie.«

»Jace konnte sein Maul nicht halten.«

»Hardin, du musst schon richtig mit mir reden, sonst funktioniert das nicht.«

Empört sieht er mich an. »Ich *rede* doch.«

»Hardin …«

»Okay. Okay.« Er seufzt genervt. »Er wollte dich abschleppen.«

Bei dem Gedanken wird mir schlecht. Außerdem ist das nicht der Grund für die Prügelei, von dem Steph gesprochen hat. *Lügt Hardin mich wieder an?* »Ja, und? Du weißt doch, dass das nie passieren würde.«

»Das macht keinen Unterschied. Allein die Vorstellung, dass er dich anfasst …« Er schüttelt sich, dann fährt er fort. »Außerdem ist er derjenige, der … also Molly auch. Beide haben geplant, dir vor allen anderen von der Wette zu erzählen. Scheiße, er hatte absolut kein Recht, dich so zu demütigen. Er hat alles kaputt gemacht.«

Ich bin kurz erleichtert, dass Hardins Geschichte nun mit der von Steph übereinstimmt, aber dann werde ich sofort wütend. Denkt er immer noch, dass alles in Ordnung wäre, wenn ich nichts von der Wette erfahren hätte? »Hardin, *du* hast es kaputt gemacht. Die anderen haben mir nur davon erzählt«, erinnere ich ihn.

»Tessa, das weiß ich doch.« Er klingt genervt.

»Ach ja? Weißt du das wirklich? Denn du hast eigentlich nie was dazu gesagt.«

Mit einer abrupten Bewegung zieht Hardin die Beine an den Körper. »Doch, habe ich. Verdammt, ich hab gestern geheult.«

Ich runzele die Stirn. »Erstens, lass gefälligst die Flucherei, wenn du mit mir sprichst. Und, zweitens, das war genau *ein* Mal. Das ist wirklich das einzige Mal, dass du überhaupt ansatzweise was angedeutet hast. Und wie gesagt, viel war es nicht.«

»Ich hab's in Seattle versucht, aber du wolltest ja nicht reden. Und sonst hast du mich die ganze Zeit ignoriert, wann also hätte ich was sagen sollen?«

»Hardin, wenn wir versuchen wollen, irgendwie nach vorne zu schauen, musst du offener zu mir werden. Ich muss wissen, was du fühlst.«

Der Blick seiner grünen Augen durchbohrt mich. »Und wann genau bekomme ich zu hören, was *du* fühlst? Du bist doch genauso verschlossen wie ich.«

»Wie bitte? Nein … Nein, bin ich nicht.«

»Doch, bist du! Du hast mir nie gesagt, wie es dir damit geht. Du wiederholst nur ständig, dass Schluss mit uns ist.« Er zeigt auf mich. »Und trotzdem sitzt du jetzt hier. Das ist langsam etwas verwirrend.«

Ich denke kurz darüber nach. Mein Kopf war die ganze letzte Zeit so voller konfuser Gedanken, dass ich vergessen habe, sie Hardin mitzuteilen. »Ich war einfach so durcheinander«, verteidige ich mich.

»Tessa, ich kann aber keine Gedanken lesen. Weswegen bist du denn durcheinander?«

Auf einmal habe ich einen Kloß im Hals. »Wegen allem hier. Wegen uns. Ich weiß nicht, was ich tun soll. Mit uns. Weil du mein Vertrauen so missbraucht hast.« Wir haben noch nicht richtig angefangen, und schon bin ich den Tränen nahe.

Etwas harsch erwidert er: »Was *möchtest* du denn?«

»Ich weiß nicht.«

Damit komme ich nicht durch. »Doch, du weißt es.«

Es gibt so vieles, was ich von ihm hören will, bevor ich mir sicher sein kann. »Was willst *du* denn?«

»Ich will, dass du bei mir bleibst. Ich will, dass du mir verzeihst und mir noch eine Chance gibst. Ich weiß, ich habe dich schon viel zu oft darum gebeten, aber, bitte, gib mir nur noch eine einzige Chance. Ich kann nicht ohne dich leben. Ich habe es versucht, und ich weiß, dass es dir genauso geht. Es gibt für uns beide niemand anderen. Wenn wir es nicht sind, dann ist alles wertlos, für uns beide – das weißt du so gut wie ich.« Als er endet, schimmern seine Augen, und ich wische mir die Tränen weg.

»Du hast mir so schrecklich wehgetan.«

»Ich weiß, Baby, ich weiß. Ich würde alles dafür geben, wenn ich es rückgängig machen könnte.« Er hält den Blick auf die Bettdecke gesenkt, und ich kann seinen Gesichtsausdruck nicht deuten. »Um ehrlich zu sein, stimmt das gar nicht. Ich würde nichts rückgängig machen wollen. Na ja, natürlich würde ich dir früher davon erzählen«, fügt er hinzu, als ich ihn geschockt ansehe. Dann hebt auch er den Kopf und sieht mir tief in die Augen. »Aber ich würde nichts davon zurücknehmen, denn wenn ich nicht diesen Scheiß gebaut hätte, wären wir nie zusammengekommen. Unsere Wege hätten sich nie wirklich gekreuzt, nicht so, und wir wären auch nicht so eng miteinander verbunden. Auch wenn es mein Leben kaputt gemacht hat – denn ohne diese Scheißwette hätte ich gar kein Leben gehabt. Du hasst mich jetzt bestimmt noch mehr, aber du wolltest die Wahrheit hören. Und das ist die Wahrheit.«

Durch seine grünen Augen hindurch kann ich tief in Hardin hineinblicken, und ich weiß nicht, was ich sagen soll.

Denn wenn ich darüber nachdenke, richtig darüber nachdenke, dann muss ich zugeben, dass auch ich nichts ändern wollte.

33

Hardin

Noch nie war ich zu jemandem so ehrlich. Ich will einfach alle Karten auf den Tisch legen.

Sie fängt an zu weinen und fragt leise: »Woher soll ich wissen, dass du mir nicht wieder wehtust?«

Sie hat schon die ganze Zeit versucht, die Tränen zurückzuhalten, aber ich bin froh, dass es ihr nicht mehr gelingt. Ich musste unbedingt sehen, dass sie etwas fühlt … In letzter Zeit war sie so kalt. Ganz untypisch für sie. Früher konnte ich ihr schon an den Augen ablesen, was sie dachte. Jetzt ist da eine Mauer, die mich davon abhält, so in ihr zu lesen, wie nur ich das kann. Hoffentlich arbeitet die Zeit, die wir heute miteinander verbracht haben, für mich.

Das und meine Ehrlichkeit. »Tessa, du kannst nicht wissen, ob ich dich nicht wieder verletze. Im Gegenteil. Ich tue dir garantiert wieder weh. Und auch du wirst mir wieder wehtun, aber ich kann dir versprechen, dass ich dir nichts mehr verheimliche und dich auch nicht mehr hintergehe. Vielleicht sagst du mal irgendeinen Scheiß, den du gar nicht so meinst, das werde ich mit Sicherheit auch tun, aber das sind Probleme, die wir auch wieder aus der Welt schaffen können, denn das macht man nun einmal. Alles, was ich brauche, ist diese eine letzte Chance, dir zu beweisen, dass ich der Mann sein kann, den du verdienst. Bitte, Tessa. Bitte …«, flehe ich sie an.

Sie sieht mich mit roten Augen an und kaut auf ihrer Unterlippe herum. Ich hasse es, sie so zu sehen, und mich selbst hasse ich, weil ich daran schuld bin.

»Du liebst mich doch, oder?«, frage ich, obwohl ich Angst vor ihrer Antwort habe.

»Ja. Mehr als alles andere«, gibt sie mit einem Seufzer zu.

Da kann ich ein kleines Lächeln nicht unterdrücken. Zu hören, dass sie mich immer noch liebt, erweckt mich wieder zum Leben. Ich hatte solche Angst, dass sie mich aufgeben würde, aufhören würde, mich zu lieben, und ohne mich weitermacht. Ich verdiene sie nicht, und ich weiß, dass ihr das klar ist.

Aber meine Gedanken rasen, und sie ist viel zu still. Mit dieser Distanz kann ich einfach nicht umgehen. »Was kann ich dann tun? Was muss ich tun, damit wir das wieder hinkriegen?«, frage ich verzweifelt. Ganz offensichtlich mache ich viel zu viel Druck, denn sonst würde sie mich nicht so ansehen – als hätte sie plötzlich Angst oder wäre wütend oder … ich weiß auch nicht, was. »Ich habe was Falsches gesagt, stimmt's?« Ich wische mir über die Augen. »Ich wusste, dass das passieren würde. Ich kann einfach nicht gut mit Worten.«

Noch nie in meinem ganzen Leben war ich so berührt und so voller Gefühl, und es fühlt sich nicht gut an. Ich musste noch nie jemandem sagen, was ich fühle, oder es war mir egal, aber für diese Frau würde ich alles tun. Auch wenn ich sonst immer Scheiße baue, das hier muss ich unbedingt hinkriegen, oder zumindest absolut alles versuchen.

»Nein …«, schluchzt sie. »Ich bin nur … ich weiß nicht. Ich will mit dir zusammen sein. Ich will ja alles vergessen, aber ich will nicht, dass ich es hinterher bereue. Ich will keine sein, mit der man alles machen kann, die sich wie ein Stück Dreck behandeln lässt und es einfach hinnimmt.«

Ich beuge mich zu ihr hinüber. »Wer sollte so was denken?«

»Alle. Meine Mutter, deine Freunde … du.«

Ich wusste, dass es daran liegt. Sie macht sich mehr Gedanken darum, was sie tun *sollte,* als was sie tun *will.* »Vergiss die anderen. Wen interessiert, was andere denken? Kümmer dich doch ausnahmsweise mal nur darum, was *du* willst – was *dich* glücklich macht.«

Mit ihren großen, runden, schönen, roten, verweinten Augen sagt sie: »Du.« Und mein Herz macht einen Sprung. »Ich hab es so satt, alles für mich zu behalten. Ich bin völlig *fertig*, weil ich so viel sagen wollte und nicht gesagt habe«, fügt sie hinzu.

»Dann sag es jetzt.«

»Hardin, du machst mich glücklich. Aber du machst mich auch todtraurig, wütend, und vor allem machst du mich wahnsinnig.«

»Aber, Tess, darum geht es doch, oder? Wir passen gerade deshalb so gut zusammen, weil wir uns überhaupt nicht guttun.« Sie macht mich auch wahnsinnig und wütend, aber auch glücklich. So glücklich.

»Wir tun uns nicht gut«, wiederholt sie mit einem kleinen Lächeln.

»Genau.« Ich lächele zurück. »Aber ich liebe dich. Mehr, als es irgendjemand sonst je könnte, und ich schwöre, ich werde den Rest meines Lebens damit verbringen, alles wiedergutzumachen, wenn du mich nur lässt.«

Hoffentlich hört sie, wie sehr ich will, dass sie mir vergibt, wie sehr ich ihre Vergebung brauche – wie sehr ich *sie* brauche, wie ich noch nie zuvor etwas gebraucht habe. Und ich weiß, dass sie mich liebt. Sonst wäre sie nicht hier, obwohl ich nicht glauben kann, dass ich gerade »für den Rest meines Lebens« gesagt habe. Hoffentlich bekommt sie da keine Panik.

Als sie nichts erwidert, bleibt mein Herz fast stehen. Und weil mir wieder die Tränen kommen, flüstere ich: »Tessa, es tut mir unendlich leid … Ich liebe dich so sehr –«

Doch dann überrumpelt sie mich völlig, indem sie plötzlich quer übers Bett nach vorne schießt und auf meinen Schoß klettert.

Vorsichtig nehme ich ihr bezauberndes Gesicht in beide Hände, und sie holt tief Luft und schmiegt ihre Wange in meine Handfläche.

Sie blickt zu mir auf. »Aber ich bestimme die Bedingungen. Noch mal überstehe ich so etwas nicht.«

»Alles, was du willst. Ich will einfach nur mit dir zusammen sein«, erkläre ich ihr.

»Wir müssen es langsam angehen. Vielleicht ist das auch ein Fehler … Wenn du mir noch mal wehtust, werde ich dir das nicht verzeihen. Niemals«, droht sie.

»Das werde ich nicht. Ich schwöre es.« Lieber würde ich sterben, als sie noch einmal zu verletzen. Ich glaube immer noch nicht, dass sie mir eine zweite Chance gibt.

»Hardin, ich hab dich so vermisst.«

Als sie die Augen schließt, würde ich sie am liebsten küssen, ihre Lippen heiß an meinen spüren, aber sie hat ja gerade erst gesagt, dass sie es langsam angehen will. »Ich habe dich auch vermisst.«

Dann legt sie ihre Stirn an meine. Ich hatte gar nicht gemerkt, dass ich die Luft angehalten habe – nun kann ich wieder atmen. »Dann versuchen wir es tatsächlich noch mal?« Hoffentlich hört sie nicht, wie bedürftig und erleichtert ich bin.

Sie richtet sich auf, sodass ich ihr in die Augen sehen kann. Diese Augen, die mich während der letzten Woche gequält haben, sobald ich meine schloss. Dann lächelt sie und nickt. »Ja … sieht so aus.«

Ich lege ihr die Arme um die Taille, und sie schmiegt sich noch mehr an mich. »Küss mich.« Ich bettele fast.

Sie versucht gar nicht erst so zu tun, als merke sie das nicht, und berührt meine Stirn, um mir die Haare aus dem Gesicht zu streichen. O Mann, wie ich das liebe.

»Bitte«, sage ich.

Dann bringt sie mich zum Schweigen, indem sie ihre Lippen auf meine presst.

34

Tessa

Sofort öffne ich die Lippen, und er lässt sich die Gelegenheit nicht entgehen, seine Zunge in meinen Mund gleiten zu lassen. Das Metall seines Lippenpiercings fühlt sich kühl an, als ich mit der Zungenspitze über die glatte Oberfläche fahre. Hardins vertrauter Geschmack entzündet ein Feuer in mir, wie er es immer tut. Egal wie sehr ich dagegen ankämpfe, ich brauche ihn. Ich muss ihm nahe sein, er muss mich trösten, herausfordern, ärgern, küssen und lieben. Meine Finger vergraben sich in seinem weichen Haar, während er mich fester umfasst. Er hat alles gesagt, was ich hören wollte und musste, um mich besser damit zu fühlen, ihn wieder in mein Leben zu lassen, auch wenn meine Entscheidung vielleicht leichtsinnig war … Wobei er ja nie wirklich weg war. Ich weiß, ich hätte länger standhaft bleiben sollen, ihn durch Hinhalten quälen können, so wie er mich mit seinen Lügen gequält hat, aber ich konnte es nicht. Das hier ist kein Film. Es ist das echte Leben – mein Leben –, und das ist ohne ihn nicht vollständig, nicht mal erträglich. Dieser unverschämte, wütende Kerl mit den Tattoos geht mir unter die Haut und hat sich in meinem Herzen eingenistet. So sehr ich es auch versucht habe, ich werde ihn nicht los.

Seine Zungenspitze streicht sanft über meine Unterlippe, und als mir ein Stöhnen entfährt, schäme ich mich fast. Als ich mich von ihm löse, sind wir beide außer Atem, meine Haut glüht, und seine Wangen sind gerötet.

»Danke, dass du mir noch eine Chance gibst«, keucht er und zieht mich an seine Brust.

»Als hätte ich wirklich eine Wahl gehabt.«

Er runzelt die Stirn. »Die hattest du.«

»Ich weiß«, lüge ich. Doch seit ich ihm begegnet bin, hatte ich keine Wahl mehr. Seit ich ihn das erste Mal geküsst habe, bin ich ihm komplett verfallen.

»Und wie machen wir jetzt weiter?«, frage ich ihn.

»Das überlasse ich dir. Du weißt, was ich gerne möchte.«

»Ich will, dass es wieder so ist wie vorher ... also so, wie wir waren, bevor das alles passiert ist«, sage ich, und Hardin nickt.

»Das will ich auch, Baby. Ich werde es wiedergutmachen, ich verspreche es dir.«

Jedes Mal, wenn Hardin mich Baby nennt, kribbelt es in meinem Bauch. Die Mischung aus seiner heiseren Stimme, seinem britischen Akzent und der Zärtlichkeit in seinem Tonfall ist einfach perfekt.

»Bitte, mach, dass ich es nicht bereue«, flehe ich, und er nimmt mein Gesicht noch einmal in beide Hände.

»Ganz bestimmt nicht. Du wirst schon sehen«, verspricht er und küsst mich erneut.

Ich weiß, dass Hardin und ich noch einiges klären müssen, aber ich fühle mich trotzdem gelöst, ruhig und irgendwie richtig. Natürlich mache ich mir Sorgen, wie die anderen reagieren, vor allem meine Mutter, aber damit werde ich mich auseinandersetzen, wenn es so weit ist. Dass ich wegen Hardin zum ersten Mal seit neunzehn Jahren Weihnachten nicht mit ihr verbringe, macht die Sache nur noch schlimmer, aber mir ist das ehrlich egal. Also, nicht wirklich egal, aber ich werde mich nicht weiter mit ihr darüber streiten, wie ich mein Leben lebe. Außerdem kann man es ihr ohnehin nie recht machen, deshalb versuche ich es auch nicht mehr.

Ich lehne den Kopf an Hardins Brust, während er an meinem Pferdeschwanz herumspielt. Wie gut, dass ich mit dem Einpacken fertig bin. Es war schon stressig genug, in letzter Minute noch alles zu besorgen.

Scheiße. Ich habe nichts für Hardin! Ob er wohl ein Geschenk für mich hat? Wahrscheinlich nicht, aber jetzt, wo wir wieder zusammen sind … beziehungsweise eigentlich zum ersten Mal richtig … Wenn er mir nun etwas schenkt, aber ich nichts für ihn habe? Was könnte ihm überhaupt gefallen?

»Was ist denn los?« Sanft neigt er mein Gesicht zu sich her.

»Ach, nichts …«

»Du bist aber jetzt nicht …« Er spricht langsam, unsicher. »Du weißt schon … du überlegst es dir nicht wieder anders?«

»Nein … nein! Ich … es ist nur so … ich habe kein Geschenk für dich«, gebe ich zu.

Ein Strahlen breitet sich auf seinem Gesicht aus. »Du machst dir Gedanken, weil du mir nichts zu Weihnachten besorgt hast?« Er lacht. »Tessa, ganz ehrlich, du hast mir doch schon *alles* gegeben. Es ist einfach lächerlich, dass du dir jetzt Sorgen wegen einem Geschenk machst.«

Ich habe immer noch ein schlechtes Gewissen, aber als ich das tiefe Vertrauen in seinem Gesicht sehe, beruhige ich mich etwas. »Bist du sicher?«

»Absolut.« Er lacht wieder.

»Ich denk mir was Tolles für deinen Geburtstag aus«, verspreche ich, und er streichelt wieder meine Wange. Er fährt mit dem Daumen über meine Unterlippe. Ich öffne leicht den Mund, damit er mich richtig küssen kann. Stattdessen küsst er mich zuerst sanft auf die Nasenspitze, dann auf die Stirn. Eine überraschend zärtliche Geste.

»Ich hab's nicht so mit Geburtstagen«, erklärt er.

»Ich weiß … Ich auch nicht.« Eins der wenigen Dinge, die wir gemeinsam haben.

»Hardin?« Wir hören Trishs Stimme und ein leises Klopfen an der Tür. Er verzieht stöhnend das Gesicht, während ich von seinem Schoß klettere.

Ich sehe ihn streng an. »Meinst du, es würde dich umbringen, wenn du etwas weniger fies zu ihr bist? Immerhin hat sie dich seit einem Jahr nicht mehr gesehen.«

»Ich bin doch gar nicht fies zu ihr«, verteidigt er sich. Und ich nehme ihm sogar ab, dass er das wirklich glaubt.

»Versuch einfach, ein bisschen netter zu sein. Tu's für mich, ja?« Ich klimpere dramatisch mit den Wimpern. Kopfschüttelnd sieht er mich an, aber er lächelt.

»Du bist echt ein kleiner Teufel«, sagt er.

Seine Mutter klopft noch einmal. »Hardin?«

»Komme schon!« Er steht auf. Als er die Tür öffnet, sehe ich seine Mom, die sich scheinbar langweilt. »Habt ihr zwei vielleicht Lust, einen Film anzuschauen?«, fragt sie.

Als er sich mit einem fragenden Blick zu mir umdreht, antworte ich bereits: »Na klar.« Ich hüpfe vom Bett.

»Super!« Lächelnd wuschelt sie ihrem Sohn durch die Haare.

»Ich ziehe mir noch kurz was anderes an«, meint Hardin und scheucht uns aus dem Zimmer.

Trish streckt mir die Hand hin. »Komm, Tessa, wir machen uns ein paar Snacks.«

Als ich Hardins Mutter in die Küche folge, denke ich, dass es wahrscheinlich sowieso keine gute Idee wäre, Hardin beim Umziehen zuzusehen. Ich will es ja langsam angehen lassen. Langsam. Mit Hardin. Keine Ahnung, ob das überhaupt möglich ist. Soll ich Trish sagen, dass ich beschlossen habe, ihm zu verzeihen, oder es versuchen will?

»Cookies?« schlägt sie vor. Ich nicke zustimmend.

»Peanut-Butter-Cookies?«, frage ich und hole das Mehl aus dem Schrank.

Trish sieht mich beeindruckt an. »Du willst welche backen? Ich dachte, wir haben noch eine Packung da, aber wenn du die selber machen kannst, ist das natürlich umso besser!«

»Ich bin keine so tolle Köchin, aber Karen hat mir ein ganz einfaches Peanut-Butter-Cookie-Rezept gezeigt.«

»Karen?« Ach verdammt. Nun habe ich Karen erwähnt, dabei will ich auf keinen Fall, dass Trish sich irgendwie unwohl fühlt. Schnell drehe ich mich zum Backofen um, damit sie meine Verlegenheit nicht sieht.

»Du hast sie kennengelernt?«

Da ich ihren Tonfall nicht einordnen kann, bin ich vorsichtig mit meiner Wortwahl. »Ja … ihr Sohn Landon ist ein Freund von mir … mein bester Freund, um genau zu sein.«

Trish reicht mir einige Schüsseln und einen Löffel. Betont neutral fragt sie: »Oh … und wie ist sie so?«

Ich wiege das Mehl ab und gebe es in eine große Rührschüssel. Dabei vermeide ich jeglichen Blickkontakt. Was soll ich darauf nur antworten? Lügen will ich nicht, aber ich weiß auch nicht, wie sie zu Ken oder seiner neuen Frau steht.

»Du kannst es mir ruhig sagen«, versichert mir Trish.

»Sie ist sehr nett«, gebe ich zu.

Trish nickt etwas angespannt. »Das habe ich mir schon gedacht.«

»Tut mir leid, ich wollte sie nicht erwähnen. Ist mir einfach rausgerutscht«, entschuldige ich mich.

Sie reicht mir ein Stück Butter. »Liebes, mach dir deswegen bitte keine Gedanken. Ich habe wirklich nichts gegen diese Frau. Klar, ich würde natürlich gerne hören, dass sie ein scheußliches Monster ist.« Sie lacht, was mich unheimlich erleichtert. »Aber ich bin froh, dass Hardins Vater glücklich ist. Ich fände es nur schön, wenn Hardin nicht mehr so wütend auf ihn wäre.«

»Er hat –«, setze ich an, doch in dem Moment kommt Hardin in die Küche.

»Er hat was?«, hakt sie nach.

Mein Blick wandert zu ihm, dann wieder zu Trish. Es steht mir nicht zu, ihr davon zu erzählen, dass Ken und Hardin Kontakt haben, wenn Hardin noch nichts davon gesagt hat. »Worüber redet ihr?«, fragt er.

»Über deinen Vater«, antwortet sie. Er wird blass. Seinem Gesichtsausdruck nach hatte er wohl nicht vor, mit ihr darüber zu sprechen.

»Ich wusste nicht …«, versuche ich ihm zu erklären, doch er bringt mich mit erhobener Hand zum Schweigen.

Ich hasse es, dass er immer alles für sich behält, doch vermutlich wird sich daran nicht viel ändern.

»Schon in Ordnung, Tess. Ich habe ihn … in letzter Zeit manchmal getroffen.« Hardin wird rot.

Instinktiv gehe ich zu ihm und stelle mich neben ihn. Da ich erwartet hatte, dass er wütend ist und seine Mutter anlügt, bin ich jetzt froh, dass ich mich getäuscht habe.

»Wirklich?« Trish klingt höchst überrascht.

»Ja. Tut mir leid, Mom. Bis vor ein paar Monaten hatte ich nichts mit ihm zu tun, aber dann habe ich im Suff sein Wohnzimmer auseinandergenommen … Danach habe ich ein paarmal dort übernachtet, und wir waren auf der Hochzeit.«

»Du hast wieder getrunken?« Ihre Augen werden feucht. »Hardin, bitte sag mir, dass du nicht wieder mit dem Trinken angefangen hast?«

»Keine Sorge, Mom, nur ein Ausrutscher. Nicht so wie früher«, versichert er ihr.

Nicht so wie früher? Ich weiß, dass Hardin viel zu viel getrunken hat, aber so wie Trish reagiert, muss es deutlich schlimmer gewesen sein, als er angedeutet hat.

»Bist du sauer, Mom, dass ich mich mit ihm getroffen habe?«, fragt er. Ich lege ihm die Hand auf den Rücken, um ihn irgendwie zu trösten.

»Ach, Hardin, ich würde doch nie sauer sein, weil du Kontakt zu deinem Vater hast! Ich bin bloß überrascht, das ist alles. Du hättest es mir erzählen können.« Sie blinzelt ein paarmal, wohl um die Tränen zurückzuhalten. »Ich wünsche mir schon so lange, dass du diese Wut hinter dir lassen kannst. Die Zeit damals war schlimm, aber wir haben sie überstanden, und jetzt ist sie Vergangenheit. Dein Vater ist nicht mehr der Mann von damals, und ich bin nicht mehr dieselbe Frau.«

»Das macht es trotzdem nicht wieder gut«, sagt er leise.

»Nein, da hast du recht. Aber manchmal muss man loslassen, damit man weitermachen kann. Ich bin wirklich froh, dass du ihn siehst. Das tut dir gut. Der Grund, weshalb ich dich hierhergeschickt habe … also zumindest einer der Gründe, war, dass du ihm verzeihen sollst.«

»Ich habe ihm nicht verziehen.«

»Solltest du aber.« Ihr Tonfall ist ernst. »Ich habe es.«

Hardin stützt die Ellenbogen auf die Arbeitsplatte und senkt den Kopf, während ich ihm den Rücken streichele. Als Trish das sieht, zwinkert sie mir zu. Ich bewundere sie sehr, noch mehr als zuvor. Sie ist so stark und liebevoll, obwohl von ihrem Sohn so wenig zurückkommt. Es wäre schön, wenn es jemanden in ihrem Leben gäbe, so wie Ken Karen hat.

Offenbar denkt Hardin genau dasselbe, denn er schüttelt den Kopf und sagt: »Aber er wohnt in diesem Angeberschuppen, fährt diese teuren Schlitten. Und er hat eine neue Frau … und du bist allein.«

»Ich mache mir nichts aus seinem Haus oder seinem Geld«, versichert sie ihm. Dann lächelt sie. »Und wie kommst du drauf, dass ich alleine bin?«

»Was?« Er hebt den Kopf.

»Du brauchst gar nicht so überrascht zu klingen! Ich bin eine ziemlich gute Partie, mein Sohn.«

»Du hast einen Freund? Wen?«

»Mike.« Sie errötet, und mir wird warm ums Herz.

Hardin bleibt der Mund offen stehen. »*Mike?* Dein Nachbar Mike?«

»Ja, mein Nachbar. Er ist ein sehr netter Mann.« Sie lacht und sieht mich verschwörerisch an. »Außerdem ist es ausgesprochen praktisch, dass er direkt nebenan wohnt.«

Hardin geht nicht darauf ein. »Und wie lange geht das schon? Wieso hast du mir nichts davon erzählt?«

»Ein paar Monate. Es ist nichts Ernstes … zumindest noch nicht. Außerdem glaube ich nicht, dass ich ausgerechnet *dich* um Beziehungsratschläge bitten sollte«, zieht sie ihn auf.

»Aber warum Mike? Der ist doch irgendwie …«

»Wage es ja nicht, auch nur ein schlechtes Wort über ihn zu sagen. Du bist noch nicht zu alt, um den Hintern versohlt zu bekommen«, droht sie ihm grinsend.

Spielerisch hebt er die Arme. »Schon gut … schon gut …«

Hardin ist deutlich lockerer als noch heute Morgen. Die Anspannung zwischen uns ist fast vollständig verschwunden, und es macht mich richtig glücklich, ihn mit seiner Mutter herumalbern zu sehen.

Fröhlich verkündet Trish. »Ausgezeichnet! Dann such ich jetzt mal den Film aus, und ihr dürft nur ins Wohnzimmer, wenn ihr Cookies mitbringt.« Damit lässt sie uns in der Küche allein.

Ich mache mich wieder ans Verrühren der Zutaten. Als ich meinen Finger abschlecke, meint Hardin: »Das ist aber nicht sonderlich hygienisch.« Wie hilfreich.

Daraufhin stecke ich meinen Finger absichtlich wieder in die Schüssel, um noch mehr klebrigen Teig herauszufischen. »Hier, probier mal.« Ich halte ihm die Hand hin. Eigentlich dachte ich, er würde den Teig mit seinem Finger abstreifen, doch stattdessen nimmt er meinen Finger in den Mund. Bei der Berührung stockt mir der Atem, und ich sage mir vor, dass er einfach nur den Teig ableckt … auch wenn er mir dabei tief in die Augen sieht. Und mit seiner warmen Zunge meinen Finger umkreist. Auch wenn die Temperatur in der Küche auf einmal deutlich gestiegen zu sein scheint, mein Herz laut in meiner Brust hämmert und mein Körper Feuer gefangen hat.

»Ich denke, das reicht jetzt«, krächze ich und ziehe meinen Finger aus seinem Mund.

Er schaut mich an, vielsagend und sexy. »Später dann mehr.«

Der Teller mit den Cookies ist nach zehn Minuten leer. Zugegebenermaßen bin ich stolz auf meine frisch erworbenen Backkünste. Trish lobt mich ebenfalls, und Hardin futtert mehr als die Hälfte davon, was an sich schon ein Kompliment ist.

»Ist es schlimm, dass mir an Amerika diese Cookies bisher am besten gefallen?«

»Ja, das ist wirklich sehr traurig«, zieht Hardin sie auf. Ich kichere.

»Tessa, ich glaube, die musst du jeden Tag backen, solange ich da bin.«

»Klingt gut.« Lächelnd lehne ich mich an Hardin, der einen Arm hinter meinem Rücken durchschlängelt. Ich schlage die Beine unter, damit ich noch ein Stückchen näher zu ihm hinrutschen kann.

Gegen Ende des Films schläft Trish ein, und damit wir ihn zu Ende schauen können, ohne sie zu wecken, dreht Hardin die Lautstärke etwas runter. Als der Abspann läuft, habe ich mich in ein heulendes Wrack verwandelt. Hardin gibt sich keine Mühe, seine Belustigung darüber zu verbergen. Das war einer der traurigsten Filme, die ich in meinem ganzen Leben gesehen habe. Keine Ahnung, wie Trish dabei einschlafen konnte.

»Das war ja furchtbar. Toll, aber schrecklich traurig«, schluchze ich.

»Bedank dich bei meiner Mom. Ich wollte was Lustiges, und was schauen wir? *The Green Mile*. Ich hab dich gewarnt.« Er zieht mich an sich und drückt mir einen zärtlichen Kuss auf die Stirn. »Wir können ja drüben noch eine Folge *Friends* schauen, damit du nicht mehr daran denken musst, wie er stirbt –«

»Hardin! Nicht drüber reden!«, stöhne ich.

Er lacht leise, steht auf und zieht mich an beiden Armen von der Couch hoch. Im Schlafzimmer schaltet er zuerst das Licht und dann den Fernseher an.

Als er danach die Tür abschließt und mich mit seinen leuchtenden grünen Augen und den kleinen teuflischen Grübchen ansieht, durchfährt mich ein Schauer.

35

Hardin

»Ich zieh mich schnell um«, verkündet Tessa, bevor sie, immer noch mit dem Taschentuch in der Hand, hinter der Schranktür verschwindet.

Ihre Augen sind gerötet vom Weinen. Ich wusste, dass er sie mitnehmen würde, wobei ich zugeben muss, dass ich mich darauf gefreut hatte. Nicht weil sie traurig sein soll, sondern weil ich es einfach liebe, wie sehr sie mitfiebert. Sie gibt sich der Macht der Fiktion völlig hin, ob nun in einem Film oder einem Roman, und taucht vollkommen in die Handlung ein. Das ist faszinierend.

Nur mit Shorts und ihrem weißen Spitzen-BH bekleidet taucht sie wieder auf.

Holy Shit. Ich versuche gar nicht erst, subtil zu sein, sondern starre sie offen an.

»Meinst du, du könntest vielleicht … du weißt schon, mein T-Shirt anziehen?«, frage ich sie. Ich bin mir nicht sicher, was sie davon hält, aber ich vermisse es, dass sie in meinen Shirts ins Bett geht.

»Sehr gern.« Lächelnd nimmt sie sich mein getragenes T-Shirt oben aus dem Wäschekorb.

»Gut.« Ich versuche, mir meine Erregung nicht anmerken zu lassen. Dafür beobachte ich genau, wie ihre Brüste oben aus der Spitze quellen, als sie die Arme hebt.

Hör auf, sie anzustarren. Langsam, sie will es langsam angehen. Ich kann langsam … ganz langsam … in sie hinein- und aus ihr herausgleiten. Mann, was ist bloß los mit mir, verdammt? Als ich gerade den Blick abwenden will, fasst sie sich unters T-Shirt und zieht dann den BH durch einen Ärmel heraus … *Verflucht.*

»Stimmt was nicht?«, erkundigt sie sich und klettert aufs Bett.

»Nein.« Ich schlucke trocken, während sie den Haargummi aus ihrem Pferdeschwanz zieht. Als das Haar ihr in blonden Wellen auf die Schultern fällt, schüttelt sie langsam den Kopf. *Das macht sie mit Absicht.*

»Na dann …« Sie legt sich oben aufs gemachte Bett. *Sie könnte sich ruhig zudecken, damit sie nicht so … nackt ist.*

Fragend sieht sie mich an. »Kommst du ins Bett?«

Mir war gar nicht aufgefallen, dass ich immer noch an der Tür stehe. »Klar …«

»Ich weiß, das ist jetzt ein bisschen merkwürdig, wo wir uns noch nicht wieder aneinander gewöhnt haben, aber du brauchst nicht so … distanziert sein«, sagt sie nervös.

»Ich weiß.« Auf dem Weg zum Bett halte ich mir die Hände vor den Schritt, um ein gewisses Körperteil zu verbergen.

»Wobei es lange nicht so komisch ist, wie ich dachte.« Ihre Stimme ist fast ein Flüstern.

»Ja …« Ich bin erleichtert, denn ich hatte Angst, dass es nicht mehr so sein könnte wie früher und dass sie irgendwie zurückhaltend und eben nicht die Tess ist, die ich so liebe. Bisher sind es zwar erst ein paar Stunden, aber ich hoffe, dass es so bleibt. Mit ihr ist es so einfach, so verdammt einfach, und gleichzeitig doch verdammt schwierig.

Nun legt sie ihre kleine Hand auf meine und kuschelt sich an meine Brust. »Aber du bist irgendwie komisch. Was beschäftigt dich?«, fragt sie.

»Ich bin einfach froh, dass du noch da bist, das ist alles.« *Und ich kann nicht aufhören mir vorzustellen, wie ich mit dir schlafe,* füge ich im Stillen hinzu. Es geht nicht mehr bloß darum, Tessa rumzukriegen, sondern um mehr. Um viel mehr. Jetzt will ich so eng mit ihr verbunden sein, wie es nur geht. Ich will, dass sie mir vollkommen vertraut. Mir tut es immer noch irre weh, wenn ich daran denke, wie sehr sie mir vertraut hat und wie ich dieses Vertrauen zerstört habe.

»Das ist doch aber nicht alles«, hakt sie nach.

Ich nicke zögerlich, woraufhin sie mit dem Finger eine unsichtbare Linie von meiner Schläfe bis zum Silberring in meiner Augenbraue zeichnet.

»Was ich denke, ist aber schrecklich«, gebe ich zu. Ich möchte nicht, dass sie glaubt, sie wäre für mich nur ein Objekt. Dass ich sie bloß benutzen will. Einerseits will ich nicht, dass sie weiß, was mir durch den Kopf geht, andererseits kann ich ihr nicht weiterhin Dinge verschweigen. Ich muss ehrlich zu ihr sein, jetzt und auch sonst.

Sie schaut mich besorgt an, und das tut mir weh. »Bitte, sag's mir.«

»Ich … also, ich hab mir vorgestellt … dich zu vögeln … ich meine, *mit dir zu schlafen*.«

»Oh«, sagt sie sanft, die Augen geweitet.

»Ich weiß, ich bin ein Arsch«, stöhne ich und wünsche mir, ich hätte gelogen.

»Nein … nein, bist du nicht.« Sie wird rot. »Ich hab mehr oder weniger an das Gleiche gedacht.« Als wolle sie mich weiter reizen, zieht sie die Unterlippe zwischen die Zähne.

»Ach, wirklich?«

»Ja … Ich meine, es ist schon eine Weile her … also mal abgesehen von Seattle, wo ich ja total betrunken war.«

In ihrem Gesicht sehe ich nicht das geringste Anzeichen dafür, dass sie mir meine mangelnde Selbstbeherrschung letztes Wochenende vorwirft. Stattdessen sehe ich, wie peinlich ihr die Erinnerung daran ist. Meine Boxershorts werden beim Gedanken an diese Nacht ziemlich eng.

»Ich will nicht, dass du denkst, ich würde dich benutzen … nach alldem«, erkläre ich.

»Hardin, ich denke gerade viel, aber das nicht. Stimmt, ich sollte es wahrscheinlich, tue ich aber nicht.«

Ich hatte solche Angst, dass meine Dummheit unsere Intimität irgendwie zerstört hat. »Bist du sicher? Denn ich will nicht noch mal Scheiße bauen.«

Als Antwort nimmt sie meine Hand und legt sie zwischen ihre Schenkel.

Fuck. Mit der anderen Hand packe ich ihre Taille und ziehe sie an mich. Sekunden später knie ich über ihr, ein Bein zwischen ihren Beinen. Zuerst bedecke ich die weiche Haut ihres Halses mit hitzigen, schnellen Küssen. Sie schiebt mein T-Shirt hoch. Meine Zunge hinterlässt eine feuchte Spur, als ich ihr Schlüsselbein und dann den Ansatz ihrer Brüste küsse. Fieberhaft zieht sie an meinem Shirt und meiner Hose gleichzeitig, bis ich ihr helfe und schließlich nur noch meine Boxers trage.

Ich will jede Stelle ihres Körpers berühren, jeden Zentimeter Haut, jede Rundung, jede Kuhle. Mein Gott, wie schön sie ist. Als ich mich zu ihrem Bauch vorarbeite, vergräbt sie die Finger in meinem Haar und zieht daran. Sanft beiße ich in ihre samtige Haut. Ihre Shorts und ihr Slip landen auf dem Fußboden, und meine Zunge liebkost die Stelle an ihrer Hüfte.

Ich erkunde ihren Körper, als wäre es das erste oder letzte Mal, doch sie treibt mich an, indem sie stöhnt: »Hardin … bitte …«

Ich bringe den Mund an ihre empfindlichste Stelle und lecke sie sanft. Ihr Geschmack ist köstlich und berauscht mich. »O Gott«, keucht sie und zieht fester an meinen Haaren.

Sie hebt ihr Becken und drückt es an meine Zunge. Als ich mich zurückziehe, wimmert sie. Ich liebe es, dass sie mich genauso verzweifelt will wie ich sie. Aus der Nachttischschublade hole ich ein Kondom und reiße die Verpackung mit den Zähnen auf.

Tessa blickt mich an, so wie ich sie, und ich beobachte, wie sich ihre Brust erwartungsvoll hebt und senkt. Bevor ich meine Boxershorts ausziehe, drücke ich ihr einen Kuss auf die Wange, und mein Schwanz ruht einige Herzschläge lang an ihrem Schenkel.

Dann richte ich mich auf und streife das Kondom über. »Beweg dich nicht.«

Sie gehorcht, bis ich wieder zwischen ihren Beinen bin. Die Vorfreude ist berauschend. Ich bin so hart, dass es wehtut.

»Du bist immer so nass für mich, Baby.« Das überrascht mich immer wieder, während ich den Finger in ihre Feuchtigkeit tauche und ihr dann an den Mund halte, um sie kosten zu lassen. Sie ist zwar schüchtern, protestiert aber nicht, sondern leckt ihn gehorsam ab. Gleichzeitig gleite ich in sie hinein. Was für ein herrliches Gefühl, und wie sehr habe ich es vermisst. »O verdammt«, fluche ich, als sie vor Erleichterung stöhnt.

Der Schmerz in mir löst sich auf, während ich mich in ihr versenke, sie vollkommen ausfülle. Sie biegt den Kopf nach hinten, will mehr, aber ich lasse absichtlich die Hüften nur langsam kreisen, bevor ich mich wieder zurückziehe und aufs Neue zustoße.

»Mehr ... Hardin, bitte.«

Fuck, wie ich es liebe, sie betteln zu hören. »Nein, Baby ... ich will dieses Mal langsam machen.« Noch einmal kreise ich mit den Hüften. Ich will jede einzelne Sekunde genießen. Ich will, dass es länger dauert, und dass sie spürt, wie sehr ich sie liebe, wie sehr ich bereue, sie verletzt zu haben, und dass ich alles, alles für sie tun würde. Ich bringe meinen Mund an ihren und streichele ihre Zunge mit meiner. Als sie die Fingernägel fest in meinen Bizeps krallt, stöhne ich auf. Das wird Spuren hinterlassen, das spüre ich schon jetzt.

»Ich liebe dich ... Ich liebe dich so sehr«, flüstere ich, während ich das Tempo leicht steigere. Ich weiß, dass ich sie mit meinen langsamen, aufreizenden Bewegungen quäle.

»Ich … Ich liebe dich auch«, stöhnt sie, und ihre Beine fangen an zu zittern. Gleich kommt sie, das weiß ich.

Wie gerne würde ich uns beide jetzt sehen: miteinander verschmolzen, und doch so verschieden. Der Kontrast zwischen ihrer weichen, hellen Haut und der schwarzen Tinte auf meiner, während ihre Hände an meinen Armen auf und ab wandern. Fantastisch. Dunkelheit trifft Licht. Chaotische Perfektion. Es ist alles, was ich fürchte, alles, was ich will und alles, was ich brauche.

Als ihr Stöhnen lauter wird, lege ich ihr schnell die Hand auf den Mund, damit sie draufbeißen kann. »Schhh … lass dich fallen, Baby.«

Meine Stöße werden schneller, bis ihr weicher Körper sich unter mir anspannt und sie meinen Namen keucht. Sekunden später komme auch ich, von ihr berauscht. Sie ist die perfekte Droge. »Sieh mich an«, flüstere ich. Als ich in ihre Augen blicke, ist es um mich geschehen. Alles, alles fließt aus mir, ihr Körper erschlafft, und wir liegen keuchend ineinander verschlungen da, bis ich das Kondom abstreife und es in den Mülleimer neben dem Bett fallen lasse.

Als ich von ihr herunterrutschen will, hält Tessa meine Arme fest. Ich lächele und bleibe so, aber stütze mich auf die Ellbogen, um sie nicht mit meinem ganzen Gewicht zu erdrücken. Tessa streichelt meine Wange und malt mit dem Daumen kleine Kreise auf meine verschwitzte Haut.

»Ich liebe dich«, sagt sie leise.

»Ich liebe dich auch«, antworte ich und lege den Kopf auf ihre Brust.

Meine Augenlider werden schwer, während ihre Atemzüge immer tiefer werden. Schließlich schlafe ich zum gleichmäßigen Pochen ihres Herzschlags ein.

36

Tessa

Hardins Kopf liegt schwer auf meinem Bauch, als mich mein Handy auf dem Nachttisch weckt. So behutsam wie möglich schiebe ich Hardin von mir runter. Auf dem Display leuchtet der Name meiner Mutter. Ich stöhne, aber dann gehe ich doch ran.

»Theresa?«, bellt sie in den Hörer.

»Ja.«

»Wo bist du, und wann wirst du hier sein?«, will meine Mutter wissen.

»Ich komme nicht.«

»Tessa, es ist Heiligabend. Ich weiß, du bist sauer wegen der Sache mit deinem Vater, aber es ist Weihnachten. Du kannst doch nicht alleine in irgendeinem Hotel sitzen.«

Ich habe schon ein leicht schlechtes Gewissen, nicht zu meiner Mutter zu fahren. Sie ist zwar kein sonderlich liebenswerter Mensch, aber außer mir hat sie niemanden, und es ist Weihnachten. Trotzdem sage ich: »Mutter, ich kann den weiten Weg nicht fahren. Draußen schneit es wie verrückt, und ich will auch gar nicht kommen.«

Neben mir regt sich Hardin. Gerade als ich ihm signalisieren will, nichts zu sagen, öffnet er den Mund. »Was ist los?«, fragt er. Ich höre, wie meine Mutter nach Luft schnappt.

»Theresa Young! Was *denkst* du dir eigentlich dabei?«, keift sie.

»Mutter, ich werde das jetzt nicht diskutieren.«

»Das ist er, oder? Ich kenne doch diese Stimme!«

Es gibt schönere Arten aufzuwachen. Ich schiebe Hardin beiseite, setze mich auf und ziehe mir die Decke bis über die Brust. »Mutter, ich werde das Gespräch jetzt beenden.«

»Wage es ja nicht, aufzule–«

Doch ich tue es tatsächlich! Dann schalte ich mein Handy auf stumm. Natürlich hätte sie es früher oder später herausgefunden. Ich hatte nur gehofft, es würde später sein.« »Tja, jetzt weiß sie, dass wir wieder ... wir sind. Sie hat dich gehört und flippt nun total aus.« Ich halte Hardin mein Telefon hin, damit er die zwei Anrufe von ihr in der letzten Minute sehen kann.

Er schmiegt sich von hinten an mich. »Sie hätte es ohnehin erfahren, da ist es doch fast besser, dass es so passiert ist.«

»Nicht wirklich. Es wäre besser gewesen, wenn ich es ihr erzählt hätte und sie nicht zufällig deine Stimme im Hintergrund gehört hätte.«

Er zuckt mit den Schultern. »Kommt aufs selbe raus. Sie wäre so oder so ausgetickt.«

»Trotzdem.« Ich ärgere mich ein bisschen über ihn. Er kann sie zwar nicht leiden, aber sie ist immerhin meine Mutter, und ich wollte nicht, dass sie es so herausfindet. »Du könntest ruhig ein bisschen sensibler sein.«

Er nickt. »Tut mir leid.«

Ich habe mit einer ruppigen Antwort gerechnet. Was für eine angenehme Überraschung.

Hardin lächelt und zieht mich wieder zu sich herunter. »Liebste Daisy, möchtest du, dass ich dir Frühstück mache?«

»Daisy?«, frage ich erstaunt.

»So früh am Morgen habe ich es noch nicht so mit den Zitaten der Weltliteratur, aber du hast ziemlich schlechte Laune, also ... hab ich dich Daisy genannt.«

»Daisy Buchanan hatte keine schlechte Laune. Und ich auch nicht«, schnaube ich empört, doch ich kann mir das Lächeln nicht verkneifen.

Er lacht. »Doch, hast du. Und woher willst du überhaupt wissen, von welcher Daisy ich spreche?«

»Es gibt doch nur ein paar, und ich kenne dich gut genug.«

»Ach ja?«

»Ja. Und dein Versuch, mich zu beleidigen, ist gründlich in die Hose gegangen«, ziehe ich ihn auf.

»Ja … ja … Mrs. Bennet«, gibt er zurück.

»Da du *Mrs.* gesagt hast, nehme ich an, du sprichst von der Mutter und nicht von Elizabeth, was also bedeutet, dass du denkst, dass ich unausstehlich bin. Andererseits bist du heute Morgen ja tatsächlich ziemlich daneben, also meinst du vielleicht in Wirklichkeit, dass ich bezaubernd bin? Du bist ganz schön verwirrend.« Ich grinse.

»Schon gut … schon gut … Mein Gott.« Er lacht. »Da macht man einen einzigen schlechten Witz, und schon ist man unten durch.«

Nach und nach löst sich mein Ärger auf, und ich albere weiter mit ihm herum. Als wir schließlich aufstehen, meint Hardin, ich solle ruhig im Pyjama bleiben, da wir ja nicht rausgehen. Bei meiner Mutter müsste ich die besten Sonntagsklamotten tragen.

»Du könntest einfach das T-Shirt da anziehen.« Er zeigt auf sein Shirt am Boden.

Lächelnd hebe ich es auf und ziehe es an, dazu Sweatpants. Habe ich in Noahs Gegenwart je Sweats getragen? Bis vor Kurzem habe ich mich zwar kaum geschminkt, aber ich war immer richtig angezogen. Was Noah wohl gedacht hätte, wenn wir die Tage so verbracht hätten. Schon lustig irgendwie: Ich dachte immer, ich wäre in seiner Gegenwart total entspannt und ich selbst, weil wir uns schon so lange kennen, dabei kannte er mich in Wirklichkeit überhaupt nicht. Er kannte mein wahres Ich nicht, das Ich, das ich mich erst zu zeigen traue, seit ich Hardin kenne.

»Fertig?«, erkundigt sich Hardin.

Ich nicke und binde mir noch schnell die Haare zu einem losen Knoten. Dann schalte ich das Handy ganz aus, lege es auf die Kommode und folge Hardin ins Wohnzimmer. Der köstliche Duft nach frischem Kaffee zieht durch die Wohnung. Trish steht am Herd und macht Pancakes.

Lächelnd dreht sie sich zu uns um. »Frohe Weihnachten!«

»Es ist doch noch gar nicht richtig Weihnachten«, entgegnet Hardin, und ich werfe ihm einen warnenden Blick zu. Er verdreht die Augen, grinst dann aber seine Mutter an. Ich schenke mir eine Tasse Kaffee ein, bedanke mich bei Trish fürs Frühstück, und wir setzen uns an den Tisch, während sie uns erzählt, dass ihre Großmutter ihr diese Sorte Pancakes beigebracht hat. Hardin hört aufmerksam zu und lächelt sogar ein bisschen.

Als wir unsere *köstlichen* Himbeer-Pancakes essen, erkundigt sich Trish: »Wollen wir denn unsere Geschenke heute schon auspacken? Ich nehme mal an, Tessa, du fährst morgen zu deiner Mutter?«

Ich weiß nicht, was ich darauf sagen soll, und suche verzweifelt nach Worten. »Ich bin … also, um ehrlich zu sein … ich habe versprochen –«

»Sie feiert morgen mit Dad und Co. Sie hat es Landon versprochen, und da sie seine einzige Freundin ist, kann sie schlecht absagen«, schaltet sich Hardin ein.

Ich bin dankbar, dass er mir da raushilft, aber mich als Landons einzige Freundin zu bezeichnen, ist irgendwie gemein … Wobei, vielleicht stimmt das ja. Er ist schließlich auch mein einziger Freund.

»Oh … verstehe. Aber du kannst mir so etwas ruhig erzählen. Ich habe überhaupt kein Problem damit, dass du Zeit mit Ken verbringst«, sagt Trish. Wen von uns beiden meint sie wohl damit?

Hardin schüttelt den Kopf. »Ich gehe nicht mit. Tessa sagt ihnen, dass wir nicht kommen.«

Trish hält mitten im Kauen inne. »Wir? Sie haben mich auch eingeladen?« Sie klingt sehr überrascht.

»Ja ... Sie wollten, dass ihr beide kommt«, erkläre ich.

»Warum?«, fragt sie.

»Ich weiß nicht.« Ich weiß es wirklich nicht. Weil Karen so lieb ist und alles dafür tut, die Kluft zwischen ihrem Mann und seinem Sohn zu überbrücken? Eine andere Erklärung fällt mir auch nicht ein.

»Ich gehe nicht hin. Keine Sorge, Mom.«

Trish kaut nachdenklich weiter. »Vielleicht sollten wir doch hingehen«, meint sie schließlich und überrascht damit sowohl Hardin als auch mich.

»Warum willst du da hin?« Er sieht sie finster an.

»Ich weiß auch nicht ... Ich habe deinen Vater seit zehn Jahren nicht mehr gesehen. Ich glaube, ich bin es mir selbst und auch ihm schuldig, mir anzuschauen, wie er sein Leben in den Griff bekommen hat. Außerdem willst du doch an Weihnachten mit Tessa zusammen sein.«

»Ich könnte aber auch hierbleiben«, biete ich an. Ich will nur ungern absagen, aber ich möchte auch nicht, dass Trish sich gedrängt fühlt.

»Nein, wirklich. Ich mein's ernst. Wir sollten hingehen – alle drei.«

»Bist du sicher?« Hardin klingt nicht überzeugt.

»Ja ... so schlimm wird's schon nicht werden.« Sie lächelt. »Außerdem, stell dir nur mal vor, wie lecker das Essen sein wird, wenn Kathy Tessa beigebracht hat, diese Cookies zu backen.«

»Karen, Mom. Sie heißt Karen.«

»Ach komm! Sie ist die neue Frau meines Exmanns, und ich lasse mich dazu herab, Weihnachten mit ihr zu feiern. Da kann ich sie doch wohl nennen, wie ich will«, meint sie lachend, und ich stimme mit ein.

»Dann sage ich Landon mal Bescheid, dass wir alle kommen.« Nie hätte ich gedacht, dass ich Weihnachten mit Hardin und seiner Familie verbringen würde. Noch dazu seiner ganzen Familie. Aber die ganze letzte Zeit war komplett anders als erwartet.

Als ich mein Handy einschalte, habe ich drei Nachrichten auf der Mailbox, die ich alle ignoriere. Bestimmt von meiner Mutter. Stattdessen wähle ich Landons Nummer.

»Hallo, Tessa! Frohe Weihnachten!«, begrüßt er mich, gut gelaunt wie immer.

»Auch dir schöne Weihnachten, Landon.«

»Danke! Sag jetzt ja nicht, du rufst an, um abzusagen.«

»Nein, natürlich nicht. Eher das Gegenteil. Ich wollte fragen, ob es immer noch in Ordnung ist, wenn Hardin und Trish morgen auch mitkommen?«

»Im Ernst? Sie wollen mitkommen?«

»Ja …«

»Heißt das, du und Hardin, dass ihr …«

»Mmhm … Ich weiß, ich bin dämlich …«

»Das hab ich nicht gesagt«, meint er.

»Ich weiß, aber gedacht hast du's –«

»Nein, hab ich nicht. Wir können uns gerne morgen darüber unterhalten, aber wenn du eins nicht bist, dann ist das dämlich.«

»Danke.« Das meine ich wirklich so. Vermutlich ist er der Einzige, der mich deswegen nicht kritisiert.

»Dann sag ich meiner Mom, dass ihr alle kommt. Sie wird begeistert sein«, meint er zum Abschied.

Als ich zurück ins Wohnzimmer komme, haben Hardin und Trish bereits ihre Geschenke auf dem Schoß. Auf der Couch liegen zwei Päckchen, die offenbar für mich sind.

»Ich zuerst!«, ruft Trish und reißt das Schneeflöckchenpapier auf.

Strahlend nimmt sie den Jogginganzug heraus, den ich für sie ausgesucht habe. »Ich liebe die! Woher wusstest du das nur?« Sie zeigt auf den grauen, den sie anhat.

»Nicht sonderlich einfallsreich, ich weiß«, entschuldige ich mich.

Sie kichert. »Ach Quatsch, der ist doch schön«, versichert sie mir, bevor sie das zweite Päckchen öffnet. Nachdem sie den Inhalt einen Moment lang betrachtet hat, drückt sie Hardin ganz fest und hält dann eine Kette mit dem Anhänger *Mom* in die Höhe. Auch der warme Schal, den er ihr gekauft hat, scheint ihr zu gefallen.

Ich hätte doch etwas für Hardin besorgen sollen. Eigentlich wusste ich doch die ganze Zeit, dass ich zu ihm zurückkehren würde, und ich glaube, er wusste es auch. Allerdings hat er kein Geschenk für mich erwähnt, also sind die beiden Päckchen auf meinem Schoß von Trish, was mich sehr erleichtert.

Hardin ist als Nächster dran. Er ringt sich ein Lächeln für seine Mutter ab, fake, aber immerhin, als er die Anziehsachen auspackt, die sie ausgesucht hat. Eines davon ist ein rotes Langarm-Shirt. Ich versuche, mir Hardin in irgendetwas anderem als Schwarz oder Weiß vorzustellen, aber es gelingt mir nicht.

»Du bist dran«, sagt er zu mir.

Nervös ziehe ich die glitzernde Schleife vom ersten Geschenk ab. Ganz offensichtlich hat Trish ein besseres Händchen für Frauenkleidung. Das beweist das pastellgelbe Kleid in der Schachtel. Es ist ein Baby Doll und gefällt mir unheimlich gut.

»Vielen Dank, das ist wunderschön!« Ich umarme sie. Es ist wirklich sehr lieb, dass sie an mich gedacht hat. Schließlich hat sie mich gerade erst kennengelernt, aber es ist, als würden wir uns schon ewig kennen.

Das zweite Päckchen ist kleiner, aber mit so viel Tesafilm umwickelt, dass es sich ziemlich schwer öffnen lässt. Als ich mich schließlich durch die Verpackung gearbeitet habe, fällt mir ein Armband entgegen. Es ist eine Art Charm Bracelet, aber so eins habe ich noch nie gesehen. Ich streiche mit den Fingern die Kettenglieder entlang, um die Charms genauer zu betrachten. Es sind drei Anhänger, alle etwa daumennagelgroß. Zwei sehen aus, als wären sie aus Zinn, der dritte ist weiß … vielleicht Porzellan? Der weiße Anhänger ist ein Unendlichkeitssymbol, das aus zwei Herzen besteht. Genau wie das Tattoo an Hardins Handgelenk. Ich sehe ihn an, und mein Blick wandert sofort zu seiner Tätowierung. Dann studiere ich wieder die Kette. Der zweite Charm ist eine Musiknote und der dritte, etwas größer als die beiden anderen, hat die Form eines Buches. Als ich ihn umdrehe, sehe ich, dass hinten etwas eingraviert wurde:

Woraus auch unsere Seelen gemacht sein mögen, seine und meine gleichen sich.

Ich sehe Hardin an und schlucke mühsam den Kloß in meinem Hals hinunter. Dieses Geschenk ist nicht von seiner Mutter.

Es ist von ihm.

37

Tessa

Hardin ist rot geworden und lächelt nervös, als ich ihn anstarre.

Dann springe ich auf seinen Schoß. In meiner Begeisterung will ich diesem wilden, verrückten Kerl einfach nur nahe sein, und so werfe ich ihn beinahe mit dem Sessel um. Zum Glück ist er stark genug, um zu verhindern, dass wir beide nach hinten umkippen. Ich umarme ihn, so fest ich kann, und erst als er hustet, weil er nicht genug Luft bekommt, lockere ich meinen Griff ein wenig. »Das ist so … Es ist perfekt«, schluchze ich. »Danke. So ein besonderes Geschenk, einfach unglaublich.« Ich lege meine Stirn an seine und schmiege mich an ihn.

»Keine große Sache … wirklich«, meint er schüchtern, und ich wundere mich, dass er das so beiläufig sagt – bis Trish sich hinter mir räuspert.

Schnell klettere ich von seinem Schoß. Ich hatte tatsächlich kurz vergessen, dass wir nicht allein sind. »Sorry!«, entschuldige ich mich bei ihr und setze mich wieder auf meinen Platz auf der Couch.

Sie lächelt wissend. »Du brauchst dich nicht zu entschuldigen, Liebes.«

Hardin schweigt weiter. Da er das vor seiner Mutter nicht kommentieren wird, wechsele ich zunächst das Thema. Was für ein geniales Geschenk! Er hätte für das Charm Bracelet kein passenderes Romanzitat aussuchen können.

»Woraus auch immer unsere Seelen gemacht sind, seine und meine gleichen sich.« Es beschreibt perfekt, was ich für ihn empfinde. Wir sind so verschieden, und doch sind wir genau gleich, wie Catherine und Heathcliff. Ich kann nur hoffen, dass uns nicht dasselbe Schicksal bevorsteht wie den beiden. Vielleicht haben wir ja aus ihren Fehlern gelernt und werden nicht zulassen, dass uns das passiert.

Ich streife das Armband über mein Handgelenk und bewege langsam den Unterarm hin und her, damit die Anhänger sich bewegen. Noch nie habe ich so etwas bekommen. Ich dachte, der E-Reader wäre schon das beste Geschenk aller Zeiten, aber mit diesem hier hat sich Hardin selbst übertroffen. Noah hat mir immer dasselbe geschenkt: Parfüm und Socken. Jedes Jahr. Andererseits bekam er von mir auch jedes Jahr Aftershave und Socken. Das war eben unser Ding – unsere langweilige Routine.

Ich starre immer noch das Armband an, bis ich merke, dass sowohl Hardin als auch Trish mich beobachten. Schnell stehe ich auf und räume den kleinen Berg Geschenkpapier weg.

Mit einem leisen Lachen erkundigt sich Trish: »Und nun, meine Dame, mein Herr, was sollen wir mit dem restlichen Tag anstellen?«

»Ich könnte ein bisschen schlafen«, meint Hardin, und sie verdreht die Augen.

»Um diese Zeit, so früh? Und wir haben doch Weihnachten«, zieht sie ihn auf.

»Zum x-ten Mal: Heilig*abend*. Es ist also noch gar nicht richtig Weihnachten«, mault er, doch dann lächelt er ein bisschen.

»Du bist wirklich unausstehlich.« Sie schlägt im Spaß nach seinem Arm.

»Wie die Mutter, so der Sohn.«

Während sich die beiden aufziehen, stopfe ich gedankenverloren den kleinen Stapel zerknittertes Geschenkpapier in den Mülleimer. Jetzt komme ich mir noch schlechter vor, dass ich für Hardin kein

Geschenk habe. Ich streiche mit dem Finger über das Unendlichkeitssymbol. Er hat mir wirklich ein Charm passend zu seinem Tattoo ausgesucht!

»Bald fertig?«

Ein Kitzeln an meinem Ohr lässt mich erschrocken zusammenzucken. Dann drehe ich mich um und gebe Hardin einen Klaps. »Du hast mich erschreckt!«

»Tut mir leid, Love«, meint er lachend. Mein Herz macht einen Sprung, als er mich »Love« nennt. Es passt nicht zu ihm.

Ich spüre, wie er lächelt, als er mir die Arme um den Bauch schlingt und sein Gesicht an meinem Hals vergräbt. »Legst du dich mit mir eine Runde hin?«

Ich drehe mich zu ihm um. »Nein, ich bleibe so lange bei deiner Mom. Aber«, füge ich lächelnd hinzu, »ich bringe dich noch ins Bett.« Ich bin kein großer Fan von Mittagsschlaf, es sei denn, ich bin wirklich kaputt. Außerdem finde ich es schön, ein bisschen Zeit mit seiner Mutter zu verbringen und noch zu lesen oder so.

Hardin rollt mit den Augen, führt mich aber an der Hand ins Schlafzimmer. Dort zieht er das Shirt über den Kopf und lässt es fallen. Als mein Blick über die vertrauten Tintenzeichen auf seiner Haut wandert, lächelt er mich an. »Gefällt dir das Armband wirklich?«, fragt er auf dem Weg zum Bett, wo er die Dekokissen nimmt und auf den Boden wirft.

»Du bist echt ein Chaot!«, beschwere ich mich. Ich räume die Kissen in die Truhe und lege sein T-Shirt auf die Kommode, bevor ich mich mit meinem E-Reader zu ihm aufs Bett setze. »Aber um deine Frage zu beantworten, ich mag es sehr. Das ist ein ganz besonderes Geschenk. Warum hast du denn nicht gleich gesagt, dass es von dir ist?«

Er zieht mich zu sich herunter und bettet meinen Kopf auf seine Brust. »Weil ich wusste, dass du ohnehin schon ein wahnsinnig schlechtes Gewissen hast, weil du kein Geschenk für mich hast.« Er lacht. »Und dass du dich bestimmt nach meinem supertollen Geschenk noch viel schlechter fühlst.«

»Wow, wie bescheiden«, ziehe ich ihn auf.

»Als ich es hab machen lassen, hatte ich außerdem keinen Schimmer, ob du überhaupt noch mal mit mir reden würdest«, gesteht er.

»Das wusstest du doch genau.«

»Nein, ganz ehrlich. Diesmal warst du anders.«

»Wie denn?« Ich blicke zu ihm auf.

»Ich weiß auch nicht … Anders als die Male vorher, als du nichts mehr mit mir zu tun haben wolltest«, sagt Hardin leichthin und streicht mir dabei mit dem Daumen eine Haarsträhne aus der Stirn.

Ich konzentriere mich auf das Heben und Senken seines Brustkorbs. »Also, ich wusste … Ich meine, ich wollte es nicht zugeben, aber ich wusste, dass ich wiederkommen würde. Das tue ich immer.«

»Ich werde dir keinen Anlass mehr geben, noch einmal zu gehen.«

»Das will ich hoffen.« Ich küsse seine Handfläche. »Das gilt auch für mich.«

Mehr sage ich dazu nicht, denn im Moment ist alles gesagt. Er ist müde, und ich will nicht weiter darüber reden, dass ich weggehen könnte. Innerhalb weniger Minuten ist er eingeschlafen und atmet tief. Weil Hardin mich heute Morgen Daisy genannt hat, habe ich auf einmal Lust, *Den großen Gatsby* wieder zu lesen, deshalb scrolle ich durch die Bibliothek meines E-Readers, um nachzusehen, ob Hardin ihn bereits hochgeladen hat. Natürlich hat er das. Als ich gerade aufstehen und zu Trish hinausgehen will, höre ich eine wütende Frauenstimme im Flur.

»Entschuldigung!«

Meine Mutter. Ich werfe mein Lesegerät aufs Bett und springe auf. *Was will sie hier, verdammt?*

»Sie können da nicht einfach rein!«, höre ich Trish.

Trish. Meine Mutter. Hardin. Dieses Apartment. O Gott. Das kann nicht gut gehen.

Die Tür zum Schlafzimmer fliegt auf, und meine Mutter steht in ihrem roten Kleid und den schwarzen Pumps da. Sie sieht elegant und gleichzeitig bedrohlich aus. Auch ihre gewellten Haare liegen perfekt. Sie sind zu einer Art Beehive hochgesteckt, und ihr Lippenstift leuchtet grellrot, zu grell.

»Ich kann nicht fassen, dass du ausgerechnet hier bist! Nach allem, was passiert ist!«, schreit sie.

»Mutter …«, setze ich an, doch sie dreht sich nach Trish um.

»Und wer, zum Teufel, sind *Sie* überhaupt?« Die Nasen der beiden Frauen berühren sich fast.

»Ich bin seine Mutter«, gibt Trish zurück.

Hardin stöhnt verschlafen, dann öffnet er die Augen. »What the Fuck?«, sind seine ersten Worte, als er die Furie im blutroten Kleid erblickt.

Abrupt wendet meine Mutter sich wieder mir zu. »Theresa, wir gehen.«

»Ich gehe nirgends hin. Was machst du überhaupt hier?«, will ich wissen. Schnaubend stemmt sie die Hände in die Hüften.

»Wie ich dir schon gesagt habe: Du bist mein einziges Kind, und ich werde nicht in aller Seelenruhe zusehen, wie du dir wegen diesem … diesem *Arschloch* dein Leben ruinierst.«

Ihre Worte bringen mein Blut zum Kochen, und ich gehe sofort in den Verteidigungsmodus: »Sprich gefälligst nicht so über ihn!«

»Dieses ›Arschloch‹ ist zufällig mein Sohn.« Aus Trishs spitzem Ton ist deutlich herauszuhören, dass auch sie bereit ist, für ihren Sohn in den Ring zu steigen.

»Ihr Sohn *ruiniert* und *verdirbt* meine Tochter«, feuert meine Mutter zurück.

»Raus hier – alle beide!« Hardin springt aus dem Bett.

Meine Mutter schüttelt den Kopf und zeigt beim Lächeln zu viele Zähne. »Theresa, pack deine Sachen, *sofort!*«

Ich konnte es noch nie ausstehen, herumkommandiert zu werden.

»Welchen Teil von *ich bleibe hier* hast du nicht verstanden? Du hattest doch die Gelegenheit, die Feiertage mit mir zu verbringen, aber du konntest ja nicht über deinen Schatten springen.« Ich weiß, ich sollte so nicht mit meiner Mutter sprechen, aber ich kann nicht anders.

»Über meinen Schatten springen? Du glaubst, bloß weil du dir ein paar nuttige Kleider kaufst und lernst, wie man sich schminkt, weißt du auf einmal mehr übers Leben als ich?« Obwohl sie schreit, kommt es mir so vor, als würde sie lachen. Als wäre all das, was ich entschieden habe, nur ein Witz. »Aber da täuschst du dich. Nur weil du dich diesem … diesem *Dreck* hingegeben hast, bist du noch lange keine Frau! Du bist bloß ein kleines Mädchen. Ein naives, leicht zu beeindruckendes kleines Mädchen. Und jetzt pack deine Sachen, bevor ich es für dich tue.«

»Sie rühren ihre Sachen *nicht* an«, knurrt Hardin. »Und Tessa geht nirgends mit Ihnen hin. Sie bleibt hier bei mir, wo sie hingehört.«

Meine Mutter stürzt sich beinahe auf ihn, von Lachen keine Spur mehr. »Wo sie hingehört? Wo hat sie denn hingehört, als sie in einem verdammten Motel übernachtet hat, weil Sie ihr das angetan haben? Sie sind Gift für Tessa – und sie wird nicht hierbleiben.«

»Die beiden sind erwachsen«, mischt Trish sich ein. »Tessa ist volljährig. Wenn sie bleiben will, gibt es nichts, was –«

Meine Mutter funkelt Trish wütend an, doch deren Blick ist ebenso stahlhart. Das totale Desaster. Ich öffne den Mund, doch meine Mutter kommt mir zuvor.

»Wie können Sie dieses verdorbene Verhalten auch noch verteidigen! Nach dem, was er Theresa angetan hat, gehört er weggesperrt!«, kreischt sie.

»Offensichtlich hat Tessa beschlossen, ihm zu verzeihen. Das werden Sie akzeptieren müssen«, meint Trish kühl. Zu kühl. Sie wirkt wie eine Schlange, die sich täuschend langsam heranschlängelt, sodass man nicht mit einem Angriff rechnet. Doch wenn er kommt, ist man erledigt. In diesem Fall ist meine Mutter die Beute, und momentan hoffe ich einfach nur, dass Trishs Biss richtig giftig ist.

»Ihm verzeihen? Es war alles nur ein Spiel. Er hat ihre Unschuld geraubt – um eine Wette mit seinen Freunden zu gewinnen. Und dann hat er auch noch damit angegeben, während sie hier schon das Nest gebaut hat!«

Trishs entsetzter Laut bringt uns alle zum Schweigen. Mit offenem Mund starrt sie ihren Sohn an. »Was …«

»Ach, das wussten Sie nicht? Wollen Sie damit etwa sagen, – Überraschung! – der Heuchler hat sogar seine eigene Mutter angelogen? Wer hätte das gedacht! Sie tun mir leid. Kein Wunder, dass Sie ihn verteidigen.« Meine Mutter schüttelt den Kopf. »Ihr Sohn hat mit seinen Freunden gewettet, um Geld gewettet, dass er Tessa entjungfern kann. Er hat sogar die Beweise dafür aufbewahrt und auf dem ganzen Campus herumgezeigt.«

Ich bin wie versteinert. Mein Blick ist starr auf unsere Mütter gerichtet, denn ich traue mich nicht, Hardin anzusehen. An der Art, wie sich seine Atmung verändert, merke ich, dass er nicht damit gerechnet hat, dass ich meine Mutter in die Details einweihe. Und er hat recht, denn das würde ich niemals tun. Wie konnte Noah ihr nur davon erzählen? Auch Trish wollte ich die schlimmen Dinge, die ihr Sohn getan hat, eigentlich ersparen. Ich wollte, dass es meine Entscheidung ist, mit wem ich über meine Demütigung spreche und mit wem nicht.

»Beweise?« Trishs Stimme zittert.

»Ja, Beweise. Das Kondom! Ach ja, und die Laken mit Tessas Blut darauf. Keine Ahnung, was er mit dem Geld gemacht hat, aber er hat allen haarklein von ihren … intimen Begegnungen erzählt. Und jetzt sagen Sie mir, ob ich meine Tochter zwingen soll mitzukommen oder nicht.«

Ich spüre, wie es passiert, wie die Stimmung im Raum kippt.

Trish steht nun auf der Seite meiner Mutter. Verzweifelt versuche ich mich an die bröckelnde Klippe zu klammern, die Hardin für mich ist, aber ich kann es an Trishs angewidertem Blick erkennen, den sie ihrem Sohn zuwirft. Die Situation ist für sie scheinbar auch nicht neu: Erinnerung und Resignation liegen in diesem Blick. Es ist ein Blick, der ausdrückt, dass sie wieder einmal alles Schlechte glaubt, das man über ihren Sohn sagt.

»Hardin, wie konntest du nur?«, schluchzt sie. »Ich hatte so gehofft, dass du jetzt anders bist ... Ich hatte gehofft, dass du Mädchen ... Frauen solche Dinge nicht mehr antust. Hast du denn vergessen, was letztes Mal passiert ist?«

38

Tessa

Davon wird es nicht besser. Davon, dass meine Mutter Trish ins Wohnzimmer folgt und schreit: »Letztes Mal? Hörst du das, Theresa? Genau deshalb musst du weg von ihm. Er hat das nicht zum ersten Mal gemacht. Ich wusste es! Prince Charming schlägt wieder zu!«

Ich blicke zu Hardin hinüber, und meine Finger verlieren den Halt am Klippenrand. *Nicht schon wieder.* Mehr ertrage ich nicht. Nicht von ihm.

»Mom, das ist etwas anderes«, sagt Hardin schließlich.

Trish sieht ihn ungläubig an. Die Tränen fließen, und sie wischt sich die Augen. »Hardin, es klingt aber so. Ich kann dir nicht glauben. Ich liebe dich, aber da kann ich dir jetzt nicht mehr helfen. Wie konntest du nur!«

Mir bleibt die Stimme weg. Ich will etwas sagen, ich muss, doch eine endlose Liste der schrecklichen Dinge, die Trish mit »letztes Mal« meinen könnte, rattert durch meinen Kopf und macht mich stumm.

»Ich habe gesagt, das ist etwas anderes!«, brüllt Hardin.

Trish dreht sich um und sieht mich eindringlich an. »Tessa, du solltest mit deiner Mutter mitgehen.« Ich muss schlucken, der Kloß in meinem Hals wächst.

»*Wie bitte?*«, mischt sich Hardin ein.

»Hardin, du tust ihr nicht gut. Ich liebe dich mehr als mein Leben, aber ich kann nicht zulassen, dass du es noch einmal tust. Der Umzug nach Amerika sollte dir helfen –«

»Theresa«, unterbricht meine Mutter. »Ich finde, wir haben genug gehört.« Sie packt meinen Arm. »Zeit zu gehen.«

Als Hardin auf sie zugeht, macht sie einen Schritt zurück, doch ihr Griff um meinen Arm wird fester.

»Lassen Sie sofort Tessa los«, stößt er zwischen zusammengebissenen Zähnen hervor.

Ihre pflaumenfarben lackierten Nägel bohren sich in meine Haut, während ich versuche, alles in den letzten zwei Minuten Gesagte zu verarbeiten. Nie hätte ich damit gerechnet, dass meine Mutter hier einfach so hereinplatzt – und ganz bestimmt auch nicht, dass Trish Andeutungen über weitere Geheimnisse von Hardin macht.

Hat er dasselbe schon mal einer Frau angetan? Wenn ja, wem? Hat er sie geliebt? Hat sie ihn geliebt? Er hat behauptet, er hätte noch nie mit einer Jungfrau Sex gehabt, noch nie jemanden geliebt. *War das gelogen?* Ich sehe nur Wut, wenn ich ihn ansehe, eine Maske, hinter die ich nicht blicken kann.

»Ich soll sie loslassen? Was Theresa betrifft, haben Sie gar nichts mehr zu melden!«, schlägt meine Mutter zurück.

Doch zur großen Verwunderung aller, auch zu meiner eigenen, ziehe ich langsam den Arm aus dem Griff meiner Mutter … und stelle mich hinter Hardin. Hardins Mund steht offen, als würde er nicht begreifen, was ich tue. Trish und meine Mutter sehen gleichermaßen entsetzt aus.

»Theresa! Sei nicht dumm! Komm her zu mir!«, befiehlt meine Mutter.

Als Antwort schließe ich die Finger um Hardins Unterarm und rühre mich nicht vom Fleck. Ich verstehe nicht wirklich, warum, aber ich tue es trotzdem. Ja, ich sollte mit meiner Mutter gehen, oder wenigstens Hardin zwingen, mir zu erzählen, was Trish gemeint hat. Aber eigentlich will ich nur, dass meine Mutter geht. Ich brauche ein paar Minuten, Stunden – einfach *Zeit* – um zu verstehen, was hier abgeht. Ich habe Hardin gerade erst verziehen. Ich habe beschlossen, alles zu vergessen und neu anzufangen. Warum muss es immer irgendein Geheimnis geben, das im unpassendsten Moment ans Licht kommt?

»Theresa.« Meine Mutter macht noch einen Schritt auf mich zu. Hardin streckt den Arm nach hinten, um mich festzuhalten. Um mich vor ihr zu beschützen.

»Kommen Sie ihr bloß nicht zu nahe«, warnt er.

Nun mischt sich Trish wieder ein. »Hardin. Das ist ihre *Tochter*. Du hast kein Recht, dich zwischen die beiden zu stellen.«

»Ich habe kein *Recht*? Sie hat kein Recht, einfach hier aufzutauchen und in unser *Schlafzimmer* zu platzen!«, zischt er. Ich klammere mich fester an ihn.

»Das ist nicht *ihr* Schlafzimmer. Tessa hat hier nichts verloren«, herrscht meine Mutter ihn an.

»Doch, ist es! Hinter wen hat sie sich denn gerade gestellt? Sie benutzt mich als Schutzschild gegen *Sie*.« Hardin zeigt mit dem Finger auf sie.

»Nur weil sie dumm ist und nicht kapiert, was gut für sie ist.«

Endlich finde ich meine Stimme wieder: »Hör auf, so zu tun, als wäre ich nicht da! Ich bin hier, und ich bin erwachsen, Mutter. Wenn ich hierbleiben will, bleibe ich hier«, sage ich.

Mit mitfühlendem Blick versucht Trish an mich zu appellieren. »Tessa, Schatz. Ich finde, du solltest auf deine Mutter hören.«

Ihr Seitenwechsel brennt wie das Feuer des Verrats in meiner Brust, aber auf der anderen Seite weiß ich nicht, was sie alles über ihren Sohn weiß.

»Vielen Dank!« Meine Mutter seufzt erleichtert. »Wenigstens eine vernünftige Person in dieser Familie.«

Trish wirft ihr einen warnenden Blick zu. »Missy, ich bin nicht damit einverstanden, wie Sie Ihre Tochter behandeln, also glauben Sie bloß nicht, dass wir hier im selben Team sind.«

Meine Mutter zuckt leicht mit den Schultern. »Wir sind uns jedenfalls darin einig, Tessa, dass du mitkommen solltest. Du musst sofort hier weg und nie wieder zurückkommen. Wenn nötig, kannst du auch die Uni wechseln.«

»Sie kann selbst für sich entsch –«, setzt Hardin an.

»Theresa, er hat deine Gedanken vergiftet. Sieh doch nur, was er dir angetan hat. Weißt du überhaupt, wer er ist?«, fragt meine Mutter.

»Ja, Mutter, ich weiß, *wer er ist*«, stoße ich hervor.

Sie richtet ihre Aufmerksamkeit wieder auf Hardin. Ich frage mich, warum sie keine Angst vor ihm hat. Sein Atem kommt stoßweise, sein Gesicht ist vor Wut ganz rot, und er hat die Hände so fest zu Fäusten geballt, dass die Knöchel weiß hervortreten. All das ist eigentlich einschüchternd, aber sie bleibt völlig unbeeindruckt. »Wenn Ihnen etwas an ihr liegt, auch nur ein kleines bisschen, dann lassen Sie Tessa gehen. Sie haben sie völlig gebrochen. Sie ist nicht mehr das junge Mädchen, das ich vor drei Monaten ans College gebracht habe, und das ist Ihre Schuld. Sie haben sie nicht tagelang weinen sehen wegen dem, was Sie ihr angetan haben. Wahrscheinlich waren Sie da schon mit einer anderen feiern, während Theresa sich in den Schlaf geweint hat. Sie haben sie vernichtet. Wie halten Sie das nur aus? Sie wissen doch genau, dass Sie ihr früher oder später wieder wehtun werden. Wenn Sie also auch nur einen Funken Anstand besitzen, dann sagen Sie ihr … sagen Sie ihr, dass sie mit mir mitkommen soll.«

Die Stille im Raum ist eisig.

Trish starrt stumm die Wand an, tief in Gedanken, und grübelt vermutlich über Hardins vergangene Taten nach. Meine Mutter funkelt Hardin böse an, während sie auf eine Antwort wartet. Er wiederum atmet so schwer, dass ich Angst habe, er könnte jeden

Moment austicken. Und ich, ich versuche zu entscheiden, wer den Kampf in mir gewinnen wird: mein Herz oder mein Verstand.

»Ich komme nicht mit«, sage ich schließlich.

Das ist meine erwachsene Entscheidung, und ich weiß genau, dass ich die Konsequenzen werde tragen müssen. Ich werde einiges durchmachen, um herauszufinden, ob ich mit dem Mann zusammen sein kann, den ich liebe, oder ob ich es nicht kann. Und meine Mutter? Wie reagiert sie auf diese Entscheidung? Sie verdreht bloß genervt die Augen.

Da raste ich aus.

»Du bist hier nicht willkommen. Lass dich hier nie wieder blicken!«, schreie ich, auch wenn sich mein Hals wund und rau dabei anfühlt. »Was glaubst du, wer du bist, dass du hier einfach reinspazieren und so mit Hardin reden kannst!« Ich schiebe ihn aus dem Weg und baue mich vor ihr auf. »Ich will nichts mehr mit dir zu tun haben! Niemand will das! Deshalb bist du nach dieser ganzen Zeit immer noch allein. Du bist grausam und arrogant! Du wirst nie glücklich sein!« Ich hole tief Luft. Als ich schlucke, spüre ich, wie trocken meine Kehle ist.

Meine Mutter sieht mich unbeeindruckt und verächtlich an. »Ich bin allein, weil ich das so will. Ich brauche niemanden, im Gegensatz zu dir.«

»Im Gegensatz zu mir, ja? Ich brauche auch niemanden! *Du* hast mich doch mehr oder weniger dazu gezwungen, mit Noah zusammen zu sein – ich hatte nie das Gefühl, irgendetwas selbst entscheiden zu dürfen! Du hast mich immer kontrolliert, und mir reicht es jetzt. Ich habe die Schnauze voll, verdammt noch mal!« Dann breche ich in Tränen aus.

Meine Mutter kneift die Lippen zusammen, als würde sie ernsthaft über meine Worte nachdenken, aber als sie spricht, klingt sie sarkastisch. »Ganz offensichtlich hast du ein Abhängigkeitsproblem. Ob das wohl mit deinem Vater zu tun hat?«

Meine Augen brennen und sind sicher blutunterlaufen. Vor allem aber ist in ihnen all das Böse sichtbar, das ich ihr wünsche. Zuerst spreche ich ganz langsam, doch dann merke ich, wie ich immer lauter, immer schneller werde. »Ich hasse dich. Ich hasse dich wirklich. Wegen dir ist er doch nur gegangen. Weil er dich nicht ertragen hat! Und ich kann ihm das nicht einmal vorwerfen – nein, hätte er mich doch nur mitge–«

Und genau da hält Hardin mir von hinten den Mund zu, und seine starken Arme ziehen mich an seine Brust.

39

Hardin

Die ganze Zeit über hatte ich nur gedacht: Was, wenn ihre Mutter sie noch einmal ohrfeigt. Dass Tessa so in die Offensive geht, damit hatte ich absolut nicht gerechnet.

Ihr Gesicht ist rot, meine Hand nass von ihren Tränen.

Warum muss ihre Mom immer alles kaputt machen? Ich verstehe, dass sie sauer ist, egal wie sehr ich sie hasse. Ja, ich habe Tessa wehgetan. Aber ich glaube nicht, dass ich sie *vernichtet* habe.

Oder?

Ich weiß nicht, was ich tun soll. Hilfesuchend sehe ich meine Mutter an, aber ihr Blick ist voller Hass. Ich wollte nicht, dass sie weiß, was ich Tess angetan habe. Mir war klar, es würde sie total fertigmachen nach allem, was vorher passiert ist.

Aber ich bin nicht mehr derselbe Mensch von damals. Das hier ist etwas völlig anderes.

Ich liebe Tessa.

Nur weil ich dieses Chaos angerichtet habe, habe ich die Liebe gefunden.

Tessa schreit in meine Hand und versucht mich wegzustoßen, aber sie ist nicht stark genug. Wenn ich sie nicht festhalte, das weiß ich genau, wird ihre Mutter sie entweder schlagen, und dann muss ich eingreifen, oder Tessa sagt etwas, das sie für immer bereuen wird. »Ich glaube, Sie sollten jetzt gehen«, sage ich zu der Mutter.

Tessa bekommt fast einen Anfall in meinem festen Griff und tritt mir mehrmals gegen das Schienbein.

Es ist jedes Mal wieder krass, sie so wütend zu sehen – vor allem so extrem wütend wie jetzt –, auch wenn etwas in mir egoistisch und einfach nur froh ist, dass sie diesmal nicht auf mich wütend ist.

Aber das ist nur eine Frage der Zeit …

Ihre Mutter hat recht: Ich bin wirklich nicht gut genug für Tessa. Ich bin nicht der, für den sie mich hält, aber ich liebe sie zu sehr, um sie noch einmal gehen zu lassen. Sie ist doch eben erst zurückgekommen, da kann ich sie doch nicht gleich wieder verlieren. Ich hoffe nur, dass sie mir zuhört, sich die ganze Geschichte anhört. Auch wenn das vermutlich nichts bringen wird. Ich sehe es kommen. Nie im Leben bleibt sie bei mir, sobald sie davon erfährt. *Fuck, warum musste meine Mom ihren Mund aufmachen?*

Ich führe Tessa Richtung Schlafzimmer, aber plötzlich dreht sie sich noch einmal ruckartig zu ihrer Mutter um. Mit hasserfülltem Blick setzt sie zum Sprung an, doch ich halte sie fest.

Erst als ich sie ins andere Zimmer gezerrt habe, lasse ich sie los, knalle schnell die Tür zu und schließe ab.

Sofort richtet sie ihre Giftpfeile auf mich. »Warum hast du das gemacht! Du –«

»Weil du sonst Sachen sagst, die du hinterher garantiert bereust.«

»Warum hast du das gemacht!«, schreit sie. »Warum hast du mich festgehalten! Es gibt noch so viel, was ich dieser Bitch sagen will, dass ich nicht mal … ich kann nicht mal …!« Sie trommelt mit den Fäusten gegen meine Brust.

»He … he … beruhig dich.« Ich rufe mir in Erinnerung, dass sie ihre Wut auf ihre Mutter auf mich überträgt.

Vorsichtig nehme ich ihr Gesicht in beide Hände und streiche sanft mit den Daumen über ihre Wangenknochen. Ich sorge dafür, dass sie mir die ganze Zeit über in die Augen schaut, während ihr Atem sich langsam beruhigt. »Ganz ruhig, Baby«, wiederhole ich.

Die Röte in ihren Wangen lässt nach, und sie nickt langsam.

»Ich sorge dafür, dass sie geht, okay?« Meine Stimme ist fast ein Flüstern.

Wieder nickt sie und setzt sich aufs Bett. »Beeil dich«, drängt sie, als ich das Zimmer verlasse.

Tessas Mutter läuft im Wohnzimmer auf und ab. Sie mustert mich scharf, wie eine Raubkatze, die Beute wittert. »Wo ist sie?«

»Tessa kommt nicht mehr raus. Und Sie gehen jetzt, und lassen sich hier nie wieder blicken. Das meine ich ernst«, stoße ich hervor.

Sie zieht eine Augenbraue hoch. »Wollen Sie mir etwa drohen?«

»Das können Sie interpretieren, wie sie wollen, aber ab jetzt halten Sie sich von ihr fern.«

Diese Frau mit ihren gepflegten Nägeln, die so ordentlich und bieder aussieht, schaut mich nun mit einem so kalt-berechnenden, stechenden Blick an, wie ich ihn sonst nur von Jace und seiner Gang kenne. »Das ist alles Ihre Schuld«, sagt sie ganz ruhig. »Sie haben ihr eine Gehirnwäsche verpasst, damit sie nicht mehr selbstständig denken kann. Ich weiß, was Sie tun. Ich war mit Männern wie Ihnen zusammen. Seit dem Tag, als ich Sie das erste Mal gesehen habe, wusste ich, dass Sie nichts als Ärger machen. Ich hätte Tessa zwingen sollen, das Zimmer zu wechseln. Dann wäre es nicht so weit gekommen. Kein Mann wird sie mehr wollen nach dem hier … nach Ihnen. Sehen Sie sich doch an.« Sie macht eine abfällige Handbewegung und wendet sich zur Tür.

Ich folge ihr hinaus in den Flur. »Ach, darum geht es? Dass kein Mann sie mehr will, keiner außer mir. Ich sage Ihnen was: Sie wird nie mit einem anderen als mir zusammen sein«, erkläre ich. »Sie wird sich immer für mich entscheiden, nicht für Sie und für keine anderen.«

Da macht sie auf dem Absatz kehrt und kommt einen Schritt auf mich zu. »Sie sind der Teufel! Ich werde nicht so einfach aufgeben. Sie ist meine Tochter, und sie ist viel zu gut für Sie.«

Ich nicke ein paarmal, dann sehe ich sie ausdruckslos an. »Ich werde daran denken, wenn ich sie heute Nacht nehme.«

Kaum habe ich das ausgesprochen, schnappt sie nach Luft und holt aus, um mich zu ohrfeigen. Ich packe ihr Handgelenk und führe ihre Hand sanft wieder nach unten. Nie würde ich ihr oder einer anderen Frau Gewalt antun, aber ich werde auch nicht zulassen, dass sie mir etwas tut.

Zum Abschied schenke ich ihr mein schönstes Lächeln, bevor ich einen Schritt zurücktrete und ihr die Tür vor der Nase zuknalle.

40

Hardin

Einen Moment lang lehne ich die Stirn an die Tür. Als ich mich umdrehe, steht meine Mom mit einer Kaffeetasse in der Hand im Durchgang zum Wohnzimmer. Mit geröteten Augen starrt sie mich an.

»Wo warst du?«, frage ich.

»Im Bad.« Ihre Stimme bricht.

»Wieso hast du zu Tessa gesagt, dass sie gehen soll? Dass sie mich verlassen soll?«, will ich wissen. Mir war klar, sie würde enttäuscht sein, aber das war zu viel.

»Weil« – sie seufzt und hebt die Hände, als wäre es selbstverständlich – »weil du, Hardin, nicht gut für sie bist. Das weißt du genau. Ich will nicht, dass sie endet wie Natalie oder die anderen.« Meine Mom schüttelt den Kopf.

»Weißt du, was mit mir passiert, wenn sie mich verlässt, Mom? Ich glaube, du kapierst das nicht … ich *kann nicht* ohne sie sein. Ich weiß, ich tue Tessa nicht gut, und was ich gemacht habe, bereue ich jedes einzelne Mal, wenn ich sie ansehe, aber ich *kann* für sie gut sein, ich kann es, das weiß ich.« Ich gehe im Wohnzimmer auf und ab.

»Hardin … bist du sicher, dass du dir da gerade nicht einfach nur etwas einredest, was in dein Spiel passt?«

»Nein, Mom …« Ich senke den Kopf, um ruhig zu bleiben. »Das hier ist kein Spiel für mich, dieses Mal nicht. Ich liebe sie, ich liebe sie wirklich.« Bei diesen Worten sehe ich meine wunderbare Mutter an, die in ihrem Leben so viel durchmachen musste. »Ich liebe sie mehr, als ich auch nur ansatzweise sagen könnte. Weil ich es selbst nicht mal verstehe. Ich hätte nie gedacht, dass ich so etwas je fühlen würde. Sie ist die einzige Chance, die ich in diesem Leben habe, glücklich zu werden. Wenn sie mir den Laufpass gibt, verkrafte ich das nicht. Mom, das weiß ich genau. Ohne sie werde ich für den Rest meines Lebens allein sein. Keine Ahnung, womit ich sie verdient habe – wirklich nicht –, aber sie liebt mich nun einmal. Weißt du, wie es ist, wenn einen jemand liebt, obwohl man dauernd nur Scheiße baut? Sie ist viel zu gut für mich, aber sie liebt mich. Verdammt, ich habe nicht den blassesten Schimmer, warum.«

Meine Mom wischt sich mit dem Handrücken über die Augen. Es fällt mir schwer, ihr noch mehr zu erklären, aber ich zwinge mich. »Mom, sie ist immer für mich da. Sie verzeiht mir jedes Mal, selbst wenn sie es lassen sollte. Sie sagt immer das Richtige. Sie beruhigt mich, aber fordert mich auch heraus – für sie will ich ein besserer Mensch sein. Ich weiß, ich bin ein Scheißkerl. Ich habe so viel Scheiß gebaut, aber Tessa darf mich einfach nicht verlassen. Ich will nicht mehr allein sein, und ich werde nie eine andere lieben. Sie ist die Einzige für mich. Das weiß ich. Sie ist meine größte Sünde, Mom, aber für sie nehme ich die Strafe gerne in Kauf.«

Als ich mit meiner Rede fertig bin, muss ich erst einmal tief Luft holen. Die Wangen meiner Mutter sind feucht. Sie schaut nicht auf mich, sondern an mir vorbei.

Ich drehe mich um, und da steht Tessa, die Augen geweitet, das Gesicht genauso tränenüberströmt wie meine Mutter.

Mom putzt sich die Nase, dann sagt sie leise. »Ich gehe eine Weile raus … damit ihr zwei in Ruhe reden könnt.« Sie nimmt ihren Mantel vom Haken an der Tür und geht hinaus.

Es tut mir leid, dass sie an Heiligabend nicht viele Cafés oder Bars finden wird, die offen haben, und das bei diesem Schnee, aber ich muss jetzt mit Tessa allein sein. Sobald meine Mom verschwunden ist, gehe ich zu Tessa.

»Was du da gesagt hast ... gerade eben ... hast du das ernst gemeint?«, fragt sie durch die Tränen hindurch.

»Das weißt du doch.«

Sie lächelt zaghaft, als sie mir entgegenkommt und ihre Hand auf meine Brust legt. »Ich muss wissen, was du getan hast.«

»Ich weiß ... aber versprich mir bitte, dass du wenigstens versuchst, es zu verstehen ...«

»Erzähl es mir.«

»Und dass du daran denkst, dass ich darauf überhaupt nicht stolz bin.«

Sie nickt, und ich hole tief Luft, während sie mich zur Couch führt.

Fuck, ich hab absolut keinen Plan, wo ich anfangen soll.

41

Tessa

Hardin wird blass. Er reibt sich die Knie. Er fährt sich mit den Fingern durch die Haare. Er blickt zur Zimmerdecke hinauf und dann wieder auf den Boden. Als wenn diese Dinge unsere Unterhaltung auf ewig hinauszögern können.

Doch schließlich beginnt er. »Ich hatte zu Hause damals ein paar ziemlich beschissene Freunde. Vermutlich so ähnlich wie Jace … Wir haben immer … eine Art Spiel gespielt, sozusagen. Wir bestimmten ein Mädchen – wir suchten uns gegenseitig Mädchen aus, und wer seines zuerst fickte, hatte gewonnen.«

Mir wird schlecht.

»Der Sieger bekam in der nächsten Runde dann die heißeste neue Kandidatin, und um Geld ging es dabei auch …«

»Wie viele Wochen lief das?« Eigentlich will ich es gar nicht wirklich wissen, aber ich muss.

»Nur fünf Wochen bis zu diesem einen Mädchen –«

»Natalie.« Jetzt begreife ich langsam den Zusammenhang.

Hardin sieht zum Fenster hinüber. »Ja … Natalie war die Letzte.«

»Und was hast du mit ihr gemacht?« Ich habe wahnsinnige Angst vor seiner Antwort.

»In der dritten Woche … dachte James, dass Martin lügt, sodass er diese Idee hatte mit den Beweisen …«

Beweise. Dieses Wort wird mich für immer verfolgen. Auf einmal habe ich wieder das blutige Laken vor Augen, und meine Brust zieht sich schmerzhaft zusammen.

»Nicht *solche* Beweise …« Er weiß, woran ich denke. »Fotos …« Ich bin total geschockt. »Fotos?«

»Und ein Video …«, gibt er zu und hält sich die Hände vors Gesicht.

Ein Video? »Du hast dich und sie beim Sex gefilmt? Wusste sie davon?«, frage ich. Doch ich kenne die Antwort, noch bevor er den Kopf schüttelt. »Wie konntest du nur? Wie konntest du das jemandem antun?« Ich fange an zu weinen.

Ich kenne Hardin nicht, ich weiß nicht, wer er ist, und diese Erkenntnis trifft mich mit solcher Wucht, dass ich die Übelkeit runterschlucken muss. Als ich instinktiv von ihm wegrutsche, sehe ich den Schmerz in seinen Augen aufflackern.

»Ich weiß auch nicht … es war mir einfach egal. Für mich war es bloß Spaß … Also, nicht wirklich Spaß, aber es war mir egal.« Seine Ehrlichkeit tut so weh, dass ich mich ausnahmsweise nach den Zeiten zurücksehne, als er mir noch alles verheimlicht hat.

»Und was ist mit Natalie passiert?«, frage ich heiser, während ich mir die Tränen wegwische.

»Als James das Video von ihr gesehen hat … Da wollte er sie selber vögeln. Und als sie ihn hat abblitzen lassen, hat er allen das Video gezeigt.«

»O mein Gott. Die Arme.« Sie tut mir so verdammt leid. Wie konnten sie ihr das antun? Wie konnte Hardin ihr das antun?

»Das Video verbreitete sich so schnell, dass nach nicht mal einem Tag ihre Eltern davon erfahren haben. Natalies Familie war ziemlich engagiert in der Kirche … daher kamen die News nicht gut an. Sie haben sie rausgeworfen, und als das überall die Runde gemacht hatte, verlor sie das Stipendium für die Privatuni, auf die sie im Herbst gehen sollte.«

»Du hast sie ruiniert«, sage ich leise.

Hardin hat das Leben dieses Mädchens ruiniert, so wie er angedroht hat, meins zu ruinieren. Werde ich so enden wie sie? Bin ich
schon wie sie?

Ich sehe ihn an. »Du hast gesagt, du hättest noch nie Sex mit
einer Jungfrau gehabt?«

»Sie war keine mehr. Sie hatte schon mit einem Typen geschlafen.
Aber wegen dieser Sache hat meine Mom mich hierhergeschickt.
Alle zu Hause wussten davon. Obwohl ich nicht in dem Video zu
erkennen war. Also, ich vögelte sie zwar, aber ich war nicht zu sehen,
nur ein paar der Tattoos auf meinen Armen.« Er bohrt die Faust
in seine Handfläche. »Für diese Aktion bin ich drüben jetzt bekannt …«

In meinem Kopf dreht sich alles. »Was hat sie gesagt, als sie herausgefunden hat, was du getan hast?«

»Sie hat gesagt, sie hätte sich in mich verliebt … und gefragt, ob
sie bei mir wohnen kann, bis sie etwas anderes gefunden hat.«

»Und konnte sie?«

Er schüttelt den Kopf.

»Warum nicht?«

»Weil ich es nicht wollte. Sie war mir egal.«

»Wie kannst du nur so kalt sein? Kapierst du nicht, was du ihr
angetan hast? Du hast ihr was vorgespielt. Du hattest Sex mit ihr
und hast das auch noch gefilmt. Du hast es deinen Freunden gezeigt – fast der ganzen Schule –, und sie hat wegen dir ihr Stipendium und ihre Familie verloren! Und dann hilfst du ihr nicht mal,
wenn sie *nirgends sonst mehr hinkann?*«, schreie ich und springe auf.
»Was macht sie jetzt? Was ist mit ihr passiert?«

»Ich weiß nicht. Ich hatte keine Lust, es herauszufinden.«

Das Erschreckendste an der ganzen Sache ist, wie unbeteiligt
und kalt er ist. Das ist absolut ekelerregend. Ich erkenne das Muster, sehe die Parallelen zwischen Natalie und mir. Auch ich hatte

wegen Hardin kein Zuhause mehr. Das Verhältnis zu meiner Mutter ist wegen ihm kaputt. Und auch ich habe mich rettungslos in ihn verliebt, während er mich als Teil eines widerlichen Spiels benutzt hat.

Hardin steht mit mir auf, hält aber einen Meter Abstand.

»O Gott …« Mein ganzer Körper fängt an zu zittern. »Du hast mich auch gefilmt, hab ich recht?«

»Nein! *Fuck,* nein! Das würde ich dir nie antun! Tessa, ich schwöre bei Gott, ich habe dich nicht aufgenommen.«

Zumindest diesen Teil glaube ich ihm, auch wenn ich es wahrscheinlich nicht sollte. »Wie viele andere?«, frage ich.

»Wie viele andere was?«

»Hast du gefilmt?«

»Nur Natalie … bis ich hierherkam.«

»Du hast es noch mal gemacht?! Nach allem, was du Natalie angetan hast, hast du es wieder getan?«, schreie ich.

»Nur ein Mal … bei Dans Schwester.«

Dans Schwester? »Dein Kumpel Dan?« Jetzt ergibt alles einen Sinn. »Das hat Jace also gemeint, als ihr euch geprügelt habt!« Ich hatte Dan und Hardins Schlägerei total vergessen, aber Jace hat was von alten Geschichten gesagt.

»Warum hast du das getan, wenn er doch dein Freund ist? Hast du es dann auch allen gezeigt?«

»Nein, niemandem. Nachdem ich Dan einen Screenshot geschickt hatte, hab ich's gelöscht … Ganz ehrlich, ich weiß auch nicht, warum ich es überhaupt gemacht habe. Aber er hat so ein Affentheater veranstaltet, als er sie das erste Mal mitgebracht hat. Ich soll gefälligst meine Finger von ihr lassen und so. Da wollte ich sie ficken, einfach nur, um ihn zu ärgern. Tessa, er ist echt ein Arschloch.«

»Siehst du nicht, wie absolut scheiße das alles ist? Wie scheiße du bist?«, schreie ich.

»Das weiß ich doch! Tessa, das weiß ich!«

»Ich dachte, meine Wette ist das Schlimmste, was du je gemacht hast ... aber, mein Gott, das ist noch viel schlimmer.«

Natalies Geschichte tut mir lange nicht so weh wie Hardins und Zeds Wette, aber sie ist trotzdem noch widerlicher als meine Geschichte. Und wegen ihr stelle ich nun alles infrage, was ich über Hardin zu wissen glaubte. Dass er alles andere als perfekt ist, war mir klar, aber diese Schweinerei hier übertrifft alles.

»Tessa, das war alles vor dir. Das ist vorbei. Bitte belass es dabei«, bettelt er. »Ich bin nicht mehr derselbe. Du hast mich zu einem besseren Menschen gemacht.«

»Hardin, dir ist offenbar völlig egal, was du diesen Mädchen angetan hast! Du hast nicht mal ein schlechtes Gewissen, oder?«

»Doch.«

Ich lege den Kopf schief und sehe ihn prüfend an. »Nur weil *ich* jetzt davon weiß.« Als er nicht widerspricht, wiederhole ich meinen Punkt. »Die waren dir völlig egal, jede Einzelne!«

»Okay, du hast recht! Sie sind mir egal – sie sind mir alle scheißegal, alle bis auf dich!«

»Hardin, das ist zu viel. Das halte selbst ich nicht mehr aus. Die Wette, das Apartment, der Streit, die Lügen, die Versöhnung, meine Mutter, deine Mutter, Weihnachten – verdammt. Ich kriege gar keine Luft mehr zwischen diesen ... in diesem ganzen *Chaos*. Kaum habe ich das eine überstanden, kommt schon das nächste Geheimnis ans Licht. Was hast du noch alles getan?« Ich fange an zu weinen. »Ich kenne dich überhaupt nicht!«

»Doch, Tessa! Du kennst mich. Das war nicht ich – das hier bin ich. Das hier jetzt bin ich. Ich liebe dich! Ich würde alles für dich tun, damit du siehst, dass ich es bin, der Mann, der dich mehr liebt als die Luft zum Atmen. Der Mann, der auf Hochzeiten tanzt und dir beim Schlafen zusieht. Der Mann, dessen Tag erst beginnen kann, wenn du ihn küsst. Der Mann, der lieber sterben würde, als ohne dich zu sein. Das bin ich, dieser Mann bin ich. Bitte, lass nicht zu, dass uns das zerstört. Bitte, Baby.«

Seine grünen Augen schimmern feucht, und seine Worte berühren mich, doch es reicht nicht. Als er auf mich zukommt, gehe ich einen Schritt zurück. Ich muss nachdenken. Mit ausgestreckter Hand halte ich ihn auf Abstand. »Ich brauche Zeit. Das ist alles zu viel für mich.«

Erleichtert lässt er die Schultern sinken. »Okay … okay … nimm dir Zeit zum Nachdenken.«

»Ohne dich«, erkläre ich.

»Nein –«

»Doch, Hardin. In deiner Gegenwart kann ich nicht klar denken.«

»Nein, Tessa, du gehst jetzt nicht!«, befiehlt er.

»Du hast mir gar nichts vorzuschreiben«, fahre ich ihn an.

Seufzend rauft er sich die Haare und zieht daran. »Na gut … na gut … dann gehe ich. Du bleibst hier.«

Ich würde gerne widersprechen, aber andererseits will ich wirklich nicht weg. Ich habe genug von Hotelzimmern, und morgen ist der erste Weihnachtstag.

»Morgen früh bin ich wieder da … außer, du brauchst noch mehr Zeit.« Er zieht die Schuhe an, aber als er nach dem Autoschlüssel greifen will, merkt er, dass Trish mit seinem Wagen weggefahren ist.

»Nimm meinen«, biete ich an.

Er nickt und kommt auf mich zu. »Nicht.« Ich strecke abwehrend die Hände aus. »Und übrigens, du hast immer noch deinen Pyjama an.«

Mit gerunzelter Stirn blickt er an sich hinab, dann verschwindet er im Schlafzimmer und kommt zwei Minuten später angezogen wieder raus. Im Flur bleibt er noch einmal stehen und sieht mir tief in die Augen. »Bitte vergiss nicht, dass ich dich liebe und dass ich mich geändert habe«, wiederholt er, und dann bin ich alleine.

42

Tessa

Was, zur Hölle, soll ich jetzt machen?

Ich gehe ins Schlafzimmer und setze mich auf die Bettkante. Mir ist furchtbar schlecht. Ich wusste, dass Hardin früher kein richtig guter Mensch war, und ich wusste auch, dass es da noch einige Dinge gab, auf die ich gerne verzichten würde, aber auf so etwas wäre ich nie gekommen. Er hat dieses Mädchen zutiefst gedemütigt und hatte nicht einmal Gewissensbisse deswegen – selbst jetzt hat er nicht wirklich welche.

Ich versuche, gleichmäßig ein- und auszuatmen, während mir die Tränen nur so über die Wangen laufen. Das Schlimmste daran ist, ihren Namen zu kennen. So abgefuckt es auch ist, aber wenn sie einfach nur irgendeine namenlose Frau wäre, könnte ich vielleicht so tun, als gäbe es sie gar nicht. Zu wissen, dass sie Natalie heißt, löst eine Menge Fragen aus. Wie sah sie aus? Was wollte sie studieren, bevor Hardin ihr das mit dem Stipendium versaut hat? Hatte sie Geschwister? Haben die das Video auch gesehen? Hätte ich jemals davon erfahren, wenn Trish es nicht erwähnt hätte?

Wie oft hatten die beiden Sex? Hat es Hardin gefallen? … Natürlich hat es das. Hier geht es schließlich um Sex, und davon hatte Hardin offensichtlich eine Menge. Mit anderen Frauen. Mit vielen anderen Frauen. Hat er danach bei Natalie übernachtet? Warum bin ich eifersüchtig auf Natalie? Statt neidisch zu sein, weil sie etwas mit Hardin hatte, sollte sie mir leidtun. Ich verbanne diesen kranken Gedanken aus meinem Kopf und wende mich wieder der Frage zu, was Hardin eigentlich für ein Mensch ist.

Er hätte doch bleiben sollen, damit wir es bis zum Ende durchsprechen können. Immer laufe ich davon, oder, wie in diesem Fall, schicke ihn weg. Das Problem ist aber, dass selbst das kleinste bisschen Widerstand sich in Luft auflöst, wenn er da ist.

Was wohl mit Natalie passiert ist, nachdem Hardin ihr Leben zerstört hat? Wenn sie jetzt glücklich ist und ein gutes Leben hat, würde es mir einen Hauch besser gehen. Und warum habe ich keine Freundin, mit der ich das alles besprechen und die mir einen Rat geben könnte? Doch selbst wenn ich eine hätte, könnte ich unmöglich mit ihr über Hardins Taten reden. Keiner soll wissen, was er diesen Mädchen angetan hat. Natürlich ist es albern, ihn beschützen zu wollen, das hat er gar nicht verdient, aber ich kann nicht anders. Ich will nicht, dass die Leute noch schlechter über ihn denken, und vor allem will ich nicht, dass er selbst noch schlechter über sich denkt.

Ich lasse mich in die Kissen fallen und starre die Decke an. Gerade erst hatte ich halbwegs verarbeitet – na ja, ich war zumindest dabei –, dass Hardin mich benutzt hat, um eine Wette zu gewinnen. Und jetzt das? Natalie plus vier weitere Mädchen, denn er sagte ja, das mit ihr wäre in der fünften Woche gewesen. Dann noch Dans Schwester. Das Muster wiederholt sich – kann er damit überhaupt je aufhören? Was wäre mit mir passiert, wenn er sich nicht in mich verliebt hätte?

Denn dass er mich liebt, das weiß ich. Das tut er wirklich. Daran habe ich keinen Zweifel.

Und ich liebe ihn ja auch, trotz all der Fehler, die er macht und in der Vergangenheit gemacht hat. Ich sehe, wie sehr er sich verändert, allein schon während der letzten Woche. Noch nie hat er seine

Gefühle für mich so offen zum Ausdruck gebracht wie heute. Aber auf seine wunderbare Liebeserklärung ist eine absolut erschreckende Offenbarung gefolgt.

Er sagte, ich sei seine einzige Chance, die er in diesem Leben hätte, glücklich zu werden. Ohne mich würde er sein ganzes Leben allein sein. Wie heftig. Wie wahr. Niemand wird ihn je so lieben wie ich. Nicht weil er es nicht wert wäre, geliebt zu werden, sondern weil niemand ihn je so kennen wird, wie ich ihn kenne. Kannte. *Noch immer kenne?* Ich bin mir nun nicht mehr sicher, aber ich will einfach glauben, dass ich ihn kenne, sein wahres Ich. Er hat sich in den letzten Monaten verändert.

Auch wenn er mir brutal wehgetan hat, hat er auch viel gemacht, um sich mir zu beweisen. Er hat sich unheimlich angestrengt, der zu sein, den ich brauche. Er kann sich ändern; ich habe gesehen, wie er sich ändert. Vielleicht ist es irgendwie nun auch Zeit, einen Teil der Schuld auf mich zu nehmen – natürlich nicht für das, was er Natalie angetan hat, aber dafür, dass ich ihn so unter Druck gesetzt habe, obwohl Veränderungen Zeit brauchen und niemand seine Vergangenheit ausradieren kann. Was er getan hat, war falsch, absolut falsch, aber manchmal vergesse ich, dass er ein wütender und einsamer Mann ist und bis jetzt noch nie jemanden wirklich geliebt hat. Auf seine Art liebt er seine Mutter, wenn auch nicht so, wie man eigentlich die Eltern liebt.

Und ich bin unheimlich müde. Habe genug von diesem ewigen Hin und Her mit Hardin. Am Anfang war er grausam, dann wieder nett, dann wieder grausam. Jetzt hat sich der Kreislauf irgendwie weiterentwickelt, aber es ist schlimmer geworden. Viel schlimmer. Ich haue ab, dann komme ich zurück, dann haue ich wieder ab. So kann ich nicht weitermachen – *wir* können so nicht weitermachen. Falls er mir auch nur noch irgendetwas verheimlicht, wird mich das umbringen. Schon jetzt kann ich mich kaum noch auf den Füßen halten. Ich ertrage keine Geheimnisse mehr, keinen Schmerz, keine

Trennungen. Früher habe ich immer alles genau geplant, jedes Detail meines Lebens war berechnet, bis ins Kleinste analysiert. Bis Hardin kam. Er hat mein Leben komplett auf den Kopf gestellt, und das war nicht immer gut. Und trotzdem hat er mich auch glücklicher gemacht, als ich es je gewesen bin.

Wir müssen gemeinsam versuchen, all diese entsetzlichen Taten irgendwie hinter uns zu lassen, oder ich muss die Sache beenden und konsequent bleiben. Wenn ich gehe, muss ich von hier wegziehen, weit weg. Es darf nichts mehr geben, was mich an ihn erinnert, sonst werde ich nie neu anfangen können.

Als ich mein Urteil gefällt habe, merke ich, wie ich aufhöre zu weinen. Die Vorstellung wegzugehen tut so viel mehr weh als der Schmerz, den er mir zugefügt hat.

Ich kann ihn nicht verlassen. Ich weiß, ich kann es nicht.

Ich weiß, wie krass das ist, aber ohne ihn kann ich nicht existieren. Bei niemandem werde ich mich so fühlen wie bei ihm. Keiner wird sein wie er. Er ist der Einzige für mich, genau wie ich die Einzige für ihn bin. Ich hätte ihn nicht zwingen sollen zu gehen. Auch wenn ich Zeit gebraucht habe, um nachzudenken, und mir noch mehr Zeit nehmen sollte, will ich ihn jetzt schon wieder hierhaben. *Ist Liebe immer so? Ist sie immer erst leidenschaftlich und dann so verdammt schmerzhaft?* Ich habe ja keinen Vergleich.

Als ich die Wohnungstür höre, springe ich vom Bett und laufe hinaus. Doch es ist nicht Hardin, sondern Trish.

Sie hängt Hardins Schlüssel an den Haken und zieht ihre nassen Schuhe aus. Ich weiß nicht genau, was ich zu ihr sagen soll. Schließlich wollte sie, dass ich mit meiner Mutter mitgehe.

»Wo ist Hardin?«, fragt sie auf dem Weg in die Küche.

»Er ist gegangen … er übernachtet heute woanders«, erkläre ich.

Sie dreht sich zu mir um. »Oh.«

»Wenn du ihn anrufst, sagt er dir bestimmt, wo er ist. Falls du nicht hierbleiben willst … mit mir.«

»Tessa.« Sie sucht ganz offensichtlich nach Worten und sieht mich mitfühlend an. »Es tut mir sehr leid, was ich gesagt habe. Ich will nicht, dass du glaubst, ich hätte irgendetwas gegen dich, denn das stimmt nicht. Ich habe nur versucht, dich vor dem zu beschützen, wozu Hardin fähig ist. Ich will nicht, dass du …«

»Dass ich ende wie Natalie?«

Ich sehe, wie die Erinnerung ihr wehtut. »Er hat es dir erzählt?«

»Ja.«

»Alles?« Ihr Tonfall ist zweifelnd.

»Ja. Das Video, die Fotos, das Stipendium. Alles.«

»Und du bist immer noch hier?«

»Ich habe ihm gesagt, ich brauche Zeit, ich brauche etwas Abstand, aber, ja, ich gehe nicht weg.«

Sie nickt. Wir setzen uns an den Küchentisch. Als sie mich fragend ansieht, ahne ich, was sie wissen will. »Ich weiß, er hat schlimme Dinge getan, Dinge, die absolut nicht gehen, aber ich glaube ihm, wenn er sagt, dass er sich geändert hat. Er ist nicht mehr derselbe wie früher.«

Trish faltet die Hände. »Tessa, er ist mein Sohn, und ich liebe ihn sehr, aber du solltest dir das wirklich gut überlegen. Er hat dir dasselbe angetan wie anderen Mädchen zuvor. Ich weiß, er liebt dich – das ist mir inzwischen völlig klar –, aber ich habe trotzdem Angst, dass es zu spät ist.«

Ich nicke, denn ich weiß ihre Ehrlichkeit zu schätzen. Trotzdem sage ich: »Ist es nicht. Also, ja, natürlich ist schon viel kaputt gegangen, aber vieles lässt sich wiedergutmachen. Und es ist *meine* Entscheidung, wie ich mit seiner Vergangenheit umgehen will. Wenn ich sie ihm dauernd vorwerfe, kann er sich dann überhaupt noch ändern? Verdient er es, nie wieder geliebt zu werden? Ich kann mir vorstellen, du hältst mich vermutlich für naiv und ziemlich dumm, dass ich ihm immer wieder verzeihe, aber ich liebe deinen Sohn, und ich kann auch nicht ohne ihn sein.«

Trish schnalzt leise mit der Zunge und schüttelt den Kopf. »Tessa, ich halte dich weder für naiv, noch für dumm. Wenn überhaupt, dann ist dein Verhalten der Beweis dafür, dass du reif bist und mitfühlend sein kannst. Mein Sohn hasst sich selbst, das hat er schon immer, und ich dachte, das geht immer so weiter. Aber dann bist du gekommen. Ich war außer mir, als deine Mutter gesagt hat, was er dir angetan hat, und das tut mir leid. Ich weiß nicht, was ich bei Hardin falsch gemacht habe. Ich habe versucht, die bestmögliche Mutter zu sein, aber es war verdammt schwierig ohne seinen Vater. Ich musste dauernd arbeiten und konnte ihm nicht genügend Aufmerksamkeit geben. Vielleicht hätte er sonst mehr Respekt für Frauen.«

Wenn sie heute nicht schon alle Tränen vergossen hätte, würde sie nun bestimmt weinen. Ich will sie trösten, sie ist so niedergedrückt von ihren Schuldgefühlen. »Es liegt nicht an dir. Ich glaube, es hat viel mit seinen Gefühlen für seinen Vater zu tun und damit, welche Freunde er sich sucht. An beidem bin ich dran. Ich versuche, das zu verändern. Bitte, mach dich deswegen nicht fertig. Nichts von alldem ist deine Schuld.«

Trish streckt mir die Hände über den Tisch entgegen. »Du bist wirklich der Mensch mit dem größten Herzen, der mir in meinen fünfunddreißig Jahren je begegnet ist.«

Ich sehe sie überrascht an. »Fünfunddreißig?«

»Hey, lass es einfach stehen. Dafür gehe ich doch noch durch, oder?« Sie lächelt.

»Auf jeden Fall«, erwidere ich lachend.

Vor zwanzig Minuten war ich am Rand eines Nervenzusammenbruchs, und jetzt mache ich hier mit Trish Witze. Aber seit ich beschlossen habe, Hardins Vergangenheit Vergangenheit sein zu lassen, lässt die Anspannung nach.

»Vielleicht sollte ich ihn anrufen und ihm sagen, wie ich mich entschieden habe«, überlege ich laut.

Trish grinst mich schief an. »Ich finde, er sollte ruhig noch ein Weilchen schmoren.«

Die Vorstellung, ihn weiter zu quälen, ist nicht schön, aber Zeit, um über das nachzudenken, was er getan hat, kann ihm wirklich nicht schaden. »Wahrscheinlich hast du recht …«

»Er muss lernen, dass falsche Entscheidungen Konsequenzen nach sich ziehen.« Sie hat auf einmal ein Funkeln in den Augen. »Wie wäre es, wenn ich uns Abendessen koche, und *danach* kannst du Hardin von seinem Leid erlösen?«

Ich bin froh über ihren Sinn für Humor. Sie bahnt mir einen Weg aus diesem traurigen Durcheinander, das Hardins Verhalten in mir angerichtet hat. Ich will damit abschließen, oder es zumindest versuchen. Aber er muss begreifen, dass so etwas absolut nicht in Ordnung ist, und ich muss wissen, ob er noch mehr Leichen im Keller hat, die nur darauf warten, mich heimzusuchen.

»Worauf hättest du denn Lust?«

»Was immer da ist, und ich kann gerne helfen«, biete ich an, doch sie schüttelt den Kopf.

»Versuch einfach, dich zu entspannen, so gut es geht. Du hast einen langen Tag hinter dir. Erst Hardin … und dann deine Mom.«

Ich verdrehe die Augen. »Ja, sie ist echt … schwierig.«

Trish öffnet grinsend den Kühlschrank. »›Schwierig‹? Ich hätte jetzt eher ein anderes Wort gewählt, aber schließlich ist sie deine Mutter …«

»Das B-Wort passt schon ziemlich gut auf sie.« Ich will es vor Trish nicht noch einmal aussprechen.

»O ja, sie ist eine echte Bitch. Dann sag ich es eben.« Als sie lacht, stimme ich mit ein.

Trish macht Chicken Tacos, und wir unterhalten uns über Weihnachten, das Wetter und alles Mögliche bis auf das, was mir eigentlich dauernd durch den Kopf geht: Hardin.

Irgendwann habe ich das Gefühl, dass ich sterbe, wenn ich ihn nicht gleich anrufe und ihm sage, er soll nach Hause kommen.

»Meinst du, er hat jetzt lange genug ›geschmort‹?« Dass ich die Minuten gezählt habe, erzähle ich ihr nicht.

»Nein, aber das ist nicht meine Entscheidung«, erwidert Trish.

»Ich kann einfach nicht anders.«

Ich gehe ins Wohnzimmer, um ihn anzurufen. Er klingt ziemlich überrascht. »Tessa?«

»Hardin, wir müssen noch über eine Menge reden, aber ich fände es gut, wenn wir das hier zu Hause machen könnten.«

»Jetzt schon? Ja – ja, natürlich, ich komme!«, beeilt er sich zu sagen. »Ich bin gleich da.«

»Okay.« Dann lege ich auf. Mir bleibt nicht viel Zeit, noch einmal über alles nachzudenken, bevor er wieder hier ist. Ich muss in der Sache hart bleiben und ihm klarmachen, dass das, was er getan hat, falsch ist. Und dass ich ihn trotzdem liebe.

Während ich warte, gehe ich unruhig auf dem kalten Fußboden auf und ab. Nach gefühlt einer Stunde geht die Wohnungstür auf, und ich höre seine Boots im Flur.

Als er die Schlafzimmertür öffnet, bricht mir zum tausendsten Mal das Herz.

Seine Augen sind verquollen und gerötet. Er sagt nichts. Stattdessen drückt er mir etwas in die Hand. *Was ist das?*

Ich sehe ihn fragend an, als er meine Finger um das zusammengefaltete Papier schließt. »Lies das, bevor du dich entscheidest«, sagt er leise. Dann gibt er mir einen flüchtigen Kuss auf die Schläfe und geht ins Wohnzimmer.

Tessa

Ich falte das Papier auf und traue meinen Augen nicht. Das Blatt ist auf beiden Seiten beschrieben. Es ist ein Brief, ein handgeschriebener Brief von Hardin.

Fast habe ich Angst, ihn zu lesen … aber ich weiß, dass ich es tun muss.

Tess,

da ich nicht so gut mit Worten kann, wenn es um meine innersten Gefühle geht, habe ich mir ein paar von Mr. Darcy geliehen, auf den du so stehst: »Ich schreibe ohne die Absicht, dir dadurch neuen Schmerz zu bereiten oder mich zu demütigen, dass ich etwa auf Wünschen beharrte, die wir beide im Interesse unserer Gemütsruhe gar nicht schnell genug vergessen können. Die Mühe, die mir das Abfassen und dir die Lektüre eines solchen Briefes bereiten muss, hätte uns erspart bleiben können, wenn nicht mein guter Ruf beides erforderlich machte. Du musst mir daher die Freiheit vergeben, mit der ich deine Aufmerksamkeit in Anspruch nehme. Ich weiß, dass dein Gefühl sich nur ungern dazu bereitfinden wird; doch ich wende mich jetzt an deinen Sinn für Gerechtigkeit …«

Ich weiß, dass ich dir unendlich viele beschissene Dinge angetan habe, und dass ich dich in keiner Weise verdient habe, aber ich bitte dich –

nein, ich flehe dich an –, vergiss, was ich getan habe. Ich weiß, ich verlange zu viel von dir, immer, und das tut mir leid. Wenn ich könnte, würde ich es rückgängig machen. Du bist wütend und enttäuscht, und das bringt mich um. Statt mich wieder herauszureden, weshalb ich so bin, wie ich bin, will ich dir von mir erzählen. Von dem Ich, das du nie getroffen hast. Am besten fange ich mit dem Scheiß an, an den ich mich erinnern kann. Da gibt es bestimmt noch mehr, aber ich schwöre dir, von heute an werde ich nichts mehr vor dir verheimlichen. Als ich etwa neun war, habe ich das Fahrrad von meinem Nachbarn gestohlen, den Reifen zerstochen und dann behauptet, ich war es nicht. Im selben Jahr habe ich einen Baseball durchs Wohnzimmerfenster geworfen und wieder gelogen. Das mit meiner Mutter und den Soldaten weißt du ja. Mein Vater ist kurz danach abgehauen, und ich war froh darüber.

Ich hatte nicht viele Freunde, weil ich ein Arsch war. Ich habe die Kinder in meiner Stufe geärgert, und zwar ziemlich oft. Praktisch jeden Tag. Ich war meiner Mom gegenüber scheiße. Das war das letzte Jahr, in dem ich ihr gesagt habe, dass ich sie liebe. Auch heute noch reize ich die Leute und bin ein Arsch, deshalb kann ich nicht alles aufzählen, aber es war viel. Mit ungefähr dreizehn bin ich zusammen mit ein paar Freunden in den Drugstore bei uns in der Straße eingestiegen und habe wahllos Sachen gestohlen. Keinen Schimmer, warum wir das gemacht haben, aber als sie einen meiner Freunde drangekriegt haben, habe ich ihn so lange bearbeitet, bis er die ganze Schuld auf sich genommen hat. Mit dreizehn habe ich dann auch meine erste Zigarette geraucht. Es hat scheiße geschmeckt, und ich musste minutenlang husten. Danach habe ich nicht mehr geraucht, bis ich mit dem Kiffen angefangen habe, aber das kommt gleich noch.

Mit vierzehn war dann mein erstes Mal, mit der älteren Schwester meines Kumpels Mark. Sie war damals siebzehn und echt eine Nutte. Es war eine ziemlich unbeholfene Aktion, aber gefallen hat es mir trotzdem. Sie hat es mit uns allen gemacht, nicht nur mit mir. Anschließend hatte ich keinen Sex mehr, bis ich fünfzehn war, doch danach ging es richtig los. Auf jeder Party habe ich eine aufgerissen. Ich habe nie gesagt, wie alt ich war, und die Frauen hatten immer Lust. Keine hat sich irgendwie für mich interessiert, und mir waren sie auch scheißegal. Im selben Jahr habe ich mit dem Kiffen angefangen, und dann auch mit dem Trinken. Meine Freunde und ich haben die Flaschen bei ihren Eltern geklaut oder wo auch immer wir welche finden konnten. Immer öfter habe ich Schlägereien angefangen. Ein paar Mal wurde ich zusammengeschlagen, aber meistens habe ich gewonnen. Ich war immer so verdammt wütend, non-stop, und es fühlte sich einfach gut an, jemand anderem wehzutun. Es hat Spaß gemacht. Am schlimmsten war es mit einem Jungen namens Tucker. Seine Familie war arm, er trug immer nur total alte Klamotten, und ich habe ihn richtig gequält. Zum Beispiel habe ich mit Filzstift Striche auf sein Shirt gemacht, nur um allen zu zeigen, wie oft er es trug, ohne es zu waschen. Fucked up, ich weiß.

Jedenfalls bin ich ihm eines Tages auf der Straße begegnet und habe ihn angerempelt, einfach nur so. Er wurde wütend und nannte mich ein Arschloch, also hab ich ihn zusammengeschlagen. Seine Nase war gebrochen, aber seine Mom hatte nicht mal genug Geld für einen Arzt. Trotzdem habe ich ihn auch danach immer wieder fertiggemacht. Ein paar Monate später ist seine Mutter gestorben, und er kam in eine Pflegefamilie, zu reichen Leuten, da hat er Glück gehabt. Eines Tages fuhr er an mir vorbei. Das war an meinem sechzehnten Geburtstag, und er saß in einer nagelneuen Karre. Damals war ich so verdammt wütend, dass ich ihm am liebsten gefolgt wäre, einfach um ihm noch mal die Nase zu brechen, aber wenn ich jetzt an ihn denke, freue ich mich für ihn.

Den Rest meines sechzehnten Lebensjahrs habe ich getrunken, mich geprügelt oder war high. Dasselbe gilt für das Jahr danach. Ich habe ein paar Autos geknackt, einige Fensterscheiben eingeschmissen. Mit achtzehn habe ich dann James kennengelernt. Er war cool, weil ihm alles und jeder so scheißegal war wie mir. Wir haben uns in unserer Clique jeden Tag betrunken. Abend für Abend kam ich völlig breit nach Hause und habe auf den Fußboden gekotzt. Meine Mom musste es dann aufwischen. Fast jeden Abend ist irgendetwas kaputtgegangen ... Wir hatten unsere eigene kleine Gang, und keiner hat sich mit uns angelegt. Aus gutem Grund.

Dann fingen die Spiele an, und was mit Natalie passiert ist, weißt du. Das war das Schlimmste, ich schwör's. Ich weiß, du kannst nicht fassen, dass mir egal war, was mit ihr passiert ist. Ich weiß selbst nicht, weshalb mich das null interessiert hat, aber so war es eben. Vorhin, auf dem Weg in dieses Motel hier, musste ich an Natalie denken. Ich fühle mich deswegen immer noch nicht so schlecht, wie ich sollte, aber auf einmal habe ich mir vorgestellt: Was, wenn das jemand mit dir macht? Als ich mir vorstellte, du wärst an Natalies Stelle, hätte ich fast rechts ranfahren und kotzen müssen. Es war falsch, unglaublich falsch von mir. Eine von den anderen Mädchen, Melissa, hat sich auch in mich verknallt, aber da lief nichts. Sie war nervig und so laut. Ich habe rumerzählt, sie hätte ein Problem mit ihrer Körperhygiene, da unten ... sodass alle sie deswegen gedisst haben. Ab da ließ sie mich in Ruhe. Einmal wurde ich verhaftet, weil ich in der Öffentlichkeit betrunken war, und meine Mom war so sauer, dass sie mich die ganze Nacht auf der Wache gelassen hat. Als dann der Mist mit Natalie rauskam, hatte sie die Nase voll. Ich bin ausgerastet, als sie drohte, mich in die USA zu schicken. Ich wollte dableiben, egal wie abgefuckt mein Leben war – und egal, wie abgefuckt ich war. Aber als ich bei einem Festival vor aller Augen jemanden verprügelte, hat sie ernst gemacht. Ich habe mich an der WCU beworben und wurde genommen, klar.

Am Anfang fand ich es hier in Amerika total beschissen. Ich habe alles gehasst. Und ich war so wütend, dass ich in der Nähe meines Vaters war, dass ich noch mehr randaliert und gefeiert habe. Steph habe ich als Erstes kennengelernt. Wir haben auf einer Party miteinander rumgemacht, und sie stellte mich dem Rest der Gang vor. Nate und ich haben uns am besten verstanden. Dan und Jace waren Idioten, vor allem Jace.

Das mit Dans Schwester weißt du bereits, den Teil kann ich also überspringen. In der Zeit habe ich ein paar Frauen gefickt, aber nicht so viele, wie du vielleicht denkst. Nach unserem ersten Kuss hatte ich noch einmal Sex mit Molly, aber der einzige Grund dafür war, dass ich nicht aufhören konnte, an dich zu denken. Tess, ich habe dich einfach nicht mehr aus meinem Kopf gekriegt. Ich hatte gehofft, es würde helfen, aber das hat nicht funktioniert, denn ich wusste ja, dass du es nicht warst. Du wärst besser gewesen. Ich dachte immer wieder, wenn ich Tessa nur noch ein einziges Mal sehe, merke ich endlich, dass es sich bloß um eine total lächerliche Schwärmerei handelt, mehr nicht. Reine Lust. Doch jedes Mal, wenn ich dich sah, wollte ich mehr und mehr. Ich dachte mir Dinge aus, um dich zu ärgern, nur damit ich höre, wie du meinen Namen sagst. Ich wollte wissen, woran du im Seminar denkst, wenn du mit gerunzelter Stirn ins Buch starrst. Ich wollte die Falte zwischen deinen Brauen glattstreichen. Ich wollte wissen, worüber ihr tuschelt, Landon und du. Ich wollte wissen, was du in deinen verdammten Organiser schreibst. Einmal hätte ich ihn dir sogar fast weggenommen. An dem Tag, als er dir runterfiel und ich ihn dir aufgehoben habe. Wahrscheinlich erinnerst du dich nicht mehr daran, aber du hattest ein violettes Top und diesen scheußlichen grauen Rock an, den du damals andauernd getragen hast.

Nach jenem Tag bei dir im Zimmer, als ich deine Notizen zerfleddert und dich gegen die Wand gedrückt und geküsst habe, war es vorbei mit mir. Ich habe pausenlos an dich gedacht. Jeder Gedanke war von dir besetzt. Zuerst wusste ich nicht, was es ist – und weshalb ich auf einmal so besessen von dir war. Als du das erste Mal bei mir übernachtet hast, habe ich es dann kapiert. Dass ich dich liebe. Ich wusste, ich würde alles für dich tun. Das klingt jetzt wie der reinste Bullshit nach allem, was du wegen mir durchmachen musstest, aber es stimmt. Ich schwöre es.

Ich habe davon geträumt – ich und Träumen! –, was wir zusammen haben könnten. Ich stellte mir dich auf dem Sofa vor, mit einem Stift zwischen den Zähnen und einem Roman in der Hand, deine Füße auf meinem Schoß. Keine Ahnung warum, aber dieses Bild wurde ich nicht mehr los. Es hat mich fertiggemacht, dich so absolut zu begehren, und gleichzeitig zu wissen, dass du nie dasselbe für mich empfinden würdest. Ich habe alle davor gewarnt, sich neben dich zu setzen. Ich habe Landon gedroht, damit der Platz noch frei war, einfach nur um dir nahe zu sein. Immer wieder habe ich mir eingeredet, dass ich diese ganze kranke Scheiße nur wegen der Wette mache. Ich wusste, dass ich mir was vormachte, aber zugeben konnte ich das noch lange nicht. Dabei habe ich echt krasse Sachen gemacht, also richtig krasse Scheiße, so besessen war ich von dir. Ich unterstrich zum Beispiel Sätze in Büchern, die mich an dich erinnerten. Willst du den ersten hören? Es war: »So stieg er auf das Eis hinunter, vermied es aber, wie man es bei der Sonne tut, Kitty lange anzusehen; aber er sah sie, wie die Sonne, auch ohne hinzublicken«. Als ich mir diese Stelle markierte, ausgerechnet fucking Tolstoi, da wusste ich, dass ich dich liebe.

Als ich dir vor allen anderen sagte, dass ich dich liebe, habe ich das ernst gemeint. Ich war nur zu blöd, es zuzugeben, nachdem du mich hast abblitzen lassen. An dem Tag, an dem du gesagt hast, du liebst mich, hatte ich das erste Mal Hoffnung, Hoffnung für mich. Für uns. Keine Ahnung, weshalb ich dir weiterhin wehgetan und dich so scheiße behandelt habe. Ich verschwende deine Zeit jetzt nicht mit Entschuldigungen, denn ich habe keine. Ich mache immer automatisch das Falsche und habe diese schlechten Angewohnheiten, und ich kämpfe dagegen an. Alles, was ich sicher weiß, Tess, ist, dass du mich glücklich machst. Du liebst mich, obwohl du es nicht solltest, und ich brauche dich. Ich habe dich immer gebraucht und werde es immer tun. Als du mich letzte Woche verlassen hast, war ich so verloren. Vollkommen verloren ohne dich. Ich hatte letzte Woche ein Date mit einer anderen Frau. Ich wollte es dir nicht erzählen, aber ich kann nicht riskieren, dich wieder zu verlieren. Aber ich würde es nicht mal als Date bezeichnen. Es ist nichts gelaufen. Fast hätte ich sie geküsst. Aber ich konnte sie nicht küssen, ich kann niemanden küssen außer dir. Sie war langweilig und gar nicht *mit dir zu vergleichen. Niemand ist mit dir zu vergleichen, und das wird auch so bleiben.*

Wahrscheinlich ist es zu spät, vor allem jetzt, wo du alles weißt. Ich kann nur beten, dass du mich immer noch genauso liebst, nachdem du das hier gelesen hast. Wenn nicht, ist das okay. Das verstehe ich. Ich weiß, du kannst etwas Besseres kriegen als mich. Ich bin nicht romantisch. Ich werde dir nie ein Gedicht schreiben oder einen Song komponieren.

Ich bin noch nicht mal nett.

Ich kann dir nicht versprechen, dass ich dich nie wieder verletzen werde, aber ich kann schwören, dass ich dich lieben werde bis zu meinem letzten Atemzug. Ich bin schrecklich und habe dich nicht verdient, aber ich hoffe, dass du mir die Chance gibst, alles zu tun, damit du wieder an mich glaubst. Es tut mir so verdammt leid, dass ich dir so wehgetan habe, aber ich verstehe, wenn du mir das nicht verzeihen kannst.

Sorry. Dieser Brief sollte eigentlich nicht so lang werden. Ich schätze mal, ich habe mehr Scheiße gebaut, als ich dachte.

Ich liebe dich. Immer.

Hardin

Ich sitze da und starre wie betäubt das Blatt Papier an. Dann lese ich den Brief noch zweimal. Ich weiß nicht, was ich erwartet habe, aber das hier nicht. Wie kann er behaupten, er wäre nicht romantisch? Das Charm Bracelet an meinem Handgelenk und dieser wunderbare, wenn auch verstörende Brief beweisen doch das Gegenteil. Und dann noch der erste Absatz von Darcys Brief an Elizabeth.

Jetzt, wo er mir alles erzählt hat, liebe ich ihn umso mehr. Er hat vieles getan, das ich nie tun würde, abartige Dinge, die viele Menschen tief verletzt haben – doch was für mich am meisten zählt, ist, dass das nun vorbei ist. Er hat Fehler gemacht, aber ich darf nicht vergessen, dass er sich geändert hat oder es wenigstens versucht. Nicht vergessen, dass er mich liebt. Ich gebe es nur ungern zu, aber es hat etwas Poetisches, dass er nie jemanden geliebt hat außer mir.

Ich schaue noch eine Weile auf den Brief hinunter, bis es an der Schlafzimmertür klopft. Nachdem ich ihn schnell zusammengefaltet habe, schiebe ich ihn in die unterste Kommodenschublade. Nicht dass Hardin noch darauf besteht, das Geschriebene wegzuwerfen oder zu zerreißen, jetzt wo ich ihn gelesen habe.

»Herein.« Ich gehe ihm entgegen.

Er öffnet mit gesenktem Blick die Tür. »Hast du …«

»Ja, hab ich …« Ich hebe sein Kinn, damit er mich ansieht, genauso, wie er es normalerweise mit mir macht.

Seine geröteten Augen sind so groß und traurig. »Es war dumm … Ich weiß, ich hätte nicht …«, murmelt er.

»Nein, überhaupt nicht. Es war überhaupt nicht bekloppt.« Obwohl ich sein Kinn loslasse, sieht er mich weiterhin an. »Hardin, das alles ist genau das, was ich schon so lange von dir hören wollte.«

»Tut mir leid, dass es so lange gedauert hat und dass ich es aufschreiben musste … Irgendwie war das einfacher. Ich bin nicht gut darin, die Sachen auszusprechen.« Das Rot seiner verweinten Augen hebt das leuchtende Grün seiner Iris' noch mehr hervor.

»Das weiß ich doch.«

»Hast du … Sollen wir darüber reden? Brauchst du mehr Zeit, jetzt, wo du weißt, wie scheiße ich wirklich bin?« Er verzieht das Gesicht und blickt wieder zu Boden.

»Bist du nicht. Du warst … Du hast viel Mist gebaut … heftige Sachen.« Er nickt. Ich ertrage es nicht, ihn so down zu sehen, selbst mit seiner Vorgeschichte. »Aber das heißt nicht, dass du schlecht bist. Du bist kein schlechter Mensch mehr.«

Er sieht auf. »Was?«

Ich nehme sein Gesicht in meine Hände. »Ich sagte, du bist kein schlechter Mensch.«

»Glaubst du das wirklich? Hast du gelesen, was ich geschrieben habe?«

»Ja, und dass du es mir aufgeschrieben hast, beweist es doch auch.«

Verwirrung huscht über sein vollkommenes Gesicht. »Ich check's noch nicht. Du wolltest Zeit haben und hast eben diese ganze Scheiße gelesen, und trotzdem sagst du das?«

Sanft streiche ich mit dem Daumen über seine Wangen. »Auch jetzt, wo ich alles von dir weiß, habe ich meine Meinung nicht geändert.«

»Oh …« Seine Augen schimmern.

Die Vorstellung, dass er wieder weinen könnte, noch dazu vor mir, tut mir weh. Offenbar kapiert er wirklich nicht, was ich sagen will.

»Ich hatte mich schon entschieden, während du noch weg warst. Und nach dem Brief will ich mehr denn je bei dir bleiben. Hardin, ich liebe dich.«

44

Tessa

Hardin nimmt meine Hände und hält sie einen Augenblick lang fest, bevor er die Arme um mich schlingt, als könnte ich verschwinden, sobald er mich loslässt.

Schon während ich die Worte *Bei dir bleiben* aussprach, fühle ich mich wie befreit. Ich muss mir nicht länger Sorgen machen, dass uns Geheimnisse von früher einholen. Ich muss nicht mehr ängstlich darauf warten, dass jemand eine Bombe neben mir hochgehen lässt. Ich weiß alles. Endlich weiß ich alles, was er verheimlicht hat. Mir fällt der Satz ein: *Was ich nicht weiß, macht mich nicht heiß.* Doch der trifft momentan auf mich nicht zu. Ich bin entsetzt über die Dinge, die Hardin sich geleistet hat, aber ich liebe ihn und habe beschlossen, dass sie keinen Einfluss auf unser Leben haben dürfen.

Irgendwann lässt Hardin mich los und setzt sich aufs Bett. »Woran denkst du? Hast du irgendwelche Fragen? Ich werde sie ehrlich beantworten.« Ich stelle mich zwischen seine Beine. Er dreht meine Hände um, malt mit den Fingern kleine Muster in meine Handflächen und versucht in meinem Gesicht zu lesen, was ich fühle.

»Nein ... Außer dass ich gerne wüsste, was mit Natalie passiert ist ... aber Fragen habe ich im Moment keine.«

»Mit dem Typen, der ich war, bin ich fertig. Das weißt du, oder?«
Er kennt meine Antwort bereits, aber er muss es wohl noch einmal hören. »Ja, weiß ich, Babe. Ich weiß es wirklich.«

»*Babe?*« Er zieht fragend eine Augenbraue hoch.

»Keine Ahnung, warum ich das gesagt habe …« Ich werde rot. Bisher habe ich ihn immer nur Hardin genannt, deshalb fühlt es sich irgendwie seltsam an, ihn Babe zu nennen. Er sagt ja schon Baby zu mir.

»Nein … es gefällt mir.« Er lächelt.

»Ich habe dein Lächeln vermisst«, sage ich, und seine Finger halten inne.

»Ich deines auch.« Er runzelt die Stirn. »Ich bringe dich nicht oft genug zum Lächeln.«

Gerne würde ich etwas sagen, um die Zweifel aus seinem Gesicht zu vertreiben, aber ich darf ihm nichts vormachen. Er muss wissen, was ich wirklich fühle. »Ja … daran müssen wir noch arbeiten.«

Seine Finger setzen sich wieder in Bewegung, malen kleine Herzen auf meine Handflächen. »Ich weiß wirklich nicht, warum du mich liebst.«

»Es ist völlig egal, warum. Es zählt nur, dass ich es tue.«

»Der Brief war blöd, oder?«

»Nein! Kannst du eigentlich mal aufhören, dich runterzumachen? Er war wunderbar. Nicht umsonst habe ich ihn dreimal hintereinander gelesen. Es hat mich unheimlich glücklich gemacht, zu lesen, was du so über mich … über uns gedacht hast.«

Erleichtert und besorgt sieht er mich an. »Du wusstest doch, dass ich dich liebe.«

»Ja … aber es war trotzdem schön, die kleinen Dinge zu hören. Dass du dich daran erinnerst, was ich anhatte. So was eben. Solche Sachen sagst du sonst nie.«

»Ach so.« Er wirkt verlegen. Ich finde es immer noch ein bisschen komisch, dass Hardin jetzt der Verletzliche in unserer Beziehung ist. Diese Rolle war sonst immer für mich reserviert.

»Peinlich muss dir das aber nicht sein«, sage ich.

Daraufhin fasst er mich um die Taille und zieht mich auf seinen Schoß. »Ist es auch nicht«, sagt er.

Ich fahre ihm durch die Haare und halte mich mit der anderen Hand an seiner Schulter fest. »Willst du mir wieder was vormachen?«, fordere ich ihn leise heraus, und er vergräbt lachend seinen Kopf an meinem Hals.

»Was für ein Heiligabend. Das war echt ein langer Tag«, beschwert er sich, und ich muss ihm zustimmen.

»Viel zu lang. Und dass meine Mutter hier auch noch aufgetaucht ist. Die ist echt unglaublich.«

»Nicht wirklich«, meint er, und ich lehne mich ein Stück zurück, um ihn anzusehen.

»Wie bitte?«

»Man kann sie schon verstehen, irgendwie. Ja, sie geht das falsch an, aber kann man ihr vorwerfen, dass sie nicht will, dass du mit mir zusammen bist? Nein.«

Ich bin für heute durch mit dem Thema und will mir auch nicht vorstellen, meine Mutter könnte irgendwie recht haben. Deshalb starre ich ihn nur an und klettere von seinem Schoß, um mich neben ihn aufs Bett zu setzen.

»Tess, schau mich nicht so an. Jetzt, wo ich mal richtig über alles nachgedacht habe, was ich verbockt habe, da finde ich es eigentlich okay, wenn sie sich sorgt.«

»Trotzdem, recht hat sie aber nicht. Können wir jetzt bitte aufhören, über sie zu reden?« Das extreme Auf und Ab des Tages – eigentlich des ganzen Jahres – holt mich ein, ich bin einfach nur müde und gereizt. Das Jahr ist fast vorbei. Ich kann es kaum fassen.

»Okay, über was würdest du denn gerne reden?«, fragt er.

»Ich weiß nicht … irgendwas Harmloses.« Ich versuche, mich

mit einem Lächeln selbst aufzumuntern. »Zum Beispiel darüber, wie romantisch du sein kannst.«

»Ich bin nicht romantisch.«

»Nein? Aber so ein Brief ist doch ein absoluter Klassiker«, ziehe ich ihn auf.

Er verdreht die Augen. »Das war kein Brief, das war eine Notiz. Eine Notiz, die höchstens einen Absatz lang werden sollte.«

»Na gut. Also eine romantische Notiz.«

»Ach, sei still …« Er stöhnt theatralisch.

Lachend wickele ich eine seiner Locken um meinen Finger. »Ist das wieder so ein Trick, damit ich mich ärgere und deinen Namen sage?«

Seine blitzschnelle Bewegung überrascht mich, und ich reagiere nicht schnell genug. Er packt mein Handgelenk und drückt mich nach hinten aufs Bett, sodass er über mir ist. »Nein. Ich habe andere Methoden entwickelt, damit du meinen Namen sagst«, flüstert er dicht an meinem Ohr.

Diese wenigen Worte reichen, um das Feuer in meinem ganzen Körper zu entzünden. »Ach ja?« Meine Stimme ist belegt.

Doch plötzlich taucht Natalies gesichtslose Gestalt vor meinem inneren Auge auf, und mir wird schlecht. »Lass uns lieber warten, bis deine Mutter gerade nicht nebenan ist«, schlage ich vor. Teils weil ich wirklich mehr Zeit brauche, langsam wieder in unserer Beziehung anzukommen, aber auch, weil es das eine Mal schon peinlich genug war.

»Ich könnte sie einfach rauswerfen«, sagt er, doch er rollt sich von mir herunter.

»Oder ich könnte dich rauswerfen.«

»Ich gehe hier nicht mehr weg. Und du auch nicht.« Ich freue mich zu hören, wie bestimmt, wie sicher er das sagt.

Wir liegen nebeneinander und starren an die Decke. »Das war's dann also, kein Hin und Her mehr?«, frage ich.

»Nein. Keine Geheimnisse, keine Trennungen mehr. Meinst du denn, du schaffst es, mich wenigstens eine Woche lang mal nicht zu verlassen?«

Lachend stupse ich seine Schulter an. »Meinst du, du schaffst es, mich mal wenigstens eine Woche lang nicht zu nerven?«

»Nee, wahrscheinlich nicht«, antwortet er.

Als ich meinen Kopf drehe, sehe ich das fette Grinsen auf seinem Gesicht. »Du musst aber auch ab und zu bei mir auf dem Campus übernachten. Das ist eine lange Fahrt.«

»Auf dem Campus? Du wohnst nicht auf dem Campus. Du wohnst hier.«

»Wir sind gerade wieder frisch zusammen. Hältst du das wirklich für eine gute Idee?«

»Du bleibst hier. Ende der Diskussion.«

»Du bist wohl ganz schön durch den Wind, so den Macker zu geben«, sage ich und stütze mich auf den Ellbogen, damit ich ihn ansehen kann. Dazu schüttele ich leicht den Kopf, doch ich lächele. »Ich will gar nicht wieder auf den Campus ziehen. Ich wollte nur mal hören, was du sagst.«

»So, so«, meint er, und richtet sich ebenfalls auf. »Wie schön, dass du schon wieder nervst.«

»Wie schön, dass du schon wieder die Klappe aufreißen kannst. Ich hatte schon Angst, dass du nach diesem romantischen Brief vielleicht ein Weichei geworden bist.«

»Wenn du mich noch einmal romantisch nennst, dann leg ich dich jetzt und sofort flach, Mom hin oder her.«

Ich reiße die Augen auf, und er lacht so laut, wie ich ihn noch nie habe lachen hören. »Das war ein Spaß! Du solltest mal dein Gesicht sehen!«

Ich muss mitlachen.

Sobald wir uns wieder beruhigt haben, meint er: »Dürfen wir eigentlich nach allem, was heute passiert ist, überhaupt lachen?«

»Vielleicht gerade *deswegen*.« So ist das immer: Wir streiten uns, und dann vertragen wir uns wieder.

»Unsere Beziehung ist schon irgendwie abgefuckt.« Er lächelt.

»Ja … ein bisschen vielleicht.« Es war auf jeden Fall ein ganz schönes Drama.

»Aber jetzt nicht mehr, okay? Ich versprech's.«

»Okay.« Ich beuge mich zu ihm hinüber und gebe ihm einen flüchtigen Kuss.

Doch das reicht nicht. Tut es ja nie. Als ich seine Lippen zum zweiten Mal berühre, bleibe ich eine Sekunde so. In genau demselben Moment öffnen wir beide den Mund, und Hardin lässt seine Zunge in meinen gleiten, während ich die Hand in seinen Haaren vergrabe. Er zieht mich auf sich drauf und massiert meine Zunge mit seiner. Egal wie chaotisch unsere Beziehung gewesen ist, diese alles verzehrende Leidenschaft war und ist immer da. Instinktiv bewege ich mein Becken, dränge mich ihm entgegen, bis ich spüre, wie er lächelt.

»Ich glaube, das reicht fürs Erste«, sagt er.

Mit einem Nicken lege ich meinen Kopf an seine Brust, während ich das Gefühl seiner warmen Arme um meinen Körper genieße. »Hoffentlich wird das morgen keine Katastrophe«, sage ich nach einigen Minuten.

Er antwortet nicht. Als ich den Kopf hebe, sehe ich, dass seine Augen geschlossen sind und sein Mund leicht offen steht. Er muss total fertig gewesen sein. Genau wie ich.

Ich stehe auf, um auf die Uhr zu schauen. Schon elf vorbei. Nachdem ich ihm vorsichtig die Jeans ausgezogen habe, ohne ihn zu wecken, kuschele ich mich wieder neben ihn. Morgen ist Weihnachten. Hoffentlich läuft es besser als heute.

45

Hardin

»Hardin.« Tessas leise Stimme. Stöhnend ziehe ich meinen Arm unter ihr heraus.

Dann nehme ich das Kissen und drücke es mir aufs Gesicht. »Ich will nicht aufstehen.«

»Es ist echt schon spät, wir müssen uns beeilen.« Sie zieht mir einfach das Kissen weg und wirft es auf den Boden.

»Bleib bei mir, hier. Lass uns absagen.« Als ich nach ihrem Arm greife, dreht sie sich auf die Seite und schmiegt ihren Körper an meinen.

»Wir können doch *Weihnachten* nicht absagen.« Lachend drückt sie ihre Lippen an meinen Hals. Doch als ich mich an sie dränge und mein Becken sich an ihrem reibt, weicht sie aus. »O nein, kommt nicht infrage.« Sie stemmt sich gegen meine Brust, damit ich nicht auf sie rolle.

Dann steigt sie aus dem Bett und lässt mich allein zurück. Eigentlich hätte ich Lust, ihr ins Bad zu folgen – nicht um sie anzufassen, sondern einfach nur, um bei ihr zu sein. Aber weil das Bett so schön warm ist, bleibe ich doch liegen. Ich bin immer noch ganz durcheinander, dass sie wirklich hier ist. Es ist unglaublich, dass sie mir immer wieder verzeiht und mich so nimmt, wie ich bin.

Weihnachten mit ihr ist auch anders. Familienfeste waren mir bisher ziemlich egal, aber wenn ich sehe, wie Tessa beim Anblick eines albernen Tannenbaums mit viel zu teuren Kugeln dran einfach nur strahlt, dann macht es das Ganze etwas erträglicher. Auch meine Mom dazuhaben, ist nicht so schlecht. Tessa scheint sie sehr zu mögen, und Trish ist von meinem Mädchen genauso besessen wie ich.

Mein Mädchen. Tessa ist wieder mein Mädchen, und ich verbringe Weihnachten mit ihr – und mit meiner kranken Familie. Was für ein Unterschied zu letztem Jahr, als ich am ersten Feiertag völlig fertig war. Nach ein paar Minuten quäle ich mich aus dem Bett und gehe in die Küche. Kaffee. Ich brauche Kaffee.

»Frohe Weihnachten«, begrüßt mich meine Mom.

»Dir auch.« Ich gehe an ihr vorbei zum Kühlschrank.

»Ich hab Kaffee gekocht.«

»Das sehe ich.« Ich nehme mir die Frosted Flakes oben vom Kühlschrank und gehe zur Kaffeekanne.

»Hardin, es tut mir leid, was ich gestern gesagt habe. Ich kann mir vorstellen, dass du sauer warst, weil ich Tessas Mom zugestimmt habe, aber du musst auch versuchen, mich zu verstehen.«

Die Sache ist die, ich verstehe sie ja tatsächlich, aber sie hat, verdammt noch mal, kein Recht, Tessa zu sagen, dass sie sich von mir trennen soll. Nach allem, was Tessa und ich durchgemacht haben, brauchen wir jemanden auf unserer Seite. Es kommt mir so vor, als würden wir beide allein gegen die ganze Welt kämpfen, und da wäre die Unterstützung meiner Mutter gar nicht schlecht.

»Mom, sie gehört einfach zu mir, Punkt. Nur zu mir.« Mit einem Küchenhandtuch wische ich den Kaffee auf, der über meinen Tassenrand geschwappt ist. Die braune Flüssigkeit hinterlässt Flecken auf dem weißen Stoff, und ich kann schon hören, wie Tessa meckert, weil ich keinen anderen Lappen genommen habe.

»Hardin, das weiß ich doch. Das sehe ich jetzt. Es tut mir leid.«

»Mir auch. Es tut mir leid, dass ich so ein Idiot war. Das war keine Absicht.«

Meine Worte scheinen sie zu überraschen. Ist ja auch klar. Ich entschuldige mich sonst nie, egal, ob ich recht habe oder nicht. So bin ich nun mal, schätze ich – ein Scheißkerl, der nicht mal zugibt, dass er einer ist.

»Schon okay. Lass uns das abhaken. Lass uns fröhlich Weihnachten im Haus deines bezaubernden Vaters feiern.« Sie lächelt zwar, aber der Sarkasmus ist nicht zu überhören.

»Ja, lass es uns abhaken.«

»Genau. Ich will nicht, dass das ganze Fest versaut ist, weil gestern so schwierig war. Ich verstehe das alles jetzt besser, die ganze Situation. Ich weiß, du liebst sie, und ich sehe, wie sehr du dich bemühst. Du wirst durch sie ein besserer Mann, und das macht mich unglaublich froh.« Als meine Mom sich ans Herz fasst, verdrehe ich die Augen. »Ehrlich, ich freue mich wirklich für dich.«

»Danke.« Ich schaue weg. »Ich liebe dich, Mom.« Die Worte fühlen sich echt komisch an, aber ihr Gesichtsausdruck ist es wert.

Sie schnappt nach Luft. »Was hast du gerade gesagt?« Ihre Augen füllen sich mit Tränen. Ich sage das sonst nie zu ihr. Keine Ahnung, warum ich das jetzt mache, vielleicht weil sie wirklich nur das Beste für mich will. Vielleicht weil sie jetzt für mich da ist und einen so großen Anteil daran hat, dass Tess mir vergeben hat. So wie sie mich nun ansieht, hätte ich ihr das schon viel früher sagen sollen. Sie hat eine Menge durchgemacht und immer versucht, mir eine gute Mutter zu sein – da hätte sie es verdient, dass ihr einziges Kind mehr als einmal in dreizehn Jahren etwas Nettes zu ihr sagt.

Ich war einfach immer so wütend – bin es immer noch –, aber es ist nicht ihre Schuld. Es war nie ihre Schuld.

»Ich liebe dich, Mom«, wiederhole ich, etwas verlegen.

Sie zieht mich an sich und drückt mich fest, viel fester, als ich es normalerweise zulasse.

»Oh, Hardin, ich liebe dich auch. So sehr.«

46

Tessa

Ich beschließe, die Haare ausnahmsweise glatt zu tragen, um mal was anderes auszuprobieren. Aber als ich fertig bin, sieht es so komisch aus, dass ich doch wieder wie üblich zum Lockenstab greife. Das alles dauert ewig, und langsam sollten wir endlich mal aufbrechen. Vielleicht brauche ich deshalb so lang, weil ein Teil von mir das Treffen hinauszögern will, denn irgendwie bin ich nervös.

Hoffentlich zeigt Hardin sich von seiner besten Seite, oder versucht es zumindest.

Ich entscheide mich für ein dezentes Make-up mit leichter Foundation, schwarzem Eyeliner und Wimperntusche. Eigentlich wäre Lidschatten dazu auch gut, aber ich muss schon den verwackelten Lidstrich dreimal neu ziehen, bevor er endlich sitzt.

»Lebst du noch?«, ruft Hardin durch die Tür.

»Ja. Ich bin fast fertig.« Zum Schluss putze ich mir die Zähne.

»Ich will noch schnell duschen, aber dann müssen wir los, wenn du pünktlich dort sein willst«, meint Hardin, als ich rauskomme.

»Okay, okay. Ich zieh mich in der Zwischenzeit an.«

Nachdem er im Bad verschwunden ist, hole ich das ärmellose schwarze Kleid aus dem Schrank, das ich extra für heute gekauft habe. Der Stoff ist fest und der Kragen hochgeschlossen. Die Schleife um die Taille hatte ich irgendwie nicht ganz so groß in Erinnerung, aber ich werde ja sowieso eine Strickjacke darübertragen. Dann nehme ich mein Charm Bracelet von der Kommode, und als ich das eingravierte Zitat aus *Sturmhöhe,* das mir so viel bedeutet, immer wieder lese, fängt es in meinem Bauch an zu kribbeln.

Allerdings kann ich mich nicht entscheiden, welche Schuhe ich anziehen soll. Mit Pumps bin ich vielleicht overdressed, also nehme ich lieber die schwarzen Ballerinas. Als ich gerade in meine weiße Strickjacke schlüpfe, kommt Hardin, der nur ein Handtuch um die Hüften geschlungen hat, ins Schlafzimmer.

Oh. Egal wie oft ich ihn so sehe, mir stockt bei seinem Anblick immer noch der Atem. Während ich den Blick nicht von seinem halbnacktem Körper losreißen kann, frage ich mich, wie ich je nicht auf Tattoos stehen konnte.

»Scheiße.« Er mustert mich von Kopf bis Fuß.

»Was ist? Stimmt was nicht?« Ich blicke suchend an mir hinunter.

»Du siehst … unglaublich unschuldig aus.«

»Ist das gut oder schlecht? Es ist Weihnachten, da wollte ich nicht zu aufgetakelt sein.« Auf einmal bin ich mir unsicher wegen meines Outfits.

»Oh, das ist gut. Sehr gut.« Er leckt sich genüsslich die Lippen. Da fällt bei mir endlich der Groschen, und ich werde rot. Schnell wende ich den Blick ab, bevor wir etwas anfangen, das wir nicht zu Ende bringen sollten. Zumindest jetzt nicht. »Danke. Was ziehst du denn an?«

»Was ich immer anziehe.«

Erstaunt sehe ich ihn an. »Oh.«

»Ich mach mich sicher nicht chic, um zu meinem Dad zu gehen.«

»Schon klar … Vielleicht könntest du das Shirt anziehen, das deine Mutter dir zu Weihnachten geschenkt hat?«, schlage ich vor, obwohl ich genau weiß, wie aussichtslos es ist.

Er lacht laut auf. »Keine Chance.« Dann zieht er im Schrank eine Jeans vom Bügel, der dabei auf den Boden kracht. Was er wie immer nicht bemerkt. Ich beschließe aber, nichts zu sagen, sondern das Zimmer zu verlassen, als Hardin das Handtuch fallen lässt.

»Ich gehe mal rüber zu deiner Mom«, krächze ich und versuche, seinen nackten Körper nicht so anzustarren.

Er grinst. »Wie du meinst.«

Trish hat heute einen ganz anderen Look, denn sie trägt ein rotes Kleid und hohe schwarze Schuhe anstatt ihres üblichen Jogginganzugs.

»Du siehst wunderschön aus!«, sage ich.

»Bist du sicher? Ist es nicht zu übertrieben, mit dem Make-up und allem?«, fragt sie nervös. »Also nicht, dass es mir wichtig wäre – ich will nur nicht schlecht aussehen, wenn ich nach all den Jahren meinen Exmann wieder treffe.«

»Glaub mir, du siehst umwerfend aus«, versichere ich ihr und entlocke ihr ein kleines Lächeln.

»Seid ihr fertig, ihr zwei?« Hardin kommt zu uns ins Wohnzimmer. Seine Haare sind noch feucht, aber irgendwie gelingt es ihm trotzdem, perfekt auszusehen. Schwarze Jeans, schwarzes T-Shirt, und dazu die schwarzen Chucks aus Seattle, die mir so gut gefallen.

Seiner Mutter scheint sein Look nicht weiter aufzufallen, vermutlich weil sie immer noch mit ihrem eigenen Outfit beschäftigt ist. Hardin betrachtet Trish, als sähe er sie zum ersten Mal. Dann fragt er: »Warum bist du so aufgebrezelt?«

Sie wird ein bisschen rot. »Warum nicht, es ist schließlich Weihnachten.«

»Kommt mir komisch vor –«

Ich falle ihm ins Wort, bevor er etwas sagen kann, was seiner Mutter den Tag verderben könnte. »Hardin, sie sieht hübsch aus, und ich habe mich genauso chic gemacht wie sie.«

Während der Fahrt sind wir alle ziemlich still, sogar Trish. Ich merke, wie nervös sie ist, und wer könnte ihr das verübeln? Ich bin ja aus verschiedenen Gründen selber total angespannt. Je näher wir unserem Ziel kommen, umso schlimmer wird es. Was gäbe ich jetzt für einen ganz ruhigen Feiertag.

Als wir schließlich vor dem Haus parken, meint Trish überrascht: »*Da* drin wohnt er?«

»Ganz genau. Hab dir doch gesagt, es ist groß.« Hardin stellt den Motor ab.

»Ganz so riesig hatte ich es mir nicht vorgestellt«, murmelt sie.

Hardin springt aus dem Auto und öffnet seiner Mutter die Tür, weil sie immer noch total geschockt dasitzt. Gemeinsam gehen wir die Stufen zur Haustür hinauf. Da ich Hardins besorgtes Gesicht sehe, drücke ich beruhigend seine Hand, und er lächelt immerhin ein wenig. Statt zu klingeln, geht er einfach ins Haus.

Karen steht im Wohnzimmer und strahlt uns mit so viel Herzlichkeit an, dass es ansteckend ist. Sofort fühle ich mich wenigstens einen Hauch besser. Hardin geht mit seiner Mom vorneweg, doch er lässt meine Hand dabei nicht los.

»Vielen Dank, dass ihr alle gekommen seid.« Karen geht auf Trish zu, da Hardin bekanntlich keinen Wert auf Vorstellungsrunden legt. »Hallo, Trish. Ich bin Karen.« Sie streckt ihr die Hand hin. »Es ist so schön, dass ich Sie endlich kennenlerne. Ich weiß es sehr zu schätzen, dass Sie alle drei gekommen sind. Wollen wir der Einfachheit halber gleich du sagen?« Karen wirkt vollkommen entspannt, aber ich kenne sie inzwischen gut genug, um zu wissen, dass der Schein trügt.

»Hallo, Karen. Ja, sehr gern. Ich freue mich auch, dich kennenzulernen.« Trish schüttelt ihre Hand.

In diesem Moment kommt Ken ins Wohnzimmer. Als er uns entdeckt, stutzt er, dann bleibt sein Blick an seiner Exfrau hängen. Ich lehne mich an Hardin und denke mir, hoffentlich hat Landon Ken überhaupt vorgewarnt, dass wir kommen.

»Hallo, Ken.« Trish ist die Nervosität von vorhin überhaupt nicht mehr anzuhören.

»Trish … wow … hallo«, stammelt er.

Vermutlich ist sie mit seiner Reaktion ziemlich zufrieden, denn sie erwidert: »Du hast dich … verändert.«

Ich habe mir schon versucht vorzustellen, wie Ken damals wohl ausgesehen hat – die Augen vom Schnaps gerötet, verschwitzte Stirn, blasses Gesicht –, aber es gelingt mir irgendwie nicht.

»Ja … du dich auch«, antwortet er.

Von so viel Spannung in der Luft ist mir ganz schwindelig, deshalb bin ich total froh, als Karen plötzlich »Landon!« ruft und er ins Zimmer kommt. Auch Karen ist sichtbar erleichtert über das Auftauchen ihres geliebten Sohnes. In seiner blauen Stoffhose und dem weißen Hemd mit schwarzer Krawatte kann er sich wirklich sehen lassen.

»Wow, du siehst toll aus«, sagt er staunend und breitet zur Begrüßung die Arme aus.

Hardin hält meine Hand ganz fest, doch es gelingt mir, mich zu befreien, um Landon ebenfalls zu umarmen. »Du bist aber auch sehr chic«, gebe ich das Kompliment zurück.

Hardin legt mir den Arm um die Taille, damit er mich wieder an sich ziehen kann, enger als zuvor. Landon rollt bloß die Augen, dann wendet er sich Trish zu. »Hallo, Ma'am. Ich bin Landon, Karens Sohn. Wie schön, Sie endlich kennenzulernen.«

»Oh, bitte, nenn mich nicht Ma'am. Sag ganz einfach Trish zu mir.« Sie lacht. »Aber ich freue mich auch sehr, dich kennenzulernen. Tessa hat mir viel von dir erzählt.«

Er lächelt. »Hoffentlich nur Gutes.«

»Hauptsächlich«, erwidert sie augenzwinkernd.

Landons charmante Art scheint die Atmosphäre etwas aufzulockern. Dann meldet sich Karen zu Wort. »Also, ihr kommt gerade rechtzeitig. Die Gans wird in ein paar Minuten serviert!«

Ken führt uns ins Esszimmer, während Karen in der Küche verschwindet. Es überrascht mich nicht, dass der Tisch mit feinstem

Porzellan, poliertem Silberbesteck und eleganten Serviettenringen aus Holz gedeckt ist. Verschiedene Platten mit appetitlich angerichteten Beilagen stehen ebenfalls schon bereit. Die Gans ist rings herum mit dicken Orangenscheiben und oben mit einem Sträußchen roter Beeren verziert. Alles ist so schön dekoriert und riecht so köstlich, dass mir das Wasser im Mund zusammenläuft. Direkt vor mir steht eine Schüssel mit Backofenkartoffeln. Der Duft nach Knoblauch und Rosmarin hängt in der Luft. Dann bewundere ich auch den Rest des Tischschmucks, der aus einem großen und verschiedenen kleineren Blumengestecken besteht, die alle das Orangen-Beeren-Motiv aufgreifen. Karen ist einfach immer eine perfekte Gastgeberin.

»Möchte jemand gerne etwas trinken? Ich habe einen ganz wunderbaren Rotwein aus dem Keller geholt.« Als ihr klar wird, was sie da gerade gesagt hat, bekommt sie einen knallroten Kopf. Alkohol ist in dieser Runde definitiv ein heikles Thema.

Trish lächelt. »Für mich sehr gern.«

Karen verschwindet wieder in der Küche. Im Esszimmer ist es so still, dass das *Plopp* des Korkens zwischen den Wänden widerzuhallen scheint. Als sie mit der geöffneten Flasche zurückkommt, würde ich sie am liebsten auch um ein Glas bitten, um das ungute Gefühl in meinem Magen zu vertreiben, doch ich entscheide mich dagegen. Dann nehmen wir Platz: Ken am Kopfende des Tisches, Karen, Landon und Trish auf der einen Seite, Hardin und ich auf der anderen. Nach einigen »Ohs« und »Ahs« füllen sich alle stumm ihre Teller.

Nach den ersten paar Bissen sieht Landon mich fragend an. Ich nicke ihm aufmunternd zu, denn ich will nicht diejenige sein, die das Schweigen bricht. Ich spieße ein Stück Gans auf die Gabel, und Hardin legt seine Hand auf meinen Oberschenkel.

Nachdem Landon sich den Mund an seiner Serviette abgewischt hat, wendet er sich an Trish. »Und, Trish, was hältst du so von Amerika? Ist das dein erster Besuch?«

Sie nickt. »Ja, ich bin zum ersten Mal hier. Ich würde zwar nicht hier leben wollen, aber sonst gefällt es mir schon. Hast du denn vor, nach dem Studium in Washington zu bleiben?« Dabei sieht sie Ken an, als würde sie ihn fragen statt Landon.

»Ich weiß noch nicht genau. Meine Freundin zieht nächsten Monat nach New York, deshalb hängt es ein bisschen davon ab, wie es bei ihr weitergeht.«

Ganz egoistisch hoffe ich, dass er ihr nicht so bald folgt.

»Also, ich bin froh, wenn Hardin seinen Abschluss in der Tasche hat und wieder nach Hause kommt«, meint Trish, und mir fällt vor Schreck die Gabel aus der Hand.

Alle Blicke richten sich auf mich. Mit einem entschuldigenden Lächeln hebe ich das Besteck wieder auf.

»Du ziehst nach dem Abschluss zurück nach England?«, erkundigt sich Landon bei Hardin.

»Ja klar«, antwortet er barsch.

»Oh.« Landon sieht mich an. Hardin und ich haben noch nie über seine Pläne nach dem College gesprochen, aber irgendwie bin ich nie auf die Idee gekommen, dass er wieder nach England gehen könnte. Das werden wir später ausdiskutieren müssen, nicht jetzt vor allen anderen.

»Und du, Ken … wie gefällt es dir in den USA? Hast *du* vor, für immer hierzubleiben?«, erkundigt sich Trish.

»Ja, ich bin sehr gern hier. Ich bleibe auf jeden Fall.«

Lächelnd nimmt Trish einen Schluck von ihrem Wein. »Früher hast du Amerika immer gehasst.«

»Das stimmt … *früher*.« Er lächelt etwas schief zurück.

Karen und Hardin rutschen etwas unruhig auf ihren Stühlen hin und her, während ich mich darauf konzentriere, meine Kartoffel gründlich zu kauen.

»Gibt's vielleicht noch ein anderes Thema außer Amerika?«, schnaubt Hardin. Ich verpasse ihm unterm Tisch einen leichten Tritt, doch er reagiert nicht.

Karen nutzt schnell die Gelegenheit, mich zu fragen: »Tessa, wie war denn dein Wochenende in Seattle?«

Ich weiß, dass sie nur Konversation machen will, aber ich berichte ihr bereitwillig von der Konferenz und meinem Job bei Vance. Damit überstehen wir zumindest den Hauptgang, weil mir alle immer neue Fragen stellen, um dieses unverfängliche Thema am Laufen zu halten.

Nachdem wir mit der leckeren Gans und den Beilagen fertig sind, helfe ich Karen beim Abräumen. Sie wirkt in Gedanken versunken, deshalb bemühe ich mich nicht um eine Unterhaltung, während wir in der Küche sauber machen.

»Trish, möchtest du noch ein Glas Wein?«, erkundigt sie sich, als wir anschließend alle ins Wohnzimmer umziehen. Hardin, Trish und ich setzen uns auf ein Sofa, Landon in den Sessel und Karen und Ken nehmen uns gegenüber Platz. Es fühlt sich an wie zwei gegnerische Mannschaften, mit Landon als Schiedsrichter.

»Ja, bitte. Der schmeckt wirklich fantastisch.« Trish reicht Karen ihr leeres Glas zum Nachschenken.

»Danke. Wir haben ihn dieses Jahr in Griechenland gekauft. Das war wirklich ein unheimlich schöner –« Sie bricht mitten im Satz ab. Nach einer kurzen Pause fügt sie hinzu: »Es ist so ein schönes Land.«

Trish bedankt sich lächelnd für den Wein. »Der ist auf jeden Fall köstlich.«

Zuerst verstehe ich nicht, wo das Problem liegt, aber dann wird mir klar, dass Karen den Ken bekommen hat, den Trish nie hatte. Sie genießt Reisen nach Griechenland und um die ganze Welt, hat ein riesiges Zuhause, neue Autos und vor allem einen liebevollen, nüchternen Ehemann. Innerlich applaudiere ich Trish, dass sie nicht nachtragend, sondern so stark ist. Sie gibt sich größte Mühe, höflich zu sein, vor allem in Anbetracht der Umstände.

»Noch jemand? Tessa, möchtest du ein Glas?«, fragt Karen, nachdem sie Landon eines eingeschenkt hat. Unsicher sehe ich Trish und Hardin an.

»Nur eines, weil Weihnachten ist«, fügt Karen hinzu.

Da gebe ich schließlich nach. »Ja, bitte.« Wenn die Situation weiterhin so verkrampft bleibt, werde ich den Alkohol brauchen.

Als Karen mir einschenkt, sehe ich, wie Hardin mir ein paarmal zunickt. Dann sagt er plötzlich: »Was ist mit dir, Dad? Willst du auch ein Glas Wein?«

Alle sehen ihn erschrocken an. Um ihn zum Schweigen zu bringen, drücke ich seine Hand.

Aber er fährt mit einem fiesen Grinsen fort: »Was denn? Nein? Na komm, ich wette, du hättest gerne eins. Das muss dir doch fehlen.«

47

Tessa

»Hardin!«, fährt Trish ihn an.

»Was ist denn? Ich biete ihm doch nur einen Drink an. Reine Höflichkeit.«

Ich beobachte Ken, der offensichtlich hin und her gerissen ist, ob er auf Hardins Provokation eingehen und einen Streit riskieren soll.

»Hör auf damit«, flüstere ich Hardin zu.

»Reiß dich zusammen«, sagt Trish.

»Schon gut«, meint Ken schließlich und nimmt einen Schluck von seinem Wasser.

Unauffällig sehe ich die anderen der Reihe nach an. Karen ist blass geworden. Landon starrt auf den großen Fernseher an der Wand. Trish leert ihr Weinglas in einem Zug. Ken wirkt irritiert, und Hardin wirft ihm finstere Blicke zu.

Dann verzieht er das Gesicht zu einem fiesen Lächeln. »Natürlich ist es *gut*.«

»Anscheinend bist du irgendwie sauer, also raus mit der Sprache und fertig.« Das hätte Ken besser nicht gesagt. Statt Hardins Gefühle zu diesem Thema ernst zu nehmen, klingt es so, als ginge es hier bloß um die Meinung eines kleinen Jungen, die man eben vorübergehend erdulden muss.

»Sauer? Ich bin nicht sauer, nein. Es ärgert und amüsiert mich, ja, aber sauer bin ich nicht«, erwidert Hardin ruhig.

»Was, bitte schön, amüsiert dich denn?«, fragt Ken. *Oh, Ken, sei einfach still.*

»Die Tatsache, dass du hier so tust, als wäre nie etwas passiert, als wärst du kein Riesenarschloch.« Er zeigt auf Ken und Trish. »Wie ihr zwei euch aufführt, das ist doch lächerlich.«

»Jetzt gehst du zu weit.« *Mein Gott, Ken.*

»Ach ja? Seit wann hast du das zu entscheiden?«, fordert Hardin ihn heraus.

»Seit das hier mein Haus ist. Hier entscheide ich.«

Da ist Hardin auch schon aufgesprungen. Ich versuche zwar noch, ihn am Arm festzuhalten, doch er schüttelt mich einfach ab. Schnell stelle ich mein Weinglas auf den Tisch und stehe ebenfalls auf. »Hardin, bitte!«, flehe ich und greife wieder nach seinem Arm.

Bisher lief alles so gut. Etwas holprig, aber gut. Und dann muss Hardin unbedingt diese Bemerkung machen. Ich weiß, er ist wütend auf seinen Vater wegen der Fehler, die Ken gemacht hat, das Weihnachtsessen ist allerdings der falsche Zeitpunkt, um solche Themen zu besprechen. Die beiden hatten gerade angefangen, wieder eine Beziehung zueinander aufzubauen, und wenn Hardin nicht auf der Stelle aufhört, wird es schlimmer als vorher werden.

Mit autoritärem Gebaren erhebt sich Ken, jetzt ganz Professor. »Und ich dachte, du hättest das langsam überwunden. Schließlich bist du zur Hochzeit gekommen.« Die beiden stehen sich gegenüber. Das wird garantiert nicht gut enden.

»Was denn überwunden? Du hast ja nicht mal irgendwas zugegeben! Du tust einfach so, als wäre *nichts passiert!*«

Hardin brüllt inzwischen. Mir ist ganz schwindelig, und ich wünschte, ich hätte Trish und ihm nie von Landons Einladung erzählt. Wieder einmal bin ich schuld an einem Familienstreit.

»Hardin, heute ist nicht der richtige Zeitpunkt für solche Unterhaltungen. Wir hatten es doch schön, bis du unbedingt einen Streit vom Zaun brechen musstest«, sagt Ken.

»Wann ist denn *dann* der richtige Zeitpunkt?«, entgegnet Hardin wütend. »Das ist doch alles Bullshit!«

»Nicht an Weihnachten. Ich habe deine Mutter seit Jahren nicht gesehen, und du hältst es für eine gute Idee, das ausgerechnet jetzt anzusprechen?«

»Du hast sie seit Jahren nicht mehr gesehen, weil du dich aus dem Staub gemacht hast, verdammte Scheiße! Du hast uns sitzen lassen, mit nichts – wir hatten kein Geld, kein Auto, rein gar nichts!« Hardin baut sich drohend vor seinem Vater auf.

Auch Kens Gesicht ist inzwischen rot vor Wut. Dann brüllt er: »Ihr hattet kein Geld? Ich habe jeden Monat Geld geschickt! Viel Geld! Und deine Mutter wollte das Auto nicht haben, das ich ihr angeboten habe!«

»Lügner!«, schnaubt Hardin. »Einen Scheiß hast du geschickt. Sonst hätten wir doch nicht in diesem Loch gehaust, und sie hätte nicht fünfzig Stunden die Woche schuften müssen!«

»Hardin … er lügt nicht«, mischt sich Trish ein.

Hardin fährt herum. »Was?«

Das ist eine Katastrophe, und zwar eine noch viel größere, als ich dachte.

»Dein Vater hat Geld geschickt«, erklärt sie. Dann stellt sie ihr Glas ab und kommt zu ihm herüber.

»Wo ist dieses Geld dann jetzt?« Hardin glaubt ihr offenbar nicht.

»Wir finanzieren damit dein Studium.«

Hardin zeigt wütend mit dem Finger auf Ken. »Du hast doch gesagt, dass *er* die Studiengebühren bezahlt!«, schreit er. Er tut mir so leid.

»Das tut er auch – mit dem Geld, das ich im Lauf der Jahre gespart habe. Geld, das er uns geschickt hat.«

»Fuck, was soll das?«, schimpft er. Weil ich sehe, wie fertig ihn das alles macht, stelle ich mich hinter Hardin und schiebe meine Finger durch die seiner freien Hand.

Trish fasst ihren Sohn an der Schulter. »Keine Sorge, ich habe nicht alles für dein Studium zurückgelegt, sondern auch die laufenden Rechnungen damit bezahlt.«

»Warum hast du mir das nie gesagt? *Er* sollte für meine Ausbildung zahlen – und zwar nicht mit Geld, das eigentlich für Essen und eine *anständige* Wohnung gedacht war.« Hardin wendet sich wieder seinem Vater zu. »Du hast uns trotzdem verlassen, egal ob du Geld geschickt hast oder nicht! Du Arsch hast ja noch nicht mal zu meinem verdammten Geburtstag angerufen.«

Spucke sammelt sich in Kens Mundwinkeln, und er fängt an, hektisch zu blinzeln. »Hardin, was hätte ich denn tun sollen? Bei euch bleiben? Ich war Alkoholiker, ein nutzloser Säufer – und ihr zwei hattet etwas Besseres verdient als das, was ich euch bieten konnte. Nach jenem Abend … da wusste ich, dass ich gehen muss.«

Hardin erstarrt, und sein Atem geht keuchend. »*Wage es ja nicht, von diesem Abend zu sprechen!* Das alles ist nur wegen *dir* passiert!«, knurrt er und zieht seine Hand aus meiner.

Trish wirkt wütend, Landon entsetzt und Karen … nun, die ist in Tränen aufgelöst. Da wird mir klar, dass ich diejenige bin, die das Ganze hier beenden muss.

»Das weiß ich doch! Du hast keine Ahnung, wie sehr ich mir wünsche, ich könnte es ungeschehen machen! Diese Nacht verfolgt mich seit zehn Jahren!«, sagt Ken heiser. Ich sehe ihm an, dass er versucht, nicht zu weinen.

»*Dich* verfolgt sie? Du mieses Arschloch! Im Gegensatz zu dir habe ich *zugesehen,* verdammt! Ich hab das Scheißblut vom Boden aufgewischt, während du immer noch auf Sauftour warst!« Hardin ballt die Hände zu Fäusten.

Karen hält sich wimmernd die Hand vor den Mund, dann verlässt sie fluchtartig den Raum. Ich kann ihr keinen Vorwurf daraus machen. Mir war selbst nicht bewusst, dass auch ich weine, bis mir die heißen Tränen auf die Brust tropfen. Ich hatte ja von Anfang an Sorge, dass es heute ein Drama geben könnte, aber mit so etwas hätte ich nicht gerechnet.

Ken hebt beschwichtigend die Hände. »Ich weiß, Hardin! Ich weiß! Und das kann ich durch nichts ungeschehen machen! Aber ich bin inzwischen trocken! Seit Jahren habe ich keinen Tropfen mehr angerührt! Du kannst mir das nicht bis in alle Ewigkeit vorwerfen!«

Trish schreit auf, als Hardin sich auf seinen Vater stürzt. Landon versucht noch, sich dazwischenzuwerfen, aber zu spät. Hardin schubst Ken mit voller Wucht rücklings gegen die Geschirrvitrine – den Ersatz für die, die Hardin damals kaputt gemacht hat. Halt suchend packt Ken das Shirt seines Sohnes, als Hardins Faust gegen seinen Kiefer kracht.

Wie versteinert stehe ich da, während Hardin seinen eigenen Vater angreift.

Es gelingt Ken, Hardin und sich umzudrehen, bevor dieser noch mal zuschlagen kann. Stattdessen trifft Hardin die Scheibe des Glasschranks, die dabei zersplittert. Der Anblick des Blutes reißt mich aus meiner Erstarrung. Ich packe Hardin am Shirt, doch in diesem Moment reißt er den Arm zurück und stößt mich rückwärts über den Sofatisch. Ein Rotweinglas fällt um und ergießt sich über meine weiße Strickjacke.

»Schau, was du angerichtet hast!«, brüllt Landon Hardin an und stürzt auf mich zu.

Trish, die an der Tür steht, wirft ihrem Sohn einen vernichtenden Blick zu, während Ken abwechselnd seine zerbrochene Vitrine und mich ansieht. Hardin lässt sofort von ihm ab und dreht sich nach mir um. Ich hocke auf dem Boden.

»Tessa! Tessa – alles okay?«, fragt er.

Ich nicke stumm und sehe zu, wie ein Blutrinnsal von seinen Fingerknöcheln über seinen Arm läuft. Zum Glück habe ich mir wirklich nicht wehgetan, und mein ruinierter Cardigan ist in diesem Chaos hier nicht weiter erwähnenswert.

»Weg da!«, fährt Hardin Landon an, um sich neben mich knien zu können. »Ist dir was passiert? Ich hab dich für Landon gehalten.« Mit seiner geprellten, aber nicht blutigen Hand hilft er mir auf.

»Alles okay«, wiederhole ich, doch sobald ich wieder auf den Beinen bin, entziehe ich mich seiner Berührung.

»Wir gehen«, knurrt er und will mir den Arm um die Taille legen.

Ich mache noch einen Schritt von ihm weg. Ken wischt sich währenddessen mit dem Ärmel seines weißen Hemdes das Blut vom Mund.

»Tessa, bleib hier«, drängt Landon.

»Landon, halt bloß dein Maul«, warnt ihn Hardin, doch Landon scheint unbeeindruckt. Ganz bestimmt ein Fehler.

»Hardin, hör sofort auf damit!«, fahre ich ihn an. Als er bloß wütend schnaubt, wende ich mich an Landon. »Ich komm schon klar.« Er sollte sich lieber Sorgen um Hardin machen.

»Gehen wir!«, befiehlt Hardin, doch auf dem Weg zur Tür dreht er sich um, um sicherzugehen, dass ich ihm auch wirklich folge.

»Es tut mir so leid … alles«, entschuldige ich mich im Vorbeigehen bei Ken.

Hinter mir höre ich ihn leise antworten: »Es ist meine Schuld, Tessa, nicht deine.«

Trish schweigt. Hardin schweigt. Und ich friere. Der Ledersitz ist eiskalt an meinen nackten Beinen, und meine nasse Strickjacke macht es auch nicht besser. Ich drehe die Heizung voll auf, aber als Hardin mich ansieht, richte ich den Blick aus dem Fenster. Ich weiß nicht, ob ich wütend auf ihn sein soll. Er hat uns das Weihnachtsfest verdorben und seinen eigenen Vater vor allen tätlich angegriffen.

Trotzdem tut er mir leid. Er hat so viel durchgemacht, und Ken ist nun mal der Ursprung all seiner Probleme: die Albträume, seine Wut, der mangelnde Respekt vor Frauen. Es hat ihm nie jemand beigebracht, ein Mann zu sein.

Als Hardin seine Hand auf meinen Oberschenkel legt, schiebe ich sie nicht weg. Mein Kopf dröhnt, und ich kann immer noch nicht fassen, wie das alles so schnell eskalieren konnte.

»Hardin, wir müssen darüber reden, was gerade passiert ist«, sagt Trish nach ein paar Minuten.

»Nein, müssen wir nicht«, erwidert er.

»Doch, müssen wir. Du bist zu weit gegangen.«

»Ich bin zu weit gegangen? Wie kannst du vergessen, was er alles getan hat?«

»Hardin, ich habe überhaupt nichts vergessen. Aber ich habe beschlossen, ihm zu verzeihen. Ich kann nicht ewig wütend auf ihn sein. Gewalt geht immer zu weit. Und, abgesehen davon, frisst einen diese Art von Wut auf – wenn du sie zulässt, hat sie Macht über dein Leben. Wenn du daran festhältst, wird sie dich zerstören. So will ich nicht leben. Ich will glücklich sein, Hardin, und deinem Vater zu verzeihen, macht es mir viel einfacher, glücklich zu sein.«

Trishs Stärke überrascht mich immer wieder aufs Neue, genau wie Hardins Dickköpfigkeit. Er weigert sich, seinem Vater die Fehler der Vergangenheit zu verzeihen, und doch fordert er von mir pausenlos Vergebung für seine eigenen. Sich selbst verzeiht er jedoch auch nie. Ganz schön verworren.

»Ich will ihm aber nicht verzeihen. Ich dachte, ich könnte es, nach heute allerdings nicht mehr.«

»Er hat dir heute überhaupt nichts getan«, schimpft Trish. »*Du* hast ihn völlig ohne Grund wegen seiner Trinkerei von damals provoziert.«

Hardin nimmt die Hand von meinem Schenkel und hinterlässt dabei einen Blutfleck. »Mom, wieso soll er einen Freibrief bekommen?«

»Hier geht es nicht um Freibriefe! Stell dir doch mal selbst die Frage: Was hast du davon, so wütend auf ihn zu sein? Was bringt dir das außer blutigen Fäusten und einem einsamen Dasein?«

Hardin antwortet nicht, sondern hält den Blick starr geradeaus gerichtet.

»Na, siehst du«, meint sie. Der Rest der Fahrt verläuft schweigend.

Als wir im Apartment ankommen, verschwinde ich sofort im Schlafzimmer.

»Hardin, du musst dich bei ihr entschuldigen«, höre ich Trish irgendwo hinter mir sagen.

Ich ziehe meine ruinierte Strickjacke aus und lasse sie fallen. Anschließend streife ich die Schuhe ab und streiche mir die Haare hinter die Ohren. Sekunden später öffnet Hardin die Schlafzimmertür. Sein Blick wandert zuerst zur rot gefleckten Jacke auf dem Boden, dann hinauf in mein Gesicht.

Er stellt sich vor mich, greift nach meinen Händen und sieht mich flehend an. »Tess, es tut mir so leid. Ich wollte dich nicht wegstoßen.«

»Du hättest das wirklich nicht tun dürfen. Nicht heute.«

»Ich weiß … bist du verletzt?« Er wischt sich die aufgeplatzten Hände an seinen schwarzen Jeans ab.

»Nein.« Wenn er mir körperlich wehgetan hätte, hätte er jetzt noch ein viel größeres Problem.

»Es tut mir so leid. Ich bin einfach total ausgeflippt. Ich dachte, du wärst Landon …«

»Ich mag dich nicht, wenn du so bist, so wütend.« Tränen treten mir in die Augen bei der Erinnerung daran, wie Hardins Hand die Scheibe zerschlagen hat.

»Ich weiß, Baby.« Er geht ein wenig in die Knie, um mit mir auf Augenhöhe zu sein. »Ich würde dir niemals absichtlich wehtun. Das weißt du, oder?« Sein Daumen streicht über meine Schläfe, und ich nicke langsam. Ich weiß, er würde mir nie etwas antun, zumindest nicht körperlich. Das habe ich schon immer gewusst.

»Warum hast du überhaupt diese Bemerkung mit dem Alkohol gemacht? Es lief doch alles gut«, sage ich.

»Weil er so getan hat, als wäre nichts passiert. Er hat sich wie ein verdammtes überhebliches Arschloch aufgeführt, und meine Mom hat einfach mitgemacht. Jemand musste doch für sie einstehen.« Seine Stimme ist leise, unsicher, das genaue Gegenteil zu seinem Auftritt vor einer halben Stunde, als er seinen Vater angebrüllt hatte.

Mir blutet das Herz. Es war seine Art, seine Mutter zu verteidigen. Zwar die falsche Art, aber Hardin handelt instinktiv. Als er sich die Haare aus der Stirn streicht, hinterlässt er eine Blutspur.

»Versuch doch mal, dir vorzustellen, wie er sich fühlt – er muss für immer mit dieser Schuld leben. Und du machst es ihm nicht gerade einfacher. Ich will damit nicht sagen, dass du nicht wütend sein sollst, denn das ist eine ganz natürliche Reaktion, aber gerade *du* solltest den Menschen mehr verzeihen.«

»Ich –«

»Und das mit der Prügelei muss aufhören. Du kannst nicht jedes Mal Leute zusammenschlagen, wenn dir was nicht passt. Das ist nicht richtig, und es gefällt mir überhaupt nicht.«

»Ich weiß.« Er blickt zu Boden.

Seufzend nehme ich seine Hand. »Und jetzt müssen wir dich verbinden. Deine Knöchel bluten immer noch.« Ich führe ihn ins Bad, um zum gefühlt tausendsten Mal, seit ich ihn kenne, seine Wunden zu versorgen.

Tessa

Hardin zuckt nicht einmal zusammen, als ich die Schnittwunden reinige. Ich tauche das Handtuch ins Wasser im Waschbecken, um das Blut aus dem weißen Stoff zu waschen. Hardin sitzt auf dem Badewannenrand und blickt zu mir auf, ich stehe zwischen seinen Beinen. Dann hält er mir zum letzten Mal die Hände hin.

»Für deinen Daumen brauchen wir ein Pflaster«, sage ich, während ich das Handtuch auswringe.

»Das passt schon so.«

»Nein, sieh nur, wie tief die Wunde ist«, schimpfe ich. »Die Haut besteht da inzwischen sowieso hauptsächlich aus Narbengewebe, und du reißt sie trotzdem immer wieder auf.«

Er studiert nur stumm mein Gesicht. »Was ist?«, frage ich ihn.

Während ich auf seine Antwort warte, lasse ich das rosafarbene Wasser ab. »Nichts …«, lügt er.

»Sag schon.«

»Ich kann einfach nicht fassen, dass du mein Scheißverhalten tolerierst.«

»Ich auch nicht.« Ich lächele und sehe, wie er die Stirn in Falten legt. »Aber das ist es mir wert«, füge ich hinzu. Das meine ich wirklich so. Nun lächelt auch er, und ich streiche mit der Daumenkuppe über sein Grübchen.

Daraufhin wird sein Lächeln breiter. »Aber echt.« Er steht auf. »Ich muss mal duschen.« Bevor er das Wasser aufdreht, zieht er sein T-Shirt aus.

»Ich bin so lange drüben im Schlafzimmer«, sage ich.

»Warte … warum denn? Dusch doch mit mir.«

»Deine Mutter ist nebenan«, erkläre ich leise.

»Na und? Wir duschen doch bloß. Bitte?«

Ich kann es ihm nicht abschlagen, und das weiß er genau. Das beweist sein Grinsen, als ich ergeben seufze.

»Hilfst du mir?« Ich drehe ihm den Rücken zu.

Dann hebe ich die Haare hoch, und seine geschickten Finger finden sofort den Reißverschluss. Als der Stoff raschelnd auf dem Boden landet, meint Hardin: »Ich mag dieses Kleid.«

Er zieht seine Hose und die Boxershorts aus. Ich versuche, seinen nackten Körper nicht anzustarren, während ich meine BH-Träger über die Arme streife. Als ich schließlich ganz nackt bin, steigt Hardin in die Dusche und streckt mir die Hand hin. Sein Blick wandert dabei hungrig über meinen Körper, doch an meinen Oberschenkeln gerät er ins Stocken.

»Was ist?« Ich versuche, mich mit den Armen zu bedecken.

»Da ist Blut.« Er zeigt auf einige blasse rote Flecken.

»Ist nicht schlimm«, versichere ich ihm und reibe mit dem Schwamm darüber.

Hardin nimmt mir den Schwamm aus der Hand und gibt Seife darauf. »Lass mich das machen.« Dann kniet er sich vor mich hin. Ich kann mich nicht gegen die Gänsehaut wehren, die ich bei seinem Anblick bekomme, als er mit kleinen Kreisbewegungen den Schwamm meine Schenkel hinauf und wieder hinunter wandern lässt. Dieser Kerl hat echt einen direkten Draht zu meinen Hormonen. Ich versuche, mich nicht zu winden, als sein Mund immer näher kommt und seine Lippen schließlich meinen linken Hüftknochen berühren. Mit einer Hand hält er mich hinten am

Oberschenkel fest, während er auch die rechte Seite küsst. »Gib mir mal den Duschkopf«, raunt er und unterbricht damit meine unanständigen Gedanken.

»Was?«

»Gib mir den Duschkopf«, wiederholt er.

Ich nicke, ziehe das Teil aus seiner Verankerung und reiche es Hardin nach unten. Mit funkelnden Augen blickt er zu mir auf. Wasser tropft ihm von der Nase, als er die Brause so dreht, dass sie direkt auf meinen Bauch zeigt.

»Was … was machst du denn da?«, quieke ich, als er den Strahl tiefer wandern lässt. Das heiße Wasser pulsiert gegen meine Haut, und ich beobachte Hardin erwartungsvoll.

»Fühlt sich das gut an?«

Ich nicke.

»Wenn dir das gefällt, dann wollen wir mal sehen, wie es sich anfühlt, wenn ich noch etwas weiter nach unten gehe, nur ein Stückchen weiter …« Meine Haut prickelt, während Hardin mich zärtlich quält. Als der Strahl mich trifft, zucke ich zusammen, und Hardin grinst.

Das Wasser fühlt sich so gut an, viel besser, als ich es je für möglich gehalten hätte. Ich vergrabe die Finger in seinen Haaren und beiße mir auf die Unterlippe, um mein Stöhnen zu dämpfen. Seine Mutter ist nebenan, doch ich schaffe es nicht, ihm zu sagen, dass er aufhören soll – es fühlt sich einfach zu gut an.

»Tessa …« Hardin wartet immer noch auf eine Antwort.

»Da auch … mach weiter«, keuche ich, woraufhin er leise lacht und den Duschkopf noch näher hält, um den Druck zu erhöhen. Als ich spüre, wie Hardins weiche Zunge im Wasser über mich gleitet, verliere ich fast das Gleichgewicht. Es ist zu viel, seine leckende Zunge zusammen mit dem pulsierenden Wasser und meinen wackeligen Knien.

»Hardin … ich kann nicht …« Ich bin mir nicht sicher, was ich zu sagen versuche, aber als sich seine Zunge daraufhin schneller bewegt, ziehe ich fest an seinen Haaren. Meine Beine fangen an zu zittern, und Hardin lässt den Duschkopf fallen, um mich mit beiden Händen halten zu können.

»O fuck …«, fluche ich leise in der Hoffnung, dass das Rauschen der Dusche mein Stöhnen übertönt. Ich spüre, wie er lächelt, bevor er mich weiter zum Höhepunkt treibt. Automatisch kneife ich die Augen zu und gebe mich vollkommen der Lust hin.

Hardin löst seinen Mund gerade lange genug von mir, um zu sagen: »Komm schon, Baby, komm für mich.«

Und genau das tue ich.

Als ich die Augen wieder öffne, kniet Hardin immer noch vor mir, die Finger um seinen steifen Schwanz geschlossen. Hart und schwer liegt er in seiner Hand. Ich schnappe nach Luft, lasse mich auch auf die Knie sinken und umfasse ihn ebenfalls, um ihn mit gleichmäßigen Bewegungen zu bearbeiten.

»Steh auf«, befehle ich Hardin leise. Mit gesenktem Blick erhebt er sich brav. Ich führe seinen Schaft an meinen Mund und lecke über die Spitze.

»Fuck …« Zischend atmet er ein, als ich meine Zunge um seine Eichel kreisen lasse. Dann schlinge ich die Arme um seine Oberschenkel, um auf dem glitschigen Untergrund nicht das Gleichgewicht zu verlieren, und nehme seinen Schwanz tief in den Mund. Hardin vergräbt die Finger in meinen nassen Haaren und hält meinen Kopf fest, während er die Hüften bewegt und in mich hineinstößt. »Ich könnte deinen Mund stundenlang ficken.« Als er etwas schneller wird, stöhne ich. Seine schmutzigen Worte stacheln mich an, fester zu saugen, und er flucht wieder. Diese animalische Art, mit der er von meinem Mund Besitz ergreift, ist neu. Er hat die völlige Kontrolle, und ich liebe es.

»Baby, ich komme jetzt in deinen Mund.« Er zieht fester an meinen Haaren. Ich spüre, wie sich die Muskeln seiner Beine unter meinen Händen verkrampfen, und er wiederholt fluchend meinen Namen, während er sich in meinen Hals hinein ergießt.

Nach einigen keuchenden Atemzügen hilft er mir hoch und drückt mir einen Kuss auf die Stirn. »Ich glaube, jetzt sind wir sauber.« Lächelnd leckt er sich die Lippen.

»Würde ich auch sagen«, stimme ich ihm atemlos zu und greife nach dem Shampoo.

Als wir dann beide tatsächlich sauber sind und eigentlich die Dusche gerade verlassen wollen, streichele ich über seine Bauchmuskeln, zeichne den Totenkopf auf seinem Bauch nach und lasse meine Hand schließlich tiefer wandern. Hardin packt jedoch mein Handgelenk und hält mich fest.

»Ich weiß, du findest mich unwiderstehlich, aber meine Mom ist nebenan. Ein wenig Selbstbeherrschung, wenn ich bitten darf, junges Fräulein«, zieht er mich auf. Lachend schiebe ich seinen Arm beiseite, bevor ich aus der Dusche steige und mir ein Handtuch nehme.

»Und das von jemandem, der mir gerade mit dem …« Ich werde rot und bin nicht in der Lage, den Satz zu beenden.

»Es hat dir gefallen, oder?«, will Hardin wissen. Ich verdrehe die Augen.

»Hol mir meine Sachen aus dem Schlafzimmer!«, befehle ich ihm.

»Yes, Ma'am.« Mit dem Handtuch um die Hüften verlässt er das dampfende Bad. Nachdem ich meine nassen Haare eingewickelt habe, wische ich den Spiegel frei und denke über den heutigen Tag nach. Dieser Weihnachtsfeiertag war wirklich ziemlich hektisch und stressig. Ich sollte Landon anrufen, aber zuerst muss ich mit Hardin über diese nach-dem-College-nach-England-ziehen-Sache reden. Davon hat er noch nie etwas zu mir gesagt.

»Bitte schön.« Hardin reicht mir einen Stapel Klamotten und lässt mich im Badezimmer allein, damit ich mich anziehen kann.

Erstaunt sehe ich, dass er mir außer den roten Spitzendessous noch meine Jogginghose und ein frisches schwarzes T-Shirt von sich gebracht hat – das, das er heute getragen hat, ist schließlich blutverschmiert.

49

Tessa

»Ich glaube, das Schlafzimmer ist ordentlich genug«, meint Hardin, als ich seine Schuhe in den Schrank stelle.

»Wenn du nicht so unordentlich wärst, müsste ich nicht so viel aufräumen.« Ich werfe ihm einen missbilligenden Blick zu.

»Aber klar. Du würdest trotzdem aufräumen.« Er lächelt und streckt mir die Hände entgegen.

»Was du da vorhin gesagt hast, dass du zurück nach England ziehen willst ... war das ernst gemeint?«, frage ich, und er zieht mich auf seinen Schoß.

»Ja?«, antwortet er, als ob es mich nicht überraschen sollte.

»Und wann wolltest du mir davon erzählen?«

»Keine Ahnung. Darüber habe ich nie nachgedacht.« Er zuckt mit den Schultern.

»Okay, also du bist noch zwei Jahre am College, ich drei.«

»Ja?« Er versteht offenbar nicht, worauf ich hinauswill.

»Dann gehst du nach England, und ich bleibe hier? Und dann?«

»Ich weiß nicht ... so weit habe noch nicht gedacht.«

»Ach so.« Anscheinend bin ich die Einzige, die an eine gemeinsame Zukunft denkt.

»Du kommst einfach mit.«

»Ich will nicht wegziehen.«

»Nie?«

»Höchstens nach Seattle, das ist der Plan. Ich wollte immer nach Seattle gehen.«

»Pläne ändern sich.«

»Meine nicht.«

»Ich war auch nicht Teil deines Plans«, gibt er zu bedenken.

»Ich weiß, aber ich ziehe nicht nach England.«

»Doch, das tust du«, sagt er, und ich stehe von seinem Schoß auf.

»Nein, ich meine es ernst. Ich ziehe nicht ans andere Ende der Welt. Ich gehe nach Seattle. Ich gebe nicht mein ganzes Leben auf und ziehe irgendwohin, wo ich noch nie war.«

»Welches Leben? Du hast hier sowieso niemanden und nichts. Nur mich.«

»Meine Mutter ist hier und mein … na ja, Noah ist hier.«

»Noah«, schnaubt er.

»Ja. Abgesehen von meiner Mutter ist er so eine Art Familie.«

»Mit deiner Mom verstehst du dich nicht, und ihn wirst du ohnehin nicht mehr sehen«, sagt er drohend. Aber ich lasse mich jetzt nicht auf einen Streit über Noah ein.

»Das heißt nicht, dass ich einfach wegziehe … ich will nicht wegziehen. Warum gehst du davon aus, dass ich es bin, die umzieht, einfach so?«

»Weil ich kein Amerikaner bin und nicht ewig hierbleiben werde.«

»Aber ich bin Amerikanerin, und ich möchte nicht ohne Grund hier weggehen.«

»Ohne Grund? Mit mir zusammen zu sein ist kein Grund?« Er steht auf. Seine Stimme ist lauter geworden.

»Kein Grund, alles hinter mir zu lassen, was ich kenne. Es gefällt mir nicht, dass ich selbstverständlich umziehen soll, wenn du nicht einmal dran denkst hierzubleiben.«

»Du hast recht.«

»Danke!« Ich fahre mir durchs Haar.

»Lass mich ausreden: Ich sagte, du hast recht, weil ich nicht dran denke hierzubleiben.«

»Wow.« Irgendwie wusste ich, dass die Unterhaltung so laufen würde, ich wusste, dass er versuchen würde, über mich zu bestimmen, aber ich bin nicht mehr die, die er einmal kennengelernt hat.

»Selbst wenn ich mit dir nach England ziehen würde, hätte ich noch ein Jahr mehr am College als du.«

»Müssen wir das wirklich jetzt besprechen? Heute war ein Scheißtag, und ich will nicht mit dir streiten«, sagt er.

»Wir müssen nicht streiten, wir können wie Erwachsene darüber reden.«

»Also, können wir bitte morgen darüber reden? Mann, es geht hier schließlich nicht ums Heiraten.«

Ich stimme ihm zu, trotzdem versetzt es mir einen Stich, wie er das Gespräch beendet.

»Das weiß ich«, sage ich knapp.

»Hardin! Tessa!«, ruft Trish.

»Gott sei Dank.« Er seufzt und geht raus.

Unseren letzten Abend mit Hardins Mom, die am nächsten Morgen schon wieder nach London fliegen wird, verbringen wir vor allem mit Teetrinken, während sie peinliche Geschichten aus Hardins Kindheit erzählt. Zwischendrin betont sie ungefähr zehn Mal, dass wir kommendes Jahr Weihnachten unbedingt zusammen in England feiern müssen. »Und keine Ausreden.«

Beim Gedanken, das nächste Weihnachten wieder mit Hardin zu verbringen, kribbelt es in meinem Bauch. Zum ersten Mal, seit wir uns kennengelernt haben, kann ich mir eine Zukunft mit ihm vorstellen. Nicht unbedingt mit Heirat und Kinderkriegen, aber ausnahmsweise bin ich mir seiner Gefühle so sicher, dass ich ein Jahr nach vorn schauen kann.

Am nächsten Tag wache ich frühmorgens auf, als Hardin vom

Flughafen zurückkommt, wo er Trish abgesetzt hat. Ich höre, wie er seine Klamotten auf den Boden fallen lässt. Dann kriecht er in Boxershorts zurück ins Bett und zieht mich an sich. Ich habe ihn vermisst, während er weg war.

»Morgen muss ich wieder zur Arbeit«, sage ich nach einigen Minuten, denn ich bin mir nicht sicher, ob er eingeschlafen ist oder nicht.

»Ich weiß«, antwortet er.

»Ich freue mich auf Vance.«

»Warum?«

»Weil es mir da unheimlich gut gefällt und ich jetzt eine Woche frei hatte. Mir fehlt die Arbeit.«

»Du bist eine ganz schöne Streberin.« Ich weiß genau, dass er die Augen rollt, obwohl ich sein Gesicht nicht sehen kann.

Reflexartig verdrehe auch ich die Augen. »Ich bitte vielmals um Verzeihung, dass ich mein Praktikum liebe und du deinen Job nicht magst.«

»Ich mag meine Arbeit, und ich hatte mal denselben Job wie du. Ich habe nur was Besseres gefunden«, prahlt er.

»Gefällt es dir nur besser, weil du von zu Hause aus arbeiten kannst?«

»Ja, das ist der Hauptgrund.«

»Und was sind die anderen Gründe?«

»Ich hatte immer das Gefühl, die Leute denken, ich hätte die Stelle nur wegen Vance bekommen.«

Es überrascht mich zwar nicht besonders, aber mit einer so ehrlichen Antwort hatte ich trotzdem nicht gerechnet. Schon eher mit einer Bemerkung, dass der Job scheiße oder nervig war.

»Glaubst du, das haben die Leute wirklich gedacht?« Ich rolle mich auf den Rücken, und Hardin stützt sich auf den Ellenbogen, damit er mich ansehen kann.

»Ich weiß nicht. Niemand hat was gesagt, aber ich hatte den Eindruck, sie denken es. Vor allem, nachdem er mich richtig angestellt hat, nicht nur als Praktikant.«

»Meinst du, er war sauer, als du gegangen bist, um für jemand anderen zu arbeiten?«

Im halb dunklen Zimmer scheint sein Lächeln besonders zu strahlen. »Nein, das glaube ich nicht. Seine Angestellten haben sich sowieso die ganze Zeit über mein angeblich unangemessenes Verhalten beschwert.«

»*Angeblich* unangemessenes Verhalten?«, necke ich ihn.

Er umfasst meine Wange und drückt mir einen Kuss auf die Stirn. »Ja, *angeblich*. Ich bin sehr charmant. Keine Spur von Unangemessenheit.« Er lächelt. Als ich kichere, grinst er noch mehr und legt seine Stirn an meine. »Was möchtest du denn heute unternehmen?«, erkundigt er sich.

»Weiß auch nicht. Ich dachte, ich rufe mal Landon an, und ich muss was einkaufen.«

Er zieht sich ein Stück zurück. »Warum das denn?«

»Um mit ihm zu reden und zu fragen, wann er sich mal mit mir trifft. Ich würde ihm gerne die Eintrittskarten geben.«

»Die Geschenke haben sie doch bereits bekommen und bestimmt auch schon ausgepackt.«

»Ohne uns? Glaube ich nicht.«

»Ich schon.«

»Du überschätzt dich mal wieder«, ziehe ich ihn auf.

Aber Hardin ist wieder ernst, weil ich seine Familie erwähnt habe. »Meinst du … Was hältst du davon, wenn ich mich entschuldige … also, nicht entschuldige, aber … wenn ich ihn anrufen würde – meinen Dad, du weißt schon.«

Ich muss sehr behutsam sein, wenn es um Hardin und Ken geht. »Ja, ich finde, du solltest ihn anrufen. Ich fände es gut, wenn das, was gestern passiert ist, nicht eure Beziehung zerstört, die ihr gerade erst langsam wieder aufbaut. Und das hängt auch von dir ab.«

»Vermutlich …« Er seufzt. »Nachdem ich ihm eine reingehauen habe, dachte ich eine Sekunde lang, dass du dortbleibst und mich rausschmeißt.«

»Wirklich?«

»Ja. Ich bin froh, dass du's nicht getan hast, aber das dachte ich.«

Statt einer Antwort küsse ich ihn direkt unters Ohr. Zugegeben, wahrscheinlich hätte ich genau das getan, wenn er mir nicht alles über seine Vergangenheit erzählt hätte. Dadurch hatte sich für mich alles geändert. Seither sehe ich Hardin mit anderen Augen – nicht auf negative oder positive Weise, sondern einfach mit mehr Verständnis.

Sein Blick wandert an mir vorbei zum Fenster. »Dann rufe ich ihn heute vielleicht mal an.«

»Meinst du, wir könnten sie besuchen? Ich würde ihnen wirklich gerne ihre Geschenke überreichen.«

Blinzelnd sieht er mich an. »Wir könnten ihnen auch einfach am Telefon sagen, dass sie sie aufmachen sollen. Das ist praktisch dasselbe, nur musst du dann ihre gespielte Freude über deine schrecklichen Geschenke nicht sehen.«

»Hardin!«, jammere ich.

Er lacht leise und legt den Kopf an meine Brust. »Ich mache doch bloß Spaß. Deine Geschenke sind die besten. Der Schlüsselanhänger vom falschen Team ist echt der Burner.«

»Schlaf jetzt lieber wieder.« Ich gebe ihm einen spielerischen Klaps.

»Und was musst du so Dringendes heute einkaufen?«, erkundigt er sich und lässt sich wieder auf die Matratze sinken.

Ich hatte schon vergessen, dass ich das erwähnt hatte. »Ach, nichts.«

»Doch, du hast doch gesagt, du musst einkaufen. Was denn? Stöpsel, oder was?«

»Stöpsel?«

»Na, du weißt schon. Um dich … zu verstöpseln.«

Wie bitte? »Ich weiß nicht, was du –«

»Tampons.«

Ich werde rot. Und zwar garantiert am ganzen Körper. »Äh … nee.«

»Hast du überhaupt deine Tage?«

»Mein Gott, Hardin, hör sofort mit diesem Thema auf.«

»Was denn? Ist es dir peinlich, mit mir über deine Men-stru-ation zu reden?« Mit breitem Grinsen im Gesicht sieht er mich an.

»Es ist mir nicht peinlich, aber das macht man nicht«, verteidige ich mich, ziemlich verlegen.

Er lächelt. »Theresa, wir beide haben schon einiges getan, was man nicht macht.«

»Nenn mich nicht Theresa! Und hör jetzt sofort auf damit!«, stöhne ich und halte mir die Hände vors Gesicht.

»Blutest du?« Ich spüre, wie seine Hand über meinen Bauch nach unten wandert.

»Nein«, schwindele ich.

Genau diese Situation konnte ich bisher immer umgehen, weil wir ja nie längere Zeit am Stück zusammen waren, und so ist es einfach nie dazu gekommen. Jetzt, wo sich das geändert hat, war mir schon klar, dass es früher oder später passieren würde. Ich wollte es nur eigentlich vermeiden.

»Dann macht es dir also nichts aus, wenn ich …« Er schiebt seine Hand in mein Höschen.

»Hardin!«, quieke ich und schlage nach seiner Hand.

Er lacht. »Dann gib's zu. Sag: ›Hardin, ich habe meine Periode.‹«

»Nein, das werde ich nicht tun.« Ich weiß, mein Kopf ist inzwischen knallrot.

»Komm schon, ist doch bloß ein bisschen Blut.«

»Du bist widerlich.«

»Widerlich blutrünstig«, meint er grinsend.

»Du bist unerträglich.«

»Mach dich mal locker … Alles fließt.« Er lacht noch lauter.

»Mann, du nervst! Na gut, wenn ich's sage, hörst du dann mit den Menstruationswitzen auf?«

»Ich habe seit *Tagen* keine Witze mehr gemacht.«

Sein Gelächter ist ansteckend, und es fühlt sich wunderbar an, lachend mit Hardin im Bett zu liegen, trotz des Themas unserer Unterhaltung. »Ja, Hardin, ich habe meine Tage. Es hat angefangen, kurz bevor du nach Hause gekommen bist. Und, bist du jetzt zufrieden?«

»Warum ist dir das peinlich?«

»Ist es nicht. Ich finde nur, es gehört zu den Dingen, die Frauen mit Männern nicht besprechen sollten.«

»Das ist doch kein Weltuntergang. Mir macht so ein bisschen Blut nichts aus.« Er drückt sich an mich.

Ich rümpfe die Nase. »Du bist eklig.«

»Man hat mir schon Schlimmeres vorgeworfen«, meint er lächelnd.

»Du hast heute aber echt gute Laune.«

»Hättest du vielleicht auch, wenn du nicht gerade deine monatliche Betriebsstörung hättest.«

Stöhnend drücke ich mir das Kissen aufs Gesicht. »Können wir bitte das Thema wechseln?«, ächze ich.

»Na klar … aber sicher. Da hat wohl jemand gerade PMS hinter sich gebracht«, scherzt er.

Ich ziehe ihm mit dem Kissen eins über, bevor ich aus dem Bett steige. Hinter mir höre ich ihn lachend die Kommodenschublade öffnen, vermutlich um sich eine Hose zu holen. Es ist noch ziemlich früh, sieben Uhr oder so, aber ich bin hellwach. Nachdem ich eine Kanne Kaffee aufgesetzt habe, mache ich mir ein Müsli. Ich kann nicht fassen, dass Weihnachten schon wieder so gut wie vorüber ist. In ein paar Tagen ist das alte Jahr vorbei.

»Was machst du denn normalerweise an Silvester?«, frage ich Hardin, als er sich in einer weißen Sweatpants mit Kordelzug zu mir an den Tisch setzt.

»Ich bin unterwegs.«

»Und wo?«

»Auf Partys oder in einem Club. Oder beides. Letztes Jahr beides.«

»Oh.« Ich schiebe ihm meine Müslischüssel hin.

»Was würdest du denn gerne machen?«

»Weiß nicht. Ich glaube, ich würde auch gerne ausgehen.«

Er sieht mich etwas zweifelnd an. »Wirklich?«

»Ja ... du nicht?«

»Mir ist, ehrlich gesagt, scheißegal, was wir machen, aber wenn du ausgehen willst, dann tun wir das.« Er schiebt sich einen Löffel Frühstücksflocken in den Mund.

»Okay ...«, sage ich, obwohl ich keine Ahnung habe, wo genau wir hingehen könnten. Dann mache ich mir ein neues Müsli. »Fragst du deinen Vater, ob wir heute bei ihnen vorbeischauen können?«

»Weiß nicht ...«

»Sie könnten auch hierher zu uns kommen«, schlage ich vor.

Hardins Augen werden schmal. »Lieber nicht.«

»Warum denn nicht? Hier wärst du doch viel entspannter, oder?«

Einen Moment lang schließt er die Augen. »Vielleicht. Ich rufe ihn später an.«

Nachdem ich schnell mein Müsli gelöffelt habe, stehe ich auf.

»Wo willst du hin?«, fragt Hardin.

»Putzen natürlich.«

»Was denn putzen? Hier ist doch alles blitzblank.«

»Nein, ist es nicht, und ich will, dass alles perfekt ist, falls wir Gäste kriegen.« Nachdem ich meine Schüssel ausgeschwenkt habe, stelle ich sie in die Spülmaschine. »Du könntest mir übrigens ein bisschen dabei helfen. Schließlich machst du den größten Dreck.«

»O nein. Du kannst viel besser putzen als ich.« Er zeigt auf die Müslipackung auf der Anrichte.

Ich rolle die Augen, aber ich reiche sie ihm trotzdem rüber. Mir macht Putzen nichts aus, vor allem da ich, um ehrlich zu sein, auf bestimmte Dinge einfach viel Wert lege, und sich Hardins Vorstellung von Putzen nicht so richtig mit meiner deckt. Statt sauber zu machen, stopft er die Sachen einfach irgendwohin, wo Platz ist.

»Ach, und vergiss nicht, dass wir noch deine Stöpsel besorgen müssen.« Er lacht.

»Hör gefälligst auf, sie so zu nennen!« Als ich mit einem Küchenhandtuch nach ihm schlage, lacht er nur noch mehr, weil es mir so peinlich ist.

Tessa

Nachdem ich das Apartment aufgeräumt und geputzt habe, fahre ich in den Supermarkt, um Tampons und ein paar Kleinigkeiten zu besorgen, falls Ken, Karen und Landon uns tatsächlich besuchen kommen. Hardin wollte mich begleiten, aber ich wusste, dass er mich die ganze Zeit bloß mit den Tampons aufziehen würde, deshalb musste er zu Hause bleiben.

Als ich wiederkomme, hockt er immer noch auf dem Sofa. »Hast du schon mit deinem Vater telefoniert?«, rufe ich aus der Küche.

»Nein … Ich wollte auf dich warten.« Er kommt in die Küche und lässt sich seufzend auf einen Stuhl fallen. »Ich rufe ihn jetzt an.«

Ich nicke. Während er das Handy ans Ohr drückt, setze ich mich ihm gegenüber.

»Äh … hallo, ich bin's«, sagt Hardin. Dann stellt er das Telefon auf Lautsprecher und legt es zwischen uns auf den Tisch.

»Hardin?« Ken klingt überrascht.

»Ja … äh, hör zu, ich wollte fragen, ob ihr vorbeikommen mögt oder so.«

»Vorbeikommen?«

Als er zu mir aufblickt, sehe ich, dass er bereits ungeduldig wird. Daher fasse ich nach seiner Hand und nicke aufmunternd.

»Ja … du, Karen und Landon. Wir könnten Geschenke austauschen, nachdem wir das gestern nicht gemacht haben. Mom ist heute Morgen abgereist.«

»Bist du sicher, dass du das willst?«, fragt Ken.

»Sonst hätte ich ja nicht gefragt, oder?«, gibt Hardin zurück, und ich drücke wieder seine Hand. »Ich meine … ja, das ist schon in Ordnung«, verbessert er sich. Ich lächele ihn an.

»Gut, also dann rede ich mal mit Karen, aber sie wird sicher ganz aus dem Häuschen sein. Wann würde es euch denn passen?« Hardin sieht mich an. Ich signalisiere ihm *zwei Uhr,* was er an seinen Vater weitergibt.

»Okay … dann sehen wir uns um zwei.«

»Tessa schickt Landon die Adresse«, meint Hardin noch, bevor er auflegt.

»Das war doch gar nicht so schlimm, oder?«, frage ich.

Er rollt die Augen. »Von wegen.«

»Was soll ich denn anziehen?«

Hardin zeigt auf meine Jeans und das WCU-T-Shirt. »Das da.«

»Ganz bestimmt nicht. Heute ist Weihnachten.«

»Ja, aber schon der zweite Weihnachtsfeiertag, also ideal für Jeans.« Lächelnd zupft er an seinem Lippenring herum.

»Das sehe ich anders. Ich werde heute definitiv keine Jeans anziehen«, widerspreche ich lachend und gehe ins Schlafzimmer, um meine Garderobe durchzusehen.

Als ich vor dem Spiegel gerade mein weißes Kleid vor mich halte, kommt Hardin ins Zimmer. »Ich weiß nicht, ob Weiß heute so eine gute Idee ist«, scherzt er.

»Hörst du endlich auf damit!«, schimpfe ich.

»Du bist echt süß, wenn dir was peinlich ist.«

Schließlich nehme ich mein altes rotbraunes Kleid aus dem Schrank. An diesem Kleid hängen eine Menge Erinnerungen. Ich hatte es bei meiner ersten Party mit Steph an. Irgendwie vermisse ich Steph, obwohl ich wütend auf sie bin ... war. Ich fühlte mich von ihr hintergangen, doch gleichzeitig hatte sie vermutlich auch recht, als sie sagte, es wäre nicht fair von mir, Hardin zu verzeihen, aber ihr nicht.

»Was beschäftigt dich?«, will Hardin wissen.

»Nichts ... Ich habe nur an Steph gedacht.«

»Was ist mit ihr?«

»Weiß nicht ... Ich vermisse sie, irgendwie. Fehlen dir deine Freunde nicht?« Seit dem Brief hat er keinen von ihnen mehr erwähnt.

»Nein.« Er zuckt mit den Schultern. »Ich verbringe meine Zeit lieber mit dir.«

Obwohl ich dankbar bin für seine Offenheit, versichere ich ihm: »Du könntest trotzdem noch Zeit mit ihnen verbringen.«

»Vermutlich. Ich weiß nicht. Ist mir eigentlich auch egal. Willst du überhaupt noch was mit ihnen zu tun haben nach ... du weißt schon, nach allem?« Er sieht mich dabei nicht an.

»Ich weiß nicht ... aber ich wäre bereit, es zumindest zu versuchen. Aber ohne Molly!«, füge ich finster hinzu.

Er grinst mich an. »Warum, ihr zwei seid doch super Freundinnen?«

»Bah! Kein Wort mehr über sie. Was machen die wohl an Silvester?« Ich habe keine Ahnung, wie es wäre, diese Leute wiederzutreffen, aber ich vermisse es, Freunde zu haben, oder wenigstens Pseudofreunde.

»Vermutlich gibt irgendwer 'ne Party. Logan ist ganz wild auf Silvester ... Bist du sicher, dass du wirklich was mit ihnen unternehmen willst?«

Ich lächele. »Ja. Und falls ich es bereue, bleiben wir nächstes Jahr zu Hause.«

Bei der Formulierung »nächstes Jahr« macht Hardin große Augen, ich tue allerdings so, als würde ich nichts merken. Ich will unbedingt, dass unser zweiter Weihnachtsversuch heute friedlich verläuft, deshalb konzentriere ich mich aufs Hier und Jetzt.

»Ich muss ja noch für alle eine Kleinigkeit zu essen machen. Und es ist schon Mittag! Ich hätte drei Uhr sagen sollen. Ich bin noch nicht mal angezogen.« Leicht gestresst reibe ich mir das ungeschminkte Gesicht.

»Geh und mach dich in Ruhe fertig. Ich kümmere mich ums Essen«, meint Hardin. Dann grinst er. »Aber pass auf, dass du nachher wirklich nur das isst, was ich dir auf den Teller lege.«

»Du machst Witze darüber, deinen Vater zu vergiften? Wie nett«, ziehe ich ihn auf. Mit einem Schulterzucken verschwindet er Richtung Küche. Nachdem ich mein Gesicht gewaschen und ein leichtes Make-up aufgetragen habe, löse ich meine Haare aus dem Pferdeschwanz und drehe die Spitzen ein. Bis ich schließlich angezogen bin, duftet es in der Wohnung bereits köstlich nach Knoblauch.

Als ich zu Hardin in die Küche komme, sehe ich, dass er ein paar Platten mit Obst und Gemüse vorbereitet und auch schon den Tisch gedeckt hat. Ich bin schwer beeindruckt, obwohl ich der Versuchung widerstehen muss, ein paar Sachen anders zu arrangieren. Ich bin so froh, dass Hardin bereit war, seinen Vater einzuladen, und erst recht erleichtert, dass er heute wirklich gute Laune zu haben scheint. Ein Blick auf die Uhr zeigt mir, dass unsere Gäste in einer halben Stunde da sein werden, also mache ich mich daran, das Chaos zu beseitigen, das Hardin beim Kochen veranstaltet hat.

Dann schlinge ich Hardin, der am Herd steht, von hinten die Arme um den Bauch. »Danke, dass du das alles machst.«

Er zuckt mit den Schultern. »Nicht der Rede wert.«

»Alles okay?«, frage ich und lasse ihn los, damit ich ihn zu mir umdrehen kann.

»Ja … alles bestens.«

»Du bist nicht zufällig ein bisschen nervös?« Das merke ich nämlich genau.

»Nö. Na ja, vielleicht ganz leicht. Es ist einfach verdammt komisch, dass er hierherkommt. Weißt du, wie ich meine?«

»Klar. Ich bin aber echt stolz auf dich, dass du ihn eingeladen hast.« Als ich meine Wange an seine Brust lege, wandern Hardins Hände zu meiner Taille.

»Echt?«

»Natürlich, Ba– Hardin.«

»Was war das? Was wolltest du sagen?«

Ich vergrabe mein Gesicht in seinem T-Shirt. »Nichts.« Keine Ahnung, wo dieses plötzliche Bedürfnis herkommt, ihm Kosenamen zu geben, doch es ist ziemlich peinlich.

»Sag schon«, murmelt er und hebt mein Kinn an, damit ich mich nicht mehr verstecken kann.

»Ich weiß auch nicht warum, aber ich hätte dich fast schon wieder ›Babe‹ genannt.« Bekümmert kaue ich auf meiner Unterlippe herum, und er lächelt.

»Na komm, sag schon«, drängt er mich.

»Du machst dich bloß lustig über mich.«

»Nein, ich versprech's. Ich sag doch auch die ganze Zeit ›Baby‹ zu dir.«

»Ja … aber das ist was anderes.«

»Warum denn?«

»Ich weiß auch nicht … es ist irgendwie sexy, wenn du das sagst … romantisch. Ich weiß auch nicht.« Ich werde rot.

»Du bist heute wirklich ziemlich verschüchtert.« Lächelnd drückt er mir einen Kuss auf die Stirn. »Aber das gefällt mir. Also sag schon.«

Ich umarme ihn fester. »Na gut.«

»Na gut, was?«

»Na gut … *Babe*.« Das Wort fühlt sich komisch an auf meiner Zunge.

»Noch mal.«

Ich stoße einen überraschten Schrei aus, als er mich plötzlich hochhebt, auf die kalte Arbeitsplatte setzt und zwischen meine Beine tritt. »Na gut, Babe!«, wiederhole ich.

Seine Wangen haben eine kräftigere Farbe als sonst. »Da steh ich voll drauf. Es ist ... wie hast du's genannt? Sexy und romantisch?« Er lächelt.

Plötzlich bin ich mutig. »Ach ja, Babe?« Lächelnd beiße ich mir wieder auf die Lippe.

»Ja ... unheimlich sexy.« Hardin küsst meinen Hals, und ein wohliger Schauer überläuft mich, als seine Hände meine Oberschenkel hinaufwandern.

»Glaub ja nicht, dass die mich abschrecken wird.« Er malt kleine Kreise auf meine schwarze Strumpfhose.

»Die vielleicht nicht, aber dafür die ... du weißt schon.«

Als es klingelt, zucke ich erschrocken zusammen, doch Hardin zwinkert mir nur lächelnd zu. Auf dem Weg zur Wohnungstür dreht er sich noch mal um und sagt: »Oh, Baby ... auch *das* wird mich nicht abhalten.«

Hardin

Als ich die Tür öffne, fällt mein Blick sofort auf das Gesicht meines Vaters. Seine Wange ziert ein dunkelvioletter Bluterguss, und seine Unterlippe ist in der Mitte aufgeplatzt.

Mit einem Nicken begrüße ich die drei, weil ich keine Ahnung habe, was zum Henker ich sagen soll.

»Schön habt ihr es hier.« Karen lächelt. Dann stehen die drei im Flur und wissen offenbar nicht, was sie als Nächstes tun sollen.

Tessa rettet uns. »Hereinspaziert! Die kannst du drüben unter den Baum legen«, weist sie Landon an und zeigt dabei auf die Geschenketüte, die er im Arm hält.

»Wir haben auch die Geschenke mitgebracht, die ihr bei uns gelassen habt«, erklärt mein Dad.

Die Luft ist zum Schneiden dick. Die Atmosphäre ist zwar nicht angespannt, aber keiner von uns scheint sich wohl in seiner Haut zu fühlen.

Tessa strahlt. »Vielen, vielen Dank.« Sie kann Leuten echt das Gefühl geben, willkommen zu sein. Wenigstens eine von uns.

Landon geht in die Küche voraus, gefolgt von Karen und Ken. Ich greife nach Tessas Hand, als Anker in meiner Unsicherheit.

»Wie war die Fahrt?«, versucht Tessa das Gespräch in Gang zu bringen.

»Ganz okay, ich bin gefahren«, antwortet Landon.

Anfangs stockt die Unterhaltung noch, wird dann aber lebhafter, während wir essen. Zwischen den Gängen drückt Tessa unterm Tisch meine Hand.

»Das war wirklich ausgezeichnet«, lobt Karen und sieht dabei Tessa an.

»Oh, damit habe ich gar nichts zu tun. Heute hat Hardin gekocht«, erwidert sie und legt ihre Hand auf meinen Oberschenkel.

»Wirklich? Hardin, das hat köstlich geschmeckt.« Karen lächelt.

Ich hätte kein Problem damit gehabt, Tessa die Lorbeeren fürs Essen zu überlassen. Jetzt sind vier Augenpaare auf mich gerichtet, und ich würde am liebsten kotzen. Tessa drückt mein Bein etwas fester, damit ich etwas sage.

Ich sehe Karen an. »Danke.« Als Tessa mich noch mal drückt, schicke ich ein verdammt linkisches Lächeln hinterher.

Nach einigen Sekunden der Stille steht Tessa auf und trägt die Teller rüber zur Spüle. Am liebsten würde ich ihr beim Abräumen helfen.

»Mein Sohn, das Essen war wirklich gut. Ich bin beeindruckt«, bricht mein Dad schließlich das Schweigen.

»Na ja, ist ja bloß Essen«, murmele ich, doch dann verbessere ich mich: »Ich meine, Tessa ist eine bessere Köchin, aber trotzdem danke.«

Meine Antwort scheint ihn zu freuen. Karen lächelt etwas verkrampft und sieht mich mit ihrem seltsamen, fast schon tröstlichen Blick an, bis ich wegschauen muss. Bevor noch jemand Gelegenheit hat, meine Kochkünste zu kommentieren, kommt Tessa zurück an den Tisch.

»Also, sollen wir jetzt die Geschenke aufmachen?«, schlägt Landon vor.

»Ja«, antworten Karen und Tessa im Chor.

Auf dem Weg ins Wohnzimmer halte ich mich so dicht an Tessa

wie möglich. Mein Dad, Karen und Landon setzen sich auf die Couch. Ich nehme Tessa an der Hand und ziehe sie sanft in den Sessel auf meinen Schoß. Dabei beobachte ich, wie sie zu unseren Gästen hinübersieht und wie Karen versucht, ein Schmunzeln zu unterdrücken. Offensichtlich ist es Tessa peinlich, aber sie bleibt trotzdem bei mir sitzen. Ich richte mich etwas mehr auf, damit ich sie festhalten kann.

Landon steht auf und verteilt die Geschenke. Tessa ist bei solchen Sachen immer ganz aufgeregt. Ich liebe es, wie sehr sie sich begeistern kann und wie sich andere Menschen in ihrer Gesellschaft wohlfühlen. Selbst an »Weihnachten, zweiter Versuch«.

Landon überreicht ihr ein Päckchen, auf dem *Von Ken und Karen* steht. Als sie das Papier aufreißt, kommt eine türkisfarbene Schachtel mit schwarzem TIFFANY & Co.-Schriftzug zum Vorschein.

»Was ist das?«, frage ich leise. Ich kenne mich mit Schmuck überhaupt nicht aus, aber ich weiß, dass die Marke verdammt teuer ist.

»Ein Armband.« Sie nimmt das Silberkettchen heraus, um es mir zu zeigen. Ein kleiner bogenförmiger Anhänger und ein Herz baumeln am teuren Edelmetall. Im Vergleich zu diesem funkelnden Teil sieht mein Armband an ihrem Handgelenk einfach nur noch scheiße aus.

»War ja klar«, knurre ich.

Tessa wirft mir einen warnenden Blick zu. »Es ist wunderschön. Vielen Dank, ihr zwei«, strahlt sie.

»Sie hat aber schon eines …«, motze ich. Ich hasse es, dass sie ihr etwas Besseres geschenkt haben als ich. Ich kapier es ja: Er hat Geld. Aber hätten sie nicht was anderes aussuchen können, egal was?

Doch Tessa dreht sich wieder zu mir um und fleht mich stumm an, die ganze Scheiße hier nicht noch unangenehmer zu machen. Mit einem ergebenen Seufzer lehne ich mich im Sessel zurück.

»Was ist denn bei dir drin?«, erkundigt sich Tessa, um mich aufzuheitern. Sie lehnt sich an mich, küsst mich auf die Stirn. Mit einem

Blick fordert sie mich auf, das Päckchen auf der Armlehne zu öffnen. Brav gehorche ich und halte den teuren Inhalt hoch.

»Eine Uhr.« Ich zeige sie ihr nur, um sie bei Laune zu halten.

Um ehrlich zu sein, bin ich immer noch total angepisst wegen des Armbands. Ich wollte, dass sie *mein* Charm Bracelet jeden Tag trägt. Ich wollte, dass es ihr absolutes Lieblingsgeschenk ist.

52

Hardin

Karen begutachtet strahlend die Backformen von Tessa. »Die will ich schon seit Monaten haben!«

Tessa dachte, ich hätte nicht bemerkt, dass sie meinen Namen mit auf die kleinen Schneemann-Geschenkanhänger geschrieben hatte, doch das habe ich. Mir war nur nicht danach, ihn durchzustreichen.

»Ich komm mir vor wie ein Idiot, weil du von mir bloß einen Gutschein bekommen hast und ich von dir diese genialen Eintrittskarten«, sagt Landon zu Tessa.

Ich muss zugeben, dass ich froh bin über sein unpersönliches Geschenk, verglichen mit meinem E-Reader zu ihrem Geburtstag. Wenn er ihr was Tolleres geschenkt hätte, wäre ich sauer, aber so nett wie Tessa lächelt, sollte man meinen, er hätte ihr eine beknackte Jane-Austen-Erstausgabe geschenkt. Echt unfassbar, dass die so ein teures Armband für Tessa gekauft haben. Was für Angeber. Was, wenn sie jetzt lieber das neue tragen will als meines?

»Vielen Dank für die Geschenke, die sind echt toll«, meint mein Dad und sieht mich an. In der Hand hält er den Schlüsselanhänger, den Tessa aus Versehen für ihn ausgesucht hat.

Ich habe ein etwas schlechtes Gewissen wegen seines zerbeulten Gesichts, doch gleichzeitig finde ich die komische Verfärbung auch

338

irgendwie lustig. Trotzdem will ich mich entschuldigen, dass ich so ausgetickt bin. Also *wollen* ist vielleicht das falsche Wort, aber ich sollte es tun. Ich will nicht, dass unser Verhältnis sich wieder verschlechtert. Es war schon halbwegs okay, Zeit mit ihm zu verbringen. Karen und Tessa verstehen sich ziemlich gut, und ich fühle mich irgendwie verpflichtet, meiner Freundin diese Art Ersatzmutter nicht wegzunehmen. Schließlich ist es meine Schuld, dass sie mit ihrer eigenen Mutter so zerstritten ist. Auf kranke Weise ist das ja sogar noch gut für mich, denn damit steht unserer Beziehung eine Person weniger im Weg.

»Hardin?« Tessas Stimme ist ganz dicht an meinem Ohr.

Ich sehe sie an und kapiere, dass wohl einer der Gäste etwas zu mir gesagt hat.

»Möchtest du mit Landon zum Eishockey gehen?«, fragt sie mich.

»Was? Nee!«, antworte ich schnell.

»Vielen Dank, Mann.« Landon verdreht die Augen.

»Ich meine, ich glaube nicht, dass Landon das will«, verbessere ich mich.

Es fällt mir schwerer, als ich dachte, mich anständig zu verhalten. Ich mache das alles ja nur für sie … Na ja, wenn ich ehrlich bin, auch ein wenig für mich selbst, denn ich muss immer wieder an das denken, was meine Mom gesagt hat: dass ich meine Wut loslassen muss.

»Wenn du nicht willst, können Tessa und ich ja zusammen gehen«, sagt Landon zu mir.

Warum will er mich ärgern, wo ich doch versuche, nett zu sein?

Sie lächelt. »Klar komm ich mit. Ich habe zwar keine Ahnung von Eishockey, aber ich begleite dich gern.«

Ohne nachzudenken, schiebe ich auch den zweiten Arm um ihre Taille und ziehe sie fest an meine Brust. »Ich geh ja schon mit«, willige ich ein.

Landon ist deutlich anzumerken, wie sehr ihn das amüsiert, und obwohl ich nur Tessas Rücken sehe, weiß ich, dass auch sie grinst.

»Hardin, ihr habt es euch hier wirklich schön gemacht«, meldet sich mein Vater zu Wort.

»Die Wohnung war möbliert, aber trotzdem danke«, erwidere ich. Inzwischen bin ich zu dem Schluss gekommen, dass es leichter ist, ihm eine reinzuhauen, als nicht zu streiten.

Karen strahlt mich an. »Es war sehr nett von dir, uns einzuladen.«

Mein Leben wäre wesentlich einfacher, wenn sie eine blöde Zicke wäre, aber natürlich muss sie einer der nettesten Menschen sein, die ich je getroffen habe. »Keine Ursache, ehrlich … nach gestern ist es das Mindeste, was ich tun kann.« Ich weiß, meine Stimme klingt zittriger und angespannter, als mir lieb ist.

»Schon okay. Manche Dinge passieren eben«, versichert mir Karen.

»Nicht unbedingt. Ich glaube, die meisten Leute werden traditionell an Weihnachten eher nicht gewalttätig«, sage ich.

»Wir können das ja ab jetzt einführen. Dann darf Tessa mir nächstes Jahr eine runterhauen«, witzelt Landon etwas lahm, um die Stimmung aufzulockern.

»Vielleicht mach ich das tatsächlich.« Tessa streckt ihm die Zunge raus.

»Wird nicht mehr vorkommen«, verspreche ich mit Blick auf meinen Dad.

Er sieht mich nachdenklich an. »Es war zum Teil auch meine Schuld. Ich hätte wissen müssen, dass es nicht gut geht, aber ich hoffe, wir können jetzt, wo du deiner Wut etwas Luft gemacht hast, noch mal neu anfangen.«

Tessa legt tröstend ihre kleinen Hände auf meine, und ich nicke. »Äh, ja … geht klar«, murmele ich zögerlich. »Yeah …« Ich kaue auf der Innenseite meiner Backe herum.

Dann klatscht Landon sich als Zeichen zum Aufbruch auf die

Schenkel und steht auf. »Gut, wir sollten dann mal los. Lass mich wissen, ob du wirklich mit zum Spiel willst. Vielen Dank euch beiden für die Einladung.«

Tessa umarmt alle drei zum Abschied, während ich im Türrahmen lehne. Ich war heute halbwegs nett, doch ich werde auf keinen Fall irgendjemanden abknutschen. Außer Tessa natürlich, nach meinem anständigen Verhalten sollte da allerdings mehr als ein Kuss drin sein. Ich beobachte, wie sich ihre hinreißenden Kurven unterm Stoff des weiten Kleides abzeichnen, und muss mich beherrschen, sie nicht auf der Stelle ins Bett zu schleifen. Ich weiß noch, wie ich sie das erste Mal in diesem scheußlichen Sackkleid gesehen habe. Also, damals fand ich es scheußlich, aber jetzt gefällt es mir irgendwie. Sie kam aus dem Wohnheim und sah aus wie eine von denen, die von Tür zu Tür gehen und Bibeln verkaufen. Als ich sie deswegen aufzog, verdrehte sie nur genervt die Augen. Damals hatte ich keine Ahnung, dass ich mich mal so in sie verknallen würde.

Ich winke ein letztes Mal, dann ist unser Besuch verschwunden, und ich kann aufatmen. Scheinbar hat es mich doch gestresst. *Ein Eishockeyspiel mit Landon. Was hab ich mir da nur eingebrockt, verdammt!*

»Das war sehr nett. *Du* warst sehr nett«, lobt mich Tessa, die sofort aus ihren hohen Schuhen steigt und sie ordentlich neben die Tür stellt.

Ich zucke mit den Schultern. »Es war okay.«

»Das war mehr als okay.« Sie strahlt mich an.

»Wie du meinst«, murre ich übertrieben missmutig, woraufhin sie kichert.

»Ich liebe dich wirklich. Das weißt du, oder?«, fragt sie, während sie im Wohnzimmer die restlichen Gläser einsammelt. Ich ziehe sie ja immer mit ihrem Aufräumzwang auf, aber wenn ich hier alleine wohnen würde, sähe es aus wie im Saustall.

»Und, gefällt dir die Uhr?«, will sie wissen.

»Nein, sie ist total hässlich. Außerdem trage ich keine Uhren.«

»Ich finde sie gut.«

»Und dein Armband?«, frage ich vorsichtig.

»Das ist wunderschön.«

»Oh …« Ich muss wegsehen. »Es ist edel und teuer«, füge ich hinzu.

»Stimmt. Es tut mir echt leid, dass sie so viel Geld für mich ausgegeben haben, wenn ich es kaum tragen werde. Ich werde es ein paarmal anziehen müssen, wenn wir sie treffen.«

»Warum wirst du es nicht tragen?«

»Weil ich doch schon ein Lieblingsarmband habe.« Sie lässt das Charm Bracelet an ihrem Handgelenk klimpern.

»Oh. Gefällt dir meins besser?« Ich kann mein leicht dämliches Grinsen nicht unterdrücken.

Tessa sieht mich etwas strafend an. »Aber natürlich.«

Obwohl ich versuche, wenigstens halbwegs cool zu bleiben, kann ich mich nicht beherrschen. Ich packe sie von hinten und hebe sie hoch. Als sie erschrocken quietscht, muss ich laut lachen. Ich kann mich nicht daran erinnern, in meinem ganzen Leben schon mal so gelacht zu haben.

53

Tessa

Am nächsten Morgen stehe ich früh auf, dusche und setze, nur in ein Handtuch gewickelt, gleich eine Kanne Lebenselixier auf: Kaffee. Während ich der Maschine zusehe, merke ich, dass ich etwas nervös vor dem Wiedersehen mit Kimberly bin. Ich weiß nicht, wie sie darauf reagieren wird, dass Hardin und ich wieder zusammen sind. Sie ist eigentlich ziemlich unvoreingenommen, aber wenn ich mir vorstelle, es wäre andersherum und sie würde dasselbe mit Christian durchmachen, weiß ich nicht, wie ich das fände. Auch wenn sie nicht alle Details kennt, ahnt sie zumindest, dass ich sie ihr mit gutem Grund nicht erzählt habe.

Mit der dampfenden Tasse in der Hand stelle ich mich ans große Wohnzimmerfenster. Draußen schneit es in dicken Flocken. Ich wünschte, es würde bald mal aufhören. Ich hasse es nämlich, bei Schnee Auto zu fahren, auch wenn der Großteil der Strecke zum Verlag geräumt sein sollte.

»Guten Morgen.« Hardins Stimme reißt mich aus meinen Gedanken.

»Guten Morgen«, sage ich lächelnd und nehme noch einen Schluck Kaffee. »Wolltest du nicht ausschlafen?« Er reibt sich die Augen.

»Wolltest du dich nicht anziehen?«, gibt er zurück.

Grinsend gehe ich an ihm vorbei Richtung Schlafzimmer, um meine Sachen zu holen, doch er hält mein Handtuch fest. Mit einem spitzen Schrei flüchte ich ins Zimmer. Weil ich seine Schritte hinter mir höre, schließe ich schnell die Tür ab. Wer weiß, was passiert, wenn ich ihn reinlasse. Beim Gedanken daran kribbelt meine Haut am ganzen Körper, aber dafür habe ich jetzt keine Zeit.

»Du bist ganz schön kindisch«, höre ich seine Stimme auf der anderen Seite.

»Ich hab nie was anderes behauptet.« Lächelnd gehe ich barfuß zum Kleiderschrank hinüber, wo ich mich für einen langen schwarzen Rock und eine rote Bluse entscheide. Nicht mein vorteilhaftestes Outfit, doch es ist der erste Tag im Büro, und draußen schneit es. Nachdem ich mich vor dem Ganzkörperspiegel im Schrank geschminkt habe, muss ich nur noch meine Haare föhnen. Als ich die Schlafzimmertür öffne, ist Hardin nirgends zu entdecken. Schnell trockne ich meine Haare so gut es in der kurzen Zeit geht und stecke sie dann hoch.

»Hardin?« Ich hole mein Handy aus der Handtasche, um ihn anzurufen.

Keine Antwort. *Wo steckt er denn?* Mein Herz fängt an, laut zu klopfen, während ich das Apartment absuche. Nach einer Minute geht die Wohnungstür auf, und Hardin kommt halb eingeschneit herein.

»Wo warst du? Ich hab mir schon Sorgen gemacht.«

»Sorgen? Warum denn?«, fragt er.

»Weiß auch nicht genau. Dass dir was passiert ist oder so?« Es klingt total lächerlich.

»Ich hab bloß dein Auto frei gekratzt und schon mal den Motor angelassen, damit es warm und startklar ist, wenn du runterkommst.« Er streift die Jacke ab und steigt aus den durchweichten Stiefeln, die gleich eine Schneematschpfütze auf dem Boden hinterlassen.

Ich kann meine Überraschung nicht verbergen. »Wer bist du?«, frage ich lachend.

»Fang bloß nicht mit dem Scheiß an, sonst geh ich wieder runter und zersteche dir die Reifen!«

Über seine leere Drohung muss ich noch mehr lachen. »Na, vielen Dank.«

»Ich … ich könnte dich ja auch fahren?« Unsere Blicke begegnen sich.

Nun weiß ich wirklich nicht mehr, wer er ist. Gestern war er den Großteil des Tages überdurchschnittlich höflich, jetzt heizt er mir das Auto vor und bietet an, mich zur Arbeit zu fahren. Ganz abgesehen davon, dass er gestern Abend vor lauter Lachen ganz feuchte Augen bekommen hat. Ehrlichkeit steht ihm wirklich gut.

»… oder auch nicht«, fügt er hinzu, als meine Antwort zu lange auf sich warten lässt.

»Das wäre wunderbar«, erwidere ich, und er zieht seine Stiefel wieder an.

Als wir den Parkplatz verlassen, meint Hardin: »Zum Glück ist dein Auto so eine Schrottkarre, sonst hätte es sicher jemand geklaut, während der Motor lief.«

»Mein Auto ist keine Schrottkarre!«, verteidige ich meinen fahrbaren Untersatz und werfe einen Blick auf den schmalen Schlitz im Beifahrerfenster. »Ich habe mir sowieso überlegt, wenn nächste Woche die Uni wieder losgeht, können wir ja gemeinsam zum Campus fahren, oder? Deine Kurse sind ungefähr zur selben Zeit wie meine, und an den Tagen, an denen ich im Verlag bin, nehme ich dann mein Auto.«

»Von mir aus …« Er starrt nach vorne durch die Windschutzscheibe.

»Was denn?«

»Ich wünschte, du hättest mir gesagt, welche Seminare du belegst.«

»Warum?«

»Weiß nicht ... Vielleicht hätten wir gemeinsam eins belegen können, anstatt dass du dich immer mit Landon einträgst und ihr Studienkumpels auf ewig werdet.«

»Französische und amerikanische Literaturgeschichte hast du doch aber schon belegt, und ich bin davon ausgegangen, dass du dich nicht unbedingt für Weltreligionen interessierst.«

»Tu ich auch nicht«, schnaubt er.

Ich weiß, dass diese Unterhaltung zu nichts führen wird, deshalb bin ich dankbar, als das große *V* auf dem Vance-Gebäude auftaucht. Es schneit inzwischen nicht mehr so stark, aber Hardin hält trotzdem direkt vor dem Eingang, damit ich nicht weit durch die Kälte gehen muss.

»Ich hol dich dann um vier wieder ab«, verspricht er, bevor ich mich zu ihm hinüberbeuge und ihn zum Abschied küsse.

»Danke fürs Fahren«, flüstere ich dicht an seinen Lippen. Dann küsse ich ihn noch mal.

»Mm-hmm ...«, macht er.

Als ich aus dem Auto steige, kommt mir aus einigen Metern Entfernung Trevor entgegen, dessen schwarzer Anzug vom Schnee weiß gesprenkelt ist. Sein Lächeln ist herzlich, doch mein Magen zieht sich trotzdem zusammen.

»Hey, lange nicht ge...«

»Tess!« Hardin schlägt die Autotür zu und taucht neben mir auf. Trevors Blick wandert zu Hardin, dann wieder zu mir, und sein Lächeln erlischt. »Du hast was vergessen ...« Hardin reicht mir einen Stift.

Einen Stift? Ich sehe ihn mit hoch gezogener Augenbraue an.

Er nickt, zieht mich an sich und küsst mich mit Nachdruck. Wenn wir nicht auf einem Parkplatz stünden – und ich nicht das Gefühl hätte, dass es sich um krankhafte Reviermarkierung handelt –, würde ich dahinschmelzen bei der Art, wie sich seine

Zunge aggressiv einen Weg zwischen meine Lippen bahnt. Als ich mich ihm schließlich entziehe, grinst er sehr zufrieden. Fröstelnd reibe ich mir die Arme. Ich hätte doch eine wärmere Jacke anziehen sollen.

»Schön, Sie zu sehen, Trenton.« Hardins freundlicher Tonfall klingt unaufrichtig.

Dabei kennt er Trevors Namen verdammt genau. Er ist absichtlich unverschämt.

»Äh … ja. Finde ich auch«, murmelt Trevor und verschwindet durch die Schiebetüren.

»Was soll das?« Ich funkele Hardin wütend an.

»Was denn?« Er grinst.

Ich stöhne. »Du bist echt ein Idiot.«

»Tess, halt dich von ihm fern. Bitte«, fordert Hardin, doch er küsst mich dabei auf die Stirn, um seinen Worten die Schärfe zu nehmen.

Ich verdrehe die Augen und marschiere wie ein trotziges Kleinkind ins Gebäude.

»Wie war Weihnachten bei dir?«, erkundigt sich Kimberly, als ich mir einen Donut und eine Tasse Kaffee hole. Wahrscheinlich sollte ich es mit dem Koffein erst mal langsam angehen lassen, aber dass Hardin sich eben so ungehobelt benommen hat, hat mich echt geärgert, und allein der Geruch von Kaffeebohnen beruhigt mich.

»Es …«

Ach, weißt du, ich habe Hardin verziehen. Dann habe ich erfahren, dass er Sexvideos von verschiedenen Frauen besitzt, deren Leben er ruiniert hat, aber ich habe ihn trotzdem nicht vor die Tür gesetzt. Meine Mutter tauchte plötzlich bei uns in der Wohnung auf und machte eine Riesenszene, deshalb spreche ich jetzt nicht mehr mit ihr. Hardins Mutter war auch zu Besuch, daher mussten wir so tun, als wären wir zusammen, obwohl wir das nicht waren. Das hat uns quasi wieder zusammengebracht. Ab da lief eigentlich alles prima, bis meine Mutter

seiner erzählt hat, dass er mich für eine Wette entjungfert hat. Ach, und
Weihnachten? Als Andenken an diesen Feiertag hat Hardin seinen Vater
verprügelt und die Scheibe einer Vitrine mit der Faust zertrümmert.
Also alles wie immer.

»… war super. Und bei euch?«, sage ich und entscheide mich damit für die Kurzversion.

Kimberly berichtet begeistert von ihrem genialen Weihnachtsfest mit Christian und seinem Sohn. Der kleine Junge weinte vor Freude über das neue Fahrrad, das der »Weihnachtsmann« ihm gebracht hatte. Er nannte Kimberly sogar »Mommy Kim«, was sie einerseits herzerwärmend fand, ihr aber andererseits auch irgendwie unangenehm war. »Weißt du, es ist seltsam«, sagt sie. »Mir vorzustellen, ich wäre seine Stiefmutter oder was auch immer … Ich bin ja nicht mit Christian verheiratet, nicht mal verlobt, deshalb bin ich mir nicht sicher, welche Rolle ich für Smith spiele.«

»Ich finde, Smith und Christian haben beide großes Glück, dich zu haben, völlig egal unter welcher offiziellen Bezeichnung«, versichere ich ihr.

»Ms. Young, Sie sind sehr reif für Ihr Alter.«

Sie lächelt mich an, und nach einem Blick auf die Uhr beeile ich mich, in mein Büro zu kommen. In der Mittagspause ist Kimberly nicht an ihrem Platz. Dafür hält der Aufzug im dritten Stock, und Trevor steigt mit ein. Ich stoße einen stummen Seufzer aus.

»Hallo«, murmele ich.

Ich weiß auch nicht, weshalb mir das so peinlich ist. Schließlich war ich mit Trevor nicht zusammen oder so. Wir hatten ein Date, und das war nett. Ich mag seine Gesellschaft, was umgekehrt für ihn wohl auch gilt. Mehr nicht.

»Wie war dein Urlaub?«, erkundigt er sich. Im Neonlicht glänzen seine blauen Augen.

Ich wünschte, das würden mich heute nicht alle fragen. »Schön. Und deiner?«

»Auch schön. Im Obdachlosenheim in der Stadt war viel los. Wir haben über dreihundert Leute durchgefüttert«, berichtet er stolz.

»Wow, dreihundert? Das ist ja unglaublich.« Ich lächele ihn an. Er ist so lieb, und die Spannung zwischen uns lässt etwas nach.

»Es war echt super. Hoffentlich haben wir nächstes Jahr mehr Mittel, dann können wir fünfhundert Leute versorgen.« Als wir den Aufzug verlassen, fragt er: »Gehst du mittagessen?«

»Ja, ich wollte ins Firehouse rüberspazieren, weil ich heute nicht mit dem Auto da bin.« Über Hardin und mich will ich jetzt nicht sprechen.

»Wenn du magst, kannst du bei mir mitfahren. Ich gehe ins Panera, aber ich kann dich auch zuerst beim Firehouse absetzen. Du solltest nicht durch den Schnee marschieren«, bietet er höflich an.

»Weißt du was? Das Panera klingt gut. Da komm ich einfach mit«, sage ich lächelnd, und wir machen uns auf den Weg zu seinem Wagen.

Die Sitzheizung im BMW ist schon an, bevor wir den Parkplatz verlassen haben. Im Bistro schweigen wir die meiste Zeit, während wir unser Essen bestellen und uns an einen kleinen Tisch weiter hinten setzen.

»Ich bin am Überlegen, ob ich nach Seattle ziehen soll«, erzählt mir Trevor, als ich einen Cracker in meine Brokkolisuppe tauche.

»Wirklich? Wann denn?« Ich muss ziemlich laut reden, um das Stimmengewirr der Mittagsgäste zu übertönen.

»Im März. Christian hat mir dort einen Job angeboten. Das wäre eine Beförderung zum Leiter der Finanzabteilung, und ich überlege mir ernsthaft, den Posten anzunehmen.«

»Das sind ja fantastische Neuigkeiten, Trevor. Herzlichen Glückwunsch!«

Er wischt sich mit einer Serviette die Mundwinkel ab. »Vielen Dank. Ich würde sehr gerne die Finanzabteilung leiten, und noch lieber würde ich nach Seattle ziehen.«

Den Rest des Essens über unterhalten wir uns über Seattle, und als wir fertig sind, kann ich an nichts anderes denken als: *Warum kann Hardin nicht auch so über Seattle denken?*

Bis wir wieder auf dem Parkplatz ankommen, hat sich der Schnee in Eisregen verwandelt, sodass wir schnell ins Gebäude hasten. Trotzdem zittere ich, als wir den Aufzug erreichen, doch als Trevor mir sein Jackett anbietet, lehne ich dankend ab.

»Dann seid ihr also wieder zusammen, Hardin und du?«, fragt er schließlich. Das ist die Frage, auf die ich die ganze Zeit gewartet hatte.

»Ja … wir wollen es noch mal miteinander versuchen.« Ich nage an meiner Unterlippe.

»Oh. Und bist du glücklich?« Trevor sieht mich an.

Ich blicke zu ihm auf. »Ja.«

»Dann freue ich mich für dich.« Er fährt sich durch die schwarzen Haare. Auch wenn er lügt, weiß ich es zu schätzen, dass er die Situation nicht noch unangenehmer macht, als sie ohnehin schon ist. Auch das ist eine seiner Stärken.

Als wir aus dem Aufzug treten, sieht Kimberly uns seltsam an. Ich kann den Blick nicht deuten, den sie Trevor zuwirft, bis ich Hardin an der Wand lehnen sehe.

54

. Hardin

»Ist das dein Ernst? Willst du mich verarschen?« Ich werfe aufgebracht die Arme in die Luft.

Tessa bleibt der Mund offen stehen, aber es kommt kein Ton heraus, während sie zuerst den verdammten Trevor und dann wieder mich ansieht. *Tessa, verflucht noch mal!* Wut kocht in mir hoch, und ich male mir verschiedene Varianten aus, diesem Idioten ordentlich die Fresse zu polieren.

»Danke fürs Mittagessen, Tessa. Bis später«, sagt Trevor und geht seelenruhig davon.

Als ich Kimberly ansehe, schüttelt sie missbilligend den Kopf. Dann nimmt sie einen Ordner von ihrem Schreibtisch und lässt uns allein. Tessa funkelt ihre Freundin böse an, was mich beinahe zum Lachen bringt.

Auf dem Weg zu ihrem Büro verteidigt sie sich: »Hardin, wir waren bloß zusammen was essen. Ich kann meine Mittagspause verbringen, mit wem ich will. Also halt bloß die Klappe«, warnt sie mich.

Sobald wir drin sind, schließe ich die Tür hinter uns ab. »Du weißt genau, was ich von ihm halte.« Ich lehne mich an die Wand.

»Schrei nicht so rum. Ich bin hier angestellt.«

»Praktikantin«, korrigiere ich sie.

»Wie bitte?« Sie reißt die Augen auf.

»Du bist keine richtige Angestellte, nur Praktikantin.«

»Jetzt geht das wieder los.«

»Ich habe nur auf eine Tatsache hingewiesen.« Ich bin ein Arschloch. Noch eine Tatsache.

»Ach wirklich?«

Ich mahle mit den Kiefern und sehe mein stures Mädchen an.

»Was willst du überhaupt hier?«, fragt sie und nimmt auf ihrem Stuhl hinterm Schreibtisch Platz.

»Ich wollte dich zum Mittagessen ausführen, damit du nicht durch den Schnee stapfen musst«, antworte ich. »Aber wie es scheint, lässt du dir gerne von anderen Typen helfen.«

»Das ist doch keine große Sache. Wir waren was essen und sind dann gleich wieder hergekommen. Du musst dir deine Eifersucht echt abgewöhnen.«

»Ich bin nicht eifersüchtig.« Natürlich bin ich das. Und ich habe Angst. Das werde ich allerdings nicht zugeben.

»Trevor und ich sind bloß Freunde. Lass es gut sein, und komm her zu mir.«

»Nein«, knurre ich.

»Na komm«, bettelt sie. Ich schneide eine Grimasse, weil ich so wenig Selbstbeherrschung habe, dass ich nachgebe. Sie lehnt sich an ihren Tisch und zieht mich an sich. »Ich will doch nur dich, Hardin. Ich liebe dich, und ich will mit niemandem sonst zusammen sein, außer mit dir.« Sie sieht mich dabei so eindringlich an, dass ich wegschauen muss.

»Es tut mir leid, dass du ihn nicht magst, aber du kannst mir nicht vorschreiben, mit wem ich befreundet bin.« Als sie mich anlächelt, versuche ich, meine Wut festzuhalten, doch ich merke, wie sie langsam verpufft. *Verdammt, sie ist gut.*

»Ich kann ihn nicht ausstehen.«

»Er ist harmlos. Glaub mir. Außerdem zieht er im März nach Seattle.«

Mir wird eiskalt, doch ich bemühe mich um einen neutralen Tonfall. »Ach ja?« Natürlich zieht dieser verdammte Trevor nach Seattle. An den Ort, wo Tessa unbedingt hinwill. Der Ort, an dem ich nicht wohnen will und auch nie wohnen werde. Ob sie wohl darüber nachgedacht hat, mit ihm mitzugehen? *Nein, das würde sie nicht. Oder doch?*

Fuck, ich weiß es nicht.

»Ja. Er wird also gar nicht mehr lange hier sein. Also lass ihn bitte einfach in Ruhe.« Sie drückt meine Hände.

»Na gut. Verdammt, von mir aus. Ich werde ihm kein Haar krümmen«, seufze ich.

»Danke. Ich liebe dich so sehr.« Ihre grauen Augen blicken tief in meine.

»Ich bin immer noch stinksauer auf ihn, weil er dich verführen wollte. Und weil du nicht auf mich hörst.«

»Ich weiß. Aber jetzt sei still …« Sie fährt sich mit der Zunge über die Unterlippe. »Soll ich dich ablenken?«, fragt sie mit bebender Stimme.

Wie bitte?

»Ich … ich will dir zeigen, dass ich nur dich liebe.« Tessas Wangen werden dunkelrot, und ihre Hände machen sich an meinem Gürtel zu schaffen, während sie sich auf die Zehenspitzen stellt, um mich zu küssen.

Ich bin durcheinander, wütend – und extrem scharf. Als sie über meine Unterlippe leckt, hebe ich sie stöhnend auf die Schreibtischplatte. Ihre zitternden Hände fummeln wieder an meinem Gürtel herum, doch dieses Mal gelingt es ihr, ihn zu öffnen. Währenddessen schiebe ich ihren lächerlich langen Rock bis zu ihren Oberschenkeln hinauf. Zum Glück hat sie heute keine Strumpfhose an.

»Ich will *dich*, Babe«, haucht sie an meinem Hals und schlingt ihre Arme um meine Taille.

Diese Worte aus ihren vollen Lippen klingen so scharf, und ich stehe total darauf, wie dominant sie plötzlich ist, wie sie die Kontrolle ergreift, indem sie meine Jeans nach unten zerrt.

»Hast du denn nicht …?«, frage ich und meine ihre Periode. »Doch, hast du.«

Errötend nimmt sie meinen Schwanz in die Hand. Ich atme zischend aus, als sie langsam, zu langsam auf und ab reibt.

»Spann mich nicht auf die Folter«, stöhne ich, und sie bearbeitet mich schneller, während sie an meinem Hals saugt. Wenn das ihre Art ist, etwas bei mir wiedergutzumachen, darf sie gerne öfter Scheiße bauen. Solange es nicht mit ihr und einem anderen Kerl zu tun hat.

Ich ziehe ihren Kopf an den Haaren ein Stück zurück, um sie ansehen zu können. »Ich will dich ficken.«

Sie schüttelt den Kopf, ein schüchternes Lächeln auf den Lippen.

»Doch.«

»Das können wir nicht machen.« Sie blickt zur Tür.

»Es wäre nicht das erste Mal.«

»Ich meine … wegen … du weißt schon.«

»Das ist doch nicht so schlimm.« Ich zucke mit den Schultern. Es ist wirklich nicht so schlimm, wie die Leute immer denken.

»Aber ist das … normal?«

»Ja. Völlig normal«, bestätige ich. Sie macht große Augen. Obwohl sie so schüchtern tut, sind ihre Pupillen riesig, was mir zeigt, wie erregt sie ist. Ihre Hand bearbeitet nach wie vor mit langsamen Bewegungen meinen Schwanz, während ich ihre Beine weiter spreize. Dann ziehe ich am Faden ihres Tampons und lasse ihn in den Mülleimer fallen, bevor ich ihre Hand beiseite schiebe und das Kondom überstreife.

Sie steigt vom Tisch und beugt sich dann nach vorne über die Platte, wobei sie ihren Rock über den Arsch hochzieht.

Fuck. Wenn das nicht das Heißeste ist, was ich in meinem ganzen Leben je gesehen habe, trotz der Umstände.

55

Tessa

Als Hardin den dicken Stoff meines Rocks noch ein Stück höher schiebt, kann ich es kaum noch erwarten.

»Tess, entspann dich. Schalte deinen Verstand ab. Es wird nicht anders sein als sonst«, verspricht Hardin.

Ich versuche, meine Verlegenheit zu verbergen, als er in mich eindringt. Es ist wirklich nicht groß anders. Wenn überhaupt, dann fühlt es sich besser an. Gewagter. Etwas zu tun, was mir so gar nicht ähnlich sieht, so tabu ist, macht es umso erregender. Hardin fährt mit der Hand mein Rückgrat hinunter, und ich zittere vor gespannter Erwartung. Seine Stimmung ist umgeschlagen. Als ich aus dem Aufzug kam und ihn sah, habe ich eine schlimmere Szene erwartet.

»Alles in Ordnung?«, fragt er.

Ich nicke und stöhne als Antwort.

Mit einer Hand packt er meine Hüfte, die andere vergräbt er in meinen Haaren, um mich festzuhalten. »Du fühlst dich so gut an, Baby, so gut«, keucht er, während er langsam in mich hineinstößt und sich wieder zurückzieht.

Anschließend wandert seine Hand von meinen Haaren zu meinem Busen. Er zieht den Ausschnitt meiner Bluse hinunter, um meine Brüste freizulegen. Sobald seine Finger meinen Nippel gefunden haben, kneift er sanft hinein, bevor er ihn zwischen den Fingern hin und her rollt. Ich schnappe nach Luft und drücke den Rücken durch, während er weiter an mir herumspielt.

»O Gott«, stöhne ich, presse dann aber fest die Lippen aufeinander. Mir ist zwar bewusst, dass wir uns in meinem Büro befinden, aber ich mache mir deswegen irgendwie nicht so einen Kopf wie sonst. Meine Gedanken kreisen lustvoll um Hardin und um nichts anderes. Dass wir es wirklich auf diese Weise treiben, obwohl es eigentlich tabu ist, kümmert mich in diesem Moment überhaupt nicht mehr.

»Fühlt sich gut an, Baby, oder? Ich hab dir ja gesagt, gar nicht anders … also zumindest nicht schlecht anders.« Hardin stöhnt und packt mich an der Taille. Beinahe wäre ich vom Schreibtisch gerutscht, als er mich umdreht, sodass mein Rücken auf der harten Holzplatte liegt. »Ich liebe dich so sehr. Das weißt du, oder?«, keucht Hardin an meinem Ohr.

Ich nicke, aber ich weiß, dass er mehr braucht.

»Sag es«, drängt er.

»Ich weiß, dass du mich liebst«, versichere ich ihm. Alle meine Muskeln spannen sich an, und Hardin schiebt seine Hand zwischen uns, um meine Klitoris zu streicheln. Ich richte mich auf, weil ich zusehen will, wie seine Finger mich zum Höhepunkt bringen, doch ich halte es nicht durch.

»Komm schon, Baby, lass dich fallen.« Hardin reibt mich immer schneller und drückt dabei mein Bein weit nach oben.

Er wirft den Kopf in den Nacken. Dieses Gefühl kurz vor dem Orgasmus ist so intensiv, so überwältigend, dass ich nur noch Sternchen sehe, während ich mich an seinen tätowierten Armen festkralle. Fest presse ich die Lippen zusammen, um nicht zu schreien, als ich komme. Hardins Höhepunkt ist lange nicht so beherrscht: Er beugt sich vor, vergräbt seinen Kopf an meinem Hals und ruft meinen Namen, bevor meine Haut sein Stöhnen dämpft.

Dann zieht Hardin sich aus mir zurück und gibt mir einen Kuss aufs Ohr. Schnell bringe ich meine Klamotten in Ordnung. Wahrscheinlich sollte ich möglichst bald mal auf die Toilette gehen. *Mein Gott, ist das seltsam.* Ich kann nicht leugnen, dass ich es genossen habe, aber es ist schon schwierig, die Vorstellung aus meinem Kopf zu vertreiben, die dort so tief verankert ist.

»Bist du so weit?«, fragt er.

»Für was?« Mein Atem geht immer noch stoßweise.

»Nach Hause zu fahren.«

»Ich kann nicht nach Hause. Es ist erst zwei.« Ich zeige auf die Uhr an der Wand.

»Du kannst Vance doch auf dem Weg nach unten kurz anrufen. Komm mit mir nach Hause.« Er nimmt meine Handtasche vom Schreibtisch.

»Wobei du dich vielleicht zuerst wieder verstöpseln solltest, bevor wir gehen.« Er zieht einen Tampon aus meiner Tasche und tippt mir damit auf die Nasenspitze.

Ich wische seinen Arm beiseite. »Du sollst das nicht dauernd sagen!«, stöhne ich und lasse den Tampon schnell wieder verschwinden, während Hardin bloß lacht.

Vier Tage später warte ich geduldig darauf, dass Hardin mich von der Arbeit abholt, und starre durch die großen Glasfenster des Foyers nach draußen. Zum Glück hat es in letzter Zeit nicht mehr geschneit. Inzwischen ist nur noch etwas schwarzer Matsch in den Senken des Bürgersteigs übrig.

Leider hat Hardin seit unserem Streit wegen Trevor jeden Tag darauf bestanden, mich zur Arbeit zu fahren. Ich bin immer noch überrascht, dass ich ihn danach so schnell beruhigen konnte. Keine Ahnung, was ich getan hätte, wenn er sich im Verlag auf Trevor gestürzt hätte. Kimberly wäre nichts anderes übrig geblieben, als den Sicherheitsdienst zu rufen, und Hardin wäre garantiert verhaftet worden.

Eigentlich hätte er um halb fünf hier sein sollen, aber mittlerweile ist es Viertel nach fünf. Fast alle anderen sind schon gegangen, und verschiedene Leute haben mir angeboten, mich nach Hause zu fahren, einschließlich Trevor. Wobei er dabei mehrere Meter Abstand hielt. Ich will nicht, dass unser Verhältnis so schwierig ist, und trotz Hardins »Anweisungen« wäre ich immer noch gerne mit ihm befreundet.

Schließlich biegt Hardins Wagen auf den Parkplatz ein, und ich trete hinaus in den eisigen Wind. Es ist zwar heute milder als die letzten Tage, da die Sonne ein wenig Kraft hat, aber es reicht noch nicht. »Sorry, dass ich so spät dran bin. Ich bin eingeschlafen«, erklärt er, als ich ins warme Auto steige.

»Schon okay«, versichere ich ihm. Auf der Fahrt sehe ich aus dem Fenster.

Irgendwie bin ich schon nervös vor dem Silvesterabend heute, deshalb will ich meinen Stresspegel durch einen Streit mit Hardin nicht unnötig erhöhen. Wir haben immer noch nicht entschieden, was wir denn unternehmen wollen, und das macht mich wahnsinnig. Ich will die Einzelheiten kennen, um alles genau planen zu können.

Nach wie vor bin ich unschlüssig, ob ich auf die Nachrichten antworten soll, die Steph mir vor ein paar Tagen geschickt hat. Ein Teil von mir würde sie unheimlich gerne treffen, um ihr und allen anderen zu zeigen, dass sie mich nicht kleingekriegt haben. Gedemütigt, ja, aber ich bin stärker, als sie denken. Andererseits wäre es bestimmt extrem unangenehm, Hardins Freunde wiederzusehen. Höchstwahrscheinlich halten sie mich für komplett bescheuert, dass ich wieder mit ihm zusammen bin.

Ich weiß nicht, wie ich mich in ihrer Gegenwart benehmen soll, und ehrlich gesagt habe ich auch Angst, dass alles anders ist, wenn Hardin und ich uns außerhalb unserer kleinen Welt bewegen. Was, wenn er mich die ganze Zeit ignoriert, oder wenn Molly da ist? Allein beim Gedanken daran rege ich mich schon auf.

»Wo willst du denn zum Shoppen hin?«

Ich hatte ihm gesagt, dass ich noch etwas zum Anziehen für heute Abend brauche. »Die Mall reicht. Aber wir müssen erst entscheiden, was wir machen, damit ich weiß, was ich suche.«

»Willst du wirklich mit den anderen abhängen, oder sollen nur wir beide allein ausgehen? Ich bin nach wie vor dafür, zu Hause zu bleiben.«

»Ich will nicht zu Hause bleiben. Wir sind die ganze Zeit zu Hause«, erkläre ich lächelnd. Ich liebe die Abende mit Hardin auf dem Sofa, aber er war früher die ganze Zeit unterwegs, und manchmal habe ich Sorge, dass es ihm mit mir langweilig wird, wenn ich ihn zu sehr ans Haus binde.

Hardin lässt mich am Eingang zu Macy's raus, und ich eile ins Kaufhaus. Als er nach dem Parken zu mir kommt, habe ich bereits drei Kleider über dem Arm hängen.

»Was ist denn das da?« Er zeigt naserümpfend auf ein gelbes Teil. »Das ist eine furchtbare Farbe.«

»Du findest alle Farben furchtbar, außer Schwarz natürlich.«

Er quittiert meine Aussage mit einem Schulterzucken und streicht über den Stoff des goldenen Kleides darunter. »Das da gefällt mir«, meint er.

»Wirklich? Gerade bei dem war ich mir nicht sicher. Ich will nicht auffallen.«

Er runzelt die Stirn. »Und in Kanariengelb würdest du nicht auffallen?«

Da hat er nicht ganz unrecht. Also hänge ich das gelbe Kleid wieder an den Ständer und halte ein trägerloses weißes Teil hoch. »Wie wär's damit?«

»Probier sie doch mal alle an«, schlägt er grinsend vor.

»Perversling«, necke ich ihn.

»Jederzeit gerne.« Fröhlich folgt er mir zu den Umkleiden.

»Du kommst hier aber nicht mit rein«, schimpfe ich und ziehe die Tür zur Kabine zu, sodass ich nur noch den Kopf durchstecken kann.

Schmollend nimmt er auf der schwarzen Ledercouch gegenüber Platz. »Ich will aber alle Kleider sehen«, ruft er, als ich die Tür vollends schließe.

»Ruhe da draußen.«

Ich höre ihn leise lachen und würde am liebsten hinausspähen, um ihn lächeln zu sehen, doch dann entscheide ich mich dagegen. Zuerst probiere ich das trägerlose weiße Kleid an. Ganz schön eng. Zu eng und viel zu kurz. Als ich endlich den Reißverschluss im dünnen Stoff zubekomme, zupfe ich unten am Saum herum, bevor ich die Tür der Umkleidekabine öffne.

»Hardin?«, flüstere ich beinahe.

»Scheiße.« Ihm bleibt buchstäblich die Luft weg, als er mich in dem winzigen Teil erblickt.

»Es ist kurz.« Ich werde rot.

»Ja. Das kriegst du auf keinen Fall«, sagt er, während er mich mit Blicken verschlingt.

»Wenn ich es will, dann kaufe ich es auch.« Muss ich ihn erst daran erinnern, dass er mir nicht vorzuschreiben hat, was ich anziehe und was nicht?

Einen Moment lang sieht er mich böse an, dann sagt er: »Ich weiß. Ich meinte ja nur, du solltest es lieber nicht nehmen. Es ist viel zu gewagt für deinen Geschmack.«

»Das habe ich auch gedacht.« Summend werfe ich einen letzten Blick in den großen Spiegel.

Dabei merke ich, wie Hardin grinsend meinen Po betrachtet. »Es ist aber schon unglaublich sexy.«

»Weiter geht's.« Mit diesen Worten verschwinde ich wieder in der Kabine.

Das goldene Kleid fühlt sich seidig an auf meiner Haut, obwohl es vollständig mit winzigen Goldplättchen besetzt ist. Es geht mir bis zur Mitte der Oberschenkel und hat Dreiviertelärmel. Auch wenn es einen Hauch gewagter ist als meine sonstigen Outfits, passt es viel besser zu mir als das weiße. Die Ärmel lassen das Kleid dezent wirken, doch der schmale Schnitt und die Länge sagen etwas anderes.

»Tess«, jammert Hardin ungeduldig draußen herum. Ich öffne die Tür, und seine Reaktion lässt mein Herz höher schlagen.

»Wow.« Er schluckt.

»Gefällt es dir?« Ich bearbeite meine Unterlippe mit den Zähnen. Irgendwie fühle ich mich ziemlich selbstbewusst in diesem Kleid, besonders als Hardins Wangen sich röten und er unruhig von einem Bein aufs andere tritt.

»Sehr.«

Klamotten bei Macy's anzuprobieren ist so eine normale Pärchensache, dass es mir einerseits seltsam vorkommt, mich andererseits aber auch beruhigt. Noch vor wenigen Tagen hatte ich noch solche Angst, als er von meinem Mittagessen mit Trevor erfahren hat. »Dann nehme ich es«, sage ich.

Nachdem ich noch ein Paar ziemlich coole schwarze Pumps gefunden habe, gehen wir zur Kasse. Hardin nervt mich damit, ich solle ihn bezahlen lassen, doch diesmal gewinne ich.

»Du hast recht, eigentlich solltest du *mir* was kaufen ... als Ausgleich dafür, dass ich kein einziges Weihnachtsgeschenk von dir bekommen habe«, zieht er mich auf, als wir die Mall verlassen.

Ich will ihm einen Klaps auf den Arm geben, aber er packt vorher mein Handgelenk. Dann drückt er einen zarten Kuss auf meine Handinnenfläche, bevor er meine Finger mit seinen umschließt und mich zum Auto führt. *Normalerweise halten wir in der Öffentlichkeit nicht Händchen ...* Kaum ist mir der Gedanke in den Sinn gekommen, scheint auch er zu merken, was wir da tun, und lässt meine Hand los. Eins nach dem anderen, schätze ich mal.

Nachdem ich ihm zum achten Mal versichert habe, dass wir uns ruhig mit seinen Freunden treffen können, verliere ich fast die Nerven, weil ich mir ausmale, wie der Abend wohl laufen wird. Doch ich kann mich nicht für immer vor der Welt verstecken. Wie sich Hardin in Gegenwart seiner alten Kumpels verhält, wird mir zeigen, wie er wirklich zu mir steht, zu uns.

Unter der Dusche rasiere ich mir drei Mal die Beine und bleibe so lange unterm heißen Wasserstrahl, bis es nur noch kalt kommt. Als ich im Bad fertig bin, frage ich Hardin: »Und, was hat Nate wegen heute Abend gesagt?« Ich bin mir nicht sicher, welche Antwort ich hören will.

»Er hat geschrieben, wir sollen sie im Verbindungshaus treffen … wie früher. Um neun. Angeblich steigt dort 'ne große Party.«

Ich werfe einen Blick auf die Uhr: schon sieben. »Okay. Ich beeil mich.«

Nachdem ich mich geschminkt habe, trockne ich schnell meine Haare und drehe sie zu Locken auf. Dann clipse ich wie immer meinen Pony zurück. Ich sehe … nett aus …

Langweilig. Langweilig. Genau wie sonst auch. Für mein Comeback muss ich aber besser aussehen als vorher. Damit zeige ich schließlich, dass sie mich nicht untergekriegt haben. Falls Molly da ist, wird sie mit ihrem Styling sicher alle Blicke auf sich ziehen wollen, einschließlich die von Hardin. Und so sehr ich sie auch hasse, sie sieht einfach heiß aus. Mit Mollys pinkfarbenen Haaren im Hinterkopf greife ich zum Eyeliner und male mir eine dicke schwarze Linie auf die Oberlider. Ausnahmsweise wird sie sogar auf Anhieb gerade. Dasselbe wiederhole ich am unteren Augenrand. Dann gebe ich noch eine Lage Rouge auf die Wangen, ziehe den Haarclips heraus und werfe ihn in den Mülleimer.

Kurz darauf hole ich ihn aber doch wieder heraus. Gut, vielleicht bin ich noch nicht bereit, ihn wegzuwerfen, aber heute Abend wird es ohne gehen. Mit gesenktem Kopf kämme ich mit den Fingern durch die eng gedrehten Locken. Mein Spiegelbild erschreckt mich. Die Frau dort sieht aus wie aus einem Nightclub, wild und … sogar sexy. So heftig war ich das letzte Mal nach Stephs »Makeover« geschminkt, und Hardin hat mich deswegen verspottet. Dieses Mal sehe ich sogar noch besser aus.

»Tess, es ist halb neun!«, ruft Hardin aus dem Wohnzimmer.

Nach einem letzten Blick in den Spiegel atme ich tief durch und husche dann hinüber ins Schlafzimmer, um mich umzuziehen, bevor Hardin mich sieht. *Was, wenn ich ihm so nicht gefalle?* Letztes Mal hatte er für meinen neuen, schicken Look auch nichts übrig. Ich schiebe die zweifelnden Gedanken beiseite, schlüpfe in mein Kleid, schließe den Reißverschluss und ziehe die neuen Pumps an.

Vielleicht noch eine Strumpfhose? Nein. Ich muss mich beruhigen und darf nicht zu viel nachdenken.

»Tessa, wir sollten jetzt wirklich –« Hardins Stimme wird lauter, als er ins Zimmer kommt, doch dann bricht er mitten im Satz ab.

»Sehe ich –«

»Ja, Scheiße, ja«, knurrt er.

»Du findest nicht, dass es zu viel Make-up ist oder so?«

»Nein, es ist … äh … hübsch. Ich meine … sieht gut aus«, stammelt er.

Ich versuche, nicht über seine Sprachlosigkeit zu lachen, die sonst nie vorkommt. »Lass uns gehen … Wenn wir nicht sofort starten, werden wir dieses Apartment nicht mehr verlassen«, murmelt er.

Seine Reaktion hat meinem Selbstbewusstsein ordentlich Auftrieb gegeben. Ich weiß, das sollte nicht so sein, ist es aber. Hardin sieht in seinen schwarzen Jeans und dem schlichten schwarzen T-Shirt wie immer cool aus. Die schwarzen Chucks, die ich so gerne mag, machen den »Hardin«-Look perfekt.

56

Tessa

The Fray singen leise von Vergebung, als wir vor Hardins altem Verbindungsgebäude halten. Die Fahrt hierher war nervenaufreibend, und wir haben beide die meiste Zeit geschwiegen. Mein Kopf ist voll mit Erinnerungen, vor allem mit schlechten, aber ich schiebe sie beiseite. Hardin und ich haben jetzt eine Beziehung, eine richtige, also wird er sich auch anders verhalten. *Oder etwa nicht?*

Er bleibt dicht an meiner Seite, als wir durchs überfüllte Haus Richtung verrauchtes Wohnzimmer gehen. In der Küche drückt uns sofort jemand rote Becher in die Hand, doch Hardin stellt seinen gleich wieder zur Seite und nimmt mir meinen auch weg. Als ich ihn zurückhaben will, sieht er mich kritisch an.

»Ich finde, wir sollten heute Abend nichts trinken«, sagt er.

»Ich finde, *du* solltest heute Abend nichts trinken.«

»Na gut, aber nur einen«, warnt er mich und gibt mir meinen Becher wieder.

»Scott!«, ruft eine bekannte Stimme. Nate taucht in der Küche auf und klopft Hardin auf die Schulter, bevor er mich freundlich anlächelt. Ich hatte ganz vergessen, wie süß er ist. Ich versuche, ihn mir ohne Tattoos und Piercings vorzustellen, doch es gelingt mir nicht. »Wow, Tessa, du siehst … anders aus«, sagt er.

Hardin verdreht die Augen und grapscht nach meinem Becher,

um einen Schluck daraus zu trinken. Am liebsten würde ich ihn ihm wegnehmen, aber ich will keinen Streit anfangen. Ein Drink wird schon nicht schaden. Damit ich meinen Becher besser halten kann, schiebe ich mein Handy bei Hardin hinten in die Hosentasche.

»Na, sieh mal einer an … wen haben wir denn da«, flötet eine weibliche Stimme im selben Moment, als ein pinkfarbener Schopf hinter einem großen, dicken Typen auftaucht.

»Super«, stöhnt Hardin. Molly die Schlampe kommt auf uns zu.

»Hardin, lange nicht gesehen«, meint sie mit einem teuflischen Grinsen.

»Ja.« Er nimmt noch einen Schluck.

Dann fällt ihr Blick auf mich. »Oh, Tessa! Hab dich gar nicht gesehen.« Ihre Stimme trieft vor Sarkasmus.

Ich ignoriere sie einfach, und Nate reicht mir einen neuen Drink.

»Hast du mich vermisst?«, will Molly von Hardin wissen. Sie trägt mehr als sonst, was bedeutet, dass sie immer noch kaum angezogen ist. Ihr schwarzes Shirt ist vorne zerrissen, absichtlich, nehme ich an. Ihre roten Shorts sind unglaublich kurz, und die Löcher an der Seite zeigen noch mehr blasse Haut.

»Nicht besonders«, antwortet Hardin, ohne sie eines Blickes zu würdigen. Ich halte den Becher an die Lippen, um mein Grinsen dahinter zu verbergen.

»Das nehme ich dir nicht ab.«

»Verpiss dich«, stöhnt er.

Sie schneidet eine Grimasse, als wäre das alles bloß ein Spiel. »Mann, da ist aber jemand angepisst.«

»Komm, Tessa.« Hardin nimmt meine Hand und zieht mich weg. Wir lassen die schmollende Molly und den lachenden Nate in der Küche zurück.

»Tessa!« Steph springt von einem der Sofas auf. »Verdammt, siehst du heiß aus! Wow!« Dann fügt sie hinzu: »Das Kleid würde sogar ich anziehen!«

»Danke.« Ich lächele. Es ist zwar etwas komisch, Steph zu sehen, aber nicht annähernd so schlimm wie das Wiedersehen mit Molly. Steph habe ich wirklich vermisst, und ich hoffe, dass wir, wenn der Abend heute gut läuft, vielleicht unsere Freundschaft wieder kitten können.

Sie umarmt mich. »Ich freu mich so, dass ihr gekommen seid.«

»Ich muss mal kurz mit Logan reden – warte hier auf mich«, weist Hardin mich an und verschwindet.

Steph sieht ihm grinsend hinterher. »Genauso unverschämt wie eh und je, wie ich sehe.« Ihr Lachen übertönt den Lärm der Musik und der Partygäste.

»Tja … manche Dinge ändern sich nie.« Mit großen Schlucken trinke ich den Rest des klebrigen Drinks in meinem Becher. Ich hasse es, dass mich der Kirschgeschmack an meinen Kuss mit Zed erinnert. Sein Mund war kalt und seine Zunge süß. Der Kuss kommt mir vor wie aus einem anderen Leben, dem einer anderen Tessa.

Als könnte Steph meine Gedanken lesen, tippt sie mir auf die Schulter. »Da ist Zed. Hast du ihn gesehen, seit … du weißt schon?« Ihr Finger mit Zebranagellack zeigt auf einen schwarzhaarigen Typen.

»Nein. Ich habe eigentlich gar niemanden gesehen. Außer Hardin.«

»Zed kam sich hinterher wie ein Arschloch vor. Er hat mir fast leidgetan«, meint sie.

»Können wir über was anderes reden?«, bitte ich Steph, als mein Blick dem von Zed begegnet. Schnell sehe ich weg.

»Oh, natürlich, Scheiße. Sorry. Willst du noch was trinken?«

Ich lächele, um die Spannung zu mildern. »Ja, auf jeden Fall.« Als ich wieder dorthin schaue, wo Zed eben noch stand, ist er verschwunden. Steph neben mir starrt in ihren Becher. Irgendwie wissen wir beide nicht so recht, was wir sagen sollen.

»Komm, wir suchen Tristan«, schlägt sie vor.

»Hardin …« Ich will sagen, dass er mich gebeten hat, hier zu warten. Doch er hat mich gar nicht gebeten, sondern es mir befohlen, was mich nervt. Also leere ich meinen Becher in einem Zug. Meine Wangen werden schon ganz warm vom Alkohol … Dafür haben sich meine Nerven etwas beruhigt, als ich mir noch einen Drink nehme und Steph ins Nebenzimmer folge.

Das Haus ist voller, als ich es je erlebt habe, aber Hardin kann ich nirgends entdecken. In einem der Aufenthaltsräume steht ein langer Tisch mit Reihen aufgestellter Becher. Betrunkene Studenten werfen Tischtennisbälle hinein und trinken dann den Inhalt. Ich werde nie verstehen, warum sie immer so komische Spiele machen müssen, wenn sie besoffen sind, doch bei diesem hier wird wenigstens nicht geknutscht. Ich entdecke Tristan auf einer Couch neben einem rothaarigen Typen, den ich hier auch schon mal gesehen habe. Letztes Mal hat er mit Jace einen Joint geraucht. Auf der Armlehne des Sofas hockt Zed und erzählt den anderen etwas, worauf Tristan schallend lacht. Als er Steph auf sich zukommen sieht, lächelt er. Ich mochte Nates Mitbewohner von Anfang an. Er ist lieb, und Steph scheint ihm wirklich etwas zu bedeuten.

»Wie läuft's denn mit euch beiden?«, frage ich sie, bevor wir die anderen erreichen.

Steph dreht sich um und strahlt mich an. »Um ehrlich zu sein, super. Ich glaube, ich liebe ihn!«

»Du glaubst? Hast du ihm das noch nicht gesagt?« Ich bin total verblüfft.

»Nein … o Gott. Wir sind doch erst drei Monate zusammen!«

»Oh …« Hardin und ich haben »Ich liebe dich« gesagt, ehe wir überhaupt ein Paar wurden.

»Bei euch beiden ist das was anderes«, beeilt sie sich zu sagen und bestätigt damit meine Befürchtung, dass sie meine Gedanken lesen kann. »Wie läuft's bei euch so?«, fragt sie mit Blick an mir vorbei.

»Gut, uns geht's gut.« Es ist so schön, das sagen zu können, denn ausnahmsweise stimmt es tatsächlich.

»Ihr zwei seid wirklich das seltsamste Paar, das ich kenne.«

Ich lache glucksend. »Ja, stimmt schon.«

»Aber das ist auch gut so. Stell dir mal vor, wenn Hardin eine Frau finden würde, die ist wie er? Die würde ich lieber nicht kennenlernen wollen.«

»Ich auch nicht.« Ich stimme in ihr Lachen mit ein.

Als Tristan Steph zuwinkt, geht sie zu ihm und setzt sich auf seinen Schoß. »Da ist ja meine Kleine.« Er küsst sie auf die Wange, bevor er mich begrüßt. »Hallo Tessa. Wie geht's dir denn?«

»Mir geht's bestens. Und dir?« Ich klinge wie eine Politikerin. *Entspann dich, Tessa.*

»Gut. Total besoffen, aber gut.« Er lacht.

»Wo ist denn Hardin? Ich habe ihn noch gar nicht gesehen«, fragt mich der Rothaarige.

»Er ist … keine Ahnung«, antworte ich schulterzuckend.

»Ich bin sicher, er treibt sich irgendwo in der Nähe rum. Ich kann mir nicht vorstellen, dass er sich weit von dir entfernt«, versucht mich Steph zu beruhigen.

Ehrlich gesagt, finde ich es gar nicht schlimm, dass ich Hardin schon eine Weile nicht mehr gesehen habe, denn dank des Alkohols bin ich nicht mehr so nervös. Trotzdem wünsche ich mir, er würde auftauchen und bei mir sein. Schließlich sind das hier alles seine Freunde und nicht meine. Abgesehen von Steph, bei der ich immer noch unentschieden bin. Momentan kenne ich sie jedoch von allen Anwesenden am besten, und ich will nicht alleine rumstehen.

Als mich jemand anrempelt, stolpere ich etwas nach vorn und lasse dabei aus Versehen den Becher fallen. Zum Glück war er schon leer, sodass nur ein paar rosafarbene Tropfen den ohnehin schon fleckigen Teppich treffen.

»Scheiße, sorry«, stottert ein besoffenes Mädchen.

»Nicht schlimm«, antworte ich. Ihre schwarzen Haare glänzen so sehr, dass ich die Augen zusammenkneifen muss. *Wie kann das sein?* Offensichtlich bin ich betrunkener, als ich dachte.

»Komm auf die Couch, bevor du niedergetrampelt wirst«, zieht Steph mich auf. Lachend setze ich mich auf die Sofakante.

»Und, hast du das mit Jace gehört?«, fragt Tristan.

»Nein, was ist mit ihm?« Allein bei seinem Namen wird mir schon schlecht.

»Er ist verhaftet worden und erst gestern wieder rausgekommen«, berichtet er.

»Was? Echt? Was hat er denn angestellt?«

»Er hat jemanden umgebracht«, antwortet der Rothaarige.

»O Gott!«, rufe ich entsetzt, und alle lachen. Durch den Alkohol ist meine Stimme viel zu laut.

»Er verarscht dich bloß«, meint Tristan. »Jace wurde von der Polizei angehalten und hatte Gras dabei.«

»Ed, du bist echt so ein Idiot«, schimpft Steph, doch ich muss kichern, weil ich ihm sofort geglaubt habe.

»Du hättest dein Gesicht sehen sollen«, meint Tristan lachend.

Es vergeht eine weitere halbe Stunde ohne eine Spur von Hardin. Langsam ärgere ich mich über seine Abwesenheit, aber je mehr ich trinke, umso weniger kümmert es mich. Das hat teilweise auch damit zu tun, dass ich Molly im Blick habe, die sich heute Abend ein blondes Spielzeug gekrallt hat. Seine Hände wandern immer wieder ihre Oberschenkel hinauf, und sie sind beide so betrunken, dass es total lächerlich wirkt. Trotzdem, lieber der als Hardin.

»Wer macht mit? Kyle hatte offensichtlich genug.« Ein Typ mit Brille zeigt auf seinen besoffenen Kumpel, der zusammengekrümmt auf dem Boden liegt.

Mein Blick fällt auf den Tisch mit den Becherreihen, und ich zähle eins und eins zusammen.

»Ich bin dabei!« Tristan schiebt Steph sanft von seinem Schoß.

»Ich auch!«, ruft sie.

»Du bist aber nicht besonders gut«, zieht Tristan sie auf.

»Bin ich wohl. Du bist bloß sauer, weil ich es besser kann als du. Aber jetzt bin ich bei dir im Team, also musst du keine Angst haben.« Sie blinzelt ihn theatralisch an, und er schüttelt lachend den Kopf.

»Tess, komm, spiel mit!«, brüllt Steph über die Musik hinweg.

»Äh … nein, lass mal.« Ich habe keine Ahnung, was die da spielen, aber ich wäre bestimmt grottenschlecht.

»Ach komm schon! Das wird lustig.« Sie legt die Hände zusammen, als würde sie beten.

»Was ist es denn?«

»Beer Pong natürlich!« Sie lacht prustend. »Hast du das echt noch nie gespielt?«

»Nein, ich mag kein Bier.«

»Wir können auch den Cherry-Wodka-Sour-Mix nehmen. Davon gibt es im Kühlschrank literweise. Ich hol welchen.« Sie wendet sich an Tristan. »Stell schon mal die Becher auf, mein Schatz.«

Ich würde gerne protestieren, aber andererseits will ich mich heute Abend auch amüsieren. Ich will unbeschwert und locker sein. Vielleicht ist Beer Pong ja gar nicht so schlecht. Schlimmer als allein auf dieser Couch zu hocken und auf Hardin zu warten, kann es kaum sein. Wo steckt er denn nur, verdammt noch mal?

Tristan stellt die Becher zu einem Dreieck auf, das mich an Bowling erinnert. »Spielst du mit?«, fragt er mich.

»Sieht so aus. Ich weiß aber nicht, wie's geht.«

»Wer bildet mit ihr ein Team?«, will Tristan wissen.

Als niemand antwortet, komme ich mir echt blöd vor. Na toll. *Ich wusste, das würde –*

»Zed?«, unterbricht Tristan meine Gedanken.

»Äh … ich weiß nicht …« Zed sieht mich dabei nicht an. Er geht mir schon die ganze Zeit aus dem Weg.

»Mann, komm schon, nur eine Runde.«

Zeds karamellfarbene Augen sehen kurz in meine Richtung, dann gibt er nach. »Na gut, okay, ein Spiel.« Er stellt sich neben mich, und wir warten schweigend, während Steph die Becher füllt.

»Werden die schon den ganzen Abend benutzt?« Ich versuche, nicht zu zeigen, wie widerlich ich die Vorstellung finde.

»Keine Sorge.« Sie lacht. »Der Alkohol killt die Bakterien!«

Aus dem Augenwinkel sehe ich Zed lächeln, aber als ich ihn direkt ansehe, schaut er weg. Seufz. Das wird ein langes Spiel.

Tessa

»Wirf ihn einfach über den Tisch in irgendeinen von diesen Bechern. Dann muss die andere Mannschaft den Inhalt austrinken. Wer zuerst alle Becher vom gegnerischen Team getroffen hat, gewinnt«, erklärt Tristan.

»Gewinnt was?«, frage ich.

»Äh, nichts. Aber man wird nicht so schnell besoffen, weil man nicht so viele Becher austrinken muss.«

Ich will gerade anmerken, dass ein Trinkspiel, bei dem der Gewinner *weniger* trinkt, irgendwie nicht zur Partydenke passt, als Steph ruft: »Ich zuerst!« Mit viel Show reibt sie den kleinen weißen Ball zuerst an Tristans T-Shirt ab, dann pustet sie darauf und wirft ihn quer über den Tisch. Er prallt an der Kante des ersten Bechers ab und hüpft in den dahinter.

»Willst du zuerst trinken?«, fragt Zed.

»Klar.« Mit einem Schulterzucken leere ich den Becher.

Als dann Tristan an der Reihe ist, wirft er daneben, und der Ball fällt auf den Boden. Zed hebt ihn auf und tunkt ihn in das einsame Wasserglas auf unserer Seite. Dafür ist das also gedacht. Nicht gerade hygienisch, aber das hier ist eine Collegeparty … was will man also erwarten?

»Soso, ich bin also schlecht«, zieht Steph Tristan auf, der sie bloß anlächelt.

»Du zuerst«, meint Zed.

Mein erster Versuch beim Beer Pong – also eher beim Cherry-Wodka-Sour-Pong – läuft ganz gut, denn ich versenke die ersten vier Würfe nacheinander. Mir tut schon richtig der Kiefer weh vom Lachen und Kichern. Der Schnaps macht mich ganz beschwingt, genau wie die Tatsache, dass ich es mag, wenn ich etwas gut kann, selbst wenn es nur College-Trinkspiele sind.

»Gib's zu, du hast doch schon mal gespielt! Ich *wusste* es!«, wirft Steph mir vor, die Hand in die Hüfte gestützt.

»Nein, ich bin eben begabt.« Ich lache.

»›Begabt‹?«

»Sei doch nicht neidisch auf meine super Bier-Dong-Begabung«, sage ich, und alle lachen sich schlapp.

»O Mann! Bitte hör auf!«, sagt Steph. Ich halte mir den Bauch und versuche, nicht mehr zu lachen. Dieses Spiel war doch keine so schlechte Idee, und der viele Alkohol tut sein Übriges. Ich fühle mich völlig unbeschwert. Jung und unbeschwert.

»Wenn du jetzt triffst, haben wir gewonnen«, ermuntere ich Zed. Je mehr Becher er leert, umso entspannter scheint er in meiner Gegenwart zu werden.

»Das schaffe ich locker«, prahlt er grinsend. Der kleine Ball saust durch die Luft und landet mitten in Steph und Tristans letztem Becher.

Ich quietsche vor Freude und hüpfe wie bescheuert herum, doch es ist mir völlig egal. Zed klatscht in die Hände. Ohne darüber nachzudenken, werfe ich ihm vor Begeisterung die Arme um den Hals. Er stolpert ein paar Schritte zurück, aber bevor wir uns loslassen, umfasst er meine Taille. Es ist eine harmlose Umarmung – wir haben gewonnen, und ich bin ganz aus dem Häuschen. Harmlos. Als ich Steph ansehe, macht sie große Augen. Automatisch suche ich den Raum nach Hardin ab.

Er ist nirgends zu sehen. Und wenn schon? Er hat mich schließlich auf dieser Party allein gelassen. Ich kann ihn nicht mal anrufen oder ihm eine Nachricht schicken, weil mein Handy in seiner Tasche steckt.

»Ich will eine Revanche!«, schreit Steph.

Unsicher sehe ich Zed an. »Willst du noch mal spielen?«

Bevor er antwortet, lässt er ebenfalls den Blick durchs Zimmer schweifen. »Ja … ja … warum nicht.« Er lächelt.

Zed und ich gewinnen auch die zweite Runde, darum werfen Steph und Tristan uns im Scherz vor, wir hätten gemogelt.

»Alles klar bei dir?«, erkundigt sich Zed, als wir zu viert den Tisch verlassen.

Zwei Runden Beer Pong reichen mir. Ich bin schon etwas betrunken. Na gut, mehr als etwas, doch ich fühle mich toll. Tristan verschwindet mit Steph in der Küche.

»Ja, alles bestens. Super. Ich habe total viel Spaß«, antworte ich, und er lacht. Wie er beim Lächeln die Zunge hinten an die Zähne drückt, ist einfach charmant.

»Das freut mich! Aber jetzt muss ich dich leider alleine lassen. Ich brauche dringend kurz mal frische Luft«, sagt er.

Frische Luft. Ich würde wahnsinnig gern Luft atmen, die nicht nach Zigarettenrauch und Schweiß stinkt. Außerdem ist es heiß hier drin, zu heiß. »Kann ich mitkommen?«

»Äh … Ich weiß nicht, ob das eine gute Idee ist.« Er sieht mich dabei nicht an.

»Oh … okay.« Sofort werde ich rot, weil es mir peinlich ist.

Als ich mich wegdrehe, fasst er sanft meinen Arm. »Du kannst gern mitkommen. Ich will nur nicht, dass es Ärger zwischen dir und Hardin gibt.«

»Hardin ist nicht hier, und ich kann befreundet sein, mit wem ich will«, nuschele ich. Meine Stimme klingt irgendwie seltsam, was mich zum Kichern bringt.

»Du bist ziemlich dicht, oder?«, fragt er und hält mir die Tür auf.

»Ein wisschen – ein wenig … bisschen.« Ich lache.

Die kühle Winterluft fühlt sich wunderbar erfrischend an. Zed und ich durchqueren den Vorgarten und landen auf der zerfallenen Steinmauer, die bei diesen Partys früher mein Lieblingsplatz war. Wegen der Kälte sind nicht viele Leute draußen unterwegs. Einer von ihnen kotzt ein paar Meter von uns entfernt in die Büsche.

»Na toll«, stöhne ich.

Zed lacht. Die Steine unter meinen Schenkeln sind kalt, aber ich habe noch eine Jacke bei Hardin im Auto, falls ich sie brauche. Auch wenn ich keine Ahnung habe, wo er ist. Ich sehe, dass sein Wagen immer noch da steht, doch er selbst ist schon seit einer Ewigkeit verschwunden … also über zwei Beer Pongs lang.

Neben mir starrt Zed schweigend in die Dunkelheit. Warum ist das so verkrampft mit uns? Er fasst sich an den Bauch, scheint sich zu kratzen. Als er dabei das T-Shirt ein Stückchen anhebt, sehe ich einen weißen Verband.

»Was hast du da?«, frage ich neugierig.

»Ein Tattoo. Habe ich vorhin erst stechen lassen.«

»Kann ich's sehen?«

»Klar …« Er zieht seine Jacke aus und legt sie neben sich. Dann löst er das Klebeband und klappt die Bandage ein Stück zurück.

»Zu dunkel hier«, meint er. Deshalb holt er sein Handy heraus, um das leuchtende Display als Taschenlampe zu benutzen.

»Ein Uhrwerk?«, frage ich.

Ohne darüber nachzudenken, fahre ich mit dem Zeigefinger über die Tinte. Zed zuckt zusammen, weicht aber nicht aus. Das Tattoo ist so groß, dass es fast die gesamte Fläche seines Bauches bedeckt. Der Rest seiner Haut dort ist von kleineren, scheinbar beliebigen Motiven bedeckt. Die neue Tätowierung zeigt eine Art Zahnrad-Getriebe, das sich zu bewegen scheint. Aber ich vermute, das liegt nur am Wodka.

Mein Finger fährt immer noch über seine warme Haut, als mir plötzlich klar wird, was ich da tue. »'tschuldigung …«, krächze ich und ziehe abrupt die Hand weg.

»Schon okay … aber, ja, es ist eine Art Uhrwerk. Siehst du, wie die Haut da wie aufgerissen wirkt?« Er zeigt auf den Rand des Tattoos, und ich nicke.

Er zuckt die Achseln. »Als hätte man sie zurückgeschoben, und was darunter zum Vorschein kommt, ist Mechanik. Als wäre ich ein Roboter oder so.«

»Und von wem wird der gesteuert?« Keine Ahnung, weshalb ich das gefragt habe.

»Von der Gesellschaft vermutlich.«

»Oh …« Mehr bringe ich nicht heraus. Die Antwort ist viel komplexer als erwartet. »Das ist wirklich cool.« Ich lächele, auch wenn mir ganz schwindelig ist.

»Keine Ahnung, ob die Leute die Idee dahinter verstehen. Du bist bisher die Erste.«

»Wie viele Tattoos willst du denn noch?«

»Ich weiß nicht. Auf meinen Armen habe ich keinen Platz mehr, und auf dem Bauch jetzt auch nicht mehr. Wahrscheinlich ist also Schluss, wenn der Platz ausgeht.« Er lacht.

»Ich sollte mir auch ein Tattoo stechen lassen«, platze ich heraus.

»Du?« Zed lacht schallend.

»Ja! Warum nicht?«, frage ich mit gespielter Empörung. In diesem Moment hört sich das für mich nach einem guten Plan an. Keine Ahnung, was für ein Motiv es sein sollte, aber es klingt cool. Nach Abenteuer und Spaß.

»Ich glaube, du hast viel zu viel getrunken«, zieht Zed mich auf, während er mit den Fingern das Pflaster wieder festdrückt.

»Glaubst du, ich würde das nicht durchhalten?«, fordere ich ihn heraus.

»Nein, darum geht's nicht. Es ist einfach … ich weiß nicht. Ich kann mir dich nicht tätowiert vorstellen. Was würdest du dir überhaupt stechen lassen wollen?« Er versucht, nicht zu lachen.

»Weiß nicht … eine Sonne vielleicht? Oder einen Smiley?«

»Einen Smiley? Da spricht eindeutig der Wodka aus dir.«

»Wahrscheinlich.« Ich kichere. Dann sage ich in die Stille hinein: »Ich dachte, du bist sauer auf mich.«

Seine Miene wird ausdruckslos. »Wie kommst du darauf?«, fragt er leise.

»Weil du mir aus dem Weg gegangen bist, bis Tristan dich gezwungen hat, Beer Pong zu spielen.«

Er atmet tief durch. »Oh … Ich bin dir nicht aus dem Weg gegangen, Tessa. Ich wollte nur keine Probleme machen.«

»Wem? Hardin?« Dabei kenne ich die Antwort eigentlich.

»Ja. Er hat ziemlich deutlich gemacht, dass ich mich von dir fernhalten soll, und ich habe keine Lust, mich noch mal mit ihm zu prügeln. Ich will keinen Ärger zwischen uns, oder mit dir. Ich will bloß … ach, vergiss es.«

»Er bessert sich gerade, gewissermaßen, was sein aggressives Verhalten angeht«, sage ich etwas verlegen. Zwar bin ich mir nicht sicher, ob das wirklich stimmt, aber ich möchte es gerne als gutes Zeichen werten, dass er Trevor kein Haar gekrümmt hat.

Zed sieht mich zweifelnd an. »Ach ja?«

»Ja, wirklich. Ich glaube –«

»Wo steckt er eigentlich? Ich war ja überrascht, dass er dich überhaupt aus den Augen lässt.«

»Ich habe *keine* Ahnung«, antworte ich und sehe mich um, als würde das etwas bringen. »Er wollte mit Logan reden, und seither habe ich ihn nicht mehr gesehen.«

Zed nickt und kratzt sich am Bauch. »Komisch.«

»Ja, komisch.« Zum Glück wirkt durch den Wodka alles viel lustiger.

»Steph hat sich total gefreut, dich heute Abend zu sehen«, meint er, während er sich eine Zigarette zwischen die Lippen schiebt und mit einer schnellen Daumenbewegung sein Feuerzeug aufflammen lässt. Kurz darauf rieche ich den Rauch.

»Hab ich gemerkt. Und ich habe sie auch vermisst, aber ich bin immer noch sauer wegen allem, was passiert ist.« Das Thema kommt mir nicht mehr so schwerwiegend vor wie vorhin. Ich amüsiere mich prächtig, obwohl Hardin nicht da ist. Ich habe mit Steph gelacht und Witze gemacht, und zum ersten Mal hat es sich so angefühlt, als könnte ich alles hinter mir lassen und mit ihr neu anfangen.

»Es ist mutig von dir hierherzukommen«, meint Zed lächelnd.

»Dumm und mutig ist nicht dasselbe«, scherze ich.

»Ich mein's ernst. Nach allem, was war … du hast dich nicht verkrochen. Ich hätte das wahrscheinlich gemacht.«

»Ich habe mich schon ein Weilchen versteckt, aber er hat mich gefunden.«

»Das tue ich immer.« Hardins Stimme lässt mich zusammenfahren, und ich halte mich schnell an Zeds Jacke fest, um nicht von der Mauer zu fallen.

58

Hardin

Es ist die Wahrheit. Ich finde sie immer. Normalerweise ertappe ich sie dabei, wie sie Dinge tut, die mich wahnsinnig machen. Wenn sie sich zum Beispiel mit dem verdammten Trevor oder dem verdammten Zed rumtreibt.

Ich fass es nicht! Ich komme hier raus, und Tessa und Zed sitzen auf einer Mauer und unterhalten sich darüber, dass Tess sich vor mir versteckt. Das ist doch *Bullshit*. Sie hängt sich an ihn, um nicht umzukippen, als ich den gefrorenen Rasen überquere.

»Hardin«, quiekt Tessa, offensichtlich überrascht, mich zu sehen.

»Genau, der Hardin«, sage ich.

Zed rutscht hektisch weg von ihr, und ich versuche, ruhig zu bleiben. Was, verflucht, treibt sie hier draußen allein mit Zed? Ich habe ihr doch extra gesagt, sie soll im Wohnzimmer bleiben. Als ich Steph eben gefragt habe, wo Tessa ist, meinte sie bloß: »Zed«. Nachdem ich fünf Minuten lang das ganze verdammte Haus abgesucht habe – vor allem die Schlafzimmer –, bin ich schließlich raus. Und da sind sie. Zusammen.

»Du solltest doch im Wohnzimmer warten«, sage ich und hänge noch ein »Babe« hintendran, um meinen barschen Ton zu entschärfen.

»Du solltest eigentlich gleich wiederkommen ... *Baby*.«

Ich seufze und atme erst einmal tief durch, bevor ich reagiere.

Schließlich versuche ich, nicht mehr wie früher jedem Impuls sofort nachzugeben. Aber sie macht mir das echt verdammt schwer. »Lass uns reingehen.« Ich fasse nach ihrer Hand.

Sie muss weg von Zed, und, ehrlich gesagt, ich selbst auch. Ich habe ihn schon einmal windelweich geschlagen, und etwas in mir würde es am liebsten noch mal tun.

»Hardin, ich lasse mir ein Tattoo machen«, berichtet mir Tess, als ich ihr von der Mauer herunterhelfe.

»Wie bitte?« *Ist sie betrunken?*

»Ja … du solltest mal Zeds neue Tätowierung sehen, Hardin. Die ist echt hübsch.« Sie lächelt. »Zeig sie ihm, Zed.«

Warum hat Tessa sich seine verdammten Tattoos angeschaut, und wie viel habe ich hier verpasst? Was haben die beiden sonst noch getrieben? Was hat er ihr alles gezeigt? Er war scharf auf sie, seit er sie das erste Mal gesehen hat, genau wie ich. Mit dem Unterschied, dass ich sie ficken wollte und er sie tatsächlich mochte. Aber ich habe gewonnen; sie hat sich für mich entschieden.

»Nein, lass mal …« Zed wirkt ziemlich nervös.

»Ach, komm. Bitte. Zeig schon her!«, protestiere ich voller Sarkasmus.

Zed bläst etwas Rauch in die Luft, dann hebt er sein Shirt hoch. Verdammt, ich fass es nicht! Das ist doch der Hammer! Als er das Pflaster zur Seite zieht, sehe ich, dass das Tattoo an sich eigentlich echt geil ist, aber weshalb er meiner Tessa diesen Scheiß zeigen musste, kapiere ich nicht.

Tessa strahlt. »Ist das nicht cool? Ich will auch eines. Ich glaube, wir haben uns für einen Smiley entschieden!«

Das meint sie nicht ernst. Ich spiele mit den Zähnen an meinem Lippenring herum, um sie nicht auszulachen. Als ich Zed ansehe, schüttelt er bloß den Kopf und zuckt mit den Schultern. Diese lächerliche Tattoo-Idee vertreibt einen Teil meines Ärgers. »Bist du betrunken?«, will ich von ihr wissen.

»Vielleicht.« Sie kichert. *Na toll.*

»Wie viel hast du getrunken?«, frage ich. Ich selbst hatte zwei Drinks, aber bei ihr muss es mehr gewesen sein.

»Weiß nicht … wie viel hast *du* getrunken?«, zieht sie mich auf und schiebt dabei mein T-Shirt hoch, um ihre eiskalten Hände an mir zu wärmen. Ich zucke zusammen. Dann schmiegt sie ihren Kopf an meine Brust.

Siehst du, Zed, sie gehört mir. Nicht dir, nicht irgendjemandem sonst, nur mir.

Mit einem Seitenblick zu ihm frage ich: »Wie viel hat sie getrunken?«

»Ich weiß nicht, wie viel es vorher war, aber wir haben gerade zwei Runden Beer Pong gespielt – mit Cherry Wodka Sour.«

»Moment mal … wir? Ihr beide habt Beer Pong gespielt?«, stoße ich zwischen zusammengebissenen Zähnen hervor.

»Nix da. Cherry-Wodka-Sour-Pong!«, korrigiert sie mich lachend und hebt den Kopf. »Und wir haben gewonnen, zwei Mal! Ich habe die meisten Treffer gelandet. Steph und Tristan waren beide ziemlich gut, aber wir haben sie plattgemacht. Zwei Mal!« Sie hebt die Hand zum High Five, und Zed tut widerwillig so, als würde er aus der Ferne einschlagen.

Das ist Tessa, die Frau, die so daran gewöhnt ist, immer die Beste und Cleverste zu sein, dass sie selbst damit angibt, eine Runde Beer Pong gewonnen zu haben.

Ich find's total abgefahren. »Wodka pur?«, frage ich Zed.

»Nein, der übliche Mix mit wenig Wodka, aber sie hatte viel davon.«

»Und dann hast du sie hier raus in die Nacht geschleppt, obwohl du wusstest, dass sie dicht ist?« Meine Stimme wird wieder lauter.

Tessas Gesicht ist ganz nah vor meinem, sodass ich den Wodka und das Mixgetränk riechen kann. »Hardin, jetzt mach dich mal locker. *Ich* hab ihn gefragt, ob ich mit rausk-kommn kann. Zuerst hat er Nein gesagt, weil er wusste, dass du dich … *sssso* aufführn würdest.« Sie legt die Stirn in Falten und versucht, ihre Hände von meinem Bauch zu nehmen, doch ich drücke sie sanft wieder auf meine Haut und schlinge die Arme um ihre Taille, um sie noch fester an mich zu ziehen.

Ich soll *mich locker machen?* Hat sie das gerade wirklich gesagt?

»Und du darfs auch nich vergessn, dassss wir zwei Beer-Pong-Partner hättn sein können, wenn du mich nich verlassn hättst«, fügt sie lallend hinzu.

Ich weiß, sie hat recht, aber sie macht mich trotzdem wütend. Wie konnte sie ausgerechnet mit Zed spielen? Ich weiß, dass er immer noch auf sie steht. Nichts im Vergleich zu dem, was ich fühle, aber an der Art, wie er sie anschaut, sehe ich, dass sie ihm etwas bedeutet.

»Stimmt's oder hab ich recht?«, fragt sie.

»Ist ja gut, Tessa«, knurre ich, um sie zum Schweigen zu bringen.

»Ich geh jetzt rein«, meint Zed, wirft seine Zigarette weg und verschwindet.

Tessa sieht ihm nach, dann sagt sie zu mir: »Du bist ssso griesgrämig. Vielleicht solltest du dahin zurückgehn, wo du hergekommen bist. Wo immer das auch war.« Sie versucht wieder, sich von mir zu lösen.

»Ich gehe nirgends hin.« Ihrer Bemerkung über meine Abwesenheit weiche ich bewusst aus.

»Dann hör auf, so griesgrämig zu sein – ich amüsier mich nämlich heute Abend.« Sie blickt zu mir auf. Ihre Augen wirken durch das schwarze Make-up noch heller als sonst.

»Du kannst doch nicht erwarten, dass ich happy bin, wenn ich dich alleine mit diesem Dreckskerl erwische.«

»Wär's dir lieber, wenn ich mit jemand anders hier draußen wäre?« Sie ist furchtbar widerspenstig, wenn sie betrunken ist.

»Nein, darum geht's doch jetzt gar nicht«, fahre ich sie an.

»Es geht um überhaupt nichts. Ich hab nichts falsch gemacht, also hör auf, dich wie ein Arsch aufzuführen, oder ich will nicht in deiner Nähe sein«, droht sie.

»Na gut, bin ich eben kein Griesgram mehr.« Ich rolle die Augen.

»Und auch kein Augenrollen mehr«, schimpft sie. Ich lasse die Arme sinken.

»Na gut, kein Augenrollen.« Ich grinse.

»Hab ich mir doch gedacht.« Sie kämpft noch mit ihrem Lächeln.

»Du bist heute Abend ganz schön rechthaberisch.«

»Der Wodka macht mich mutig.«

Ich spüre, wie ihre Finger an meinem Bauch tiefer wandern. »Du willst also ein Tattoo?«, frage ich und schiebe ihre Hände wieder nach oben, doch sie wehrt meinen Versuch ab und berührt mich noch weiter unten.

»Ganz genau. Vielleicht auch fünf.« Sie zuckt mit den Achseln. »Weiß nich.«

»Du bekommst überhaupt kein Tattoo.« Auch wenn ich dabei lache, meine ich das todernst.

»Warum nich?« Ihre Finger spielen mit dem Bund meiner Boxershorts.

»Wir reden morgen noch mal darüber, wenn du wieder nüchtern bist.« Ich weiß, dass ihr die Vorstellung dann nicht mehr gefallen wird. »Lass uns reingehen.«

Sie schiebt die Hand in meine Boxershorts und stellt sich auf die Zehenspitzen. Statt mich wie erwartet auf die Wange zu küssen, bringt sie ihren Mund dicht an mein Ohr. Ich atme zischend ein, als sie mich dabei sanft umfasst.

»Ich finde, wir sollten hier draußen bleiben«, flüstert sie. *Fuck.*

»Der Wodka macht dich wirklich mutig.« Meine raue Stimme verrät mich.

»Ja … und er macht mich schar…« Ich halte ihr den Mund zu, weil sie viel zu laut ist und gerade ein paar besoffene Mädels vorbeikommen.

»Wir müssen rein. Es ist saukalt, und ich glaube nicht, dass die begeistert wären, wenn ich dich im Gebüsch nehme«, stelle ich grinsend fest, und ihre Pupillen weiten sich.

»Aber *ich* wäre sehr begeistert«, sagt sie, sobald ich die Hand von ihrem Mund nehme.

»Verdammt, Tess, ein paar Drinks, und schon wirst du scharf.« Ich lache, weil ich an Seattle und die anzüglichen Dinge denken muss, die ihr über die vollen Lippen kamen. Wenn ich sie nicht sofort ins Haus bringe, nehme ich ihr Angebot doch noch an, sie ins Gebüsch zu zerren.

Sie zwinkert. »Nur auf dich.«

Ich kann mein Lachen nicht unterdrücken. »Komm, wir gehen.« Ich lege die Hand auf ihren Arm und ziehe sie Richtung Haus.

Dass sie den ganzen Weg über schmollt, verstärkt das Ziehen in meiner Leiste noch, vor allem, als sie dabei die Unterlippe vorschiebt. Ich könnte mich einfach hinüberbeugen und sie zwischen die Zähne nehmen. Verflucht, ich bin genauso schlimm wie sie, dabei bin ich nicht einmal betrunken. Vielleicht ein wenig high, allerdings nicht betrunken. Sie wäre so sauer gewesen, wenn sie mich oben erwischt hätte. Ich habe zwar nicht wirklich mitgeraucht, aber ich war im selben Zimmer, und sie haben mir immer absichtlich den Rauch ins Gesicht geblasen.

Ich ziehe Tessa durch die Menschenmenge in den Raum mit den wenigsten Menschen im unteren Stockwerk, die Küche. Sie stützt sich mit den Ellenbogen auf die Kücheninsel und blickt zu mir auf. Wie kann es sein, dass sie immer noch genauso schön ist wie vorhin, als wir das Apartment verlassen haben? Alle anderen Frauen hier sehen inzwischen furchtbar aus. Nach dem ersten Drink verschmiert ihr Make-up, die Haare werden unordentlich, und sie wirken einfach ungepflegt. Nicht so Tessa. Verglichen mit ihnen sieht sie aus wie eine Göttin. Verglichen mit allen.

»Hardin, ich will noch was trinken«, sagt sie, doch als ich den

Kopf schüttele, streckt sie mir die Zunge heraus wie ein Kind. »Ach komm schon! Ich amüsier mich so gut. Sei kein Spielverderber.«

»Na gut, einen noch, aber du musst aufhören, wie eine Zehnjährige zu reden«, necke ich sie.

»Zu Befehl, Sir. Ich entschuldige mich in aller Form für meine unreife Ausdrucksweise. Besagte Indiskretion wird nicht wieder vor —«

»Und auch nicht wie ein alter Mann«, sage ich lachend. »Aber du darfst mich gerne wieder Sir nennen.«

»Fuck. Okay, na gut. Dann hör ich jetzt, verdammt noch mal, auf, wie ein verfluchter Scheiß…«

Doch sie beendet ihren Satz nicht, weil wir beide zu sehr lachen müssen.

»Du bist heute völlig durchgeknallt.«

Sie kichert. »Ich weiß. Es macht Spaß.«

Ich bin froh, dass sie sich amüsiert, trotzdem bin ich sauer, dass sie mit Zed Spaß hatte und nicht mit mir. Aber ich werde den Mund halten, weil ich ihr den Abend nicht verderben will.

Sie richtet sich auf und nimmt einen Schluck von ihrem Drink. »Komm, wir suchen Steph.«

»Vertragt ihr euch wieder?«, erkundige ich mich, als ich ihr folge. Ich bin mir nicht sicher, wie's mir damit geht. Gut? Vermutlich …

»Ich glaub schon. Da sind sie ja!« Sie zeigt zur Couch auf Tristan und Steph.

Als wir ins Wohnzimmer kommen, drehen sich ein paar Typen auf dem Boden nach Tessa um. Sie bemerkt die geilen Blicke überhaupt nicht. Ich schon. Warnend starre ich die Jungs an, und fast alle drehen sich schnell wieder weg, außer einem blonden Kerl, der Noah ein wenig ähnlich sieht. Er starrt sie beim Vorbeigehen immer noch an. Ich überlege, ob es eine gute Idee wäre, ihm ins Gesicht zu treten. Stattdessen greife ich dann doch lieber nach Tessas Hand, zumindest fürs Erste.

Überrascht blickt sie auf unsere Hände und macht große Augen. Warum wundert sie das so? Ich meine, ja, normalerweise stehe ich nicht so auf Händchenhalten, aber ab und zu tue ich's schon ... oder?

»Da seid ihr zwei ja!«, ruft Steph.

Molly hockt neben einem Typen auf dem Boden, den ich schon mal gesehen habe. Ich bin mir ziemlich sicher, dass er noch auf die Highschool geht und sein Vater Immobilienfuzzi in Vancouver ist. Also so ein Treuhändersprössling. Die beiden sehen ziemlich bescheuert zusammen aus, aber ich bin froh, dass Molly mich erst einmal in Ruhe lässt. Sie ist so unglaublich nervig, und Tessa kann sie nicht ausstehen.

»Wir waren draußen«, erkläre ich Steph.

»Mir ist langweilig.« Nate rührt mit dem Finger sein Bier um.

Ich setze mich ans Ende vom Sofa und ziehe Tessa auf meinen Schoß. Das bringt uns einige Blicke ein, ist mir aber scheißegal. Sollen sie ruhig wagen, eine Bemerkung darüber zu machen. Nach ein paar Sekunden sehen alle wieder weg, außer Steph, die uns etwas zu lange anstarrt, bevor sie lächelt. Ich lächele nicht zurück, zeige ihr allerdings auch keinen Stinkefinger, was ja schon mal ein Fortschritt ist, oder?

»Wir könnten Wahrheit oder Pflicht spielen«, schlägt jemand vor, und ich brauche eine Sekunde, um zu kapieren, woher die Stimme kam.

Was soll die Scheiße? Ich sehe Tessa an, die immer noch auf meinem Schoß sitzt.

»Na klar, weil du da ja so drauf stehst«, verspottet Molly sie.

»Warum schlägst du das vor? Du hasst doch solche Spiele«, sage ich leise.

Sie grinst. »Weiß nicht. Ich dachte, heute Abend könnte das lustig werden.«

Ich folge ihrem Blick zu Molly und will lieber gar nicht wissen, was in Tessas hübschem Köpfchen vorgeht.

59

Hardin

Als ich Tessa zuflüstere: »Ich weiß nicht, ob das so klug ist«, dreht sie sich auf meinem Schoß um, legt den Zeigefinger an die Lippen und signalisiert mir zu schweigen.

Molly grinst verschlagen: »Was ist los, Hardin, Angst vor einer kleinen Pflichtübung ... oder eher vor der Wahrheit?«

Was für eine blöde Fotze. Doch bevor ich antworten kann, knurrt Tessa: »Wenn hier jemand Angst haben sollte, dann du.«

Molly wölbt eine Braue. »Ach wirklich?«

»Okay ... okay ... beruhigt euch, ihr beiden«, sagt Nate.

Es freut mich zwar, dass Tessa Molly in die Schranken weist, aber ich fürchte, dass Molly zurückschlägt. Tessa ist viel zarter und sensibler als sie, und Molly würde alles sagen, um Tessa zu verletzen.

»Wer fängt an?«, fragt Tristan.

Tessa reißt die Hand hoch. »Ich.«

Scheiße, das gibt eine Katastrophe.

»Vielleicht sollte ich besser anfangen«, schaltet sich Steph ein.

Tessa seufzt, sitzt aber still und hebt den Becher an den Mund. Ihre Lippen sind von ihrem Wodka Kirsch gerötet. Einen Moment lang schweifen meine Gedanken ab, und ich stelle mir vor, wie sie sich um meinen Schwanz schließen –

»Hardin, Wahrheit oder Pflicht?«, reißt mich Steph aus meinen schmutzigen Träumereien.

»Ich spiele nicht mit«, erkläre ich und versuche, wieder in meine Gedankenwelt abzutauchen.

»Warum nicht?«, fragt sie.

Der Zauber ist dahin, ich sehe sie an und stöhne. »A, weil ich nicht will, B, weil ich mehr als genug öde Spiele gespielt habe.«

»Wie wahr«, murmelt Molly.

»Das hat er nicht gemeint, lass ihn in Ruhe«, verteidigt mich Tristan.

Warum habe ich Molly noch gleich gevögelt? Sie sieht heiß aus und konnte gut blasen, aber sie ist trotzdem einfach unausstehlich. Wenn ich daran denke, dass sie mich berührt hat, wird mir schlecht. Ich bedeute Steph weiterzumachen, um mich auf andere Gedanken zu bringen.

»Okay, Nate, Wahrheit oder Pflicht?«, fragt Steph.

»Pflicht«, antwortet er.

»Hm ...« Steph deutet auf ein großes Mädchen mit feuerrotem Lippenstift. »Küss die Blonde in dem blauen Top.«

Nate dreht den Kopf und jammert: »Kann ich nicht ihre Freundin küssen?«

Alle mustern das Mädchen neben ihr. Sie hat langes lockiges Haar und dunkle Haut und ist viel hübscher als die Blonde, deshalb hoffe ich für Nate, dass Steph den Wunsch akzeptiert. Aber sie lacht und sagt streng: »Nein, die Blonde.«

»Du bist fies.« Er stöhnt, und alle lachen, als er auf das Mädchen zugeht.

Als Nate mit rot verschmiertem Mund zurückkehrt, weiß ich, warum Tessa diese Spiele normalerweise hasst. Sich gegenseitig zu Schwachsinn wie dem hier anzustiften, ist einfach sinnlos. Früher war es mir egal, aber da habe ich auch nicht nur ein einziges Mädchen küssen wollen. Ich möchte nie mehr eine andere als Tessa küssen.

Als Nate von Tristan verlangt, Bier aus einem Becher zu trinken, der vorher ein Aschenbecher war, lasse ich mich von meinen Gedanken davontragen. Ich nehme eine Locke von Tessas weichem Haar zwischen die Finger und zwirble sie langsam hin und her. Sie hält sich die Hände vors Gesicht, während Tristan würgt und Steph quietscht. Nach ein paar weiteren hirnlosen Pflichtübungen ist schließlich Tessa an der Reihe. »Pflicht«, sagt sie tapfer zu Ed.

Ich werfe ihm einen drohenden Blick zu, damit er keine versaute Aufgabe vergibt, weil ich sonst ohne Zögern über den Tisch springen und ihm an die Gurgel gehen werde. Er ist ein ziemlich cooler und relaxter Typ, also geht er vermutlich ohnehin nicht zu weit, aber ich warne ihn für alle Fälle. »Trink einen Schnaps«, sagt er.

»Langweilig«, mault Molly.

Tessa achtet nicht auf sie und kippt den Schnaps. Sie ist ohnehin schon dicht – wenn sie noch viel mehr trinkt, wird sie kotzen.

»Molly, Wahrheit oder Pflicht?«, fragt Tessa, und ihre Stimme klingt viel zu selbstgefällig.

Alle versteifen sich. Steph sieht mich fragend an.

Molly mustert Tessa, sichtlich überrascht von ihrem mutigen Vorstoß. »Wahrheit oder Pflicht?«, wiederholt Tessa.

»Wahrheit«, antwortet Molly.

»Ist es wahr …«, fängt Tessa an und beugt sich nach vorn, »dass du eine Hure bist?«

In der Runde keucht und kichert es. Ich vergrabe das Gesicht an Tessas Rücken, um mein Lachen zu ersticken. Himmel, Tessa dreht einfach durch, wenn sie trinkt.

»*Bitte?*«, gibt Molly mit offenem Mund zurück.

»Du hast richtig verstanden … ist es wahr, dass du eine Hure bist?«

»Nein«, sagt Molly, und ihre Augen sind schmale Schlitze.

Nate lacht noch immer, Steph wirkt belustigt, aber auch besorgt, und Tessa sieht aus, als stünde sie kurz davor, Molly anzuspringen.

»Es heißt nicht ohne Grund Wahrheit«, bohrt Tessa weiter.

Ich drücke sanft ihren Schenkel und flüstere ihr zu, es gut sein zu lassen. Ich will nicht, dass ihr Molly wehtut, denn dann muss ich Molly wehtun.

»Ich bin dran«, sagt Molly.

»Tessa, Wahrheit oder Pflicht?«, fragt sie.

Was sonst.

»Pflicht.« Tessa lächelt grausam.

Molly tut überrascht, dann spottet sie: »Küss Zed.«

Ich blicke in Mollys abstoßendes Gesicht. »Scheiße, nein«, sage ich laut. Alle außer Molly scheinen die Köpfe einzuziehen.

»Warum nicht?«, grinst Molly. »Es wäre nicht das erste Mal – sie weiß, wie es geht.«

Ich setze mich auf und ziehe Tessa an mich.

»Vergiss es«, knurre ich die kleine Schlampe an. Dieses blödsinnige Spiel kümmert mich einen Dreck. Tessa küsst niemanden.

Zed hat den Blick auf die Wand gerichtet, und Molly merkt, dass sie bei ihm keine Unterstützung findet. »Na schön, dann eben Wahrheit«, sagt sie. »Ist es wahr, dass du total bescheuert bist und Hardin wieder ranlässt, obwohl er *zugibt,* dass er dich wegen einer Wette gevögelt hat?«, fragt sie in heiterem Ton.

Tessa versteift sich auf meinem Schoß. »Nein, das ist nicht wahr«, sagt sie kleinlaut.

Molly steht auf. »Nein, nein, nein, wir spielen hier *Wahrheit* oder Pflicht, nicht Fantasien kleiner Mädchen. Es ist *wahr* – und deshalb bist du total bescheuert. Du glaubst alles, was aus seinem Mund kommt. Aber ich kann dich verstehen, schließlich weiß ich, was er mit diesem Mund alles anstellen kann. Mann, diese Zunge –«

Bevor ich sie aufhalten kann, springt Tessa von meinem Schoß, stürzt sich auf Molly, packt sie an den Schultern und wirft sie um. Gemeinsam fallen sie rücklings über Ed. Zu Mollys Glück fängt irgendein anderer Kerl ihren Sturz auf, aber zu ihrem Pech lässt Tessa ihre Schultern los und greift ihr ins Haar.

»Du verdammte Schlampe!«, schreit sie und hält Mollys leuchtendes Haar in den Fäusten. Sie zieht Mollys Kopf nach oben und rammt ihn zurück auf den Teppich. Molly schreit und strampelt unter Tessa, doch Tessa ist im Vorteil, und Molly bekommt die Lage nicht in den Griff. Mollys Fingernägel krallen sich in Tessas Arme, aber Tessa packt sie bei den Handgelenken und drückt ihre Arme auf den Boden, bevor sie ausholt und ihr ins Gesicht schlägt.

Ach du Scheiße. Ich springe von der Couch, umfasse Tessa an der Taille und reiße sie weg. Nie hätte ich gedacht, dass ich sie einmal aus einer Schlägerei herausholen würde, geschweige denn gegen Molly mit ihrer großen Klappe.

Tessa windet sich noch ein paar Sekunden in meinen Armen, bevor sie etwas ruhiger wird und ich sie aus dem Wohnzimmer zerren kann. Ich zupfe an ihrem Kleid, um sicherzugehen, dass es nicht nach oben verrutscht ist, damit ich mich nicht auch noch prügeln muss. Es sind kaum Leute in der Küche, aber die reden jetzt schon über den Kampf im Wohnzimmer.

»Ich bring sie um, Hardin! Ich schwöre es!«, schreit Tessa und löst sich aus meinem Griff.

»Ich weiß … ich weiß ja«, sage ich, aber irgendwie kann ich sie nicht ernst nehmen, obwohl ich ihren Gewaltausbruch mit eigenen Augen gesehen habe.

»Hör auf zu grinsen«, schnaubt sie atemlos. Ihre Augen sind groß und leuchten, ihre Wangen rot vor Wut.

»Ich grinse nicht. Ich bin nur total überrascht von dem da eben.« Ich beiße mir auf die Lippe.

»Ich hasse sie so! *Für wen hält sie sich?*«, schreit sie und nickt in Richtung Wohnzimmer, um Molly auf sich aufmerksam zu machen.

»Okay, Ortiz … besorgen wir dir etwas Wasser«, setze ich an.

»Ortiz?«, fragt sie.

»Ein UFC-Kämpfer …«

»UFC?«

»Egal.« Ich lache und gieße ihr ein Glas Wasser ein. Dann werfe ich einen Blick ins Wohnzimmer, ob Molly auch wirklich nicht mehr zu sehen ist.

»Ich stehe völlig unter Adrenalin«, sagt Tessa.

Der Adrenalinschub ist das Beste am Kämpfen. Er macht süchtig. »Hast du dich schon mal geprügelt?«, frage ich, obwohl ich die Antwort schon kenne.

»Natürlich nicht.«

»Und warum dann jetzt? Ist doch egal, was Molly von uns denkt.«

»Das ist es nicht. Ich war nicht deshalb so wütend.«

»Warum dann?«, will ich wissen.

Sie gibt mir den leeren Becher, und ich fülle ihn ein zweites Mal. »Wegen dem, was sie … über euch gesagt hat«, gibt sie zu, und ihr Gesicht ist wutverzerrt.

»Ach so.«

»Ja, ich hätte mit der Faust zuschlagen sollen«, schnaubt sie.

»Ja, aber ich glaube, sie umzuwerfen und ihren Kopf auf den Boden zu knallen, hat auch ganz gut funktioniert, Ortiz.«

Ihre Lippen verziehen sich zu einem kleinen Lächeln, und sie kichert. »Ich kann nicht glauben, dass ich das getan habe.« Sie kichert wieder.

»Du bist so betrunken«, lache ich.

»Das *bin* ich!«, stimmt sie laut zu. »Betrunken genug, um Mollys Kopf auf den Boden zu schlagen.« Wieder lacht sie.

»Ich glaube, die Show hat allen gefallen«, sage ich und schlinge ihr den Arm um die Taille.

»Ich hoffe, sie sind mir nicht böse, dass ich so ein Theater abgezogen habe.« Typisch Tessa. Sternhagelvoll und immer noch auf andere bedacht.

»Niemand ist dir böse, Baby, eher werden sie dir danken. Dieser Scheiß ist das Höchste für die Kids in der Verbindung«, versichere ich ihr.

»O nein, ich hoffe nicht«, sagt sie und wirkt einen Moment lang angewidert.

»Mach dir keine Sorgen. Sollen wir nach Steph sehen?«, versuche ich sie abzulenken.

»Wir könnten auch etwas anderes machen …«, sagt sie und hakt die Finger in den Bund meiner Jeans.

»Du trinkst keinen Wodka, wenn ich nicht dabei bin«, gebe ich scherzhaft zurück, meine es aber ernst.

»Geht in Ordnung … jetzt gehen wir hoch.« Sie streckt sich und küsst mich aufs Kinn.

»Du bist ganz schön bossy.« Ich lächle.

»Du kannst eben nicht immer allein bestimmen.« Sie lacht, packt mich am Kragen und zieht mich runter zu sich. »Lass dich wenigstens ein wenig von mir verwöhnen«, schnurrt sie und knabbert an meinem Ohrläppchen.

»Du hast dich gerade geprügelt, zum ersten Mal in deinem Leben, und denkst an so was?«

Sie nickt. Dann sagt sie langsam und mit tiefer Stimme, sodass sich meine Hose gleich noch enger anfühlt: »Du willst es doch, Hardin.«

»Okay … fuck … okay«, gebe ich nach.

»Gut, geht doch.«

Ich packe sie am Handgelenk und führe sie nach oben.

»Ist dein altes Zimmer schon wieder vergeben?«, fragt sie, als wir im ersten Stock ankommen.

»Ja, aber es gibt genug leere«, sage ich und öffne die Tür zu einem davon. Auf den zwei kleinen Betten liegen schwarze Steppdecken, und im Schrank stehen Schuhe. Ich weiß nicht, wem dieses Zimmer gehört, aber jetzt ist es unseres.

Ich schließe die Tür ab und gehe ein paar Schritte auf Tessa zu. »Mach den Reißverschluss auf«, befiehlt sie.

»Ich sehe schon, du verschwendest keine Zeit …«

»Halt den Mund und mach mein Kleid auf«, zischt sie.

Ich schüttele belustigt den Kopf, als sie sich umdreht und ihr Haar anhebt. Meine Lippen streifen über ihren Nacken, während ich den Reißverschluss an ihrem Rücken herunterziehe. Auf ihrer weichen Haut bildet sich eine Gänsehaut, und ich verfolge sie mit dem Zeigefinger ihr Rückgrat hinunter.

Sie zittert leicht, dreht sich um und streift das Kleid von den Schultern. Es fällt zu Boden und enthüllt den pinken Spitzen-BH und die Pants, die ich verdammt noch mal liebe. An ihrem Lächeln sehe ich, dass sie das weiß.

»Lass die Schuhe an«, bitte ich.

Sie stimmt mit einem Lächeln zu und blickt auf ihre Schuhe. »Als Erstes will ich etwas für dich tun.« Sie zieht an meiner Jeans, doch die bewegt sich nicht, und sie runzelt die Stirn. Mit flinken Fingern öffnet sie die Knöpfe und zieht sie herunter. Ich mache einen Schritt auf das Bett zu, aber sie hält mich zurück.

»Nein, nicht. Wer weiß, was auf dem Teil schon alles passiert ist.« Angewidert verzieht Tessa das Gesicht. »Boden«, befiehlt sie.

»Ich garantiere dir, der Boden ist viel dreckiger als das Bett«, sage ich. »Hier, ich lege mein T-Shirt drunter.« Ich ziehe es mir über den Kopf und breite es auf dem Boden aus, dann setze ich mich darauf. Tessa sinkt rittlings auf meinen Schoß und küsst meinen Hals. Dabei wiegt sie die Hüften und reibt sich an mir.

Fuck. »Tess …«, hauche ich. »Wenn du so weitermachst, bin ich fertig, bevor du anfängst.«

Sie löst die Lippen von meinem Hals. »Was ist dir lieber, Hardin? Willst du mich vögeln, oder soll ich dir einen bl…«

Ich bringe sie mit einem Kuss zum Schweigen. Fürs Vorspiel habe ich keine Zeit. Ich will sie – ich brauche sie – jetzt. In Sekundenschnelle liegt ihr Höschen auf dem Boden neben ihr, und ich krame in meiner Jeans nach dem Kondom. Ich muss sie daran erinnern, dass sie sich die Pille verschreiben lässt – ich hasse es, bei ihr ein Kondom zu benutzen. Ich möchte sie fühlen, ganz.

»Hardin … beeil dich«, bettelt sie, lehnt sich nach hinten und stützt sich auf den Ellbogen ab, sodass ihr langes Haar hinter ihr auf den Boden fließt.

Ich bringe mich über ihr in Position, schiebe ihre Schenkel mit den Knien noch weiter auseinander und will in sie gleiten. Sie verliert das Gleichgewicht und hält sich an meinen Armen fest.

»Nein … ich will es tun«, sagt sie, drückt mich zu Boden und klettert auf mich. Dann senkt sie sich mit einem Winseln auf mich herab, und ich kann mir keinen schöneren Laut vorstellen. Ihre Hüften wiegen sich langsam, kreisen, hüpfen, foltern mich. Sie hält sich den Mund zu, ihre Lider flattern. Als sie die Fingernägel über meinen Bauch zieht, drehe ich fast durch. Ich umschlinge ihren Rücken und drehe uns herum. Ich habe genug von ihrer Führung – ich packe es nicht.

»Was –«, fängt sie an.

»Ich übernehme das Kommando, ich habe das Sagen. Vergiss das nicht, Baby«, stöhne ich, dringe unsanft in sie ein und treibe sie mit heftigen Stößen voran, viel schneller als ihre langsame Folter.

Sie nickt erregt und hält sich wieder den Mund zu.

»Wenn … wir nach Hause kommen … ficke ich dich noch mal, und dann hältst du dir nicht den Mund zu …«, drohe ich und lege mir ihr Bein um die Schulter. »Alle werden dich hören. Alle hören, was ich mit dir mache, wie nur ich es dir besorgen kann.«

Sie stöhnt erneut, und ich küsse sie auf die Wade, als sie sich versteift. Ich stehe kurz davor … ganz kurz, und ich vergrabe den Kopf an ihrem Nacken, als ich in das Kondom spritze. Dann lege ich den Kopf auf ihre Brust, bis sich unsere Atmung normalisiert.

»Das war …«, haucht sie.

»Besser, als über Molly herzufallen?«, lache ich.

»Ich weiß nicht … zumindest sehr nah dran«, neckt sie mich und steht auf, um sich anzuziehen.

60

Tessa

Hardin hilft mir mit dem Reißverschluss, und ich kämme mir mit den Fingern durchs Haar, während er seine Jeans zuknöpft. »Wie spät ist es?«, frage ich, als er in seine Schuhe schlüpft.

»Zwei Minuten vor Mitternacht«, antwortet er nach einem Blick auf den Wecker auf dem kleinen Schreibtisch.

»Okay, dann nichts wie runter.« Ich bin noch immer vollkommen betrunken, aber jetzt bin ich entspannt und ruhig, dank Hardin. Und selbst im Rausch kann ich kaum glauben, was mit Molly passiert ist.

»Gehen wir.« Er nimmt meine Hand, und wir schaffen es fast bis zur Treppe, bevor alle anfangen, im Chor rückwärts zu zählen.

»Zehn … neun … acht …«

Hardin verdreht die Augen.

»Sieben … sechs …«

»Das ist so dämlich«, brummt er.

»Fünf … vier … drei …«, falle ich mit ein. »Mach mit«, sage ich.

Er versucht, sich das Lächeln zu verkneifen, doch es misslingt, und ein breites Grinsen erscheint in seinem Gesicht. »Zwei … eins …« Ich pikse ihn mit dem Zeigefinger in die Wange.

»*Frohes neues Jahr!*«, schreien alle, auch ich.

»Prost Neujahr«, sagt Hardin monoton, und ich lache, als er mir einen Kuss auf die Lippen drückt. Ein Teil von mir war besorgt, dass er mich nicht vor aller Augen küssen würde, aber jetzt hat er es getan. Als meine Hände zu seiner Taille wandern, hält er sie fest und löst sich von mir. Seine smaragdgrünen Augen strahlen. Er ist so umwerfend.

»Hast du denn noch nicht genug?«, witzelt er, und ich schüttele den Kopf.

»Bild dir bloß nichts ein. Ich wollte mich nicht an dir vergreifen.« Lächelnd sage ich: »Ich muss ganz dringend aufs Klo.«

»Soll ich mitkommen?«

»Nein. Ich bin gleich zurück«, sage ich und gebe ihm einen kleinen Kuss, bevor ich Richtung Bad gehe. Ich hätte ihn mitkommen lassen sollen – es ist viel schwieriger als in nüchternem Zustand. Es war so ein schöner Abend, selbst mit dem ganzen Drama um Molly. Hardin hat mich überrascht, als er ruhig geblieben ist, sogar Zed gegenüber, und er war den ganzen Abend über gut gelaunt. Nachdem ich mir die Hände gewaschen habe, gehe ich auf der Suche nach Hardin den Flur hinunter.

»Hardin!«, ruft eine Frauenstimme.

Ich drehe den Kopf und sehe ein bekanntes Gesicht: Das Mädchen mit dem schwarzen Haar, das mich vorher angerempelt hat. Und sie geht auf Hardin zu. Neugierig, wie ich bin, halte ich mich ein paar Schritte im Hintergrund.

»Ich habe dein Handy, es lag noch in Logans Zimmer.« Sie lächelt und zieht Hardins Handy aus ihrer Handtasche.

Was? Es hat nichts zu bedeuten, ganz bestimmt nicht. Sie waren in Logans Zimmer, aber dort waren sie ganz bestimmt nicht allein. Ich vertraue ihm.

»Danke.« Er nimmt das Handy und wendet sich zum Gehen. Gott sei Dank.

»He!«, ruft er ihr hinterher.

»Tust du mir den Gefallen und erzählst niemandem, dass wir zusammen in Logans Zimmer waren?«, fragt er.

»Okay, das bleibt unser süßes Geheimnis.« Sie grinst und geht davon.

Der Flur fängt an, sich um mich zu drehen. Ganz plötzlich schmerzt meine Brust, und ich eile auf die Treppe zu. Hardin sieht mich vorbeilaufen und erblasst, als ihm klar wird, dass ich ihn erwischt habe.

61

Hardin

Ich bemerke ein goldenes Flimmern zwei Meter entfernt. Als ich an Jamie vorbeisehe, entdecke ich Tessa. Ihre Augen sind groß, und ihre Unterlippe beginnt zu zittern. Doch dann löst sie sich aus der Erstarrung und eilt wütend die Treppe hinunter.

Was? »Tessa! Warte!«, rufe ich ihr hinterher. Dafür, dass sie so betrunken ist, bewegt sie sich erstaunlich schnell. Warum läuft sie immer weg?

»Tess!«, rufe ich erneut und schiebe Leute aus dem Weg.

Aber als ich im Eingang nur noch ein paar Schritte hinter ihr bin, tut sie etwas, das mich fast in die Knie zwingt. Das blonde Arschloch, das sie schon vorher angegafft hat, pfeift ihr im Vorbeilaufen hinterher. Sie bleibt stehen, und ihr Blick lässt auch mich erstarren. Grinsend packt sie den Typen beim Shirt.

Was zur Hölle tut sie da? Sie wird doch nicht …

Sie beantwortet meinen Gedanken, indem sie mir einen Blick zuwirft und dann die Lippen auf seine presst. Ich blinzle hektisch, um das Bild zu vertreiben. Das ist nicht wahr. So etwas würde sie nicht tun, nicht Tessa, egal, wie wütend sie ist.

Der Typ, überrascht durch diese plötzliche Wendung, erholt sich schnell und schlingt die Arme um ihre Taille. Sie öffnet den Mund, schiebt eine Hand in sein Haar und zieht daran. Ich verstehe nicht, was hier passiert.

»*Hardin! Hör auf!*«, schreit sie.

Aufhören? Womit? Als ich ein zweites Mal blinzle, sitze ich auf dem Blonden, und seine Lippe ist aufgeplatzt. Habe ich schon zugeschlagen?

»Bitte, Hardin!«, ruft sie erneut.

Ich klettere schnell von ihm runter, bevor wir Publikum bekommen. »Was soll der Scheiß?«, stöhnt der Typ.

Ich will ihm den verdammten Kopf eintreten, dabei wollte ich doch lernen, mich zurückzuhalten. Aber dann macht sie so einen Scheiß und zerstört alles, worauf ich hingearbeitet habe. Ich gehe zur Tür und kümmere mich nicht darum, ob sie mir folgt.

»Warum hast du ihn geschlagen?«, ruft sie hinter mir, als ich beim Auto bin.

»Was *meinst* du denn, Tessa? Vielleicht, weil ich zusehen musste, wie du mit ihm herumgeknutscht hast!«, schreie ich. Ich hatte fast vergessen, wie es sich anfühlt, das Adrenalin und der vertraute Schmerz in den Handknöcheln. Ich habe nur einmal zugeschlagen ... glaube ich zumindest ... also ist es nicht so schlimm. Aber ich will mehr.

Sie fängt an zu weinen. »Was kümmert es dich? Du hast dieses Mädchen geküsst! Wahrscheinlich sogar noch mehr! Wie konntest du nur?«

»Nein! Diesmal weinst du *nicht,* Tessa. Du hast vor meinen Augen herumgeknutscht!« Ich schlage auf die Motorhaube.

»Was du getan hast, war viel schlimmer! Ich habe gehört, wie du gesagt hast, sie soll niemandem sagen, dass ihr in Logans Zimmer wart!«

»Du weißt nicht mal, wovon du redest – ich habe niemanden geküsst!«

»Doch, das hast du! Was ist denn sonst ein süßes Geheimnis?«, schreit sie und rudert mit den Armen wie eine Irre. *Scheiße, sie treibt mich zur Weißglut.*

»Das hat sie doch nur aus Spaß gesagt, Tessa. Das Geheimnis

war, dass wir geredet haben – und dass Gras geraucht wurde!«, rufe ich.

Sie japst nach Luft. »Du hast Gras geraucht?«

»Nein, habe ich nicht, aber ist doch scheißegal! Du hast mich gerade betrogen!« Ich fahre mir durch die Haare.

»Warum lässt du mich allein und bist mit ihr zusammen, und niemand soll davon erfahren? Das ist doch mehr als merkwürdig –«

»Sie ist Dans Schwester! Ich habe sie gebeten, nichts zu sagen, weil ich versucht habe, mich unter vier Augen bei ihr für diese Sache von letztem Jahr zu entschuldigen. Ich wollte es dir morgen erzählen, wenn du nicht mehr so verdammt besoffen bist! Wir waren alle zusammen in Logans Zimmer, ich, sie, Logan und Nate. Sie haben einen Joint geraucht, und als die anderen gegangen sind, habe ich sie gebeten zu warten, weil ich die Sache ins Reine bringen wollte. Für dich.« Ich bin mir sicher, sie sieht die Wut in meinen Augen, als ich sage: »*Ich* würde dich nicht betrügen, verdammt! Das solltest du wissen!«

Tessa sinkt in sich zusammen. Sie ist sprachlos. Ganz genau, verdammt noch mal. Sie ist im Unrecht, und ich bin so verflucht *wütend*.

»Also …«, fängt sie an.

»Also *was*? Du bist im Unrecht, nicht ich. Du hast mir keine Gelegenheit gegeben, es dir zu erklären. Stattdessen führst du dich auf wie ein Kind! Ein bockiges kleines Kind!«, schreie ich und dresche erneut auf die Motorhaube ein. Tessa macht einen kleinen Satz, als es scheppert, aber das ist mir egal.

Ich sollte einfach zurück auf die Party gehen, mir den blonden Typen vornehmen und zu Ende bringen, was ich angefangen habe. Auf mein Auto einzuschlagen, ist unbefriedigend.

»Ich bin kein Kind! Ich dachte, du hättest etwas mit ihr gehabt!«, schreit sie durch ihre Tränen zurück.

»Aber das habe ich nicht! Ich habe so viel durchgemacht, damit du bei mir bleibst, da betrüge ich dich doch nicht mit der erstbesten Frau auf einer Party … und Scheiße, auch mit sonst niemandem!«

»Ich wusste nicht, was ich davon halten soll.« Wieder wirft sie die Hände in die Luft.

Ich fahre mir durchs Haar und versuche, mich zu beruhigen.

»Das ist dein Problem. Was soll ich denn noch tun, damit du kapierst, dass ich dich liebe?« Sie hat jemanden geküsst – sie hat diesen Typen geküsst, vor meinen Augen. Das fühlt sich schlimmer an als die Zeit, in der wir getrennt waren. Damals konnte ich mir wenigstens selbst die Schuld geben.

Ihr warmer Atem bildet Wölkchen in der kalten Luft. »Aber hättest du mir nicht schon so viel verheimlicht, hätte ich die Situation wahrscheinlich nicht falsch gedeutet!«, schreit sie.

Ich schaue sie an. »Du bist unglaublich. Ich kann dich gerade nicht ertragen.« Vor meinem geistigen Auge läuft immer wieder der Film ab, wie sie diesen Typen küsst.

»Es tut mir leid, dass ich ihn geküsst habe.« Sie seufzt. »Aber so schlimm ist es nun auch wieder nicht.«

»Das soll ein Witz sein, oder? Bitte sag mir, dass das ein Witz ist, denn hätte ich jemand geküsst, würdest du vermutlich mal wieder nicht mehr mit mir reden! Aber Prinzessin Tessa darf das natürlich, wie konnte ich das vergessen! Gar kein Problem!«, höhne ich.

Sie verschränkt die Arme mit einer Empörung, auf die sie kein Recht hat. »Prinzessin Tessa? Ach wirklich, Hardin?«

»Ja, wirklich! Du hast mich betrogen, vor meinen Augen! Ich bin mit dir hergekommen, damit du siehst, wie viel du mir bedeutest. Ich wollte dir zeigen, dass mir egal ist, was die anderen über uns denken. Ich wollte dir einen wunderschönen Abend bereiten, und dann machst du so einen Scheiß!«

»Hardin … ich …«

»Nein! Ich bin noch nicht fertig.« Ich ziehe die Schlüssel raus. »Du tust, als wäre es nicht schlimm! Aber für mich ist es sehr schlimm.

Zuzusehen, wie dich ein anderer küsst ... ist ... ich kann dir gar nicht sagen, wie schlecht mir dabei wird.«

»Ich habe gesagt ...«

Ich drehe durch. Ich weiß, dass ich wild und bedrohlich aussehe, aber ich kann nicht anders. »Jetzt lass mich wenigstens einmal ausreden!«, brülle ich. »Weißt du was ... es ist in Ordnung. Geh zurück auf die Party, und frag deinen neuen Freund, ob er dich nach Hause fährt.« Ich drehe mich um und schließe das Auto auf. »Er sieht Noah ziemlich ähnlich, wahrscheinlich vermisst du ihn.«

»Was? Was hat denn Noah damit zu tun? Ich bin ja ganz offensichtlich nicht auf einen Typ festgelegt«, knurrt sie und deutet auf mich. »Obwohl es vielleicht besser wäre.«

»Ach, scheiß drauf«, herrsche ich sie an, steige ins Auto, starte den Motor und lasse sie in der Kälte stehen. Als ich am nächsten Stoppschild halte, kann ich nicht anders, als immer wieder auf das Lenkrad einzuschlagen.

Wenn sie nicht in der nächsten Stunde anruft, weiß ich, dass sie mit jemand anderem nach Hause gegangen ist.

62

Tessa

Zehn Minuten später stehe ich noch immer auf dem Gehweg. Meine Beine und Arme sind taub, und ich zittere. Hardin kommt sicher gleich zurück, er lässt mich nicht allein hier stehen. Betrunken und allein.

Als ich ihn anrufen will, fällt mir ein, dass er mein Handy hat. *Na prima.*

Was habe ich mir nur gedacht? Ich habe gar nicht gedacht, das ist das Problem. Wir sind so gut miteinander ausgekommen, und dann habe ich ihn sofort verdächtigt. Und diesen Typen geküsst. Beim Gedanken daran muss ich mich fast übergeben.

Warum ist er noch nicht zurück?

Ich muss ins Haus. Hier draußen ist es viel zu kalt, und ich brauche einen Drink. Mein Rausch flaut ab, und ich bin noch nicht bereit, mich der Wirklichkeit zu stellen. Ich gehe schnurstracks in die Küche und schenke mir einen Drink ein. Genau deswegen sollte ich nicht trinken – mein Verstand setzt aus, wenn ich betrunken bin. Ich bin sofort vom Schlimmsten ausgegangen und habe einen Riesenfehler gemacht.

»Tessa?«, fragt Zed hinter mir.

»Hallo«, stöhne ich, hebe den Kopf von der kühlen Arbeitsfläche und drehe mich nach ihm um.

405

»Äh … was machst du da?« Er lacht fast. »Ist alles in Ordnung?«

»Ja … alles gut«, lüge ich.

»Wo ist Hardin?«

»Er ist gefahren.«

»Gefahren? Ohne dich?«

»Ja.« Ich trinke einen Schluck aus meinem Becher.

»Warum?«

»Weil ich blöd bin«, antworte ich wahrheitsgetreu.

»Das bezweifle ich.« Er lächelt.

»Nein, wirklich, diesmal schon.«

»Möchtest du darüber reden?«

»Eigentlich nicht.« Ich seufze.

»Okay … in Ordnung. Ich lass dich in Ruhe«, sagt er und wendet sich zum Gehen, aber dann dreht er sich wieder um. »Es sollte nicht so kompliziert sein, weißt du?«

»Was?«, frage ich. Ich folge ihm und setze mich an einen Tisch in der Küche.

»Liebe, Beziehungen, all das. Das muss nicht so schwer sein.«

»Nein? Ist es nicht immer so?« Ich habe keinen Vergleich, abgesehen von Noah. Wir haben uns nie so gestritten, aber ich weiß nicht, ob ich ihn geliebt habe. Nicht so wie Hardin. Ich kippe meinen Drink in die Spüle, nehme ein Glas und fülle es mit Wasser.

»Ich glaube nicht. Ich kenne kein Paar, das sich so streitet wie ihr.«

»Das liegt nur daran, dass wir so unterschiedlich sind.«

»Ja, das seid ihr wohl.« Er lächelt.

Als ich das nächste Mal auf die Uhr sehe, ist eine Stunde vergangen, seit Hardin mich hier stehen gelassen hat. Vielleicht kommt er doch nicht zurück. »Würdest du jemandem vergeben, der einen anderen geküsst hat?«, frage ich Zed schließlich.

»Ich schätze, das kommt auf die Umstände an.«

»Was, wenn er es vor deinen Augen getan hätte?«

»Scheiße, nein. Das ist unverzeihlich«, sagt er angewidert.

»Oh.«

Zed beugt sich teilnahmsvoll zu mir hin. »Hat er das getan?«

»Nein.« Ich schaue ihn mit großen Augen an. *»Ich.«*

»Du?« Zed ist ziemlich überrascht.

»Ja … ich sagte doch, ich bin blöd.«

»Ja. Ich sage es nur ungern, aber das bist du.«

»Ja«, stimme ich zu.

»Wie kommst du nach Hause?«, fragt er.

»Tja, ich denke die ganze Zeit, dass er mich gleich holt, aber anscheinend kommt er nicht.« Ich beiße mir auf die Lippe.

»Wenn du willst, bringe ich dich nach Hause«, bietet er an. Doch als ich unsicher um mich blicke, fügt er hinzu: »Steph und Tristan sind vermutlich auch noch oben …«

Ich schaue ihn an. »Kannst du mich vielleicht gleich bringen?« Ich will mich nicht mehr in diese Sache verbeißen, aber ich werde langsam nüchtern, dem Himmel sei Dank, und ich will einfach nach Hause und versuchen, mit Hardin zu reden.

»Ja. Gehen wir«, sagt Zed, und ich exe mein restliches Wasser, bevor ich ihm nach draußen zu seinem Auto folge.

Zehn Minuten von unserer Wohnung entfernt wächst die Panik in mir. Wie wird Hardin darauf reagieren, dass Zed mich nach Hause bringt? Krampfhaft versuche ich, nüchtern zu werden, aber es funktioniert nicht. Ich bin längst nicht mehr so betrunken wie vor einer Stunde, aber auch alles andere als nüchtern.

»Kann ich ihn von deinem Handy aus anrufen?«, frage ich Zed.

Er nimmt eine Hand vom Steuer und kramt sein Handy aus der Tasche. »Hier … Scheiße, Akku leer«, sagt er, als er auf die obere Taste drückt und das Symbol mit der leeren Batterie erscheint.

»Trotzdem danke.« Ich zucke die Schultern. Hardin von Zeds Handy aus anzurufen, ist vermutlich ohnehin nicht die beste Idee.

Es ist nicht so dumm, wie den erstbesten Typen vor seinen Augen zu küssen, aber auch nicht gerade clever.

»Was, wenn er nicht da ist?«, frage ich.

Zed schaut mich fragend an. »Du hast einen Schlüssel, oder?«

»Ich habe ihn nicht dabei ... ich dachte nicht, dass ich ihn brauche.«

»Oh ... äh ... er ist sicher zu Hause«, sagt Zed, aber er klingt nervös.

Hardin würde ihn ermorden, wenn er mich bei Zed in der Wohnung fände. Als wir ankommen und parken, suche ich nach Hardins Auto. Es steht auf seinem Platz, Gott sei Dank. Ich habe keine Ahnung, was ich getan hätte, wenn er nicht hier gewesen wäre.

Zed besteht darauf, mich zur Wohnung hochzubringen. Ich habe ein ungutes Gefühl dabei, weiß aber auch nicht, ob ich es in meinem betrunkenen Zustand allein schaffe.

Verdammt, warum hat mich Hardin auf der Party stehen gelassen? Warum war ich so impulsiv und dumm? Warum ist Zed so fürsorglich und furchtlos, wenn er es nicht sein sollte? Warum muss Washington so kalt sein?

Als wir zum Aufzug kommen, pulsiert nicht nur mein Kopf, sondern auch mein Herz. Ich muss mir zurechtlegen, was ich zu Hardin sage. Er wird so wütend sein, und ich muss überlegen, wie ich mich vernünftig entschuldige, ohne auf Sex zurückzugreifen. Ich bin es nicht gewöhnt, mich entschuldigen zu müssen. Normalerweise ist er derjenige, der alles verpatzt. Es ist kein schönes Gefühl, die Schuldige zu sein. Es ist schrecklich.

Auf dem Weg durch den Flur kommt es mir vor, als müssten wir gleich über die Planke gehen. Ich weiß nur noch nicht, wer von uns beiden ins Wasser stürzt.

Ich klopfe. Zed steht ein paar Schritte hinter mir, während wir darauf warten, dass sich die Tür öffnet. Es war eine dumme Idee, ich hätte auf der Party bleiben sollen. Ich klopfe wieder, lauter diesmal. Was, wenn er nicht aufmacht?

Was, wenn er mein Auto genommen hat und nicht einmal hier ist? An diese Möglichkeit habe ich gar nicht gedacht.

»Kann ich mit zu dir, wenn er nicht aufmacht?« Ich versuche, die Tränen zurückzuhalten.

Ich will nicht bei Zed übernachten und Hardin noch mehr gegen mich aufbringen, aber etwas anderes fällt mir einfach nicht ein.

Was, wenn er mir nicht verzeiht? Ich kann nicht ohne ihn sein. Zed streichelt mir beruhigend den Rücken. Ich *darf* nicht weinen. Ich muss gefasst sein, wenn er aufmacht ... wenn er es denn tut.

»Natürlich«, antwortet Zed schließlich.

»Hardin! Bitte mach auf«, flehe ich leise und lege die Stirn an die Tür. Es ist fast zwei, ich will nicht schreien oder ein Drama abziehen. Unsere Nachbarn sind vermutlich ohnehin schon genervt, weil wir uns so oft anbrüllen.

»Ich schätze, er macht nicht auf«, seufze ich und lehne mich einen Moment lang an die Wand. Dann, als wir uns schon abwenden, öffnet sich die Tür mit einem Klicken.

»Na sieh mal, wer da ist.« Hardin steht in der Tür und starrt uns an. Etwas an seinem Ton jagt mir eisige Schauer über den Rücken. Als ich mich ihm zuwende, sind seine Augen blutunterlaufen und die Wangen ganz rot. »Zed! Kumpel! Wie schön, dich zu sehen«, lallt er. Er ist betrunken.

Plötzlich ist mein Kopf vollkommen klar. »Hardin ... hast du getrunken?«

Er sieht mich herrisch an und schwankt. »Kann dir doch egal sein. Du hast einen *neuen* Freund.«

»Hardin ...« Ich weiß nicht, was ich sagen soll. Er ist offensichtlich jenseits von Gut und Böse. Das letzte Mal habe ich ihn so betrunken erlebt, als mich Landon nachts ins Haus von Ken gerufen hat. Da schon sein Vater ein Alkoholproblem hatte und Trish so ängstlich fragte, ob Hardin wieder trinkt, wird mir ganz flau im Magen.

»Danke fürs Fahren, ich glaube, du solltest jetzt gehen«, sage ich höflich zu Zed. Hardin ist zu betrunken, er darf nicht in die Nähe von Zed kommen.

»Nein, nein, nein …«, ruft Hardin aus. »Nur herein! Trinken wir einen zusammen!« Er packt Zed beim Arm und zieht ihn durch die Tür.

Ich folge ihnen unter Protest. »Nein, das ist keine gute Idee. Du bist betrunken.«

»Ist schon in Ordnung.« Zed winkt ab. Als hätte er Todessehnsucht.

Hardin stolpert zum Couchtisch, nimmt die Flasche, die dort steht, und schüttet dunklen Schnaps in ein Glas. »Genau, Tessa. Beruhig dich, verdammt noch mal.«

Ich möchte ihn am liebsten anschreien, weil er so mit mir redet, aber meine Stimme versagt.

»Bitteschön – ich hole noch ein Glas. Und eins für dich, Tess«, murmelt Hardin und geht in die Küche.

Zed setzt sich in den Sessel, und ich nehme auf der Couch Platz. »Ich lasse dich nicht mit ihm allein. Schau, wie betrunken er ist«, flüstert er. »Ich dachte, er trinkt nicht.«

»Tut er auch nicht … nicht so. Das ist meine Schuld.« Ich vergrabe den Kopf in den Händen. Es ist schrecklich, dass sich Hardin wegen mir betrunken hat. Ich wollte ein zivilisiertes Gespräch mit ihm führen und mich für alles entschuldigen.

»Nein, ist es nicht«, versichert mir Zed.

»Der hier ist … für dich«, sagt Hardin laut, während er zurück ins Wohnzimmer poltert und mir ein Glas halb voll mit Schnaps gibt.

»Ich will nichts mehr. Ich hatte genug für heute.« Ich nehme ihm das Glas ab und stelle es auf den Tisch.

»Wie du willst, mehr für mich.« Er lächelt mich boshaft an, aber nicht auf die Art, wie ich es mittlerweile so liebe. Ich habe tatsächlich ein wenig Angst. Hardin würde mich niemals körperlich angreifen, das weiß ich, aber diese Seite an ihm gefällt mir trotzdem nicht. Mir wäre es lieber, er würde mich anschreien oder gegen eine Wand boxen, anstatt hier vollkommen zugelötet zu sitzen und dabei so ruhig zu sein. Zu ruhig.

Zed prostet ihm leise zu und führt das Glas zum Mund.

»Wie in alten Zeiten, was? Du weißt schon, bevor du meine Freundin vögeln wolltest«, sagt Hardin, und Zed prustet seinen Schnaps zurück ins Glas.

»Das stimmt nicht. Du hast sie stehen gelassen, und ich habe sie nur nach Hause gebracht«, sagt Zed drohend.

Hardin schwenkt sein Glas durch die Luft. »Ich rede nicht nur von heute, das weißt du. Obwohl ich ziemlich sauer bin, dass ausgerechnet du sie nach Hause bringst. Sie ist ein großes Mädchen, sie weiß sich selbst zu helfen.«

»Sie sollte sich nicht selbst helfen *müssen*«, gibt Zed zurück.

Hardin knallt sein Glas auf den Tisch, und ich schrecke zusammen. »Das entscheidest nicht du! Obwohl du das wohl gern hättest, nicht wahr?«

Ich fühle mich wie in einer Schießerei. Ich will weg, aber mein Körper gehorcht mir nicht. Entsetzt sehe ich zu, wie sich Mr. Darcy in Tom Buchanan verwandelt …

»Nein«, antwortet Zed.

Hardin setzt sich neben mich, doch sein Blick ist auf Zed gerichtet. Ich schiele zu der Flasche, von der mindestens ein Viertel fehlt. Ich hoffe, Hardin hat das nicht alles heute getrunken, in den letzten eineinhalb Stunden.

»O doch. Ich bin doch nicht blöd. Du bist scharf auf sie. Molly hat mir alles erzählt, was du gesagt hast.«

»Hör auf, Hardin«, knurrt Zed, was Hardin nur noch mehr anstachelt. »Dein größtes Problem ist, dass du mit Molly redest.«

»»Oh, Tessa ist so hübsch, Tessa ist so lieb! Tessa ist zu gut für Hardin! Tessa sollte mit mir zusammen sein!«, höhnt Hardin.

Was?

Zed meidet meinen Blick. »Halt verdammt noch mal den Mund, Hardin.«

»Hast du das gehört, Baby? Zed dachte allen Ernstes, er hätte Chancen bei dir.« Hardin lacht.

»Hör auf, Hardin«, sage ich und stehe auf.

Es ist Zed peinlich. Ich hätte ihn nicht bitten sollen, mich nach Hause zu fahren. Hat er das wirklich über mich gesagt? Ich dachte, er wäre aus Scham über die Wette so nett zu mir gewesen, aber jetzt bin ich mir nicht sicher.

»Schau sie dir an, ich wette, du denkst in diesem Moment daran … habe ich nicht recht?«, spottet Hardin.

Zed starrt ihn wütend an und stellt sein Glas auf den Tisch.

»Du wirst sie nie bekommen, Junge, gib einfach auf. Niemand außer mir bekommt sie, ich bin der Einzige, der sie je vögeln wird. Nur ich weiß, wie gut es sich anfühlt, sie zu –«

»Hör auf!«, rufe ich. »Was ist nur los mit dir!«

»Nichts. Ich sage ihm nur, wie es ist«, antwortet Hardin.

»Du bist gemein«, sage ich. »Und respektlos *mir* gegenüber!« Ich wende mich an Zed. »Ich glaube wirklich, du solltest jetzt gehen.«

Zed sieht Hardin an, dann wieder mich.

»Ich komm schon zurecht«, versichere ich ihm.

Ich weiß nicht, was passieren wird, ich weiß nur, dass es noch schlimmer wird, wenn er bleibt. »Bitte«, sage ich.

Schließlich nickt Zed. »In Ordnung, ich gehe. Er muss zur Vernunft kommen. Ihr beide müsst das.«

»Du hast sie gehört, verpiss dich. Aber sei nicht traurig, mich will sie auch nicht.« Hardin trinkt noch einen Schluck. »Sie steht auf schnöselige Schönlinge.«

Mein Magen zieht sich noch mehr zusammen. Das wird eine

lange Nacht. Ich weiß nicht, ob ich Angst haben sollte, aber ich habe keine. Na ja, etwas vielleicht, aber ich werde nicht gehen.

»Raus«, wiederholt Hardin mit ausgetrecktem Finger, und Zed geht zur Tür.

Als Zed draußen ist, verschließt Hardin die Tür und dreht sich nach mir um. »Du hast Glück, dass ich ihn nicht verprügelt habe, weil er dich hergebracht hat. Das ist dir klar, oder?«

»Ja.« Es wäre unklug, ihm zu widersprechen.

»Warum bist du überhaupt gekommen?«

»Ich wohne hier.«

»Nicht mehr lange.« Er schenkt sich Schnaps nach.

»Was?« Alle Luft entweicht aus meiner Lunge. »Willst du mich rausschmeißen?«

Als das Glas voll ist, sieht er mich wissend an. »Nein, du wirst irgendwann von selbst gehen.«

»Nein, das werde ich nicht.«

»Vielleicht hat ja dein neuer Lover Platz für dich. Ihr habt so gut zueinander gepasst.« Sein hasserfüllter Ton versetzt mich zurück an den Beginn unserer Beziehung, und das gefällt mir nicht.

»Hardin, hör bitte auf, so zu reden. Ich kenne ihn nicht einmal. Was ich getan habe, tut mir wahnsinnig leid.«

»Ich sage, was mir passt, so wie du tust, was dir passt.«

»Ich habe einen Fehler gemacht, und es tut mir *leid,* aber das gibt dir nicht das Recht, so gemein zu mir zu sein und so viel zu trinken. Ich war betrunken und dachte wirklich, du hättest etwas mit diesem Mädchen gehabt. Ich wusste nicht, was ich denken soll. Es tut mir leid, ich würde dich nie absichtlich verletzen.« Ich rede so schnell und deutlich wie möglich, aber er hört nicht zu.

»Bist du fertig?«, herrscht er mich an.

Ich seufze und kaue auf meiner Wange herum. *Nicht weinen, bloß nicht weinen.* »Ich gehe jetzt ins Bett. Wir können reden, wenn du nicht mehr so betrunken bist.«

Er sagt nichts, er sieht mich nicht mal an, also ziehe ich die Schuhe aus und gehe ins Schlafzimmer. Sobald ich die Tür schließe, höre ich das Splittern von Glas. Als ich ins Wohnzimmer laufe, ist die Wand nass und der Boden voller Scherben. Hilflos sehe ich zu, wie er die anderen zwei Gläser gegen die Wand wirft. Er trinkt einen letzten Schluck aus der Flasche, dann schmettert er auch sie mit aller Kraft gegen die Wand.

63

Tessa

Er nimmt die Lampe vom Tisch, sodass das Kabel aus der Wand springt, und schleudert sie zu Boden. Dann greift er nach einer Vase und zertrümmert sie an den Ziegeln. Warum ist sein erster Impuls, alles zu zerschmettern?

»Hör auf!«, rufe ich. »Hardin, du zerstörst alles! Bitte, hör auf!«

»Das ist deine Schuld, Tessa! Du bist der verdammte Grund dafür!«, schreit er zurück und nimmt die nächste Vase. Ich eile ins Wohnzimmer und entreiße sie ihm, bevor er sie zerbrechen kann.

»Das weiß ich doch! Bitte, rede mit mir«, flehe ich ihn an und kann meine Tränen nicht länger zurückhalten. »Bitte, Hardin.«

»Du hast es verbockt, Tessa, total verbockt!« Seine Faust kracht gegen die Wand.

Ich wusste, dass es so kommen würde, eigentlich bin ich überrascht, dass es so lang gedauert hat. Ich bin nur froh, dass er die Rigips-Wand gewählt hat. Der Backstein hätte seiner Hand bestimmt viel schlimmer zugesetzt.

»Lass mich einfach in Ruhe, verdammt noch mal! Geh weg!« Er läuft auf und ab, dann rammt er beide Fäuste in die Wand.

»Ich liebe dich«, sprudelt es aus mir heraus. Ich muss ihn beruhigen, aber er ist so betrunken und macht mir Angst.

»Davon merkt man aber wenig! Du küsst irgendeinen beschissenen Typen! Und dann schleppst du Zed an!«

Dass er Zed erwähnt, versetzt mir einen Stich. Hardin hat ihn erniedrigt. »Ich weiß … es tut mir *leid*.« Ich muss mir den Kommentar verbeißen, dass er ein Heuchler ist. Ja, ich weiß, was ich getan habe, war falsch, sehr falsch – aber ich habe ihm immer wieder vergeben, wenn er mich verletzt hat.

»Du weißt, wie verrückt, wie verdammt verrückt es mich macht, dich mit einem anderen zu sehen, und dann gehst du hin und machst diesen Scheiß!« Die Adern an seinem Hals färben sich dunkelblau, und er wird immer mehr zu einem Monster.

»Ich habe dir gesagt, dass es mir leidtut, Hardin.« Ich rede so leise und langsam ich kann. »Was soll ich sonst noch sagen? Ich habe nicht klar gedacht.«

Er fährt sich durch die Haare. »Das löscht nicht das Bild aus meinem Gedächtnis. Ich sehe nichts anderes mehr.«

Ich gehe auf ihn zu und stelle mich vor ihn. Er stinkt nach Whiskey. »Dann schau mich an, schau mich an.« Ich umfasse sein Gesicht und richte seinen Blick auf mich.

»Du hast ihn geküsst, du hast diesen Typen geküsst.« Seine Stimme ist jetzt viel leiser als noch vor ein paar Sekunden.

»Ich weiß, und es tut mir leid, Hardin. Ich habe nicht nachgedacht. Du weißt, wie impulsiv ich sein kann.«

»Das ist keine Entschuldigung.«

»Ich weiß, Baby, ich weiß.« Ich hoffe, diese Worte erweichen ihn.

»Es tut weh«, sagt er, obwohl sein blutunterlaufener Blick an Härte verloren hat. »Ich war schlau genug, mir keine Freundin anzuschaffen. Nicht dass ich je eine wollte, aber genau das passiert, wenn man sich auf eine Beziehung einlässt … oder heiratet. Genau deswegen bin ich lieber allein. Ich hab keine Lust auf diesen Scheiß.« Er rückt von mir ab.

Seine Worte setzen mir zu, denn er klingt wie ein Kind, ein einsames, trauriges Kind. Ich kann nicht anders, ich stelle mir Hardin als Kind vor, wie er sich versteckt, wenn seine Eltern streiten, weil sein Vater trinkt. »Hardin, bitte verzeih mir. Es wird nicht mehr vorkommen, ich tue so etwas nie wieder.«

»Das ist egal, Tess, einer von uns wird es tun. So sind die Leute, wenn sie sich lieben. Sie verletzen einander, dann trennen sie sich oder lassen sich scheiden. Ich will das nicht, weder für uns noch für dich.«

Ich trete einen Schritt auf ihn zu. »Es wird uns nicht passieren. Wir sind anders.«

Er schüttelt leicht den Kopf. »Es passiert allen. Schau dir unsere Eltern an.«

»Unsere Eltern haben die falschen Partner geheiratet, das ist alles. Denk an Karen und deinen Dad.« Ich bin froh, dass er jetzt ruhiger ist.

»Sie werden sich auch wieder scheiden lassen.«

»Nein, Hardin. Das glaube ich nicht.«

»Ich schon. Die Ehe ist ein krankes Konzept: ›He, ich find dich irgendwie gut, komm, wir ziehen zusammen und unterschreiben einen Wisch, auf dem wir uns versprechen, für immer zusammenzubleiben, obwohl wir uns sowieso nicht daran halten.‹ Wer macht so etwas freiwillig? Wer will sich sein Leben lang an einen Menschen binden?«

Ich bin geistig nicht in der Lage, seine Worte zu verstehen. Er sieht keine Zukunft mit mir? Das sagt er doch nur, weil er betrunken ist. *Oder?*

»Willst du wirklich, dass ich gehe? Ist es das, was du willst, jetzt Schluss machen?«, frage ich und schaue ihm fest in die Augen.

Er antwortet nicht.

»Hardin?«

»Nein … Scheiße … nein, Tessa. Ich liebe dich. Ich liebe dich so sehr, aber du … was du getan hast, war so falsch. Du hast mit einer einzigen Aktion alle meine Ängste angetriggert.« Seine Augen beginnen zu tränen, und meine Brust zieht sich zusammen.

»Ich weiß, und ich fühle mich schrecklich, weil ich dich verletzt habe.«

Sein Blick schweift durch den Raum, und ich sehe in seinen Augen, dass er sich mir beweisen wollte, mit allem, was wir hier zusammen aufgebaut haben. »Du solltest einen Freund wie Noah haben«, meint er.

»Ich will keinen anderen Freund als dich.« Ich wische mir über die Augen.

»Ich fürchte, das wirst du aber.«

»Was? Dich wegen Noah verlassen?«

»Nicht unbedingt wegen Noah, aber wegen einem Typen wie ihm.«

»Das werde ich nicht. Hardin, ich liebe dich. Niemanden sonst, nur dich. Ich liebe alles an dir, also bitte hör auf, an dir zu zweifeln.« Es schmerzt mich, dass er so fühlt.

»Kannst du mir ehrlich sagen, dass du nichts mit mir angefangen hast, um deine Mom zu ärgern?«

»Was?«, frage ich, aber er schaut mich nur an und wartet auf eine Antwort. »Nein, natürlich nicht. Meine Mutter hat nichts mit uns zu tun. Ich habe mich in dich verliebt, weil … na ja, weil es nicht anders ging. Ich konnte nichts dagegen tun. Ich wollte es verhindern, weil ich Angst davor hatte, was meine Mutter denken würde, aber ich war machtlos. Ich habe dich immer geliebt, ob ich wollte oder nicht.«

»Na klar.«

»Wie kann ich dir das klarmachen?« Nach allem, was ich seinetwegen durchgemacht habe, kann er doch nicht ernsthaft glauben, ich wollte mich nur gegen meine Mutter auflehnen.

»Vielleicht, indem du niemand anderen küsst.«

»Ich weiß, dass du unsicher bist, aber du müsstest wissen, dass ich dich liebe. Ich habe vom ersten Tag an um dich gekämpft, gegen meine Mutter, gegen Noah, gegen alle.«

Aber irgendetwas an meinen Worten stört ihn. »›Unsicher‹? Ich bin nicht unsicher. Aber ich sitze auch nicht einfach rum und lasse mich verarschen.«

Seine wieder aufflammende Wut macht auch mich langsam sauer. »*Du* hast Angst, ›verarscht‹ zu werden?« Ich weiß, was ich falsch gemacht habe, aber er hat mir viel Schlimmeres angetan. Er hat mich wirklich verarscht – und ich habe ihm verziehen.

»Komm jetzt nicht mit diesem Scheiß«, knurrt er.

»Wir haben so viel erreicht, wir haben so viel durchgemacht, Hardin. Lass uns das nicht wegen einem Fehler zerstören.« Ich hätte nie gedacht, dass *ich* einmal um Vergebung flehen würde.

»Das warst *du,* nicht ich.«

»Sei nicht so kalt. Du hast mir auch eine Menge angetan«, schnauze ich zurück.

Wut flammt in seinem Gesicht auf. Er stürmt davon und schreit: »Weißt du was? Ich habe einiges verbockt, aber du hast vor meinen Augen einen anderen geküsst!«

»Ach, du meinst, so wie an dem Abend, als du Molly auf dem Schoß hattest und sie vor meinen Augen geküsst hast?«

Er wirbelt herum. »Da *waren wir noch nicht zusammen.*«

»Für dich vielleicht nicht, für mich schon.«

»Scheißegal, Tessa.«

»Dann willst du es also nicht auf sich beruhen lassen?«

»Ich weiß nicht, was ich will, aber du gehst mir auf die Nerven.«

»Ich glaube, du solltest schlafen gehen«, schlage ich vor. Obwohl in den letzten Minuten so etwas wie Verständnis durchgeblitzt ist, hat er sich offensichtlich vorgenommen, grausam zu mir zu sein.

»Und ich glaube, du solltest mir nicht sagen, was ich zu tun habe.«

»Ich weiß, dass du wütend und verletzt bist, aber so kannst du nicht mit mir reden. Das ist nicht okay, und ich lasse es mir nicht bieten. Egal, ob du betrunken bist.«

»Ich bin nicht verletzt.« Er starrt mich wütend an. Hardin und sein Stolz.

»Das hast du aber gerade gesagt.«

»Nein, das habe ich nicht – erzähl mir nicht, was ich gesagt habe.«

»Okay, okay.« Ich hebe die Hände und gebe mich geschlagen. Ich bin erschöpft und habe keine Lust auf diese tickende Bombe Hardin. Er geht zum Schlüsselbrett, nimmt seinen Schlüsselbund und bückt sich stolpernd nach seinen Stiefeln. »Was machst du da?« Ich eile zu ihm.

»Wonach sieht es denn aus? Ich gehe.«

»Du gehst nicht. Du hast getrunken. Viel.« Ich greife nach seinem Schlüsselbund, doch er steckt ihn in die Tasche.

»Scheißegal. Ich brauche was zu trinken.«

»Nein! Brauchst du nicht. Du hattest genug – außerdem hast du die Flasche zerschlagen.«

Ich versuche, in seine Tasche zu greifen, aber er packt mein Handgelenk, wie er es schon so oft getan hat.

Diesmal ist es anders, weil er so wütend ist, und eine Sekunde lang habe ich wirklich Angst.

»Lass los«, sage ich.

»Versuche nicht, mich am Gehen zu hindern, dann lasse ich los.« Er lässt nicht locker, und ich versuche, unbeeindruckt zu wirken.

»Hardin … du tust mir noch weh.«

Er sieht mir in die Augen und lässt schnell los. Als er die Hand hebt, zucke ich zusammen und weiche einen Schritt zurück, dabei fährt er sich nur durchs Haar.

Panik blitzt in seinen Augen auf. »Du dachtest, ich würde dich schlagen?«, flüstert er fast, und ich weiche noch weiter zurück.

»Ich … ich weiß nicht, du bist *so* wütend und machst mir Angst.«

Ich wusste, dass er mir nicht wehtun würde, doch auf diese Weise hole ich ihn am leichtesten wieder auf den Boden.

»Du müsstest wissen, dass ich dir nie wehtun würde. Egal, wie betrunken ich bin, ich würde dich nicht anrühren.« Wütend starrt er mich an.

»Dafür, dass du deinen Vater so hasst, hast du offensichtlich kein Problem, dich so aufzuführen wie er«, fauche ich.

»Fick dich – ich bin nicht wie er!«, ruft er.

»Doch, das bist du! Du bist betrunken, du lässt mich auf der Party stehen, du zerschlägst die halbe Wohnzimmereinrichtung – inklusive meiner Lieblingslampe! Du bist wie er ... so, wie er damals war.«

»Ja, und du bist wie deine Mom. Ein verzogenes, eingebildetes, kleines –«, höhnt er, und ich schnappe nach Luft.

»Wer *bist* du?«, frage ich und schüttele den Kopf. Ich gehe, denn ich will nichts mehr von ihm hören. Ich weiß, wenn wir weiterstreiten, wenn er so betrunken ist, wird es ein böses Ende nehmen. Seine Verachtung hat eine neue Stufe erreicht.

»Tessa ... ich ...«, fängt er an.

»Hör auf«, fauche ich über die Schulter, bevor ich ins Schlafzimmer gehe. Ich kann seine abfälligen Kommentare verkraften, ich verkrafte es, wenn er mich anschreit – denn, Scheiße, dann schreie ich einfach zurück –, aber wir müssen auf Abstand gehen, bevor einer von uns noch Schlimmeres sagt.

»Ich habe es nicht so gemeint«, sagt er und folgt mir.

Ich schließe die Schlafzimmertür hinter mir und sperre ab. Dann lasse ich mich mit dem Rücken an dem glatten Holz nach unten gleiten, bis ich auf dem Boden sitze, die Knie an die Brust gezogen. Vielleicht schaffen wir es doch nicht. Vielleicht ist er zu aufbrausend, und ich bin zu unvernünftig. Ich treibe ihn zu weit, und er mich auch.

Aber das stimmt nicht. Wir sind gut füreinander, *weil* wir einander antreiben. Trotz Streit und Spannungen gibt es Leidenschaft zwischen uns. Eine Leidenschaft, in der ich fast ertrinke. Und er ist das einzige Licht, der Einzige, der mich retten kann, egal, ob er mein Untergang ist.

Hardin klopft leise an. »Tess, mach die Tür auf.«

»Geh bitte einfach schlafen«, sage ich traurig.

»Verdammt, Tessa! Mach jetzt auf. Es tut mir leid, *okay?*«, ruft er und fängt an, gegen die Tür zu hämmern.

Ich hoffe, dass er nicht durch die Tür bricht. Mühsam stehe ich auf und tapse zur Kommode, wo ich in der unteren Schublade krame. Als ich das Blatt entdecke, bin ich unendlich erleichtert. Ich kauere mich in den Wandschrank und schließe mich ein. Während ich anfange, Hardins Brief zu lesen, tritt das Hämmern in den Hintergrund, bis es verschwindet. Der Knoten in meiner Brust löst sich auf, zusammen mit den Kopfschmerzen. Nichts existiert mehr außer diesem Brief, diesen vollkommenen Worten von meinem unvollkommenen Hardin.

Ich lese ihn wieder und wieder, bis die Tränen versiegen, zusammen mit dem Lärm aus dem Flur. Ich hoffe wirklich, dass er nicht gegangen ist, aber ich werde nicht nachsehen. Mein Herz und meine Lider sind zu schwer. Ich muss mich hinlegen.

Ich nehme den Brief und schleppe mich zum Bett, immer noch im Kleid. Schließlich übermannt mich der Schlaf, und ich bin frei und kann von dem Hardin träumen, der diese Worte in einem Hotelzimmer auf ein Blatt Papier gekritzelt hat.

Mitten in der Nacht wache ich auf, falte den Brief und lege ihn zurück in die unterste Schublade. Dann öffne ich die Schlafzimmertür. Hardin schläft im Flur auf dem Boden, zusammengerollt auf dem Beton. Ich sollte ihn besser nicht wecken, also lasse ich ihn in Ruhe, damit er seinen Rausch ausschlafen kann, und lege mich wieder hin.

64

Tessa

Am Morgen ist der Flur leer und das verwüstete Wohnzimmer aufgeräumt. Kein einziger Glassplitter liegt mehr am Boden. Zitrusduft hängt in der Luft, und der Whiskey-Fleck ist von der Wand verschwunden.

Ich bin überrascht, dass Hardin überhaupt weiß, wo der Wischmopp steht.

»Hardin?«, rufe ich, und meine Stimme ist heiser von dem ganzen Geschrei der letzten Nacht.

Als er nicht antwortet, gehe ich zum Küchentisch, wo eine Karteikarte mit seiner Handschrift liegt. *Bitte geh nicht, ich bin bald zurück,* steht darauf.

Eine Tonnenlast fällt mir vom Herzen. Ich nehme den E-Reader, mache mir einen Kaffee und warte darauf, dass er zurückkommt.

Es kommt mir vor wie Stunden, bis Hardin endlich nach Hause kommt. In der Zwischenzeit habe ich geduscht, die Küche aufgeräumt und fünfzig Seiten *Moby Dick* gelesen – obwohl ich das Buch gar nicht mag. Den größten Teil der Zeit habe ich darüber nachgedacht, was sein Verhalten wohl bedeutet und was er sagen wird. Immerhin möchte er, dass ich nicht gehe. Das ist doch ein gutes Zeichen, oder? Ich hoffe es. An die letzte Nacht erinnere ich mich nur verschwommen, aber die entscheidenden Punkte weiß ich noch.

Als ich den Schlüssel in der Wohnungstür höre, erstarre ich. Alle Worte, die ich mir zurechtgelegt habe, sind auf einen Schlag wie weggewischt. Ich lege den E-Reader auf den Tisch und setze mich auf.

Als Hardin durch die Tür kommt, trägt er ein graues Sweatshirt und seine üblichen schwarzen Jeans. Eigentlich verlässt er das Haus ausschließlich in Schwarz und gelegentlich Weiß, deshalb ist das Sweatshirt ein leichter Kontrast, aber es lässt ihn irgendwie jünger erscheinen. Sein Haar ist zerzaust und aus der Stirn geschoben, und unter den Augen liegen dunkle Ringe. In der Hand hält er eine Lampe, anders als die, die er in der vergangenen Nacht zertrümmert hat, aber ähnlich.

»Hallo«, sagt er und fährt sich mit der Zunge über die Unterlippe, bevor er den Lippenring zwischen die Zähne zieht.

»Hi«, antworte ich leise.

»Wie … hast du geschlafen?«, fragt er.

Ich stehe von der Couch auf, während er in Richtung Küche geht. »Gut …«, lüge ich.

»Das ist gut.«

Es ist offensichtlich, dass wir beide nichts Falsches sagen wollen und deswegen sehr vorsichtig sind. Er steht am Tresen und ich neben dem Kühlschrank.

»Ich, äh … ich habe eine neue Lampe gekauft.« Er nickt in Richtung seiner Beute, bevor er sie auf den Tresen stellt.

»Hübsch.« Ich bin nervös, sehr nervös.

»Unsere gab's nicht, aber …«, fängt er an.

»Es tut mir so leid«, bricht es aus mir hervor.

»Mir auch, Tessa.«

»So war die letzte Nacht nicht geplant.« Ich senke den Blick.

»Das ist untertrieben.«

»Es war eine schreckliche Nacht. Ich hätte dich anhören müssen, bevor ich diesen Typen geküsst habe, es war dumm und kindisch von mir.«

»Ja, das war es. Ich hätte mich nicht rechtfertigen müssen, du hättest mir vertrauen sollen, statt voreilige Schlüsse zu ziehen.« Er stützt sich mit den Ellbogen hinten auf dem Tresen ab, und ich fummle an meinen Fingern und versuche, nicht an der Nagelhaut zu pulen.

»Ich weiß. Es tut mir leid.«

»Ich habe es gehört, Tess, schon zehnmal.«

»Wirst du mir vergeben? Du hast davon geredet, mich rauszuwerfen.«

»Ich sagte nicht, dass ich dich rauswerfe.« Er zuckt die Schultern. »Ich sagte nur, dass Beziehungen nicht funktionieren.«

Ich hatte so gehofft, dass er sich nicht mehr an seine Worte von letzter Nacht erinnern würde. Im Grunde hat er gesagt, dass nur Idioten heiraten und er besser allein bleiben sollte.

»Und das heißt?«

»Genau das.«

»Genau *was*? Ich dachte …« Ich weiß nicht, was ich sagen soll. Ich dachte, er wollte sich mit der neuen Lampe versöhnen, und dass er heute Morgen anders denkt als gestern Nacht.

»Du dachtest was?«

»Dass ich nicht gehen sollte, weil du mit mir reden wolltest, wenn du nach Hause kommst.«

»Aber wir reden doch.«

In meinem Hals formt sich ein Kloß. »Also, was heißt das? Du willst nicht mehr mit mir zusammen sein?«

»Das sage ich doch gar nicht. Komm her.« Er breitet die Arme aus.

Wortlos gehe ich durch unsere kleine Küche auf ihn zu. Er wird ungeduldig, und als ich nah genug bin, zieht er mich an sich und schlingt die Arme um meine Taille. Mein Kopf liegt an seiner Brust, und der weiche Baumwollstoff seines Sweatshirts ist noch immer kühl von der kalten Winterluft. »Du hast mir so gefehlt«, sagt er in mein Haar.

»Ich war nie weg«, antworte ich.

Er drückt mich fester an sich. »Doch, das warst du. Als du diesen Typ geküsst hast, habe ich dich kurz verloren. Das hat gereicht. Ich habe es nicht ertragen, nicht eine Sekunde.«

»Du hast mich nicht verloren, Hardin. Ich habe einen Fehler gemacht.«

»Bitte …«, hebt er an, korrigiert sich aber: »Mach das nicht noch einmal. Ich meine es ernst.«

»Das werde ich nicht«, versichere ich ihm.

»Du hast Zed hierher gebracht.«

»Nur weil du ohne mich gefahren bist und ich irgendwie nach Hause kommen musste«, erinnere ich ihn. Wir haben uns während der ganzen Unterhaltung noch nicht einmal angesehen, und ich möchte, dass es so bleibt. Ich bin mutig … na ja, jedenfalls etwas mutiger, solange er mich nicht mit seinen grünen Augen durchbohrt.

»Du hättest anrufen sollen«, sagt er.

Ich sehe weiter an ihm vorbei. »Du hattest mein Handy, und ich habe draußen gewartet. Ich dachte, du würdest zurückkommen«, erkläre ich.

Er zieht mich sanft von seiner Brust fort und sieht mich an. Er sieht so müde aus. Ich auch, das weiß ich. »Ich war in meiner Wut vielleicht nicht besonders schlau, aber ich wusste nicht, was ich sonst tun sollte.« Er schaut mich so durchdringend an, dass ich die Augen von ihm abwende und zu Boden blicke.

»Empfindest du etwas für ihn?« Hardins Stimme zittert, als er mein Kinn anhebt, sodass ich ihn ansehe.

Was? Das kann nicht sein Ernst sein. »Hardin …«

»Antworte mir.«

»Nicht das, was du denkst.«

»Was soll das heißen?« Hardin wird nervös oder wütend, ich bin mir nicht sicher. Vielleicht beides.

»Ich empfinde freundschaftlich für ihn.«

»Nicht mehr?« Hardins Ton ist flehentlich, er will hören, dass ich nur ihn liebe.

Ich umfasse sein Gesicht mit beiden Händen. »Nicht mehr. Ich liebe dich. Nur dich, und ich weiß, dass ich etwas sehr Dummes getan habe, aber das war nur aus Wut und weil ich betrunken war. Es hat nichts damit zu tun, dass ich etwas für jemand anderen empfinde.«

»Warum hast du dich dann ausgerechnet von ihm nach Hause bringen lassen?«

»Er war der Einzige, der es mir angeboten hat.« Dann stelle ich eine Frage, die ich sofort bereue: »Warum warst du so hart zu ihm?«

»Hart?«, schnaubt er. »Das ist *nicht* dein Ernst.«

»Es war gemein von dir, ihn vor mir zu demütigen.«

Hardin tritt einen Schritt zur Seite, sodass wir uns nicht mehr gegenüberstehen, doch ich rücke nach. Er fährt sich durch das zerzauste Haar. »Er hätte wissen müssen, dass er nicht mit dir hier auftauchen sollte.«

»Du hast versprochen, dich zu beherrschen.« Ich versuche, ihn nicht zu reizen. Ich will mich versöhnen, statt den Streit aufs Neue anzufachen.

»Das habe ich. Bis du mich betrogen hast und dann mit Zed aufgekreuzt bist. Ich hätte Zed gestern Nacht zu Hackfleisch verarbeiten können, und Scheiße, ich könnte jetzt noch aufbrechen und es nachholen.« Seine Stimme wird wieder lauter.

»Ich weiß, aber ich bin froh, dass du es nicht getan hast.«

»Ich nicht, aber ich bin froh, dass du es bist.«

»Ich will nicht, dass du noch mal trinkst. Du bist nicht du selbst, wenn du getrunken hast.« Ich spüre, wie die Tränen kommen, und versuche, sie herunterzuschlucken.

»Ich weiß …« Er wendet sich ab. »Ich wollte es nicht. Ich war nur so wütend und … verletzt … ich war verletzt. Neben Mord ist mir nur Trinken eingefallen, also bin ich zu Conner's und habe den Whiskey gekauft. Ich wollte nicht so viel trinken, aber ich musste immer wieder daran denken, wie du diesen Typen geküsst hast, also habe ich weitergemacht.«

Ich hätte gute Lust, zu Conner's zu fahren und die alte Frau anzuschreien, die Hardin den Schnaps verkauft hat, aber er wird in einem Monat einundzwanzig, und der Schaden von letzter Nacht lässt sich ohnehin nicht mehr gutmachen.

»Du hattest Angst vor mir, ich habe es in deinen Augen gesehen«, sagt er.

»Nein, ich hatte keine Angst vor dir. Ich weiß, dass du mir nicht wehtun würdest.«

»Du bist zusammengezuckt. Ich erinnere mich. Das meiste ist verschwommen, aber daran erinnere ich mich ganz deutlich.«

»Ich habe mich nur kurz erschreckt«, sage ich. Ich weiß, dass er mich nicht schlagen wollte, aber er war so aggressiv, und Leute machen unaussprechliche Sachen unter Alkohol. Sachen, an die sie nüchtern nicht mal denken würden.

Er tritt einen Schritt auf mich zu, fast ganz an mich heran. »Ich möchte, dass du dich nie mehr … *kurz erschreckst*. Ich werde nie mehr so viel trinken, ich schwöre es.« Er hebt die Hand an mein Gesicht und fährt mit dem Zeigefinger über meine Schläfe.

Ich will nichts darauf sagen, diese ganze Unterhaltung ist verwirrend und ein ziemliches Hin und Her. Erst denke ich, er vergibt mir, dann bin ich mir wieder nicht ganz sicher. Er redet viel ruhiger, als ich erwartet hätte, aber unter der Oberfläche brodelt noch immer seine Wut.

»Ich will nicht so sein, und ganz bestimmt nicht wie mein Vater.

Ich hätte nicht so viel trinken sollen, aber du warst auch im Unrecht.«

»Ich –«, fange ich an, doch er bringt mich zum Schweigen, und seine Augen beginnen zu glänzen.

»Andrerseits habe ich dir auch jede Menge Scheiß angetan, und du hast mir immer vergeben. Ich war viel schlimmer, also bin ich es dir schuldig, dir zu verzeihen. Es wäre nicht fair, es von dir zu erwarten, wenn ich es selbst nicht kann. Es tut mir wirklich leid, Tess, die ganze letzte Nacht. Ich war ein verdammter Idiot.«

»Ich auch. Ich weiß, wie du zu mir und anderen Typen stehst, das hätte ich in meiner Wut nicht ausnutzen dürfen. Das nächste Mal versuche ich, vorher nachzudenken. Es tut mir leid.«

»Das nächste Mal?« Ein Lächeln umspielt Hardins Lippen. Seine Stimmung schlägt so schnell um.

»Dann vertragen wir uns wieder?«, frage ich.

»Das kann ich nicht allein entscheiden.«

Ich blicke ihm in die grünen Augen. »Ich würde gern.«

»Ich auch, Baby. Ich auch.«

Als ich das höre, bin ich unendlich erleichtert und lehne mich wieder an ihn. Ich weiß, dass noch vieles ungesagt ist, aber für den Moment haben wir genug geklärt. Er küsst mich aufs Haar, und mein Herz schlägt höher. »Danke.«

»Hoffentlich macht es die Lampe wett«, sagt er ironisch.

Ich beschließe mitzumachen, lächele und sage: »Na ja, wenn du die gleiche bekommen hättest …«

Er sieht mich belustigt an. »Ich habe das ganze Wohnzimmer geputzt.«

»Du hast es auch verwüstet.«

»Trotzdem, du weißt, wie das mit mir und dem Putzen ist.« Er schlingt die Arme noch fester um mich.

»Ich hätte hier nichts angerührt, ich hätte alles liegen lassen«, erkläre ich.

»Du? Ich bitte dich. Niemals.«

»Doch, das hätte ich.«

»Ich hatte Angst, du würdest nicht mehr hier sein, wenn ich zurückkomme«, gesteht Hardin. Wir sehen uns an.

»Ich gehe nicht weg«, sage ich und bete, dass es stimmt.

Statt zu sprechen, küsst er mich.

Tessa

»Was für eine Art, das neue Jahr zu beginnen«, sagt Hardin, als er sich von mir löst. Er legt die Stirn an meine.

Mein Handy summt auf dem Tisch und bricht den Bann, und bevor ich es nehmen kann, hat Hardin es schon in der Hand und hält es sich ans Ohr. Als ich aufstehe, um es ihm abzunehmen, tritt er einen Schritt zurück und schüttelt den Kopf.

»Landon, Tess ruft dich später zurück«, sagt er in das kleine Mikro. Mit der freien Hand packt er mein Handgelenk und zieht mich mit dem Rücken an seine Brust. Nach ein paar Sekunden sagt er: »Sie ist anderweitig beschäftigt.«

Dann zieht er mich in unser Schlafzimmer. Seine Lippen streifen über meinen Hals, und ich erschaudere. *Oh.*

»Jetzt mach keinen Stress, euch beide muss man wirklich medikamentös behandeln«, sagt Hardin, beendet das Telefonat und legt das Handy auf den Tisch.

»Ich muss mit Landon über unsere Kurse reden«, sage ich, doch meine Stimme stockt, als Hardin über meinen Hals leckt und an der Haut saugt.

»Du musst dich locker machen, Baby.«

»Ich kann nicht – es ist so viel zu tun.«

»Ich helfe dir dabei.« Er redet langsam, langsamer als gewöhnlich.

Dann packt er mich mit einem Arm an der Hüfte, legt den anderen um meinen Oberkörper und hält mich fest. »Erinnerst du dich, wie ich es dir vor dem Spiegel gemacht habe und dich habe zusehen lassen, wie du gekommen bist?«, fragt er.

»Ja.« Ich schlucke.

»Das war schön, oder?«, flüstert er.

Hitze breitet sich in meinem Körper aus. Nicht Hitze – *Feuer*.

»Ich kann dir zeigen, wie du dich selbst berühren kannst, so, wie ich dich berühre.« Er saugt roh an meinem Hals. Ich bin vollkommen elektrisiert. »Willst du das?«

Die schmutzige Vorstellung klingt irgendwie verlockend, aber es ist viel zu erniedrigend, um es zuzugeben.

»Ich deute dein Schweigen als Ja«, sagt er, lässt meine Taille los und nimmt dafür meine Hand.

Ich schweige nervös und lasse mir seine Worte durch den Kopf gehen. Die Vorstellung ist peinlich, und ich bin mir nicht sicher, ob ich das will.

Er führt mich zum Bett und drückt mich sanft auf die weiche Matratze, dann setzt er sich auf meine Beine. Ich helfe Hardin dabei, meine Jogginghose auszuziehen, und er drückt einen Kuss innen auf meinen Oberschenkel, bevor er mir die Pants runterzieht.

»Bleib ganz ruhig liegen, Tess«, weist er mich an.

»Ich kann nicht«, wimmere ich, als er mich leicht in die Innenseite meines Schenkels beißt. Es ist einfach unmöglich. Er lacht leise, und wäre mein Gehirn im Moment mit dem Rest meines Körpers verbunden, würde ich die Augen verdrehen.

»Möchtest du es hier tun, oder willst du zusehen?«, fragt er, und mein Magen zieht sich zusammen. Auch das Ziehen zwischen meinen Beinen verstärkt sich, und ich will sie zusammenpressen, um mir etwas Erleichterung zu verschaffen.

»Nein, nein, Baby. Noch nicht.« Er quält mich. Er schiebt meine

Schenkel auseinander und verlagert mehr Gewicht darauf, um sie in Position zu halten.

»Hier«, antworte ich endlich, nachdem ich fast vergessen habe, dass er etwas gefragt hat.

»Hab ich es mir doch gedacht.« Er grinst genüsslich.

Er ist so von sich eingenommen, aber seine Worte stellen Sachen mit mir an, die ich nie für möglich gehalten hätte. Ich bekomme nicht genug von ihm, selbst wenn er mich mit gespreizten Beinen aufs Bett drückt.

»Ich habe schon öfter mit dem Gedanken gespielt, aber ich war zu selbstsüchtig. Ich wollte der Einzige sein, der dir dieses Gefühl geben kann.« Er beugt sich hinunter und fährt mit der Zunge über die nackte Haut zwischen meinem Becken und dem Schenkel.

Meine Beine wollen sich unwillkürlich versteifen, doch er lässt es nicht zu. »Also gut, da ich weiß, wie du es magst, wird es nicht lange dauern.«

»Warum willst du das?«, quieke ich, als er mich wieder beißt und dann über die gereizte Stelle leckt.

»Was?« Er schaut zu mir auf.

»Warum …« Meine Stimme ist belegt und zittrig. »Warum willst du es mir trotzdem zeigen?«

»Na ja, trotz allem ist die Vorstellung, dass du es dir selbst machst, vor meinen Augen, einfach … *fuck*«, haucht er.

Ach so. Ich will erlöst werden, und zwar bald. Ich hoffe, er will mich nicht zu lange foltern.

»Außerdem bist du manchmal etwas verklemmt – da ist es vielleicht genau das Richtige für dich.« Er lächelt, und ich versuche beschämt, mein Gesicht zu verstecken.

Wenn wir nicht gerade … das hier … machen würden, würde ich dagegen protestieren, dass er mich verklemmt genannt hat. Aber er hat recht, und wie er schon sagte, bin ich anderweitig beschäftigt.

»Hier … so fängst du an.« Er überrascht mich, indem er seine kalten Finger zwischen meine Beine legt. Bei der kalten Berührung entweicht mir ein Zischen. »Kalt?«, fragt er, und ich nicke. »Entschuldige.« Er lacht leise und schiebt seine Finger ohne Vorwarnung in mich hinein.

Meine Hüften bäumen sich auf, und ich presse mir die Hand auf den Mund, um nicht zu schreien.

Er grinst vergnügt. »Ich wärme sie nur ein wenig auf.«

Er lässt die Finger langsam ein paar Mal in mich hinein – und aus mir herausgleiten und heizt das Feuer in mir an. Dann ist seine Hand wieder weg, und ich fühle mich leer und verzehre mich nach ihm. Plötzlich legt er sie wieder an die Stelle, und ich beiße mir auf die Lippe.

»Also, das musst du bleiben lassen, sonst können wir deine Lektion nicht zu Ende bringen.«

Ich schaue ihn nicht an. Stattdessen lecke ich mir über die Lippe und beiße erneut darauf.

»Du bist so reizbar heute. Keine sehr gute Schülerin«, fordert er mich heraus.

Selbst wenn er mich reizt, macht er mich verrückt. Wie kann man nur so mühelos verführerisch sein? Das beherrscht wirklich nur Hardin.

»Gib mir deine Hand, Tess«, weist er mich an.

Aber ich bewege mich nicht. Vor Verlegenheit werde ich rot.

Da greift er nach meiner Hand und führt sie über meinen Bauch an den Beinansatz.

»Du musst nicht, wenn du nicht willst, aber ich glaube, dass es dir gefallen würde«, sagt Hardin leise.

»Ich will«, beschließe ich.

Er lächelt wissend. »Sicher?«

»Ja, ich bin nur … nervös«, gestehe ich. Bei niemandem fühle ich mich so aufgehoben wie bei Hardin, und ich weiß, dass er nichts tun wird, was mir unangenehm sein könnte, zumindest nicht absichtlich. Ich denke nur noch einmal darüber nach – alle machen es. *Oder?*

»Du brauchst nicht nervös zu sein. Es wird dir gefallen.« Er knabbert an seiner Unterlippe, und ich lächele unsicher. »Keine Sorge: Wenn du dich selbst nicht kommen lassen kannst, mache ich es für dich. Ich werde mich nicht auf die faule Vorhaut legen.«

»Hardin!«, stöhne ich beschämt und lasse den Kopf ins Kissen fallen. Ich höre, wie er lacht und sagt: »So.«

Dann spreizt er meine Finger. Mein Herz schlägt schneller, als er meine Hand nimmt, und sie … *dahin* legt. Es fühlt sich so seltsam an. Fremd und merkwürdig. Ich bin Hardins Hände gewöhnt, daran, wie rau und schrundig seine Finger sind, wie lang und schlank, und dass sie immer wissen, wie sie mich berühren müssen, wie sie …

»Mach einfach so«, sagt Hardin erregt und leitet meine Finger an meine empfindlichste Stelle. Ich versuche, nicht darüber nachzudenken, was wir tun … *was tue ich?*

»Wie fühlt sich das an?«, fragt Hardin.

»Ich … weiß nicht«, murmele ich.

»Doch, das tust du. Sag es mir, Tess«, befiehlt er mir fast und nimmt seine Hand von meiner. Ich wimmere, als sich die Berührung löst, und will meine Hand wegziehen. »Nein, die bleibt schön da, Baby.« Sein Ton bewirkt, dass ich meine Hand sofort zurücklege. »Weitermachen«, befiehlt er freundlich.

Ich schlucke, schließe die Augen und versuche zu wiederholen, was Hardin getan hat. Es fühlt sich lange nicht so gut an wie bei ihm, aber schlecht ist es auch nicht. Der Druck in meinem Unterleib steigt aufs Neue an, und ich kneife die Augen zu und versuche mir vorzustellen, es wären Hardins Finger, die mir dieses Gefühl schenken.

»Du siehst so heiß aus, wenn du es dir machst«, sagt Hardin, und ich kann nicht anders als stöhnen und weiter nach der Anleitung fortfahren, die er meinen Fingern gegeben hat.

Als ich die Augen einen Spalt öffne, sehe ich, wie Hardin an seiner Jeans reibt. Großer Gott. Warum ist das so scharf? Ich dachte, so etwas gibt es nur in versauten Filmen, nicht im echten Leben. Bei Hardin ist alles so scharf, egal, wie merkwürdig es ist. Sein Blick ist zwischen meine Beine gerichtet, und seine Zähne graben sich in seine Unterlippe, sodass der Silberring starr nach vorne steht.

Ich fürchte, er könnte mich ertappen, schließe die Augen wieder und schalte mein Unterbewusstsein aus. Das hier ist die normalste und natürlichste Sache der Welt, alle tun es ... nur dass nicht alle jemand zuschauen lassen, aber hätten sie Hardin, würden sie es sicher machen.

»So ein braves Mädchen, wie immer«, flüstert er und knabbert an meinem Ohrläppchen. Sein Atem ist heiß und riecht nach Minze, und ich möchte am liebsten schreien und gleichzeitig in den Laken schmelzen.

»Mach es auch«, hauche ich und erkenne meine Stimme kaum wieder.

»Was?«

»Mach das Gleiche wie ich ...«, sage ich und vermeide das Wort.

»Das willst du?« Er klingt überrascht.

»Ja ... *bitte,* Hardin.« Ich bin so nah dran, und ich brauche das, ich muss die Aufmerksamkeit ein wenig von mir ablenken. Und mal ehrlich – als ich gesehen habe, wie er an sich reibt, hat das die verrücktesten Dinge in mir ausgelöst. Ich will es noch einmal sehen, das und mehr.

»Okay«, antwortet er schlicht. Hardin ist so unkompliziert, wenn es um Sex geht, ich wünschte, ich wäre genauso.

Ich höre den Reißverschluss seiner Jeans und versuche, mein Fingerspiel zu verlangsamen. Ansonsten werde ich sehr, sehr bald kommen.

»Mach die Augen auf, Tess«, befiehlt er, und ich gehorche.

Seine Hand umgreift seinen nackten Ständer, und meine Augen weiten sich bei dem wundervollen Anblick, weil ich Hardin bei etwas beobachte, von dem ich niemals dachte, es zu sehen.

Er beugt sich erneut zu mir runter. Diesmal drückt er mir einen Kuss auf den Hals, dann kommt sein Mund wieder an mein Ohr. »Das gefällt dir, hab ich recht? Es gefällt dir zuzusehen, wie ich es mir mache. Du bist so verdorben, Tess, so verdammt verdorben.«

Meine Augen sind unverrückbar auf die Hand zwischen seinen Beinen geheftet. Sie fährt immer schneller auf und ab, während er mit mir redet. »Ich halte es nicht mehr lang aus, wenn ich dir zusehe, Baby. Du hast ja keine Ahnung, wie verdammt heiß das ist.« Er stöhnt, und ich falle mit ein.

Jetzt ist es mir nicht mehr unangenehm. Ich bin nah dran, ganz nah, und ich will, dass Hardin auch nah dran ist. »Es ist so gut, Hardin«, stöhne ich, und es ist mir egal, wie dumm oder verzweifelt ich klinge. Es ist die Wahrheit, und er gibt mir das Gefühl, dass es okay ist, so zu fühlen.

»Fuck. Sag noch was«, presst er zwischen den Zähnen hervor.

»Ich will, dass du kommst, Hardin, stell dir einfach vor, wie ich dich in den Mund nehme …« Die schmutzigen Worte sprudeln aus meinem Mund, und ich spüre Wärme auf meinem Bauch, als er auf meine brennende Haut spritzt. Das gibt mir den Rest, ich komme durch meine eigene Hand und schließe die Augen, während ich immer wieder seinen Namen sage.

Als ich die Augen öffne, lehnt Hardin auf dem Ellbogen neben mir, und ich verstecke sofort das Gesicht an seinem Hals.

»Wie war es?«, fragt er, schlingt die Arme um meine Taille und zieht mich an sich.

»Ich weiß nicht …«, lüge ich.

»Keine falsche Schüchternheit, ich weiß, dass es dir gefallen hat. Mir hat es auch gefallen.« Er küsst mich auf den Scheitel, und ich sehe zu ihm auf.

»Das hat es, aber ich mag es trotzdem lieber, wenn du es tust«, gestehe ich, und er lächelt.

»Das will ich hoffen«, sagt er, und ich hebe den Kopf und küsse sein Grübchen. »Ich kann dir noch vieles zeigen«, fügt er hinzu, und als ich wieder erröte, beruhigt er mich: »Eins nach dem anderen.«

Ich stelle mir die wildesten Sachen vor, die Hardin mir zeigen könnte – er hat vermutlich schon vieles getan, von dem ich noch nicht einmal gehört habe, und ich möchte alles lernen.

Er bricht das Schweigen. »Ab unter die Dusche, meine Musterschülerin.«

Ich schaue ihn bedrohlich von unten her an. »Du meinst, deine *einzige* Schülerin?«

»Ja, natürlich. Obwohl ich es Landon vielleicht als Nächstes beibringen sollte. Er hat es genauso nötig wie du«, neckt er mich und klettert aus dem Bett.

»Hardin!«, quieke ich, und er lacht – ein echtes Lachen, und es klingt einfach wundervoll.

Als mein Wecker Montagmorgen klingelt, springe ich aus dem Bett und gehe ins Bad, um zu duschen. Das Wasser gibt mir Energie, und meine Gedanken schweifen zurück zu meinem ersten Semester an der WCU. Ich hatte keine Ahnung, was mich erwartet, aber ich fühlte mich gut vorbereitet. Ich hatte alles bis ins letzte Detail geplant. Ich dachte, ich würde ein paar Freunde finden und mich auf Freizeitaktivitäten konzentrieren, vielleicht dem Literaturzirkel beitreten und ein paar anderen Gruppen. Ich würde meine Zeit im Wohnheim verbringen oder in der Bibliothek, lernen und mich auf meine Zukunft vorbereiten.

Ich konnte ja nicht ahnen, dass ich nur wenige Monate später in einer richtigen Wohnung wohnen würde, zusammen mit meinem Freund, und dass es nicht Noah ist. Ich hatte keinen Schimmer, was auf mich zukommen würde, als meine Mutter auf den Parkplatz der

WCU bog – und erst recht nicht, als ich den unfreundlichen Typ mit dem lockigen Haar traf. Hätte es mir jemand erzählt, ich hätte es nicht geglaubt, und jetzt kann ich mir ein Leben ohne Hardin gar nicht mehr vorstellen. Schmetterlinge tanzen in meinem Bauch, wenn ich mich daran erinnere, wie ich ihn auf dem Campus vorbeigehen sah oder im Literaturkurs unauffällig nach ihm Ausschau gehalten habe, wie ich ihn dabei ertappte, wenn er mich ansah, während der Professor redete, oder wenn er Landon und mich belauscht hat. All das scheint so lange her zu sein ... eine Ewigkeit.

Ich werde aus meinen sentimentalen Träumereien gerissen, als der Duschvorhang aufgeht und ein Hardin mit nacktem Oberkörper vor mir steht. Während er sich die Augen reibt, fällt ihm das zerzauste Haar in die Stirn.

Er lächelt und sagt verschlafen: »Was machst du so lange da drin? Vertiefst du die Lektion von gestern?«

»Nein!«, rufe ich und erröte bei der Erinnerung daran, wie Hardin gekommen ist.

Er zwinkert. »Na klar, Baby.«

»Nein, ehrlich nicht! Ich habe nur nachgedacht.«

»Über was?« Er setzt sich auf die Toilette, und ich schließe den Vorhang.

»Einfach nur über davor ...«

»Vor was?«, fragt er und klingt ganz besorgt.

»Den ersten Tag am College und wie unhöflich du warst«, ziehe ich ihn auf.

»Unhöflich? Ich habe nicht mal mit dir geredet!«

Ich lache. »Genau!«

»Du warst so nervig mit deinem schrecklichen Rock und deinem Freund mit den Slippern.« Er klatscht vergnügt in die Hände. »Das Gesicht deiner Mutter, als sie uns gesehen hat – unvergesslich.«

Bei der Erwähnung meiner Mutter zieht sich meine Brust zusammen. Sie fehlt mir, aber ich werde nicht nachgeben. Wenn sie aufhört, Hardin und mich zu verurteilen, rede ich auch wieder mit ihr. Wenn nicht, will ich meine Zeit nicht mit ihr verschwenden.

»Du warst nervig mit deinem ... na ja ... deinem Gehabe.« Ich weiß nicht, was ich sagen soll, schließlich hat er bei unserem ersten Zusammentreffen nichts gesagt.

»Erinnerst du dich an unsere zweite Begegnung? Du warst in ein Handtuch gewickelt und hattest nasse Klamotten dabei.«

»Ja, und du hast gesagt, du würdest nicht hinsehen«, erinnere ich mich.

»Das war gelogen. Natürlich habe ich hingesehen.«

»Es scheint so lange her zu sein, nicht wahr?«

»Ja, sehr lange. Es fühlt sich gar nicht an, als wäre das alles wirklich passiert. Jetzt kommt es mir vor, als wären wir schon immer zusammen gewesen ... weißt du, was ich meine?«

Ich stecke den Kopf hinter dem Vorhang heraus. »Ja, weiß ich.« Es stimmt – die Vorstellung, dass Noah mein Freund sein könnte und nicht Hardin, ist merkwürdig. Es passt nicht. Ich mag Noah sehr, aber wir haben Jahre unseres Lebens zusammen verschwendet. Ich stelle die Dusche ab und vertreibe Noah aus meinen Gedanken.

»Kannst du mir ...«, fange ich an, doch da wirft mir Hardin schon ein Handtuch über den Vorhang.

»Danke«, sage ich und wickle mich darin ein.

Hardin folgt mir ins Schlafzimmer, und ich ziehe mich so schnell wie möglich an, während er bäuchlings auf dem Bett liegt und mich ansieht. Ich rubble mein Haar trocken und ziehe mich an, während mich Hardin immer wieder nicht gerade subtil berührt.

»Ich fahre dich hin«, sagt er dann, steigt aus dem Bett und zieht sich an.

»So war es doch ausgemacht?«

»Halt den Mund, Tess.« Er schüttelt spielerisch den Kopf, und ich setze ein unschuldiges Lächeln auf und gehe ins Wohnzimmer.

Ich beschließe, mein Haar zur Abwechslung glatt zu tragen. Nachdem ich mich dezent geschminkt habe, nehme ich meine Tasche und werfe einen letzten Blick hinein, ob ich auch wirklich alles dabeihabe. Hardin trägt meine Sporttasche für den Yoga-Kurs, und ich nehme die Tasche mit all dem restlichen Kram, den ich brauchen könnte.

»Nur zu«, sagt er, als wir in den Flur hinaustreten.

»Was?« Ich drehe mich nach ihm um.

»Erzähl mir von deinen Plänen für heute«, seufzt er.

Ich lächele ihn an und erläutere ihm den genauen Tagesablauf, zum zehnten Mal in vierundzwanzig Stunden.

Und während er Aufmerksamkeit heuchelt, verspreche ich ihm und mir selbst, dass ich morgen schon viel entspannter sein werde.

66

Tessa

Hardin parkt so nah am Coffeeshop wie möglich, doch auf dem Campus herrscht reger Betrieb, weil alle aus den Weihnachtsferien zurückkommen. Fluchend umkreist er einen Parkplatz nach dem anderen, und ich versuche, nicht über seine Verärgerung zu lachen, aber es ist so süß.

»Gib mir deine Tasche«, sagt Hardin, als ich aussteige.

Ich reiche sie ihm mit einem Lächeln und danke ihm für die Aufmerksamkeit. Sie ist ziemlich schwer. Tragbar, aber schwer.

Es ist ein merkwürdiges Gefühl, wieder auf dem Campus zu sein. So viel hat sich geändert, seit wir das letzte Mal hier waren. Ein kalter Wind weht, und Hardin zieht eine Mütze auf und zieht den Reißverschluss seiner Jacke bis oben zu. Wir eilen über den Parkplatz und die Straße runter. Ich hätte eine dickere Jacke anziehen sollen, und Handschuhe und Mütze. Hardin hatte recht, ich hätte kein Kleid anziehen sollen, aber das gebe ich auf keinen Fall zu.

Mit dem Haar unter der Mütze und den von der Kälte geröteten Wangen sieht Hardin einfach zum Anbeißen aus. Das schafft auch nur er, bei diesem Wetter noch attraktiver zu sein.

»Da ist er ja.« Als wir in den Coffeeshop kommen, deutet er auf Landon.

Das vertraute kleine Café beruhigt meine Nerven, und ich lächele, sobald ich meinen besten Freund sehe, der an einem kleinen Tisch sitzt und auf mich wartet.

Landon lächelt und begrüßt uns, als wir näher kommen. »Guten Morgen.«

»Morgen«, flöte ich zurück.

»Ich hol Kaffee«, murmelt Hardin und stellt sich am Tresen an.

Ich hatte nicht erwartet, dass er bleibt oder mir Kaffee holt, aber ich freue mich darüber. Wir haben dieses Semester keine gemeinsamen Kurse, und er wird mir fehlen, nachdem ich mittlerweile daran gewöhnt bin, ihn den ganzen Tag zu sehen.

»Bereit für das neue Semester?«, fragt Landon, als ich mich ihm gegenübersetze. Der Stuhl quietscht auf dem gefliesten Boden und zieht Blicke auf uns. Ich lächele entschuldigend, bevor ich Landon richtig ins Auge fasse.

Er hat eine neue Frisur, sein Haar ragt jetzt vorne hoch – es steht ihm richtig gut. Als ich mich umsehe, dämmert mir langsam, dass ich vielleicht einfach Jeans und Sweatshirt hätte anziehen sollen. Ich bin die Einzige hier, die sich einigermaßen schick gemacht hat, abgesehen von Landon in seinem hellblauen Hemd und der Khakihose.

»Ja und nein«, sage ich, und er stimmt mir zu.

»Geht mir auch so. Und wie läuft es …« Er beugt sich über den Tisch und flüstert – »du weißt schon, bei euch beiden?«

Ich blicke zur Theke. Hardin steht mit dem Rücken zu uns, aber die Barista wirkt verstimmt. Als er ihr seine Karte reicht, rollt sie mit den Augen, und ich frage mich, womit er sie so früh am Morgen geärgert hat.

»Tatsächlich gut. Wie geht es mit Dakota? Es kommt mir viel länger als eine Woche vor, dass wir uns gesehen haben.«

»Gut, sie bereitet sich auf New York vor.«

»Wie cool. Ich würde gern mal nach New York.« Ich kann mir nicht vorstellen, wie es in dieser Stadt wohl ist.

»Ich auch.« Er lächelt, und ich will ihn bitten, nicht mit ihr zu gehen, aber das kann ich nicht. »Ich habe mich noch nicht entschieden«, beantwortet er meine unausgesprochene Frage. »Ich will in ihrer Nähe sein – wir führen schon so lang eine Fernbeziehung. Aber ich liebe die WCU und weiß nicht, ob ich von meiner Mom und Ken weg will und in eine große Stadt ziehen, wo ich absolut niemanden kenne. Außer ihr natürlich.«

Ich nicke und versuche ermutigend zu klingen, obwohl ich mir nicht wünsche, dass er nach New York geht: »Du würdest super zurechtkommen – du könntest an die NYU gehen, und ihr könntet euch zusammen eine Wohnung nehmen«, sage ich.

»Ja, ich weiß es einfach noch nicht.«

»Weißt was nicht?« Hardin stellt mir meinen Kaffee hin, bleibt aber stehen. »Egal. Ich muss weiter, mein erstes Seminar beginnt in fünf Minuten am anderen Ende vom Campus«, sagt er, und ich winde mich bei der Vorstellung, dass er am ersten Tag zu spät kommt.

»Okay, wir sehen uns nach dem Yoga. Das ist mein letzter Kurs«, sage ich, und er überrascht mich, indem er sich zu mir herunterbeugt und mich erst auf die Lippen, dann auf die Stirn küsst.

»Ich liebe dich, pass auf bei den Verrenkungen«, sagt er, und ich habe das Gefühl, dass er erröten würde, wären seine Wangen nicht schon rot von der Kälte. Er blickt zu Boden, als ihm Landon wieder einfällt. Öffentliche Liebesbekundungen sind definitiv nicht sein Ding.

»Mach ich. Ich liebe dich«, antworte ich, und er nickt Landon verlegen zu, bevor er zur Tür geht.

»Das war … merkwürdig.« Landon zieht eine Braue hoch und trinkt von seinem Kaffee.

»Ja, das war es.« Ich lache, stütze das Kinn auf die Hand und seufze glücklich.

»Wir sollten uns zu Religion aufmachen«, meint Landon, und ich nehme meine Tasche vom Boden und folge ihm nach draußen.

Glücklicherweise ist es nicht weit zu unserem ersten Kurs. Ich bin gespannt auf Religion. Das wird sicher interessant und viele Denkanstöße liefern. Dass Landon dabei ist, ist ein zusätzlicher Bonus. Als wir in den Seminarraum kommen, sind wir nicht die Ersten, doch die vorderste Reihe ist noch komplett leer. Landon und ich setzen uns vorne in die Mitte und holen unsere Bücher raus. Ich bin wieder in meinem Element, und das tut mir gut – Studieren war schon immer mein Ding, und es ist schön, dass es Landon genauso geht.

Wir warten geduldig, während sich der Raum mit Studenten füllt, die ziemlichen Lärm machen. Dass der Seminarraum so klein ist, macht es nicht gerade besser.

Schließlich kommt ein großer Mann rein, der für einen Professor jung wirkt, und fängt sofort an. »Guten Morgen allerseits. Wie die meisten von Ihnen mittlerweile wissen, bin ich Professor Soto. Wir machen hier das Seminar Weltreligion. Sie werden sich vermutlich öfters mal langweilen, und ich verspreche Ihnen, dass Sie jede Menge Fakten mitnehmen, die Sie im wirklichen Leben niemals anwenden können – aber he, wozu ist man am College?« Er lächelt uns an, und alle lachen.

Okay, dieses Seminar ist anders.

»Also, fangen wir an. Es gibt keinen Studienplan für diesen Kurs. Wir folgen keinem festen Aufbau – das ist nicht mein Stil …, aber bis zum Ende des Kurses lernen Sie alles, was Sie wissen müssen. Fünfundsiebzig Prozent Ihrer Note ergibt sich aus einem Tagebuch, das ich gerne von Ihnen hätte. Ich weiß, dass Sie jetzt denken: Was hat ein Tagebuch mit Religion zu tun? An und für sich nichts … und in gewisser Weise schon. Wer Spiritualität studieren und durchdringen will, muss offen sein für alle möglichen Ideen. Dabei hilft es, Tagebuch zu führen, und ein paar der Themen, über die ich Sie schreiben lassen werde, beinhalten Fragen, die vielen Leuten unangenehm sind, Fragen, die für manche sehr kontrovers und unbequem sind. Dennoch habe ich die hohe Erwartung, dass alle diesen

Kurs mit einem offenen Geist und vielleicht ein wenig Wissen verlassen.« Er strahlt und knöpft sein Sakko auf.

Landon und ich schauen uns gleichzeitig an. *Kein Studienplan?*, formt Landon mit den Lippen.

Ein Tagebuch?, gebe ich stumm zurück.

Professor Soto setzt sich an das große Pult und zieht eine Wasserflasche aus der Tasche. »Sie können sich bis zum Ende der Stunde unterhalten, oder Sie können heute auch früher gehen. Mit der richtigen Arbeit fangen wir morgen an. Unterschreiben Sie einfach auf der Anwesenheitsliste, damit ich sehe, wie viele schon vor der ersten Stunde einen Rückzieher gemacht haben«, erklärt er mit einem fröhlichen Grinsen.

Die Studenten jubeln und verschwinden schnell. Landon zuckt die Schultern, und wir stehen beide auf, als der Raum leer ist. Wir sind die Letzten, die auf der Anwesenheitsliste unterschreiben.

»Tja, cool. Dann kann ich Dakota anrufen, bevor der nächste Kurs losgeht«, sagt Landon und packt seine Sachen.

Der restliche Tag vergeht schnell, und ich freue mich schon auf Hardin. Ich habe ihm ein paarmal getextet, bisher aber noch keine Antwort bekommen. Meine Füße bringen mich fast um, als ich zu den Turnhallen gehe. Mir war nicht bewusst, wie weit ich laufen würde. Sobald ich die Tür zu dem Gebäude öffne, schlägt mir Schweißgeruch entgegen, und ich eile in die Mädchen-Umkleide. An den Wänden stehen schmale rote Spinde mit abgeplatztem Lack, durch den man das Metall sieht.

»Woran sieht man, welchen Spind man nehmen darf?«, frage ich eine kleine Dunkelhaarige im Badeanzug.

»Du suchst dir einfach einen aus und verschließt ihn mit einem mitgebrachten Schloss«, erklärt sie.

»Ach so …« Natürlich habe ich nicht daran gedacht, ein Schloss mitzunehmen.

Als sie mein Gesicht sieht, kramt sie in ihrer Tasche und gibt mir ein kleines Vorhängeschloss. »Hier, ich habe ein Ersatzschloss. Die Kombination steht hinten drauf. Der Aufkleber klebt noch dran.«

Ich danke ihr, während sie aus der Umkleide geht. Nachdem ich mir eine schwarze Yogahose und ein weißes Shirt angezogen habe, mache ich mich auf den Weg. Im Gang kommt eine Gruppe Lacrosse-Spieler an mir vorbei, von denen mehrere anzügliche Bemerkungen machen, die ich ignoriere. Alle außer einem gehen weiter.

»Willst du dich nächstes Jahr fürs Cheerleading bewerben?«, fragt der Typ, und seine tiefbraunen, fast schwarzen Augen wandern an mir auf und ab.

»Ich? Nein, ich will nur zum Yoga«, stammle ich. Außer uns ist niemand im Flur.

»Wie schade. Ein Rock würde dir super stehen.«

»Ich habe einen Freund«, erkläre ich und versuche, an ihm vorbeizugehen. Er versperrt mir den Weg.

»Und ich habe eine Freundin ... was spielt das für eine Rolle?« Er lächelt, kommt einen Schritt auf mich zu und drängt mich in die Ecke.

Er wirkt überhaupt nicht Furcht einflößend, aber irgendetwas an seinem großspurigen Grinsen verursacht mir eine Gänsehaut. »Ich muss zu meinem Kurs«, sage ich.

»Ich kann dich hinbringen ... oder du lässt ihn sausen, und ich führe dich ein wenig rum.« Er stützt den Arm an die Wand neben meinem Kopf, und ich trete einen Schritt zurück, bis es nicht mehr weitergeht.

»*Lass sie sofort in Ruhe*«, dröhnt Hardins Stimme durch den Gang, und der Typ sieht sich um.

Hardin sieht bedrohlicher aus denn je, in einer langen Basketball-shorts und einem schwarzen T-Shirt mit abgeschnittenen Ärmeln, das die Tattoos zeigt.

»Tut … mir leid, Kumpel, ich wusste nicht, dass sie einen Freund hat«, lügt er.

»Hast du nicht verstanden? Ich sagte, lass sie in Ruhe.« Hardin kommt auf uns zu, und der Lacrosse-Spieler zieht sich schnell zurück, doch Hardin packt ihn am Hemd und schubst ihn gegen die Wand.

Ich halte ihn nicht auf.

»Wenn du noch einmal in ihre Nähe kommst, schlage ich dir den Schädel an dieser Wand ein. Hast du mich verstanden?«, knurrt er.

»J-ja …«, stottert der Kerl und läuft eilig den Flur hinunter.

»Gott sei Dank«, sage ich und schlinge die Arme um seinen Hals. »Was machst du hier? Ich dachte, du brauchst keine Sport-Kurse mehr?«, frage ich.

»Ich habe beschlossen, doch noch einen zu belegen. Zum Glück.« Er seufzt und nimmt meine Hand.

»Was für einen?«, frage ich. Ich kann mir Hardin nicht beim Sport vorstellen.

»Deinen.«

Mit offenem Mund starre ich ihn an. »Das ist nicht dein Ernst.«

»O doch.« Er lächelt über mein entsetztes Gesicht, und seine Wut ist wie weggeblasen.

67

Tessa

Hardin hält sich absichtlich etwas hinter mir, und plötzlich wünsche ich mich zurück in die zehnte Klasse, als ich mir immer Pullis um die Taille geknotet habe, um mich zu verstecken.

Seine Stimme ist leise, er sagt: »Du musst dir mehr von diesen Hosen anschaffen.«

Ich erinnere mich daran, wie ich das letzte Mal eine Yogahose vor Hardin getragen habe und er obszöne Bemerkungen gemacht hat, dabei war sie nicht mal so eng wie die heute. Ich lache leise und nehme seine Hand, damit er neben mir laufen muss statt hinter mir.

»Du kommst nicht ernsthaft mit, oder?« So sehr ich mich bemühe, ich kann mir Hardin nicht in Yoga-Haltungen vorstellen – es geht einfach nicht.

»Doch.«

»Du weißt, was Yoga ist, oder?«, frage ich, als wir in den Kursraum kommen.

»Ja, Tessa. Ich weiß, was es ist, und ich mache den Kurs zusammen mit dir«, schnaubt er.

»Warum?«

»Ist doch egal, warum – ich will einfach mehr Zeit mit dir verbringen.«

»Ach so.« Seine Erklärung überzeugt mich nicht, aber ich freue mich darauf, zuzusehen, wie er sich an Yoga versucht, und die zusätzliche Zeit mit ihm schadet auch nicht.

In der Mitte des Raums sitzt die Lehrerin auf einer quietschgelben Matte. Ihre hochgesteckten braunen Locken und das geblümte Top wirken freundlich.

»Wo sind denn alle?«, fragt Hardin, als ich mir eine rote Matte aus dem Wandregal nehme.

»Wir sind etwas früh dran.« Ich reiche ihm eine blaue Matte, die er prüfend begutachtet und sich dann unter den Arm klemmt.

»Wie könnte es auch anders sein.« Er lächelt sarkastisch und folgt mir nach vorne.

Ich will meine Matte ordentlich vor der Lehrerin ausbreiten, doch Hardin packt mich am Arm und hält mich auf. »Kommt nicht infrage, wir sitzen hinten«, raunt er, und ich sehe, wie sich das Gesicht der Lehrerin mit leichtem Lächeln aufhellt, als sie ihn hört.

»Was? Hinten sitzen beim *Yoga?* Nein, ich sitze immer vorne.«

»Genau: Wir sitzen hinten«, wiederholt er, nimmt mir die Matte ab und geht nach hinten.

»Wenn du schlechte Stimmung verbreiten willst, solltest du nicht bleiben«, flüstere ich ihm zu.

»Ich verbreite keine schlechte Stimmung.«

Die Lehrerin winkt und stellt sich uns als Marla vor, während wir uns auf unsere Matten setzen. Hardin behauptet steif und fest, dass sie high ist, und ich muss kichern. Es verspricht, ein lustiger Kurs zu werden.

Doch als sich der Raum mit Mädchen in engen Yogahosen und knappen Tanktops füllt, die Hardin mehr oder weniger verstohlen ansehen, kommt mir das Zen mehr und mehr abhanden. Natürlich ist er der einzige männliche Teilnehmer. Glücklicherweise scheint er nicht zu merken, welche Aufmerksamkeit er erregt. Entweder das, oder er ist es einfach gewohnt – das muss es sein. Er bekommt diese Aufmerksamkeit dauernd. Dabei kann ich es den Mädchen nicht einmal verübeln, aber er ist mein Freund, und sie müssen woanders hinsehen. Ich weiß, dass ihn ein paar Teilnehmerinnen wegen seiner Tattoos und Piercings anstarren. Sie fragen sich sicher, was dieser Typ hier zu suchen hat.

»Okay allesamt! Fangen wir an!«, ruft die Lehrerin durch den Raum.

Sie stellt sich auch den anderen als Marla vor und hält eine kurze Rede darüber, warum und wie sie zum Yoga gekommen ist.

»Hört die auch noch mal auf zu reden?«, stöhnt Hardin nach ein paar Minuten.

»Du kannst die Stellungen nicht erwarten, oder?« Ich ziehe eine Braue hoch.

»Was für Stellungen?«

»Wir beginnen mit ein paar Dehnübungen«, sagt Marla.

Hardin sitzt unbeweglich auf dem Boden, während alle anderen Marlas Bewegungen nachmachen. Die ganze Zeit über spüre ich seinen Blick auf mir.

»Du sollst dich dehnen«, schimpfe ich, aber er zuckt die Schultern und rührt sich nicht vom Fleck.

Dann ruft Marla mit ihrer Singsangstimme nach Hardin. »Hallo da hinten, machen Sie doch auch mit.«

»Äh … klar«, murmelt er, löst die übergeschlagenen Beine voneinander, streckt sie vor sich und versucht, an seine Zehen zu kommen.

Ich zwinge mich, nach vorne und nicht zu Hardin zu sehen, um nicht zu lachen.

»Du sollst deine Zehen berühren«, sagt das blonde Mädchen neben Hardin.

»Ich versuche es ja«, sagt er mit einem zuckersüßen Lächeln.

Warum antwortet er ihr überhaupt – und warum bin ich so eifersüchtig? Sie kichert, und in meinem Kopf wiederholt sich immer wieder die Sequenz, wie ich sie mit dem Kopf voraus gegen die

Wand ramme. Ich halte Hardin oftmals vor, wie aufbrausend er ist, und jetzt plane ich den Mord an dieser Schlampe … und bezeichne sie als Schlampe, obwohl ich sie gar nicht kenne.

»Ich sehe nicht gut, ich rücke ein Stück nach vorne«, erkläre ich.

Hardin wirkt überrascht. »Warum? Ich hab doch gar nicht –«

»Es ist nichts. Ich will nur richtig sehen und hören, was wir machen«, erkläre ich und ziehe meine Matte ein Stück weiter vor bis direkt vor Hardins.

Ich setze mich und beende die Dehnübungen mit der Gruppe. Ich muss mich nicht umdrehen, um Hardins Gesicht zu sehen.

»Tess«, zischt er und versucht, meine Aufmerksamkeit auf sich zu ziehen, aber ich drehe mich nicht um. »Tessa.«

»Beginnen wir mit dem herabschauenden Hund – diese Position ist einfach und gehört zu den Grundlagen«, erläutert Marla.

Ich beuge mich nach vorne, stütze mich mit den Handflächen auf der Matte ab und schaue Hardin zwischen meinen Beinen hindurch an. Er steht mit offenem Mund reglos da.

Wieder bemerkt Marla, dass Hardin nicht mitmacht. »Hallo da hinten, wollen Sie sich nicht beteiligen?«, fragt sie scherzhaft. Wenn sie noch einmal fragt, würde es mich nicht überraschen, wenn er sie vor dem versammelten Kurs beschimpft. Ich schließe die Augen und strecke den Po nach oben, bis ich ganz übergebeugt bin.

»Tessa«, höre ich ihn. »The-reeee-sa.«

»Was ist? Ich versuche, mich zu konzentrieren.« Wieder schaue ich ihn an.

Er beugt sich nun auch nach vorne und versucht sich an der Position, aber sein langer Körper ist merkwürdig abgewinkelt, und ich pruste los.

»Sei still, okay?«, knurrt er, und ich lache noch lauter.

»Du bist miserabel im Yoga«, necke ich ihn.

»Du lenkst mich ab«, zischt er zwischen den Zähnen hindurch.

»Ach ja? Wie das?« Ich liebe es, die Oberhand über Hardin zu haben, weil es nicht oft vorkommt.

»Das weißt du ganz genau, du Biest«, flüstert er. Ich weiß, dass seine Nachbarin uns hören kann, doch es ist mir egal – ich hoffe es sogar.

»Dann musst du eben umziehen.« Ich stehe absichtlich auf und strecke mich, um dann erneut in Position zu gehen.

»Du ziehst um ... du bist hier diejenige, die mit mir spielt.«

»Dich aufzieht«, verbessere ich ihn.

»Okay, dann richten wir uns zur Hälfte auf«, sagt Marla.

Also richte ich mich wieder auf und beuge mich dann aus der Hüfte heraus nach vorne, lege die Hände flach auf die Knie und achte darauf, dass mein Rücken waagerecht zum Boden ist.

»Das ist ein Scherz, oder?«, stöhnt Hardin, als ich ihm geradezu den Hintern ins Gesicht strecke. Ich drehe mich nach ihm um und sehe, dass er die Pose nicht annähernd richtig ausführt. Er stützt die Hände auf die Knie, aber sein Rücken ist fast aufgerichtet.

»Okay! Und jetzt ganz runter«, ruft unsere Lehrerin, und ich beuge mich nach vorne über.

»Will sie wirklich, dass ich dich vor allen Augen vögle?«, fragt er, und ich reiße den Kopf herum, um zu prüfen, ob ihn auch niemand gehört hat.

»Pst ...«, flehe ich und höre ihn leise lachen.

»Zieh um, oder ich spreche alles aus, was ich denke«, droht er, und ich stehe schnell auf und ziehe meine Matte wieder neben seine.

»Dachte ich es mir doch.« Er grinst.

»Du kannst mir das alles später erzählen«, flüstere ich, und er neigt den Kopf.

»Vertrau mir, das werde ich«, verspricht er, und mein Magen zieht sich zusammen.

Den Rest der Stunde macht er kaum noch mit, und nach der Hälfte zieht die Blonde um, vermutlich, weil Hardin nicht aufhört zu reden.

»Wir sollen meditieren«, flüstere ich zurück und schließe die Augen. Der Raum ist still, bis auf Hardins leises Geflüster.

»Das ist so langweilig«, jammert er.

»*Du* hast dich hier angemeldet.«

»Ich wusste nicht, dass es so langweilig ist. Ich schlafe gleich ein.«

»Hör auf zu jammern.«

»Ich kann nicht. Du musstest mich ja so anheizen, und jetzt soll ich mit einem Ständer im Schneidersitz meditieren, in einem Raum voller Leute, und kann nicht weg.«

»Hardin!«, zische ich lauter als beabsichtigt.

»Pst …« Mehrere Stimmen versuchen, mich zum Schweigen zu bringen.

Hardin lacht, und ich strecke ihm die Zunge raus, womit ich mir einen bösen Blick von meiner rechten Nachbarin einhandle. Yoga mit Hardin funktioniert einfach nicht. Ich werde rausfliegen oder durchfallen.

»Wir steigen aus«, sagt Hardin, als die Meditation zu Ende ist.

»Du steigst aus. Ich bleibe. Ich brauche den Schein«, gebe ich zurück.

»Einen wunderschönen ersten Tag für alle! Wir sehen uns in ein paar Tagen. Namaste«, sagt Marla und beendet die Stunde.

Ich rolle meine Matte zusammen, aber Hardin spart sich die Mühe und stopft seine einfach ins Regal.

68

Tessa

Das Mädchen, das mir das Schloss geliehen hat, ist nirgends zu sehen, als ich in die Umkleide zurückkomme, also hänge ich das Schloss einfach wieder an den Riegel. Wenn sie es morgen nicht zurück will, werde ich es weiter benutzen und ihr Geld dafür geben oder so.

Als ich alles eingesammelt habe, treffe ich mich mit Hardin im Gang. Er lehnt an der Wand, einen Fuß hinter sich abgestützt. »Wenn du noch länger gebraucht hättest, hätte ich die Damenumkleide gestürmt«, droht er.

»Das hättest du tun sollen. Du wärst nicht der einzige Kerl da drin gewesen«, lüge ich und sehe zu, wie sich sein Gesicht verzieht. Ich wende mich ab und gehe ein paar Schritte, bevor er mich am Arm packt und zu sich herumwirbelt.

»Was hast du gesagt?« Seine Augen sind schmal und wild.

»War nur ein Scherz.« Ich grinse, und er lässt schnaubend meinen Arm los.

»Ich glaube, davon hast du dir heute genug geleistet.«

»Kann sein.« Ich lächele.

Er schüttelt den Kopf. »Es macht dir wohl Spaß, mich zu quälen.«

»Das Yoga hat mich entspannt und meine Aura gereinigt.« Ich lache.

»Meine nicht«, brummt er, während wir rausgehen.

Der erste Tag des Semesters ist sehr gut verlaufen, selbst Yoga, weil es lustig war. Normalerweise suche ich mir die Studienfächer nicht nach dem Spaßfaktor aus, aber Hardin dabeizuhaben, war schön. Mein Religionskurs könnte zum Problem werden, wegen der fehlenden Struktur, aber das lasse ich auf mich zukommen und mache mich nicht verrückt.

»Ich muss ein paar Stunden arbeiten, aber bis zum Abendessen bin ich fertig«, sagt Hardin. Er hat in letzter Zeit viel gearbeitet. »Das Hockeyspiel ist morgen, oder?«, fragt er.

»Ja. Du willst noch immer gehen, oder?«

»Ich weiß nicht …«

»Ich muss es wissen, denn wenn du dich drückst, gehe ich«, antworte ich.

Vermutlich würde Landon lieber mit mir gehen, aber den beiden würde eine gemeinsame Unternehmung guttun. Ich weiß, dass sie nie dicke Freunde werden, aber es wäre schon eine große Hilfe, wenn sie besser miteinander auskämen.

»In Ordnung, Scheiße. Ich gehe …« Er seufzt und steigt ins Auto.

»Danke.« Ich lächele, und er verdreht die Augen.

Eine halbe Stunde später parken wir auf unserem Platz vor der Wohnung.

»Wie sind deine Kurse? Alle schrecklich bis auf Yoga?«, versuche ich die Stimmung aufzuheitern.

»Ja, außer Yoga. Yoga war wirklich … interessant.« Er wendet sich mir zu.

»Wirklich? Warum das?«

»Ich glaube, das hat etwas mit einer blonden Frau zu tun.« Er grinst, und ich versteife mich.

»Wie bitte?«

»Hast du nicht die Blonde neben mir gesehen? Da hast du wirklich was verpasst, Baby. Du hättest sehen sollen, wie ihr Arsch in dieser Hose ausgesehen hat.«

Ich schneide eine Grimasse und öffne die Autotür.

»Wohin gehst du?«, fragt er.

»Rein. Mir ist zu kalt im Auto.«

»Och … Tess, bist du eifersüchtig auf die Frau im Kurs?«, zieht mich Hardin auf.

»Nein.«

»O doch«, stichelt er.

Ich verdrehe die Augen und steige aus. Als ich seine Schritte hinter mir höre, bin ich etwas überrascht. Ich ziehe die schwere Glastür auf, gehe durch die Lobby und merke erst am Aufzug, dass ich meine Tasche im Auto vergessen habe.

»Du bist so dumm.« Er lacht leise.

»Wie bitte?« Ich sehe zu ihm auf.

»Du glaubst ernsthaft, ich hätte Augen für irgendeine Blondine, wenn du da bist … wenn ich dich anschauen kann? Und dann in dieser Hose! Da sehe ich keine andere Frau an, es wäre ganz unmöglich. Ich habe von dir geredet.« Er kommt mit einem langen Schritt auf mich zu, und ich weiche rückwärts an die kalte Wand der Lobby zurück.

Ich ziehe eine Schnute. »Ich habe gesehen, wie sie mit dir geflirtet hat.« Ich hasse das Gefühl der Eifersucht. Es ist das widerlichste Gefühl, das man sich vorstellen kann.

»Dummerchen.« Er kommt noch einen Schritt auf mich zu und führt uns in den Aufzug. Dann legt er eine Hand an meine Wange und zwingt mich, ihn anzusehen. »Warum verstehst du nicht, was du mit mir anstellst?«, fragt er, nur Zentimeter von meinem Mund entfernt.

»Ich weiß nicht«, hauche ich, während er meine Hand nimmt und an seine Shorts führt.

»Das stellst du mit mir an.« Er schiebt das Becken vor, sodass sich seine Erektion in meine Hand drückt.

»Oh.« Mir wird ganz schwindelig.

»Du wirst noch ganz andere Sachen als ›Oh‹ sagen …«, fängt er an, wird aber unterbrochen, als der Aufzug im nächsten Stockwerk anhält. »Das ist ein Scherz«, stöhnt er, als eine Frau mit ihren drei Kindern einsteigt.

Ich versuche, einen Schritt von ihm abzurücken, doch er schlingt die Arme um meine Taille und hält mich fest. Eines der Kinder fängt an zu weinen, und Hardin schnaubt genervt. Die Vorstellung, dass der Aufzug stecken bleibt und wir mit dem weinenden Kind gefangen sind, finde ich ziemlich lustig. Zu Hardins Glück öffnen sich die Türen einen Moment später, und wir steigen in unserem Stockwerk aus.

»Ich hasse Kinder«, jammert er, während wir zu unserer Wohnung gehen. Als er die Tür aufschließt, strömt uns kalte Luft entgegen.

»Hast du die Heizung ausgestellt?«, frage ich beim Reingehen.

»Nein, heute Morgen war sie noch an.« Hardin geht zum Thermostat und flucht. »Hier steht fünfundzwanzig Grad, aber das stimmt eindeutig nicht. Ich rufe den Reparaturservice.«

Ich nicke, nehme die Decke von der Rückenlehne der Couch und wickle mich darin ein, bevor ich mich setze.

»Ja … sie funktioniert nicht, und es ist scheißkalt hier drin«, sagt Hardin in den Hörer. »Dreißig Minuten? Das ist zu lang … das ist mir egal, ich zahle ein kleines Vermögen für diese Wohnung, ich lasse nicht zu, dass meine Freundin erfriert«, sagt er, dann verbessert er sich: »Ich lasse nicht zu, dass es hier so kalt ist.«

Er schielt zu mir rüber, und ich wende den Blick ab. »In Ordnung. Fünfzehn Minuten. Nicht länger«, knurrt er ins Telefon und wirft es auf die Couch. »Sie schicken jemanden hoch«, erklärt er.

»Danke.« Ich lächele, und er setzt sich neben mich auf die Couch.

Ich klappe die Decke hoch und strecke die Hand nach ihm aus. Als er näher rückt, klettere ich auf seinen Schoß, lasse die Finger durch sein Haar gleiten und ziehe sanft daran.

»Was machst du da?« Seine Hände ruhen auf meinen Hüften.

»Du hast gesagt, wir haben fünfzehn Minuten.« Ich streiche mit den Lippen über seinen Kiefer, und er zittert.

Ich spüre, wie sich sein Mund zu einem Lächeln verzieht. »Fällst du etwa über mich her, Tess?«

»Hardin …«, winsele ich, um ihn davon abzuhalten, mich noch mehr zu quälen.

»Nur ein Scherz, jetzt zieh dich aus«, befiehlt er, doch dabei schiebt er schon mein T-Shirt hoch und widersetzt sich seinem eigenen Befehl.

69

Hardin

Als ich mit den Fingerkuppen an ihrem Arm hinabstreiche, bekommt sie eine Gänsehaut. Ich weiß, dass ihr kalt ist, aber ich möchte gern glauben, dass es auch an mir liegt. Meine Finger schließen sich fester um ihre Arme, während sie sich auf meinem Schoß verlagert und das Becken vorschiebt, sodass die Reibung entsteht, die ich will und brauche. Ich habe noch nie jemanden so sehr und so oft begehrt.

Ja, ich habe viele Mädchen gevögelt, aber dabei ging es immer nur um den Kick und ums Angeben – es ging nie darum, ihnen nahe zu sein, so wie bei Tess. Bei ihr geht es um das Gefühl, darum, wie sie unter meiner Berührung eine Gänsehaut bekommt, wie sie jammert, dass sie sich deswegen öfter rasieren muss, worüber ich die Augen verdrehe, obwohl ich es lustig finde. Darum, dass sie winselt, wenn ich ihre Lippen zwischen die Zähne nehme, und wie es schnalzt, wenn ich loslasse, und vor allem darum, dass wir etwas tun, das nur wir beide teilen. Niemand war oder wird ihr je auf diese Weise nah sein.

Mit ihren kleinen Fingern macht sie sich daran, den BH zu öffnen, als ich an der Haut über dem Körbchen sauge.

Ich halte sie auf. »Wir haben nicht viel Zeit«, erinnere ich sie. Sie verzieht den Mund, und ich will sie nur noch mehr.

»Dann beeil dich, und zieh dich aus«, befiehlt sie leise. Ich liebe es, wie sie von Tag zu Tag entspannter im Umgang mit mir wird.

»Das musst du mir nicht zweimal sagen, das weißt du.« Ich nehme sie bei den Hüften, hebe sie hoch und setze sie neben mir auf die Couch.

Dann ziehe ich Hose und Boxershorts aus und bedeute ihr, sich hinzulegen. Als ich ein Kondom aus dem Geldbeutel auf dem Tisch hole, schiebt sie ihre Hose runter – diese verdammte Yogahose. In meinem zwanzigjährigen Leben habe ich noch nie etwas gesehen, das so sexy ist. Ich habe keine verdammte Ahnung, woran es liegt … vielleicht an der Art, wie sie an ihren Schenkeln haftet und jede himmlische Kurve nachzeichnet, oder vielleicht daran, dass sie ihren Arsch perfekt in Szene setzt – jedenfalls wird sie von nun an in der Wohnung nur noch Yogahosen tragen.

»Du musst dir wirklich die Pille besorgen. Ich will diese Dinger nicht mehr«, stöhne ich, und sie nickt und starrt auf meine Finger, während ich das Kondom überstreife.

Aber ich meine es ernst: Ich werde sie jeden Morgen daran erinnern.

Tessa überrascht mich, indem sie an meinem Arm zieht, um mich auf das Polster neben sie zu zwingen.

»Was?«, frage ich. Ich verstehe schon, was sie vorhat, aber ich will es von ihr hören. Ich liebe ihre Unschuld, aber ich weiß, dass sie viel verdorbener ist, als sie sich eingesteht – noch ein Zug an ihr, den nur ich kenne.

Sie funkelt mich an, und uns bleibt nicht viel Zeit, also beschließe ich, sie nicht länger hinzuhalten. Stattdessen setze ich mich, ziehe sie auf mich, wühle mich mit den Fingern in ihr Haar und presse die Lippen auf ihren Mund. Ich schlucke ihr Stöhnen und die Schreie, die aus ihrem Mund dringen, als ich sie auf mich herabsenke. Wir seufzen beide, und ihre Lider flattern, sodass ich beinahe auf der Stelle komme.

»Das nächste Mal machen wir es langsam, Baby, aber diesmal bleiben uns nur ein paar Minuten. Okay?«, stöhne ich in ihr Ohr, während sie ihre vollen Hüften kreisen lässt.

»Mh-mh …«, keucht sie.

Das nehme ich als Stichwort, um die Geschwindigkeit ein wenig zu erhöhen. Ich umfasse ihren Rücken und ziehe sie an mich, sodass sich unsere Oberkörper berühren, und ich hebe die Hüften in dem Moment, in dem sie ihre kreisen lässt. Das Gefühl ist unbeschreiblich. Ich kann kaum atmen, während wir beide schneller werden. Wir haben nicht viel Zeit, und ausnahmsweise will ich unbedingt schnell fertig sein.

»Sprich mit mir, Tess«, bitte ich sie, obwohl ich weiß, dass sie schüchtern ist. Aber wenn ich hart genug zustoße und fest genug an ihren Haaren ziehe, findet sie hoffentlich den Mut, so mit mir zu reden, wie sie es schon mal getan hat.

»Okay …«, keucht sie, und ich beschleunige weiter. »Hardin …« Ihre Stimme ist zittrig, und sie beißt sich auf die Lippe, um sich zu beruhigen, was mich noch mehr anmacht. In meinem Unterleib baut sich der Druck auf. »Hardin, du fühlst dich so gut an …« Sie gewinnt an Selbstvertrauen, und ich fluche leise. »Du stöhnst ja jetzt schon, dabei habe ich noch gar nichts gesagt«, prahlt sie. Ihr selbstgefälliger Ton bringt mich an den Rand der Ekstase, und ich komme.

Sie erzittert und versteift sich, und ich sehe ihr beim Höhepunkt zu. Bei jedem Orgasmus zieht sie mich wieder in ihren Bann. Aus diesem Grund bekomme ich einfach nie genug von ihr, und so wird es immer bleiben.

Ein Klopfen an der Tür reißt uns beide aus dem trägen Zustand nach dem Orgasmus. Sofort springt sie von meinem Schoß und greift sich ihr Shirt vom Boden, während ich das gebrauchte Kondom abziehe und meine Klamotten aufhebe.

»Moment!«, rufe ich.

Tessa zündet eine Kerze an und beginnt, unsere Dekokissen auf der Couch zu ordnen.

»Warum die Kerze?«, frage ich, während ich mich anziehe und auf die Wohnungstür zugehe.

»Es riecht nach Sex«, flüstert sie, obwohl der Techniker sie nicht hören kann.

Sie fährt sich hektisch durchs Haar. Ich schüttele den Kopf und lache leise, bevor ich die Tür öffne. Der Mann davor ist groß, größer als ich, und hat einen Vollbart. Sein braunes Haar reicht ihm bis zu den Schultern, und er sieht aus wie mindestens fünfzig.

»Heizung kaputt?«, fragt er mit rauer Stimme. Er hat eindeutig zu viel geraucht.

»Ja, warum sollte es sonst fünf Grad in unsrer Wohnung haben?«, antworte ich und sehe genau, wie sein Blick auf Tessa fällt.

Natürlich muss sie sich genau in diesem Moment bücken, um ihren Ladestecker fürs Handy aus dem Korb unter dem Tisch zu holen. Und natürlich muss sie dabei diese verdammte Hose tragen. Und natürlich glotzt ihr dieser schmierige Typ mit dem bescheuerten Bart auf den Arsch. Und natürlich richtet sie sich dann auf und hat nichts von all dem mitbekommen.

»He, Tess, warum gehst du nicht ins Schlafzimmer, bis die Heizung wieder funktioniert?«, schlage ich vor. »Da ist es wärmer.«

»Nein, ist schon in Ordnung. Ich bleibe bei dir.« Sie zuckt die Schultern und setzt sich auf den Stuhl.

Meine Geduld geht zur Neige, und als sie die Arme über den Kopf hebt, um sich das Haar hochzubinden, und diesem Penner im Grunde eine Show liefert, muss ich mich mit aller Macht zurückhalten, um sie nicht ins Schlafzimmer zu zerren.

Offenbar starre ich sie wütend an, denn sie sieht zu mir rüber und sagt dann verwirrt: »Okay …« Sie sammelt ihre Lehrbücher ein und geht ins Schlafzimmer.

»Reparieren Sie die beschissene Heizung«, herrsche ich den alten Spanner an.

Er macht sich wortlos an die Arbeit und werkelt schweigend herum, scheint also klüger zu sein, als ich angenommen habe.

Nach ein paar Minuten vibriert Tessas Handy auf dem Beistelltisch. Als ich *Kimberly* auf dem Display lese, gehe ich dran. »Hallo?«

»Hardin?« Kimberlys Stimme ist so piepsig, ich habe keine Ahnung, wie Christian es erträgt. Vermutlich hat ihn ihr Aussehen angezogen. Vielleicht in einem Club, wo er sie nicht so gut hören konnte.

»Ja. Ich hole Tess …«

Ich öffne die Schlafzimmertür. Tessa liegt mit einem Stift zwischen den Zähnen quer über dem Bett, ihre Füße ragen in die Luft.

»Kimberly«, erkläre ich und werfe ihr das Handy aufs Bett.

Sie greift danach. »Hallo Kim! Ist alles in Ordnung?« Ein paar Sekunden verstreichen, dann sagt sie: »O nein, das ist ja schrecklich!« Ich sehe sie mit hochgezogener Braue an, aber sie bemerkt es nicht.

»Oh … okay … lass mich kurz mit Hardin reden. Dauert nur eine Sekunde, ich bin mir sicher, es ist in Ordnung.« Sie nimmt das Handy vom Ohr und hält es unten zu. »Christian hat sich eine Magengrippe eingefangen, und Kim muss mit ihm ins Krankenhaus. Es ist nichts wirklich Ernstes, aber ihr Babysitter hat keine Zeit«, flüstert sie.

»Und?« Ich zucke die Schultern.

»Sie haben niemanden für Smith.«

»Und warum erzählst du mir das?«

»Sie fragt, ob wir vielleicht können.« Sie kaut auf ihrer Wange herum.

Sie kann nicht ernsthaft meinen, dass wir Babysitter spielen sollen. »Was können?«

Tessa stöhnt. »*Auf Smith aufpassen,* Hardin.«

»Nein, kommt nicht infrage.«

»Warum nicht? Er ist ein lieber Kerl«, quengelt sie.

»Nein, Tessa, wir sind kein Kindergarten. Vergiss es. Sag Kim, sie soll Paracetamol besorgen, Christian eine Hühnerbrühe kochen, und gut.«

»Hardin … sie ist meine Freundin, und er ist mein Chef – und krank. Ich dachte, du magst ihn?«, fragt sie, und mein Magen zieht sich zusammen.

Natürlich mag ich ihn, er war für Mom und mich da, als es mit meinem Vater bergab ging, aber das heißt nicht, dass ich auf seinen Sohn aufpasse, wenn ich morgen schon zu einem Hockey-Spiel mit Landon muss. »Ich sagte Nein«, erkläre ich stur. Das Letzte, was ich brauche, ist ein nerviges Kind mit Schokoladenbart, das meine Wohnung auf den Kopf stellt.

»Bitte, Hardin«, bettelt sie. »Sie haben sonst niemand. Bitte, bitte, bitte?«

Ich weiß, dass sie zusagen wird, sie will mich nur bei Laune halten. Seufzend ergebe ich mich und sehe zu, wie sich ein Lächeln auf ihrem Gesicht ausbreitet.

70

Hardin

»Hör auf zu jammern. Du führst dich schlimmer auf, als er es tun wird – und er ist fünf«, schimpft Tessa, und ich verdrehe die Augen.

»Ich sage ja nur, dass du allein für ihn zuständig bist. Er soll die Finger von meinen Sachen lassen. Du hast dich auf den Scheiß eingelassen, also ist er dein Problem, nicht meines«, erinnere ich sie, als es an der Tür klopft.

Ich setze mich auf die Couch und überlasse es Tessa aufzumachen. Sie wirft mir einen wütenden Blick zu, lässt die Gäste – *ihre* Gäste – aber nicht lange warten, bevor sie ihr breitestes, freundlichstes Lächeln aufsetzt und die Wohnungstür aufreißt.

Kimberly plappert auf der Stelle los, sie schreit geradezu. »Ich danke euch so! Ihr wisst nicht, wie sehr ihr uns helft. Ich weiß nicht, was wir getan hätten, wenn ihr nicht auf Smith aufpassen könntet. Christian ist so krank, er spuckt alles voll, und wir –«

»Es ist okay, wirklich«, unterbricht Tess, vermutlich, weil sie keine Details über Christians Kotzerei hören will.

»Okay, gut, Christian ist im Auto, ich sollte wieder los. Smith ist ziemlich eigenständig, er ist eher verschlossen und wird euch sagen, wenn er etwas braucht.« Sie tritt nach links, und zum Vorschein kommt ein kleiner Junge mit aschblondem Haar.

»Hallo, Smith! Wie geht es dir?«, fragt Tessa mit einer merkwürdigen Stimme, die sie noch nie in meiner Gegenwart hatte. Offensichtlich versucht sie sich in Babysprache, obwohl der Junge fünf ist.

Der Junge sagt nichts, sondern lächelt sie nur schüchtern an und geht an Kimberly vorbei ins Wohnzimmer.

»Ja, er redet nicht viel«, sagt Kimberly zu Tess, als sie ihr enttäuschtes Gesicht bemerkt.

So witzig es ist, dass er Tessa ignoriert hat, will ich doch nicht, dass sie traurig ist. Der kleine Scheißer sollte besser damit aufhören und nett zu ihr sein.

»Okay, jetzt gehe ich wirklich!« Kim lächelt und schließt die Tür, nachdem sie Smith noch ein letztes Mal zugewinkt hat.

Tessa beugt sich ein Stück herunter und fragt Smith: »Hast du Hunger?«

Er schüttelt den Kopf.

»Durst?«

Gleiche Reaktion, nur dass er sich diesmal mir gegenüber auf die Couch setzt.

»Möchtest du etwas spielen?«

»Tess, ich glaube, er will einfach hier sitzen«, sage ich und sehe, wie sie errötet. Ich zappe durch die Fernsehprogramme und hoffe, irgendetwas zu finden, das mich interessiert und ablenkt, während Tessa auf Smith aufpasst.

»Entschuldige, Smith«, sagt sie. »Ich will nur, dass du alles hast.«

Er nickt ziemlich mechanisch, und ich bemerke, dass er seinem Vater ganz schön ähnlich sieht. Sein Haar hat fast dieselbe Farbe, seine Augen sind grünblau wie die von Christian, und beim Lächeln hätte er vermutlich die gleichen Grübchen.

Ein paar Minuten vergehen in befangenem Schweigen, während Tessa neben der Couch steht und ich sehe, wie ihre Pläne in sich zusammenfallen. Sie hatte angenommen, der Junge würde voller Energie hier ankommen und mit ihr spielen wollen. Stattdessen hat er noch kein Wort gesagt und sich nicht von seinem Platz auf der Couch wegbewegt. Seine Kleidung ist so makellos, wie ich erwartet hatte, die kleinen weißen Tennisschuhe sehen aus, als wären sie noch nie getragen worden. Als ich von seinem blauen Poloshirt aufsehe, sind seine Augen auf meine gerichtet.

»Was?«, frage ich.

Er schaut schnell weg.

»Hardin!«, stöhnt Tessa.

»Was denn? Ich habe mich doch nur gefragt, warum er mich ansieht.« Ich zucke die Achseln und schalte zum nächsten Programm, weg von dem Trash, bei dem ich versehentlich gelandet bin. Die Kardashians will ich wirklich nicht sehen.

»Sei nett.« Sie funkelt mich an.

»Bin ich doch«, sage ich und zucke die Schultern. Wo liegt das Problem?

Tessa verdreht die Augen. »Also, ich mach jetzt Abendessen. Smith, kommst du mit mir, oder möchtest du bei Hardin bleiben?«

Ich spüre seinen Blick auf mir, erwidere ihn aber nicht. Er soll mit ihr gehen. Sie ist hier der Babysitter, nicht ich. »Geh mit ihr«, fordere ich ihn auf.

»Du kannst auch hierbleiben, Smith. Hardin tut dir nichts«, versichert sie ihm.

Er schweigt. Was für eine Überraschung.

Tessa verschwindet in die Küche, und ich stelle den Fernseher lauter, um jede mögliche Unterhaltung mit dem Knirps zu unterbinden – nicht dass sie sehr wahrscheinlich wäre. Fast bin ich versucht, Tessa in die Küche zu folgen und ihn allein im Wohnzimmer sitzen zu lassen.

Minuten verstreichen, und langsam wird es mir unangenehm, dass er einfach nur hier sitzt. Warum redet er nicht oder spielt, oder macht, was Fünfjährige so machen?

»Also, was ist los? Warum redest du nicht?«, frage ich schließlich.

Er zuckt die Schultern.

»Es ist unhöflich, nicht zu antworten, wenn jemand mit einem spricht«, erkläre ich.

»Es ist noch unhöflicher zu fragen, warum ich nicht rede«, gibt er zurück.

Er hat einen leicht britischen Akzent, nicht so stark wie sein Vater, aber durchaus hörbar. »Na ja, wenigstens weiß ich jetzt, dass du reden kannst«, sage ich, etwas verblüfft von seiner frechen Antwort und unsicher, was ich sagen soll.

»Warum willst du, dass ich rede?«, fragt er und wirkt viel älter als fünf.

»Ich … ich weiß nicht. Warum magst du nicht?«

»Weiß nicht.« Er zuckt die Schultern.

»Ist alles okay bei euch?«, ruft Tessa aus der Küche. Einen Moment lang überlege ich, ob ich sagen soll, nein, das Kind ist tot oder verletzt, aber so lustig finde ich die Idee dann doch nicht.

»Alles gut!«, rufe ich zurück. Ich hoffe, dass sie bald fertig ist, denn ich bin fertig mit diesem Gespräch.

»Warum hast du diese Sachen im Gesicht?«, fragt Smith und deutet auf meinen Lippenring.

»Weil es mir Spaß macht. Vielleicht sollte ich dich fragen, warum *du* keine hast?«, drehe ich den Spieß um und versuche nicht daran zu denken, dass er noch ein Kind ist.

»Hat das wehgetan?«, umgeht er meine Frage.

»Nein, gar nicht.«

»Sieht aber so aus.« Er lächelt schräg.

Er ist gar nicht so übel, schätze ich mal, aber der Gedanke, auf ihn aufzupassen, gefällt mir immer noch nicht.

»Ich bin fast fertig«, ruft Tessa.

»Okay, ich bringe ihm nur gerade bei, wie man eine Bombe aus einer Limoflasche baut«, necke ich sie, woraufhin sie den Kopf um die Ecke steckt, um nach uns zu sehen.

»Sie ist verrückt«, sage ich, und er lacht, sodass man seine Grübchen sieht.

»Sie ist hübsch«, flüstert er in seine gewölbten Hände hinein.

»Ja, nicht wahr?« Ich nicke und schaue zu Tess, die eine Art Nest aus Haaren auf dem Kopf trägt und immer noch ihre Hose und das einfarbige T-Shirt trägt. Sie ist hübsch und muss nicht einmal etwas dafür tun.

Ich weiß, dass sie uns noch hören kann, und sehe sie aus dem Augenwinkel lächeln, als sie sich umdreht und zu ihrer Arbeit in der Küche zurückkehrt. Ich verstehe nicht, was dieses Lächeln soll. Na und, dann rede ich eben mit dem Kind. Er nervt mich trotzdem, so wie alle kleinen Menschen.

»Ja, wirklich hübsch«, stimmt er noch einmal zu.

»Okay, beruhig dich wieder, kleiner Mann. Sie gehört nämlich mir«, necke ich ihn.

Smith sieht mich an, und seine Lippen formen ein »Oh«. »Wie, dir? Ist sie deine Frau?«

»Nein – Scheiße, nein«, schnaube ich.

»Scheiße, nein?«, wiederholt er.

»Verdammt, sag das nicht!« Ich strecke den Arm aus und halte ihm den Mund zu.

»Ich soll nicht ›verdammt‹ sagen?«, fragt er und befreit sich von meiner Hand.

»Nein, weder ›verdammt‹ noch ›Scheiße‹.« Das ist einer der vielen Gründe, warum man mich nicht mit Kindern zusammenstecken sollte.

»Ich weiß, dass das schlimme Wörter sind«, sagt Smith, und ich nicke.

»Deswegen darfst du sie nicht sagen«, erinnere ich ihn.

»Was ist sie denn, wenn sie nicht deine Frau ist?«

O Mann, hört der nie auf zu fragen? »Sie ist meine Freundin.« Ich hätte dieses Kind nicht zum Reden bringen sollen.

Er faltet die Hände und schaut zu mir auf wie ein kleiner Pfarrer oder so was in der Art. »Hättest du sie gern als Frau?«

»Nein, ich will sie nicht als Frau«, sage ich langsam und deutlich, damit er mich auch sicher hört und es vielleicht endlich kapiert.

»Nie?«

»Nie.«

»Und hast du ein Baby?«

»Nein! Verdammt, nein! Wie kommst du nur auf diese Ideen?« Allein das zu hören, stresst mich total.

»Warum hast du …«, fängt er an, aber ich unterbreche ihn.

»Stell nicht so viele Fragen.« Ich stöhne, und er nickt, bevor er mir die Fernbedienung aus der Hand nimmt und den Sender wechselt.

Tessa hat seit ein paar Minuten nicht nach uns geschaut, also beschließe ich, in der Küche nachzusehen, wie es mit dem Essen steht. »Tess … bist du bald fertig? Er redet echt zu viel«, klage ich und angele mir ein Stück Brokkoli von dem Teller, den sie gerade anrichtet. Sie hasst es, wenn ich vor dem Essen nasche, aber in meinem Wohnzimmer sitzt ein Fünfjähriger, da darf ich auch diesen verdammten Brokkoli essen.

»Ja, nur noch ein, zwei Minuten«, antwortet sie, ohne mich dabei anzusehen. Ihre Stimme klingt merkwürdig. Irgendetwas stimmt nicht.

»Alles okay bei dir?«, frage ich, als sie sich mit glänzenden Augen abwendet.

»Ja, alles gut. Das waren nur die Zwiebeln.« Sie zuckt mit den Schultern und dreht das Wasser auf, um sich die Hände zu waschen.

»Es wird schon … er redet sicher auch mit dir. Er ist jetzt aufgetaut«, versichere ich ihr.

»Ja, ich weiß. Das ist es nicht … es sind nur die Zwiebeln«, wiederholt sie.

71

Hardin

Der kleine Scheißer isst schweigend und nickt nur, als Tessa ihn fröhlich fragt: »Schmeckt dir das Hühnchen, Smith?«

»Es ist super!«, sage ich übereifrig, um sie etwas dafür zu entschädigen, dass dieses Kind noch immer nicht mit ihr reden will.

Sie lächelt dankbar, sieht mir aber nicht in die Augen. Der Rest des Essens verläuft schweigend.

Während Tessa die Küche aufräumt, gehe ich zurück ins Wohnzimmer. Ich höre, wie mir kleine Schritte folgen.

»Kann ich dir helfen?«, frage ich und lasse mich auf die Couch fallen.

»Nein.« Er zuckt die Schultern und wendet sich dem Fernseher zu.

»Okay, dann …« Heute läuft einfach gar nichts.

»Wird mein Dad sterben?«, fragt die kleine Stimme plötzlich neben mir.

Ich schaue ihn an. »Was?«

»Mein Dad, wird er sterben?«, fragt Smith, obwohl er aussieht, als würde ihn die Frage nicht sonderlich berühren.

»Nein, er ist nur krank, weil er etwas Falsches gegessen hat oder so.«

»Meine Mom war krank, und jetzt ist sie tot«, antwortet er, und das leichte Beben in seiner Stimme verrät mir, dass er doch nicht ganz immun gegen die Sorge ist. Ich verschlucke mich fast.

»Ähm … ja. Das war etwas anderes.« *Armer Kerl.*

»Warum?«

Himmel, er löchert mich mit Fragen. Ich will schon nach Tess rufen, aber irgendetwas in seinem besorgten Gesicht hält mich davon ab. Er will nicht mit ihr reden, also will er vermutlich auch nicht, dass ich sie jetzt dazuhole.

»Dein Dad ist nur ein bisschen krank … aber deine Mom war richtig schlimm krank. Dein Dad wird wieder gesund.«

»Lügst du?« Er klingt viel älter, als er ist, ein wenig so wie ich früher.

Aber so ist das vermutlich, wenn man zu schnell erwachsen werden muss. »Nein, ich würde es dir sagen, wenn dein Dad sterben würde«, erkläre ich, und das meine ich ernst.

»Das würdest du?« Seine strahlenden Augen glitzern, und ich habe Angst, dass er gleich weint. Ich habe keine Ahnung, was ich tun würde, wenn er jetzt anfängt zu weinen. Wegrennen. Ich würde nach nebenan laufen und mich hinter Tessa verstecken.

»Ja. Aber reden wir nicht mehr von dem morbiden Zeug.«

»Was ist morbid?«

»Etwas, das krank und abgefuckt ist«, erkläre ich.

»Schlimmes Wort«, tadelt er mich.

»Ich bin erwachsen, ich darf das sagen.«

»Es ist trotzdem ein schlimmes Wort.«

»Du hast vorhin auch zwei benutzt. Ich könnte es deinem Dad sagen«, drohe ich.

»Und ich könnte es deinem hübschen Mädchen sagen«, gibt er zurück, und ich muss lachen.

»Okay, okay, du hast gewonnen«, erkläre ich und signalisiere ihm, ruhig zu sein.

Tessa schaut um die Ecke. »Smith, willst du zu mir kommen?«

Smith sieht erst sie an, dann mich, und fragt: »Kann ich bei Hardin bleiben?«

»Ich weiß nicht –«, fängt sie an, aber ich unterbreche sie.

»Ist schon in Ordnung.« Seufzend reiche ich Smith die Fernbedienung.

72

Tessa

Ich sehe zu, wie Smith es sich auf der Couch bequem macht und dabei ein Stückchen näher an Hardin rückt. Hardin sieht ihn skeptisch an, hält ihn aber nicht auf und macht auch keine Bemerkung, dass er Abstand halten soll. Wie absurd, dass Smith Hardin zu mögen scheint, obwohl Hardin Kinder nicht ausstehen kann. Aber Smith macht auch mehr den Eindruck eines Gutsherrn aus einem Austen-Roman – vielleicht fällt er gar nicht in die Kategorie Kind.

Nie hat Hardin zu Smith gesagt, als er gefragt hat, ob er mich heiraten möchte.

Nie. Er möchte keine Zukunft mit mir. Tief im Herzen wusste ich es, doch es schmerzt, es zu hören, besonders auf diese kalte und überzeugte Art, mit der Hardin es gesagt hat. Als wäre es ein Witz oder so. Er hätte den Schlag abmildern können, zumindest eine Spur.

Ich will natürlich auch noch nicht heiraten, nicht in den nächsten Jahren. Aber dass er nicht mal die Möglichkeit sieht, tut mir weh, sehr weh. Er sagt, dass er für immer mit mir zusammen sein will, möchte aber nicht heiraten? Sollen wir immer nur »Freund und Freundin« sein? Ist es in Ordnung für mich, niemals Kinder zu haben? Wird er mich genug lieben, um all das auszugleichen, auch die Zukunft, die ich mir immer ausgemalt habe?

Ich weiß es nicht, und mir brummt der Kopf, wenn ich darüber nachdenke. Ich will mir jetzt keinen Stress um die Zukunft machen, ich bin erst neunzehn. Wir vertragen uns gerade so gut, und das will ich nicht zerstören.

Nachdem die Küche sauber und die Spülmaschine eingeräumt ist, sehe ich noch einmal nach Hardin und Smith, bevor ich ins Schlafzimmer gehe, um meine Sachen für morgen fertig zu machen. Als ich mir gerade einen langen schwarzen Rock rauslege, klingelt mein Handy. Kimberly.

»Hallo, ist alles in Ordnung?«, frage ich zur Begrüßung.

»Ja, alles gut. Sie geben ihm Antibiotika und werden uns bald nach Hause schicken. Es könnte spät werden, ich hoffe, das ist in Ordnung«, sagt sie.

»Natürlich. Lasst euch Zeit.«

»Wie geht es Smith?«

»Gut – tatsächlich ist er bei Hardin«, sage ich und kann es selbst noch nicht fassen.

Sie lacht herzlich. »*Im Ernst?* Hardin?«

»Ja, frag mich mal.« Ich verdrehe die Augen und gehe zurück ins Wohnzimmer.

»Tja, wer hätte das gedacht, aber es ist ein gutes Training für die Zeit, wenn bei euch mal kleine Hardins rumlaufen«, neckt sie mich.

Ihre Worte versetzen mir einen Stich, und ich beiße mir auf die Unterlippe. »Ja, vermutlich.« Ich möchte das Thema wechseln, bevor der Kloß in meinem Hals noch mehr wächst.

»Na ja, wir sind hoffentlich bald fertig. Smith geht normalerweise um zehn ins Bett, aber da es schon nach zehn ist, legt ihn einfach schlafen, wann ihr wollt. Nochmals danke«, sagt Kimberly und legt auf.

Ich schaue kurz in die Küche und packe mir einen kleinen Snack für morgen ein.

»Warum?«, höre ich Smith Hardin fragen.

»Weil sie auf der Insel gefangen sind.«

»Warum?«

»Ihr Flugzeug ist abgestürzt.«

»Aber warum sind sie dann nicht tot?«

»Es ist eine Fernsehserie.«

»Eine dumme Serie«, sagt Smith, und Hardin lacht.

»Ja, ich schätze, du hast recht.« Hardin schüttelt belustigt den Kopf, und Smith kichert. Sie sehen einander ein wenig ähnlich, die Augenform, das Lächeln. Abgesehen von dem blonden Haar und der Augenfarbe hat Hardin als Kind vermutlich ziemlich wie Smith ausgesehen.

»Ist es okay, wenn ich ins Bett gehe? Oder möchtest du, dass ich auf ihn aufpasse?«, frage ich Hardin.

Er sieht erst mich an, dann Smith. »Ähm … ist okay. Wir schauen ohnehin nur dumme Sendungen«, sagt er.

»Okay, gute Nacht, Smith. Wir sehen uns nachher, wenn Kim kommt und dich abholt«, sage ich zu ihm. Er schaut Hardin an, dann wieder mich, und lächelt.

»Nacht«, flüstert er.

Ich drehe mich um und will ins Schlafzimmer zurück, da berührt mich Hardin plötzlich am Arm. »He, sagst du mir nicht gute Nacht?«, schmollt er.

»Oh … ja. Entschuldige.« Ich umarme ihn und küsse ihn auf die Wange. »Gute Nacht«, sage ich, und er umarmt mich erneut.

»Ist auch sicher alles in Ordnung?«, fragt er und hält mich auf Armeslänge von sich weg, um mich anzusehen.

»Ja, ich bin nur sehr müde, und er will ohnehin lieber bei dir sein.« Ich lächele matt.

»Ich liebe dich«, sagt er und küsst mich auf die Stirn.

»Ich liebe dich«, antworte ich, eile ins Schlafzimmer und schließe die Tür hinter mir.

73

Tessa

Am nächsten Tag ist schönes Wetter. Es schneit nicht, und an den Straßenrändern liegt nur wenig Schneematsch. Bei Vance sitzt Kimberly bereits am Empfangstresen und lächelt mich an, als ich mir wie üblich einen Donut und einen Kaffee nehme.

»Ich habe euch gestern Abend gar nicht kommen hören. Ich bin eingeschlafen«, sage ich.

»Ich weiß, Smith hat auch geschlafen. Nochmals danke«, sagt sie, dann klingelt ihr Telefon.

Nach dem Tag an der Uni gestern kommt mir mein Büro heute seltsam vor. Manchmal ist es, als würde ich ein Doppelleben führen: Eins als Studentin am College, das andere ganz erwachsen. Ich habe eine Wohnung mit meinem Freund und ein bezahltes Praktikum, das sich wie ein Job anfühlt, nicht wie ein Praktikum. Ich liebe beide Leben, und wenn ich wählen müsste, würde ich das Erwachsenenleben nehmen, aber mit Hardin.

Ich stürze mich in die Arbeit, und bald ist es Mittag. Nach mehreren Blindgängern habe ich endlich wieder ein Manuskript, das wirklich fesselnd ist, und ich esse so schnell ich kann, damit ich schnell weiter und bis zum Ende lesen kann. Ich hoffe, sie finden ein Heilmittel gegen die Krankheit der Hauptfigur. Wenn er stirbt, wäre ich todtraurig. Der Rest des Tages vergeht wie im Flug, und ich nehme kaum etwas um mich herum wahr, während ich in das Manuskript vertieft bin, das schrecklich traurig endet.

Mit verheultem Gesicht packe ich zusammen und gehe nach Hause. Seit ich ihn schlafend und grummelig im Bett zurückgelassen habe, habe ich nichts mehr von Hardin gehört, und ich muss einfach ständig an seine Worte von gestern denken. Ich brauche Ablenkung. Manchmal wünsche ich, ich könnte meinen Kopf einfach ausschalten, so wie andere Leute es offensichtlich können. Es gefällt mir nicht, dass ich immer so viel grüble, aber ich bin machtlos dagegen. So bin ich einfach, und im Moment muss ich ständig daran denken, dass Hardin und ich keine gemeinsame Zukunft haben. Ich müsste wirklich etwas tun, um mich davon abzulenken. Er ist, wie er ist, und er will eben nie heiraten oder Kinder haben.

Vielleicht sollte ich Steph anrufen, wenn ich eingekauft und eine Ladung in die Maschine gesteckt habe, wo Hardin und Landon ja heute beim Hockeyspiel sind … Himmel, ich hoffe, das geht gut.

Als ich ins Apartment komme, finde ich Hardin lesend im Schlafzimmer vor.

»Hey, you sexy thing. Wie war dein Tag?«, fragt er zur Begrüßung.

»Ganz okay, würde ich sagen.«

»Was ist los?« Hardin blickt zu mir auf.

»Das Manuskript von heute war so traurig. Wahnsinnig gut, aber unendlich traurig«, sage ich und versuche, nicht wieder von meinen Gefühlen weggeschwemmt zu werden.

»Wenn du noch immer traurig bist, muss es gut gewesen sein.« Er lächelt. »Zum Glück war ich nicht dabei, als du das erste Mal *In einem anderen Land* gelesen hast.«

Ich lasse mich neben ihm aufs Bett fallen. »Dieses Manuskript war schlimmer, viel schlimmer.«

Er greift nach meinem Top und zieht meinen Kopf an seine Schulter. »Mein empfindsames Mädchen.« Er streicht mir über den Rücken.

Mein Magen zieht sich zusammen, weil er »mein Mädchen« gesagt hat. Das macht mich immer so glücklich – mehr, als es sollte.

»Warst du eigentlich überhaupt an der Uni heute?«, frage ich.

»Nein. Ich war so müde vom Babysitten.«

»Mit ›Babysitten‹ meinst du zusammen Fernsehen?«

»Ist doch dasselbe. Ich habe mehr getan als du.«

»Dann magst du ihn?« Ich weiß nicht genau, warum ich das frage.

»Nein … na ja, ich habe bestimmt schon nervigere Kinder erlebt, aber ich plane so bald keine Spielnachmittage ein.« Er lächelt.

Ich rolle mit den Augen, sage aber nichts mehr über Smith. »Bist du bereit für das Hockeyspiel heute?«

»Nein, ich habe Landon schon gesagt, dass ich nicht komme.«

»Hardin! Du musst gehen«, rufe ich.

»War doch nur Spaß … er müsste bald hier sein. Dafür schuldest du mir was, Tess.« Hardin stöhnt.

»Aber du magst Hockey, und mit Landon kann man Spaß haben.«

»Nicht so viel wie mit dir.« Er küsst mich auf die Wange.

»Für jemanden, der tut, als ginge es zur Schlachtbank, bist du ziemlich gut gelaunt.«

»Wenn es schiefläuft, werde nicht ich geschlachtet.«

»Du bist heute besser nett zu Landon«, warne ich ihn.

Er hebt in gespielter Unschuld die Hand, aber ich weiß es besser. Es klopft an der Tür, doch Hardin rührt sich nicht vom Fleck. »Er ist dein Freund, du machst auf«, meint er.

Ich schaue ihn an, gehe aber zur Tür.

Landon trägt ein Hockey-Trikot, blaue Jeans und Tennisschuhe. »Hallo Tessa!«, sagt er mit seinem freundlichen Lächeln und umarmt mich zur Begrüßung.

»Können wir es hinter uns bringen?«, fragt Hardin, bevor ich auch nur Hallo sagen kann.

»Tja, ich sehe schon, das wird ein lustiger Abend«, scherzt Landon und streicht sich über das kurze Haar.

»Das wird der beste Abend deines Lebens«, tönt Hardin.

»Viel Glück«, sage ich zu Landon, der nur lacht.

»Ach Tess, er gibt nur an. Er will nicht zeigen, wie sehr er sich freut, einen Abend mit mir zu verbringen.« Landon lächelt, und diesmal verdreht Hardin die Augen.

»Was machst du heute?«, fragt Hardin und folgt mir ins Schlafzimmer.

»Einkaufen gehen. Vielleicht mal bei Steph anrufen.«

»Wegen?«

»Nur um zu hören, was sie so macht. Ich langweile mich sonst heute Abend ohne dich.«

»Musst du denn nicht lernen oder so?«

Ich ziehe ein Sweatshirt und eine Yogahose aus dem Schrank.

»Ohhh nein«, sagt Hardin und reißt sie mir aus der Hand.

»Was?« Ich will sie mir wieder holen, doch er hält sie sich über den Kopf. »Die ziehst du nicht an.«

»Wie bitte? Ich ziehe an, was ich will.« Ich stemme die Hand in die Hüfte, doch er schüttelt den Kopf.

»Nein, nicht die.« Er hebt sie noch höher, und ich versuche sie springend zu erreichen. Ohne Erfolg.

»Ich dachte, sie gefällt dir.«

»Genau das ist es. Sie gefällt mir und wird auch jedem anderen Kerl gefallen.«

»Du bist verrückt«, klage ich.

»Okay, dann zieh die Hose an, aber dann ziehe ich mir beim Spiel das T-Shirt aus, oder auf der nächsten Party.« Er grinst.

»Okay.« Ich gebe auf und nehme stattdessen eine Jeans.

»Deine Eifersucht ist ungesund«, schimpfe ich, und er lacht.

»Das war doch schon immer so, oder?« Er lacht erneut und geht, die Yogahose in der Hand.

Ich binde mir einen Pferdeschwanz und ziehe Jeans und Sweat-shirt an, bevor ich zurück ins Wohnzimmer gehe. Hardin und Landon sind schon gegangen. Als ich den Schlüssel vom Schlüsselbrett nehme, fällt mir auf, dass Hardin seinen Schlüssel gar nicht mitgenommen hat. Anscheinend fährt Landon. Ich nehme seinen Schlüssel anstatt meinem und schließe hinter mir ab.

Die Fahrt zu Conner's ist sehr kurz, keine fünf Minuten, und Hardins Auto fährt sich so angenehm, dass ich fast umdrehe, um die kurze Fahrt noch einmal zu machen. Seine Heizung läuft viel schneller an als meine, und seine Anlage ist besser. Sobald ich den Motor angelassen habe, erklingt The Fray. Ich finde es lustig, dass er die CD hört.

Nachdem ich alles besorgt und meine paar Taschen auf der Rückbank verstaut habe, fahre ich heim und rufe Steph an. Ich habe keine Ahnung, ob sie drangeht oder überhaupt Zeit hat, aber ich hoffe es.

Meine Gebete werden erhört, als sie beim zweiten Klingeln antwortet und begeistert ist, von mir zu hören.

»Ich komme gleich zu dir. Kann Tristan mit, er ist gerade bei mir«, fragt sie.

»Natürlich. Aber Hardin ist nicht da, er ist mit Landon unterwegs. Wollen wir ausgehen?«

»Ja. Lass uns in die Canal Street Tavern gehen, da ist heute ein Konzert. Moment, sagtest du gerade, Hardin ist mit Landon unterwegs?« Sie ist hörbar überrascht.

»Ja, das ist eine lange Geschichte.« Ich kichere.

»Ich kann es nicht erwarten, sie zu hören«, sagt Steph, bevor wir uns verabschieden, und ich verspreche, ihr unsere Adresse zu texten.

»Ich kann nicht glauben, dass ihr beide hier wohnt ... wie merkwürdig«, sagt Steph, als sie mit Tristan in die Wohnung kommt.

»Mir kommt es auch noch manchmal merkwürdig vor«, gestehe ich.

»Die Wohnung ist wirklich hübsch«, lobt Tristan, und ich lächele.

»Danke.«

»Und was ist das mit Hardin und Landon? Sie sind zusammen unterwegs?«, fragt Steph.

Wir setzen uns an den Küchentisch.

»Na ja, sie verstehen sich mittlerweile ganz gut, und wir haben Landon zu Weihnachten Tickets für ein Hockey-Spiel geschenkt, also ist Hardin mit ihm gegangen.«

»›Wir haben ihm Tickets geschenkt‹? Ihr klingt ja wie ein verheiratetes Paar. Warum sollte Hardin Landon etwas zu Weihnachten schenken?« Steph lacht.

Ich hatte nicht daran gedacht, dass seine Freunde nichts davon wissen, dass Landon sein Stiefbruder ist. Ich bin mir nicht sicher, ob er es noch vor ihnen geheim halten will, aber fürs Erste beschließe ich, es ihnen nicht zu sagen. Bei ihm weiß man nie, was ihn wütend macht.

»Ich meine, ich habe sie ihm geschenkt, und Hardin war dabei, als ich sie übergeben habe«, lüge ich und versuche, das Thema zu wechseln. »Ich ertrage es nicht, wenn noch einmal jemand über verheiratete Paare redet«, stöhne ich und reibe mir die Schläfen.

»Entschuldige, ich werde nicht einmal fragen, warum.« Steph lächelt und zieht ein Bier aus ihrer Tasche.

»Damit bist du gefahren?«, frage ich entsetzt.

»Ja, es ist doch noch zu.« Steph lacht und nimmt ihr T-Shirt, um den Verschluss aufzudrehen.

»Ich texte Zed und Nate. Logan hat letztes Semester zwei Seminare verbockt, deswegen hat er sich total vergraben«, sagt Tristan.

Ich weiß, dass es Hardin wahrscheinlich nicht gefällt, dass sie auch Zed anrufen, aber ich werde sie nicht davon abhalten.

»Ich weiß noch nicht einmal, wann das Konzert losgeht«, fällt mir ein, während Tristan auf Antwort von seinen Freunden wartet.

»Vermutlich um neun, wie immer«, sagt Tristan.

»Du ziehst dich noch um, oder?« Steph mustert mich kritisch.

»Ja, ich wollte mich umziehen.«

»Gut.« Sie lächelt.

Ich ziehe eine andere Jeans und ein einfaches schwarzes Top an, und ich schminke Augen und Wangen noch etwas nach. Ich möchte es nicht übertreiben, aber ich will auch nicht schlampig aussehen. Es ist lange her, dass ich … tatsächlich erinnere ich mich gar nicht, wann ich das letzte Mal ohne Hardin aus war.

»Wir treffen uns um neun mit Zed und Nate, wir sollten bald los«, meint Tristan, als ich zurück ins Wohnzimmer komme.

»Du siehst heiß aus, mach nur noch den Pferdeschwanz auf«, schlägt Steph vor.

»Ganz wie früher.« Ich verdrehe die Augen, und sie lacht.

»Manche Dinge ändern sich nie.« Sie streckt mir die Zunge raus, dann trinkt sie wieder von ihrem Bier.

»Wir fahren getrennt, falls ich früher nach Hause will«, sage ich zu Steph und Tristan, als wir gehen.

74

Hardin

Landon und ich schieben uns durch das Gedränge. »Warum ist es denn jetzt schon so voll?«, stöhne ich.

Landon schaut mich sarkastisch an. »Weil wir wegen dir so spät sind.«

»Das Spiel fängt doch erst in fünfzehn Minuten an.«

»Ich komme normalerweise eine Stunde vorher«, erklärt er.

»Das war ja klar. Selbst wenn ich nicht mit Tessa unterwegs bin, bin ich mit Tessa unterwegs«, klage ich. In der Hinsicht sind Landon und Tessa wirklich ein und dieselbe Person – immer wollen sie überall Erste und Beste sein.

»Du solltest dich geehrt fühlen, Tessa als Freundin zu haben«, sagt er.

»Hör auf zu nerven, dann haben wir vielleicht sogar Spaß beim Spiel«, antworte ich drohend, aber als er mich wütend ansieht, kann ich mir das Lächeln nicht verkneifen. »Entschuldige, Landon. Es ehrt mich, dass sie meine Freundin ist. Also könntest du dich jetzt vielleicht entspannen?« Ich lache.

»Ja, klar. Gehen wir einfach zu unseren Plätzen«, sagt er ruhig und geht voraus.

»WAS SOLL DER MIST! Hast du das gesehen? Das kann unmöglich zählen!«, schreit Landon neben mir. Ich habe ihn noch nie so aufgebracht erlebt, aber selbst wütend klingt er wie ein Schlappschwanz.

»Kommt schon!«, schreit er noch mal, und ich muss mir das Lachen verkneifen.

Wahrscheinlich hatte Tessa recht: Er ist gar nicht so übel. Natürlich nicht meine erste Wahl, aber auch nicht schlecht.

»Ich habe gehört, je mehr man schreit und brüllt, desto wahrscheinlicher gewinnen sie«, bemerke ich.

Er achtet nicht auf mich und schreit und buht weiter bei jedem Auf und Ab des Spiels. Ich schaue abwechselnd zu und texte Tessa sexy Nachrichten, und ehe ich mich versehe, schreit Landon »Ja!«, als sein Team das Spiel in letzter Sekunde gewinnt.

Die Menge drängt zu den Ausgängen, und ich schiebe mich durch die Masse. »He, pass auf«, schimpft jemand hinter mir.

»Entschuldigung«, sagt Landon.

»Immer dasselbe«, sagt die Stimme, und ich drehe mich um. Hinter mir sehe ich einen nervösen Landon und ein Arschloch im Trikot des gegnerischen Teams. Landon schluckt, sagt aber nichts weiter, als der Typ und seine Kumpel ihn weiter verhöhnen.

»Schau, wie der Angst hat«, sagt ein anderer, ein Freund des Arschlochs, nehme ich an.

»Ich … ich …«, stammelt Landon.

Soll das ein Witz sein? »Verpisst euch, alle beide«, knurre ich, und beide drehen sich nach mir um.

»Oder was?« Ich rieche die Bierfahne des Großen.

»Oder ich stopfe euch vor allen Augen das Maul, und das wird so peinlich, dass ihr bei den Highlights des Spiels als Lachnummer eingeblendet werdet«, warne ich ihn und meine es vollkommen ernst.

»Komm, Dennis, gehen wir«, sagt der Kleinere, der mit einem

Funken Grips. Er zieht seinen Freund am Trikot, und sie verschwinden in der Menge.

Ich nehme Landon beim Arm und ziehe ihn den Rest des Wegs mit. Tessa erwürgt mich, wenn er heute verprügelt wird.

»Danke, das war nicht nötig«, sagt Landon, als wir bei seinem Auto sind.

»Hör auf, bevor es peinlich wird, okay?« Ich grinse, und er schüttelt den Kopf, aber ich höre, wie er leise lacht.

»Soll ich dich jetzt nach Hause fahren?«, fragt er nach einigen Minuten drückenden Schweigens, während wir darauf warten, von dem überfüllten Parkplatz runterzukommen.

»Ja, gern.« Ich sehe auf meinem Handy nach, ob Tessa geantwortet hat. Nichts. »Ziehst du nach New York?«, frage ich Landon.

»Ich weiß noch nicht, ich möchte wirklich näher bei Dakota sein«, erklärt er.

»Warum zieht sie nicht hierher?«

»Weil sie hier keine Zukunft als Balletttänzerin hat. Die hat sie nur in New York.« Landon lässt noch ein Auto vor uns rein, obwohl wir kaum in der Schlange vorangekommen sind, seit wir unseren Parkplatz verlassen haben.

»Und du gibst so einfach dein Leben auf und ziehst für sie um?«, schnaube ich.

»Ja, lieber das, als weiterhin von ihr getrennt zu sein. Außerdem stört es mich nicht umzuziehen. New York ist sicher cool. Und in Beziehungen geht es eben nicht immer nur um einen«, sagt er und sieht mich von der Seite an.

Wichser. »War das gegen mich gerichtet?«

»Eigentlich nicht, aber wenn es dir so vorkommt, vielleicht ja doch.« Eine Gruppe betrunkener Idioten stolpert vor das Auto, aber Landon scheint es nicht zu stören, dass sie uns den Weg versperren.

»Halt den Mund, okay?« Jetzt ist er einfach nur ein Arschloch.

»Willst du sagen, du würdest nicht nach New York ziehen, um bei Tessa zu sein?«

»Ja, genau das will ich sagen. Ich will nicht nach New York, also ziehe ich nicht nach New York.«

»Ich meine nicht New York, das weißt du, ich meine Seattle. Sie will nach Seattle.«

»Sie wird mit mir nach England gehen«, sage ich. Ich drehe das Radio lauter, um diesem Gespräch ein Ende zu setzen.

»Und was, wenn nicht? Du weißt, dass sie nicht will, warum willst du sie zwingen?«

»Ich zwinge sie zu gar nichts, Landon. Sie wird mitkommen, weil wir zusammengehören und sie nicht von mir getrennt sein will, ganz einfach.« Ich schaue noch mal auf mein Handy, um mich von meinem reizenden Stiefbruder abzulenken.

»Du bist ein Arschloch.«

Ich zucke die Schultern. »Etwas anderes habe ich nie behauptet.«

Ich rufe Tessa an und warte auf Antwort. Sie geht nicht ran. *Na super.* Ich hoffe, sie ist noch zu Hause, wenn ich komme. Würde Landon nicht so lahmarschig fahren, wären wir längst da. Ich schweige weiter und pule an den Hautfetzen um meine Fingernägel herum. Nach gefühlten beschissenen drei Stunden hält Landon endlich vor meiner Wohnung.

Tessa

Die Canal Street Tavern ist kleiner, als ich erwartet hatte. Es ist ein Holzhaus, das wirklich wie eine alte Taverne aussieht.

»Ich dachte, Rauchen in geschlossenen Räumen wäre mittlerweile verboten?«, frage ich Steph, während ich der Frau am Eingang meinen Führerschein zeige, um mein Alter nachzuweisen. Ich bekomme einen Stempel auf die Hand und folge Steph nach hinten in den dunklen verqualmten Raum.

Ich hasse den Gestank von Zigaretten, und mein Hals kratzt schon jetzt. Zed und Nate stehen von einem kleinen runden Tisch auf, und Nate begrüßt mich als Erster. »Tessa! Wo ist Hardin?«, fragt er mit einem freundlichen Lächeln.

»Er … er ist bei einem Hockey-Spiel«, sage ich und lasse absichtlich alle weiteren Details aus.

»Cool. Willst du was trinken?«, fragt er, und ich nicke.

Ich muss noch fahren, also darf ich nicht mehr als einen Drink nehmen. Einer ist okay.

»Hallo Tess«, sagt Zed, ohne mir in die Augen zu sehen. Ich weiß nicht, warum mir das Mädchen neben ihm noch nicht aufgefallen ist. »Äh … Hallo.« Ich muss sie einfach anstarren, sie ist bildhübsch.

»Hallo, ich bin Rebecca. Schön, dich kennenzulernen«, sagt sie lächelnd.

»Hallo, ich bin Tessa.« Ich erwidere ihr Lächeln gezwungen.

Sie lehnt sich an Zed, und aus irgendeinem Grund schaue ich sofort weg.

»Holen wir uns was zu trinken, damit wir das Konzert anschauen können«, sagt Steph zu Tristan, und Nate schenkt mir Bier aus einem großen Krug ein, der auf dem Tisch steht.

Ich mag eigentlich kein Bier, aber es wäre unhöflich abzulehnen, also trinke ich einfach einen Schluck. Es schmeckt genauso schlecht wie in meiner Erinnerung, aber ich trinke trotzdem weiter.

»Hallo zusammen! Heute haben wir ein paar ziemlich coole Bands für euch. Den Anfang macht eine Band aus der Gegend, die vielleicht schon jetzt eine Flasche Jack Daniels geleert haben! Applaus für die Reckless Few!«, schreit ein junger Kerl mit Dreadlocks ins Mikro.

Alle Aufmerksamkeit richtet sich auf die Bühne. Die Band ist wirklich gut. Fast alle Köpfe im Raum wippen mit, Füße tappen und Finger trommeln auf Tische. Auch ich komme mir vor wie in Trance, der Song ist sanft, aber auf merkwürdige Weise rau, und ich werde nostalgisch, wenn ich auch keine genaue Erinnerung festmachen kann.

Ich glaube, Hardin würde dieser Song gefallen. Hardin … ich habe eine Weile nicht mit ihm geredet. Als ich auf mein Handy blicke, hat er dreimal angerufen und mir vier Nachrichten geschickt.

»Ich bin gleich wieder da«, sage ich zu den anderen und eile zur Toilette.

Ich hoffe, dass alles okay ist, und bei dem Hockey-Spiel nichts passiert ist. Bei Hardin weiß man nie.

Er geht nicht dran, aber als ich ihm schreiben will, vibriert mein Handy.

»Warum bist du nicht drangegangen?«, dröhnt er durchs Telefon.

»Entschuldige, es war so laut hier, und ich habe nicht auf mein Handy geschaut. Ist alles in Ordnung?«, frage ich.

Ein Mädchen in rotem Lederkleid stolpert herein, also verziehe ich mich in eine Kabine.

»Wo ist es laut? Wo bist du denn?«

»In der Canal Street Tavern.«

»Was?«

»In der Canal Street Tavern.«

»Ich hab dich verstanden, aber was machst du da?«, fällt er mir ins Wort.

»Wir schauen eine Band an.«

»Wer ist wir?«

»Ich, Steph, Tristan, Nate, Zed und sein Date.« Ich achte darauf, Zeds Date zu erwähnen.

»Zed, hm?«

»Er ist mit einem Mädchen hier, beruhige dich«, klage ich.

»Ich komme auch bald. Ich kann nicht in die Wohnung, weil du einfach mein Auto genommen hast.«

»Du hast den Schlüssel vergessen, du wärst ohnehin nicht reingekommen«, korrigiere ich ihn.

»Ich habe nie gesagt, dass du mein Auto nehmen darfst«, knurrt er durchs Handy. »Links«, höre ich ihn sagen. Er muss noch immer mit Landon unterwegs sein.

»Ich bin gleich da.« Er legt auf.

Ich hoffe, seine Laune ist besser, wenn er ankommt. Ich gehe zurück zum Tisch und kündige an, dass Hardin kommt, oder vermutlich ist »warnen« das bessere Wort. Alle scheinen sich zu freuen, außer Zed, aber der ist zu sehr mit Rebecca beschäftigt, und ich beschäftige mich mit einem zweiten Glas Bier, das mir Nate hingestellt hat.

Steph tippt mir auf die Schulter. »Hardin ist da«, sagt sie, und ich drehe mich um.

Vielleicht liegt es an den zwei … mittlerweile drei Gläsern Bier, die ich getrunken habe, aber als Hardin reinkommt, scheinen sich alle in dem verrauchten Laden nach ihm umzudrehen. Er sieht aus, als würde er einen Laufsteg runterlaufen, als er mit seinem finsteren Blick auf den Tisch zukommt. Aber am meisten überrascht mich, dass Landon nur ein paar Schritte hinter ihm folgt.

»Schön, dass du auch kommst«, neckt Nate.

Hardin zeigt ihm den Mittelfinger, bevor er sich einen Stuhl nimmt und sich neben mich setzt.

»Nimm dir auch einen«, sagt er zu Landon.

Landon bleibt leicht verlegen stehen, also beugt sich Hardin rüber und zieht ihm einen Stuhl heran.

»Bitte. Setz dich«, befiehlt Hardin, und Landon tut ihm den Gefallen.

»Äh, hallo Landon, du bist der Letzte, den ich hier erwartet hätte«, sagt Nate, doch er sagt es freundlich.

»Nicht«, blafft Hardin, sodass Nate aufsteht und die Arme hebt, als würde er sich ergeben.

»Das war ein Witz«, schmollt Nate und lächelt Landon an, um die Spannung zu lösen.

Nett wie Landon ist, erwidert er das Lächeln und sieht zur Bühne.

»Wie war das Spiel?«, frage ich ihn und Landon.

Das Spiel kann nicht so schlecht gewesen sein, denn Landon sitzt mir gegenüber. Es ist ein bisschen merkwürdig, dass er dabei ist, ich weiß nicht, warum Hardin ihn mitgebracht hat, aber ich bin froh. Ich wünschte, Landon würde öfter mit uns ausgehen.

»Es war super, wir haben gewonnen.« Landon strahlt, dann hustet er.

»Ich hasse Zigaretten«, klagt er, und ich nicke zustimmend.

»Du hast mir gefehlt.« Ich lehne mich an Hardins Schulter, und er scheint sich etwas zu entspannen.

»Tatsächlich?«, fragt er, und ein Lächeln breitet sich auf seinem Gesicht aus.

»Ja.« Ich spüre, wie sich seine Hand auf meine legt.

»Wie viel hast du getrunken?«, will er wissen.

»Nicht das schon wieder.« Ich verdrehe die Augen und trinke einen großen Schluck Bier.

»Ich frag ja nur.« Seine Lippen kommen meinem Ohr gefährlich nah, nah genug, um mich zum Zittern zu bringen.

»Ich kann nicht so richtig einschätzen, in was für einer Stimmung du bist«, sage ich so, dass nur er mich hört.

»Ich auch nicht. Es ärgert mich, dass er hier ist.« Damit meint er Zed. »Aber du hast mir auch gefehlt, und jetzt bin ich hier.«

»Okay«, sage ich. Ich bin froh, dass er heute Abend nicht streiten will. Noch nicht.

»Wir sollten eine Runde Pool spielen«, schlägt Tristan vor und nickt mit dem Kopf zu den Pooltischen ein paar Meter weiter.

»Ja, gute Idee!«, meint Steph.

»Hardin, Tessa, seid ihr dabei? Es gibt zwei Tische«, sagt Nate.

»Ja, ich spiele mit.« Hardin steht auf.

»Ich nicht«, erkläre ich. Ich habe noch nie Pool gespielt und bin in allem schlecht, was mit Wettstreit zu tun hat, außer natürlich im akademischen. »Ich bleibe bei Landon.«

Ich möchte Landon ohnehin nicht allein lassen. Nicht, dass er nicht selbst auf sich aufpassen könnte, aber er würde sich zu Tode langweilen, wenn er es nicht ohnehin schon tut.

Hardin sieht zu den Pooltischen rüber, dann wieder zu mir, als würde er die Entfernung messen, bevor er Nate mit einem Nicken folgt. Ich hatte gehofft, dass er mich küssen würde, es aber nicht wirklich erwartet, also bin ich nur leicht enttäuscht, als er ohne Kuss geht.

»Also, wie war das Spiel nun wirklich?«, frage ich Landon, als Hardin außer Hörweite ist.

»Es war gut. Er hat sich benommen.« Landon lacht.

»Hardin? Jetzt weiß ich, dass du lügst«, ziehe ich ihn auf, und wir lachen beide.

»Möchtest du was trinken?«, frage ich.

»Nein, aber danke.« Landon klopft sich auf die Tasche und holt sein Handy raus.

»Hallo Baby.« Sobald er drangeht, fängt die Band wieder an zu spielen.

»Moment«, meint er und hält das Handy zu.

»Es ist Dakota, und es ist schon ziemlich spät. Ich glaube, ich gehe nach Hause, oder brauchst du mich?«, fragt Landon.

Ich schiele zu Hardin rüber, der mit Nate Pool spielt. Er lächelt und beugt sich über den Tisch.

»Nein, geh nur. Ich bin froh, dass du hier warst. Du solltest öfter mit uns ausgehen.«

»Na, ich weiß nicht.« Er lacht leise und verabschiedet sich.

Nachdem er verschwunden ist, wird mir klar, dass ich mit Zed und Rebecca übrig geblieben bin. Ich möchte mich neben Hardin stellen, während er spielt, aber ich möchte auch mein Bier austrinken und der Musik zuhören.

Ich entscheide mich für die zweite Möglichkeit und fülle mein Glas nach. Trinken nimmt bei mir nie ein gutes Ende, aber jetzt habe ich schon angefangen, und Hardin scheint wieder besser gelaunt zu sein … zumindest etwas.

Das viele Bier drückt in meiner Blase, und ich gehe zur Toilette.

Ich lasse mir Zeit, wische mir den Kajal unter den Augen weg und creme meine Lippen ein. Meine Augen sind etwas gerötet vom Trinken, aber alles in allem sehe ich nicht schlecht aus. Als ich zurück in den dunklen Flur komme, renne ich beinahe in jemanden hinein.

»Alles klar bei dir?«, erkundigt sich Zed.

Ich trete ein paar Schritte zurück, bevor ich antworte.

»Ja, alles klar.«

»Du bist irgendwie … anders?« Er zieht eine Braue hoch.

»Nein, ich bin nur ein bisschen angetrunken«, keife ich, dann halte ich mir den Mund zu.

Warum habe ich das so gesagt?

»Was dauert denn hier so lang?« Ich zucke zusammen, als ich Hardins Stimme höre.

»Nichts«, antwortet Zed und geht in die Herrentoilette.

»Was war denn das?« Hardin erscheint neben mir.

»Gehen wir.« Hardin gibt mir keine Gelegenheit zu antworten oder mich von irgendwem zu verabschieden, und führt mich nach draußen.

»Was war denn das schon wieder?«, schreit er, sobald wir an der kalten Luft sind.

»Ich weiß nicht? Ein Hahnenkampf?« Ich verdrehe die Augen.

»Warum hast du dich auf das Konzert mitnehmen lassen? Weißt du denn, wie dumm ich jetzt dastehe?« Er wirft die Arme in die Luft.

»Tust du doch gar nicht! Und hör auf, mich anzuschreien.«

»O doch, das tue ich! Du hättest Nein sagen sollen. Gib mir den verdammten Schlüssel.« Er streckt die Hand aus, und ich lasse den Schlüssel hineinfallen.

»Hör endlich auf«, stöhne ich. Mein Kopf dröhnt schon jetzt.

»Aufhören? Du warst es doch, die sich in meiner Abwesenheit mit ihrem Zed trifft. Und lass mich raten, Trevor ist in der Toilette?«, ruft er, sperrt sein Auto auf und steigt ein.

»Du übertreibst. Ich habe überhaupt nichts getan.« Meine Wut wächst mit jedem säuerlichen Blick, den er mir zuwirft.

»Du ... also ... du ... du hättest nicht zustimmen sollen. Du musst dich von ihm fernhalten. Es ist ganz klar, was er von dir will.«

Ich beiße mir auf die Wange, um nicht zu lachen. »Du bist nur eifersüchtig«, sage ich, und er hält an.

»Nein, Tessa, ich bin sauer, weil jedes Mal, wenn ich mich umsehe, jemand etwas von dir will, und ich hab es so satt!« Er schreit, und in dem Auto ist seine Stimme noch viel lauter.

»Niemand will etwas von mir! Du machst einen Riesenwirbel um nichts, und das regt mich auf.« Aus mir spricht der Alkohol.

»Ich rege dich auf? Was soll ich denn sonst machen? Soll dich einfach jeder Typ haben, der dich will?«

»Es spielt doch ohnehin keine Rolle, oder?«, gifte ich zurück und schaue aus dem Fenster, während er anfährt.

»Was?«

»Du willst doch sowieso keine Zukunft mit mir, also ist es doch egal«, sage ich und weigere mich, ihn anzusehen.

»Was soll denn das heißen?«, ruft er.

»Du weißt genau, was das heißt. Du siehst keine Zukunft für uns.«

»Wer hat das gesagt?«

Das hier wird die längste Fahrt meines Lebens.

»Du«, sage ich ruhig.

Ich muss mich behaupten und darf mich nicht unterkriegen lassen.

Hardin wirkt einen Moment lang verwirrt, aber dann erholt er sich.

»Ich habe gehört, was du zu Smith gesagt hast – dass du mich niemals heiraten willst.«

»Fuck, das musste ja kommen.« Er seufzt.

Ich schweige.

»Du weißt doch längst, wie ich dazu stehe, ich habe es dir mehrfach gesagt, warum kapierst du es einfach nicht?«

»Ich möchte nur wissen, was deiner Meinung nach aus uns werden soll?«

»Ich weiß es nicht, Tessa, was passiert, passiert.«

»Das reicht mir nicht«, erkläre ich.

Wenigstens schreien wir uns nicht mehr an.

»Tja, das muss es aber, denn mehr gibt es nicht.« Er wird wieder laut.

So viel zum Schreien.

»Das ist so typisch! Du bringst so einen Hammer und erwartest, dass ich es einfach schlucke. Aber es ist auch meine Zukunft, und wenn ich mit dir keine habe, muss ich es jetzt wissen, damit ich nicht noch mehr von meiner Zeit mit dir verschwende!«, schreie ich.

»Deine Zeit verschwenden? Wenn hier jemand seine Zeit verschwendet, dann ich!«, schreit er zurück, während er parkt.

Ich steige aus, sobald er steht, und warte nicht einmal, bis er den Motor abstellt. Dann höre ich die Autotür schlagen und seine Stiefel auf dem Asphalt.

Ich drehe mich nach ihm um. »Wie kannst du wagen zu behaupten, dass du deine Zeit verschwendest?«

»Na, du tust es jedenfalls nicht! Du machst nur Probleme, wo es gar keine gibt«, sagt er, und wir betreten die Lobby.

Zum Glück ist sie leer, und wir haben kein Publikum.

»Ich verursache kein Problem, ich versuche, mit dir über unsere Zukunft zu reden, aber du glaubst, du kannst das Thema einfach beenden.«

»Meinst du, nur weil du betrunken bist, kannst du so mit mir reden?«

»Ich rede mit dir, wie ich will, so, wie du es auch machst«, fahre ich ihn an.

Ich wünschte, ich könnte mich genauso gut behaupten, wenn ich nüchtern bin.

»Die Diskussion ist beendet.«

»Nein, ist sie nicht. Ich muss wissen, wie du dir unsere Zukunft vorstellst, in einem Jahr … oder fünf.«

»Ich weiß es nicht, Tess! Ich habe noch nicht darüber nachgedacht.«

Autsch.

»Noch gar nicht?«

»Nein, ich meine, irgendwie schon. Neulich habe ich gedacht, wir sollten bald nach England gehen, aber weiter sind meine Gedanken noch nicht gegangen.«

»Dann willst du mir sagen, dass du noch nie, kein einziges Mal, über eine Zukunft mit mir nachgedacht hast, oder Heiraten?«

»Was ist denn nur los, warum willst du ständig übers Heiraten reden? Du bist neunzehn, verdammt, das ist echt erdrückend!«, ruft er, und mein Magen zieht sich zusammen.

»Erdrückend? Ach wirklich?« Ich schreie fast.

»Erdrückend ist es, wenn ich nicht einmal mit jemand reden kann, ohne dass du mir im Nacken sitzt. Erdrückend?«, wiederhole ich.

»Ja! Es ist tatsächlich ziemlich verrückt und psycho«, erklärt er.

Scham erfasst mich, und ich spüre, wie der Kloß in meinem Hals wächst.

»Schau, ich sage nur, dass es viel zu früh ist, um mit diesem Scheiß anzufangen«, fügt er hinzu.

Meine Scham wandelt sich in Wut. »Zu früh? Das sagt der Typ, der mit mir zusammenziehen wollte, obwohl wir noch nicht einmal richtig zusammen waren? Derselbe Typ, der mir erzählt, dass er nicht ohne mich leben kann? Und trotzdem denkst du nicht über unsere Zukunft nach?«

»Du weißt, warum ich es mit der Wohnung so eilig hatte.« Sein Ton ist so neutral und gefühllos, dass ich mich in meine ersten Monate am College zurückversetzt fühle.

»Wow«, ist alles, was ich rausbringe.

»Das war offensichtlich nicht der Grund, warum wir noch zusammen sind. Ich meine ja nur.« Er zuckt die Schultern.

»Du meinst immer nur, Hardin.«

»Warum kannst du dann nicht damit aufhören?«

»Weil … es mich irgendwie verletzt hat, als du das zu Smith gesagt hast. Du hast nicht einmal gezögert oder auch nur eine Sekunde darüber nachgedacht, du hast einfach nur ›Nein‹ gesagt.«

»Das war es … du hast geweint, oder?«, erinnert er sich schließlich.

»Ja. Es hat wehgetan, obwohl ich es wusste. Ich wusste es seit Anfang unserer Beziehung. Ich habe schon immer mehr in unsere Beziehung investiert als du.«

Und so war es wirklich. Hardin hat mich mit einem Hauch von Hoffnung geködert und mich glauben gemacht, wenn ich nur noch etwas länger warte oder ihm noch eine Chance mehr gebe, könnte ich sie erreichen, packen und für immer festhalten, obwohl es in Wirklichkeit nie so sein wird.

»Das ist Blödsinn, und das weißt du auch!« Er wird schon wieder laut.

»Nein! Nein, ist es nicht! Ich habe alles für dich aufgegeben und dir mehr Chancen gegeben, als du verdienst, aber du kannst dir keine Zukunft mit mir vorstellen? Das ist nicht fair!«

»Du hast einen Scheiß aufgegeben!«, schreit er.

»Doch, das habe ich! Und ich verlange nicht viel im Gegenzug, wirklich nicht!«

»Doch, das tust du! Du bist unersättlich. Was willst du, Tessa, möchtest du, dass ich dir einen verdammten Ring kaufe und vor dir auf die Knie gehe und dich frage, ob du den Rest deines Lebens mit mir verbringen willst? Willst du, dass ich dir sage, dass ich dich nie verlasse und dass wir zusammen alt werden und Kinder haben und glücklich sein werden bis ans Ende unserer Tage? Denn das kann ich nicht, und ich will es auch gar nicht!«, schreit er.

Ich wusste, dass er nicht gern über dieses Thema reden würde, aber ein kleiner Teil von mir hatte gehofft, dass er mir sagen würde, dass ich mich irre, dass er eine Zukunft mit mir sieht, auch wenn er sich keine Ehe vorstellen kann. Ich hatte gehofft, er würde zumindest darüber nachdenken oder mir das Gefühl geben, dass ich meine Zeit nicht verschwende.

Der Rest des Alkohols in meinem Blut drängt mich, ihm ins Gesicht zu schlagen oder zu weinen. Ich weine viel zu oft wegen ihm, das scheidet also aus, und ihm eine runterzuhauen bringt uns auch nicht weiter.

Ich dachte, wir wären weitergekommen, und er könnte mir mittlerweile zuhören, ohne mir einfach nur zum Spaß verletzende Dinge an den Kopf zu werfen. Offenbar habe ich mich geirrt.

»Ich wollte doch nur von dir hören, dass du darüber nachdenkst, dass eine kleine Chance auf eine gemeinsame Zukunft besteht. Ich wollte keinen Ring oder Antrag in absehbarer Zeit. Ich wollte nur von dir hören, dass du zumindest darüber nachdenkst, etwas für mich zu tun. Du weißt, dass ich mein Leben fest geplant hatte, Hardin, und du weißt, dass ich meine Pläne nach dir ausgerichtet und mich angepasst habe, viel stärker, als du es je für mich getan hast, und es ist einfach nicht mehr okay. Es gibt hier zwei, dich und mich, nicht nur dich«, sage ich mit aller Kraft, die ich aufbringen kann.

Er sagt nichts. Kein Wort. Er steht einfach nur da, eine Hand in der Tasche, die andere flach an der Seite. Das einzige Anzeichen eines Gefühls ist die Röte in seinen Wangen.

»Wie konnte dieser Abend so ausarten?«, stöhnt er.

Ich lache fast über seine Dreistigkeit. Er kapiert es einfach nicht.

»Dieses Gespräch war unausweichlich. Es ist nur zufällig heute aufgekommen.«

Zugegeben bin ich ziemlich stolz auf mich, weil ich nicht hysterisch weine und mich nicht einfach geschlagen gebe. Ich hätte noch ein, zwei Bier mehr trinken sollen, dann würde ich es ihm so richtig geben.

»Ich habe genug von dieser sinnlosen Unterhaltung. Wenn du mir weiter mit Heiraten in den Ohren liegen willst, kannst du genauso gut gehen. Ich bin, wie ich bin. Akzeptier es, oder lass es bleiben. Wenn dir das nicht passt, geh.«

Anstatt zu weinen oder ihm zu sagen, dass ich auch hier wohne, und er mich nicht einfach rauswerfen kann, betrete ich den Aufzug und fahre allein nach oben.

Es ist ihm also egal, ob ich hier bin. Jetzt bereue ich, dass ich es erwähnt habe. Es musste zwar sein, aber es lief nicht, wie ich wollte. Es schmerzt. Es schmerzt, dass ich ihm nicht so viel bedeute wie er mir, es schmerzt, dass er mich nicht genug liebt, um eine gemeinsame Zukunft auch nur in Betracht zu ziehen, und es schmerzt, dass ich so dumm war und geglaubt habe, er würde sich ändern. Doch er hat auch gesagt, er würde sich auf keine Beziehung einlassen, und dieser kleine … dumme Teil von mir hat geglaubt, dass ich seine Meinung zum Heiraten genauso ändern könnte.

Oben angekommen, warte ich ein paar Minuten, ob er nachkommt. Ich erwarte nicht, dass er sich entschuldigt, aber ich will ihn trotzdem gern sehen. Das ist die Wurzel meines Problems: dass ich trotz der schrecklichen Dinge, die er zu mir sagt, immer noch mit ihm im Bett liegen will.

Ich ziehe meinen Schlafanzug an, hole den E-Reader raus, lege mich aufs Sofa und warte auf ihn. Während ich langsam einnicke, begreife ich, dass er so schnell nicht kommen wird.

76

Hardin

Als ich nach Hause komme, schläft Tessa tief und fest auf der Couch.

Nachdem ich ihr eine Weile beim Schlafen zugesehen habe, hebe ich sie hoch und trage sie in unser Schlafzimmer. Sie hält sich an meinen Armen fest und legt den Kopf an meine Brust. Ich bette sie behutsam auf die Matratze und ziehe ihr die Decke bis ans Kinn. Dann küsse ich sie sanft auf die Stirn und will gerade gehen, um mich selbst bettfertig zu machen, als sie etwas sagt.

»Zed«, murmelt sie.

Hat sie gerade …? Ich starre sie an und versuche, die letzten drei Sekunden noch einmal in meinem Kopf abzuspielen. Sie hat doch nicht gerade …

»Zed.« Sie lächelt und dreht sich auf den Bauch.

Scheiße, was soll das?

Ich will sie wecken und zur Rede stellen, weil sie seinen Namen im Schlaf gesagt hat – zweimal. Aber da ist noch dieser paranoide Teil von mir, dem es jetzt verdammt noch mal reicht. Ich weiß, was sie sagen wird. Tessa wird sagen, dass ich mir keine Sorgen machen muss, dass sie und Zed nur Freunde sind, dass sie mich liebt. Vielleicht ist das wahr – aber sie hat gerade seinen Namen gesagt.

Seinen Namen nach unserem Streit aus ihrem Mund zu hören – das ist zu viel. Ich bin mir meiner Sache überhaupt nicht sicher, nicht so wie er, und Tessa ist sich offensichtlich auch nicht sicher. Sonst würde sie wohl kaum von Zed träumen.

Ich nehme Papier und Stift, schreibe ihr eine Nachricht, lege sie ihr auf die Kommode und laufe hinaus in die Nacht.

Ich biege Richtung Canal Street Tavern ab. Ich will nicht rein, falls Nate und die andern noch da sind, aber gleich um die Ecke ist ein Laden, in dem ich früher öfter getrunken habe. Wirklich großartig, dieses Washington, wo sich niemand für das Alter der College-Studenten interessiert.

In meinem Kopf warnt mich Tessa, nicht wieder zu trinken, nicht nach dem letzten Mal, aber das ist mir scheißegal. Ich brauche einen Drink. Als Nächstes höre ich die Stimmen von Zed und Landon. Warum glauben eigentlich alle, dass mich ihre Meinung interessiert?

Ich gehe nicht nach Seattle – Landon und sein beschissener Rat können mich mal. Nur weil er seiner Freundin nachrennt, muss ich das noch lange nicht tun. Ich weiß genau, wie das läuft: Ich packe meinen Kram und gehe mit nach Seattle, und zwei Monate später hat sie dann plötzlich genug von mir und verlässt mich. Seattle ist dann ihre Welt, nicht meine, aus der ich ganz leicht rausgekickt werden kann, genauso leicht, wie ich reingebracht wurde.

In der Bar läuft leise Musik, und es sind nicht viele Leute da. Eine Blondine steht hinter dem Tresen. Ich kenne sie, und sie sieht mich überrascht und interessiert an.

»Lange nicht gesehen, Hardin. Hast du mich vermisst?« Sie grinst und leckt sich die vollen Lippen. Sicher erinnert sie sich an unsere gemeinsamen Nächte.

»Ja, und jetzt gib mir was zu trinken«, antworte ich.

Tessa

Noch bevor ich die Augen öffne, spuken mir schon die Erinnerungen an den Streit mit Hardin durch den Kopf. Nervös gehe ich ins Wohnzimmer und erwarte, Hardin dort auf der Couch vorzufinden, doch er ist nicht da. Ich suche die Wohnung nach ihm ab, erfolglos. Er muss früh aufgewacht und vor mir gegangen sein. So merkwürdig es ist, ist mir dieser Gedanke lieber als die Alternative, dass er vielleicht gar nicht nach Hause gekommen ist. Ich habe nicht die Energie, mich hübsch zu machen, also schlüpfe ich einfach in ein WCU-Sweatshirt und Jeans. Fast möchte ich die Yogahose anziehen, nur um ihn zu ärgern, aber sie ist nirgends zu finden. Vermutlich hat er sie versteckt oder in seinen Kofferraum zu seinem endlosen Kleidungsvorrat gesteckt. Ich schaue noch einmal in die oberste Schublade meiner Kommode, und als ich sie schließe, flattert mir ein Zettel entgegen.

Bin mit meinem Dad beim Frühstück, steht in Hardins Handschrift drauf. Das überrascht mich.

Ich versuche, Hardin zu erreichen, doch er geht nicht ran. Ich schicke ihm eine SMS und mache mich auf den Weg, um Landon im Coffeeshop zu treffen.

Als ich reinkomme, sitzt Landon schon an einem Tisch und deutet auf zwei Kaffeebecher vor sich. »Ich habe dir einen mitgebracht«, sagt er lächelnd und hält mir einen Becher entgegen.

»Das ist lieb, danke.« Der bittersüße Geschmack des Kaffees weckt mich vollständig auf, aber dann werde ich nervös, weil Hardin noch nicht geantwortet hat.

»Schau uns an, wir sehen wie stinklangweilige College-Studenten aus«, witzelt Landon und deutet auf unsere WCU-Shirts. Wir tragen beide das Gleiche. Ich lache und trinke noch einen Schluck von dem herrlichen Kaffee.

»He, wo ist denn Hardin?«, grinst Landon. »Er hat dich heute gar nicht gebracht.«

Ich zucke die Schultern. »Ich weiß nicht. Er hat mir geschrieben, dass er sich früh mit seinem Dad zum Frühstück treffen wollte.«

Landon verharrt mitten im Trinken und sieht mich skeptisch an. »Im Ernst?« Aber dann nickt er und sagt: »Es gibt wohl immer wieder Überraschungen.«

Seine Reaktion bringt mich noch mehr ins Zweifeln. Hardin ist doch mit seinem Dad beim Frühstück. *Oder?*

Als Landon und ich zum Kurs aufbrechen und Hardin noch immer auf keine meiner Nachrichten geantwortet hat, wächst der Schmerz in meiner Brust.

Wir setzen uns, und Landon mustert mich. »Ist alles in Ordnung?«, fragt er.

Ich will schon antworten, da kommt Professor Soto herein.

»Guten Morgen allerseits, entschuldigen Sie die Verspätung, es war eine lange Nacht gestern.« Er lächelt, streift seine Lederjacke ab und wirft sie über die Rückenlehne seines Stuhls. »Ich hoffe, Sie haben sich alle die Zeit genommen, ein Tagebuch zu kaufen oder zu stehlen?«

Landon und ich schauen uns an und ziehen unsere Tagebücher heraus. Als ich mich umblicke, sind wir fast die Einzigen, die sich welche besorgt haben. Wieder einmal wundere ich mich, wie schlecht sich die Studenten vorbereiten.

Aber Professor Soto fährt unbeirrt fort und streicht sich geistesabwesend die Krawatte glatt. »Wenn nicht, nehmen Sie ein weißes Blatt, denn wir werden die erste Hälfte der Stunde für den ersten Tagebucheintrag verwenden. Ich habe noch nicht entschieden, wie viele es genau werden, aber wie schon gesagt, wird das Tagebuch den größten Anteil Ihrer Note ausmachen, Sie sollten sich also zumindest ein wenig Mühe geben.« Er grinst, setzt sich auf den Stuhl und legt die Füße auf den Tisch. »Ich möchte gerne wissen, was Sie über das Thema Glauben denken. Was bedeutet er ihnen? Hier gibt es keine falsche Antwort, und Ihre Konfession spielt keine Rolle. Sie können die Frage in viele verschiedene Richtungen auslegen – glauben Sie selbst an eine höhere Macht? Meinen Sie, dass Glaube ein Gewinn für das menschliche Leben ist? Vielleicht verstehen Sie etwas ganz anderes unter Glauben – hat es Einfluss auf Ereignisse, wenn man glaubt? Ändert es etwas, wenn Sie daran glauben, dass Ihr untreuer Partner aufhört, Sie zu betrügen? Ist man ein besserer Mensch, wenn man an Gott glaubt … oder an viele Götter? Schreiben Sie, was Ihnen zum Thema Glaube einfällt, schreiben Sie irgendetwas«, sagt er.

In meinem Kopf überschlagen sich die Ideen. Als Kind bin ich immer zur Kirche gegangen, aber ich muss gestehen, dass meine Beziehung zu Gott nicht immer die stärkste war. Jedes Mal, wenn ich den Stift auf der ersten Seite in meinem Tagebuch ansetzen will, muss ich an Hardin denken. *Warum lässt er nichts von sich hören? Er ruft doch sonst immer an. Er hat mir eine Nachricht geschrieben, also weiß ich, dass ihm nichts zugestoßen ist – aber wo steckt er? Wann meldet er sich?*

Da ich schon mehrfach getextet habe und er nicht antwortet, wächst meine Panik. Er hat sich doch so sehr verändert, positiv verändert.

Glaube. Habe ich zu sehr an Hardin geglaubt? Wird er sich ändern, wenn ich weiter an ihn glaube?

Ehe ich mich versehe, habe ich drei Seiten gefüllt. Das meiste ist direkt aus meinem Inneren auf das Papier geflossen, ohne dass mein Herz oder mein Kopf daran beteiligt waren. Irgendwie ist es befreiend, über meinen Glauben an Hardin zu schreiben. Professor Soto beendet die Stunde, und ich frage Landon, was er geschrieben hat. Er hat sich entschieden, über den Glauben an sich und seine Zukunft zu schreiben. Ich habe ohne nachzudenken über Hardin geschrieben. Ich weiß selbst nicht so genau, was ich davon halten soll.

Der Rest des Tages schleppt sich träge dahin, da ich nichts von Hardin höre. Bis eins habe ich noch dreimal bei ihm angerufen und ihm achtmal geschrieben – nichts. Ich fühle mich schlecht deswegen – besonders, weil ich gerade über Glaube und meine Gefühle für ihn geschrieben habe –, aber mein erster Gedanke ist, dass er hoffentlich nichts tut, was uns schadet.

Mein zweiter Gedanke gilt Molly. Schon lustig, wie sie mir immer in den Kopf kommt, wenn Probleme auftauchen. Na ja, nicht lustig, aber hartnäckig. Sie spukt wie ein Gespenst in meinem Kopf herum, obwohl ich weiß, dass er mich nie betrügen würde.

78

Hardin

»Noch einen Kaffee?«, fragt sie. »Das hilft gegen den Kater.«

»Nein, ich weiß, wie man einen Kater loswird. Es ist nicht mein erster«, knurre ich.

Carly rollt mit den Augen. »Sei kein Arschloch. War nur eine Frage.«

»Sei still.« Ich reibe meine Schläfen. Ihre Stimme nervt höllisch.

»Charmant wie eh und je.« Sie lacht und lässt mich in ihrer kleinen Küche allein.

Es ist dumm, dass ich hier bin, aber ich hatte keine Wahl. Okay, ich hatte eine, ich will mir nur nicht meine Überreaktion eingestehen. Ich war ungerecht gegenüber Tessa und habe ein paar ziemlich beschissene Dinge gesagt, und jetzt sitze ich hier in Carlys Küche und trinke verdammten Kaffee.

»Soll ich dich zu deinem Auto fahren?«, ruft sie aus dem Nebenzimmer.

»Ja«, antworte ich, und sie kommt im BH in die Küche.

»Du hattest Glück, dass ich dich in deinem Zustand mitgenommen habe. Aber mein Freund kommt bald, wir müssen gehen.« Sie zieht sich ein Shirt über.

»Du hast einen Freund? Wie süß.« Es wird immer besser.

Sie verdreht die Augen. »Ja, habe ich. Es überrascht dich vielleicht, dass nicht jeder nur unverbindlich rumvögeln will.«

Fast erzähle ich ihr von Tessa, aber das geht sie nichts an. »Ich muss noch pissen«, erkläre ich und gehe Richtung Bad.

Mein Kopf wummert, und ich ärgere mich, dass ich hergekommen bin. Ich sollte zu Hause sein … okay, auf dem Campus. Mein Handy vibriert auf dem Tresen, und ich wirble herum.

»Geh da bloß nicht dran!«, knurre ich Carly an, und sie tritt einen Schritt zurück.

»Tu ich doch gar nicht. Mann, letzte Nacht warst du nicht so ein Arsch«, bemerkt sie, aber ich ignoriere sie.

Ich folge Carly zu ihrem Auto, mein Kopf pulsiert mit jedem Schritt auf dem Asphalt. Ich hätte nicht so viel trinken sollen. Ich hätte überhaupt nicht trinken sollen. Ich schiele zu Carly rüber, als sie ihr Fenster herunterlässt und sich eine Zigarette ansteckt.

Was habe ich nur an ihr gefunden? Sie schnallt sich nicht an. Sie schminkt sich an Ampeln. Tessa ist so anders als sie, anders als alle Mädchen, mit denen ich je etwas zu tun hatte.

Auf dem Weg zurück zu der Bar, in der ich mich gestern abgeschossen habe, lese ich immer wieder die Nachrichten von Tessa auf meinem Handy. So ein Mist – sie macht sich wahrscheinlich ernsthafte Sorgen. Ich bin zu benebelt, um mir eine gute Entschuldigung auszudenken, also texte ich einfach: Bin im Auto eingeschlafen. Gestern zu viel mit Landon getrunken. Bin bald zu Hause.

Irgendetwas stimmt nicht, ich zögere. Aber mein Hirn ist zu matschig, also drücke ich einfach auf *Senden* und beobachte auf dem Display, ob sie antwortet. Nichts.

Tja, ich kann ihr nicht von dieser Nacht erzählen, und schon gar nicht, dass ich bei Carly übernachtet habe. Sie wird mir nie verzeihen, sie wird mich nicht mal ausreden lassen. Das weiß ich jetzt schon. Ich merke, dass sie meine Geschichten langsam leid ist. Ich weiß es.

Leider habe ich keine Ahnung, was ich dagegen tun kann.

Carly unterbricht mein Grübeln, indem sie fluchend auf die

Bremse tritt. »Scheiße. Wir müssen außen rum – da vorne hat es einen Unfall gegeben«, sagt sie und deutet auf Autos, die uns den Weg versperren.

Ich blicke auf und sehe einen Mann mittleren Alters mit den Händen in der Tasche, der mit einem Polizisten redet. Er deutet auf ein weißes Auto, das aussieht wie … wie …

Mich trifft der Schlag. »Halt an«, schreie ich.

»Was? Himmel, Hard…«

»Ich sagte, *halt verdammt noch mal an!*« Ohne nachzudenken, öffne ich die Tür und renne zur Unfallstelle. »Wo ist der andere Fahrer?«, frage ich den Polizeibeamten wütend und sehe mich um.

Das weiße Auto ist vorne stark verbeult, und dann sehe ich den Ausweis für den WCU-Parkplatz, der am Rückspiegel hängt. *Scheiße.* Ein Krankenwagen parkt neben dem Polizeiauto. *Scheiße.*

Wenn ihr etwas zugestoßen ist … wenn sie verletzt ist …

»Wo ist die Fahrerin? *Antwortet* mir mal endlich jemand!«, brülle ich los.

Der Polizist blickt extrem genervt, aber der andere Fahrer erkennt meine Not und sagt ruhig: »Da« und deutet auf den Krankenwagen.

Mein Herz bleibt stehen.

Wie betäubt laufe ich auf den Krankenwagen zu, die Türen sind offen … und Tessa sitzt auf der hinteren Stoßstange, einen Eisbeutel an der Wange.

Gott sei Dank. Gott sei Dank ist er nur klein.

Ich laufe auf sie zu, und die Worte sprudeln nur so aus mir heraus. »Was ist passiert? Bist du verletzt?«

Erleichtert sieht sie mich an. »Ich hatte einen Unfall.« Über ihrem Auge ist ein kleines Pflaster, und ihre Lippe ist geschwollen und seitlich aufgeplatzt.

»Können Sie mal kurz verschwinden?«, herrsche ich die junge Sanitäterin an, die in der Nähe steht.

Die Sanitäterin nickt und zieht sich zurück. Ich greife nach Tessas

Eisbeutel und schiebe ihn zur Seite. Darunter kommt eine Beule in der Größe eines Golfballs zum Vorschein. Ihre Wangen sind tränenverschmiert und die Augen verschwollen und rot. Ich sehe schon jetzt, wie sich unter ihrer zarten Haut ein blaues Auge bildet.

»Scheiße – bist du okay? War es seine Schuld?« Ich drehe mich um und suche nach dem Arschloch von eben.

»Nein, ich bin ihm reingefahren«, sagt sie und rückt den Eisbeutel mit einem Stöhnen in die alte Position. Dann verschwindet der erleichterte Ausdruck. Sie sieht mich an. »Wo warst du den ganzen Tag?«

»Was?« Ich bin verwirrt durch den Kater und den Schock, sie so zu sehen.

Mit kühlem Blick wiederholt sie: »Ich sagte, ›Hardin, wo warst du den ganzen Tag?‹«

Ich wache auf. *Scheiße.*

Und gerade, als ich mir eine Ausrede einfallen lassen will, kommt Carly an und gibt mir einen Klaps auf den Hintern. »Nun, mein übel gelaunter Freund, kann ich gehen? Von hier aus kannst du zu deinem Auto laufen, oder? Ich muss wieder nach Hause.«

Tessas Augen weiten sich. »Wer bist *du?*«

Scheiße, Scheiße, Scheiße. Bitte nicht das. Nicht jetzt.

Carly lächelt und nickt Tessa zu. »Ich bin Carly, eine Freundin von Hardin. Tut mir leid mit deinem Unfall.« Dann schaut sie mich an. »Kann ich jetzt gehen?«

»Tschüss, Carly«, knurre ich.

»Warte«, sagt Tessa. »War er letzte Nacht bei dir zu Hause?«

Ich versuche, ihren Blick auf mich zu lenken, aber Tessa schaut nur Carly an, die sagt: »Ja, ich wollte ihn gerade zu seinem Auto fahren.«

»Zu seinem Auto? Wo steht es denn?«, fragt Tessa, und ihre Stimme zittert.

»*Tschüss,* Carly«, sage ich erneut und sehe sie wütend an.

Tessa steht auf, und ihre Knie knicken leicht ein. »Nein – sag mir, wo sein Auto steht.«

Ich will sie an den Ellbogen zurückhalten, aber sie stößt mich von sich und wimmert dabei vor Schmerz. »Rühr mich nicht an«, presst sie zwischen den Zähnen hervor.

»Carly. Wo ist sein Auto?«, fragt Tessa erneut.

Carly hebt die Hände und sieht abwechselnd Tessa und mich an. »An der Bar, in der ich arbeite. Okay, ich gehe jetzt«, sagt sie und schlendert davon.

»Tess …«, flehe ich. *Himmel, warum bin ich so ein Versager?*

»Verschwinde«, antwortet sie. Ihre Wange wölbt sich leicht nach innen. Ich weiß, dass sie draufbeißt, um nicht zu weinen. Jetzt, wo sie hier steht, in die Ferne blickt und versucht, unbeteiligt auszusehen, sehne ich mich nach der Zeit, in der sie ständig geweint hat.

»Tessa, wir haben …«, fange ich an, aber meine Stimme bricht. Diesmal bin ich es, der von Gefühlen überwältigt wird, und zur Abwechslung ist es mir egal. Der Schock, ihr verbeultes Auto zu sehen, sitzt mir noch immer in den Knochen, und im Moment will ich sie einfach nur im Arm halten.

Sie schaut mich immer noch nicht an. »Geh. Jetzt. Oder ich hole den Polizisten.«

»Die sind mir doch scheißegal …«

Sie schaut mich wutentbrannt an. »Nein! Ich will nichts mehr von dir hören! Ich weiß nicht, was gestern Nacht passiert ist, aber ich wusste den ganzen Vormittag lang – ich *wusste* es –, dass du bei jemand anderem warst. Ich habe nur krampfhaft versucht, es nicht zu glauben.«

»Wir kriegen das wieder hin«, flehe ich. »Wir haben es noch jedes Mal geschafft.«

»Hardin! *Siehst* du denn nicht, dass ich gerade einen Unfall hatte?«, schreit sie und fängt an zu weinen, sodass die Sanitäterin zurückkommt. »Aber vielleicht kapierst du es wirklich nicht, weil du in deiner eigenen, total verdrehten Welt lebst. Gestern Nacht schreibst du, du triffst dich zum Frühstück mit deinem Dad, *dann* textest du, dass du im Auto eingeschlafen bist, weil du dich mit Landon betrunken hast. Mit *Landon!* Hältst du mich für so dämlich, dass ich dir alles glaube – sogar, wenn du dir widersprichst?« Sie sieht mich wütend an. »Aber natürlich, du steckst voller Widersprüche, vielleicht glaubst du deshalb, der Rest der Welt wäre genauso.«

Ich erkenne, wie dumm ich war, und kann nichts sagen. Ich bin so dumm, so unglaublich dumm. Und nicht nur, weil ich mich in meinen Geschichten verstrickt habe.

In diesem Moment berührt die Sanitäterin Tessa an der Schulter und fragt: »Ist alles okay bei Ihnen? Wir müssen Sie ins Krankenhaus bringen, nur um alles zu überprüfen.«

Sie wischt sich die Tränen von den Wangen, sieht mir fest in die Augen und sagt. »Ja, ich bin bereit. Bereit zu gehen.«

79

Hardin

Ich mache mir das vierte Bier auf und lasse den Kronkorken auf der glänzenden Holzoberfläche des Couchtisches kreiseln. Wann kommt sie? Kommt sie überhaupt?

Vielleicht sollte ich ihr texten, dass ich *tatsächlich* mit Carly geschlafen habe, nur um unserem Elend ein Ende zu setzen.

Ein lautes Klopfen an der Tür reißt mich aus meinen Überlegungen.

Na dann los. Ich hoffe, sie ist allein. Ich trinke noch einen Schluck Bier und gehe zur Tür. Aus dem Klopfen wird schnell ein Hämmern, und als ich die Tür aufreiße, steht Landon davor. Bevor ich reagieren kann, packt er mein T-Shirt und stößt mich gegen die Wand.

Was geht denn jetzt ab? Er ist viel stärker als erwartet, und sein Angriff überrumpelt mich.

»Was bist du nur für ein Penner!«, brüllt er.

Ich wusste gar nicht, dass er so laut werden kann.

»Lass los, verdammt!« Ich wehre mich, doch er bewegt sich nicht. Scheiße, er ist stark.

Er lässt los, und einen Moment lang denke ich, er schlägt gleich zu, aber er tut es nicht. »Ich weiß, dass du mit einem anderen Mädchen geschlafen hast und sie deshalb ihr Auto zu Schrott gefahren hat!« Er kommt schon wieder auf mich zu.

»Schrei nicht so rum«, fahre ich ihn an.

»Ich habe keine Angst vor dir«, presst er zwischen den Zähnen hindurch.

Der Alkohol reizt mich, obwohl ich mich schämen sollte. »Ich habe dich schon einmal verprügelt, weißt du noch?«, frage ich und setze mich auf die Couch.

Landon folgt mir. »Damals war ich nicht so wütend auf dich.« Er hebt das Kinn. »Du kannst sie nicht einfach immer wieder verletzen!«

Ich winke ab. »Ich habe nicht mit diesem Mädchen geschlafen. Ich habe nur bei ihr übernachtet, also kümmere dich um deinen eigenen Kram.«

»Oh, wow! Du trinkst, war ja klar!« Er deutet auf die Flaschen auf dem Tisch und in meiner Hand. »Tessa hat deinetwegen Prellungen und eine Gehirnerschütterung, und du sitzt hier und lässt dich volllaufen. Du bist so ein Wichser!«, brüllt er.

»Es war nicht meine verdammte Schuld, und ich habe versucht, mit ihr zu reden!«

»Doch, es *war* deine Schuld! Es war deine bescheuerte Nachricht, die sie lesen wollte, als sie dem anderen reingefahren ist. Eine Nachricht, die sie sofort als Lüge erkannt hat, sollte ich hinzufügen.«

Mir bleibt die Luft weg. »Wovon redest du?«, krächze ich.

»Sie hat den ganzen Tag so fieberhaft auf eine Nachricht von dir gewartet, dass sie nach dem Handy gegriffen hat, sobald sie deinen Namen sah.«

Es ist meine Schuld. Warum habe ich das nicht erkannt? Ich habe ihr diese Verletzungen zugefügt. Ich habe ihr wehgetan.

Landon starrt mich an. »Sie ist fertig mit dir – das ist dir klar, oder?«

Ich schaue zu ihm auf und bin auf einmal sehr müde. »Ja, ich weiß.« Ich greife nach dem Bier. »Geh einfach.«

Aber er reißt mir die Flasche aus der Hand und geht in die Küche.

»Du legst es wirklich drauf an«, warne ich ihn und springe auf.

»Du verhältst dich wie ein Arschloch. Du lötest dich zu, während Tessa im Krankenhaus liegt, und es ist dir total egal!«, schreit er.

»Hör auf, mich anzuschreien! Fuck!« Ich fahre mir durchs Haar. »Es ist mir überhaupt nicht egal. Aber sie wird mir ohnehin nicht glauben!«

»Kannst du ihr das verübeln? Du hättest einfach nach Hause kommen sollen, oder wie wäre es mit: Gar nicht erst weggehen?«, fragt er und schüttet mein Bier in den Ausguss. »Wie kann man nur so herzlos sein? Sie liebt dich so sehr.« Er geht zum Kühlschrank und gibt mir eine Flasche Wasser.

»Ich bin nicht herzlos. Ich habe es nur satt, dass immer irgendein Scheiß passiert. Du hast doch die ganze Zeit von deinem perfekten Liebesleben und den Opfern erzählt, die du bringst, bla, bla, bla. Und dann sagt Tess seinen verdammten Namen.« Ich lege den Kopf in den Nacken und starre zur Decke.

»Wessen Namen?«, fragt Landon.

»Zed. Sie hat im Schlaf Zed gesagt. Klar und deutlich, als wäre sie lieber bei ihm statt bei mir.«

»Im Schlaf?« Ich höre den Sarkasmus in seiner Stimme.

»Ja. Im Schlaf oder nicht, sie hat Zed gesagt statt Hardin.«

Er verdreht die Augen. »Dir ist klar, wie albern das ist, oder? Tessa murmelt im Schlaf Zed, und deshalb lässt du dich volllaufen? Du machst einen Riesenwirbel ohne jeden Grund.«

Die Wasserflasche knackt und verformt sich in meinem Griff.

»Du hast ja keine …«, fange ich an, aber dann höre ich den Schlüssel im Schloss und wie die Wohnungstür aufgeht.

Ich drehe mich um, als sie durch die Tür kommt. *Tessa.*

… und Zed. Zed neben ihr.

Blind vor Wut stehe ich auf und gehe auf sie zu. »Scheiße, was soll das?«, brülle ich.

Tessa weicht einen Schritt zurück, stolpert gegen die Wand und fängt sich. »Hardin, stopp!«, schreit sie mich an.

»Nein! Vergiss es! Ich habe es satt, dass du jedes Mal hier aufkreuzt, wenn es Probleme gibt!« Ich schubse Zed gegen die Brust.

»Hör auf!«, schreit Tessa noch einmal. »Bitte«, sagt sie, dann fällt ihr Blick auf Landon. »Was machst du hier?«

»Ich … bin gekommen, um mit ihm zu reden.«

Ich nicke sarkastisch. »In *Wirklichkeit* wollte er sich mit mir prügeln.«

Tessa fallen beinahe die Augen aus dem Kopf. »Was?«

»Erzähle ich dir später«, sagt Landon.

Zed atmet schwer und sieht sie an. Wie konnte sie ihn herbringen, nach allem, was passiert ist? Aber natürlich rennt sie zu ihm. Dem Mann ihrer *Träume*.

Tessa wendet sich an Zed und legt ihm sanft die Hand auf die Schulter. »Danke fürs Fahren, Zed, das war wirklich lieb, aber es ist wahrscheinlich besser, wenn du jetzt gehst.«

Er beäugt mich. »Bist du sicher?«, fragt er.

»Ja, bin ich. Vielen Dank. Landon ist hier, und heute Abend gehe ich zu seinen Eltern.«

Zed nickt – *als hätte er hier irgendetwas zu sagen!* –, dann dreht er sich um und geht. Tessa schließt die Tür hinter ihm.

Als sich Tessa mit finsterer Miene zu mir umdreht, kann ich meine Wut kaum beherrschen. »Ich hole meine Klamotten.« Sie geht ins Schlafzimmer.

Natürlich folge ich ihr.

»Warum lässt du dich von ihm nach Hause fahren?«, rufe ich hinter ihr.

»Warum hast du dich mit dieser Carly betrunken? Ach ja, vermutlich hast du darüber geklagt, wie *unersättlich* und *anspruchsvoll* deine Freundin ist«, keift sie.

»Ach ja, lass mich raten, wie schnell du dich bei Zed darüber ausgeheult hast, wie schwer es mit mir ist«, knurre ich zurück.

»Nein! Ich habe ihm gar nichts gesagt. Aber ich bin sicher, er weiß es schon.«

»Darf ich meine Sicht vielleicht auch schildern?«, frage ich.

»Klar«, meint sie und versucht, ihren Koffer aus dem obersten Fach im Schrank zu holen. Ich will ihr helfen.

»Geh weg«, keift sie. Offensichtlich hat sie genug von mir.

Ich trete zurück und lasse sie den Koffer runterholen. »Ich hätte gestern Nacht nicht gehen sollen«, fange ich an.

»Ach *wirklich*«, sagt sie in beißendem Ton.

»Ja, wirklich. Ich hätte nicht gehen sollen, und ich hätte nicht so viel trinken sollen – aber ich habe dich nicht betrogen. Das würde ich nicht tun. Ich habe nur bei ihr übernachtet, weil ich zu betrunken war, um zu fahren – das ist alles«, erkläre ich.

Sie verschränkt die Arme und nimmt die typische Pose der wütenden Freundin ein. »Und wozu dann die Lügen?«

»Ich weiß auch nicht … weil ich wusste, dass du es mir nicht glauben würdest.«

»Tja, Leute, die fremdgehen, geben das meistens nicht zu.«

»Ich habe dich nicht betrogen«, sage ich. Sie seufzt, offensichtlich ist sie nicht überzeugt.

»Es fällt wirklich schwer, dir zu glauben, wenn du die ganze Zeit so dreist lügst. Diesmal ist es nicht anders.«

»Ich weiß. Es tut mir leid, dass ich vorher gelogen habe, alles tut mir leid, aber ich würde dich nicht betrügen.« Ich strecke die Arme in die Luft.

Sie packt säuberlich ein gefaltetes Top in ihren Koffer. »Wie gesagt, wer fremdgeht, gibt es meistens nicht zu. Wenn du nichts zu verstecken hättest, hättest du nicht gelogen.«

»Es ist doch nicht so schlimm, ich hatte nichts mit ihr«, verteidige ich mich, während sie das nächste Kleidungsstück in den Koffer legt.

»Und was wäre, wenn ich mich betrinken und dann bei Zed übernachten würde? Was würdest du dann tun?«, fragt sie, und die Vorstellung bringt mich fast um den Verstand.

»Ich würde ihn verdammt noch mal umbringen.«

»Dann ist es also nicht so schlimm, wenn du es tust, aber schon, wenn ich es machen würde?«, entlarvt sie meine Doppelmoral. »Aber all das ist egal – du hast ja deutlich gesagt, dass ich ohnehin nur vorübergehend an deinem Leben teilhabe«, erklärt Tessa. Sie läuft aus dem Schlafzimmer ins Bad, um ihre Kosmetik einzusammeln. Sie will wirklich mit Landon zu meinem Vater gehen. So ein Blödsinn. Warum vorübergehend, wie kommt sie darauf? Vermutlich weil ich gestern so viel Scheiß zu ihr gesagt habe und heute so wortkarg bin.

»Du weißt, dass ich nicht so einfach aufgeben werde«, sage ich, als sie den Reißverschluss an ihrem Koffer zuzieht.

»Also, ich gehe.«

»Warum? Du weißt, dass du zurückkommst.« Aus mir spricht die Wut.

»Genau deswegen gehe ich«, sagt sie mit zittriger Stimme, nimmt ihren Koffer und geht ohne einen Blick zurück aus dem Schlafzimmer.

Als ich die Wohnungstür zuschlagen höre, lehne ich mich mit dem Rücken an die Wand und lasse mich zu Boden gleiten.

80

Tessa

Neun Tage. Neun Tage sind vergangen ohne ein einziges Wort von Hardin. Ich hätte nicht gedacht, dass ich auch nur einen Tag überstehe, ohne mit ihm zu reden, geschweige denn neun. Es kommt mir vor, als wären es hundert, ganz ehrlich, obwohl es tatsächlich mit jeder Stunde etwas weniger schmerzt. Es war nicht leicht, ganz und gar nicht. Ken hat Mr. Vance angerufen und gefragt, ob ich den Rest der Woche zu Hause bleiben könnte, wobei ich ohnehin nur einen Tag verpasst habe.

Mir ist bewusst, dass ich es war, die gegangen ist und ihn stehen gelassen hat, trotzdem tut es weh, dass er nicht einmal versucht hat, mit mir Verbindung aufzunehmen. Ich habe immer mehr in die Beziehung investiert als er. Das hier war seine Chance, mir zu zeigen, was er wirklich empfindet. Ich schätze, in gewisser Weise tut er das – leider scheint er das Gegenteil von dem zu empfinden, was ich so sehnlich wollte. Und brauche.

Ich weiß, dass Hardin mich liebt. Aber ich weiß auch: Würde er mich so lieben, wie ich dachte, hätte er sich mittlerweile die Mühe gemacht, es mir zu zeigen. Er sagte, er würde nicht so einfach aufgeben, doch genau das hat er getan. Er hat mich aufgegeben. Am meisten beunruhigt mich, dass ich die erste Woche vollkommen orientierungslos durch die Gegend gelaufen bin. Ohne Hardin war ich verloren. Verloren ohne seine witzigen Kommentare, ohne seine bissigen Bemerkungen. Verloren ohne seine Bestärkung und sein Selbstbewusstsein. Verloren ohne die Art, wie er manchmal Kreise auf meiner Hand zeichnet, wenn er sie hält, wie er mich ganz ohne Grund küsst und mich anlächelt, wenn er meint, ich würde nicht hinsehen. Ich will nicht verloren sein ohne ihn. Ich möchte stark sein. Ich möchte, dass meine Tage und Nächte gleich sind, egal, ob ich allein bin oder nicht. In mir wächst der Verdacht, dass ich vielleicht immer allein sein werde, so tragisch dieser Gedanke jetzt auch erscheint. Mit Noah war ich nicht glücklich, doch mit Hardin hat es nicht funktioniert. Vielleicht bin ich in dieser Hinsicht wie meine Mutter. Vielleicht geht es mir allein besser.

Ich wollte nicht, dass es auf diese Weise endet, so Knall auf Fall. Ich wollte über alles reden. Ich wollte, dass er meine Anrufe beantwortet und wir zu einer Übereinkunft kommen. Ich habe nur etwas Abstand gebraucht, eine Pause von ihm, um ihm zu zeigen, dass er nicht einfach auf mir rumtrampeln kann. Der Schuss ist nach hinten losgegangen, weil ich ihm offensichtlich nicht so viel bedeute, wie ich dachte. Vielleicht war es auch sein Plan, vielleicht wollte er mich dazu bringen, Schluss zu machen. Ich kenne ein paar Mädchen, die sich auf diese Weise von ihren Freunden getrennt haben.

Am ersten Tag habe ich einen Anruf erwartet, oder dass er mir schreibt. Eigentlich dachte ich sogar, dass Hardin ins Haus stürmen, herumbrüllen und ein Drama abziehen würde, während seine Familie und ich schweigend im Wohnzimmer säßen und niemand so recht wüsste, was er sagen sollte. Aber das ist nicht passiert, und ich bin zusammengebrochen. Ich meine nicht schluchzend und voller Selbstmitleid. Ich meine innerlich. Ich habe jede Sekunde in der Erwartung gelebt, dass Hardin zurückkommt und um Vergebung bittet. An diesem Tag wäre ich fast eingeknickt. Fast wäre ich zurück zu unserer Wohnung gefahren. Ich stand kurz davor, ihm zu sagen, zum Teufel mit der Ehe, es ist mir egal, ob er mich jeden Tag belügt und keinen Respekt vor mir hat, solange er mich nur niemals verlässt. Zum Glück war das irgendwann vorbei, und ich konnte wieder etwas Selbstachtung gewinnen.

Der dritte Tag war der schlimmste. Am dritten Tag habe ich es schließlich begriffen. Am dritten Tag habe ich auch wieder gesprochen, nach drei Tagen Schweigen, in denen ich immer nur ein einfaches Ja oder Nein gemurmelt hatte, wenn Karen und Landon versucht haben, mich in ein Gespräch zu verwickeln. Die einzigen Laute, die ich tatsächlich hervorbrachte, waren ein ersticktes Schluchzen und eine tränenreiche wirre Erklärung, warum mein Leben ohne ihn besser und leichter wäre, und die habe ich nicht mal selbst geglaubt. Am dritten Tag habe ich schließlich in den Spiegel geschaut und mein zerschrammtes Gesicht betrachtet, die Augen so verquollen, dass ich sie kaum aufbekam. Am dritten Tag bin ich zu Boden gesunken und habe Gott angefleht, mich von dem Schmerz zu erlösen. Niemand erträgt solchen Schmerz, habe ich gesagt. Nicht einmal ich. Am dritten Tag habe ich ihn angerufen, ich konnte nicht anders. Ich habe mir gesagt, wenn er drangeht, finden wir eine Lösung, dann schließen wir einen Kompromiss, entschuldigen uns beide ausführlich und versprechen einander, uns nie mehr zu verlassen. Stattdessen landete ich nach zweimal Tuten auf der Mailbox – das Zeichen, dass er den Anruf abgelehnt hatte.

Am vierten Tag hatte ich einen Hänger und rief noch einmal an. Diesmal war er so höflich, es klingeln zu lassen, bis ich automatisch zur Mailbox weitergeleitet wurde, statt auf »Ablehnen« zu drücken. Am vierten Tag wurde mir langsam bewusst, wie viel mehr ich für ihn empfinde als er für mich. Den vierten Tag verbrachte ich vollständig im Bett und dachte über die wenigen Gelegenheiten nach, bei denen er mir seine Gefühle gestanden hat. Mir wurde langsam bewusst, dass der größte Teil unserer Beziehung und seiner Liebe, so wie ich sie mir vorstellte, eben nur in meinem Kopf existierte.

Und während ich dachte, wir könnten es schaffen und für immer zusammenbleiben, dachte er überhaupt nicht an mich.

Das war der Tag, an dem ich ein normaler Teenager wurde und mir von Landon zeigen ließ, wie man sich Musik aufs Handy lädt. Als ich einmal damit angefangen hatte, konnte ich nicht mehr aufhören. Ich lud mir über hundert Songs herunter, steckte mir Stöpsel in die Ohren und nahm sie in den nächsten vierundzwanzig Stunden kaum mehr raus. Die Musik hilft mir sehr. Vom Schmerz anderer Leute zu hören, erinnert mich daran, dass ich nicht die Einzige bin, die leidet. Es gibt noch andere Leute auf dieser Welt, deren Liebe nicht erwidert wird und deren Geliebter nicht um sie kämpft.

Am fünften Tag habe ich schließlich geduscht und wieder angefangen, meine Kurse zu besuchen. Ich bin zum Yoga gegangen, in der Hoffnung, dass ich mit der Erinnerung zurechtkomme, die es wecken würde. Es war ein merkwürdiges Gefühl zwischen all den gut gelaunten Studenten. Ich hoffte mit aller Kraft, dass ich Hardin nicht auf dem Campus begegne. Ich war über das Stadium hinweg, in dem ich von ihm angerufen werden wollte. An diesem Morgen gelang es mir, die Hälfte von meinem Kaffee zu trinken, und Landon meinte, dass ich wieder etwas Farbe hätte. Niemand schien mich zu bemerken, und genau so wollte ich es haben.

Professor Soto stellte uns die Aufgabe, unsere größten Ängste im Leben niederzuschreiben, und was sie mit Glauben und Gott zu tun haben. »Haben Sie Angst vor dem Tod?«, fragte er uns. *Bin ich denn nicht schon tot?*, antwortete ich im Stillen.

Der sechste Tag war ein Dienstag. Ich begann wieder in Sätzen zu sprechen, abgehackten Sätzen, die meistens nichts mit dem jeweiligen Thema zu tun hatten, aber niemand sagte etwas. Ich ging wieder zu Vance. Kimberly konnte mir die erste Hälfte des Tages nicht in die Augen sehen, aber schließlich versuchte sie, mich in ein Gespräch zu verwickeln, zu dem ich mich jedoch nicht überwinden konnte. Sie sagte etwas von einer Dinnerparty, und ich nahm mir vor, sie noch einmal darauf anzusprechen, wenn ich wieder klar denken kann. Den Tag verbrachte ich damit, auf die erste Seite eines Manuskripts zu starren, von dem ich nichts aufnehmen konnte, egal, wie oft ich es las. An diesem Tag aß ich wieder, mehr als nur Reis oder eine Banane wie in den Tagen davor. Karen machte einen Schinken im Ofen – Ich weiß es nur, weil es mich daran erinnerte, dass sie ihn zu Beginn einmal für Hardin und mich gemacht hat. Die Erinnerung an diesen Abend, das Bild, wie er neben mir sitzt und unter dem Tisch meine Hand hält, warf mich zurück in meine Qual und Trauer, und ich verbrachte die Nacht im Bad, wo ich das bisschen, das ich gegessen hatte, wieder hochwürgte.

Als sich der siebte Tag dahinschleppte, stellte ich mir vor, was wäre, wenn ich diesen Schmerz nicht mehr ertragen müsste. Was, wenn ich einfach verschwände? Der Gedanke erschreckte mich – nicht wegen meines Todes, sondern weil ich zu diesen finsteren Gedanken fähig war. Der Gedanke riss mich aus der Abwärtsspirale und brachte mich zurück in die Realität, so weit ich sie ertrug. Ich wechselte mein Shirt und schwor mir, nie mehr einen Fuß in Hardins Zimmer zu setzen, komme, was da wolle. Ich fing an, nach bezahlbaren Wohnungen in der Nähe von Vance zu suchen, und nach Online-Kursen an der WCU. Aber die Uni macht mir zu viel Spaß, ich will mich nicht abschotten und nur Online-Kurse belegen, also habe ich mich letztlich dagegen entschieden. Dafür habe ich ein paar Wohnungen entdeckt, die man sich anschauen könnte.

Am achten Tag habe ich gelächelt, kurz, aber alle haben es bemerkt. Am achten Tag habe ich mir zum ersten Mal wieder einen Kaffee und einen Donut genommen, als ich bei Vance ankam. Er kam nicht wieder hoch, und ich holte mir sogar einen zweiten. Ich begegnete Trevor, und er meinte, ich sähe wunderbar aus, trotz zerknitterter Kleidung und Augenringen. Der achte Tag war der Wendepunkt, der achte Tag war der erste, den ich nur zur Hälfte damit verbrachte, mir zu wünschen, es wäre anders zwischen uns gelaufen. Ich hörte Ken und Karen über Hardins Geburtstag reden, der in ein paar Tagen ist, und empfand zu meiner Überraschung nur ein leichtes Ziehen in der Brust, als sein Name fiel.

Heute ist der neunte Tag.

»Ich bin schon mal unten«, ruft Landon durch die Tür »meines« Zimmers.

Bisher wurde mit keinem Wort erwähnt, dass ich wieder gehe oder wohin ich dann ziehe. Dafür bin ich dankbar, trotzdem weiß ich, dass meine Anwesenheit hier irgendwann zur Last wird. Landon beteuert immer wieder, dass ich so lange bleiben kann, wie ich will, und Karen sagt mehrfach täglich, wie sehr sie meine Gesellschaft schätzt. Aber letztlich ist es Hardins Familie. Ich möchte den nächsten Schritt tun, entscheiden, wo ich hingehe und wo ich wohnen soll. Ich habe keine Angst mehr.

Ich kann nicht noch einen Tag um einen untreuen Kerl mit Tattoos weinen, der mich nicht mehr liebt. Ich weigere mich.

Als ich Landon unten treffe, beißt er gerade herzhaft in einen Bagel. Er hat einen Klecks Frischkäse im Mundwinkel, den er schnell weggeleckt. »Morgen.« Er lächelt mit vollen Backen und großen Augen.

»Morgen«, erwidere ich und gieße mir ein Glas Wasser ein.

Er sieht mich unverwandt an, während ich mein Wasser trinke. »Was?«, frage ich schließlich.

»Du ... na ja ... du siehst super aus«, meint er.

»Danke. Ich habe beschlossen zu duschen und von den Toten aufzuerstehen«, witzele ich, und er lächelt zögerlich, als würde er der Sache noch nicht trauen. »Wirklich, es ist in Ordnung«, versichere ich ihm, und er verputzt mit einem weiteren Bissen den Rest seines Bagels.

Ich toaste mir auch einen und versuche, nicht darauf zu achten, dass Landon mich anstarrt wie ein Tier im Zoo.

»Ich bin so weit, wie sieht es bei dir aus?«, frage ich, als ich mit dem Frühstück fertig bin.

»Tessa, du siehst heute fantastisch aus!«, ruft Karen aus, als sie in die Küche kommt.

»Danke.« Ich lächele sie an.

Heute habe ich mir zum ersten Mal wieder Zeit genommen, mich fertig zu machen. Die letzten acht Tage war ich weit von meinem üblichen Erscheinungsbild entfernt. Heute bin ich wieder ich selbst. Ein neues Ich. Das Ich »nach Hardin«. Der neunte Tag ist mein Tag.

»Das Kleid steht dir sehr gut«, macht mir Karen ein zweites Kompliment.

Das gelbe Kleid, das mir Trish zu Weihnachten geschenkt hat, sitzt gut und ist trotzdem sehr lässig. Ich mache nicht noch mal den gleichen Fehler und trage Heels an der Uni, also sind es Toms. Mein Haar habe ich zur Hälfte zurückgesteckt, ein paar lose Strähnen fallen mir ins Gesicht. Ich bin nur leicht geschminkt, aber ich glaube, es steht mir gut. Meine Augen haben leicht gebrannt, als ich den braunen Lidstrich unten aufgetragen habe … während meiner Abwärtsspirale war mir Make-up definitiv nicht so wichtig.

»Vielen Dank.« Ich lächele noch einmal.

»Ich wünsche einen wundervollen Tag.« Karen strahlt. Sie staunt und freut sich sichtlich darüber, dass ich wieder in der Realität angekommen bin.

So muss es sich anfühlen, wenn man eine fürsorgliche Mutter hat, eine, die einen mit lieben, ermutigenden Worten in die Uni schickt. Eine, die anders ist als meine.

Meine Mutter … ich habe auf keinen ihrer Anrufe reagiert, und das war gut. Sie hätte ich wirklich als Letztes gebraucht, aber da ich jetzt wieder atmen kann, ohne dass ich mir das Herz aus der Brust reißen will, verspüre ich plötzlich den Wunsch, sie anzurufen.

»Ach, Tessa, fährst du am Sonntag mit uns mit zu Christian?«, erkundigt sich Karen, als ich schon an der Tür bin.

»Am Sonntag?«

»Die Dinnerparty, mit der sie ihren Umzug nach Seattle feiern?«, erklärt sie, als müsste ich das bereits wissen. »Kimberly meinte, sie hätte es dir schon erzählt? Wenn du nicht kommen möchtest, werden sie es bestimmt verstehen«, versichert sie mir.

»Nein, nein. Ich komme gern. Ich fahre mit euch.« Ich lächele. Ich bin bereit dafür. Ich kann mich in der Öffentlichkeit bewegen, in einem sozialen Umfeld, ohne zusammenzubrechen. Zum ersten Mal seit neun Tagen ist mein Unterbewusstsein still. Ich danke Karen und folge Landon nach draußen.

Das Wetter spiegelt meine Stimmung wider, es ist sonnig und etwas zu warm für Ende Januar. »Kommst du am Sonntag auch?«, frage ich, als wir einsteigen.

»Nein, ich fahre heute Abend, erinnerst du dich?«, antwortet er.

»Was?«

Er schaut mich fragend an. »Ich bin übers Wochenende in New York. Dakota zieht in ihre neue Wohnung. Ich habe es dir vor ein paar Tagen erzählt.«

»Tut mir leid, ich hätte dir besser zuhören sollen, statt nur an mich zu denken«, sage ich. Ich kann nicht glauben, wie egoistisch ich war. Er hat mir von Dakotas Umzug nach New York erzählt, und ich habe ihm nicht zugehört.

»Nein, ist schon okay. Ich habe es ohnehin nur kurz erwähnt. Ich wollte es dir nicht auf die Nase binden, als du … na ja, du weißt schon.«

»Ein Zombie warst?«, führe ich den Satz zu Ende.

»Ja, ein sehr gruseliger Zombie«, witzelt er, und ich lächele zum fünften Mal in neun Tagen. Es fühlt sich gut an.

»Wann kommst du zurück?«, frage ich Landon.

»Montagmorgen.«

»Wow, wie aufregend. New York wird sicher toll.« Ich würde zu gern auch eine Weile von hier weg und allem entkommen.

»Ich war mir nicht sicher, ob es gut ist, wenn ich gehe und dich hier zurücklasse«, sagt er, und ich fühle mich schuldig.

»Bitte nicht! Du hast schon viel zu viel für mich getan. Es ist Zeit, dass ich wieder selbst für mich sorge. Ich möchte nicht, dass du für mich auf irgendwas verzichtest. Es tut mir so leid, dass ich dir dieses Gefühl gegeben habe«, sage ich.

»Es ist nicht deine Schuld, sondern seine«, erinnert er mich, und ich nicke.

Ich stecke mir die Stöpsel in die Ohren, und Landon lächelt.

In Religion wählt Professor Soto das Thema Schmerz. Einen Moment lang könnte ich schwören, dass er seine Themen aussucht, um mich zu quälen, doch als ich anfange zu schreiben, wie Menschen durch Schmerz ihren Glauben an Gott finden oder verlieren, bin ich dankbar für die Folter. Meine Gedanken darüber, wie man sich durch Schmerz verändern kann, wie man Kraft aus Schmerz ziehen kann, sodass man den Glauben letzten Endes gar nicht mehr so braucht, füllen das Papier. Man braucht sich selbst. Man muss stark sein und darf sich vom Schmerz nicht überwältigen oder lenken lassen.

Vor dem Yoga gehe ich noch einmal zum Coffeeshop, um Kraft zu tanken. Auf dem Weg zu den Turnhallen komme ich am Institut für Umweltwissenschaften vorbei und muss an Zed denken. Ich frage mich, ob er wohl jetzt da drin ist. Ich nehme es an, aber ich habe keine Ahnung von seinem Stundenplan.

Ohne länger nachzudenken, gehe ich rein. Ich habe noch etwas Zeit, bevor mein Kurs anfängt, und von hier sind es keine fünf Minuten bis dorthin.

Ich sehe mich in der Eingangshalle um. Ausladende Bäume füllen den größten Teil des riesigen Raums. Man hätte es sich denken können. Passend dazu besteht die Decke fast ganz aus Glas, sodass die Illusion entsteht, es gäbe gar keine.

»Tessa?«

Ich drehe mich um. Tatsächlich, da ist Zed in einem Laborkittel und mit einer dicken Schutzbrille auf dem Kopf, die sein Haar zurückhält.

»Hallo …«, sage ich.

Er lächelt. »Was machst du denn hier? Hast du das Fach gewechselt?«

Ich liebe es, wie er die Zunge hinter den Zähnen versteckt, wenn er lächelt. Das hat mir schon immer gefallen. »Ehrlich gesagt wollte ich zu dir.«

»Ach ja?« Er wirkt erstaunt.

81

Hardin

Neun Tage.

Neun Tage lang habe ich nicht mit Tessa gesprochen. Ich hätte nicht gedacht, dass ich auch nur einen Tag überstehen könnte, ohne mit ihr zu reden, geschweige denn verfickte neun. Es erscheint mir wie tausend, und mit jeder Stunde wächst der Schmerz.

Als sie an dem Abend gegangen ist, habe ich gewartet und gewartet, ob sie mit eiligen Schritten wieder durch die Tür kommt und mich anschreit. Aber es passierte nicht. Ich saß auf dem Boden und wartete. Umsonst. Sie kam nicht.

Ich trank das ganze restliche Bier aus dem Kühlschrank und schleuderte die Flaschen gegen die Wand. Als ich am nächsten Morgen aufwachte und sie noch immer nicht da war, packte ich meine Sachen. Ich stieg in ein Flugzeug, um schleunigst aus Washington rauszukommen. Hätte sie zurückkehren wollen, wäre sie in dieser Nacht gekommen. Ich musste raus und mir etwas Abstand verschaffen. Mit Bierfahne und fleckigem T-Shirt machte ich mich zum Flughafen auf. Mom habe ich nicht vorgewarnt, aber sie hatte ohnehin nichts zu tun.

Wenn Tessa anruft, bevor ich im Flieger sitze, drehe ich um. Wenn nicht, Pech gehabt, dachte ich die ganze Zeit. Sie hatte ihre Chance. Sie kommt doch sonst immer zurück, egal, was ich anstelle – warum sollte es diesmal anders sein? Im Grunde habe ich gar nichts gemacht. Ich habe gelogen, aber es war eine Lappalie. Sie hat viel zu heftig reagiert.

Wenn einer von uns wütend sein sollte, dann ich. Sie schleppt Zed bei mir an. Und dann macht Landon auf Hulk und stößt mich gegen die Wand? Wichser!

Die Situation ist vollkommen absurd, aber ich bin nicht schuld daran. Okay, vielleicht bin ich schuld, aber sie sollte angekrochen kommen, nicht ich. Ich liebe sie, aber ich mache nicht den ersten Schritt.

Den ersten Tag habe ich größtenteils im Flugzeug verbracht und meinen Kater ausgeschlafen. Mehrere arrogante Flugbegleiter und Arschlöcher in Anzügen haben mich schräg angeschaut, aber sollen sie nur, sie sind mir egal. Ich bin mit dem Taxi zu Mom gefahren und hätte fast den Fahrer erwürgt. Er wollte ein Vermögen für zehn beschissene Meilen.

Mom war erschrocken und glücklich zugleich, mich zu sehen. Erst hat sie ein paar Minuten geweint, aber dann kam Mike, und sie hat zum Glück wieder aufgehört. Wie es aussieht, räumen die beiden langsam ihre Sachen zu ihm rüber, und sie will ihr Haus verkaufen. Soll sie nur, das Haus geht mir am Arsch vorbei. Es steckt voller beschissener Erinnerungen an meinen besoffenen Vater.

Es ist schön, mal nicht unter dem Einfluss von Tessa zu stehen. Wenn Tessa bei mir wäre, hätte ich sicher ein schlechtes Gewissen, dass ich so schlecht von Mom und ihrem Freund denke.

Aber zum Glück ist sie es nicht.

Der zweite Tag war scheißanstrengend. Den ganzen Nachmittag musste ich mir die Pläne meiner Mutter für den Sommer anhören und ihren Fragen ausweichen, warum ich plötzlich zu Hause bin. Ich habe immer wieder gesagt, wenn ich darüber reden wollte, würde ich es tun. Ich bin auf der Suche nach etwas Frieden gekommen, und jetzt dieses Generve. Um acht war ich im Pub an der Ecke.

Eine hübsche dunkelhaarige Frau mit Augen wie Tessa lächelte mich an und wollte mir einen Drink spendieren. Ich lehnte ab, und dass ich es einigermaßen höflich tat, lag nur an ihrer Augenfarbe. Je länger ich ihre Augen ansah, desto deutlicher merkte ich, dass sie doch ganz anders waren als Tessas. Sie waren matt und hatten kein Leben. Tessas Augen wirken auf den ersten Blick blau, und erst wenn man genau hinsieht, erkennt man, dass sie grau sind. Es sind faszinierende Augen. *Warum sitze ich hier in einem beschissenen Pub und denke* über *Augäpfel nach? Scheiße.*

Ich sah die Enttäuschung in Moms Blick, als ich um zwei Uhr morgens durch die Tür torkelte, aber ich ignorierte es. Während ich eine lahme Entschuldigung murmelte, schleppte ich mich die Treppe hoch.

Am dritten Tag fing es an. Gedanken an Tessa schlichen sich zu allen möglichen Gelegenheiten ein. Während ich meiner Mutter beim Abwasch zusah, dachte ich daran, wie Tessa ständig die Spülmaschine einräumt, damit bloß kein dreckiger Teller in der Spüle herumsteht.

»Wir gehen heute auf den Jahrmarkt. Kommst du mit?«, fragte Mom.

»Nein.«

»Bitte, Hardin, du bist zu Besuch und hast noch kaum mit mir gesprochen oder etwas mit mir unternommen.«

»Nein, Mom«, weise ich sie ab.

»Ich weiß, warum du hier bist«, sagt sie leise.

Ich habe meine Tasse auf den Tisch geknallt und bin aus der Küche gestürmt.

Ich wusste, dass mich die Wirklichkeit einholen würde, wenn ich wegrenne, oder besser gesagt, mich verstecke. Ich weiß nicht, wie eine Wirklichkeit ohne Tessa aussehen soll, und ich bin noch nicht bereit, mich der Scheiße zu stellen, also warum muss sie mich die ganze Zeit verfolgen? Wenn Tessa nicht mit mir zusammen sein will, dann soll sie sich zum Teufel scheren. Ich brauche sie nicht – allein geht es mir ohnehin besser, so, wie ich es immer wollte.

Sekunden später klingelte mein Handy, aber ich lehnte den Anruf ab, als ich ihren Namen sah. Warum hat sie angerufen? Bestimmt, um mir zu sagen, dass sie mich hasst oder aus dem Mietvertrag gestrichen werden möchte.

Verdammt, Hardin, warum hast du das getan?, habe ich mich die ganze Zeit gefragt. Eine gute Antwort ist mir nicht eingefallen.

Der vierte Tag fing richtig beschissen an.

»Hardin, geh nach oben!«, bittet sie mich. Nein, nicht das schon wieder. Einer der Männer schlägt ihr ins Gesicht, und sie schaut zur Treppe. Unsere Blicke begegnen sich, und ich schreie. Tessa.

»Hardin! Wach auf, Hardin! Bitte wach auf!«, rief meine Mutter und rüttelte mich wach.

»Wo ist sie? Wo ist Tess?«, stöhnte ich schweißgebadet.

»Sie ist nicht hier, Hardin.«

»Aber sie haben …« Ich brauchte einen Moment, um meine Gedanken zu ordnen und zu verstehen, dass es nur ein Albtraum war. Der gleiche Albtraum, der mich schon mein Leben lang verfolgt, aber diesmal war er noch viel schlimmer. Das Gesicht meiner Mutter wurde durch Tessas ersetzt.

»Ganz ruhig … alles ist gut. Es war nur ein Traum.« Mom weinte und versuchte mich zu umarmen, aber ich schob ihre Arme sanft weg.

»Ist schon okay«, versicherte ich ihr und bat sie, mich allein zu lassen.

Den Rest der Nacht lag ich wach und versuchte, das Bild aus meinem Kopf zu bekommen, aber es ging nicht.

Der vierte Tag ging weiter, wie er angefangen hatte. Meine Mom ignorierte mich den ganzen Tag, was ich eigentlich gewollt hatte, doch auf diese Art war ich etwas … einsam. Ich fing an, Tessa zu vermissen. Immer wieder ertappte ich mich dabei, wie ich den Kopf drehte, um mit ihr zu reden, oder auf eine ihrer Bemerkungen wartete, die mich immer zum Lächeln bringen. Ich wollte sie anrufen, mein Finger schwebte hundert Mal über der grünen Taste, aber ich brachte es einfach nicht über mich. Ich werde ihren Ansprüchen niemals gerecht werden. Es ist besser so. Den Nachmittag über habe ich recherchiert, wie viel es mich kosten würde, meinen Krempel zurück nach England zu schaffen. Letzten Endes werde ich ohnehin hier landen, also kann ich es ebenso gut gleich hinter mich bringen.

Wir können nicht zusammen sein, Tessa und ich. Ich wusste immer, dass es nicht lang gut gehen würde. Unmöglich. Wir können nicht zusammenleben. Sie ist zu gut für mich, ich weiß es. Jeder weiß es. Ich sehe, wie sich die Leute nach uns umdrehen, und weiß, dass sie sich fragen, was dieses schöne Mädchen mit einem wie mir zu schaffen hat.

Ich habe auf mein Handy gestarrt und dabei eine halbe Flasche Whiskey geleert, bevor ich das Licht ausgeschaltet habe und eingeschlafen bin. Irgendwann war mir, als würde das Handy auf dem Nachttisch vibrieren, aber ich war zu betrunken, um dranzugehen. Der Albtraum kam wieder, diesmal war Tessas Nachthemd blutgetränkt, und sie schrie, dass ich weggehen und sie in Ruhe lassen sollte.

Als ich am fünften Tag aufwachte, sagte mir das rote Blinklicht an meinem Handy, dass ich wieder einen Anruf von ihr verpasst hatte, nur diesmal ohne Absicht. Am fünften Tag habe ich ihren Namen auf dem Display angestarrt, dann habe ich die Fotos von ihr betrachtet. Wann habe ich all diese Bilder gemacht? Mir war nicht bewusst, dass ich sie so oft unbemerkt fotografiert habe.

Während ich die Bilder durchging, erinnerte ich mich an den Klang ihrer Stimme. Ich mag den amerikanischen Akzent nicht – meistens ist er langweilig und nervig –, aber Tessas Stimme ist einfach perfekt. Ihr Akzent ist perfekt, und ich könnte ihr den ganzen Tag zuhören, jeden Tag. Werde ich ihre Stimme jemals wieder hören?

Das ist mein Lieblingsbild, dachte ich mindestens zehn Mal, als ich die Fotos durchging. Schließlich entschied ich mich für eines, auf dem sie bäuchlings auf dem Bett liegt, die Beine in der Luft verschränkt und das Haar offen und hinter die Ohren gesteckt. Sie stützt das Kinn auf eine Hand, und ihre Lippen sind leicht geöffnet, während sie auf dem E-Reader liest. Das Bild entstand genau in dem Moment, in dem sie mich ertappt, und ein Lächeln, ein wundervolles Lächeln, auf ihrem Gesicht erscheint. Sie sieht so glücklich aus, wie sie mich anschaut. Schaut sie mich immer so an ... okay, *schaute*?

An diesem Tag, dem fünften, senkte sich eine Last auf meine Brust. Ständig musste ich daran denken, was ich getan und höchstwahrscheinlich verloren hatte. An diesem Tag, an dem ich ihre Bilder betrachtete, hätte ich sie anrufen sollen. Hat sie Bilder von mir betrachtet? Sie hat nur eins, bis heute, und plötzlich wünschte ich, ich hätte sie mehr machen lassen. Am fünften Tag habe ich mein Handy an die Wand geschleudert und gehofft, es dadurch zu zerstören, aber es bekam nur einen Sprung im Display. Am fünften Tag wünschte ich sehnlichst, sie würde mich anrufen. Dann wäre es okay gewesen, alles wäre wieder gut. Wir würden uns beide entschuldigen, und ich würde nach Hause kommen. Wenn sie anriefe, nicht ich, könnte ich guten Gewissens wieder in ihr Leben treten. Ich fragte mich, ob es ihr genauso ging wie mir. Wurde es mit jedem Tag schlimmer für sie? Fiel ihr das Atmen mit jeder Sekunde schwerer, die sie von mir getrennt war?

An diesem Tag verlor ich den Appetit. Ich hatte einfach keinen Hunger. Ich vermisste ihr Essen, selbst die Kleinigkeiten, die sie für mich zubereitet. Scheiße, ich vermisste es, ihr beim Essen zuzusehen. Ich vermisste einfach alles an diesem unsäglichen Mädchen mit den sanften Augen. Am fünften Tag brach ich schließlich zusammen. Ich weinte wie ein Mädchen und schämte mich nicht einmal dafür. Ich weinte und weinte und konnte nicht mehr aufhören. Ich versuchte alles, aber ich bekam sie einfach nicht aus dem Kopf. Sie ließ mir keinen Frieden. Sie erschien immer wieder und sagte, dass sie mich liebte und umarmte mich, und wenn ich merkte, dass ich es mir nur eingebildet hatte, weinte ich wieder.

Am sechsten Tag wachte ich mit verschwollenen und rot geäderten Augen auf. Unglaublich, wie ich in der Nacht geweint hatte. Die Last auf meiner Brust hatte sich vergrößert, und ich konnte kaum aus den Augen gucken. Warum war ich so ein Loser? Warum habe ich sie immer wieder wie Scheiße behandelt? Sie ist der erste Mensch, der je in mich hineinschauen konnte und gesehen hat, wie ich wirklich bin, und ich habe sie wie Dreck behandelt. Ich habe ihr an allem die Schuld gegeben, obwohl in Wirklichkeit ich schuld war. Immer – selbst, wenn es gar nicht so aussah, als ob ich etwas falsch machen würde. Ich war abweisend, wenn sie versuchte, Sachen mit mir zu bereden. Ich habe sie angeschrien, wenn sie mir die Stirn bot. Und ich habe sie immer wieder belogen. Sie hat mir alles vergeben, immer. Darauf konnte ich zählen. Vielleicht habe ich sie so schlecht behandelt, weil ich wusste, dass ich damit durchkomme. Am sechsten Tag habe ich mein Handy unter dem Stiefel zerquetscht und den halben Tag nichts gegessen. Meine Mom hat mir Haferbrei gemacht, aber als ich mich zum Essen zwingen wollte, wäre er mir fast wieder hochgekommen. Ich hatte seit dem dritten Tag nicht geduscht und war ein verdammtes Wrack. Als Mom mich bat, ein paar Sachen einzukaufen, versuchte ich mich zu konzentrieren, aber ich konnte sie nicht hören. Ich musste die ganze Zeit an Tessa denken und an ihren komischen Tick, mindestens fünfmal die Woche bei Conner's einzukaufen.

Tessa hat mir mal gesagt, dass ich sie fertiggemacht hätte. Jetzt, wo ich hier sitze und versuche, mich zu konzentrieren und einfach nur zu atmen, weiß ich, dass sie sich geirrt hat. *Sie* hat *mich* fertiggemacht. Sie ist in meine Welt getreten und hat sie zerstört. Es hat mich Jahre gekostet, Mauern um mich herum hochzuziehen – eigentlich mein ganzes Leben –, und sie kommt einfach rein und reißt sie nieder, sodass ich vor einem Haufen Schutt stehe.

»Hast du gehört, Hardin? Ich habe eine Liste geschrieben, da steht alles drauf«, sagte meine Mom und hielt mir einen Zettel hin.

»Ja.« Meine Stimme war kaum hörbar.

»Meinst du wirklich, du kannst gehen?«, fragte sie.

»Ja, alles gut.« Ich stand auf und schob die Liste in meine ungewaschene Jeans.

»Ich habe dich letzte Nacht gehört, Hardin, wenn du willst …«

»Lass es, Mom. Bitte lass es einfach.« Ich wäre fast an meinen Worten erstickt. Mein Mund war so trocken, und mein Hals tat weh.

»Okay.« Als ich das Haus verließ, stand Trauer in ihren Augen. Auf der Liste standen nur wenige Dinge, aber ich erinnerte mich an nichts mehr und musste den verdammten Zettel aus der Tasche ziehen. Es gelang mir, die paar Einkäufe zusammenzutragen: Brot, Marmelade, Kaffee, Bohnen und etwas Obst. Beim Anblick des Essens im Laden zog sich mein leerer Magen zusammen. Ich nahm mir einen Apfel und zwang mich, ihn zu essen. Er schmeckte nach Pappe, und ich spürte fast, wie die Bröckchen in meinen Magen fielen, während ich bei der älteren Frau an der Kasse zahlte.

Ich kam nach draußen, und es fing an zu schneien. Auch der Schnee erinnerte mich an Tessa. Alles erinnerte mich an sie. Ich hatte Kopfschmerzen, die einfach nicht verschwinden wollten. Ich rieb mir die Schläfen und ging über die Straße.

»Hardin? Hardin Scott?«, rief eine Stimme von der anderen Straßenseite aus. Nein. Das war nicht möglich.

»Bist du das?«, fragte sie erneut.

Natalie.

Das konnte nicht wahr sein, dachte ich die ganze Zeit, während sie auf mich zukam, Einkaufstaschen in den Händen.

»Äh … hallo«, war alles, was ich herausbrachte, während sich in meinem Kopf die Gedanken überschlugen und ich feuchte Hände bekam.

»Ich dachte, du wärst weggezogen?«, fragte sie.

Ihre Augen strahlten. Sie waren nicht leblos wie in meiner Erinnerung, als sie mich weinend darum gebeten hat, sie bei mir zu Hause aufzunehmen, weil sie nicht wusste, wohin.

»Bin ich auch … ich bin nur zu Besuch hier«, sagte ich, und sie stellte ihre Einkaufstaschen auf den Gehweg.

»Nun, das ist gut.« Sie lächelte.

Wie konnte sie mich anlächeln nach allem, was ich ihr angetan habe?

»Äh … ja. Wie geht es dir?«, zwang ich mich, das Mädchen zu fragen, dessen Leben ich zerstört habe.

»Gut, wirklich gut«, flötete sie und strich sich über den gerundeten Bauch.

Gerundeter Bauch? O Gott. Nein, Moment … zeitlich haut es nicht hin. Heilige Scheiße, einen Moment lang hatte ich echt Schiss.

»Du bist schwanger?«, fragte ich und hoffte, dass es so war und ich sie nicht gerade beleidigt hatte.

»Ja, sechster Monat. Und verlobt!« Sie lächelte wieder und hob ihre kleine Hand, um mir einen Goldring zu zeigen.

»Oh.«

»Ja, schon witzig, wie sich alles fügt, nicht wahr?« Sie steckte sich das braune Haar hinter die Ohren und sah mir in die Augen, die vom Schlafmangel dunkel untermalt waren.

Ihre Stimme war so freundlich, dass ich mich gleich noch beschissener fühlte. Ich musste die ganze Zeit an ihr Gesicht denken, als sie uns dabei erwischte, wie wir ihr auf dem kleinen Bildschirm zusahen. Sie hat geschrien, einfach nur geschrien, und ist aus dem Zimmer gerannt. Natürlich bin ich ihr nicht nachgelaufen. Stattdessen lachte ich, lachte über ihre Erniedrigung und ihren Schmerz.

»Es tut mir wirklich leid«, sprudelte es aus mir heraus. Es war merkwürdig und notwendig. Ich hatte erwartet, dass sie mich beschimpfen würde, dass sie mir sagt, wie krank ich bin, oder mich sogar schlägt.

Ich hatte nicht damit gerechnet, dass sie mich umarmen würde und sagt, dass sie mir verzeiht.

»Wie kannst du mir verzeihen? Ich war so mies. Ich habe dein Leben zerstört«, sagte ich. Meine Augen brannten.

»Nein, hast du nicht. Also gut, anfangs schon, aber letztlich hat sich alles gefügt«, sagte sie, und ich hätte ihr fast auf den grünen Pulli gekotzt.

»Was?«

»Nachdem du … na ja, du weißt schon … wusste ich nicht, an wen ich mich wenden sollte, also suchte ich mir eine Gemeinde, eine neue Gemeinde, nachdem mich die alte ausgeschlossen hatte, und dort traf ich Elijah.« Als sie seinen Namen sagte, hellte sich ihr Gesicht auf.

»Und drei Jahre später sind wir verlobt und erwarten ein Kind. Alles hat einen tieferen Sinn, schätze ich. Klingt kitschig, was?« Sie kicherte.

Ihr Kichern erinnerte mich daran, was für ein süßes Mädchen sie immer war. Es ist mir nur scheißegal gewesen. Ihre Sanftheit hat es mir leichter gemacht, mich an ihr zu vergreifen.

»Sieht so aus. Ich bin wirklich froh, dass du jemanden gefunden hast. Ich habe erst neulich an dich gedacht, daran … du weißt schon … was ich gemacht habe, und ich fühle mich echt mies deswegen. Ich weiß, dass du jetzt glücklich bist, aber das entschuldigt nicht, was ich dir angetan habe. Das ist mir erst bewusst gewesen, als ich Tessa …« Ich verstumme.

Ein Lächeln zeichnete sich auf ihren Lippen ab. »Tessa?«

Der Schmerz hätte mich fast umgehauen. »Sie ist, äh … na ja … sie ist …«, stotterte ich.

»Sie ist was? Deine Frau?« Natalies Worte versetzten mir einen fürchterlichen Stich, während sie nach einem Ring an meinen Fingern schielte.

»Nein, sie war … sie war meine Freundin.«

»Aha. Dann lässt du dich jetzt auf Beziehungen ein?«, fragte sie halb im Scherz. Sie hatte meinen Schmerz bemerkt, da bin ich mir sicher.

»Nein … na ja, nur auf sie.«

»Verstehe. Und jetzt ist sie nicht mehr deine Freundin?«

»Nein.« Ich fasste mir an das Lippenpiercing.

»Tja, tut mir leid, das zu hören. Ich hoffe, du findest auch noch dein Glück, so wie ich«, sagte sie.

»Danke. Gratulation zur Verlobung und … dem Baby«, sagte ich wenig überzeugend.

»Danke! Wir heiraten im Sommer.«

»So bald?«

»Ja, wir sind schon seit zwei Jahren verlobt.« Sie lachte.

»Wow.«

»Es ging schnell, kurz nachdem wir uns kennengelernt haben«, erklärte Natalie.

Ich kam mir wie ein Arschloch vor, fragte aber trotzdem: »Bist du nicht zu jung dafür?«

Aber sie lächelte nur. »Ich bin fast einundzwanzig, und wieso sollte ich warten. Ich hatte das Glück, früh den Menschen zu treffen, mit dem ich mein Leben verbringen will – warum sollte ich noch mehr Zeit verschwenden, wenn er vor mir steht und mich fragt, ob ich genau das tun will? Ich fühle mich geehrt, dass er mich zur Frau haben will. Deutlicher kann man seine Liebe nicht zum Ausdruck bringen.« Während sie sprach, konnte ich Tessas Stimme hören, die genau dasselbe sagte.

»Vermutlich hast du recht«, sagte ich, und sie lächelte.

»Oh, da ist er! Ich muss weiter – frieren und schwanger sein, keine gute Kombination.« Sie lachte, dann nahm sie ihre Taschen und grüßte einen Mann in Pullunder und Khakihose. Als er seine schwangere Verlobte sah, strahlte er so, dass es diesen grauen englischen Tag erhellte.

Der siebte Tag war lang. Jeder Tag war lang. Immer wieder dachte ich über Natalie und ihre Vergebung nach. Es hätte keinen besseren Zeitpunkt dafür gegeben. Klar sah ich scheiße aus, und sie wusste es, aber sie war glücklich und verliebt. Und schwanger. Ich habe ihr Leben nicht endgültig zerstört, wie ich dachte.

Zum Glück.

Ich blieb den ganzen Tag im Bett. Ich konnte mich nicht mal dazu aufraffen, die dämlichen Rollos zu öffnen. Mom war den ganzen Tag mit Mike unterwegs, also war ich allein, um mich in meinem Leid zu suhlen. Mit jedem Tag wurde es schlimmer. Ich dachte permanent daran, was sie tat, mit wem sie unterwegs war. Weinte sie? War sie einsam? War sie in unsere Wohnung zurückgekehrt, um nach mir zu suchen? Warum rief sie nicht mehr an?

Das ist nicht die Sorte Schmerz, von der man in Romanen liest. Dieser Schmerz ist nicht nur in meinem Kopf, dieser Schmerz ist nicht körperlich. Es ist ein Schmerz tief in der Seele, etwas, das mich innerlich zerreißt, und ich glaube nicht, dass ich es überlebe. Niemand könnte das überleben.

So muss sich Tessa fühlen, wenn ich ihr wehtue. Ich kann mir nicht vorstellen, wie ihr zarter Körper dieser Art von Schmerz standhält, aber offensichtlich ist sie stärker, als es scheint. Sonst könnte sie es nicht mit mir aushalten. Ihre Mom hat mal gesagt, wenn sie mir wirklich etwas bedeutete, würde ich sie in Ruhe lassen. Ich würde sie ohnehin nur verletzen, sagte sie.

Sie hatte recht. Ich hätte sie von Anfang an in Ruhe lassen sollen, damals, als sie in Stephs Zimmer kam. Ich habe mir geschworen, eher zu sterben, als ihr noch einmal wehzutun … und genau das passiert gerade. Es ist Sterben, nein, es ist schlimmer als Sterben. Es schmerzt noch mehr.

Den achten Tag habe ich getrunken, den ganzen Tag lang. Ich konnte nicht aufhören. Mit jedem Schluck hoffte ich, ihr Gesicht würde endlich aus meinem Kopf verschwinden, aber es passierte einfach nicht.

Komm endlich zur Vernunft, Hardin. Wirklich. Ich muss zur Vernunft kommen. Ich muss.

»Hardin ...« Tessas Stimme jagt mir Schauer über den Rücken.

»Baby ...«, sagt sie.

Als ich zu ihr aufsehe, sitzt sie auf der Couch meiner Mom, ein Lächeln im Gesicht, ein Buch auf dem Schoß.

»Komm her, bitte«, fleht sie, als die Tür aufgeht und eine Gruppe Männer hereinkommt. Nein.

»Da ist sie ja«, sagt der kleinwüchsige Mann, der mich Nacht für Nacht in meinen Träumen quält.

»Hardin?« Tessa beginnt zu weinen.

»Lasst die Finger von ihr«, warne ich die Männer, während sie sich ihr nähern. Sie scheinen mich nicht zu hören.

Ihr Nachthemd reißt, als man sie zu Boden wirft. Faltige und schmutzige Hände wandern an ihren Schenkeln empor, während sie meinen Namen wimmert.

»Bitte ... Hardin, hilf mir.« Sie sieht mich an, aber ich bin wie erstarrt.

Ich kann mich nicht rühren und ihr nicht helfen. Ich bin gezwungen zuzusehen, wie sie Tessa schlagen und misshandeln, bis sie stumm und blutend auf dem Boden liegt.

Mom hat mich nicht geweckt, niemand hat mich geweckt. Ich musste den Traum bis zum Ende träumen, und als ich aufwachte, war die Wirklichkeit schlimmer als jeder Albtraum.

Heute ist der neunte Tag.

»Hast du gehört, dass Christian Vance nach Seattle zieht?«, fragt meine Mutter, als ich in meinem Müsli stochere.

»Ja.«

»Das ist spannend, oder? Eine Zweigstelle in Seattle.«

»Wahrscheinlich.«

»Er gibt eine Dinnerparty am Sonntag. Er dachte, du würdest kommen.«

»Woher weißt du das?«, frage ich.

»Er hat es mir erzählt, wir sprechen uns manchmal.« Sie wendet den Blick ab und gießt sich eine zweite Tasse Kaffee ein.

»Warum?«

»Weil es uns Spaß macht – jetzt iss dein Müsli.« Sie redet mit mir wie mit einem Kind, aber mir fehlt die Kraft für eine bissige Antwort.

»Ich will nicht hin«, erkläre ich und hebe widerwillig den Löffel an den Mund.

»Du siehst ihn vielleicht eine Weile nicht mehr.«

»Na und? Jetzt sehe ich ihn ja auch fast nie.«

Sie wirkt, als wollte sie noch etwas anderes sagen, aber sie schweigt.

»Hast du Aspirin?«, frage ich.

Sie nickt und verschwindet, um welches zu holen.

Ich will zu keiner blöden Dinnerparty, um Christians und Kimberlys Umzug nach Seattle zu feiern. Ich bin es leid, dass alle immer über Seattle reden, und ich weiß, dass Tessa da sein wird. Die Vorstellung, sie zu sehen, schmerzt so sehr, dass es mich fast vom Stuhl haut. Ich muss mich von ihr fernhalten – das schulde ich ihr. Wenn ich noch ein paar Tage hierbleiben kann, vielleicht sogar Wochen, sind wir bestimmt beide drüber weg. Sie wird jemanden finden, so wie Natalie ihren Verlobten gefunden hat. Jemanden, der besser für sie ist als ich.

»Ich finde trotzdem, dass du hingehen solltest«, sagt meine Mom, während ich das Aspirin schlucke, obwohl ich schon jetzt weiß, dass es nicht hilft.

»Ich kann nicht, Mom … selbst wenn ich wollte. Ich müsste morgen ganz früh aufbrechen, und dazu bin ich noch nicht bereit.«

»Du meinst, du bist noch nicht bereit, dich dem zu stellen, was du zurückgelassen hast«, sagt sie.

Ich kann den Schmerz nicht länger unterdrücken. Ich vergrabe das Gesicht in den Händen und lasse ihn über mich hinwegrollen, erlaube ihm, mich zu ertränken. Ich empfange ihn mit offenen Armen und hoffe, dass er mich umbringt.

»Hardin …« Die Stimme meiner Mutter ist leise und tröstend, als sie mich in die Arme schließt und mich festhält.

———

82

Tessa

In dem Moment, als Karen mit Landon zum Flughafen aufbricht, spüre ich es. Ich spüre, wie die Einsamkeit Besitz von mir ergreift, aber ich muss sie ignorieren. Ich muss. Ich komme auch allein zurecht. Ich gehe nach unten in die Küche, weil mein Magen einfach nicht aufhört zu knurren und mich daran erinnert, wie hungrig ich bin.

Ken lehnt am Küchentresen und wickelt einen hellblau glasierten Cupcake aus der Folie. »Hallo Tessa.« Er lächelt und nimmt einen kleinen Bissen. »Nimm dir einen.«

Meine Großmutter hat immer gesagt, Cupcakes seien Seelennahrung. Wenn ich irgendetwas brauche, dann Nahrung für die Seele.

»Danke.« Ich lächele und lecke über die Glasur.

»Danke nicht mir, sondern Karen.«

»Das werde ich.« Der Cupcake schmeckt köstlich. Vielleicht liegt es daran, dass ich in den letzten neun Tagen kaum etwas gegessen habe, oder vielleicht sind Cupcakes wirklich gut für die Seele. Egal warum, ich esse ihn in zwei Minuten auf.

Als der Kick vom Zucker nachlässt, merke ich, dass der Schmerz noch da ist, beständig wie mein Herzschlag. Aber er überwältigt mich nicht mehr und zieht mich nicht mehr zu Boden.

Ken überrascht mich, indem er sagt: »Es wird irgendwann leichter werden, und du wirst jemand finden, der nicht nur sich selbst lieben kann.«

Bei dem plötzlichen Themenwechsel wird mir flau im Magen. Ich will keine Rückschritte machen, ich will weiterkommen.

»Ich war schrecklich zu Hardins Mutter. Ich bin tagelang nicht heimgekommen, habe gelogen und getrunken, bis ich nicht mehr geradeaus schauen konnte. Wäre Christian nicht gewesen, weiß ich nicht, wie Trish und Hardin überlebt hätten …«

Bei diesen Worten fällt mir wieder ein, wie wütend ich auf Ken war, als ich den Grund für Hardins Albträume erfuhr. Damals hätte ich ihm am liebsten eine Ohrfeige verpasst, weil er zugelassen hat, dass sein Sohn verletzt wurde. Seine Worte wecken diese Wut aufs Neue, und ich balle die Fäuste.

»All das kann ich nicht ungeschehen machen, egal, wie sehr ich mir das wünsche. Ich war nicht gut für sie, und das wusste ich auch. Alle wussten es. Jetzt hat sie Mike, der sie behandeln wird, wie sie es verdient. Für dich gibt es irgendwann auch einen Mike«, sagt er und schaut mich auf väterliche Art an. »Mein Sohn wird hoffentlich auch das Glück haben und irgendwann seine Karen finden, wenn er erwachsen wird und aufhört, gegen alles und jeden anzukämpfen.«

Bei der Vorstellung von »Hardins Karen« muss ich schlucken und wende den Blick ab. Ich will mir Hardin nicht mit jemand anderem vorstellen. Dafür ist es viel zu früh, obwohl ich es ihm wünsche. Ich möchte nicht, dass er den Rest seines Lebens allein verbringt. Ich hoffe nur, er findet jemanden, den er liebt, so wie sein Vater Karen liebt. Dass er die Chance bekommt, jemanden mehr zu lieben, als er mich geliebt hat.

»Das hoffe ich auch für ihn«, sage ich schließlich.

»Es tut mir leid, dass er sich nicht bei dir gemeldet hat«, sagt Ken leise.

»Das ist okay … ich habe schon vor ein paar Tagen die Hoffnung aufgegeben.«

»Wie dem auch sei«, sagt er seufzend, »ich sollte hoch in mein Büro gehen. Ich muss ein paar Telefonate erledigen.«

Ich bin froh, dass er sich entschuldigt, bevor wir dieses Gespräch vertiefen. Ich will nicht mehr über Hardin reden.

Zed wartete vor dem Haus mit einer Zigarette hinter dem Ohr.

»Du rauchst?«, frage ich und rümpfe die Nase.

Er scheint verwirrt, als er in mein Auto steigt. »Oh, ja. Also, manchmal. Du hast mich doch rauchen gesehen, in der Nacht im Verbindungshaus, erinnerst du dich?« Er zieht die Zigarette hinter dem Ohr hervor und lächelt. »Die habe ich in meinem Zimmer gefunden.«

Ich lache auf. »Ja, nach dem Bier-Pong und dem Drama mit Hardin habe ich das mit dem Rauchen wohl vergessen.« Ich lächele ihn an, doch dann fällt mir etwas auf. »Aber Moment, nicht nur, dass du rauchst, es ist noch dazu eine alte Zigarette?«

»Schätze ja. Magst du keine Zigaretten?«

»Nein, gar nicht. Aber wenn du rauchen willst, dann bitte. Nur nicht in meinem Auto.«

Er drückt einen der kleinen Knöpfe an der Tür, lässt das Fenster halb hinunter und wirft die Zigarette raus.

»Dann rauche ich nicht.« Er lächelt und fährt das Fenster wieder hoch.

So sehr ich Rauchen hasse, muss ich doch gestehen, dass die Zigarette in Verbindung mit dem fast senkrecht nach oben stehenden Haar, der dunklen Sonnenbrille und der Lederjacke gar nicht mal so übel aussah.

83

Hardin

»Bitteschön«, sagt meine Mom, als sie in mein altes Zimmer kommt.

Sie reicht mir eine kleine Porzellantasse auf einer Untertasse, und ich setze mich im Bett auf. »Was ist das?«, frage ich heiser.

»Warme Milch mit Honig«, sagt sie, und ich trinke einen Schluck. »Die hab ich dir früher immer gemacht, wenn du krank warst. Weißt du noch?«

»Ja.«

»Sie wird dir vergeben, Hardin«, sagt sie, und ich schließe die Augen.

Nach dem Schluchzen kam das trockene Würgen, später irgendwann die Taubheit. Und jetzt ist sie das einzige Gefühl. Taubheit. »Das glaube ich nicht …«

»Doch. Ich habe gesehen, wie sie dich anschaut. Sie hat dir schon viel Schlimmeres vergeben, erinnerst du dich?« Sie streicht mir das platt gelegene Haar aus der Stirn, und ausnahmsweise weiche ich nicht vor ihr zurück.

»Ich weiß, aber diesmal ist es anders, Mom. Ich habe alles kaputt gemacht, was wir über Monate zusammen aufgebaut hatten.«

»Sie liebt dich.«

»Ich kann nicht mehr. Ich werde nie so sein, wie sie es gern hätte.

Ich zerstöre immer alles. So war es immer, und so wird es bleiben. Ich bin der Typ, der alles zerstört.«

»Das stimmt nicht, und zufällig weiß ich, dass du genauso bist, wie sie dich will.«

Die Tasse zittert in meiner Hand, und ich lasse sie fast fallen. »Ich weiß, dass du mir nur helfen willst, aber bitte … hör einfach auf, Mom.«

»Und was dann? Du lässt sie ziehen und wendest dich neuen Ufern zu?«

Bevor ich antworte, stelle ich die Tasse auf den Nachttisch. Ich seufze. »Nein, ich kann mich keinen neuen Ufern zuwenden, selbst wenn ich es wollte. Aber sie muss es tun. Ich muss sie gehen lassen, bevor ich noch mehr Schaden anrichte.«

Ich muss sie gehen lassen, damit sie ihr Glück finden kann, so wie Natalie. Sie hat es verdient, nach allem, was ich ihr angetan habe. Ihr Glück mit jemandem wie Elijah.

»Von mir aus, Hardin. Jetzt fällt mir auch nichts mehr ein, womit ich dich überzeugen kann, dich aufzuraffen und bei ihr zu entschuldigen«, schnauzt sie.

»Lass mich einfach in Ruhe. Bitte«, sage ich.

»Mach ich. Aber nur, weil ich darauf vertraue, dass du dich richtig entscheiden und für sie kämpfen wirst.«

Tasse und Untertasse zersprangen an der Wand zu Scherben, sobald sie die Tür hinter sich schließt.

84

Tessa

Nach einem Mittagessen in einem kleinen Einkaufszentrum machen wir uns auf den Weg zurück zu Zed. Als wir am Campus vorbeikommen, finde ich endlich den Mut zu fragen, was ich schon immer fragen wollte.

»Zed, was meinst du, was passiert wäre, wenn du gewonnen hättest?«

Meine Frage überrascht ihn, aber er fasst sich schnell, nachdem er eine Weile auf seine Hände geblickt hat. »Ich weiß es nicht. Ich habe viel darüber nachgedacht.«

»Ja?« Ich drehe den Kopf und blicke in seine karamellbraunen Augen.

»Natürlich.«

»Und zu welchem Ergebnis bist du gekommen?« Ich stecke mir das Haar hinters Ohr und warte auf eine Antwort.

»Na ja … ich weiß, dass ich dir davon erzählt hätte, bevor etwas passiert wäre. Ich wollte es dir immer sagen. Jedes Mal, wenn ich euch beide zusammen gesehen habe, wollte ich, dass du es weißt.« Er schluckt. »Das weißt du bestimmt.«

»Ja«, flüstere ich, und er fährt fort.

»Ich stelle mir manchmal vor, dass du mir vergeben hättest, weil ich es dir vorher gesagt hätte, und dass wir uns ganz normal kennengelernt hätten, mit richtigen Dates. So was wie ins Kino gehen. Du hättest Spaß gehabt und gelacht, und ich hätte dich nicht ausgenutzt. Und ich stelle mir manchmal vor, dass du dich irgendwann in mich verliebt hättest, so wie du dich in ihn verliebt hast, und wenn es gepasst hätte, hätten wir … und ich hätte niemandem davon erzählt. Kein Wort zu niemandem. Scheiße, ich hätte mich nicht mal mehr mit ihnen getroffen, weil ich jede Sekunde mit dir verbracht hätte, um dich zum Kichern zu bringen, so wie du es tust, wenn du etwas lustig findest … es klingt anders als dein normales Lachen. Daran merke ich immer, ob du mich wirklich lustig findest oder nur aus Höflichkeit so tust.« Er lächelt, und mein Herz schlägt schneller.

»Und ich hätte gewusst, was ich an dir habe, und dich nicht belogen. Ich hätte nicht hinter deinem Rücken über dich hergezogen oder mich lustig gemacht. Mein Ruf wäre mir egal gewesen, und … und … ich glaube, wir hätten glücklich sein können. *Du* hättest glücklich sein können, immer, nicht nur manchmal. Ich würde gern glauben, wir –«

Ich schneide ihm das Wort ab, indem ich ihn am Kragen seiner Jacke packe und meine Lippen auf seine drücke.

85

Tessa

Zed berührt sofort meine Wange, und ich bekomme eine Gänsehaut im Nacken. Er zieht mich am Arm näher zu sich, und ich stoße mit dem Knie ans Lenkrad, während ich zu ihm rüberklettere. Ich verfluche mich dafür, dass ich die Stimmung fast zerstöre, doch er scheint es nicht zu bemerken und schlingt die Arme um meinen Hals, sodass ich flach an seiner Brust liege. Meine Arme schließen sich um seinen Hals, und unsere Münder bewegen sich im Einklang.

Sein Mund ist mir fremd. Er ist nicht wie Hardins. Er bewegt die Zunge anders und verfolgt meine nicht, und er beißt mir auch nicht in die Unterlippe.

Hör auf, Tessa. Du brauchst das hier, denk nicht an Hardin. Sicher liegt er gerade mit einem Mädchen im Bett, vielleicht sogar *mit Molly.* O Gott, wenn er bei Molly ist …

Du hättest glücklich sein können, immer, nicht nur manchmal, hat Zed gerade gesagt.

Ich weiß, dass er recht hat – bei ihm hätte ich es viel besser. Ich verdiene es, gut behandelt zu werden. Ich verdiene es, glücklich zu sein. Ich habe so gelitten und mich mit dem Mist von Hardin herumgeschlagen, und er wollte noch nicht einmal darüber reden. Nur ein schwacher Mensch läuft jemandem nach, der ihn immer wieder mit Füßen tritt. Ich darf nicht schwach sein, ich muss stark sein und ihn hinter mir lassen. Oder es zumindest versuchen.

In Zeds Armen geht es mir zum ersten Mal seit neun Tagen gut. Neun Tage sind nicht viel, es sei denn, man verbringt sie damit, jede schmerzliche Sekunde zu zählen und auf etwas zu warten, das nicht passiert. Hier bei Zed kann ich endlich wieder atmen. Ich sehe das Licht am Ende des Tunnels.

Zed war immer lieb zu mir, und er war immer da. Ich wünschte, ich hätte mich in ihn verliebt statt in Hardin.

»Himmel, Tessa …«, stöhnt Zed, und ich ziehe an seinem Haar. Ich küsse ihn noch wilder.

»Warte …«, sagt er in meinen Mund hinein, und ich löse mich langsam von ihm. »Was wird das hier?« Er sieht mir in die Augen.

»Ich … ich weiß nicht?« Meine Stimme zittert, ich bin außer Atem.

»Ich auch nicht …«

»Es tut mir leid … ich bin einfach so aufgewühlt und habe so viel durchgemacht, und was du gerade gesagt hast, war so … ich weiß nicht, ich hätte es nicht tun sollen.« Ich wende den Blick von ihm ab und klettere von seinem Schoß und zurück auf den Fahrersitz.

»Du musst dich nicht entschuldigen … ich habe nur Angst, dass ich etwas falsch verstehe, weißt du? Ich will einfach nur wissen, was es dir bedeutet«, sagt er.

Ja, *was* bedeutet *es mir?* »Ich glaube nicht, dass ich das beantworten kann, zumindest nicht jetzt. Ich …«

»Dachte ich es mir«, sagt er und klingt sauer.

»Ich weiß einfach nicht …«

»Ist in Ordnung, ich verstehe schon. Du liebst ihn noch.«

»Es ist erst neun Tage her, Zed, ich kann nichts dafür.« Ich schaffe es doch immer wieder, Mist zu bauen, und mit jedem Mal größeren.

»Ich weiß, ich sage ja nicht, dass du einfach aufhören kannst, ihn zu lieben. Ich will nur kein Lückenfüller sein. Ich treffe mich seit

Kurzem mit einem Mädchen – als ich dich kennengelernt habe, war da noch nichts, aber dann habe ich sie getroffen, Rebecca. Ich weiß, ich bin ein Idiot, aber ich dachte, du willst vielleicht nicht, dass ich mich anderweitig umsehe.«

Ich löse den Blick von seinem schönen Gesicht und sehe aus dem Fenster.

»Du bist kein Lückenfüller ... ich wollte dich gerade einfach nur küssen. Ich weiß im Moment nicht, wo mir der Kopf steht. In den letzten neun Tagen war alles ein einziges Chaos, und als ich dich geküsst habe, konnte ich endlich aufhören, an ihn zu denken. Das war so schön. Ich hatte das Gefühl, ich könnte über ihn wegkommen. Aber ich weiß, es wäre nicht fair, dich dafür zu benutzen. Ich bin nur verwirrt und kann nicht klar denken. Ich wollte nicht, dass du deine Freundin betrügst. Es tut mir leid. Ich bin einfach ...«

»Ich erwarte nicht, dass du die Sache so schnell hinter dir lässt. Ich weiß, wie fest er dich in den Klauen hatte.«

Er hat ja keine Ahnung.

»Aber versprich mir eines«, meint Zed, und ich nicke. »Versprich mir, dass du wenigstens versuchst, irgendwann das Glück in dein Leben zu lassen. Er hat dich nicht angerufen, kein einziges Mal. Er hat dir so viel angetan, und jetzt lässt er dich einfach ziehen. An seiner Stelle würde ich um dich kämpfen. Ich hätte dich gar nicht erst gehen lassen.« Er streckt die Hand nach mir aus und steckt mir eine Locke hinters Ohr. »Tessa, ich brauche nicht sofort eine Antwort, ich möchte nur, dass du versuchst, dich für dein Glück zu öffnen. Ich weiß, dass du nicht für eine Beziehung mit mir bereit bist, aber vielleicht ändert sich das eines Tages.«

Meine Gedanken rasen, mein Herz tobt und schmerzt zugleich, und ich kriege keine Luft mehr in diesem Auto. Ich will ihm sagen, dass ich es gern versuchen möchte, doch ich bringe es einfach nicht über die Lippen. Das kleine Lächeln, das morgens auf Hardins Gesicht erscheint, wenn ich ihn endlich wach bekomme und er sich über meinen Wecker beschwert, die raue Stimme, mit der er meinen Namen sagt, wie er versucht, mich ins Bett zurückzuziehen, bis ich irgendwann quietschend aus dem Zimmer renne. Dass er seinen Kaffee ganz schwarz mag, so wie ich, und dass ich ihn mehr als alles auf der Welt liebe und wünschte, er könnte anders sein. Ich wünschte, er könnte genauso sein, wie er ist, nur anders – ich verstehe es selbst nicht, und ich weiß, dass es auch sonst niemand versteht, aber so ist es nun einmal.

Ich wünschte, ich würde ihn nicht so lieben. Ich wünschte, er hätte mich nicht dazu gebracht, mich in ihn zu verlieben.

»Ich verstehe schon«, sagt Zed und versucht zu lächeln, doch es misslingt ihm.

»Es tut mir leid …«, sage ich, und das ist wahr. Er ahnt nicht, wie leid es mir tut.

Er steigt aus und schließt die Tür hinter sich, und ich bin wieder mal allein.

»Fuck!«, schreie ich, schlage mit beiden Händen auf das Lenkrad und werde dabei schon wieder an Hardin erinnert.

86

Hardin

Wieder wache ich schweißgebadet auf. Ich hatte vergessen, wie ätzend es ist, fast jede Nacht so aufzuwachen. Ich hatte gedacht, die schlaflosen Nächte wären Vergangenheit, aber jetzt holen sie mich wieder ein.

Ich schaue auf die Uhr. Sechs Uhr morgens. Ich brauche Schlaf, echten Schlaf, Schlaf ohne Unterbrechung. Ich brauche sie, ich brauche Tess. Wenn ich die Augen schließe und mir einbilde, dass sie da ist, kann ich vielleicht wieder einschlafen …

Ich liege auf dem Rücken, schließe die Augen und versuche, mir ihren Kopf an meiner Schulter vorzustellen. Ich versuche, mich an den Vanillegeruch zu erinnern, den ihr Haar immer verströmt, an ihren schweren Atem im Schlaf. Einen Moment lang spüre ich sie, spüre ihre warme Haut an meiner nackten Brust … jetzt ist es offiziell, ich werde verrückt.

Shit.

Morgen wird es besser, ganz bestimmt. Das denke ich seit … mittlerweile zehn Tagen. Wenn ich sie noch einmal sehen könnte, wäre alles besser. Nur einmal. Wenn ich noch einmal ihr Lächeln sehe, könnte ich damit leben, dass ich sie gehen ließ. Ob sie morgen auf der Party von Christian ist? Wahrscheinlich schon …

Ich starre an die Decke und versuche mir vorzustellen, was sie wohl anziehen wird. Das weiße Kleid, das ich so liebe? Wird sie ihr Haar eindrehen und hinters Ohr stecken, oder wird sie es nach hinten binden? Wird sie sich schminken, obwohl sie es nicht nötig hat?

Verdammt.

Ich setze mich auf und steige aus dem Bett. Es ist aussichtslos, ich werde nicht wieder einschlafen. Als ich nach unten komme, sitzt Mike am Küchentisch und liest Zeitung.

»Guten Morgen, Hardin«, begrüßt er mich.

»Hallo«, brumme ich zurück und gieße mir einen Kaffee ein.

»Deine Mom schläft noch.«

»Was du nicht sagst …« Ich verdrehe die Augen.

»Deine Mom ist wirklich froh, dass du hier bist.«

»Na klar, ich führe mich ja auch auf wie das letzte Arschloch.«

»Ja, das stimmt. Aber sie freut sich, dass du dich ihr gegenüber geöffnet hast. Sie hat sich immer solche Sorgen um dich gemacht … bis sie Tessa getroffen hat. Seitdem war sie nicht mehr so besorgt.«

»Tja, schätze, dann muss sie wieder damit anfangen.« Ich seufze. Was soll dieses vertrauliche Gefasel um sechs Uhr morgens?

»Ich möchte dir etwas sagen«, sagt er und sieht mich an.

»Okay …?« Ich mustere ihn.

»Hardin, ich liebe deine Mom, und ich möchte sie heiraten.«

Ich pruste meinen Kaffee zurück in die Tasse. »*Heiraten?* Bist du verrückt?«

Er hebt eine Braue. »Was ist daran verrückt, dass ich sie heiraten will?«

»Ich weiß nicht … sie war schon mal verheiratet … und du bist unser Nachbar … ihr Nachbar.«

»Ich kann für sie sorgen, so wie sie es schon ihr ganzes Leben verdient hat. Wenn es dir nicht passt, tut es mir leid. Ich wollte dich nur wissen lassen, dass ich sie zum geeigneten Zeitpunkt fragen werde, ob sie ihr Leben mit mir teilen will, ganz offiziell.«

Ich weiß nicht, was ich sagen soll. Dieser Mann hat immer neben uns gewohnt, und ich habe ihn nie wütend erlebt, kein einziges Mal. Er liebt sie, das kann ich sehen, aber heiraten? Das ist mir im Moment zu verrückt.

»Okay …«

»Okay …«, wiederholt er, dann sieht er hinter mich.

Meine Mom kommt in die Küche, eingewickelt in ihren Morgenmantel und mit zerzaustem Haar. »Du bist schon auf, Hardin? Fliegst du nach Hause?«, fragt sie.

»Nein, ich konnte nicht schlafen. Und ich *bin* zu Hause«, erkläre ich und trinke noch einen Schluck Kaffee. Das hier ist mein Zuhause.

»Hm …«, antwortet sie schläfrig.

87

Tessa

Es zieht mich wieder runter, ich ertrinke. Die Erinnerungen an Hardin hängen wie Blei an meinen Füßen und ziehen mich in die Tiefe.

Ich fahre das Fenster runter und lasse etwas Luft herein. Zed ist so lieb zu mir, so verständnisvoll und freundlich. Er hat schon jede Menge Ärger wegen mir gehabt, und ich habe ihn immer abgewiesen. Wenn ich nicht so unvernünftig wäre, könnte ich es mit ihm versuchen. Im Moment kann ich mir absolut keine Beziehung vorstellen, auch nicht in naher Zukunft. Aber vielleicht ändert sich das mit der Zeit. Ich möchte nicht, dass Zed meinetwegen mit Rebecca Schluss macht, wo ich ihm doch keine Antwort geben kann, nicht mal andeutungsweise.

Als ich zu Landon zurückfahre, bin ich verwirrter denn je.

Könnte ich doch nur mit Hardin reden, könnte ich ihn doch nur noch mal sehen, dann könnte ich die ganze Sache abschließen. Wenn er mir sagt, dass ich ihm egal bin, wenn er ein letztes Mal grausam zu mir ist, kann ich Zed eine Chance geben, kann mir selbst eine Chance geben.

Bevor ich weiß, was ich tue, greife ich nach dem Handy und drücke die Taste, die ich seit dem vierten Tag meide. Wenn er meinen Anruf abweist, kann ich ihn hinter mir lassen. Wenn er nicht rangeht, ist offiziell Schluss. Wenn er sagt, dass es ihm leidtut und dass wir eine Lösung finden, dann ... nein. Ich lege das Handy zurück auf den Sitz. Ich bin so weit gekommen, ich darf ihn nicht anrufen, ich darf nicht wieder einknicken.

Aber ich muss es wissen.

Ich lande direkt auf der Mailbox. »Hardin ...« Die Worte sprudeln nur so aus meinem Mund. »Hardin ... hier ist Tessa. Ich ... ich muss mit dir reden. Ich bin im Auto und bin so verwirrt ...« Ich fange an zu weinen. »Warum versuchst du nicht mal, mich anzurufen? Du hast mich einfach gehen lassen, und jetzt rufe ich dich total peinlich an und jammere dir auf die Mailbox. Ich muss wissen, was mit uns passiert ist. Was war diesmal anders – warum tragen wir es nicht aus? Warum kämpfst du nicht um mich? Ich verdiene es, glücklich zu sein, Hardin«, schluchze ich und lege auf.

Warum habe ich das getan? Warum bin ich eingeknickt und habe ihn angerufen? Ich bin so blöd – er lacht wahrscheinlich, wenn er das hört. Wahrscheinlich lässt er noch das Mädchen mithören, das er gerade aufreißt, und sie lachen zusammen auf meine Kosten. Ich biege auf einen einsamen Parkplatz ein, um mich zu beruhigen, bevor ich noch den nächsten Unfall baue.

Ich starre auf das Handy und atme tief durch, will endlich mit dem Weinen aufhören. Zwanzig Minuten vergehen, und er hat noch immer nicht zurückgerufen oder auch nur geschrieben.

Warum sitze ich abends um zehn weinend auf einem Parkplatz und rufe ihn an? Ich habe neun Tage gegen mich angekämpft und wollte stark sein, und jetzt fällt alles in sich zusammen. Das darf ich nicht zulassen. Ich fahre vom Parkplatz und zurück zu Zed. Hardin ist offensichtlich zu beschäftigt, um sich mit mir abzugeben, und Zed ist da, ehrlich und immer mit einem offenen Ohr für mich. Ich parke neben seinem Truck und atme tief durch. Ich muss an mich denken, an das, was ich will.

Als ich die Treppe zu seiner Wohnung hochrenne, weiß ich, was ich will.

Ich schlage gegen die Tür und trete von einem Bein aufs andere, während ich warte. Was, wenn ich zu spät gekommen bin und er nicht aufmacht? Es würde mir recht geschehen, schätze ich mal. Ich hätte ihn in meinem aufgewühlten Zustand nicht küssen sollen.

Als die Tür aufgeht, bleibt mir fast die Luft weg. Zed trägt nichts als eine kurze schwarze Turnhose, und seine tätowierte Brust ist nackt.

»Tessa?«, fragt er überrascht.

»Ich … ich weiß nicht, was ich dir geben kann, aber ich will es versuchen«, sage ich.

Er fährt sich durch das schwarze Haar und holt tief Luft. Er wird mich abweisen, ich weiß es.

»Es tut mir leid. Ich hätte nicht kommen sollen …« Noch eine Zurückweisung ertrage ich nicht.

Ich mache kehrt und renne die Treppe wieder runter, mit jedem Schritt zwei Stufen, bis mich eine Hand am Arm packt und Zed mich zu sich herumdreht.

Er sagt kein Wort. Er nimmt nur meine Hand und führt mich die Treppe hoch und in seine Wohnung.

Zed ist so ruhig, so leise und verständnisvoll, als wir uns auf seine Couch setzen, er auf der einen Seite, ich auf der anderen. Er reagiert ganz anders, als ich es von Hardin gewöhnt bin. Wenn ich nicht reden will, drängt er mich nicht. Wenn ich mein Verhalten nicht erklären kann, zieht er mich nicht auf. Und als ich ihm sage, dass mir nicht wohl dabei ist, mit ihm in seinem Bett zu schlafen, bringt er mir seine weichste Decke und ein einigermaßen sauberes Kissen und legt beides für mich auf die Couch.

Am nächsten Morgen ist mein Nacken vollkommen verspannt. Zeds alte Couch ist nicht gerade gemütlich, aber trotzdem habe ich ganz gut geschlafen.

»Hallo«, sagt er, als er ins Wohnzimmer kommt.

»Hallo.« Ich lächele.

»Hast du gut geschlafen?«, fragt er, und ich nicke.

Zed war letzte Nacht unglaublich. Er hat nicht mit der Wimper gezuckt, als ich auf der Couch schlafen wollte. Er hat mir zugehört, als ich über Hardin geredet habe und über alles, was schiefgelaufen ist. Er hat mir erzählt, dass er Rebecca mag, sich jedoch nicht sicher ist, weil er immer an mich denken musste, selbst nachdem er sich mit ihr getroffen hat. Anfangs hatte ich ein schlechtes Gewissen, weil ich vor ihm geweint habe, aber im Laufe der Nacht konnte ich wieder lächeln und schließlich sogar lachen. Als wir irgendwann schlafen gegangen sind, hatte ich Bauchweh vor Lachen über blödsinnige Kindheitserinnerungen.

Jetzt ist es fast zwei Uhr Nachmittag, und ich glaube, so lange habe ich noch nie geschlafen. Aber so ist das wohl, wenn man bis sieben aufbleibt.

»Ja. Und du?« Ich stehe auf und falte die Decke zusammen, die er mir geliehen hat. Ich erinnere mich dunkel daran, wie sie über mir ausgebreitet hat, während ich langsam eingedöst bin.

»Auch.« Er grinst und setzt sich auf die Couch. Sein Haar ist nass, und seine Haut glänzt, als würde er gerade aus der Dusche kommen.

»Wo soll ich das hintun?«, frage ich und meine die Decke.

»Egal, wo. Du hättest sie nicht zu falten brauchen.« Er lacht.

Ich muss an den Schrank bei uns zu Hause denken, in den Hardin wahllos die Sachen stopft, nur um mich auf die Palme zu bringen.

»Hast du heute irgendetwas vor?«, frage ich.

»Ich habe heute Vormittag gearbeitet, deshalb nein.«

»Schon?«

»Ja, von neun bis Mittag.« Er lächelt. »Im Grunde war ich nur dort, um meinen Truck zu reparieren.«

Ich hatte vergessen, dass Zed als Automechaniker arbeitet. Im

Grunde weiß ich nicht viel über ihn. Außer, dass er ganz schön fit ist, wenn er nach zwei Stunden Schlaf schon wieder aufspringt und zur Arbeit geht.

»Tagsüber Wunderkind der Umweltwissenschaften, abends Schmieröl und Schuften?«, necke ich ihn, und er lacht.

»So ähnlich. Was sind deine Pläne?«

»Ich weiß nicht. Ich muss mir etwas zum Anziehen kaufen, für die Dinnerparty bei meinem Chef morgen.« Einen Moment lang denke ich darüber nach, Zed zu fragen, ob er mich begleiten möchte, aber das wäre falsch. Es wäre unangenehm für alle Beteiligten, auch für mich.

Zed und ich haben uns darauf geeinigt, nichts zu erzwingen. Wir werden einfach Zeit miteinander verbringen und sehen, wie es sich entwickelt. Er wird mich nicht drängen, Hardin hinter mir zu lassen. Wir wissen beide, dass ich Zeit brauche, bevor ich an eine neue Beziehung denken kann. Ich habe so vieles zu regeln – zum Beispiel, eine Wohnung zu finden.

»Ich könnte dich begleiten, wenn du willst? Oder wir könnten uns später einen Film anschauen?«, fragt er nervös.

»Ja, beides wäre gut.« Ich lächele und schaue auf mein Handy.

Keine verpassten Anrufe. Keine Texte. Keine Nachricht auf der Mailbox.

Schließlich bestellen Zed und ich Pizza und hängen den größten Teil des Tages einfach nur ab, bis ich schließlich zu Landon nach Hause fahre, um zu duschen. Auf dem Weg halte ich am Einkaufszentrum, kurz vor Ladenschluss, und entdecke ein perfektes rotes Kleid mit eckigem Ausschnitt. Es geht genau bis zum Knie und ist weder zu spießig noch zu gewagt.

Bei Landon zu Hause liegt ein Zettel auf dem Küchentresen, neben einem Teller Essen, den Karen für mich hingestellt hat. Sie und Ken sind im Kino und kommen bald zurück, steht darauf.

Ich bin froh, allein zu sein, obwohl ich es in diesem großen Haus kaum mitbekomme, wenn sie da sind. Ich dusche und ziehe meinen Pyjama an, dann lege ich mich hin und zwinge mich dazu, Schlaf nachzuholen.

Der Mann in meinem Traum hat mal grüne, mal goldene Augen.

88

Tessa

Elf Tage. Elf Tage sind vergangen, seit ich von Hardin gehört habe, und es war nicht einfach.

Aber Zed hat mir sehr geholfen.

Heute ist die Dinnerparty bei Christian, und langsam wächst meine Sorge, dass mich all die vertrauten Gesichter an Hardin erinnern werden, und die Mauern, die ich errichtet habe, wieder bröckeln werden. Es braucht nur einen kleinen Riss, und ich stehe schutzlos da.

Als es schließlich Zeit für den Aufbruch ist, atme ich tief durch und werfe einen letzten prüfenden Blick in den Spiegel. Wie üblich trage ich das Haar offen, zu losen Locken eingedreht, aber mein Make-up ist dunkler als gewöhnlich. Ich streife Hardins Charm Bracelet über. Ich sollte es eigentlich nicht tragen, aber ohne fühle ich mich einfach nackt. Es ist so Teil von mir, wie er es ist … war. Das Kleid steht mir heute noch besser als gestern, und ich bin froh, dass ich die paar Pfunde wieder zugenommen hab, die ich in den ersten Tagen verlor.

»I just want it back the way it was before. And I just want to see you back at my front door …« Die Musik läuft, als ich nach meiner Clutch greife. Noch ein paar Takte, dann ziehe ich die Stöpsel aus den Ohren und stecke sie in die Tasche.

Unten treffe ich Karen und Ken, die sich perfekt zurechtgemacht haben. Karen trägt ein langes, blauweiß gemustertes Kleid, Ken Anzug und Krawatte.

»Du siehst bezaubernd aus«, sage ich zu Karen, und ihre Wangen röten sich.

»Danke, meine Liebe. Du auch.« Sie strahlt.

Sie ist so lieb. Die beiden werden mir fehlen, wenn ich nicht mehr hier wohne.

»Ich dachte, wir könnten diese Woche noch mal im Gewächshaus arbeiten?«, fragt sie mich, als wir zum Auto gehen und meine nude-farbenen Heels auf dem Asphalt klappern.

»Gern«, sage ich und steige hinten in den Volvo.

»Ich freue mich so. Wir waren lange nicht mehr auf einer Party.« Karen nimmt Kens Hand und legt sie in ihren Schoß, als er auf die Straße biegt.

Ihre Liebe macht mich nicht neidisch – sie erinnert mich daran, dass Paare auch gut miteinander umgehen können.

»Landon kommt heute Nacht aus New York zurück. Ich hole ihn um zwei Uhr morgens ab«, sagt Karen aufgeregt.

»Ich kann es nicht erwarten, dass er zurückkommt«, antworte ich wehmütig. Mein bester Freund hat mir gefehlt, mit seinen klugen Kommentaren und dem warmen Lächeln.

Das Haus von Christian Vance ist genauso, wie ich es mir vorgestellt habe. Es ist sehr modern, steht fast transparent auf einem kleinen Hügel und besteht scheinbar nur aus Stahlträgern und Glas. Die Einrichtung und Dekoration sind bis ins letzte Detail aufeinander abgestimmt. Es ist überwältigend und erinnert mich an ein Museum, denn nichts sieht aus, als wäre es je berührt worden.

Kimberly empfängt uns an der Tür. »Vielen Dank, dass ihr gekommen seid«, begrüßt sie uns und umarmt mich.

»Danke für die Einladung.« Ken schüttelt Christian die Hand. »Gratulation zum großen Umzug.«

Als ich durch die hinteren Fenster schaue, fällt mein Blick auf eine Wasseroberfläche, und es verschlägt mir den Atem. Jetzt verstehe ich, warum das Haus zum größten Teil aus Glas ist – es steht an einem großen See. Jenseits der Fenster erstreckt sich die Wasseroberfläche scheinbar endlos, und die untergehende Sonne spiegelt sich darin, sodass es mich fast blendet. Es ist ein atemberaubendes Panorama. Die Hügellage und der leicht abfallende Garten suggerieren, dass man auf dem Wasser schwimmt.

»Wir sind hier.« Kimberly führt uns ins Esszimmer, das wie der Rest des Hauses perfekt gestylt ist.

Dieser Stil ist zwar nicht mein Geschmack – ich mag es klassischer –, aber das Haus von Vance ist wirklich überwältigend. Zwei längliche, rechteckige Tafeln stehen im Esszimmer, geschmückt mit bunten Blumen und Schwimmkerzen in kleinen Schalen an jedem Gedeck. Die Servietten sind zu Blumen gefaltet, silberne Serviettenringe halten sie zusammen. Es ist bezaubernd. So elegant und farbenfroh wie aus einem Magazin. Kimberly hat sich wirklich ins Zeug gelegt.

Trevor sitzt nahe am Fenster, zusammen mit ein paar anderen Leuten aus dem Büro, darunter Crystal aus der Marketingabteilung und ihr zukünftiger Mann. Smith sitzt zwei Plätze weiter und spielt irgendein Computerspiel.

»Du siehst toll aus.« Trevor lächelt mich an und steht auf, um Ken und Karen zu begrüßen.

»Danke. Wie geht es dir?«, frage ich.

Seine Krawatte hat das gleiche Blau wie seine Augen, die hell strahlen. »Blendend, bereit für den großen Umzug!«

»Das kann ich mir vorstellen!«, sage ich, aber in Wirklichkeit denke ich: *Könnte ich doch selbst nach Seattle …*

»Trevor, wie schön, Sie zu sehen.« Ken schüttelt ihm die Hand, und ich sehe nach unten, als etwas an meinem Kleid zupft.

»Hallo Smith, wie geht es dir?«, frage ich den kleinen Jungen mit den leuchtend grünen Augen.

»Okay.« Er zuckt die Schultern. Dann fragt er leise: »Wo ist dein Hardin?«

Mir fällt nicht ein, was ich sagen könnte, und dass Smith ihn »meinen Hardin« genannt hat, berührt etwas in mir. Die Mauer bekommt die ersten Risse, dabei bin ich gerade mal zehn Minuten hier. »Er ist ... äh ... er ist gerade nicht hier.«

»Aber er kommt noch, oder?«

»Nein, tut mir leid. Ich glaube nicht, mein Süßer.«

»Oh.«

Es ist eine schreckliche Lüge, und jeder, der Hardin kennt, würde sie augenblicklich durchschauen, aber ich sage zu dem kleinen Kerl: »Er hat gesagt, ich soll dich grüßen«, und wuschle ihm kurz durchs Haar. Jetzt hat mich Hardin auch noch dazu gebracht, ein kleines Kind anzulügen. Na toll.

Smith lächelt schräg und setzt sich wieder an den Tisch. »Okay. Ich mag deinen Hardin.«

Ich auch, will ich sagen, *aber er ist gar nicht meiner.*

In den nächsten Minuten treffen fünfzehn, zwanzig weitere Gäste ein, und Christian schaltet sein Hightech-Soundsystem ein. Auf einen Knopfdruck hin erklingt sanfte Klaviermusik. Junge Männer in weißen Hemden reichen Häppchen herum, und ich nehme mir etwas, das ein kleines Stück Brot mit Tomaten und Soße zu sein scheint.

»Das Büro in Seattle ist atemberaubend, Sie sollten es sehen«, schwärmt Christian einigen von uns vor. »Es liegt direkt am Wasser und ist doppelt so groß wie unser Büro hier. Ich kann gar nicht glauben, dass wir expandieren.«

Ich versuche, so interessiert wie möglich zu wirken, als mir ein Kellner ein Glas Weißwein reicht. Dabei interessiert es mich *wirklich* – ich bin einfach nur abgelenkt. Abgelenkt davon, dass Hardins Name gefallen ist, und von dem Gedanken an Seattle. Ich starre durch die Glaswand auf das Wasser und stelle mir vor, wie ich mit

Hardin in eine Wohnung ziehe, wie aufregend es wäre, in einer neuen Stadt, an einem neuen Ort, mit neuen Leuten. Wir würden neue Freunde finden und ein neues Leben anfangen, zusammen. Hardin würde wieder für Vance arbeiten und den ganzen Tag damit angeben, dass er mehr verdient als ich, und ich würde mit ihm darüber streiten, ob ich die Rechnung fürs Kabelfernsehen übernehmen darf.

»Tessa?«

Trevor reißt mich aus meinen sinnlosen Tagträumen. »Entschuldige …«, stammle ich und merke, dass nur noch wir beide übrig sind und er gerade am Anfang oder Ende einer Geschichte ist, die völlig an mir vorbeigegangen ist.

»Wie gesagt, meine Wohnung liegt ganz nah am neuen Büro und mitten in der Innenstadt – du solltest die Aussicht sehen.« Er lächelt. »Die Skyline von Seattle ist wunderschön, besonders nachts.«

Ich lächele und nicke. Das kann ich mir vorstellen. Das kann ich mir wirklich, wirklich vorstellen.

89

Hardin

Was mache ich hier?

Ich laufe auf und ab. Was für eine schwachsinnige Idee, hierher-zukommen.

Ich kicke einen Stein über die Einfahrt. Was erwarte ich denn? Dass sie mir um den Hals fällt und mir alles vergibt, was ich ihr angetan habe? Dass sie mir plötzlich glaubt, dass ich nicht mit Carly geschlafen habe?

Ich betrachte das Traumhaus von Vance. Tessa ist vermutlich nicht mal hier, und ich stehe wie ein Idiot da, wenn ich uneingela-den erscheine. Genau genommen stehe ich in jedem Fall wie ein Idiot da. Ich sollte gehen.

Außerdem juckt dieses verdammte Hemd, und ich hasse es, mich aufzubrezeln. Es ist zwar nur ein schwarzes Hemd, aber trotzdem.

Als ich das Auto meines Vaters sehe, gehe ich ein Stück die Ein-fahrt hoch und werfe einen Blick hinein. Auf dem Rücksitz liegt die grässliche Handtasche, die Tessa zu jedem Anlass mitschleppt.

Sie ist drinnen, sie ist hier. Bei dem Gedanken, sie zu sehen, ihr nah zu sein, zieht sich mein leerer Magen zusammen. *Was würde ich zu ihr sagen?* Ich weiß es nicht. Ich muss ihr erklären, dass die Tage in England die absolute Hölle waren, und dass ich sie brauche, mehr als irgendetwas anderes. Ich muss ihr sagen, dass ich ein Arschloch bin und nicht glauben kann, dass ich das einzig Gute in meinem Leben verloren habe – sie. Sie bedeutet mir alles, und das wird sie immer.

Ich gehe einfach rein und bringe sie dazu, mit mir zu kommen, damit wir uns unterhalten können – *Ich bin nervös, Scheiße, bin ich nervös.*

Ich muss mich übergeben. Nein. Aber hätte ich irgendwas im Magen, käme es jetzt wieder hoch. Ich weiß, dass ich total beschissen aussehe. Sie wohl auch? Es wäre zwar gar nicht möglich, aber war es für sie genauso schwer wie für mich?

Schließlich stehe ich vor der Tür, aber dann drehe ich wieder um. Ich hasse es, so unter Leute zu gehen, und es stehen mindestens fünfzehn Autos in dieser Einfahrt. Alle werden mich anstarren, und ich werde wie ein Idiot aussehen. Aber der bin ich schließlich auch.

Bevor ich es mir ausreden kann, drehe ich mich um und drücke schnell auf die Klingel.

Ich tue es für Tessa. Ich tue es für sie, sage ich mir immer wieder, als Kim mit einem überraschten Lächeln öffnet. »Hardin? Ich wusste nicht, dass du kommst.« Ich sehe, wie sie sich um Höflichkeit bemüht, obwohl sie wütend ist. Vermutlich will sie Tessa schützen.

»Ja … ich auch nicht«, antworte ich.

Dann eine neue Regung – Mitleid. Sie sieht mich an, und ihr Blick verändert sich. Vermutlich sehe ich schlimmer aus, als ich denke, weil ich gerade aus dem Flugzeug gestiegen und direkt hierhergekommen bin.

»Tja … komm rein, es ist so kalt draußen«, winkt sie mich hinein.

Einen Moment lang bin ich überwältigt. Das Haus von Vance ist wie ein verdammtes Kunstwerk. Es sieht nicht mal aus, als würde hier jemand wohnen. Es ist cool, aber ich bevorzuge einen klassischeren Style, moderne Kunst ist nicht mein Ding.

»Wir wollten gerade mit dem Essen anfangen«, erklärt sie und führt mich in ein Esszimmer mit gläsernen Wänden.

Und da sehe ich sie.

Mein Herz setzt aus, und ein Gewicht senkt sich auf meine Brust, das mich fast erstickt. Sie hört jemandem zu, und dabei lächelt sie und streicht sich das Haar aus der Stirn. Hinter ihr spiegelt sich die untergehende Sonne und lässt sie erstrahlen. Ich kann mich nicht rühren.

Ich höre sie lachen, und zum ersten Mal seit zehn Tagen kann ich wieder atmen. Ich habe sie so sehr vermisst, und sie sieht fantastisch aus – das tut sie immer –, aber dieses rote Kleid und die Sonne auf ihrer Haut, das Lächeln in ihrem Gesicht ... warum lächelt sie und lacht sogar?

Müsste sie nicht weinen? Müsste sie nicht beschissen aussehen? Sie kichert noch mal, und schließlich erfassen meine Augen, mit wem sie da redet und wer es fertigbringt, dass sie mich vergisst.

Dieser Arsch von Trevor. Ich hasse diesen Wichser – ich könnte ihn packen und ihn durch die Scheibe krachen lassen, und niemand könnte mich davon abhalten. Warum schleicht er immer um sie herum? Er ist ein verdammter Schwachkopf, und ich werde ihn verdammt noch mal umbringen.

Nein. Ich muss mich beruhigen. Wenn ich ihm jetzt wehtue, hört mir Tessa niemals zu.

Ich schließe kurz die Augen und rede mir gut zu. Wenn ich ruhig bleibe, wird sie mir zuhören. Dann wird sie mit mir gehen, und wir können nach Hause fahren, wo ich sie um Vergebung bitte, und sie wird mir sagen, dass sie mich noch liebt, und wir werden uns lieben, und alles ist gut.

Ich beobachte sie weiter. Jetzt erzählt sie eine Geschichte und sieht ganz aufgeregt aus. In einer Hand hält sie ein Weinglas, mit der anderen gestikuliert sie, während sie redet und lächelt. Als ich das Armband an ihrem Arm bemerke, macht mein Herz einen Sprung.

Sie trägt es noch – sie trägt es noch. Das ist ein gutes Zeichen. Es muss ein gutes Zeichen sein.

Dieser Arsch von Trevor hängt an ihren Lippen. Sein Gesicht ist voller Bewunderung, die mein Blut zum Kochen bringt. Er sieht aus wie ein liebeskranker Welpe, und sie stachelt ihn auch noch an.

Hat sie mich schon überwunden? Durch ihn?

Es würde mich umbringen, wenn es so wäre … aber ich könnte es ihr nicht verübeln. Ich habe nicht auf ihre Anrufe reagiert. Ich habe mir nicht mal die Mühe gemacht, ein neues Handy zu kaufen. Sie denkt vermutlich, sie wäre mir egal, und ich wäre auch schon drüber weg.

Ich muss an die ruhige Straße in England denken, an Natalies gerundeten Bauch, an Elijahs schwärmerisches Lächeln beim Anblick seiner Verlobten. Auf die gleiche Art sieht Trevor Tessa an.

Trevor ist ihr Elijah. Er ist ihre zweite Chance auf ein glückliches Leben.

Die Erkenntnis trifft mich wie ein Donnerschlag. Ich muss gehen. Ich muss hier weg und sie in Ruhe lassen.

Jetzt verstehe ich, warum ich Natalie getroffen habe. Ich musste das Mädchen sehen, zu dem ich so mies war, damit ich mit Tessa nicht den gleichen Fehler mache.

Ich muss gehen. Ich muss hier raus, bevor sie mich sieht.

Doch in dem Moment, in dem ich mir das eingestehe, sieht sie auf, und unsere Blicke begegnen sich. Ihr Lächeln erstirbt, und das Weinglas entgleitet ihr und zersplittert auf dem Parkett.

Alle drehen sich nach ihr um, aber ihr Blick ist auf mich geheftet. Ich reiße mich kurz los und sehe, wie Trevor sie anblickt. Er ist verwirrt, scheint aber bereit, ihr beizustehen.

Tessa blinzelt ein paarmal und sieht zu Boden. »Es tut mir so leid«, sagt sie beschämt und bückt sich, um die Scherben einzusammeln.

»Nicht doch, bitte, ist schon okay! Ich hole Besen und Papierhandtücher«, ruft Kimberly und eilt davon.

Ich muss verdammt noch mal hier raus. Ich mache kehrt, um

wegzurennen, und wäre beinahe über einen kleinen Menschen gestolpert. Als ich nach unten schaue, blicke ich in die großen Augen von Smith.

»Dachte ich mir doch, dass du kommst«, sagt er.

Ich schüttele den Kopf und tätschle sein Haar. »Ja … ich wollte gerade gehen.«

»Warum?«

»Weil ich gar nicht hier sein sollte«, erkläre ich und blicke über die Schulter.

Trevor hat Kimberly den Handfeger abgenommen und hilft Tessa dabei, die Scherben aufzufegen und sie in eine kleine Tüte zu werfen. Es hat was Symbolisches, dass ich dabei zusehe, wie er beim Einsammeln der Scherben hilft. Scheiß Metaphern.

»Mir gefällt es auch nicht«, stöhnt Smith, und ich sehe ihn an und nicke.

»Bleibst du?«, fragt er unschuldig. Hoffnungsvoll.

Ich schaue abwechselnd Tessa und das Kind an. Er nervt mich nicht mehr so wie früher. Ich glaube, mir fehlt einfach die Kraft, um genervt zu sein.

Plötzlich legt sich eine Hand auf meine Schulter. »Du solltest auf ihn hören«, sagt Christian und drückt leicht zu. »Wenigstens zum Essen. Kim hat viel Arbeit in den heutigen Abend gesteckt«, fügt er mit einem freundlichen Lächeln hinzu.

Ich schiele zu seiner Freundin im schlichten schwarzen Kleid rüber, die mit einem Papiertuch die Sauerei beseitigt, die Tessa meinetwegen gemacht hat. Und natürlich kniet Tessa neben ihr und entschuldigt sich viel öfter als nötig.

»Na gut«, stimme ich zu, und Christian nickt.

Wenn ich dieses Abendessen überstehe, überstehe ich alles. Ich schlucke einfach den Schmerz hinunter, dass Tessa ohne mich so zufrieden aussieht. Sie schien ganz unbeschwert, bis ihr Blick auf mich fiel, da wurde sie traurig.

Ich werde mich genauso verhalten. Ich werde so tun, als würde es mich nicht jedes Mal umbringen, wenn sie nur blinzelt. Wenn sie glaubt, dass sie mir egal ist, ist sie frei und kann mich hinter sich lassen. Dann kann sie sich auf jemanden einlassen, der sie gut behandelt.

Kimberly hat fertig geputzt, und einer der Kellner läutet eine kleine Glocke. »Okay, nachdem die Show vorbei ist, wird es Zeit zu essen!«, sagt sie mit einem Lachen und wedelt mit den Armen, um die Gäste an die Tische zu bitten.

Ich folge Christian zu einem Tisch und setze mich auf einen freien Platz, ohne darauf zu achten, wo Tessa und ihr »Freund« sind. Ich spiele mit dem Silberbesteck herum, bis mein Vater und Karen zu mir kommen und mich begrüßen.

»Ich hatte nicht erwartet, dich hier zu sehen, Hardin«, sagt mein Vater.

Ich seufze, als Karen sich neben mich setzt. »Das sagen alle.« Ich gestatte mir nicht, vom Tisch aufzusehen, um nach Tessa Ausschau zu halten.

»Hast du mit ihr gesprochen?«, fragt Karen fast unhörbar.

»Nein«, antworte ich.

Ich starre auf das Muster der Tischdecke und warte darauf, dass die Kellner das Essen bringen. Hähnchen, ganze verdammte Hähnchen werden auf großen Platten hereingetragen. Schüsseln mit Beilagen werden in einer Reihe auf den Tisch gestellt, eine nach der anderen. Endlich kann ich nicht mehr anders und blicke auf, um nach ihr zu suchen. Ich schaue nach links, stelle dann aber fest, dass sie mir fast gegenübersitzt ... natürlich neben dem dummen Trevor.

Gedankenverloren schiebt sie eine Spargelstange auf ihrem Teller herum. Ich weiß, dass sie keinen Spargel mag, aber sie ist zu höflich, etwas liegen zu lassen, das jemand für sie zubereitet hat. Ich sehe zu, wie sie die Augen schließt und den Spargel an den Mund führt. Fast muss ich lächeln, weil sie sich alle Mühe gibt, nicht angeekelt zu schauen, während sie den Bissen mit Wasser hinunterspült und sich dann die Lippen mit der Serviette abtupft.

Sie ertappt mich dabei, wie ich sie anstarre, und ich wende sofort den Blick ab. Ich sehe den Schmerz in ihren blaugrauen Augen. Schmerz, an dem ich schuld bin. Schmerz, der nur verschwinden wird, wenn ich mich von ihr fernhalte und sie nach vorne blicken lasse.

All unsere unausgesprochenen Worte hängen zwischen uns in der Luft. Sie richtet die Aufmerksamkeit wieder auf ihren Teller. Im Laufe des üppigen Essens, von dem ich kaum fünf Bissen nehme, schaue ich nicht noch einmal auf. Selbst als ich höre, wie Trevor mit Tessa über Seattle redet, halte ich den Blick abgewendet. Zum ersten Mal in meinem Leben wäre ich gern jemand anders. Ich würde alles geben, um Trevor zu sein und sie glücklich machen zu können, ohne ihr wehzutun.

Das ganze Essen hindurch antwortet Tessa knapp auf seine Fragen, und ich weiß, dass sie dankbar ist, als Karen anfängt, über Landon und seine langjährige Freundin in New York zu reden.

Eine Gabel schlägt an ein Glas. Christian steht auf und sagt: »Darf ich um Aufmerksamkeit bitten …« Er schlägt noch einmal gegen das Glas, dann lacht er kurz und fügt hinzu: »Ich höre besser auf damit, bevor ich es zerbreche«, wobei er Tessa mit einem verschwörerischen Blick bedenkt.

Ihre Wangen röten sich, und ich muss die Hände auf die Schenkel pressen, um ihm nicht an die Gurgel zu gehen, weil er sie in Verlegenheit gebracht hat. Ich weiß, dass es nur ein Scherz ist, aber es ist trotzdem mies.

»Vielen Dank, dass Sie alle gekommen sind. Es bedeutet mir unendlich viel, alle, die ich liebe, bei uns zu haben. Ich bin mehr als stolz auf die Arbeit, die jeder in diesem Raum geleistet hat, und ich wäre ohne Sie alle aufgeschmissen. Sie sind das beste Team, das man sich wünschen kann. Wer weiß – vielleicht eröffnen wir nächstes

Jahr ein Büro in Los Angeles oder New York, dann kann ich Sie mit neuen Plänen in den Wahnsinn treiben.« Er nickt belustigt, strahlt jedoch vor Eifer.

»Übernimm dich nicht«, sagt Kimberly und gibt ihm einen Klaps auf den Po.

»Und du, ganz besonders du, Kimberly. Ohne dich wäre ich nirgendwo.« Sein Ton schlägt um, die Stimmung im Raum verändert sich. Er umfasst ihre Hände und stellt sich vor ihren Stuhl. »Nach dem Tod von Rose war es dunkel in meinem Leben. Die Tage sind an mir vorbeigezogen, und ich hätte nie gedacht, dass ich eines Tages wieder glücklich sein könnte. Ich habe nicht geglaubt, dass ich jemals wieder lieben könnte. Ich hatte mich damit abgefunden, mein Leben mit Smith zu verbringen. Doch dann platzt eines Tages diese quirlige Blondine in mein Büro, zehn Minuten zu spät zu ihrem Vorstellungsgespräch, mit einem riesigen Kaffeefleck auf der weißen Bluse – und es war um mich geschehen. Ich war bezaubert von deinem Temperament und deiner Energie.« Er wendet sich an Kimberly. »Du hast mir Leben geschenkt, als ich keins mehr in mir hatte. Niemand könnte Rose je ersetzen, das wusstest du. Aber du hast nicht versucht, sie zu ersetzen – du hast ihr Vermächtnis angenommen und mir geholfen, zurück ins Leben zu finden. Ich wünschte nur, ich wäre dir früher begegnet, dann wäre es mir davor nicht so lange so mies gegangen.« Er lacht und versucht, etwas von der Emotionalität rauszunehmen, aber es misslingt ihm.

»Ich liebe dich, Kimberly, mehr als alles andere, und ich würde gern den Rest meines Lebens damit verbringen, dir zurückzugeben, was du mir geschenkt hast.« Er kniet nieder.

Soll das ein verdammter Witz sein? Beschließen plötzlich alle um mich herum zu heiraten, oder hat sich das Universum gegen mich verschworen?

»Das hier ist keine Umzugsparty, es ist eine Verlobungsfeier.« Er lächelt seine Angebetete an. »Also, natürlich nur, wenn du Ja sagst.«

Kimberly quiekt und fängt an zu weinen. Ich wende den Blick ab, als sie ihr Ja fast herausschreit.

Ich kann nicht anders. Ich sehe Tessa an, als sie die Hände vors Gesicht schlägt und sich die Tränen wegwischt. Ich weiß, dass sie sich bemüht, in diesem freudigen Moment für ihre Freundin zu lächeln und so zu tun, als wären es Freudentränen. Aber sie gibt es nur vor. Sie ist erschüttert, weil sie gerade miterlebt hat, wie ihre Freundin alles hört, was sie von mir hören wollte.

90

Tessa

Als Christian die Arme um Kimberly schlingt und sie in die Luft hebt, zieht sich meine Brust zusammen. Ich freue mich für sie, wirklich. Doch es ist schwer, hier zu sitzen und zuzusehen, wie sie bekommt, was ich mir gewünscht habe, auch wenn ich mich wirklich für sie freue. Ich gönne ihr das Glück, jedes Gramm davon, aber es tut weh zuzusehen, wie er sie auf beide Wangen küsst und ihr einen sensationellen Diamantring an den Finger steckt.

Ich stehe auf und hoffe, dass niemand meinen Abgang bemerkt. Ich schaffe es bis ins Wohnzimmer, bevor die Tränen richtig fließen. Ich wusste, dass es passieren würde, dass ich zusammenbrechen würde. Ich würde klarkommen, wenn Hardin nicht hier wäre, aber dass er da ist, ist so surreal und so schmerzhaft.

Er will mich quälen, anders kann ich es mir nicht erklären. Warum sonst sollte er kommen und kein Wort mit mir reden? Ich verstehe es nicht: Er meidet mich zehn Tage lang, und dann taucht er auf diesem Fest auf. Er musste wissen, dass ich hier sein würde. Ich hätte nicht kommen sollen – oder zumindest hätte ich selbst fahren sollen, denn dann könnte ich jetzt auf der Stelle verschwinden. Zed kommt erst um …

Zed.

Zed kommt um acht und holt mich ab. Ich sehe auf eine elegante Standuhr. Halb acht. Hardin bringt ihn um, wenn er hier auftaucht.

Oder auch nicht, vielleicht ist es ihm inzwischen egal.

Ich suche das Bad und schließe die Tür hinter mir. Es dauert einen Moment, bis ich verstehe, dass der Lichtschalter ein Touchscreen an der Wand ist. Dieses blöde Hightech-Zeug ist nichts für mich.

Es war mir so peinlich, als mir das Weinglas runtergefallen ist. Hardin wirkt so gleichgültig, als wäre es ihm völlig egal, dass ich hier bin, oder dass mir seine Anwesenheit unangenehm sein muss. War es für ihn denn auch schwer? Hat er tagelang im Bett gelegen und geweint, so wie ich? Ich habe keine Ahnung, aber er macht keinen sonderlich traurigen Eindruck.

Atmen, Tessa. Du musst atmen. Achte nicht auf das Messer in deiner Brust.

Ich wische mir über die Augen und blicke in den Spiegel. Mein Make-up ist zum Glück nicht verschmiert, und die eingedrehten Locken sitzen noch perfekt. Meine Wangen sind etwas gerötet, aber eigentlich sehe ich dadurch sogar besser aus, lebendiger.

Als ich die Tür aufmache, lehnt Trevor an der Wand und wirkt sichtlich besorgt. »Ist alles in Ordnung? Du bist ziemlich schnell rausgelaufen.« Er kommt einen Schritt auf mich zu.

»Ja … ich habe nur etwas frische Luft gebraucht«, lüge ich. Was für eine dumme Lüge. Wer rennt ins Bad, um Luft zu schnappen?

Glücklicherweise ist Trevor ein Gentleman und zieht mich nicht damit auf, so wie es Hardin tun würde. »Okay, sie servieren gerade den Nachtisch, falls du noch Hunger hast«, sagt er und führt mich durch den Flur zurück.

»Eigentlich nicht, aber ich werde ihn probieren«, antworte ich. Ich versuche, gleichmäßig zu atmen, und stelle fest, dass es tatsächlich etwas hilft. Ich überlege, wie ich ein Aufeinandertreffen von

Hardin und Zed verhindern kann, als ich die leise Stimme von Smith aus einem Zimmer höre, an dem wir vorbeikommen.

»Woher willst du das wissen?«, fragt er auf die ihm eigene nüchterne Art.

»Weil ich alles weiß«, antwortet Hardin.

Hardin? Zusammen mit Smith?

Ich bleibe stehen und winke Trevor weiter. »Trevor, geh doch schon vor. Ich … äh … möchte noch mit Smith reden.«

Fragend sieht er mich an. »Sicher? Ich kann warten«, bietet er an.

»Nein, ist schon in Ordnung«, schicke ich ihn höflich weiter. Er nickt und schlendert davon, sodass ich endlich lauschen kann.

Smith sagt etwas, das ich nicht verstehe, und Hardin antwortet: »Aber es ist die Wahrheit, ich weiß alles.« Seine Stimme ist ganz ruhig.

Ich lehne mich an die Wand neben die Tür, als Smith fragt: »Wird sie sterben?«

»Nein, Mann. Warum glaubst du immer, dass alle sterben?«

»Ich weiß nicht«, sagt der kleine Junge.

»Aber es stimmt nicht, es sterben nicht alle.«

»Und wer stirbt?«

»Nicht alle.«

»Aber wer, Hardin?«, bohrt Smith nach.

»Menschen, böse Menschen, schätze ich. Und alte Menschen. Und kranke Menschen – ach ja, und manchmal traurige Menschen.«

»Wie dein hübsches Mädchen?«

Mein Herz klopft.

»Nein! Sie doch nicht. Sie ist nicht traurig«, sagt Hardin, und ich schlage mir die Hand vor den Mund.

»Nee, klar.«

»Nein, ist sie nicht. Sie ist glücklich, und sie wird nicht sterben. Genauso wenig wie Kimberly.«

»Woher weißt du das?«

»Das hab ich dir doch schon gesagt: Weil ich alles weiß.« Seit es um mich geht, hat sich sein Ton verändert.

Ich höre Smith wütend schnauben. »Tust du nicht.«

»Geht es dir wieder gut? Oder musst du noch weinen?«, fragt Hardin.

»Du sollst dich nicht lustig machen.«

»Entschuldige, aber hast du fertig geweint?«

»Ja.«

»Gut.«

»Gut.«

»Du sollst mich nicht nachäffen. Das ist unhöflich«, sagt Hardin.

»Du bist unhöflich.«

»Du auch – bist du wirklich erst fünf?«, fragt Hardin.

Das Gleiche wollte ich Smith auch schon fragen. Er ist so reif für sein Alter, aber das kommt wahrscheinlich daher, dass er so viel durchmachen musste.

»Ich glaube schon. Willst du spielen?«, fragt Smith.

»Nein.«

»Warum?«

»Warum stellst du so viele Fragen? Du bist wie …«

»Tessa?«, fragt Kimberly, und vor Schreck stoße ich fast einen Schrei aus. Sie legt mir aufmunternd die Hand auf die Schulter. »Entschuldige! Hast du Smith gesehen? Er ist davongelaufen, und ausgerechnet Hardin ist ihm hinterher.« Sie wirkt erstaunt und irgendwie gerührt.

»Äh, nein.« Ich laufe schnell den Flur hinunter, um nicht peinlich von Hardin erwischt zu werden. Er muss gehört haben, wie mich Kimberly angesprochen hat.

Im Esszimmer gehe ich zu der kleinen Gruppe um Christian, bedanke mich noch einmal für die freundliche Einladung und gratuliere zu seiner Verlobung. Einen Moment später taucht Kimberly auf, und ich umarme sie zum Abschied, dann Karen und Ken.

Ich schaue auf mein Handy: zehn vor acht. Hardin ist mit Smith beschäftigt und will scheinbar nicht mit mir reden, und das ist gut so. Für mich ist es besser. Ich will nicht, dass er sich entschuldigt und mir erklärt, wie schlecht es ihm ohne mich gegangen ist. Ich will nicht, dass er mich umarmt und mir sagt, dass wir eine Lösung finden, dass wir alles geradebiegen, was er zertrümmert hat. Ich will es nicht. Er tut es ohnehin nicht, also ist es zwecklos, es zu wünschen.

Wenn ich es nicht will, tut es weniger weh.

Als ich das Ende der Einfahrt erreiche, bin ich völlig durchgefroren. Ich hätte eine Jacke anziehen sollen – es ist Ende Januar und hat gerade angefangen zu schneien. Ich weiß nicht, was ich mir dabei gedacht habe. Hoffentlich ist Zed bald da.

Der eisige Wind peitscht mir das Haar ins Gesicht. Ich zittere und schlinge die Arme um den Oberkörper, um mich warm zu halten.

»Tess?« Als ich aufsehe, glaube ich einen Moment lang, dass ich mir den Mann, der da ganz in Schwarz durch den Schnee auf mich zukommt, nur einbilde.

»Was machst du?«, fragt Hardin und kommt noch näher.

»Ich gehe.«

»Oh …« Er reibt sich den Nacken, so wie er es immer tut. Ich schweige. »Wie geht es dir?«, fragt er, und ich fasse es nicht.

»Wie es mir *geht*?« Ich sehe ihn an.

Ich bemühe mich, cool zu bleiben, während er mich mit vollkommen neutralem Gesicht ansieht. »Ja … ich meine, ist alles … okay?«

Soll ich ihm die Wahrheit sagen oder lügen …? »Wie geht es dir?«, frage ich zurück, und meine Zähne klappern.

»Ich habe zuerst gefragt«, antwortet er.

So hatte ich mir unsere erste Begegnung nicht vorgestellt. Ich weiß nicht, was ich erwartet habe, aber das nicht. Ich dachte, er würde mich beschimpfen … wir würden uns anschreien. Aber nicht, dass wir in einer verschneiten Einfahrt herumstehen und einander fragen, wie es so geht. Die Laternen, die in den Bäumen an der Einfahrt hängen, lassen Hardin schimmern wie ein Engel. Offensichtlich eine Illusion.

»Es geht mir gut«, lüge ich.

Er mustert mich von Kopf bis Fuß, sodass sich mein Magen zusammenzieht und mein Herz schneller klopft. »Das sehe ich.« Seine Stimme dringt durch den Wind zu mir.

»Also, und wie geht es dir?«

Ich will von ihm hören, dass es ihm schrecklich geht, aber das sagt er nicht.

»Auch gut.«

Schnell frage ich: »Warum hast du nicht angerufen?« Vielleicht bekomme ich auf diese Weise irgendein Gefühl aus ihm heraus.

»Ich …« Er sieht mich an, dann senkt er den Blick auf seine Hände, bevor er sich durch das schneebedeckte Haar fährt. »Ich … war beschäftigt.« Seine Antwort ist die Abrissbirne, die meiner Schutzmauer den Rest gibt.

Die Wut siegt über den verheerenden Schmerz, der mich jede Sekunde zu überwältigen droht. »Du warst beschäftigt?«

»Ja … ich war beschäftigt.«

»Wow.«

»Wow was?«, fragt er.

»Du warst beschäftigt. Weißt du eigentlich, was ich in den letzten elf Tagen durchgemacht habe? Es war die Hölle! Ich wusste nicht, wie ich den Schmerz ertragen soll, und manchmal dachte ich, ich schaffe es nicht. Ich habe die ganze Zeit gewartet … gewartet wie eine Idiotin!«, schreie ich.

»Aber du weißt nicht, was ich getan habe! Du glaubst immer, du wüsstest alles – dabei hast du keine Ahnung!«, schreit er zurück, und ich gehe ans Ende der Einfahrt.

Wenn er sieht, wer mich abholt, flippt er aus. Aber wo zur Hölle steckt Zed? Es ist fünf nach acht.

»Dann sag es mir, Hardin! Sag mir, was wichtiger war, als um mich zu kämpfen.« Ich wische mir die Tränen aus den Augen und versuche krampfhaft, nicht zu weinen.

Ich habe es so satt, immer zu weinen.

91

Hardin

Als sie zu weinen beginnt, fällt es mir immer schwerer, mich neutral zu geben. Was wäre, wenn ich ihr sage, dass auch ich durch die Hölle gegangen bin, dass auch ich nicht wusste, wie ich den Schmerz ertragen soll. Ich glaube, sie würde mir in die Arme fallen und sagen, alles wäre gut. Sie hat mein Gespräch mit Smith gehört, das weiß ich genau. Sie ist traurig, so wie der kleine Wicht behauptet hat, aber ich weiß, wie es ausgeht. Wenn sie mir vergibt, baue ich wieder Mist und verletze sie wieder. So war es immer, und ich kann einfach nichts dagegen tun.

Deshalb muss ich ihr die Chance geben, jemand Besseren zu finden. Ich glaube, im Grunde wünscht sie sich einen Freund, der ihr mehr ähnelt. Jemanden ohne Tattoos und Piercings. Jemanden ohne Kindheitstrauma und Wutausbrüche. Sie bildet sich jetzt ein, mich zu lieben, aber wenn ich irgendwann noch größeren Mist baue, wird sie bereuen, jemals mit mir gesprochen zu haben. Je länger ich zusehe, wie sie in der Einfahrt steht und weint, während um sie herum der Schnee fällt, desto sicherer weiß ich, dass ich nichts für sie bin.

Ich bin Tom, und sie ist Daisy. Die reizende Daisy, die von Tom verdorben wird und danach nie mehr dieselbe ist. Wenn ich in dieser verschneiten Einfahrt niederknie und um Vergebung bitte, dann wird sie unwiederbringlich zur schrecklichen Daisy. Dann verliert sie ihre Unschuld und wird mich irgendwann hassen, genauso wie sich selbst.

Hätte Tom Daisy bei ihren ersten Zweifeln verlassen, hätte sie mit dem Mann leben können, der ihr vom Schicksal bestimmt war und der sie behandelt hätte, wie sie es verdient hat.

»Das geht dich eigentlich nichts an«, sage ich und sehe, wie meine Worte sie ins Mark treffen.

Sie sollte drinnen bei Trevor sein oder zu Hause bei Noah. Nicht hier bei mir. Ich bin nicht der Darcy, den sie verdient. Ich kann mich nicht für sie ändern. Ich werde lernen, ohne sie zu leben, so, wie sie ohne mich leben muss.

»Wie kannst du so etwas sagen? Nach allem, was wir durchgemacht haben, wirfst du mich einfach weg und gibst mir nicht einmal eine Erklärung?«, schreit sie.

Die Scheinwerfer eines Autos nähern sich auf der dunklen Straße, sodass Tessa nur noch eine Silhouette ist und neue Schatten durch die Landschaft huschen.

Ich tue das für dich!, will ich brüllen, aber ich schweige und zucke nur die Schultern.

Sie öffnet den Mund, dann schließt sie ihn wieder, als ein Truck vor ihr hält.

Dieser Truck …

»Was macht er hier?«, frage ich heiser.

»Er holt mich ab«, sagt sie mit einer Selbstverständlichkeit, die mich fast in die Knie zwingt.

»Warum sollte … warum ist er … was soll der *Scheiß*?« Ich trete vor und zurück. Ich wollte abweisend sein, damit sie sich von mir löst und jemand Besseren findet – aber doch nicht Zed, diesen Wichser.

»Hast du … hast du dich mit diesem Stück Scheiße getroffen?« Ich starre sie wütend an. Ich weiß, dass ich verzweifelt klinge, aber das ist mir egal. Ich gehe an Tessa vorbei zum Truck. »Steig aus!«, rufe ich.

Zu meiner Überraschung klettert Zed tatsächlich aus dem Truck und lässt den Motor laufen. Was für ein Idiot.

»Ist alles okay bei dir?«, fragt er sie dreist.

Ich fahre ihn an: »Ich wusste es! Ich wusste, dass du nur auf deine Chance wartest, um dich an sie ranzuschmeißen! Hast du geglaubt, ich würde es nicht rauskriegen?«

Er schaut sie an, sie schaut ihn an. *Holy Shit, das passiert gerade wirklich.*

»Lass ihn in Ruhe, Hardin!«, sagt sie barsch …

Und das war's.

Ich packe Zed am Jackenkragen und verpasse ihm einen Kinnhaken. Tessa schreit, aber es ist kaum ein Flüstern, das vom Wind und meiner Wut verschluckt wird.

Zed taumelt zurück und hält sich den Kiefer, doch dann kommt er wieder auf mich zu. Er und seine Todessehnsucht.

Ich prügle mich zum ersten Mal seit Wochen, in meine Wut mischt sich Adrenalin. Das Gefühl hat mir gefehlt, die Energie, die mich durchströmt und in einen Rausch versetzt.

Ich treffe ihn in die Rippen. Diesmal geht er zu Boden. In Sekundenschnelle hocke ich auf ihm und schlage wild auf ihn ein. Er schlägt sich gut, ihm gelingen ein paar Treffer. Aber er hat keine Chance gegen mich.

»Ich war da … du nicht«, stachelt er mich weiter an.

»Hör auf! Hör auf, Hardin!« Tessa zieht an meinem Arm. Reflexartig stoße ich sie von mir, und sie fällt in die Einfahrt.

Sofort vergesse ich meine Wut und drehe mich um. Sie krabbelt auf Händen und Knien davon. Dann steht sie auf und streckt die Arme vor sich, als wollte sie mich abwehren. *Scheiße, was habe ich getan?*

»Komm nicht in ihre Nähe!«, schreit Zed hinter mir. Sofort ist er bei ihr, und sie blickt zu ihm auf. Mich sieht sie nicht einmal an.

»Tess … das war ein Versehen. Ich wusste nicht, dass du das bist, ich schwöre es! Du weißt, ich sehe rot, wenn ich wütend bin … es tut mir so leid. Ich …«

Sie sieht einfach durch mich hindurch. »Können wir bitte gehen?«, fragt sie ruhig, und mein Herz macht einen Sprung … bis mir klar wird, dass sie mit Zed geredet hat.

Wie konnte das passieren?

»Ja, natürlich.« Zed legt ihr seine Jacke um die Schultern, öffnet die Beifahrertür zu seinem Truck und hilft ihr hinein.

»Tessa …«, rufe ich noch einmal, aber sie beachtet mich nicht. Sie vergräbt das Gesicht in den Händen und wird von Schluchzern geschüttelt.

Ich deute auf Zed und drohe ihm: »Die Sache ist noch nicht vorbei.«

Er nickt und geht zur Fahrerseite, bevor er mich ansieht. »Ich denke doch.« Er grinst und steigt in seinen Truck.

92

Tessa

»Es tut mir leid, dass er dich gestoßen hat«, sagt Zed, als ich seine zerschrammte Wange mit einem warmen Tuch abwische. Die Stelle ist aufgeplatzt und will einfach nicht aufhören zu bluten.

»Das ist doch nicht deine Schuld. Es tut mir leid, dass du immer wieder in diese Sache hineingezogen wirst.« Ich seufze und tunke das Handtuch erneut in sein Waschbecken.

Er hat mir angeboten, mich zurück zu Landons Haus zu fahren, statt wie geplant ins Kino zu gehen, aber ich wollte nicht dorthin. Ich wollte nicht, dass Hardin dort aufkreuzt und eine Szene macht.

Vermutlich ist er jetzt gerade dort und zertrümmert das gesamte Haus von Ken und Karen. Himmel, ich hoffe nicht.

»Ist schon okay, ich kenne ihn. Ich bin nur froh, dass er dich nicht verletzt hat. Also, noch schlimmer, meine ich.« Er seufzt.

»Ich werde jetzt einen Moment draufdrücken, es könnte wehtun«, warne ich ihn.

Als ich das Tuch auf die Wunde presse, schließt Zed die Augen. Der Kratzer ist tief und sieht aus, als könnte er eine Narbe hinterlassen. Ich hoffe es nicht. Zeds schönes Gesicht darf nicht durch eine Narbe entstellt werden, und ganz bestimmt will ich nicht der Grund dafür sein.

»Fertig«, sage ich, und er lächelt, obwohl seine Lippen geschwollen sind. *Warum reinige ich ständig Wunden?*

»Danke.« Er lächelt noch einmal, während ich das blutige Handtuch auswasche.

»Ich schick dir die Rechnung«, necke ich ihn.

»Bist du auch bestimmt nicht verletzt? Du bist ziemlich unsanft zu Boden gegangen.«

»Es tut schon weh, aber nicht schlimm.« Der Abend hat eine dramatische Wendung genommen, seit Hardin mir nach draußen gefolgt ist. Ich hatte zwar schon den Verdacht, dass ihn die Trennung nicht sehr hart getroffen hat, aber dass es ihn derart kalt lassen würde, hätte ich nicht erwartet. Er meinte, er sei beschäftigt gewesen und hätte deswegen nicht angerufen. Ich hatte immer das Gefühl, dass ich mehr empfinde als er, aber ich dachte, er würde mich zumindest ein wenig lieben, und ich wäre ihm nicht ganz egal. Er hat getan, als wäre nie etwas gewesen, als wären wir Freunde, die sich beiläufig unterhalten. Zumindest, bis Zed aufgetaucht ist. Dabei hätte ich eher erwartet, dass er sich über Trevor ärgert und seinetwegen vor allen Streit anfängt, aber Trevor schien ihm vollkommen egal zu sein. Das ist eigentlich merkwürdig.

Egal, wie sehr mir das Herz blutet, ich weiß, dass Hardin mir nicht absichtlich wehtun würde. Doch so etwas ist jetzt schon zum zweiten Mal passiert. Das erste Mal habe ich schnell eine Entschuldigung für ihn gefunden. Schließlich hatte ich ihn überredet, zu Weihnachten zu seinem Vater zu gehen, und es war einfach zu viel für ihn. Aber heute war es seine Schuld – er wurde nicht mal bei der Party erwartet.

»Hast du Hunger?«, fragt Zed, als wir aus dem kleinen Bad ins Wohnzimmer gehen.

»Nein, ich habe auf der Party gegessen«, sage ich, und meine Stimme ist noch immer heiser von den hemmungslosen Schluchzern auf dem Weg zu Zed.

»Okay, wir haben ohnehin nicht viel da, aber ich könnte dir was bestellen, wenn du willst, also sag mir einfach, wenn du es dir anders überlegst.«

»Danke.« Zed ist immer so unglaublich lieb zu mir.

»Mein Mitbewohner kommt bald, aber er wird uns nicht stören. Er geht vermutlich gleich schlafen.«

»Es tut mir wirklich leid, dass das immer wieder passiert, Zed.«

»Entschuldige dich nicht. Wie gesagt, ich war nur froh, dass ich für dich da sein konnte. Hardin schien ziemlich wütend zu sein, als ich ankam.«

»Wir haben uns gestritten.« Ich verdrehe die Augen, setze mich auf die Couch und verziehe das Gesicht vor Schmerz. »Mal was Neues.«

Die Schwellungen und Schrammen von meinem Autounfall sind gerade verheilt, und jetzt habe ich schon wieder blaue Flecken wegen Hardin. Mein Kleid ist hinten total verdreckt, und die Schuhe sind an den Seiten zerkratzt. Hardin zerstört wirklich alles, was er berührt.

»Brauchst du Klamotten zum Schlafen?«, fragt Zed und gibt mir die Decke, die ich schon neulich hatte.

Mir ist nicht ganz wohl dabei, mir Kleidung von Zed zu leihen. Das mache ich mit Hardin, ich habe noch nie etwas von jemand anderem getragen.

»Ich glaube, Molly hat auch ein paar Sachen hier … bei meinem Mitbewohner drüben. Ich weiß, das ist wahrscheinlich etwas blöd …« Er lächelt verlegen. »Aber sicher besser, als in diesem Kleid zu schlafen.«

Molly ist viel dünner als ich, und ich muss fast lachen. »Ich passe nicht in ihre Kleider, aber danke für das Kompliment.«

Meine Antwort scheint Zed zu verwirren. Es ist hinreißend, wie wenig Ahnung er hat.

»Also, ich hätte vielleicht etwas für dich«, bietet er an, und ich nicke und lasse den Gedanken zu. Ich kann mir Sachen leihen, von wem ich will, Hardin hat keinen Anspruch auf mich – ich bin ihm nicht einmal eine Erklärung schuldig.

Zed verschwindet in seinem Schlafzimmer und kommt kurz darauf mit einem Stapel Klamotten raus. »Ich hab einfach mal Verschiedenes mitgebracht, ich wusste nicht, was du magst.« Etwas an seinem Ton weckt in mir den Verdacht, dass er gern mit mir dieses Stadium erreichen würde, in dem man weiß, was dem anderen gefällt. Das Stadium, das ich mit Hardin erreicht habe. *Hatte.* Wie auch immer.

Ich nehme ein blaues T-Shirt und eine karierte Pyjamahose. »Ich bin nicht wählerisch«, sage ich dankbar und gehe ins Bad.

Zu meinem Entsetzen entpuppt sich die karierte Pyjamahose als Boxershorts. Zeds Boxershorts. O Gott. Ich öffne den Reißverschluss an meinem Kleid und ziehe das große T-Shirt über, bevor ich überlege, was ich mit den Shorts machen soll.

Das Shirt ist kleiner als das von Hardin. Es reicht mir gerade bis zu den Oberschenkeln und riecht nicht nach Hardin. Natürlich nicht, es ist ja nicht von ihm. Es riecht nach Waschmittel und ganz leicht nach Zigaretten. Der Geruch ist eigentlich ganz nett, aber nicht so schön wie der gewohnte Duft von dem Mann, der mir so fehlt.

Ich ziehe die Boxershorts an und blicke an mir hinab. Sie sind nicht zu kurz. Tatsächlich sind sie ein wenig schlabbrig, enger, als Hardins wären, aber nicht zu eng. Ich werde einfach zur Couch gehen und mich so schnell wie möglich zudecken.

Es ist mir wahnsinnig peinlich, sie zu tragen, aber noch peinlicher wäre es, einen Wirbel um die Sache zu machen, nach allem, was Zed heute meinetwegen durchstehen musste. Sein ramponiertes Gesicht erinnert an Hardins Wut und ist eine blutige Mahnung, dass es mit Hardin und mir niemals klappen kann. Hardin interessiert sich nur für sich selbst. Nur sein Stolz hat ihn beim Anblick von Zed ausrasten lassen. Er interessiert sich nicht für mich, aber er will auch nicht, dass ich mit jemand anderem zusammen bin.

Mein Kleid lasse ich zusammengefaltet auf dem Boden im Bad liegen. Es ist ohnehin ruiniert. Ich werde es mit der Reinigung probieren, aber ich bin mir nicht sicher, ob es zu retten ist. Ich mochte das Kleid, und es hat auch nicht wenig gekostet – Geld, das ich dringend brauche, wenn ich irgendwann eine eigene Wohnung habe.

Ich bewege mich so schnell ich kann, aber Zed steht neben dem Fernseher, als ich ins Wohnzimmer komme. Seine Augen weiten sich und wandern an mir auf und ab. »Ich … äh, wollte etwas einlegen … ich hab, also ich versuche, einen Film zu finden … den wir uns ansehen können. Oder du dir ansehen kannst, meine ich«, stammelt er, und ich setze mich auf die Couch und ziehe die Decke über mich.

Sein Gestotter und sein Blick lassen ihn jünger und verwundbarer erscheinen als sonst.

Er lacht nervös. »Entschuldige, ich wollte sagen, ich habe den Fernseher angestellt, damit du fernsehen kannst.«

»Danke«, sage ich und lächele, während er sich auf das andere Ende der Couch setzt. Er stützt die Ellbogen auf die Knie und blickt starr nach vorne.

»Wenn du dich lieber nicht mehr mit mir treffen willst, verstehe ich das«, versuche ich das Schweigen zu brechen.

Er sieht mich an. »Was? Nein, denk so etwas nicht.« Er sieht mir in die Augen. »Mach dir keine Sorgen um mich, ich komm damit zurecht. Das bisschen Prügel hält mich nicht von dir fern. Ich halte mich nur von dir fern, wenn du es willst. Wenn du es sagst, gehe ich. Aber solange du mich nicht wegschickst, bin ich da.«

»Ich will nicht. Dass du gehst, meine ich. Ich weiß nur nicht, was ich mit Hardin machen soll. Ich will nicht, dass er dich noch mal verletzt«, sage ich.

»Er ist ziemlich gewalttätig. Ich schätze mal, ich weiß, was mich erwartet. Aber mach dir um mich keine Sorgen. Ich hoffe nur, dass du dich von ihm zurückziehst, nachdem er heute Nacht sein wahres Gesicht gezeigt hat.«

Der Gedanke macht mich traurig, aber ich sage: »Das werde ich, definitiv. Ihm ist es ohnehin egal, warum sollte es mich kümmern?«

»Das sollte es nicht. Du bist sowieso zu gut für ihn, das warst du immer«, versichert er mir.

Ich rücke näher an ihn heran, und er hebt meine Decke an und schlüpft darunter, bevor er die Fernbedienung nimmt und den Fernseher einschaltet. Mir gefällt es, wie ungezwungen es zwischen uns ist. Er sagt nicht irgendwelche Dinge, nur um mich zu ärgern, und verletzt auch nicht absichtlich meine Gefühle.

»Bist du müde?«, frage ich nach einer Weile.

»Nö. Du?«

»Ein wenig.«

»Dann leg dich schlafen. Ich kann in mein Zimmer gehen.«

»Nein. Also, könntest du bleiben, bis ich einschlafe?«, frage ich.

Er sieht mich an, erleichtert und glücklich. »Ja, klar. Das kann ich machen.«

93

Hardin

Ich lasse die Faust auf den Kofferraum meines Autos knallen und schreie, um meine Wut rauszulassen.

Wie ist das passiert? Wie konnte ich sie wegstoßen? Er wusste, auf was er sich einließ, als er aus dem Truck gestiegen ist, und er hat ordentlich einstecken müssen. Ich kenne Tessa – sie wird ihn bemitleiden und sich selbst die Schuld dafür geben, dass er verprügelt wurde, und dann wird sie denken, dass sie ihm etwas schuldet.

»Fuck!«, schreie ich noch lauter.

»Wieso brüllst du hier so rum?« Christian erscheint in der verschneiten Einfahrt.

Ich sehe ihn an und rolle mit den Augen. »Nichts.« Der einzige Mensch, den ich je lieben werde, ist gerade mit dem Menschen abgezogen, den ich am meisten hasse.

Vance schaut mich belustigt an. »Irgendetwas scheint zu sein«, bemerkt er und trinkt einen großen Schluck aus seinem Glas.

»Ich will gerade keine beschissene Aussprache«, knurre ich ihn an.

»So ein Zufall – ich auch nicht. Ich wollte nur wissen, was dieser schreiende Wichser in meiner Einfahrt will«, erklärt er lächelnd.

Darüber muss ich fast lachen. »Verpiss dich.«

»Ich nehme an, sie hat deine Entschuldigung nicht angenommen?«

»Wer sagt, dass ich mich entschuldigt habe oder mich entschuldigen müsste?«

»Ich, weil ich dich kenne. Außerdem bist du ein Mann …« Er hebt das Glas zum Gruß und ext den Rest. »Wir müssen uns immer zuerst entschuldigen. So ist das nun mal.«

Ich stoße die Luft aus. »Tja, sie will aber keine Entschuldigung.«

»Jede Frau will eine Entschuldigung.«

Ich bekomme einfach nicht das Bild aus dem Kopf, wie sie sich Hilfe suchend nach Zed umsieht. »Nicht meine … nicht sie.«

»Okay, in Ordnung«, sagt Christian und winkt ab. »Kommst du wieder rein?«

»Nein … ich weiß nicht.« Ich schüttele mir den Schnee aus dem Haar und streiche es nach hinten.

»Ken … dein Dad und Karen machen sich zum Aufbruch bereit.«

»Mir scheißegal … warum?«, antworte ich, und er lacht leise.

»Deine Ausdrucksweise verblüfft mich immer wieder.«

Ich grinse ihn an. »Wieso? Du fluchst genauso viel wie ich.«

»Genau.« Er legt mir den Arm um die Schulter. Und ich überrasche mich selbst, als ich mich von ihm zurück ins Haus führen lasse.

94

Tessa

Ich kann nicht schlafen. Alle dreißig Minuten wache ich auf und sehe nach, ob Hardin angerufen hat. Hat er natürlich nicht. Ich überprüfe noch einmal, ob ich den Wecker gestellt habe. Morgen habe ich Seminare, also wird mich Zed früh zu Landon fahren, damit ich mich fertig machen kann und rechtzeitig zum Campus komme.

Als ich erneut die Augen schließe, rasen die Gedanken in meinem Kopf. In meinem Traum hat Hardin gebettelt, dass ich mit ihm nach Hause komme. Es bringt mich immer um den Verstand, das von ihm zu hören, auch wenn es nur im Traum ist. Nachdem ich mich noch eine Weile auf der kleinen Couch herumgewälzt habe, entscheide ich zu tun, was ich von Anfang an hätte tun sollen.

Ich öffne die Tür zu Zeds Schlafzimmer und höre sofort sein leises Schnarchen. Er trägt kein Shirt und liegt auf dem Bauch, die Arme unter dem Kopf verschränkt.

Als er sich im Schlaf bewegt, ringe ich mit mir. »Tessa?« Er setzt sich auf. »Alles okay bei dir?« Er klingt besorgt.

»Ja ... tut mir leid, dass ich dich wecke ... ich habe mich nur gefragt, ob ich vielleicht hier schlafen könnte?«, frage ich schüchtern.

Er sieht mich eine Sekunde lang an, dann sagt er: »Ja, klar«, rutscht zur Seite und macht mir viel Platz.

Ich versuche zu ignorieren, dass kein Laken auf der Matratze ist. Schließlich ist er Student, und nicht alle sind so ordentlich wie ich. Er schiebt mir ein Kissen rüber, und ich lege mich neben ihn, keine dreißig Zentimeter von ihm entfernt.

»Möchtest du reden?«, fragt er.

Will ich?, überlege ich, sage aber: »Nein, nicht jetzt. Ich bekomme das Chaos in meinem Kopf nicht in den Griff.«

»Kann ich irgendetwas für dich tun?« Seine Stimme in der Dunkelheit ist so sanft.

»Näher rücken?«, bitte ich ihn, und das tut er.

Als ich mich auf die Seite drehe und ihn ansehe, bin ich nervös. Er legt die Hand an meine Wange und streichelt sie mit dem Daumen. Seine Berührung ist warm und zärtlich. »Ich bin froh, dass du hier bei mir bist und nicht bei ihm«, flüstert Zed.

»Ich auch«, antworte ich und habe keine Ahnung, ob das wirklich stimmt.

95

Hardin

Landon ist ziemlich eigen seit dem Abend, an dem er mich angefallen hat. Als er mich am Flughafen an der Gepäckausgabe sah und ihm klar wurde, dass ich ihn abhole statt seiner Mom, hat er einen Wutanfall bekommen. Karen hatte zugestimmt, dass ich ihren Sohn abhole, entweder, weil sie nach der Party bei Vance nicht mehr rauswollte, oder weil ich ihr leidtue. Ich weiß es nicht genau, bin aber froh darüber.

Landon selbst ist einfach nur sauer. Er behauptet, ich sei das größte Arschloch, das ihm je begegnet sei, und weigert sich, mit mir ins Auto zu steigen. Ich brauche fast zwanzig Minuten, um meinen entzückenden Stiefbruder davon zu überzeugen, dass alles besser ist, als dreißig Meilen durch die Nacht zu stapfen.

Nach ein paar Meilen Schweigen nehme ich das Gespräch an dem Punkt wieder auf, wo es am Flughafen eingeschlafen ist. »Also, Landon, ich brauche deine Hilfe. Du musst mir sagen, was ich tun soll. Ich bin hin und her gerissen. Ich kann mich einfach nicht entscheiden.«

»Was sind die Möglichkeiten?«

»Entweder nach England heimkehren, damit Tessa leben kann, wie sie es verdient, oder zu Zed fahren und ihn umbringen.«

»Und was passiert im zweiten Fall mit ihr?«

Ich sehe ihn an und zucke die Schultern. »Wenn ich ihn umgebracht habe, nehme ich sie mit nach England.«

»Siehst du, das ist das Problem. Du glaubst, du kannst für sie entscheiden, aber wohin hat dich das gebracht?«

»So war es nicht gemeint. Ich meine nur …« Ich weiß, dass er recht hat, also versuche ich gar nicht erst, diesen Gedanken zu Ende zu führen. »Aber sie ist bei Zed – ich meine, wie kann das sein? Mir wird schlecht, wenn ich nur daran denke.« Ich stöhne und reibe mir die Schläfen.

»Tja, vielleicht sollte ich dann lieber fahren?«

Landon geht mir wirklich auf den Sack.

»Hardin, sie hat am Freitag bei ihm übernachtet und war den ganzen Samstag mit ihm unterwegs.«

Jetzt muss ich wirklich fast kotzen. »Was? Dann … dann ist sie mit ihm zusammen?«

Landon malt ein Muster auf das Fenster. »Ich weiß nicht, ob sie mit ihm zusammen ist … aber als ich sie am Samstag gesprochen habe, meinte sie, sie hätte zum ersten Mal gelacht, seit du sie verlassen hast.«

Ich schnaube verächtlich. »Sie *kennt* ihn nicht mal.« Ich fasse es einfach nicht, dass dieser Scheiß gerade wirklich passiert.

»Nimm es mir nicht übel, aber es hat doch eine gewisse Ironie, dass du so besessen davon bist, sie könnte mit jemandem zusammen sein, der mehr ist wie sie, und dann sucht sie sich jemanden, der wieder so ist wie du«, meint Landon.

»Zed ist nicht wie ich«, sage ich und konzentriere mich auf die Straße, bevor ich vor Landon noch in Tränen ausbreche. Den Rest der Fahrt zu meinem Vater schweige ich.

»Hat sie geweint?«, frage ich schließlich, als ich in die Einfahrt biege.

Landon schaut mich ungläubig an. »Ja, eine Woche lang, ohne Pause.« Dann schüttelt er den Kopf. »Mann, du hast keine Ahnung, was du ihr angetan hast, und es war dir vollkommen egal. Du denkst einfach immer nur an dich.«

»Wie kannst du das sagen, nachdem ich all das für sie getan habe? Ich habe mich von ihr ferngehalten, damit sie über mich wegkommt. Ich verdiene sie nicht, das hast du selbst zu mir gesagt, erinnerst du dich?«

»Ja, und das denke ich noch immer. Aber ich finde auch, dass sie selbst entscheiden sollte, was sie verdient.« Er stöhnt und steigt aus.

Jace zieht an seinem Joint, dann starrt er ihn an. »Ich habe in letzter Zeit kaum was gemacht, ich hab nur so rumgehangen. Tristan kommt fast gar nicht mehr. Er klebt immer nur mit Steph zusammen.«

»Hm«, murmele ich. Ich trinke einen Schluck Bier und sehe mich in seiner Dreckswohnung um. Keine Ahnung, warum ich hierhergekommen bin, aber ich wusste nicht, wohin ich sonst gehen soll. In unsere Wohnung ganz bestimmt nicht. Ich fasse es nicht, dass Tessa bei Zed ist – *Fuck, Fuck, Fuck.*

Und Landon wollte Tessa einfach nicht anrufen und überreden, zu meinem Vater zurückzukommen, egal, wie sehr ich ihn gedrängt habe. Wichser.

Ich gebe zu, ich bewundere seine Loyalität, aber nicht, wenn sie mir in die Quere kommt. Landons Meinung nach soll ich Tessa entscheiden lassen, ob sie mit mir zusammen sein will, aber ich weiß, wie sie entscheiden würde. Zumindest dachte ich das.

Es hat mich völlig kalt erwischt, dass Zed sie abgeholt und fast das ganze Wochenende mit ihr verbracht hat.

»Und was geht bei dir ab?«, fragt Jace und bläst mir seinen Rauch ins Gesicht.

»Nichts.«

»Ich muss sagen, ich war ziemlich überrascht, dass du bei mir aufkreuzt, nach dem, was bei unserem letzten Treffen passiert ist«, erinnert er mich.

»Du weißt, warum ich hier bin.«

»Ach ja?«, fragt er spöttisch.

»Tessa und Zed. Ich weiß, dass du von ihnen weißt.«

»Tessa? Tessa Young und Zed Evans?« Er lächelt. »Was du nicht sagst.«

Er sollte aufhören, so dämlich zu grinsen.

Als ich schweige, zuckt er die Schultern. »Davon weiß ich nichts, ehrlich.« Er zieht erneut an seinem Joint. Weiße Papierflocken fallen in seinen Schoß, doch er scheint es nicht zu merken.

»Du bist nie ehrlich.« Ich trinke noch einen Schluck.

»Doch, das bin ich. Also, dann vögeln sie miteinander?« Er zieht eine Braue hoch.

Ich verschlucke mich fast. »Hör bloß auf. Hast du sie zusammen gesehen?« Ich atme langsam ein und aus.

»Nein, ich habe keine Ahnung, was da läuft.« Jace legt seinen Joint in den Aschenbecher. »Ich dachte, er hätte was mit irgendeiner Highschool-Schnitte.«

Ich starre auf einen Berg schmutziger Wäsche in der Ecke. »Das dachte ich auch.«

»Dann hat sie dich wegen Zed sitzen lassen?«

»Verarsch mich nicht, ich bin nicht in der Stimmung.«

»Du bist hergekommen, um Fragen zu stellen. Ich verarsch dich nicht«, knurrt Jace.

»Ich habe gehört, dass sie am Freitag zusammen waren. Ich wollte wissen, wer sonst noch da war.«

»Keine Ahnung. Ich jedenfalls nicht. Wohnt ihr zwei denn nicht zusammen oder so ein Scheiß?« Er nimmt seine peinliche Hipster-Brille ab und legt sie auf den Tisch.

»Ja. Was glaubst du, warum mich dieser Scheiß mit Zed so aufregt.«

»Tja, du weißt ja, wie er ist, seitdem du —«

»Ich *weiß*.« Ich hasse Jace, wirklich. Und Zed. Hätte Tessa nicht zu Trevor laufen können, um über mich hinwegzukommen? Mann, ich hätte nie gedacht, dass ich Trevor einmal als gute Option betrachten würde.

Ich verdrehe die Augen und kämpfe gegen den Impuls an, Jace mit dem Kopf in seinen Couchtisch zu rammen. Diese Aktion hier bringt mich keinen Schritt weiter, nichts von dem Scheiß bringt mich weiter – nicht das Trinken, nicht die Wut, nichts davon.

»Bist du sicher, dass du nichts weißt? Wenn ich erfahre, dass du lügst, bringe ich dich um. Das ist dir klar, oder?«, drohe ich und meine es todernst.

»Ja, Mann, wir wissen doch alle, was du für ein Psycho bist, wenn es um diese Frau geht. Stress nicht so rum.«

»Ich warne dich ja nur«, erkläre ich, und er verdreht die Augen.

Warum gebe ich mich überhaupt mit diesem Typen ab? Er ist ein verdammter Wichser, und ich hätte unsere sogenannte Freundschaft damit enden lassen sollen, dass ich ihn zusammenschlage.

Jace steht auf und streckt sich. »Okay, Mann, ich gehe schlafen. Es ist vier. Du kannst dich auf die Couch hauen, wenn du willst.«

»Nein, nicht nötig«, sage ich und gehe zur Tür.

Es ist vier Uhr morgens und kalt draußen, aber ich kann unmöglich schlafen, solange ich weiß, dass sie bei Zed ist. In seiner Wohnung. Was, wenn er sie anfasst? Was, wenn er sie das ganze Wochenende über angefasst hat?

Würde sie ihn ficken, um mich zu ärgern?

Nein, dazu kenne ich sie zu gut. Sie errötet noch jetzt, wenn ich ihr den Slip runterziehe. Andererseits ist Zed ziemlich geschickt mit Worten, und er könnte sie abfüllen. Ich weiß, dass sie keinen Alkohol verträgt – zwei Gläser, und sie flucht wie ein Handwerker und geht mir an die Wäsche.

Scheiße, wenn er sie abfüllt und befummelt …

Ich mache einen U-Turn auf der Kreuzung und hoffe, dass keine Bullen in der Nähe sind, besonders, weil sie meine Bierfahne riechen würden.

Scheiß drauf, ich will mich nicht mehr von ihr fernhalten. Ich war vielleicht scheiße zu ihr und habe sie wie Dreck behandelt – aber Zed ist noch viel schlimmer. Ich liebe sie mehr als er – oder als irgendjemand. Keiner kann sie lieben wie ich. Ich weiß jetzt, was ich hatte. Ich weiß, was ich zu verlieren hatte – und jetzt, wo ich es verloren habe, brauche ich es zurück. Er darf sie nicht haben, niemand darf sie haben. Niemand außer mir.

Verdammt. Warum habe ich mich nicht einfach auf der Party bei ihr entschuldigt? Das hätte ich tun sollen. Ich hätte vor allen Augen niederknien und sie anflehen sollen, mir zu verzeihen, dann könnten wir jetzt zusammen im Bett liegen. Stattdessen habe ich mit ihr gestritten und sie versehentlich weggestoßen, als ich vor lauter Wut nicht mehr wusste, mit wem ich es zu tun hatte.

Zed ist ein verdammter Wichser. Für wen hält er sich, dass er sie von der Party abholt? Ist es ihm ernst?

Meine Wut überwältigt mich schon wieder. Ich muss mich beruhigen, bevor ich dort bin. Wenn ich cool bleibe, wird sie mit mir reden. Hoffe ich.

Es ist halb fünf, als ich bei Zed bin. Ich bleibe ein paar Minuten vor der Tür stehen, um mich zu beruhigen. Schließlich klopfe ich und warte ungeduldig.

Als ich vom Klopfen zum Hämmern übergehen will, öffnet sich die Tür, und dahinter steht Tyler, Zeds Mitbewohner, mit dem ich ein paar Mal auf Partys geredet habe.

»Scott, was gibt's, Mann?«, nuschelt er.

»Wo ist Zed?« Ich verschwende keine Zeit und dränge mich an ihm vorbei.

Er reibt sich die Augen. »He Mann, du weißt, dass es fünf Uhr morgens ist, oder?«

»Nein, erst halb. Wo …« Dann bemerke ich die gefaltete Decke auf der Couch. Säuberlich gefaltet: ein Hinweis auf Tessa. Es dauert einen Moment, bis mein Hirn die Verbindung herstellt, dass die Couch leer ist.

Wo ist sie, wenn sie nicht auf der Couch ist?

Mir wird ganz schlecht, und meine Kehle schnürt sich zu, zum hundertsten Mal in dieser Nacht. Ich stürme durch die Wohnung und lasse einen verwirrten Tyler zurück.

Als ich die Tür zu Zeds Schlafzimmer öffne, ist es dunkel, fast stockdunkel. Ich öffne die Tür ganz weit, sodass etwas Licht vom Flur hineinfällt. Tessas blondes Haar bedeckt das Kissen unter ihrem Kopf, und Zeds Oberkörper ist nackt.

Ach du Scheiße!

Als ich den Schalter finde und das Licht anknipse, regt sich Tessa und rollt sich auf die Seite. Mein Stiefel stößt polternd gegen den Schreibtisch. Sie kneift die Augen zu und öffnet sie dann leicht, um zu sehen, woher der Lärm kommt.

Ich überlege, was ich sagen soll, während ich das Bild vor mir aufnehme. Tess und Zed im Bett, zusammen.

»Hardin?«, stöhnt sie. Sie verzieht das Gesicht und scheint aufzuwachen. Hektisch sieht sie nach Zed, bevor sie mich ansieht. »Was … Was machst du hier?«, fragt sie erschrocken.

»Nein, nein. Was machst *du* hier! Im Bett mit ihm?« Ich gebe mir alle Mühe, nicht zu schreien, und meine Fingernägel graben sich in meine Handballen.

Wenn sie ihn gevögelt hat, bin ich fertig mit ihr, endgültig.

»Wie bist du hier reingekommen?« Ihr Gesicht ist todtraurig.

»Tyler hat mich reingelassen. Du bist in seinem Bett? Warum bist du in seinem Bett?«

Zed rollt sich auf den Rücken und reibt sich die Augen, dann setzt er sich auf und beäugt mich. »Scheiße, was machst du in meinem Zimmer?«

Nicht, Hardin. Nicht bewegen. Ich darf mich nicht bewegen, sonst landet jemand im Krankenhaus, und dieser Jemand ist Zed. Wenn ich sie von ihm wegholen will, muss ich unbedingt ruhig bleiben.

»Ich bin hier, um dich zu holen, Tessa. Komm, wir gehen«, sage ich und strecke ihr die Hand entgegen, obwohl ich am anderen Ende des Zimmers stehe.

Sie runzelt die Stirn. »Wie bitte?«

Natürlich, Tessas berüchtigter Trotz …

»Du kannst nicht einfach zu mir kommen und ihr sagen, dass sie gehen soll.« Zed will aus dem Bett steigen, und ich sehe, dass er nur eine kurze, tief sitzende Turnhose trägt, unter der man seine Boxershorts sieht.

Ich glaube nicht, dass ich ruhig bleiben kann.

»Doch, das kann ich, und ich tue es gerade. Tessa …« Ich warte darauf, dass sie aus dem Bett steigt, aber sie bewegt sich nicht.

»Ich gehe nirgends mit dir hin, Hardin«, erklärt sie.

»Du hast sie gehört, Mann. Sie geht nicht mit dir«, sagt Zed schadenfroh.

»Pass auf, was du sagst. Ich muss mich mit aller Kraft zurückhalten, nichts zu tun, was ich später bereue, also halt verdammt noch mal den Mund«, knurre ich.

Er breitet die Arme aus und fordert mich heraus. »Das hier ist meine Wohnung, mein Schlafzimmer, um genau zu sein – und sie will nicht mit dir gehen, also geht sie nicht mit dir. Wenn du dich mit mir schlagen willst, bitte. Aber ich zwinge sie nicht zu gehen, wenn sie nicht will.« Er setzt ein künstlich besorgtes Gesicht auf und sieht sie an.

Ich stoße ein boshaftes Lachen aus. »Aber das ist der Plan, nicht wahr? Du reizt mich, bis ich dir an die Gurgel gehe, und dann tust du ihr leid, und ich bin das Monster, vor dem sich alle fürchten? Kauf ihm diesen Scheiß nicht ab, Tessa!«, brülle ich.

Ich ertrage es nicht, dass sie noch immer mit ihm im Bett ist, und noch weniger ertrage ich, dass ich ihn nicht verprügeln kann, weil er genau das will.

Tessa seufzt. »Geh einfach.«

»Tessa, hör auf mich. Er ist nicht so, wie du denkst, er ist nicht der große Unschuldige.«

»Und warum nicht?«, fragt sie herausfordernd.

»Weil … ich weiß nicht – *noch nicht.* Aber ich weiß, dass er dich für irgendetwas benutzt. Er will dich nur vögeln – das *weißt* du«, sage ich und muss mit aller Macht meine Gefühle unterdrücken.

»Nein, tut er nicht.« Sie sagt es tonlos, aber ich sehe, dass sie wütend wird.

»Mann, du solltest einfach gehen – sie will nicht mit dir gehen. Du machst dich zum Idioten.«

Als ihm die Worte über die geplatzten Lippen kommen, fange ich an zu zittern. In mir tobt die Wut und will heraus.

»Ich habe dich gewarnt – *halt endlich die Klappe.* Tessa, mach es nicht kompliziert, und lass uns gehen. Wir müssen reden.«

»Es ist mitten in der Nacht, und du …«, fängt sie an, aber ich schneide ihr das Wort ab.

»Bitte, Tessa.«

Ihr Ausdruck ändert sich, und ich habe keine Ahnung, warum. »Nein, Hardin, du kannst nicht einfach hier reinspazieren und verlangen, dass ich mit dir gehe!«

Zed zuckt die Schultern und sagt lässig: »Bring mich nicht dazu, die Bullen zu rufen, Hardin.«

Und das war's. Ich gehe einen Schritt auf ihn zu, aber Tessa springt aus dem Bett und stellt sich zwischen uns. »Tu's nicht. Nicht schon wieder«, bittet sie und sieht mir in die Augen.

»Dann komm mit mir. Du kannst ihm nicht trauen«, sage ich.

Zed schnaubt. »Aber *dir* kann sie trauen? Du hast es versaut, kapier das endlich. Sie verdient etwas Besseres als dich, also stell dich ihrem Glück nicht in den Weg …«

»Ihrem Glück? Mit dir? Als ob du ernsthaft an ihr interessiert wärst! Du willst doch nur das eine!«

»Das stimmt nicht! Ich mag sie und würde sie bestimmt besser behandeln als du!«, schreit er mir ins Gesicht, und Tessa versucht mich zurückzuschieben. Ich weiß, es ist dumm, doch ich genieße die Berührung, das Gefühl ihrer Hände auf meiner Brust. Ich habe sie so lange nicht gespürt.

»Hört auf, beide, bitte! Hardin, du musst gehen.«

»Ich gehe nicht, Tessa. Du bist naiv, er kümmert sich einen Dreck um dich!«, schreie ich ihr ins Gesicht.

Sie blinzelt nicht mal. »Und du? Du konntest mich elf Tage lang nicht anrufen, weil du ›zu beschäftigt‹ warst? Er war für mich da, als du es nicht warst, und wenn …« Sie schreit immer weiter, aber da fallen mir ihre Klamotten auf.

Hat sie etwa? Sie wird doch nicht …

Ich trete einen Schritt zurück, um sicherzugehen. »Sind das … was hast du da an?«, stammle ich.

Sie blickt an sich hinab, als hätte sie ihre Klamotten vergessen.

»Sind das seine verdammten *Sachen*?!«, brülle ich. Meine Stimme bricht, und ich fahre mir durch die Haare.

»Hardin …« Sie versucht zu sprechen.

»Ja, das sind sie«, antwortet Zed für sie.

Wenn sie seine Sachen trägt … »Hast du ihn gevögelt?«, frage ich kraftlos und muss die Tränen unterdrücken.

Ihre Augen weiten sich. »Nein! Natürlich nicht!«

»Sag mir auf der Stelle die Wahrheit, Tessa! Hast du ihn gevögelt?«

»Ich habe dir schon geantwortet!«, schreit sie zurück.

Zed hält sich im Hintergrund, und sein geschwollenes Gesicht ist besorgt. Ich hätte ihn schlimmer zurichten sollen.

»Hast du ihn angerührt? O Fuck! Hat er dich angerührt?« Ich drehe durch, und es ist mir scheißegal. Ich packe das nicht. Ich würde es nicht ertragen, wenn er sie angerührt hat, es wäre einfach zu viel.

Ich wende mich an Zed, bevor einer der beiden antworten kann. »Ich schwöre bei Gott, wenn du sie angerührt hast, ist mir scheißegal, ob sie hier ist oder nicht, dann werde ich …«

Tessa tritt erneut zwischen uns, ich sehe Tränen in ihren Augen.

»Verschwinde aus meiner Wohnung, *sofort,* oder ich rufe die Polizei«, droht Zed.

»Die Polizei? Glaubst du, das kümmert …«

»Ich gehe.« Tessas Stimme ist in all dem Chaos leise.

»Was?«, fragen Zed und ich im Chor.

»Ich gehe mit dir, Hardin, aber nur, weil ich weiß, dass du sonst nicht verschwindest.«

Ich bin erleichtert. Na ja, ein wenig. Es ist mir egal, warum sie mitkommt, Hauptsache, sie tut es.

Zed wendet sich ihr zu, fast flehentlich. »Tessa, du musst nicht gehen. Ich kann die Bullen rufen. Du brauchst nicht mit ihm gehen. Das ist seine Masche: Er zwingt dich, indem er dich und alle um dich herum einschüchtert.«

»Da ist was dran …« Sie seufzt. »Aber ich kann nicht mehr, und es ist fünf Uhr morgens, und wir müssen wirklich über einiges reden, also ist es so am einfachsten.«

»Es muss nicht so …«

»Sie kommt mit mir«, falle ich ihm ins Wort, und Tessa wirft mir einen vernichtenden Blick zu.

»Zed, ich ruf dich morgen an. Es tut mir so leid, dass er hierhergekommen ist«, sagt sie leise zu ihm, und schließlich nickt er, weil er weiß, dass ich gewonnen habe. Er ist sauer, und ich hoffe, sie fällt nicht darauf rein.

Dabei bin ich überrascht, dass sie einwilligt, mit mir zu kommen … aber niemand kennt mich besser als sie, und sie hat richtig erkannt, dass ich ohne sie nicht gegangen wäre.

»Entschuldige dich nicht. Pass auf dich auf, und wenn du etwas brauchst, zögere nicht und ruf an«, sagt er zu ihr.

Es muss sich beschissen anfühlen, ein kleiner Drecksack zu sein und nichts dagegen tun zu können, dass ich mitten in der Nacht bei ihm reinplatze und Tessa mitnehme.

Ohne ein Wort geht Tessa durch den Flur ins Bad.

»Wag dich nie mehr in ihre Nähe. Ich habe dich schon einmal gewarnt, aber du wolltest nicht hören.«

Zed starrt mich wütend an, und hätte Tessa nicht aus dem Wohnzimmer nach mir gerufen, hätte ich ihm den Hals umgedreht.

»Ich schwöre bei Gott, wenn du ihr wehtust, sorge ich dafür, dass es das letzte Mal war!«, sagt er laut genug, dass sie es hört, während wir durch die Tür und raus in den Schnee gehen.

96

Hardin

High Heels und seine verdammten Boxershorts. Was für eine bescheuerte Kombination, aber vermutlich hatte sie keine anderen
Schuhe dabei, was vielleicht heißt, dass sie ursprünglich nicht bei ihm
übernachten wollte. Trotzdem hat sie es getan, und ich fasse es nicht,
dass sie in seinem Bett gelegen hat. Ich ertrage es nicht, dass sie seine
Sachen anhat. Es ist das erste Mal, dass ich sie nicht ansehen will.
Sie trägt ihr rotes Kleid über dem Arm, und ich weiß, dass sie friert.

Ich wollte ihr meine Jacke geben, aber sie hat mich angefaucht,
ich solle den Mund halten und sie zu meinem Vater bringen. Mich
stört es nicht, dass sie wütend auf mich ist, im Gegenteil. Ich bin so
erleichtert und so verdammt froh, dass sie mitgekommen ist. Sie
könnte mich die ganze Fahrt über beschimpfen, ich würde mich
über jedes Wort freuen, das über ihre vollen Lippen kommt.

Ich bin auch wütend. Wütend auf sie, weil sie zu Zed gerannt ist.
Wütend auf mich, weil ich sie von mir stoßen wollte. »Ich habe dir
so viel zu sagen«, erkläre ich, als wir in die Straße biegen, in der mein
Vater wohnt.

Doch sie blockt mich mit eisigem Blick ab. »Ich will es nicht
hören. Du hättest die letzten elf Tage Gelegenheit gehabt, mit mir
zu reden.«

»Hör mir einfach nur zu, okay?«, bitte ich sie.

»Warum jetzt?« Sie schaut aus dem Fenster.

»Weil … weil du mir fehlst«, gestehe ich.

»Ich fehle dir? Du meinst, du bist eifersüchtig, weil ich bei Zed war. Ich habe dir nicht gefehlt, bis er mich heute Abend abgeholt hat. Du handelst aus Eifersucht, nicht aus Liebe.«

»Das stimmt nicht, das hat nichts damit zu tun.« Okay, es hat sehr *wohl* damit zu tun, aber unabhängig davon fehlt sie mir wirklich.

»Du sagst den ganzen Abend kein Wort zu mir, dann kommst du raus und erklärst, du warst zu beschäftigt, um mit mir zu reden. So verhält man sich nicht, wenn einem jemand fehlt«, macht sie mir klar.

»Ich habe gelogen.« Ich werfe die Hände in die Luft.

»*Du? Gelogen?* Nein.« Sie schließt die Augen und schüttelt langsam den Kopf.

Mann, ist sie heute widerspenstig. Ich hole tief Luft, damit ich nichts sage, was es noch schlimmer macht. »Ich habe kein Handy, so fängt es schon mal an, und außerdem war ich in England.«

Sie reißt den Kopf herum und sieht mich an. »Du warst was?«

»Ich war in England, um einen klaren Kopf zu bekommen. Ich wusste nicht, was ich sonst tun sollte«, erkläre ich.

Tessa dreht das Radio auf und verschränkt die Arme vor der Brust. »Du hast nicht auf meine Anrufe reagiert.«

»Ich weiß. Ich habe sie ignoriert, und es tut mir so leid. Ich wollte dich zurückrufen, aber ich habe es einfach nicht geschafft, und dann war ich betrunken und habe mein Handy zertrümmert.«

»Und deshalb soll ich mich jetzt besser fühlen?«

»Nein … ich wollte nur, dass du glücklich bist, Tessa.«

Sie schweigt und blickt wieder aus dem Fenster. Ich greife nach ihrer Hand, aber sie zieht sie weg. »Tu das nicht«, sagt sie.

»Tess …«

»Nein, Hardin! Du kannst nicht einfach nach elf Tagen erscheinen und mit mir Händchen halten. Ich bin es leid, dass wir uns immer im Kreis drehen. Ich habe endlich einen Punkt erreicht, an dem ich es eine Stunde ohne dich aushalte, ohne zu weinen, und dann kommst du an und versuchst mich wieder rumzukriegen. So machst du es seit dem ersten Tag, und ich bin es leid, immer wieder nachzugeben. Wenn ich dir etwas bedeuten würde, würdest du mir erklären, was los ist.« Ich sehe, dass sie mit Mühe die Tränen zurückhält.

»Ich versuche jetzt, es dir zu erklären«, sage ich, und mein Ärger wächst, als ich vor dem Haus meines Vaters halte.

Sie versucht die Tür zu öffnen, aber ich drücke den Knopf herunter.

»Du versuchst doch nicht etwa, mich im Auto einzuschließen? Du hast mich schon mehr oder weniger gezwungen, Zeds Wohnung zu verlassen! Was ist nur los mit dir?«, schreit sie los.

»Ich versuche nicht, dich einzusperren.« Obwohl ich das natürlich tue. Doch man muss mir zugutehalten, dass sie stur ist und sich nicht anhören will, was ich zu sagen habe.

Sie entriegelt die Tür und steigt aus.

»Tessa! Verflucht, Tessa, hör mir einfach zu!«, rufe ich in den Wind.

»Du sagst die ganze Zeit, ich soll dir zuhören, aber du hast noch gar nichts gesagt!«

»Weil du mich nie ausreden lässt!«

Immer wieder endet es im Streit. Ich muss mich von ihr anschreien lassen und es einfach schlucken, sonst sage ich etwas, das ich später bereue. Ich möchte über Zed reden und darüber, dass sie seine verfickten Klamotten trägt, aber ich muss mich beherrschen. »Es tut mir leid, okay, gib mir einfach zwei Minuten, ohne mich zu unterbrechen. Bitte?«

Sie überrascht mich, als sie nickt und die Arme verschränkt, um mir zuzuhören.

Mittlerweile schneit es richtig stark, und ich weiß, dass sie friert, aber ich muss jetzt mit ihr reden, sonst überlegt sie es sich anders.

»Ich bin nach England geflogen, als du in dieser Nacht nicht zurückgekommen bist. Ich war so wütend auf dich, dass ich nicht klar denken konnte. Ich bin einfach …«

Sie wendet sich ab und geht die verschneite Einfahrt hoch auf das Haus zu. Verdammt. Ich bin eine Niete, wenn es darum geht, mich zu entschuldigen.

»Ich weiß, dass es nicht deine Schuld ist. Ich habe dich angelogen, und es tut mir leid!«, rufe ich und hoffe, dass sie sich umdreht.

Sie tut es tatsächlich. »Es geht nicht nur darum, dass du mich angelogen hast, Hardin. Da ist so viel mehr als das.«

»Dann sag es mir, bitte.«

»Es geht darum, dass du mich nicht richtig behandelst. Bei dir stehe ich nie an erster Stelle – es geht immer um dich. Deine Freunde, deine Partys, deine Zukunft. Nie darf ich entscheiden, und ich habe mich wie eine Idiotin gefühlt, als du behauptet hast, meine Vorstellung vom Heiraten wäre verrückt. Du hast mir nicht zugehört – es geht nicht ums Heiraten, es geht darum, dass du keinen Gedanken daran verschwendest, was ich für mich und meine Zukunft will. Und ja, ich möchte eines Tages heiraten, nicht in absehbarer Zeit, aber ich brauche Sicherheit. Also hör auf, so zu tun, als wäre ich mehr an dieser Beziehung interessiert als du. Vergessen wir nicht, dass du betrunken warst und die Nacht bei einer anderen Frau verbracht hast.« Als sie fertig ist, ist sie außer Atem, und ich gehe ein paar Schritte auf sie zu.

Sie hat recht, ich weiß es. Mir fällt nur nicht ein, was ich dagegen tun kann.

»Ich weiß, ich dachte, wenn wir in England wären, nur du und ich, dann würdest du …«, stottere ich.

»Dann würde ich *was*, Hardin?« Ihre Zähne klappern, und ihre Nase ist rot vor Kälte.

Ich pule an meinen verschorften Knöcheln herum und weiß einfach nicht, wie ich meine Gefühle erklären soll, ohne wie der letzte Arsch dazustehen. »Dann wäre es nicht so leicht für dich, mich zu verlassen«, gebe ich zu … und warte auf ihre empörte Antwort.

Sie kommt nicht.

Stattdessen fängt sie an zu weinen. »Ich versteh dich nicht, Hardin. Was hätte ich sonst noch tun sollen, um dir zu zeigen, wie sehr ich dich liebe? Ich bin immer wieder zurückgekommen, wenn du mir wehgetan hast, ich bin mit dir zusammengezogen und habe dir alles Mögliche vergeben. Wegen dir habe ich die Beziehung zu meiner Mutter aufgegeben, und noch immer bist du so unsicher.« Fahrig wischt sie die Tränen fort.

»Ich bin nicht unsicher«, sage ich.

»*Siehst du?*«, schreit sie. »Aus diesem Grund wird es nie funktionieren. Dein Ego steht einfach immer im Weg.«

»Mein Ego steht überhaupt nicht im Weg!«, herrsche ich sie an. »Im Gegenteil, mein Ego ist im Moment ziemlich angeknackst, weil ich dich gerade bei Zed im Bett gefunden habe.«

»Fängst du jetzt etwa damit an?«

»Und ob, du verhältst dich wie eine …« Sie duckt sich vor meinen Worten, und ich verstumme. Ich weiß, sie kann nichts dafür, dass er sie rumgekriegt hat – das kann er einfach –, trotzdem tut es beschissen weh, dass sie bei ihm übernachtet hat.

Sie breitet provozierend die Arme aus. »Na los, Hardin, beschimpf mich.«

Sie treibt mich in den Wahnsinn, aber Fuck, ich liebe sie selbst in den schwierigsten Momenten. Als ich stumm versuche, meine Wut zu zügeln, schnalzt sie mit der Zunge. »Tja, das ist schon besser, aber ich gehe rein. Mir ist kalt, und ich muss in einer Stunde aufstehen, um mich für die Uni fertig zu machen.«

Sie geht auf das Haus zu. Ich folge ihr und warte, wann ihr wohl einfällt, dass ihre Tasche noch im Auto meines Vaters liegt. Es steht zwar hier, ist aber abgeschlossen.

Nachdem sie einen Moment auf die Tür geschaut hat, sagt sie wie zu sich selbst: »Ich muss Landon anrufen. Ich habe keinen Schlüssel.«

»Du kannst mit nach Hause kommen«, schlage ich vor.

»Du weißt, dass das keine gute Idee ist.«

»Warum nicht? Wir müssen nur eine Lösung finden.« Ich fahre mir durch die Haare. »Zusammen«, füge ich hinzu.

»Zusammen?«, wiederholt Tessa und muss fast lachen.

»Ja, zusammen. Du hast mir so gefehlt. Es war die Hölle ohne dich … und ich hoffe, ich hab dir auch gefehlt.«

»Du hättest dich melden sollen. Es ist immer das Gleiche, ich kann einfach nicht mehr.«

»Wir können es schaffen. Du bist zu gut für mich, ich weiß das, verdammt. Aber bitte, Tessa, ich tue alles. Ich halte es keinen Tag länger aus.«

97

Tessa

Seine Worte gehen mir ans Herz. Darin ist er einfach gut. »Das machst du immer. Du sagst immer wieder dasselbe, aber es ändert sich nichts«, klage ich.

»Du hast recht«, gibt er zu und sieht mir fest in die Augen. »Es stimmt. Ja, ich gebe zu, die ersten Tage war ich einfach nur wütend und wollte nichts mit dir zu tun haben, weil du zu heftig reagiert hast – aber als mir klar wurde, dass es das Aus bedeuten könnte, hat es mich fertiggemacht. Ich weiß, ich habe dich nicht gut behandelt, ich weiß nicht, wie man jemanden liebt außer sich selbst, Tess. Ich gebe mir alle Mühe – *okay,* ich hätte mir mehr Mühe geben können. Aber das wird sich jetzt ändern – ich schwöre es.«

Ich schaue ihn an. Ich habe diese Worte schon zu oft gehört. »Du weißt, dass du das schon mal gesagt hast.«

»Ich weiß, aber diesmal meine ich es ernst. Nachdem ich Natalie gesehen habe, bin ich …«

Natalie? Mein Magen zieht sich zusammen. »Du hast sie *gesehen?*«

Liebt sie ihn noch? Oder hasst sie ihn? Hat er wirklich ihr komplettes Leben ruiniert?

»Ja, ich habe sie gesehen und mit ihr gesprochen. Sie ist schwanger.«

O Gott.

»Ich habe sie seit *Jahren* nicht gesehen, Tessa«, sagt er sarkastisch, als er meine Gedanken liest. »Sie ist verlobt und glücklich, und sie hat gesagt, dass sie mir verzeiht und dass sie sich aufs Heiraten freut, weil es für sie die größte Ehre ist oder irgend so einen Scheiß, aber es hat mir wirklich die Augen geöffnet.« Er kommt wieder einen Schritt auf mich zu.

Meine Beine und Arme sind taub vor Kälte, und ich bin wütend auf Hardin, mehr als wütend. Er bricht mir das Herz. Es geht hin und her mit ihm, und das strengt mich so unglaublich an. Jetzt steht er vor mir und redet übers Heiraten, und ich weiß nicht, was ich denken soll.

Ich hätte mich nicht auf dieses Gespräch einlassen sollen. Mein Entschluss steht fest: Ich komme über ihn hinweg, und wenn es das Letzte ist, was ich tue.

»Was erzählst du da?«, frage ich.

»Dass ich jetzt verstehe, was für ein Glück ich habe, dass du bei mir bist und geblieben bist, trotz all der Scheiße, die ich angestellt habe.«

»Tja, das stimmt, aber das hättest du früher merken sollen. Ich habe dich immer mehr geliebt als du mich, und ...«

»Das *stimmt nicht!* Ich liebe dich, wie dich noch nie jemand geliebt hat. Für mich war es auch die Hölle, Tessa. Ich war krank ohne dich, richtig krank. Ich habe kaum gegessen, ich weiß, dass ich scheiße aussehe. Aber ich habe es für dich getan, damit du über mich hinwegkommst«, erklärt er.

»Das ist doch Schwachsinn.« Ich streiche mir das feuchte Haar aus dem Gesicht.

»Nein, ist es nicht. Es ist ganz logisch. Ich dachte, wenn ich mich von dir fernhalte, kommst du über mich hinweg und kannst glücklich werden, mit deinem eigenen Elijah.«

»Elijah?« Wovon redet er?

»Was? Ach so, Natalies Verlobter. Verstehst du, sie hat jemanden gefunden, der sie liebt und heiratet. Das kannst du auch.«

»Aber dieser Jemand bist nicht du … verstehe ich das richtig?«, frage ich.

Ein paar Sekunden verstreichen, und er schweigt. Er wirkt verwirrt und gehetzt, während er sich schon wieder durch die Haare fährt. Hinter den hohen Häusern bilden sich orangefarbene und rote Streifen am Himmel, und ich muss rein, bevor die Nachbarn aufwachen und ich in Boxershorts und High Heels an ihnen vorbeistöckeln muss.

»Dachte ich es mir.« Ich seufze und will nicht noch mehr Tränen für ihn vergießen, zumindest nicht, bis ich allein bin.

Hardin steht vor mir. Sein Gesicht ist vollkommen leer, als ich Landon anrufe und ihn bitte, mir die Tür zu öffnen. Ich hätte wissen sollen, dass Hardin nur so lange um mich kämpfen würde, bis ich nicht mehr in Zeds Wohnung bin. Jetzt hätte er die perfekte Gelegenheit, mir alles zu sagen, was ich hören will, doch er steht da und schweigt.

»Komm, es ist eisig«, sagt Landon und schließt die Tür hinter mir.

Ich will Landon nicht mit meinen Problemen belasten. Er ist erst vor ein paar Stunden aus New York zurückgekommen, und es wäre egoistisch.

Er nimmt die Decke, die über einem Sessel hängt, und legt sie mir um die Schultern. »Gehen wir hoch, bevor sie aufstehen«, schlägt er vor, und ich nicke.

Ich bin wie betäubt vom Schnee und von Hardin. Während ich Landon die Treppe hoch folge, werfe ich einen Blick auf die Uhr. Zehn vor sechs. In zehn Minuten muss ich unter die Dusche. Das wird ein langer Tag. Landon öffnet die Tür zu meinem Gästezimmer und schaltet das Licht an, als ich mich auf die Bettkante setze.

»Alles okay bei dir? Du siehst aus, als würdest du erfrieren«, sagt er, und ich nicke. Ich bin froh, dass er nicht hinterfragt, was ich trage und warum.

»Wie war es in New York?«, erkundige ich mich, aber meine Stimme klingt monoton und desinteressiert. Dabei interessiert es mich wirklich, was bei meinem besten Freund passiert, ich habe nur kein Gefühl mehr übrig, das ich zeigen könnte.

Er mustert mich kurz von der Seite. »Bist du sicher, dass du jetzt darüber reden willst? Es hat Zeit bis zum Kaffee, weißt du.«

»Ich bin sicher«, sage ich und zwinge mich zu lächeln.

Ich bin an dieses Hin und Her mit Hardin gewöhnt. Es schmerzt noch immer, aber ich wusste, dass es kommt. Es kommt immer. Ich kann kaum glauben, dass er nach England geflogen ist, um von mir wegzukommen. Er sagte, er musste einen klaren Kopf bekommen, dabei bin ich diejenige, die einen klaren Kopf braucht. Ich hätte nicht so lange da draußen mit ihm reden sollen. Ich hätte direkt ins Haus gehen sollen, statt ihm zuzuhören. Seine Worte haben mich nur noch mehr verwirrt. Einen Moment lang dachte ich, er würde sagen, dass er sich eine Zukunft mit mir vorstellen kann und will, doch im entscheidenden Moment hat er mich wieder gehen lassen.

Als er mir gestanden hat, dass er mit mir nach England wollte, damit ich ihn nicht verlasse, hätte ich das Weite suchen sollen, aber ich kenne ihn zu gut. Ich weiß, er glaubt, er wäre es nicht wert, geliebt zu werden, und darin folgt er seiner eigenen Logik. Aber das ist doch nicht normal – er kann nicht erwarten, dass ich alles stehen und liegen lasse und mit ihm nach England gehe. Ich möchte nicht in England hocken, nur weil er sonst fürchtet, ich könnte ihn verlassen.

Er hat einige Probleme, die er erst einmal für sich klären muss, genau wie ich. Ich liebe ihn, aber ich muss vor allem an mich denken.

»Es war schön, ich fand's cool. Dakotas Apartment ist super, und ihre Mitbewohnerin ist sehr nett«, fängt Landon an.

Und ich denke, wie schön es sein muss, eine unkomplizierte Beziehung zu führen. Erinnerungen an Noah stürzen auf mich ein, wie wir stundenlang Filme angeschaut haben. Mit ihm war es nie kompliziert. Aber vielleicht ist das der Grund, warum es nicht gehalten hat. Vielleicht ist das der Grund, warum ich Hardin so liebe: Weil er mich fordert und es eine Leidenschaft zwischen uns gibt, die uns beinahe erdrückt.

Nach weiteren Einzelheiten von seinem Besuch überträgt sich Landons Begeisterung für New York auf mich. »Und, wirst du hinziehen?«, frage ich.

»Ja, ich glaube schon. Nicht vor Semesterende, aber ich möchte wirklich näher bei ihr sein. Sie fehlt mir sehr«, sagt er.

»Ich weiß. Ich freue mich für dich, ehrlich.«

»Es tut mir leid, dass du und Hardin …«

»Das muss es nicht. Ich will nicht mehr. Es ist vorbei. Es muss vorbei sein. Vielleicht sollte ich mit nach New York kommen.« Ich lächele, und er strahlt mich mit diesem warmen Lächeln an, das ich so liebe.

»Warum nicht?«

Das sage ich immer. Ich sage immer, ich bin fertig mit Hardin, und dann lasse ich mich wieder auf ihn ein. Es ist ein ewiger Kreislauf. Also treffe ich in diesem Moment eine Entscheidung: »Am Dienstag rede ich mit Christian über Seattle.«

»Wirklich?«

»Ich muss«, sage ich, und er nickt.

»Ich ziehe mich jetzt an, dann kannst du duschen. Wir sehen uns unten, wenn du fertig bist.«

»Du hast mir so gefehlt.« Ich stehe auf und umarme Landon, so fest ich kann. Tränen laufen über meine Wangen, und er umarmt mich noch fester.

»Es tut mir leid, ich bin völlig durch den Wind. Das bin ich, seit er in mein Leben getreten ist«, seufze ich und löse mich von ihm.

Er verzieht das Gesicht, sagt aber nichts, während er zur Tür geht. Ich sammle meine Kleidung ein und folge ihm in den Flur, um ins Bad zu gehen.

»Tessa?«, fragt er an seiner Zimmertür.

»Ja?«

Landon schaut mich mitfühlend an. »Dass er dich nicht auf die Art lieben kann, wie du es dir wünschst, heißt nicht, dass er dir nicht alle Liebe gibt, die er geben kann«, sagt er.

Was soll das heißen? Ich denke über Landons Worte nach, während ich die Badezimmertür schließe und die Dusche aufdrehe. Hardin liebt mich, das weiß ich, aber er macht einen Fehler nach dem anderen. Und ich mache immer wieder den Fehler, dass ich es mir bieten lasse. Gibt er mir alle Liebe, die er geben kann? Reicht das? Als ich Zeds T-Shirt ausziehen will, klopft es an der Tür.

»Moment, Landon, eine Sekunde«, rufe ich und ziehe das T-Shirt wieder runter.

Doch als ich die Tür aufmache, ist es nicht Landon. Es ist Hardin. Seine Wangen sind tränennass und seine Augen rot.

»Hardin?«

Er umfasst meinen Nacken und zieht mich an sich. Sein Mund legt sich auf meine Lippen, bevor ich mich widersetzen kann.

98

Hardin

Als ich sie an mich ziehe, schmecke ich meine Tränen und das Zögern auf ihren Lippen. Ich umschließe ihren Nacken und küsse sie fester – es ist ein fieberhafter, aufgeladener Kuss, und ich breche fast zusammen vor Erleichterung, endlich wieder ihren Mund zu spüren.

Ich weiß, es wird nicht lange dauern, bis sie mich von sich stößt, also nehme ich jede Bewegung ihrer Zunge auf, jedes kaum hörbare Keuchen aus ihrem Mund.

Als sie die Arme um meine Taille schlingt, verpufft der Schmerz der letzten elf Tage, und in diesem Moment weiß ich mehr denn je, dass wir immer wieder zueinanderfinden werden, egal, wie viel wir streiten. Immer.

Nachdem ich zugesehen habe, wie sie ins Haus gegangen ist, habe ich mich einen Moment lang ins Auto gesetzt, bevor ich endlich den Mut gefunden habe, ihr nachzugehen. Ich habe sie viel zu oft gehen lassen, ich kann nicht riskieren, dass ich sie heute zum letzten Mal sehe. Ich bin in Tränen ausgebrochen – ich musste einfach weinen, als Landon die Tür hinter ihr schloss. Ich wusste, dass ich ihr nachlaufen muss, dass ich um sie kämpfen muss, bevor sie mir jemand wegnimmt.

Ich werde ihr zeigen, dass ich mich für sie ändern kann. Nicht völlig, aber ich kann ihr zeigen, wie sehr ich sie liebe, und dass ich nicht zulasse, dass sie einfach geht, nicht noch einmal.

»Hardin …«, sagt sie, legt mir die Hand auf die Brust und schiebt mich sanft von sich, sodass sich unsere Lippen voneinander lösen.

»Nicht, Tessa«, bitte ich sie. Ich will nicht, dass es schon vorbei ist.

»Hardin, du kannst mich nicht einfach küssen und erwarten, dass wieder alles okay ist. Diesmal nicht«, flüstert sie, und ich falle vor ihr auf die Knie.

»Ich weiß, und ich weiß nicht, warum ich dich noch einmal gehen habe lassen, aber es tut mir leid, so leid, Baby«, sage ich und hoffe, dass ich sie mit diesem Wort erweiche. Ich umschlinge ihre Beine, und sie legt mir die Hände auf den Kopf, streichelt mich und fährt mit den Fingern durch mein Haar. »Ich weiß, dass ich immer alles falsch mache, und ich weiß, dass ich dich nicht weiter so behandeln kann. Aber ich liebe dich so sehr, es haut mich einfach um, und dann weiß ich oft nicht, was ich tue, oder sage Sachen aus einem Impuls heraus und denke nicht daran, wie es für dich klingt. Ich weiß, dass ich dir immer wieder das Herz gebrochen habe, aber bitte … bitte, lass es mich reparieren. Ich setze es wieder zusammen, und dann breche ich es dir nie wieder. Es tut mir leid, ich weiß, es tut mir immer so leid. Ich geh zum Psychiater oder irgend so was. Es ist mir egal, nur …«, schluchze ich an ihren Beinen.

Ich greife nach dem Bund der Boxershorts und ziehe sie herunter.

»Was machst du da …« Sie hält meine Hände fest.

»Bitte, zieh sie aus. Ich ertrage nicht, dass du sie anhast, bitte … ich rühr dich nicht an, aber lass sie mich dir ausziehen«, flehe ich, und sie lässt meine Hände los und greift wieder in mein Haar, während ich die Boxershorts an ihren Beinen herunterziehe, und sie aus ihr raussteigt.

Sie fasst unter mein Kinn und hebt meinen Kopf an. Ihre kleinen Finger streicheln meine Wangen, dann wandern sie nach oben, um mir die Tränen aus den Augen zu wischen. Ihr Gesicht hat einen verwirrten Ausdruck, und sie betrachtet mich genau, als würde sie mich studieren.

»Ich verstehe dich nicht«, sagt sie und reibt weiter mit dem Daumen über meine tränennassen Wangen.

»Ich auch nicht«, gestehe ich, und sie verzieht das Gesicht.

Ich bleibe in dieser Position, vor ihr kniend, und bettele um eine letzte Chance, obwohl ich schon mehr Chancen verpatzt habe, als ich verdiene. Mir fällt auf, dass sich das Bad mit Dampf gefüllt hat. Das Haar klebt ihr im Gesicht, und auf ihrer Haut bilden sich Tröpfchen.

Mann, sie ist so schön.

»Wir müssen aufhören mit dem Hin und Her, Hardin. Es tut uns beiden nicht gut.«

»Es wird kein Hin und Her mehr geben. Wir schaffen das. Wir haben schon so viele Krisen bewältigt, und ich weiß jetzt, wie schnell ich dich verlieren kann. Ich habe dich als Selbstverständlichkeit betrachtet, ich weiß. Ich bitte dich nur um eine weitere Chance.« Ich umfasse ihr Gesicht mit beiden Händen.

»Es ist nicht so einfach«, sagt sie. Ihre Unterlippe beginnt zu zittern, während auch ich noch immer versuche, meine Tränen zu stoppen.

»Liebe ist nie einfach.«

»Sie sollte aber auch nicht so schwer sein.« Jetzt weinen wir zusammen.

»Doch, doch, das sollte sie. Es wird nie einfach sein für uns. Wir sind, wie wir sind, aber es wird besser werden. Wir müssen nur lernen, miteinander zu reden, ohne immer gleich zu streiten. Hätten wir über die Zukunft sprechen können, wäre es nie zu diesem ganzen Scheiß gekommen.«

»Ich habe es versucht, aber du wolltest nicht«, erinnert sie mich.

»Ich weiß«, seufze ich. »Das muss ich lernen. Ohne dich bin ich verloren, Tessa. Ich bin nichts. Ich kann nicht essen, ich kann nicht schlafen, ich kann nicht mal atmen. Ich habe tagelang geheult, und du weißt, dass ich eigentlich nicht weine. Ich … ich brauche dich.« Meine Stimme versagt, ich klinge wie ein verdammter Idiot.

»Steh auf.« Sie greift unter meine Arme und versucht, mich hochzuziehen.

Ich komme auf die Füße und stehe vor ihr. Mein Atem geht stoßweise, es ist schwer, hier drin zu atmen, bei all dem Dampf.

Sie blickt mir prüfend in die Augen, während sie mein Geständnis anhört, und würde ich nicht weinen, würde sie mir nicht glauben. Ich weiß, dass sie mit sich ringt, ich sehe es in ihren Augen. Ich habe es schon öfter gesehen.

»Ich weiß nicht, ob ich das kann. Es ist immer wieder das Gleiche. Ich weiß nicht, ob ich mich noch einmal dazu durchringen kann.« Sie blickt zu Boden. »Es tut mir leid.«

»He, schau mich an«, bitte ich sie und hebe ihren Kopf, sodass sich unsere Blicke treffen.

Aber sie wendet sich ab. »Nein, Hardin. Ich muss unter die Dusche, ich komme sonst zu spät.«

Ich fange eine Träne direkt unter ihrem Auge auf und nicke.

Ich weiß, dass ich sie durch die Hölle geschickt habe, und kein vernünftiger Mensch würde mir noch eine Chance geben, nach der Wette, den Lügen und meinem ständigen Drang, alles zu zerstören. Aber sie ist *anders*. Sie liebt bedingungslos und steckt all ihre Kraft in ihre Liebe zu mir.

»Denk einfach drüber nach, okay?«, bitte ich sie.

Ich werde ihr Freiraum lassen, damit sie über alles nachdenken kann, aber ich gebe sie nicht auf. Ich brauche sie zu sehr.

»Bitte?«, frage ich, als sie nicht antwortet.

»Okay«, flüstert Tessa schließlich.

Mein Herz macht einen Sprung.

»Ich werde es dir zeigen – ich werde dir zeigen, wie sehr ich dich liebe, und dass es mit uns klappen kann. Aber gib mich nicht schon auf, okay?« Ich schließe die Hand um den Türknauf.

Sie beißt sich auf die Unterlippe, und ich lasse die Tür wieder los und gehe noch mal zu ihr. Als ich vor ihr stehe, sieht sie mich misstrauisch an. Ich möchte noch einmal ihre Lippen küssen, ihre Umarmung spüren, aber stattdessen drücke ich ihr einen kleinen Kuss auf die Wange und trete zurück.

»Okay«, wiederholt sie, und ich wende mich der Tür zu.

Es kostet mich größte Selbstdisziplin, sie im Bad zurückzulassen, besonders, als ich mich umdrehe und sie sich das T-Shirt über den Kopf zieht, sodass ihre helle Haut zum Vorschein kommt, die ich seit gefühlten Jahren nicht gesehen habe.

Ich ziehe die Tür hinter mir zu, lehne mich an den Rahmen und schließe die Augen, um nicht wieder zu weinen. *Fuck.*

Zumindest hat sie gesagt, sie würde es sich überlegen. Aber es schien ihr Angst zu machen, als wäre es eine schmerzvolle Vorstellung, wieder mit mir zusammen zu sein. Ich öffne die Augen, als Landons Tür aufgeht und er in den Flur tritt, in einem weißen Poloshirt und Khakihose.

»Hallo«, grüßt er mich und wirft sich die Tasche über die Schulter.

»Hallo.«

»Ist bei ihr alles okay?«, fragt er.

»Nein, aber bald, hoffe ich.«

»Ich auch. Sie ist stärker, als sie denkt.«

»Ja.« Ich wische mir die Augen mit dem T-Shirt. »Ich liebe sie.«

»Ich weiß«, sagt er, was mich erstaunt.

Ich sehe ihn noch einmal an. »Aber wie kann ich ihr das zeigen? Was würdest du tun?«, frage ich.

Etwas Gequältes blitzt in seinen Augen auf, verschwindet aber schnell, bevor er antwortet. »Du musst ihr beweisen, dass du dich für sie ändern kannst. Und du musst sie besser behandeln und ihr genug Freiraum lassen.«

»Es fällt mir nicht so leicht, ihr Freiraum zu lassen.« Ich fasse es nicht, dass ich mit Landon über diesen Scheiß rede, schon wieder.

»Aber das musst du, sonst wird sie gegen dich ankämpfen. Warum zeigst du ihr nicht, dass du für sie kämpfen wirst, ohne sie dabei zu erdrücken? Mehr will sie nicht. Sie möchte, dass du dich bemühst.«

»Mich bemühen, ›ohne sie dabei zu erdrücken‹?« Ich erdrücke sie nicht.

Okay, vielleicht ja doch, aber ich kann es nicht ändern, bei mir gibt es keine Zwischentöne: Entweder stoße ich sie von mir, oder ich klammere zu stark. Ich weiß nicht, wie ich die Balance finden soll.

»Ja.« Er übergeht meinen höhnischen Ton.

Da ich seine Hilfe brauche, werde ich wieder ernst. »Kannst du mir erklären, was du damit meinst? Mit einem Beispiel oder so.«

»Na ja, du könntest sie zu einem Date einladen. Hattet ihr jemals ein richtiges Date?«

»Na klar«, antworte ich schnell.

Oder?

Landon wölbt eine Braue. »Wann?«

»Äh … na ja, wir waren im … und das eine Mal, als wir …« Irgendwie fällt mir nichts ein. »Okay, vielleicht auch nicht.«

Trevor hätte sie zu einem Date ausgeführt. Hat Zed sie ausgeführt? Wenn ja, dann schwöre ich bei …

»Okay, dann vereinbare ein Date mit ihr. Aber nicht heute, das wäre selbst für euch zu früh.«

»Was soll das heißen?«, knurre ich.

»Nichts. Ich sage nur, dass ihr etwas Freiraum braucht. Also, *sie* zumindest. Sonst vertreibst du sie nur noch mehr.«

»Wie lange soll ich warten?«

»Ein paar Tage, mindestens. Versuche so zu tun, als würdet ihr euch gerade kennenlernen. Versuche sie dazu zu bringen, sich neu in dich zu verlieben.«

»Willst du sagen, dass sie mich nicht mehr liebt?«, fahre ich ihn an.

Landon verdreht die Augen. »Nein. Mann, sei nicht so ein Pessimist.«

»Ich bin kein Pessimist«, verteidige ich mich. Im Gegenteil, ich war seit Langem nicht mehr so optimistisch.

»Okay …«

»Du bist ein Arschloch«, sage ich zu meinem Stiefbruder.

»Ein Arschloch, von dem du dir immer wieder Rat in Beziehungsfragen holst.« Er grinst spöttisch.

»Nur, weil du mein einziger Freund bist, der eine feste Beziehung hat. Und weil du Tessa am besten kennst – abgesehen von mir natürlich.«

Sein Lächeln wird breiter. »Du hast mich gerade als Freund bezeichnet.«

»Was? Hab ich nicht.«

»Doch, doch, hast du«, sagt er, sichtlich erfreut.

»Ich meinte nicht Freund-Freund, ich meinte … keine Ahnung, was ich gemeint habe, aber ganz bestimmt nicht ›Freund‹.«

»Klar.« Er lacht, und ich höre, wie hinter der Tür das Wasser abgestellt wird.

Er ist gar nicht so blöd, schätze ich, aber das werde ich ihm niemals sagen.

»Soll ich ihr anbieten, sie heute zum Campus zu fahren?« Ich folge ihm die Treppe runter.

Er schüttelt den Kopf. »Ist *nicht erdrücken* so schwer zu verstehen?«

»Du warst mir irgendwie lieber, als du den Mund gehalten hast.«

»Du warst mir irgendwie lieber, als du … okay, ich habe dich noch nie gemocht«, sagt er, aber ich merke, dass er mich aufzieht.

Ich hätte nie gedacht, dass er mich mag. Ich dachte, er hasst mich für all die schrecklichen Dinge, die ich Tessa angetan habe. Aber jetzt ist er mein einziger Verbündeter in dem Chaos, das ich angerichtet habe.

Ich schubse ihn leicht, und er lacht. Beinahe falle ich mit ein, doch da sehe ich meinen Vater am Fuß der Treppe stehen. Er beobachtet uns, als wären wir eine Zirkusnummer.

»Was machst du hier?«, fragt er und trinkt von seinem Kaffeebecher.

Ich zucke die Schultern. »Ich habe sie nach Hause gebracht … also hergebracht.«

Ist das hier ihr Zuhause? Ich hoffe nicht.

»Ach ja?« Mein Vater sieht Landon an.

Vermutlich etwas zu spitz sage ich: »Es ist in Ordnung, Dad, ich kann sie bringen, wann ich will. Du könntest aufhören, den Beschützer zu spielen, und dich daran erinnern, wer von uns beiden dein Kind ist.«

Landon wirft mir einen Blick zu. Zu dritt gehen wir in die Küche. Ich nehme mir Kaffee und bin mir bewusst, dass Landon mich weiterhin anschaut.

Mein Dad nimmt sich einen Apfel aus dem Drahtkorb auf der Kücheninsel und setzt zu einer väterlichen Belehrung an. »Hardin, Tessa ist in den letzten Monaten ein Teil dieser Familie geworden, und dieses Haus hier ist ihre einzige Zuflucht, wenn du …« Als Karen in die Küche kommt, verstummt er.

»Wenn ich was?«, frage ich.

»Wenn du Scheiße baust.«

»Du weißt doch nicht mal, was los war.«

»Ich brauche auch nicht alles zu wissen. Aber ich weiß, dass sie das Beste ist, was dir je passiert ist, und ich sehe nur, dass du die gleichen Fehler machst wie ich mit deiner Mutter.«

Soll das ein verdammter Witz sein? »Ich bin überhaupt nicht wie du! Ich liebe sie und würde alles für sie tun! Sie bedeutet mir alles – das ist anders als bei dir und Mom!« Ich knalle den Becher auf den Tresen, dass der Kaffee überschwappt.

»Hardin …«, höre ich Tessas Stimme hinter mir. *Verdammt.*

Zu meiner Überraschung verteidigt mich Karen. »Ken, lass den Jungen in Ruhe. Er gibt sich Mühe.«

Der Blick meines Vaters wird sofort sanfter, als er seine Frau anschaut. Dann wendet er sich wieder mir zu. »Tut mir leid, Hardin, ich mache mir nur Sorgen um dich.« Er seufzt, und Karen reibt ihm den Rücken.

»Ist schon in Ordnung«, sage ich und sehe Tessa an, die in Jeans und WCU-Sweatshirt dasteht. Sie sieht so schön und unschuldig aus mit dem feuchten Haar, das ihr ungeschminktes Gesicht umspielt. Wäre Tessa nicht in die Küche gekommen, hätte ich ihm gesagt, was für ein Riesenarschloch er ist, und dass er sich um seine eigenen beschissenen Angelegenheiten kümmern soll.

Ich reiße ein Stück von der Küchenrolle und wische die Kaffeepfütze von dem überteuerten Granittresen.

»Bist du so weit?«, fragt Landon, und Tessa nickt, doch ihr Blick ist weiterhin auf mich gerichtet.

Ich würde sie wirklich gern fahren, aber ich sollte nach Hause gehen und schlafen oder duschen, auf dem Bett liegen und die Decke anstarren, aufräumen … Shit, alles, nur nicht hier sitzen und mit meinem Vater reden.

Schließlich löst sie den Blick von mir und geht. Ich höre, wie sie die Haustür schließt und atme aus.

Als ich meinen Vater und Karen verlasse, höre ich noch, wie sie anfangen, über mich zu reden. War ja klar.

99

Tessa

Ich weiß, ich hätte Hardin wegschicken sollen. Aber ich konnte nicht. Er zeigt so selten Gefühle, und als er vor mir gekniet hat, sind die Scherben meines ohnehin gebrochenen Herzens in noch kleinere Stücke zersprungen. Ich habe ihm gesagt, dass ich darüber nachdenke, aber ich weiß nicht, wie es mit uns funktionieren soll.

Ich bin so zerrissen im Moment, verwirrter denn je, und wütend auf mich, weil ich fast nachgegeben hätte. Andererseits bin ich stolz, dass ich ihn aufgehalten habe, bevor er zu weit ging. Ich muss an mich denken, nicht nur an ihn – wenigstens einmal.

Auf der Fahrt vibriert mein Handy in meinem Schoß, und ich blicke auf das Display.

Es ist Zed. Geht es dir gut?

Ich atme tief durch, bevor ich antworte. Ja, alles gut. Bin mit Landon auf dem Weg zum Campus. Tut mir leid mit letzter Nacht, es war meine Schuld, dass er gekommen ist.

Ich drücke auf Senden und wende mich wieder Landon zu. »Was meinst du, wie es weitergeht?«, fragt er.

»Keine Ahnung. Aber ich rede auf jeden Fall mit Christian über Seattle.«

Zed textet zurück: Du bist nicht schuld, sondern er. Ich bin froh, dass es dir gut geht. Bleibt es bei unserem Mittagessen?

Ich hatte ganz vergessen, dass wir uns im Institut für Umweltwissenschaften zum Mittagessen treffen wollten. Er wollte mir irgendeine Blume zeigen, die im Dunklen leuchtet und bei deren Zucht er geholfen hat.

Ich möchte die Verabredung einhalten – Zed war die ganze Zeit über so lieb zu mir –, aber nachdem ich gerade Hardin geküsst habe, weiß ich nicht so recht, was ich tun soll. Letzte Nacht habe ich bei Zed geschlafen, heute Morgen küsse ich Hardin. *Was ist nur los mit mir?* So wollte ich nie werden. Ich habe immer noch Schuldgefühle, weil ich etwas mit Hardin angefangen habe, während ich noch mit Noah zusammen war. Allerdings hat Hardin wie eine Abrissbirne bei mir eingeschlagen – ich hatte keine Chance, ihm zu entkommen, während er mich langsam zerstört hat, dann wieder aufgebaut, und schließlich wieder zerstört.

Mit Zed ist es ganz anders. Hardin hat sich elf Tage lang nicht gemeldet, und ich hatte keine Ahnung, warum. Also habe ich angenommen, dass er nichts mehr von mir wollte. Zed war immer für mich da und von Anfang an lieb zu mir. Er wollte die Wette mit Hardin verhindern, aber Hardin hat sich nicht darauf eingelassen – er musste sich unbedingt beweisen und mich rumkriegen, obwohl Zed gegen das miese Spiel protestiert hat.

Zwischen Hardin und Zed gab es böses Blut, seit ich sie kenne. Ich weiß nicht, warum – wegen der Wette, vermute ich mittlerweile. Jedenfalls war die Stimmung zwischen den beiden schon angespannt, als ich sie zum ersten Mal getroffen habe. Hardin behauptet, Zed will mich nur ins Bett zerren, aber gerade er sollte besser den Mund halten. Und bisher hat Zed nicht versucht, mit mir zu schlafen. Auch als ich noch nicht von der Wette wusste und wir uns in seiner Wohnung geküsst haben, hat er mich zu nichts gedrängt, das ich nicht wollte.

Ich denke nur ungern an diese Zeit. Ich war vollkommen ahnungslos, und sie haben mit mir gespielt. Aber in den karamellbraunen Augen von Zed liegt etwas Freundliches, in Hardins grünen Augen sehe ich nur Wut.

Ja, wir sehen uns heute Mittag, texte ich zurück.

100

Tessa

Ich kann gar nicht sagen, wie ich mich heute fühle. Ich bin nicht unbedingt glücklich, aber auch nicht traurig. Auf jeden Fall bin ich vollkommen verwirrt, und Hardin fehlt mir schon jetzt. Erbärmlich, ich weiß, aber ich bin machtlos dagegen. Ich war so lange von ihm getrennt und hatte ihn schon fast überwunden, doch ein Kuss hat gereicht, damit ich mich jetzt wieder nach ihm verzehre und den letzten Rest Vernunft verliere, den ich noch hatte.

Landon und ich stehen an einer Fußgängerampel, und ich bin froh, dass ich ein Sweatshirt trage, denn das kalte Wetter will einfach kein Ende nehmen.

»Tja, vermutlich sollte ich bald mal in der NYU anrufen«, sagt er und zieht eine Liste mit Namen heraus.

»NYU! Cool!«, sage ich. »Das wird sicher gut.«

»Danke. Ich fürchte, dass ich nicht zum Sommersemester reinkomme, und ich will den Sommer über nicht aussetzen.«

»Bist du verrückt? Natürlich kommst du rein, egal zu welchem Semester! Du hast den perfekten Notendurchschnitt.« Ich lache. »Und dein Stiefvater ist Rektor einer Uni.«

»Vielleicht solltest *du* für mich anrufen«, scherzt er.

Wir trennen uns und vereinbaren, uns später wieder am Parkplatz zu treffen.

Mit flauem Gefühl gehe ich auf das große Institut für Umweltwissenschaften zu und ziehe die schweren Doppeltüren auf. Zed sitzt auf einer Betonbank vor einem der Bäume im Foyer. Als er mich sieht, erscheint ein Lächeln auf seinem Gesicht, und er steht auf, um mich zu begrüßen. Er trägt Jeans und ein dünnes weißes Longsleeve, durch das seine Tattoos durchscheinen.

»Hallo.« Er lächelt.

»Hallo.«

»Ich habe Pizza bestellt, sie müsste jede Minute hier sein.« Wir setzen uns zusammen auf die Bank und erzählen uns von unserem bisherigen Tag.

Als die Pizza da ist, führt mich Zed nach hinten zu einem Raum voller Pflanzen, der ein Gewächshaus zu sein scheint. Reihen unterschiedlicher Blumen, die ich noch nie gesehen habe, füllen den kleinen Raum. Zed geht zu einem kleinen Tisch und setzt sich.

»Das riecht so gut«, sage ich und setze mich ihm gegenüber.

»Was, die Blumen?«

»Nein, die Pizza. Na gut, die Blumen sind auch okay.« Ich lache. Ich habe solchen Hunger. Heute Morgen hatte ich keine Chance zu frühstücken, und ich bin auf den Beinen, seit Hardin bei Zed reingeplatzt ist, um mich zu holen.

Zed nimmt ein Stück Pizza und reicht es mir auf einer Serviette. Dann faltet er eins für sich zusammen, so wie es mein Vater immer gemacht hat. Bevor er einen großen Bissen nimmt, fragt er: »Wie ist es dir letzte Nacht ergangen … oder besser gesagt, heute Morgen?«

Mir wird etwas mulmig, als ich ihm zusehe, und der Geruch der Blumen erinnert mich an die Stunden, die ich im Gewächshaus hinter meinem Elternhaus verbracht habe, auf der Flucht vor einem betrunkenen Vater, der meine Mutter anschrie.

Ich wende den Blick von Zed ab und kaue zu Ende, bevor ich antworte: »Am Anfang war es eine Katastrophe, so wie immer.«

»Am Anfang?« Er neigt den Kopf und leckt sich die Lippen.

»Ja, wir haben gestritten, wie wir es immer tun, aber dann wurde es etwas besser.« Ich werde Zed nicht erzählen, dass Hardin geweint hat und vor mir auf die Knie gefallen ist. Das ist zu persönlich und geht nur Hardin und mich etwas an.

»Wie meinst du das?«

»Er hat sich entschuldigt.«

Er schaut mich auf eine Art an, die mir nicht gefällt. »Und darauf bist du reingefallen?«

»Nein, ich habe ihm gesagt, dass ich noch nicht für irgendetwas bereit bin. Ich sagte nur, dass ich darüber nachdenke.« Ich zucke die Schultern.

»Aber das hast du nicht wirklich vor, oder?« Er klingt enttäuscht.

»Na ja, ich werde mich nicht gleich wieder in eine Beziehung stürzen, und ich ziehe auch nicht zurück in diese Wohnung.«

Zed legt sein Pizzastück auf seine Serviette. »Du solltest keine Sekunde mehr an ihn verschwenden, Tessa. Was muss er noch tun, damit du dich von ihm fernhältst?« Er sieht mich an, als würde ich ihm eine Antwort schulden.

»So ist das nicht. Ich kann ihn nicht einfach aus meinem Leben streichen. Ich habe gesagt, dass ich keine Beziehung will oder so, aber wir haben einiges miteinander durchgemacht, und ihm geht es wirklich mies ohne mich.«

Zed verdreht die Augen. »Ach ja, Trinken und Kiffen mit Jace, das muss echt hart sein«, sagt er, und ich verschlucke mich fast.

»Er war nicht bei Jace. Er war in England.« *Er war doch in England, oder?*

»Er war letzte Nacht bei Jace, von dort aus ist er zu mir gekommen.«

»Im Ernst?« Ausgerechnet Jace. Ich hätte nicht gedacht, dass Hardin jemals wieder mit ihm zu tun haben wollte.

»Ist es nicht merkwürdig, dass er sich mit jemandem trifft, der so einen großen Anteil an allem hatte, und es nicht erträgt, wenn *ich* in deiner Nähe bin?«

»Ja … aber du warst auch beteiligt«, erinnere ich ihn.

»Nicht daran, wie sie es dir gesagt haben. Ich hatte nichts damit zu tun, als sie dich vor versammelter Runde gedemütigt haben. Das haben sich Jace und Molly ausgedacht – und Hardin weiß das, deswegen hat er Jace verprügelt. Du weißt, dass ich es dir die ganze Zeit über sagen wollte. Für mich war es immer mehr als eine Wette, Tessa. Aber nicht für ihn. Das hat er bewiesen, als er uns das Laken gezeigt hat.«

Mir ist der Appetit vergangen, stattdessen ist mir übel. »Ich will nicht mehr darüber reden.«

Zed nickt und hebt beschwichtigend die Hand. »Du hast recht. Es tut mir leid, dass ich davon angefangen habe. Ich wünschte nur, du würdest mir halb so viele Chancen geben wie ihm. An Hardins Stelle würde ich mich nie wieder mit Jace abgeben, und außerdem hat Jace fast immer irgendwelche Mädchen bei sich …«

»Okay«, unterbreche ich ihn. Ich will nicht noch mehr über Jace und irgendwelche Mädchen in seiner Wohnung hören.

»Reden wir von was anderem. Ich wollte dir nicht zu nahetreten. Wirklich. Ich verstehe es nur nicht. Du bist zu gut für ihn und hast ihm so viele Chancen gegeben. Aber ich fange nicht mehr davon an, es sei denn, du willst darüber reden.« Er greift über den Tisch und legt die Hand auf meine.

»Ist schon okay«, murmele ich. Aber ich kann nicht glauben, dass Hardin bei Jace war, nach unserem Streit in der Einfahrt. Es ist der letzte Ort, an dem ich ihn vermutet hätte.

Zed steht auf und geht zur Tür. »Komm, ich zeig dir was.«

Ich stehe auf und folge ihm.

»Bleib, wo du bist«, sagt er, als ich in der Mitte des Raums stehe.

Das Licht geht aus, und ich stelle mich darauf ein, dass es dunkel wird. Stattdessen leuchtet mir Neongrün, Pink, Orange und Rot entgegen. Jede Blumenreihe leuchtet in einer anderen Farbe, manche heller als andere.

»Wow«, flüstere ich.

»Cool, oder?«, fragt Zed.

»Ja, sehr.« Ich laufe eine Reihe ab und betrachte die Blumen.

»Wir haben die Samen gentechnisch verändert, sodass sie leuchten.« Auf einmal ist er hinter mir. »Sieh mal.« Er nimmt meine Hand und führt sie an ein Blütenblatt einer rosa leuchtenden Blume. Sie leuchtet nicht so hell wie der Rest – bis ich sie mit den Fingerspitzen berühre und sie zum Leben erwacht. Überrascht ziehe ich die Hand weg und höre Zed hinter mir lachen.

»Aber wie ist das möglich?«, frage ich erstaunt.

Ich liebe Blumen, besonders Lilien, und diese von Menschen gemachten Blüten sehen ihnen ähnlich – das sind meine neuen Lieblingsblumen.

»Mit Wissenschaft ist alles möglich«, sagt er und lächelt im Schein der Blumen.

»Mann, bist du ein Streber«, ziehe ich ihn auf, und er lacht.

»Das sagst ausgerechnet du«, witzelt er, und jetzt lache ich auch.

»Stimmt.« Ich berühre die Blume und sehe noch einmal zu, wie sie erstrahlt. »Das ist unglaublich.«

»Ich dachte mir, dass es dir gefällt. Zurzeit versuchen wir das Gleiche mit einem Baum. Leider wachsen Bäume viel langsamer als Blumen. Dafür leben sie aber auch länger. Blumen sind so empfindlich. Wenn man sich nicht um sie kümmert, verwelken sie und sterben.« Sein Ton ist sanft. Unwillkürlich vergleiche ich mich mit der Blume und habe das Gefühl, dass auch er es tut.

»Wären Bäume doch nur so schön wie Blumen«, sage ich.

Er kommt um mich herum und stellt sich vor mich. »Sie könnten es sein, wenn wir es so einrichten. So, wie wir gewöhnliche Blumen verändert haben, könnten wir auch einen Baum verändern. Wenn man ihn richtig behandelt und pflegt, könnte er wie diese Blumen leuchten und dabei viel stärker sein.« Ich schweige, als er den Daumen an meine Wange hebt. »Du verdienst genau das. Du verdienst jemanden, der dich zum Leuchten bringt, statt dich auszubrennen.«

Dann beugt Zed sich vor, um mich zu küssen.

Ich weiche einen Schritt zurück und gerate in eine Reihe von Blumen. Glücklicherweise kippt keine um, während ich mich fange. »Tut mir leid, ich kann nicht.«

»Du kannst *was* nicht?« Er hebt leicht die Stimme. »Zulassen, dass ich dir zeige, wie glücklich du sein könntest?«

»Nein ... ich kann dich nicht küssen, nicht jetzt. Ich kann nicht mal mit dir und mal mit ihm. Heute Nacht war ich bei dir im Bett, heute Morgen habe ich Hardin geküsst, und jetzt ...«

»Du hast ihn geküsst?« Zed starrt mich an, und ich bin froh, dass es dunkel ist, abgesehen vom Leuchten der Blumen.

»Na ja, er hat mich geküsst, und ich habe mich nicht gleich von ihm gelöst«, erkläre ich. »Ich bin verwirrt, und bis ich Klarheit habe, kann ich nicht einfach jeden küssen. Das ist falsch.«

Er schweigt.

»Es tut mir leid, wenn ich dich hinhalte oder dir den Eindruck gebe ...«

»Ist schon in Ordnung«, meint Zed.

»Nein, ist es nicht. Ich hätte dich nicht in diese Sache reinziehen sollen, solange ich noch nicht wieder klar denken kann.«

»Es ist nicht deine Schuld. Ich bin es, der immer wieder ankommt. Es macht mir nichts aus, wenn du mich hinhältst, solange ich in deiner Nähe sein kann. Ich weiß, wir würden gut zusammenpassen, und ich habe alle Zeit der Welt, um darauf zu warten, dass du es auch erkennst«, sagt er und geht zur Tür, um das Licht wieder anzuschalten.

Wie kann er so verständnisvoll sein?

»Ich würde es verstehen, wenn du mich hassen würdest, weißt du das?«, sage ich und schwinge mir die Tasche über die Schulter.

»Ich könnte dich nie hassen«, sagt er, und ich lächele.

»Danke, dass du mir das gezeigt hast – es ist unglaublich.«

»Danke, dass du gekommen bist. Lass mich dich wenigstens zu deinem Seminar bringen, ja?«, bietet er mit einem Lächeln an.

Als ich aus der Umkleide komme und meine Matte nehme, sind es nur noch fünf Minuten bis zum Beginn der Yogastunde. Ein großes dunkelhaariges Mädchen sitzt auf meinem Platz ganz vorne, und ich bin gezwungen, in der letzten Reihe an der Tür zu sitzen. Eigentlich wollte ich Zed sagen, dass ich niemals auf die gleiche Weise für ihn empfinden werde wie für Hardin, dass es mir leidtut, dass ich ihn geküsst habe, und dass wir eben nur Freunde sein können, aber er hat einfach immer genau das Richtige gesagt. Als er mir erzählt hat, dass Hardin letzte Nacht bei Jace war, war ich wirklich fassungslos.

Ich meine immer zu wissen, was ich tun muss, bis Zed anfängt zu reden. Er hat diese sanfte Stimme und so freundliche Augen, dass ich immer durcheinandergerate und aus dem Konzept komme.

Wenn ich wieder bei Landon bin, muss ich Hardin anrufen. Ich muss ihm von meinem Treffen mit Zed erzählen und ihn fragen, was er bei Jace gemacht hat … ich frage mich, was er jetzt gerade tut. Ist er heute in seine Seminare gegangen?

Yoga war genau das Richtige, um mir einen klaren Kopf zu verschaffen. Nach dem Kurs geht es mir viel besser. Ich rolle meine Matte zusammen und gehe zur Umkleide, als ich plötzlich »Tessa!« hinter mir höre.

Als ich mich umdrehe, kommt Hardin auf mich zu und fährt sich durchs Haar. »Ich, äh … ich wollte was mit dir besprechen …«

Er klingt merkwürdig, so als wäre er … *nervös?*

»Jetzt? Ich glaube nicht, dass hier der richtige Ort ist …« Ich will unsere Probleme nicht zwischen den Sporträumen ausdiskutieren.

»Nein … das ist es nicht.« Seine Stimme klingt hoch. Er ist nervös. Das bedeutet nichts Gutes. Er ist nie nervös.

»Ich wollte fragen … also, ich … ach, ist ja egal.« Er errötet und wendet sich zum Gehen.

Ich seufze und will in die Umkleide gehen.

»Würdest du *mit mir ausgehen?*«, ruft er ... vielmehr schreit er es. Ich drehe mich um und kann meine Überraschung nicht verbergen. »Was?«

»Was hältst du von einem Date ... also, wenn ich dich ausführe? Natürlich nur, wenn du willst, aber vielleicht wäre es nett? Ich weiß auch nicht genau, aber ich würde ...« Er verstummt, und ich beschließe, seiner Qual ein Ende zu setzen, als er tiefrot anläuft.

»Klar«, antworte ich, und er sieht mich an.

»Ehrlich?« Seine Lippen verziehen sich zu einem Lächeln. Einem nervösen Lächeln.

»Ja.« Ich weiß nicht, was mich erwartet, aber wir hatten noch nie ein Date. Am ehesten vielleicht noch an dem Tag, als er mich zum Fluss mitgenommen hat und danach zum Essen. Aber das war alles nur gespielt und kein echtes Date. Es war ein Trick, um mich rumzukriegen.

»Okay ... wann möchtest du? Ich meine, wir könnten gleich gehen? Oder morgen? Oder irgendwann die Woche?«

Ich erinnere mich nicht, ihn jemals so nervös erlebt zu haben, und versuche, nicht zu lachen. »Morgen?«, schlage ich vor.

»Ja, morgen ist gut.« Er lächelt und beißt sich auf die Unterlippe. Wir sind beide befangen, aber auf eine gute Art.

»Okay ...«

Ich bin verlegen, wie bei den ersten Malen, die ich ihm begegnet bin.

»Okay«, wiederholt er.

Er macht kehrt und geht schnell davon, wobei er fast über eine zusammengerollte Wrestling-Matte stolpert. Als ich in die Umkleide komme, pruste ich los.

101

Hardin

Landon zuckt zusammen, dann schnaubt er: »Was machst du hier?«, als ich in das Arbeitszimmer meines Vaters platze.

»Ich muss mit dir reden.«

»Über was?«, fragt er, und ich setze mich in den großen Ledersessel hinter dem sündhaft teuren Eichentisch.

»Tessa, was sonst?« Ich rolle mit den Augen.

»Sie hat mir erzählt, dass du dich schon mit ihr verabredet hast – da hast du ihr ja wirklich Raum gelassen.«

»Was hat sie gesagt?«, will ich wissen.

»Das werde ich dir nicht erzählen.« Landon lässt ein Blatt ins Faxgerät gleiten.

»Was machst du da eigentlich?«, frage ich.

»Ich faxe mein Studienbuch an die NYU. Ich wechsle zum nächsten Semester.«

Zum nächsten Semester? *Wie bitte?* »Warum so bald?«

»Weil ich hier nicht meine Zeit verplempern möchte, wenn ich bei Dakota sein könnte.«

»Weiß Tessa davon?« Sie wird traurig sein. Er ist ihr einziger richtiger Freund. Und ich finde es auch irgendwie schade …

»Ja, natürlich weiß sie es, sie war die Erste, der ich es erzählt habe.«

»Egal, ich brauche Hilfe bei diesem beschissenen Date.«

»Beschissenem Date?« Er lächelt. »Wie reizend.«

»Hilfst du mir jetzt oder nicht?«

»Schätze schon.« Er zuckt mit den Schultern.

»Wo ist sie überhaupt?« Ich bin an ihrem Zimmer vorbeigekommen, aber die Tür war zu, und ich wollte nicht klopfen. Okay, ich *wollte* klopfen, aber ich versuche wirklich, sie nicht zu bedrängen. Hätte ihr Auto nicht in der Einfahrt gestanden, würde ich verdammt noch mal ausflippen, aber ich weiß, dass sie hier ist. Zumindest hoffe ich es.

»Keine Ahnung. Ich glaube, sie ist bei diesem Zed«, sagt Landon, und mein Herz setzt aus. Ich springe auf.

»Spaß! War nur ein Spaß! Sie ist mit meiner Mom im Gewächshaus«, sagt Landon und grinst mich an.

Aber es ist mir egal, ich bin einfach nur so froh, dass sich meine Ängste nicht bestätigen. »Das ist nicht witzig, du Wichser!«, knurre ich, und er lacht. »Dafür musst du mir jetzt helfen.«

Nachdem mir Landon ein paar Tipps gegeben hat, bringt er mich zur Haustür. Auf dem Weg frage ich: »Ist sie in der Zeit selbst zu Vance gefahren?«

»Ja, sie hat ein paar Tage sausen lassen, als sie … aber das weißt du ja schon.«

»Hm …« Als wir an ihrem Zimmer vorbeigehen, senke ich die Stimme. Ich will nicht daran denken, wie sehr ich ihr wehgetan habe, nicht jetzt. »Meinst du, sie ist da drin?«, frage ich leise.

Landon zuckt die Schultern. »Keine Ahnung. Wahrscheinlich.«

»Ich sollte einfach …« Ich drehe am Knauf, und die Tür öffnet sich mit leisem Knarzen. Landon sieht mich tadelnd an, doch ich achte nicht auf ihn und spähe zu ihr rein.

Tessa liegt auf dem Bett, umgeben von Blättern und Büchern. Sie hat noch Jeans und Sweatshirt an. Sie muss wirklich müde gewesen sein, wenn sie beim Lernen eingeschlafen ist.

»Genug gespannt?«, knurrt mir Landon ins Ohr.

Ich schalte das Licht aus, ziehe den Kopf aus der Tür und schließe sie. »Ich bin kein Spanner. Ich liebe sie, okay?«

»Ich weiß, aber du verstehst ganz eindeutig nicht, wie das mit dem Raum lassen geht.«

»Ich kann nicht anders. Ich bin es so gewöhnt, sie um mich zu haben. Die letzten zwei Wochen waren die Hölle. Es fällt mir schwer, mich von ihr fernzuhalten.«

Schweigend gehen wir die Treppe runter, und ich hoffe, ich habe nicht zu verzweifelt geklungen. Andererseits ist es nur Landon, also ist es sowieso egal.

Ich hasse diese Wohnung ohne Tessa. Einen Moment überlege ich, ob ich Logan anrufen und beim Verbindungshaus vorbeischauen soll, aber im Grunde weiß ich, dass es eine schlechte Idee ist. Ich hab keine Lust auf Komplikationen, und die gibt es da einfach immer. Ich will nur nicht zurück in die leere Wohnung.

Aber ich gehe trotzdem. Ich bin so verdammt müde. Es kommt mir vor, als hätte ich seit Ewigkeiten nicht mehr richtig geschlafen.

Ich lege mich in unser Bett und versuche mir vorzustellen, wie sie die Arme um meine Taille schlingt und ihr Kopf auf meiner Brust liegt. Es ist schwer, mir ein Leben ohne sie vorzustellen. Wenn ich sie nie mehr im Arm halten darf, wenn ich nie mehr die Wärme ihres Körpers neben mir spüren darf … ich muss etwas unternehmen. Irgendwas, womit ich ihr und mir zeige, dass ich es schaffe.

Ich kann mich ändern. Ich muss, und ich werde es verdammt noch mal tun.

102

Tessa

Es ist schon sechs, als ich dusche und meine Haare föhne, und der Himmel ist längst dunkel. Ich klopfe an Landons Tür, aber er antwortet nicht. Sein Auto steht nicht in der Einfahrt, doch in letzter Zeit parkt er in der Garage, er könnte also trotzdem hier sein.

Ich habe keine Ahnung, was ich anziehen soll, weil ich nicht weiß, wohin wir gehen. Dauernd schaue ich aus dem Fenster, ob Hardins Auto schon in der Einfahrt erscheint. Als endlich seine Scheinwerfer aufblitzen, zieht sich mein Magen zusammen.

Hardin steigt aus dem Auto, und meine Nervosität lässt nach. Er trägt das schwarze Hemd, das er zur Dinnerparty bei Vance anhatte. Und ist das eine Anzughose? Oh, wow. Dazu Halbschuhe, glänzende schwarze Halbschuhe. Unglaublich. Hardin hat sich schick gemacht. Ich fühle mich nicht schick genug, doch die Art, wie er mich anstarrt, vertreibt meine Sorge.

Er hat sich wirklich ins Zeug gelegt. Er sieht fantastisch aus und hat sich sogar das Haar gestylt. Es ist nach hinten gestrichen, und er muss irgendwas drin haben, denn es fällt ihm beim Laufen nicht wie sonst in die Stirn.

Er errötet. »Äh … hi?«

»Hi.« Ich kann nicht aufhören, ihn anzustarren. *Moment* … »Wo sind deine Piercings?« Die Metallringe in Augenbraue und Lippe fehlen.

»Hab ich rausgenommen.« Er zuckt die Schultern.

»Warum?«

»Keine Ahnung … gefalle ich dir so nicht besser?« Er sieht mir in die Augen.

»Nein! Du hast toll ausgesehen, wie du warst … jetzt auch, aber du solltest sie wieder reintun.«

»Ich will sie nicht mehr reintun.« Er geht zur Beifahrerseite und öffnet mir die Tür.

»Hardin … ich hoffe, du hast sie nicht rausgenommen, weil du glaubst, dass du mir so besser gefällst, denn das stimmt nicht. Du gefällst mir so oder so. Bitte tu sie wieder rein.«

Sein Blick hellt sich auf, und ich sehe zur Seite, bevor ich einsteige. Egal, wie wütend ich auf ihn bin, er soll nicht glauben, dass er sein Aussehen für mich ändern muss. Als ich seine Piercings zum ersten Mal gesehen habe, war ich voreingenommen, aber ich habe sie längst lieb gewonnen. Sie sind ein Teil von ihm.

»Das ist nicht der Grund, ehrlich. Ich habe schon länger mit dem Gedanken gespielt, sie rauszunehmen. Ich habe sie schon ewig, und irgendwie nerven sie. Außerdem bekomme ich mit diesem Scheiß im Gesicht doch nie einen richtigen Job.« Er schließt den Gurt und sieht mich an.

»Natürlich bekommst du einen Job. Wir leben im einundzwanzigsten Jahrhundert. Wenn du sie magst …«

»Es ist nicht so wichtig. Eigentlich gefalle ich mir ganz gut ohne, es ist, als würde ich mich nicht mehr verstecken, weißt du?«

Ich betrachte ihn erneut und lasse das veränderte Aussehen auf mich wirken.

Er sieht toll aus – das tut er immer –, und es ist irgendwie schön, dass nichts mehr von seinem hübschen Gesicht ablenkt.

»Also, ich finde, du siehst so oder so gut aus, Hardin. Aber glaube nicht, dass ich einen bestimmten Look bevorzuge, denn das tue ich nicht«, sage ich ernst.

Er sieht mich an und lächelt so schüchtern, dass ich vergesse, warum ich ihn jemals anschreien wollte.

»Wohin fahren wir denn?«, frage ich.

»Zum Essen. In ein sehr schönes Restaurant.« Seine Stimme ist wacklig. Dieser nervöse Hardin gefällt mir.

»Kenne ich es?«

»Keine Ahnung … vielleicht?«

Der Rest der Fahrt verläuft in Schweigen. Ich summe zu The Fray, die Hardin mittlerweile zu lieben scheint, und Hardin blickt durch die Windschutzscheibe. Die ganze Zeit über reibt er sich den Schenkel – Nervosität, ganz eindeutig.

Das Restaurant ist schick und sieht sehr teuer aus. Die Autos auf dem Parkplatz kosten alle mehr als das Haus meiner Mutter, da bin ich mir sicher.

»Ich wollte dir die Tür aufmachen«, beschwert er sich, als ich meine Tür öffne, um auszusteigen.

»Ich könnte sie wieder schließen, und du machst sie noch einmal auf?«, schlage ich vor.

»Zu spät, Theresa, das zählt nicht.« Er lächelt süffisant, und in meinem Bauch tanzen Schmetterlinge, weil er mich bei meinem richtigen Namen genannt hat.

Früher hat es mich rasend gemacht, aber insgeheim habe ich es immer geliebt, wenn er mich damit geärgert hat. Ich liebe es fast so sehr, wie wenn er »Tess« sagt.

»Verstehe, wir sind also wieder bei ›Theresa‹ angelangt?« Ich erwidere sein Lächeln.

»O ja«, sagt er und nimmt meinen Arm. Während wir auf das Restaurant zugehen, spüre ich, wie er mit jedem Schritt an Selbstbewusstsein gewinnt.

103

Hardin

»Kennst du ein anderes Restaurant, in das du gern gehen würdest?«, frage ich, als wir zurück beim Auto sind. Der Mann in
dem schicken Laden, in dem ich reserviert hatte, konnte meinen
Namen angeblich nicht auf der Liste finden. Ich bin cool geblieben, um den Abend nicht zu ruinieren. Wichser. Ich umfasse das
Lenkrad.

Schön ruhig bleiben. Ich sehe Tessa an und lächele.

Sie beißt sich auf die Lippe und wendet den Blick ab.

War das peinlich? Das war es wohl.

»Tja, das war peinlich.« Meine Stimme klingt unsicher und
merkwürdig hoch. »Möchtest du etwas Bestimmtes, nachdem wir
offensichtlich bei Plan B angelangt sind?«, frage ich und wünschte,
mir würde ein anderes schönes Restaurant einfallen, in das wir gehen könnten. Eines, wo man uns auch reinlässt.

»Nein, eigentlich nicht. Einfach irgendwo essen.« Sie lächelt.

Sie nimmt es wirklich gelassen, und ich bin froh darüber. Auf
diese Art abgewiesen zu werden, war nicht schön. »Okay … McDonald's dann also?«, necke ich sie, nur um sie lachen zu hören.

»Wir sehen so vielleicht etwas komisch aus bei McDonald's.«

»Ja, ein wenig«, gebe ich ihr recht.

Ich habe keine verdammte Ahnung, wo wir sonst hingehen sollen.

Ich hätte mir einen Alternativplan zurechtlegen sollen. Dieser Abend steuert schon jetzt auf eine Katastrophe zu, dabei hat er noch gar nicht richtig angefangen.

Wir halten an einer Ampel, und ich sehe mich um. Auf einem Parkplatz neben uns sind ziemlich viele Leute. »Was ist denn da los?«, fragt Tessa und versucht, an mir vorbeizuschauen.

»Keine Ahnung, ich glaub, da ist eine Eislaufbahn oder so«, erkläre ich.

»Eislaufbahn?« Plötzlich klingt sie ganz aufgeregt.

O nein …

»Können wir?«, fragt sie.

Scheiße. »Schlittschuhlaufen gehen?«, frage ich unschuldig, als wüsste ich nicht, was sie meint.

Bitte sag Nein. Bitte sag Nein.

»Ja!«, ruft sie aus.

»Ich … ich weiß nicht …« Ich war in meinem Leben noch nie schlittschuhlaufen und hatte es auch niemals vor, aber wenn sie will, wird es mich sicher nicht umbringen … oder vielleicht doch, aber ich werde es trotzdem versuchen. »Klar … können wir.«

Als ich sie ansehe, ist sie überrascht – sie hätte nicht erwartet, dass ich zustimme. Scheiße, ich auch nicht.

»Aber Moment … was ziehen wir an? Ich habe nur dieses Kleid und meine Toms. Ich hätte Jeans anziehen sollen, dann hätten wir viel Spaß haben können«, sagt sie und schmollt fast ein wenig.

»Wir könnten in einen Laden gehen und dir was kaufen? Ich hab was im Kofferraum, das ich anziehen könnte«, schlage ich vor. Ich kann nicht fassen, dass ich diesen Aufwand betreibe, nur um schlittschuhlaufen zu gehen.

»Okay.« Sie strahlt. »So ein Kofferraum mit Kleidung ist praktisch! Aber … warum hast du eigentlich immer so viele Klamotten da drin? Du hast es mir nie gesagt.«

»Reine Angewohnheit. Wenn ich bei Mädchen übernachtet

habe … ich meine, die ganze Nacht unterwegs war, brauchte ich morgens etwas Frisches zum Anziehen und hatte nie etwas dabei, also habe ich mir angewöhnt, Zeug im Kofferraum aufzubewahren. Das ist ziemlich praktisch«, erkläre ich.

Sie verzieht den Mund. Ich hätte die Mädchen nicht erwähnen sollen, obwohl das vor ihrer Zeit war. Ich wünschte, sie wüsste, wie es damals war – dass ich sie ohne jedes Gefühl gevögelt habe. Es war etwas ganz anderes. Ich habe diese Mädchen nicht berührt, wie ich Tessa berühre, ich habe nicht jeden Zentimeter ihrer Körper studiert, ich habe nicht ihrem flachen Atem gelauscht und versucht, meine Atmung auf sie abzustimmen. Ich habe nicht sehnsüchtig auf ein »Ich liebe dich« gewartet, während ich in sie hinein- und aus ihnen herausgeglitten bin.

Sie durften mich auch nicht im Schlaf berühren. Wenn ich bei ihnen im Bett geblieben bin, dann nur, weil ich zu besoffen war, um aufzustehen. Es war etwas völlig anderes als mit ihr. Wenn sie das wüsste, würde es sie vielleicht nicht mehr stören, dass es sie gab. Ich an ihrer Stelle würde …

Ich stelle mir vor, dass Tessa jemand anderen vögelt. Sofort wird mir schlecht, und ich kann nicht mehr klar denken.

»Hardin?«, fragt sie leise und holt mich zurück in die Gegenwart.

»Ja?«

»Hast du mich gehört?«

»Nein … entschuldige. Was hast du gesagt?«

»Du bist gerade an Target vorbeigefahren.«

»Oh, Scheiße, entschuldige. Ich drehe um.« Ich biege auf den nächsten Parkplatz und wende. Tessa hat diesen Tick mit Target, den ich nie verstehen werde. Es ist nichts anderes als Marks and Spencer in London, nur teurer, und die Verkäufer nerven in ihren dummen roten Polohemden und Khakihosen. Aber sie sagt immer *Target bietet Qualität und eine große Auswahl.* Das mag zwar sein, aber diese gigantischen Kaufhäuser erinnern mich wie nichts anderes daran, dass ich hier fremd bin.

»Ich lauf schnell rein und besorge mir etwas«, meint Tessa, als ich parke.

»Bist du sicher? Ich kann mitkommen.« Ich will mit ihr gehen, aber ich darf mich ihr heute Abend nicht aufdrängen.

»Wenn du willst …«

»Ich will«, antworte ich, bevor sie ihren Satz beenden kann.

Zehn Minuten später ist ihr Korb fast voll. Sie hat sich ein riesiges Sweatshirt ausgesucht und eine Art Leggins – sie schwört, dass es keine Leggins ist, sondern eine Stretch-Sporthose, aber für mich sieht sie verdächtig wie eine Leggins aus. Ich versuche, sie mir nicht ständig darin vorzustellen, während sie Handschuhe, Schal und Mütze aussucht. Sie tut, als würden wir in die Antarktis reisen, andererseits ist es tatsächlich ziemlich kalt da draußen.

»Du solltest dir auch ein Paar Handschuhe kaufen. Das Eis ist kalt, und wenn du fällst, frieren dir die Hände ein«, sagt sie erneut.

»Ich falle nicht … aber okay, wenn du darauf bestehst.« Ich lächele, und sie erwidert mein Lächeln, während sie ein Paar schwarze Handschuhe in ihren Korb wirft.

»Mütze?«, fragt sie.

»Hab ich im Kofferraum.«

»Natürlich.« Sie zieht den Schal aus dem Korb und hängt ihn zurück.

»Keinen Schal?«, frage ich.

»Ich glaube, das hier reicht.« Sie deutet auf den Korb.

»Sollte man meinen«, necke ich sie, aber sie achtet nicht auf mich und geht zur Sockenabteilung. Wir werden die ganze Nacht in diesem verdammten Laden verbringen.

Schließlich sagt Tessa: »Okay, ich glaub, ich hab alles.«

An der Kasse will sie wie immer mit mir streiten, wer bezahlt.

Aber das ist ein Date, und ich führe sie aus, also will ich sie auf keinen Fall zahlen lassen. Sie verdreht nur die Augen, holt ihr Geld raus und gibt der Verkäuferin ihre letzten Scheine.

Geht ihr das Geld aus? Würde sie es mir sagen, wenn es so wäre? Soll ich sie fragen? Shit, ich interpretiere viel zu viel in alles hinein.

Als wir auf dem Parkplatz vor der Eislaufbahn ankommen, würde Tessa am liebsten gleich aus dem Auto springen, aber wir müssen uns noch umziehen. Ich bin zuerst dran. Tessa hält den Kopf gesenkt und blickt die ganze Zeit aus dem Fenster. Als ich fertig bin, sage ich: »Wir können nach einer Toilette suchen, wo du dich umziehen kannst.«

Aber sie zuckt nur die Schultern. »Ich wollte mich eigentlich im Auto umziehen, damit ich mein Kleid nicht rumschleppen muss.«

»Nein, es sind so viele Leute unterwegs. Jemand wird sehen, wie du dich ausziehst.« Ich blicke mich auf dem Parkplatz um. Um uns herum ist es ziemlich leer, aber trotzdem …

»Hardin … es ist *okay*«, sagt sie und klingt leicht gereizt.

Ich hätte meinem Vater den Stressball stehlen sollen, den ich gestern Abend auf seinem Schreibtisch gesehen habe. »Wenn du meinst«, schnaube ich, und sie reißt die Etiketten von den neuen Sachen.

»Hilfst du mir mit dem Reißverschluss, bevor du aussteigst?«, fragt sie.

»Ähm … ja.« Ich greife über die Mittelkonsole, und sie hebt ihr Haar an, damit ich an den Reißverschluss komme. Ich habe diesen Reißverschluss schon oft geöffnet, aber diesmal darf ich sie zum ersten Mal nicht berühren, während sie das Kleid von den Schultern streift.

»Danke. Jetzt warte draußen«, sagt sie.

»Was? Aber ich hab dich doch schon …«, fange ich an.

»Hardin …«

»In Ordnung. Beeil dich.« Ich steige aus und schließe die Tür. Das klang ziemlich unfreundlich, finde ich, also öffne ich die Tür schnell noch mal und beuge mich hinunter. »Bitte«, füge ich hinzu und schließe sie wieder.

Ich höre, wie sie im Auto lacht.

Kurz darauf steigt sie aus und kämmt ihr langes Haar mit den Fingern, bevor sie eine lila Mütze aufsetzt. Als sie um das Auto herum zu mir kommt, sieht sie … süß aus. Sie ist immer hübsch und sexy, aber mit dem übergroßen Sweatshirt, Mütze und Handschuhen wirkt sie noch unschuldiger als sonst.

»Du hast deine Handschuhe vergessen«, sagt sie und gibt sie mir.

»Danke. Ohne dich wäre ich verloren«, ziehe ich sie auf, und sie knufft mich mit dem Ellbogen. Sie ist so verdammt süß.

Es gibt vieles, was ich ihr sagen möchte, aber ich will nichts falsch machen und den Abend nicht ruinieren.

»Einen großen Pulli hättest du auch von mir haben können, das hätte dir zwanzig Dollar gespart«, sage ich.

Sie nimmt meine Hand, lässt aber gleich wieder los.

»Entschuldige«, murmelt sie und wird rot.

Ich will ihre Hand wieder nehmen, werde aber von einer kleinen Frau abgelenkt, die uns begrüßt. »Welche Größe brauchen Sie?«, erkundigt sie sich mit tiefer Stimme.

Fragend blicke ich Tessa an, und sie antwortet für uns beide. Die Frau kommt mit zwei Paar Schlittschuhen zurück, und ich verziehe das Gesicht. Das wird nicht gut gehen.

Ich folge Tessa zu einer Bank und ziehe mir die Schuhe aus. Sie hat schon beide Schlittschuhe an, als ich noch mit dem ersten kämpfe. Hoffentlich wird es ihr schnell langweilig, damit wir gehen können.

»Alles okay bei dir?«, zieht sie mich auf, als ich schließlich den Schnürsenkel des zweiten festzurre.

»Ja. Wohin mit meinen Schuhen?«, frage ich.

»Die nehme ich.« Die kleine Frau erscheint wie aus dem Nichts, und wir geben ihr unsere Schuhe.

»Fertig?«, erkundigt sich Tessa, und ich stehe auf.

Schnell greife ich nach dem Geländer. *Wie soll das gehen?*

Tessa verkneift sich ein Lächeln. »Es wird leichter, wenn du dich auf dem Eis bewegst.«

Das will ich hoffen.

Aber es wird nicht leichter, und ich stürze dreimal in fünf Minuten. Tessa lacht jedes Mal, und ich muss zugeben, dass mir ohne Handschuhe mittlerweile die Hände eingefroren wären.

Sie lacht wieder und hilft mir auf. »Weißt du noch, vor dreißig Minuten, als du sagtest, du würdest nicht fallen?«

»Was bist du, eine professionelle Eiskunstläuferin?«, frage ich und rapple mich auf. Ich hasse Schlittschuhlaufen, aber sie amüsiert sich bestens.

»Nein, ich bin ziemlich lange nicht mehr gefahren, aber früher war ich oft mit meiner Freundin Josie auf dem Eis.«

»Josie? Du hast mir nie von deinen Freunden zu Hause erzählt.«

»Es gab nicht viele. Ich habe die meiste Zeit meiner Jugend mit Noah verbracht. Josie ist vor meinem Abschlussjahr weggezogen.«

»Oh.« Ich verstehe nicht, warum sie nicht viele Freunde hatte. Sie ist vielleicht ein wenig zwangsneurotisch und prüde, und sie ist verrückt nach Romanen ... aber sie ist zu allen freundlich, manchmal *zu* freundlich. Außer zu mir, natürlich, mir macht sie ständig die Hölle heiß, aber das liebe ich an ihr. Meistens.

Eine halbe Stunde später haben wir noch nicht mal eine Runde geschafft, wegen meiner fantastischen Beinarbeit.

»Ich habe Hunger«, sagt sie schließlich und mustert einen Imbissstand mit blinkender Beleuchtung.

Ich lächele. »Aber du musst doch noch hinfallen und mich mitreißen, sodass du dann auf mir landest und mir tief in die Augen blickst, so wie im Film.«

»Das hier hat nichts mit einem Film zu tun«, erinnert sie mich und geht in Richtung Ausgang.

Ich wünschte, sie hätte beim Schlittschuhlaufen meine Hand gehalten – wenn es mir gelungen wäre, auf den Füßen zu bleiben. All die glücklichen Paare scheinen uns zu verhöhnen, während sie uns händchenhaltend umkreisen.

Sobald ich vom Eis bin, ziehe ich die grässlichen Schlittschuhe aus und suche nach der kleinen Frau, damit sie mir meine verdammten Schuhe zurückgibt.

»Dir steht eine große Zukunft im Sport bevor«, zieht mich Tessa zum tausendsten Mal auf, als ich zu ihr an den Imbissstand gehe. Sie beißt in einen Funnel Cake und wischt sich den weißen Puderzucker von ihrem lila Sweatshirt.

»Ha ha.« Ich verdrehe die Augen. Meine Knöchel tun noch immer weh von dem Scheiß. »Wir hätten in ein anderes Restaurant gehen können. Funnel Cake ist nicht gerade ein edles Abendessen«, sage ich und blicke zu Boden.

»Ist schon in Ordnung. Ich habe so lang keinen mehr gegessen.« Sie isst ihren auf und dann noch die Hälfte von meinem.

Ich ertappe sie erneut dabei, wie sie mich ansieht. Mit nachdenklicher Miene studiert sie mein Gesicht. »Warum schaust du mich dauernd so an?«, frage ich schließlich, und sie sieht weg.

»Entschuldige … ich hab mich noch nicht an die fehlenden Piercings gewöhnt«, gesteht sie und starrt schon wieder.

»So anders ist es doch gar nicht.« Mir fällt auf, dass ich unwillkürlich die Finger an den Mund gelegt habe.

»Ich weiß … es ist nur merkwürdig. Ich war so an sie gewöhnt.« *Soll ich sie wieder reintun?* Ich habe sie nicht nur ihretwegen rausgenommen – was ich ihr gesagt habe, stimmt. Es kommt mir wirklich vor, als hätte ich mich hinter den Metallringen versteckt und sie dazu benutzt, Leute abzuschrecken. Viele Leute lassen sich von Piercings einschüchtern und kommen einem erst gar nicht nahe oder sprechen einen an, aber diese Phase meines Lebens lasse ich langsam hinter mir. Ich möchte mich nicht mehr von anderen abgrenzen, vor allem nicht von Tessa. Tessa möchte ich in alles einbeziehen.

Die Piercings habe ich mir als Teenager stechen lassen. Ich habe die Unterschrift meiner Mom gefälscht und mich volllaufen lassen, dann bin ich in den Laden gestolpert. Der Inhaber hat meine Fahne gerochen, aber er hat mir die Piercings trotzdem gemacht. Ich bereue es kein Stück. Ich hatte nur einfach keine Lust mehr drauf.

Mit den Tattoos ist es etwas anderes. Ich liebe sie, und so wird es bleiben. Es werden noch weitere dazukommen, die Gedanken ausdrücken, die ich nicht aussprechen kann. Okay, das stimmt eigentlich gar nicht, es ist irgendwelcher Mist ohne jede Bedeutung, aber es sieht cool aus, deshalb scheiß ich drauf.

»Ich will nicht, dass du dich änderst«, sagt sie, und ich sehe sie an. »Nicht körperlich. Ich möchte nur von dir gezeigt bekommen, dass du mich besser behandeln kannst und nicht immer versuchst, mich zu kontrollieren. Ich will auch nicht, dass du deinen Charakter änderst. Ich möchte nur, dass du um mich kämpfst, nicht, dass du dich in jemanden verwandelst, der deiner Meinung nach besser zu mir passt.«

Ihre Worte zerren an meinem Herzen und drohen es zu zerreißen. »Das tue ich nicht«, sage ich.

Ich will mich für sie ändern, aber nicht auf diese Art. Das mit den Piercings habe ich für mich getan, nicht für sie.

»Sie rauszunehmen, war nur ein kleiner Schritt. Ich möchte mich bessern, und die Piercings erinnern mich an eine dunkle Zeit in meinem Leben. Eine Zeit, die ich hinter mir lassen will«, erkläre ich.

»Oh«, flüstert sie.

»Haben sie dir gefallen?« Ich lächele.

»Ja, sehr«, gibt sie zu.

»Ich könnte sie wieder reintun?«, biete ich an, aber sie schüttelt den Kopf.

Inzwischen bin ich nicht mehr so nervös wie vor zwei Stunden. Das hier ist Tessa, meine Tessa, und ich sollte nicht nervös sein.

»Nur, wenn du willst.«

»Ich könnte sie reintun, wenn wir …« Ich verstumme.

»Wenn wir was?« Sie neigt den Kopf.

»Du willst nicht, dass ich diesen Satz beende.«

»Doch, das will ich! Was wolltest du sagen?«

»Gut, wenn du meinst: Ich wollte sagen, ich könnte sie jederzeit reintun und dich vögeln, wenn sie dich so scharf machen.«

Ich lache über ihr schockiertes Gesicht, und sie blickt um sich, ob uns auch niemand hört. »Hardin!«, schimpft sie zwischen zwei Lachanfällen.

»Ich habe dich gewarnt … außerdem habe ich den ganzen Abend noch keinen perversen Kommentar gebracht, da hab ich einen gut.«

»Das stimmt.« Sie lächelt und trinkt von ihrer Limo.

Ich möchte sie fragen, ob sie sich wieder Sex mit mir vorstellen könnte, aber dafür ist es vermutlich noch zu früh. Es geht nicht nur darum, dass ich sie wieder spüren will, es geht darum, dass sie mir so schrecklich fehlt. Der Abend läuft für unsere Verhältnisse ziemlich gut. Ich weiß, dass es zu einem großen Teil daran liegt, dass ich mich zur Abwechslung nicht wie ein Arschloch aufführe. Eigentlich ist es gar nicht so schwer. Ich muss einfach nur nachdenken, bevor ich irgendwelchen Scheiß sage.

»Du hast morgen Geburtstag. Was hast du vor?«, fragt sie nach einer Weile Schweigen.

Scheiße.

»Na ja, äh … Logan und Nate schmeißen eine Party für mich. Ich wollte nicht hin, aber Steph hat gemeint, sie hätten sich voll reingehängt und einen Haufen Geld ausgegeben, also sollte ich zumindest mal vorbeischauen. Es sei denn … du wolltest etwas machen? Dann gehe ich nicht«, erkläre ich.

»Nein, ist schon okay. Die Party macht sicher viel mehr Spaß.«

»Du könntest mitkommen?« Und weil ich ihre Antwort kenne, füge ich hinzu: »Niemand weiß, was bei uns los ist – außer Zed natürlich.«

Ich darf nicht daran denken, warum Zed über meine verdammten Angelegenheiten Bescheid weiß.

»Nein, aber danke.« Das Lächeln erreicht ihre Augen nicht.

»Ich muss wirklich nicht auf diese Party.«

Wenn sie meinen Geburtstag mit mir verbringen will, haben Logan und Nate Pech gehabt.

»Nein, wirklich, ist schon in Ordnung. Ich hab sowieso zu tun«, sagt sie und schaut weg.

104

Tessa

»Hast du noch was vor?«, fragt Hardin, als er in der Einfahrt seines Vaters hält.

»Nein, nur lernen und schlafen. Echt wild.« Ich lächele ihn an.

»Schlafen – das fehlt mir.« Er verzieht das Gesicht und fährt mit dem Zeigefinger über das Lenkrad.

»Du hast nicht geschlafen?« Natürlich hat er das nicht. »Bist du ... hast du ...«, fange ich an.

»Ja, jede Nacht«, sagt er, und es versetzt mir einen Stich.

»Das tut mir leid.« Seine blöden Albträume. Ich hasse sie. Und ich hasse es, dass ich das einzige Mittel dagegen bin und nur ich sie vertreiben kann.

»Ist schon gut. Ich komme klar«, sagt er, doch seine dunklen Augenringe sagen etwas anderes.

Es wäre wirklich dumm, ihn nach oben mitzunehmen. Ich muss mir dringend Gedanken darüber machen, wie es mit meinem Leben weitergeht, statt die Nacht mit Hardin zu verbringen. Irgendwie ist es peinlich, dass er mich bei seinem Vater absetzt. Ich brauche wirklich eine eigene Wohnung.

»Komm doch mit hoch? Nur um etwas zu schlafen. Es ist noch früh«, biete ich an, und er reißt den Kopf hoch.

»Wäre das okay für dich?«, fragt er, und ich nicke, bevor ich zu viel darüber nachdenken kann.

»Klar … aber nur zum Schlafen«, erinnere ich ihn mit einem Lächeln, und er nickt.

»Ich weiß, Tess.«

»So war es nicht gemeint …«, versuche ich zu erklären.

»Ich habe es verstanden«, knurrt er.

Okay …

Zwischen uns herrscht eine gewisse Distanz – das ist unangenehm, aber gleichzeitig notwendig. Ich würde ihm gern die Strähne aus dem Gesicht streichen, doch das würde zu weit gehen. Ich brauche den Abstand, genauso, wie ich Hardin brauche. Es ist alles sehr verwirrend, und ich weiß, dass es die Sache nicht einfacher macht, wenn ich ihn ins Haus einlade, aber ich wünsche mir wirklich, dass er schlafen kann.

Ich lächele ihm zu, und er sieht mich eine Sekunde lang an. Dann schüttelt er den Kopf. »Lieber nicht. Ich muss noch was erledigen und …«, fängt er an.

»Schon gut. Wirklich«, falle ich ihm ins Wort und öffne die Autotür, um meine Scham zu verbergen.

Ich hätte es nicht tun sollen. Ich sollte mich zurückziehen, und jetzt hat er mich zurückgewiesen … mal wieder.

An der Haustür fällt mir auf, dass ich mein Kleid und die Heels in Hardins Auto vergessen habe, doch er wendet bereits, als ich mich nach ihm umdrehe.

Während ich mich abschminke, bin ich in Gedanken bei unserem Date. Hardin war so … nett. Er war nett. Er hatte sich schick gemacht und hat keinen Streit angefangen, er hat nicht mal jemanden beschimpft. Das ist ein großer Fortschritt. Ich muss kichern, als ich daran denke, wie er aufs Eis gefallen ist. Es hat ihn so geärgert, aber es war einfach zu lustig, wie er sich abgemüht hat. Er ist so groß und schlaksig, und seine Beine haben in den Schlittschuhen gewackelt. Es war mit das Lustigste, was ich je gesehen habe.

Ich weiß nicht genau, was ich davon halten soll, dass er die Piercings rausgenommen hat, aber er hat mir mehrfach versichert, dass er sie nicht mehr will, also ist es nicht meine Entscheidung. Ich frage mich, was seine Freunde dazu sagen werden.

Als er mir von der Geburtstagsfeier erzählt hat, ist meine Stimmung leicht gekippt. Keine Ahnung, was ich erwartet hatte, aber nicht, dass er feiert. Das war dumm von mir, es ist schließlich sein *einundzwanzigster* Geburtstag.

Ich würde ihn wahnsinnig gern mit ihm verbringen, aber in diesem verdammten Verbindungshaus ist noch jedes Mal etwas Blödes passiert, und darauf habe ich keine Lust, besonders, weil zwischen uns gerade alles so unsicher ist. Am Ende trinke ich wieder und mache alles nur noch schlimmer. Aber ich würde Hardin gern etwas zu seinem Geburtstag schenken. Mir fallen nie gute Geschenke ein, aber ich werde mich bemühen. Vor Landons Zimmer bleibe ich stehen, doch er reagiert nicht auf mein Klopfen. Als ich die Tür öffne, schläft er, und ich beschließe, auch ins Bett zu gehen.

Ich öffne die Tür zu meinem Zimmer und bekomme fast einen Herzinfarkt, als jemand auf meinem Bett sitzt. Ich lasse meine Kulturtasche auf die Kommode fallen … dann sehe ich, dass es Hardin ist, und beruhige mich wieder. Als ich ihn ansehe, schlägt er verlegen die Beine übereinander.

»Ich … ich, äh, es tut mir leid, dass ich gerade so ein Arschloch war, ich würde gern bleiben.« Hardin fährt sich durch das widerspenstige Haar.

»Das habe ich dir doch angeboten«, erinnere ich ihn und gehe zum Bett.

Er seufzt. »Ich weiß, und es tut mir leid. Kann ich bitte bleiben? Es war so schön heute, einfach mit dir zusammen, und ich bin so müde …«

Ich überlege einen Moment. Ich wollte doch, dass er bleibt. Es fehlt mir, mit ihm in einem Bett zu schlafen, aber eben hat er noch gesagt, er habe zu tun.

»Was ist mit deiner Arbeit?« Ich hebe eine Braue.

»Die kann warten«, sagt er gequält.

Ich setze mich neben ihn aufs Bett und nehme das Kissen auf den Schoß.

»Danke«, sagt Hardin, und ich rücke näher an ihn heran. Er ist noch immer wie ein Magnet für mich. Offensichtlich kann ich nicht mal einen Meter Abstand halten.

Ich schaue ihn an, und er lächelt, dann sieht er schnell zu Boden. Mein Körper entscheidet eigenmächtig, ich lehne mich an ihn und nehme seine Hand. Sie ist kalt, sein Atem geht schwer.

Du hast mir gefehlt, will ich sagen. *Ich will dir nah sein,* will ich ihm gestehen.

Er drückt sanft meine Hand, und ich lege den Kopf an seine Schulter. Er legt mir den Arm um den Rücken und hält mich fest.

»Ich fand es sehr schön heute«, sage ich.

»Ich auch, Baby. Ich auch.«

Als er mich »Baby« nennt, wird mein Wunsch nach Nähe noch stärker. Als ich zu ihm aufsehe, ruht sein Blick auf meinen Lippen. Instinktiv hebt sich mein Kinn, und mein Mund ist ganz nah an seinem. Als ich die Lippen auf seine drücke, lehnt er sich auf den Ellbogen zurück, und ich klettere auf seinen Schoß. Ich spüre seine Hand in meinem Kreuz, während er mich weiter auf sich schiebt.

»Du hast mir gefehlt«, sagt er, dann lässt er die Zunge über meine streifen. Ich vermisse den kalten Metallring, doch das Verlangen nach ihm heizt mich auf, und alles andere wird unwichtig.

»Du mir auch.« Ich greife in sein Haar und küsse ihn fester. Mit der anderen Hand taste ich nach den harten Muskeln unter seinem Shirt, aber er bremst mich und setzt sich auf, während ich noch auf seinem Schoß sitze.

Er lächelt wehmütig. »Ich glaube, wir sollten nicht zu weit gehen.« Seine Wangen sind gerötet, und sein Atem geht schwer, ganz nah an meinem Gesicht.

Ich will protestieren und ihm sagen, dass ich seine Berührungen brauche, weiß aber, dass er recht hat. Seufzend klettere ich von ihm runter und lege mich auf die andere Seite des Betts.

»Es tut mir leid, Tess. Ich wollte nicht …« Er verstummt.

»Nein, du hast ja recht. Es ist okay. Wir sollten schlafen.« Ich lächle, während mir immer noch ganz schwindlig ist von unserer Berührung.

Er legt sich mir gegenüber und hält sich auf seiner Seite. Zwischen uns liegt das Kissen, was mich an unsere Anfangstage erinnert. Bald schläft er ein und erfüllt den Raum mit seinem friedlichen Schnarchen, doch als ich mitten in der Nacht aufwache, ist er weg. Stattdessen liegt ein Zettel auf seinem Kissen.

Nochmals danke, muss arbeiten, steht darauf.

Am nächsten Morgen texte ich Hardin, sobald ich aufwache, und wünsche ihm alles Gute zum Geburtstag. Während ich mich anziehe, warte ich auf eine Antwort. Ich wünschte, er wäre geblieben, aber bei Tageslicht betrachtet, bin ich auch erleichtert, dass uns die Der-Morgen-nach-dem-ersten-Date-Situation erspart bleibt.

Seufzend stecke ich mein Handy in die Tasche und gehe nach unten. Ich sage Landon, dass ich den Vormittagskurs ausfallen lasse, um ein Geburtstagsgeschenk für Hardin zu besorgen.

105

Hardin

»Das wird krass, Mann«, sagt Nate und klettert auf die Steinmauer hinter dem Parkplatz.

»Klar«, meine ich. Ich rutsche zu Nate rüber, um nicht in Logans Zigarettenrauch zu sitzen.

»Ja, und komm bloß nicht auf die Idee, dich zu drücken, wir planen das seit Monaten«, droht Logan.

Meine Beine schaukeln vor und zurück, und eine Sekunde lang überlege ich, ob ich Logan von der Steinmauer stoßen soll, weil ich mir wegen der rausgenommenen Piercings so viel Scheiß von ihm anhören musste.

»Ich komme. Das habe ich doch schon gesagt.«

»Bringst du sie mit?«, fragt Nate. Er meint natürlich Tess.

»Nein, sie hat keine Zeit.«

»Keine Zeit? Es ist dein einundzwanzigster Geburtstag, Mann. Du hast die Piercings für sie rausgenommen, sie muss einfach kommen«, meint Logan.

»Es passiert immer irgendein Scheiß, wenn sie dabei ist. Und zum letzten Mal, verdammt, ich habe sie nicht wegen ihr rausgenommen.« Ich verdrehe die Augen und fahre die Risse im Beton nach.

»Vielleicht kann sie Molly noch mal verprügeln – das war der Hammer«, lacht Nate.

»Das war so cool. Sie ist echt lustig, wenn sie betrunken ist. Oder wenn sie flucht. Dann klingt sie wie meine Tante.« Logan und Nate lachen.

»Hört auf, verdammt! Sie kommt nicht.«

»Okay, beruhig dich, ja?« Nate lächelt.

Ich wünschte, die zwei hätten keine Party für mich organisiert. Ich hätte meinen Geburtstag gern mit Tessa verbracht. Eigentlich sind mir Geburtstage egal, aber ich hätte sie gern gesehen. Ich weiß genau, dass sie nichts zu tun hat, sie hat nur keine Lust auf meine Freunde – was ich verstehe.

»Gibt's zwischen dir und Zed Probleme?«, fragt Nate, als wir uns zum Seminar aufmachen.

»Ja, er ist ein Wichser und lässt Tessa einfach nicht in Ruhe. Warum?«

»Ich frage mich nur, weil ich gesehen habe, wie Tessa in das Umweltinstitut, oder wie das heißt, gegangen ist. Ich fand es nur merkwürdig …«, erzählt Nate.

»Wann war das?«

»So vor zwei Tagen. Montag, glaube ich.«

»Ist das dein …« Aber ich muss nicht fragen. Ich weiß, dass es sein Ernst ist.

Verdammt, Tessa, ist es so schwer zu verstehen, dass du dich von ihm fernhalten sollst?

»Aber es ist kein Problem, wenn er auch kommt, oder? Wir haben es schon allen gesagt, und ich möchte niemanden ausladen«, sagt Nate. Er war schon immer der Netteste von uns.

»Das ist mir scheißegal. Nicht er vögelt sie, sondern ich«, erkläre ich, und er lacht. Wenn er wüsste, was gerade abgeht.

Später kann ich fast nicht glauben, dass ich zurück im Verbindungshaus bin. Es kommt mir vor, als wäre es eine Ewigkeit her, dass ich hier gewohnt habe. Ich vermisse es überhaupt nicht, obwohl es allein bei uns auch nicht gerade toll ist.

Was für ein verrücktes Jahr. Ich kann gar nicht glauben, dass ich jetzt einundzwanzig bin und nächstes Jahr mein Studium abschließe. Meine Mom hat vorhin am Telefon geweint, weil ich so schnell erwachsen werde. Irgendwann habe ich aufgelegt, weil sie einfach nicht mehr aufhören wollte. Aber immerhin habe ich es einigermaßen höflich gemacht und schon das ganze Gespräch über so getan, als würde mein Telefon gleich den Geist aufgeben.

Das Haus ist voll, am Straßenrand reihen sich die Autos. Ich frage mich, wer eigentlich die ganzen Leute sind, die hier meinen Geburtstag feiern. Ich weiß, dass die Party nicht allein für mich ist, sondern eher der Anlass, überhaupt eine fette Party zu schmeißen, aber trotzdem. Gerade als ich anfange, mich nach Tessa zu sehnen, sehe ich Mollys schreckliches pinkes Haar und bin froh, dass Tessa nicht da ist.

»Da ist ja das Geburtstagskind.« Sie lächelt und geht vor mir ins Haus.

»Scott!«, ruft Tristan aus der Küche. Er hat schon getrunken, das merke ich.

»Wo ist Tessa?«, erkundigt sich Steph.

Meine Freunde bilden einen kleinen Kreis um mich und starren mich an, während ich schnell nach einer guten Antwort suche. Sie sollen auf keinen Fall erfahren, dass ich Tessa zurückgewinnen möchte.

»Moment … aber vor allem: Wo sind deine Ringe?« Steph hebt mein Kinn an und inspiziert mich, als wäre ich eine Laborratte.

»Lass los!«, knurre ich und weiche vor ihr zurück.

»Ach du Scheiße, du wirst einer von ihnen«, sagt Molly und deutet auf eine Gruppe von Streberidioten, die etwas abseits steht.

»Blödsinn.« Wütend starre ich sie an.

Sie kichert und bohrt weiter: »O doch! Sie wollte, dass du sie rausnimmst, hab ich recht?«

»Nein. Ich habe sie rausgenommen, weil ich Lust dazu hatte.

Kümmere dich um deinen eigenen Scheiß«, herrsche ich sie an, und sie verdreht die Augen.

»Wie du meinst.«

Sie zieht ab, Gott sei Dank.

»Ignorier sie. Aber kommt Tessa?«, fragt Steph, und ich schüttele den Kopf. »Schade, sie fehlt mir! Ich wünschte, sie käme öfter mit.« Sie trinkt aus ihrem roten Becher.

»Ich auch«, sage ich leise und fülle einen Becher mit Wasser.

Leider werden Musik und Stimmen im Laufe des Abends immer lauter. Vor acht sind schon alle besoffen. Ich habe noch immer nicht entschieden, ob ich was trinken soll. Ich habe lange nicht getrunken, bis zu der Nacht bei meinem Vater, als ich Karens komplettes Geschirr zerschlagen habe. Früher habe ich diese lahmen Partys ohne Alkohol überstanden … na ja, meistens jedenfalls. Ich erinnere mich kaum an meine ganz frühen College-Tage, eine Flasche nach der anderen, eine Schlampe nach der anderen, alles verschwimmt, und ich bin froh darüber. Nichts hatte einen Sinn, bevor Tessa kam.

Ich setze mich neben Tristan auf die Couch und verliere mich in Gedanken an Tessa, während meine Freunde das nächste bescheuerte Trinkspiel spielen.

106

Tessa

Hallo, hat Hardin getextet.

Lächerlich, dass bei mir die Schmetterlinge tanzen. Wie ist deine Party?, texte ich zurück und stopfe mir noch eine Handvoll Popcorn in den Mund. Seit zwei Stunden starre ich nun schon auf meinen E-Reader. Ich brauche eine Pause.

Langweilig. Kann ich zu dir kommen?, fragt er.

Ich springe fast vom Bett. Schon vorher, nach einer stundenlangen Suche nach einem anständigen Geschenk für ihn, habe ich beschlossen, dass mein »Freiraum« bis nach seinem Geburtstag warten kann. Es ist mir egal, wenn das schwach oder peinlich ist. Wenn er seine Zeit lieber mit mir statt mit seinen Freunden verbringen möchte, sage ich Ja. Er gibt sich wirklich Mühe, und das muss ich würdigen. Natürlich müssen wir darüber reden, dass er keine gemeinsame Zukunft mit mir will und wie sich das auf meine berufliche Laufbahn auswirkt.

Aber das kann bis morgen warten.

Ja, wie lange brauchst du?, schreibe ich.

Ich durchwühle die Kommode und ziehe ein ärmelloses blaues Top raus, das ihm einmal an mir gefallen hat. Dazu Jeans. Schließlich mache ich mich zur Idiotin, wenn ich im Kleid in diesem Schlafzimmer herumsitze. Ich frage mich, was er wohl anhat. Hat er sich das Haar so wie gestern gestylt? War es ohne mich langweilig auf der Party, und er wollte lieber zu mir? Er ändert sich wirklich, und ich liebe ihn dafür.

Warum bin ich so aufgeregt?

Dreißig Minuten.

Ich eile ins Bad und putze mir die Zähne wegen dem Popcorn. Ich sollte ihn nicht küssen, oder? Aber es *ist* sein Geburtstag … ein Kuss schadet sicher nicht, und seien wir mal ehrlich: Er verdient einen Kuss für all die Mühe, die er sich bisher gemacht hat. Ein Kuss wird nicht alles ruinieren, was ich vorhabe.

Ich frische mein Make-up auf, bürste mir das Haar und binde es zum Pferdeschwanz. Wenn es um Hardin geht, lerne ich wohl nie dazu, aber darüber kann ich mich morgen auch noch aufregen. Ich weiß, dass er Geburtstage nicht groß feiert, aber dieser hier soll anders sein. Er soll spüren, dass sein Geburtstag wichtig ist.

Schnell packe ich das Geschenk ein, das ich für ihn gekauft habe. Ich habe ein Geschenkpapier mit Musiknoten ausgesucht, das sich gut als Buchumschlag machen würde. Ich bin nervös und konfus, obwohl ich es nicht sein sollte.

Okay, bis gleich, texte ich, beschrifte den kleinen Geschenkanhänger mit seinem Namen und gehe runter.

Karen tanzt zu einem alten Luther-Vandross-Song, und ich kann mir ein Lachen nicht verbeißen, als sie sich umdreht und errötet. »Entschuldige, ich wusste nicht, dass du da bist«, sagt sie, sichtlich verlegen.

»Ich liebe diesen Song. Mein Vater hat ihn immer laufen lassen«, sage ich, und sie lächelt.

»Dann hat er Geschmack.«

»Allerdings.« Ich lächle bei der eigentlich ganz schönen Erinnerung, wie mich mein Vater in der Küche herumwirbelte – bevor sich die Sonne verdunkelte und er meiner Mutter das erste Mal ein blaues Auge schlug.

»Und was hast du heute vor? Landon ist mal wieder in der Bibliothek«, erzählt sie, obwohl ich es schon weiß.

»Ich wollte fragen, ob du mir helfen kannst. Ich wollte einen Kuchen für Hardin machen. Er hat Geburtstag und kommt in einer halben Stunde.« Ich muss einfach lächeln.

»Ach ja? Tja, wir könnten natürlich einen schnellen Blechkuchen machen … oder, Moment, machen wir einen runden zweilagigen in der Form. Was mag er lieber, Schokolade oder Vanille?«

»Schokokuchen mit Schokoguss«, sage ich. Obwohl ich immer wieder das Gefühl habe, ihn nicht zu kennen, kenne ich ihn vermutlich besser als mich selbst.

»Okay, holst du die Backform?«, fragt Karen, und ich laufe los.

Eine gute halbe Stunde später warte ich darauf, dass der Kuchen abkühlt, damit wir ihn verzieren können, bevor Hardin kommt. Karen hat ein paar alte Kerzen ausgegraben. Es gab nur eine Eins und eine Drei, aber ich weiß, dass er es lustig finden wird.

Ich gehe ins Wohnzimmer und schaue aus dem Fenster, doch die Einfahrt ist leer. Er verspätet sich wohl ein wenig. Es sind erst fünfundvierzig Minuten.

»Ken kommt in einer Stunde nach Hause, er hat mit ein paar Kollegen zu Abend gegessen. Ich bin wirklich schrecklich, ich habe gesagt, ich hätte Bauchweh. Ich hasse diese Veranstaltungen.« Sie lacht, und ich kichere, während ich versuche, den Schokoguss entlang der Kante glatt zu streichen.

»Das kann ich verstehen«, sage ich und stecke die Kerzen auf den Kuchen.

Nachdem ich erst eine Einunddreißig gesteckt habe, entschließe ich mich doch für die Dreizehn. Karen und ich lachen über die dummen Kerzen, und ich mühe mich mit dem Guss ab, mit dem ich Hardins Namen unter die Kerzen schreibe.

»Hübsch«, lügt Karen.

Ich betrachte meine Verzierung und verziehe das Gesicht. »Der Wille war da. Ich hoffe, das sieht man …«

»Er wird ihm gefallen«, versichert mir Karen, dann geht sie nach oben, damit Hardin und ich für uns sind, wenn er kommt.

Jetzt ist es eine Stunde her, dass er getextet hat, und ich sitze allein in der Küche und warte auf ihn. Ich würde ihn gern anrufen, aber wenn er nicht kommt, sollte er sich melden.

Er wird kommen. Schließlich war es seine Idee. Er wird kommen.

107

Hardin

Zum dritten Mal versucht mir Nate, seinen Becher anzudrehen. »Komm schon, Mann. Nur einen Drink, es ist dein einundzwanzigster Geburtstag, Mann – es ist verboten, *nicht* zu trinken!«

Weil es meinen Abgang hier vereinfachen wird, gebe ich schließlich nach. »Okay, einen. Aber nicht mehr.«

Lächelnd zieht er den Becher zurück und nimmt Tristan die Schnapsflasche aus der Hand. »Okay, los geht's. Aber dann wenigstens einen ordentlichen«, sagt er.

Ich verdrehe die Augen und trinke einen Schluck der dunklen Flüssigkeit. »Okay, das war's. Jetzt könnt ihr mich in Frieden lassen«, sage ich, und er nickt.

Ich gehe in die Küche und hole mir noch einen Becher Wasser, da kommt ausgerechnet Zed auf mich zu. »Hier«, sagt er und gibt mir mein Handy. »Das hast du auf der Couch liegen lassen.«

Dann geht er zurück ins Wohnzimmer.

108

Tessa

Nach zwei Stunden lasse ich den Kuchen in der Küche stehen und gehe wieder hoch, wo ich das Make-up abwasche und zurück in den Pyjama schlüpfe. Es ist jedes Mal das Gleiche, wenn ich mich breitschlagen lasse und ihm noch eine Chance gebe. Die Wirklichkeit ist wie eine Ohrfeige.

Ich war mir so sicher, dass er kommen würde. Ich bin so dumm. Ich war unten und habe ihm einen Kuchen gebacken … Mann, bin ich blöd.

Ich stecke mir die Stöpsel in die Ohren, bevor ich den Tränen freien Lauf lasse. Die Musik erfüllt meine Ohren, während ich mich im Bett zurücklege und mir alle Mühe gebe, nicht zu streng mit mir zu sein. Gestern hat er sich so ganz anders verhalten – was schön war, nur dass mir seine perversen Sprüche gefehlt haben, die ich trotz meiner Proteste insgeheim liebe.

Ich bin froh, dass Landon nicht reingeschaut hat, als ich ihn nach Hause kommen hörte. Zu dem Zeitpunkt hatte ich noch einen Funken Hoffnung und hätte noch blöder dagestanden. Nicht dass er mir das jemals sagen würde.

Ich greife rüber zum Nachttisch und schalte das Licht aus, dann drehe ich die Musik etwas leiser. Vor einem Monat wäre ich jetzt ins Auto gesprungen, zu diesem dummen Haus gefahren und hätte ihn zur Rede gestellt, warum er mich versetzt. Doch jetzt habe ich einfach nicht mehr die Kraft, mit ihm zu streiten. Nicht mehr.

Mein Handy klingelt und weckt mich. Der Klingelton dringt durch die Ohrstöpsel und erschreckt mich.

Es ist Hardin. Und es ist fast Mitternacht. *Geh nicht dran, Tessa.*

Ich muss mich zwingen, seinen Anruf abzuweisen und das Handy auszuschalten. Ich stelle den Wecker und schließe die Augen.

Natürlich ist er jetzt betrunken und ruft an, nachdem er mich versetzt hat. Ich hätte es wissen müssen.

109

Hardin

Tessa geht nicht ran, und das ärgert mich. Mein Geburtstag ist in fünfzehn Minuten vorbei, und sie geht nicht ans Handy?

Okay, vermutlich hätte ich früher anrufen sollen, aber trotzdem. Sie hat nicht mal auf meine SMS vor ein paar Stunden geantwortet. Ich dachte, wir hätten gestern einen netten Abend gehabt, und sie wollte mir sogar an die Wäsche. Es hat mich größte Überwindung gekostet, Nein zu sagen, aber ich wusste, was passiert, wenn wir uns darauf einlassen. Ich darf sie im Moment nicht ausnutzen.

»Ich glaube, ich packe es jetzt«, erkläre ich Logan, worauf er sich von dem dunkelhäutigen Mädchen mit dem dunklen Haar löst, das es ihm offensichtlich angetan hat.

»Nein, du kannst noch nicht gehen, nicht bis – ah, da sind sie ja!«, ruft er.

Ich drehe mich um und sehe zwei Frauen in Trenchcoats, die auf uns zukommen. *Scheiße, nein.*

Die Leute im überfüllten Wohnzimmer klatschen.

»Ich mag keine Stripperinnen«, erkläre ich.

»Ach, komm schon! Woher weißt du überhaupt, dass es Stripperinnen sind?« Er lacht.

»Weil sie Trenchcoats und High Heels tragen, verdammt noch mal!« Mann, ist das bescheuert.

»Komm schon, Tessa ist das doch egal!«, fügt Logan hinzu.

»Darum geht es nicht«, knurre ich, obwohl es sehr wohl darum geht, wenn auch nicht nur.

»Ist das unser Geburtstagskind?«, fragt eine der beiden. Ihr knallroter Lippenstift verursacht mir schon jetzt Kopfschmerzen. »Nein, nein, nein. Ich nicht«, lüge ich und renne zur Tür.

»Komm schon, Hardin!«, rufen mir ein paar Leute nach. Scheiße, nein, ich drehe mich nicht um. Tessa flippt aus, wenn sie glaubt, ich hätte mich auf Stripperinnen eingelassen. Ich höre schon jetzt, wie sie mich anschreit. Ich wünschte, sie wäre rangegangen, als ich angerufen habe. Ich versuche es noch ein paar Mal, während Nate versucht, bei mir durchzukommen. Aber ich gehe nicht zurück da rein, kommt nicht infrage. Ich war lange genug auf der Party.

Ich wette, sie ist wütend auf mich, weil ich nicht früher angerufen habe, aber ich weiß nie, wann ich anrufen soll und wann nicht. Ich will sie nicht bedrängen, aber ich will ihr auch nicht zu viel Freiraum geben. Es ist ein schmaler Grat, und ich finde das Gleichgewicht nicht.

Ich sehe ein letztes Mal auf meinem Handy nach. Mein »Hallo« ist die letzte Nachricht, die gesendet oder empfangen wurde. Sieht aus, als würde ich eine weitere einsame Nacht in der Wohnung verbringen.

Toller Geburtstag.

110

Tessa

Ein merkwürdiges Klingeln weckt mich, und es dauert einen Moment, bis mir einfällt, dass ich mein Handy gestern Nacht wegen Hardin ausgeschaltet habe. Dann fällt mir wieder ein, wie ich in der Küche saß und meine Freude mit jeder verstreichenden Minute weiter abstarb und er nicht gekommen ist.

Ich wasche mir das Gesicht und mache mich fertig für die lange Fahrt zu Vance. Das Einzige, was mir an der Wohnung fehlt, ist die kürzere Fahrzeit. Und Hardin. Und das Bücherregal, das über die ganze Wand geht. Und diese Lampe. Und Hardin.

Als ich nach unten komme, ist Karen allein in der Küche. Mein Blick fällt sofort auf den Kuchen mit den Kerzen und dem dummen Geschmiere, das einmal Hardin hieß. Nach einer Nacht auf dem Küchentresen ist die Schrift zerflossen, und es sieht aus, als hätte ich »Hell« geschrieben.

Vielleicht habe ich das ja.

»Er hat es nicht geschafft«, sage ich, ohne Karen dabei anzusehen.

»Ja … ich hab es gesehen.« Sie lächelt mich mitfühlend an und putzt ihre Brille an der Schürze.

Sie ist die perfekte Hausfrau, immer kocht oder putzt sie irgendetwas, aber vor allem ist sie so fürsorglich und liebt ihren Mann und ihre Familie und selbst ihren schwierigen Stiefsohn.

»Es ist schon okay.« Ich zucke die Schultern und schenke mir eine Tasse Kaffee ein.

»Es muss nicht alles für dich okay sein, Tessa.«

»Ich weiß. Aber es ist einfacher, wenn es okay ist«, sage ich, und sie nickt.

»Es ist nie einfach«, meint sie, und ich muss fast lachen, dass sie dieselben Worte verwendet wie Hardin.

»Aber egal, wir überlegen, ob wir nächste Woche ans Meer fahren wollen. Es wäre schön, wenn du mitkommst.« Ich liebe es an Landons Mutter, dass sie mich nie zum Reden drängt.

»Ans Meer? Im Februar?«, frage ich.

»Wir haben ein Boot und fahren immer gern raus, bevor es zu warm wird. Wir beobachten Wale, das ist wirklich schön. Du solltest es dir überlegen.«

»Wirklich?« Ich war noch nie auf einem Boot, und der Gedanke macht mir Angst, aber Wale beobachten klingt wirklich interessant. »Ja, okay.«

»Wundervoll! Wir machen es uns richtig schön«, versichert sie mir und verschwindet ins Wohnzimmer.

Als ich bei Vance ankomme, schalte ich endlich mein Handy wieder ein. Ich darf es nicht mehr ausschalten, wenn ich wütend bin. Das nächste Mal ignoriere ich Hardins Anrufe einfach. Es wäre schrecklich, wenn meiner Mutter etwas zustößt und sie mich nicht erreichen kann.

Als ich aus dem Aufzug steige, stehen Kimberly und Christian dicht gedrängt im Flur. Er flüstert ihr etwas ins Ohr, und sie kichert, bevor er ihr eine Haarsträhne aus dem Gesicht streicht und sie mit einem breiten Lächeln küsst.

Das Manuskript, das ich zu lesen beginne, regt mich schon nach fünf Seiten auf. Als ich zu den letzten Seiten blättere, sehe ich ein »Ja, ich will« und seufze. Ich bin die alte Geschichte leid: Mädchen und Junge treffen sich, der Junge liebt sie, ein Problem stellt sich in den Weg, sie lösen es, heiraten, bekommen Kinder, Ende. Ich werfe das Manuskript in den Papierkorb, ohne weiterzulesen. Ich habe ein schlechtes Gewissen, weil ich der Geschichte kaum eine Chance gebe, aber sie überzeugt mich einfach nicht.

Ich brauche eine realistische Geschichte, mit echten Problemen, mit mehr als nur einem Streit und vielleicht einer Trennung. Einer echten. Die Leute verletzen sich gegenseitig und kommen doch nicht voneinander los … genau wie wir. Das ist mir mittlerweile klar.

Christian läuft an meinem Büro vorbei, und ich atme tief durch, bevor ich aufstehe und ihm folge. Ich streiche meinen Rock glatt und gehe in Gedanken durch, was ich ihm sagen will.

»Christian?« Ich klopfe leicht an seine Tür.

»Tessa? Kommen Sie rein«, sagt er mit einem Lächeln.

»Entschuldigen Sie die Störung, aber haben Sie vielleicht ein paar Minuten Zeit für mich?«, frage ich, und er deutet auf einen Stuhl. »Ich wollte mich wegen Seattle erkundigen – ob die Chance besteht, dass ich mitkomme? Ich verstehe es, wenn es zu spät ist, aber ich wäre wirklich daran interessiert. Trevor hat es mir gegenüber erwähnt, und ich dachte, es könnte eine große Chance für mich sein, wenn …«

Christian hebt lachend die Hand und unterbricht mich. »Sind Sie sich sicher?«, fragt er. »Seattle ist sehr anders als das hier.« Seine grünen Augen sind weich, aber ich habe das Gefühl, dass er nicht überzeugt ist.

»Ja, ich bin mir sicher. Ich würde sehr gern gehen …« Das würde ich. Das würde ich wirklich. Oder etwa nicht?

»Und was ist mit Hardin? Würde er mitkommen?« Christian zieht an seiner Krawatte und löst den Knoten.

Soll ich ihm sagen, dass Hardin sich weigert zu gehen? Dass völlig unklar ist, ob wir eine gemeinsame Zukunft haben, und dass er sich querstellt und paranoid ist? Stattdessen sage ich: »Wir diskutieren noch.«

Vance sieht mir in die Augen. »Ich nehme Sie sehr gern mit nach Seattle.« Und nach einem kurzen Schweigen fügt er hinzu: »Und Hardin auch. Er kann sich anschließen, vielleicht sogar seinen alten Job übernehmen«, sagt Christian, dann lacht er. »Wenn er den Mund hält.«

»Wirklich?«

»Ja, natürlich. Sie hätten sich früher melden sollen.« Er spielt noch ein wenig mit seiner Krawatte herum, dann nimmt er sie ab und legt sie auf den Schreibtisch.

»Haben Sie vielen Dank! Das ist wundervoll«, sage ich überwältigt.

»Haben Sie schon eine Vorstellung, ab wann Sie könnten? Kim, Trevor und ich gehen in ungefähr zwei Wochen, aber Sie können nachkommen, wenn Sie so weit sind. Ich weiß, dass sie das College wechseln müssen. Ich werde Sie unterstützen, wo ich kann.«

»Zwei Wochen müssten reichen«, antworte ich, bevor ich darüber nachdenken kann.

»Fantastisch, das freut mich. Kim wird begeistert sein.« Er lächelt, und ich bemerke, wie er zu dem Bild von Kimberly und Smith auf seinem Schreibtisch schielt.

»Nochmals danke, Sie wissen nicht, wie viel mir das bedeutet«, sage ich, bevor ich sein Büro verlasse. Seattle. In zwei Wochen. In zwei Wochen ziehe ich nach Seattle. Ich bin bereit.

Oder nicht?

Natürlich bin ich das. Auf diesen Moment warte ich seit Jahren. Ich hätte nur nicht gedacht, dass er so bald kommen würde.

111

Tessa

Ich warte vor Zeds Wohnung und hoffe, dass er bald kommt. Ich muss dringend mit ihm reden, und er meinte, dass er auf dem Heimweg von der Arbeit ist. Ich habe unterwegs angehalten und mir einen Kaffee geholt, um etwas Zeit totzuschlagen. Nach ein paar Minuten fährt er vor. Laute Musik dringt aus seinem Truck. Als er herausklettert, sieht er in schwarzer Jeans und einem roten T-Shirt mit abgeschnittenen Ärmeln so gut aus, dass ich einen Moment lang vergesse, weswegen ich hier bin.

»Tessa!«, begrüßt er mich mit einem breiten Lächeln und bittet mich herein. Nachdem er mich mit einem zweiten Kaffee versorgt hat und sich selbst mit einer Cola, gehen wir ins Wohnzimmer.

»Zed, ich muss dir etwas erzählen, glaube ich. Aber erst muss ich dir noch etwas anderes sagen.«

Er legt die Hände hinter den Kopf und lehnt sich auf der Couch zurück. »Geht es um die Party?«

»Du warst da?« Ich behalte meine Neuigkeiten noch kurz für mich und setze mich auf den Stuhl gegenüber der Couch.

»Ja, eine Zeit lang, aber als die Stripperinnen kamen, bin ich gegangen.« Zed reibt sich den Nacken.

Mir verschlägt es den Atem.

»Stripperinnen?«, frage ich kraftlos und stelle meine Kaffeetasse auf den Tisch, bevor ich mir das heiße Zeug über den Schoß kippe.

»Ja, alle waren so betrunken, und dann kamen auch noch diese Stripperinnen. So was ist nicht mein Ding, deshalb bin ich gegangen.« Er zuckt die Schultern.

Ich habe Hardin einen Kuchen gebacken und wollte seinen Geburtstag mit ihm verbringen, während er sich mit Stripperinnen die Kante gegeben hat?

»Ist sonst noch etwas auf der Party passiert?«, frage ich. Ich bekomme die Stripperinnen nicht aus dem Kopf. Wie konnte Hardin mich deswegen versetzen?

»Nein, es war das Übliche. Hast du mit Hardin gesprochen?«, fragt er, den Blick auf die Coladose gerichtet, deren Verschluss er hin und her schiebt.

»Nein, ich …« Ich will nicht zugeben, dass Hardin mich versetzt hat.

»Was wolltest du sagen?«, fragt Zed.

»Er sagte, er würde zu mir kommen, aber dann ist er nicht erschienen.«

»Das ist mies.« Zed schüttelt den Kopf.

»Ich weiß, und weißt du, was das Schlimmste daran ist? Wir hatten so viel Spaß bei unserem Date, und ich dachte, ich stehe für ihn jetzt wirklich an erster Stelle.« Zeds Augen sind voller Mitgefühl.

»Und dann war ihm die Party wichtiger«, fügt er hinzu.

»Ja …« Ich weiß einfach nicht, was ich sonst sagen soll.

»Also, das zeigt doch wirklich, was er für ein Typ ist, und dass er sich nicht ändern wird. Findest du nicht?«

Hat er recht?

»Ich weiß. Ich wünschte wirklich, er hätte mit mir darüber geredet oder mir einfach gesagt, dass er nicht zu mir kommen will, statt mich stundenlang warten zu lassen.« Meine Finger spielen mit der Tischkante und pulen an dem abgesplitterten Holz.

»Ich finde nicht, dass du mit ihm darüber reden solltest. Hätte er seine Zeit lieber mit dir verbracht, wäre er gekommen und hätte dich nicht warten lassen.«

»Du hast recht, aber das ist unser größtes Problem. Wir reden nicht über die Dinge, sondern verdächtigen uns immer sofort und schreien uns an, bis einer von uns geht.« Ich weiß, Zed will nur helfen, aber ich will wirklich eine Erklärung von Hardin, ich will, dass er mir ins Gesicht sagt, warum ihm die Stripperinnen wichtiger waren als ich.

»Ich dachte, ihr wärt gar nicht mehr zusammen?«

»Doch, wir ... also, nein, eigentlich ... ich weiß nicht mal, wie ich es erklären soll.« Ich kann nicht mehr denken, und Zed verwirrt mich manchmal nur noch mehr.

»Es ist deine Entscheidung, ich wünschte nur, du würdest keine Zeit mehr mit ihm verschwenden.« Er seufzt und steht auf.

»Ich weiß«, flüstere ich und schaue auf mein Handy, ob Hardin sich gemeldet hat. Keine Nachricht.

»Hast du Hunger?«, fragt Zed aus der Küche, und ich höre, wie seine leere Dose im Müll landet.

112

Hardin

Die Wohnung ist so verdammt leer.

Ich hasse es, ohne sie hier zu sitzen. Ich vermisse ihre Beine auf meinem Schoß, wenn sie lernt und ich unauffällig zu ihr rüberschiele, während ich so tue, als würde ich arbeiten. Dann hat sie mich gern mit dem Kuli in den Arm gepikst, bis ich ihn ihr weggenommen und ihn hochgehalten habe. Sie hat immer genervt getan, aber ich wusste, dass sie mich nur ärgerte, um Aufmerksamkeit zu bekommen. Und wenn sie dann auf meinen Schoß geklettert ist, um sich das Ding zurückzuholen, endete es immer auf die gleiche Weise, jedes Mal, was natürlich gut für mich war.

»Shit«, sage ich laut und lege den Hefter zur Seite. Ich habe heute nichts geschafft, oder gestern – oder in den letzten zwei Wochen, um genau zu sein.

Ich bin noch immer sauer, dass sie gestern Nacht nicht drangegangen ist, aber vor allem will ich sie sehen. Ich bin mir ziemlich sicher, dass sie bei meinem Vater ist, ich sollte also einfach hinfahren und mit ihr reden. Wenn ich anrufe, geht sie vielleicht nicht dran, und dann bin ich nur noch nervöser, also fahre ich einfach vorbei.

Ich weiß, ich sollte ihr etwas Freiraum lassen, aber mal ehrlich … Scheiß auf den Freiraum. Ich komm nicht damit zurecht, und ich hoffe, es geht ihr genauso.

Als ich bei meinem Vater ankomme, ist es fast sieben, und Tessas Auto ist nicht da.

Scheiße.

Vermutlich ist sie nur mit Landon im Laden oder in der Bibliothek oder irgend so ein Mist. Meine Vermutung wird widerlegt, als ich Landon auf der Couch sitzen sehe, ein Lehrbuch im Schoß. Na toll.

»Wo ist sie?«, frage ich ohne Vorrede.

Fast setze ich mich neben ihn, aber dann entscheide ich mich doch, stehen zu bleiben. Es wäre merkwürdig, wenn ich mich einfach zu ihm setze.

»Ich weiß nicht, ich habe sie heute noch nicht gesehen«, antwortet er und schaut kaum von seinem Buch auf.

»Hast du mit ihr geredet?«, frage ich.

»Nein.«

»Warum nicht?«

»Warum sollte ich? Nicht jeder ist ein Stalker«, sagt er und lächelt leicht.

»Fuck you«, knurre ich.

»Ich hab wirklich keine Ahnung, wo sie ist«, meint Landon.

»Tja, dann warte ich eben … schätze ich.« Ich gehe in die Küche und setze mich an den Tresen. Nur weil ich Landon nicht mehr ganz so schlimm finde, setze ich mich noch lange nicht zu ihm und schaue ihm bei den Hausaufgaben zu.

Vor mir steht ein Teller mit einem unförmigen Batzen Schokolade und einer Dreizehn aus Kerzen. Hat jemand Geburtstag?

»Für wen ist der beschissene Kuchen hier?«, rufe ich. Ich kann den Namen nicht lesen, falls der weiße Guss überhaupt einer sein soll.

»Das ist *dein* beschissener Kuchen«, antwortet Karen. Als ich mich umdrehe, lächelt sie spöttisch.

Ich habe gar nicht mitbekommen, wie sie reingekommen ist.

»Meiner? Das ist eine ›Dreizehn‹.«

»Das waren die einzigen Kerzen, die ich hatte. Tessa fand es lustig«, erklärt sie. Sie klingt merkwürdig. Ist sie sauer?

»Sie hat ihn gestern Abend gemacht, während sie auf dich gewartet hat«, sagt sie und wendet sich wieder dem Hühnchen zu, das sie gerade tranchiert.

»Aber ich war gar nicht hier.«

»Ich weiß, dass du nicht hier warst, aber sie hat dich erwartet.«
Ich starre den missratenen Kuchen an und kapiere gar nichts mehr. Warum macht sie einen Kuchen, ohne mich zu fragen, ob ich kommen will? Ich werde sie nie verstehen. Je länger ich ihren Kuchen betrachte, desto besser gefällt er mir. Ich gebe zu, er ist keine Schönheit, aber das war vielleicht anders, bevor er die ganze Nacht hier herumgestanden hat.

Ich sehe regelrecht vor mir, wie sie kichernd die falschen Zahlen in den Kuchen steckt. Ich sehe, wie sie Kuchenteig vom Löffel lutscht und die Nase kräuselt, während sie meinen Namen schreibt.

Sie hat mir einen Kuchen gemacht, und ich war auf der Party. Was für ein blöder Arsch bin ich eigentlich? »Wo ist sie jetzt?«, frage ich Karen.

»Ich weiß es nicht, und ich bin auch nicht sicher, ob sie zum Abendessen zurückkommt.«

»Kann ich bleiben? Zum Abendessen?«, frage ich.

»Natürlich, du musst doch nicht fragen.« Lächelnd dreht sie sich um.

Ihr Lächeln sagt wirklich alles über sie. Sie muss mich für ein Arschloch halten, trotzdem lächelt sie und lädt mich zum Essen ein.

Beim Abendessen werde ich halb verrückt. Ich kann mich kaum auf dem Stuhl halten, schaue alle paar Sekunden aus dem Fenster und bin kurz davor, sie tausendmal anzurufen, bis sie drangeht. Total verrückt.

Mein Vater redet mit Landon über die bevorstehende Baseball-

Saison, und ich wünschte wirklich, sie würden einfach die Klappe halten.

Wo steckt sie nur?

Ich ziehe mein Handy raus, um ihr endlich zu schreiben, da höre ich, wie die Haustür aufgeht. Ich bin auf den Füßen, bevor ich es merke, und alle schauen mich an.

»Was?«, brumme ich und gehe ins Wohnzimmer.

Erleichterung überkommt mich, als sie hereinstolpert, beladen mit Büchern und einer Art Plakatwand.

Als sie mich sieht, fallen ihr die Sachen runter. Ich eile ihr zur Hilfe und hebe sie auf.

»Danke.« Sie nimmt mir die Bücher ab und geht die Treppe hoch.

»Wohin gehst du?«, frage ich.

»Ich räume mein Zeug weg …« Sie dreht sich kurz nach mir um und wendet sich wieder ab.

Normalerweise würde ich jetzt laut werden, aber diesmal möchte ich ohne Geschrei herausfinden, was los ist. »Kommst du dann zum Essen?«, frage ich.

»Ja«, meint sie schlicht, ohne sich umzudrehen.

Ich beiße mir auf die Zunge und gehe ins Esszimmer zurück.

»Sie kommt in einer Minute runter«, erkläre ich und möchte schwören, dass ich ein Lächeln bei Karen bemerke, aber es verschwindet, als ich sie ansehe.

Die Minuten erscheinen mir wie Stunden, bis Tessa endlich neben mir Platz nimmt. Hoffentlich ist es ein gutes Zeichen, dass sie sich neben mich setzt.

Ein paar Minuten später weiß ich, dass es kein gutes Zeichen war. Sie hat kein einziges Mal mit mir gesprochen und ihr Essen kaum angerührt.

»Ich habe alle Unterlagen für die NYU zusammen. Ich kann es immer noch nicht glauben«, sagt Landon, und seine Mom lächelt stolz.

»Du wirst keinen Familienbonus bekommen«, witzelt mein Vater, aber nur seine Frau lacht wirklich.

Tessa und Landon, die beiden Schleimer, lächeln höflich und falsch, aber ich durchschaue sie.

Als mein Vater wieder auf Sport zu sprechen kommt, kann ich mich endlich Tess zuwenden. »Ich habe den Kuchen gesehen … ich wusste nicht …«, flüstere ich.

»Nicht. Bitte nicht jetzt.« Sie verzieht das Gesicht und deutet auf die Runde am Tisch.

»Nach dem Essen?«, frage ich, und sie nickt.

Es macht mich wahnsinnig, wie sie in ihrem Essen stochert. Am liebsten würde ich ihr die Kartoffeln gabelweise in den Mund schaufeln. Deshalb haben wir Probleme, weil ich Gewaltfantasien von Zwangsfütterung habe. Mein Vater versucht, uns alle durch Small Talk und müde Witze zusammenzubringen. Ich ignoriere ihn, so gut ich kann, und esse meinen Teller leer.

»Das war wirklich gut, Schatz«, lobt mein Vater, als Karen anfängt, den Tisch abzuräumen. Er sieht Tessa an, dann seine Frau. »Wenn du damit fertig bist, könnte ich dich und Landon zu Dairy Queen einladen. Da waren wir schon so lang nicht mehr …«

Karen nickt mit gespieltem Enthusiasmus, und Landon springt auf, um ihr zu helfen.

»Können wir reden?«, fragt Tessa zu meiner Überraschung und steht auf.

»Ja, natürlich.« Ich folge ihr nach oben in ihr Gästezimmer.

Als sie die Tür hinter mir schließt, weiß ich nicht, ob sie mich anschreien oder weinen wird.

»Ich habe den Kuchen gesehen …«, beschließe ich, die Initiative zu ergreifen.

»Ach ja?« Sie klingt desinteressiert und setzt sich auf die Bettkante.

»Ja … das war … nett von dir.«

»Ja.«

»Es tut mir leid, dass ich auf der Party war, statt dich zu fragen, ob du etwas mit mir machen willst.«

Sie schließt ein paar Sekunden die Augen und atmet tief durch. »Okay«, sagt sie mit monotoner Stimme.

Es macht mir Angst, wie sie aus dem Fenster blickt, ohne jede Gefühlsregung. Sie sieht aus, als hätte jemand alles Leben aus ihr herausgesaugt …

Und das war ich.

»Es tut mir wirklich leid. Ich wusste nicht, dass du mich sehen willst. Du sagtest, du hättest zu tun.«

»Wie kommst du darauf? Du hast geschrieben ›dreißig Minuten‹. Nach zwei Stunden habe ich aufgehört zu warten.« Sie klingt noch immer emotionslos, und mir stellen sich die Nackenhaare auf.

»Wovon redest du?«

»Du hast gesagt, du würdest kommen, aber du bist nicht gekommen. Ganz einfach.«

Ich wünschte wirklich, sie würde mich anschreien. »Ich habe nicht gesagt, dass ich komme. Ich habe dich gefragt, ob du zu der Party willst, und dann habe ich dir gestern Abend sogar getextet und dich angerufen, aber du hast nicht reagiert.«

»Wow, dann musst du ganz schön betrunken gewesen sein«, sagt sie langsam, und ich stelle mich vor sie.

Doch auch jetzt sieht sie mich nicht an. Ihr Blick verliert sich in der Ferne, und es ist wirklich beunruhigend. Ich kenne ihr Temperament, ihre Sturheit, ihre Tränen … aber das hier nicht.

»Wie meinst du das? Ich hab dich angerufen …«

»Ja, um Mitternacht.«

»Ich weiß, dass ich nicht so intelligent bin wie du, aber im Moment kapier ich überhaupt nichts mehr«, sage ich.

»Warum hast du es dir anders überlegt? Was hat dich aufgehalten?«, fragt sie.

»Ich wusste nicht, dass ich kommen sollte. Ich habe ›Hallo‹ getextet, aber du hast nicht geantwortet.«

»Doch, das habe ich, und du auch. Du hast geschrieben, du würdest dich langweilen und ob du zu mir kommen kannst.«

»Nein … hab ich nicht.« War sie gestern betrunken?

»Doch, hast du.« Sie hält ihr Handy in die Luft, und ich nehme es ihr ab.

Langweilig. Kann ich zu dir kommen?

Ja, wie lange brauchst du?

Dreißig Minuten.

Wie bitte?

»Die habe ich nicht geschickt, das war ich nicht.« Ich lasse mir die Nacht durch den Kopf gehen.

Tessa schweigt und pult an ihren Fingernägeln.

»Tessa, wenn ich auch nur eine Sekunde gedacht hätte, dass du auf mich wartest, wäre ich gekommen.«

»Du willst mir allen Ernstes erzählen, dass du mir nicht getextet hast, obwohl ich dir gerade den Beweis gezeigt habe?« Sie lacht beinahe.

Ich will, dass sie mich anschreit. Wenn sie mich anschreit, weiß ich zumindest, dass ich ihr nicht egal bin. »Ganz genau«, knurre ich.

Sie schweigt. »Und wer war es dann?«

»Ich weiß nicht … Scheiße, ich weiß nicht, wer … Zed! Er war es. Ganz genau, Scheiße, es war Zed.« Dieser Wichser hat mir mein Handy gegeben, nachdem er auf der Couch gesessen hatte. Er muss Tessa getextet und sich für mich ausgegeben haben, damit sie auf mich wartet.

»Zed? Du willst wirklich Zed die Schuld daran geben?«

»Ja, das will ich. Er hat sich direkt nach mir auf die Couch gesetzt und mir später mein Handy gegeben. Ich weiß, dass er es war, Tessa.«

Sie sieht verunsichert aus, und eine Sekunde lang weiß ich, dass sie mir glaubt, aber dann schüttelt sie den Kopf. »Ich weiß nicht …«, sagt sie wie zu sich selbst.

»Ich texte dir doch nicht, dass ich komme, und lass dich dann sitzen, Tess. Ich habe mir solche Mühe gegeben, so viel Mühe, um dir zu zeigen, dass ich mich ändern kann. Ich würde dich nicht einfach so versetzen, nicht mehr. Die Party war ohnehin total langweilig, ich hatte überhaupt keinen Spaß ohne dich …«

»Ach ja?« Sie hebt die Stimme und steht vom Bett auf.

Jetzt geht's los.

»Hattest du auch keinen Spaß, als die Stripperinnen da waren?«, schreit sie.

Fuck. »Nein! Ich bin gegangen, als sie aufgetaucht sind! Moment … woher weißt du von den Stripperinnen?«

»Spielt das eine *Rolle?*«, fragt sie herausfordernd.

»Ja! Es spielt eine Rolle. Das war Zed, hab ich recht? Er war das! Er erzählt dir all diesen Scheiß, damit du dich gegen mich wendest!«, schreie ich zurück. Ich wusste, dass er etwas vorhat, ich hätte nur nicht gedacht, dass er so tief sinken würde. Er hat ihr von meinem Handy aus Nachrichten geschickt und sie danach gelöscht. Ist er wirklich so bescheuert und mischt sich noch einmal in meine Beziehung ein? Ich werde diesen miesen Scheißkerl finden …

»Das tut er nicht!«, schreit sie und unterbricht meine Raserei.

O Fuck. »Okay, dann rufen wir deinen geliebten Scheißzed doch an und fragen ihn.« Ich nehme noch einmal ihr Handy und suche nach seiner Nummer … sie steht in ihrer Favoriten-Liste. Scheiße, am liebsten würde ich ihr Handy gegen die Wand knallen.

»Tu das nicht«, herrscht sie mich an, doch ich achte nicht auf sie. Er geht nicht dran. Natürlich nicht, verdammt.

»Was hat er dir sonst noch erzählt?« Ich koche vor Wut.

»Nichts«, lügt sie.

»Du bist eine wahnsinnig schlechte Lügnerin, Tessa. Was hat er dir sonst noch erzählt?«

Sie sieht mich wütend an, die Arme verschränkt, und ich warte auf ihre Antwort.

»Ich höre«, dränge ich.

»Dass du bei Jace warst, in der Nacht, als ich bei ihm geschlafen habe.«

Meine Wut droht mich zu überwältigen. »Willst du wissen, wer ständig mit Jace zusammenhängt, Tess? Zed, kein anderer. Sie sind ständig zusammen. Ich war bei Jace, um nach euch beiden zu fragen, nachdem du offensichtlich beschlossen hast, dich ihm an den Hals zu werfen.«

»An den Hals zu werfen? Ich werfe mich niemandem an den Hals! Ich war diese Male bei ihm, weil es nett bei ihm ist und er mich immer gut behandelt. Im Gegensatz zu dir!« Sie kommt einen Schritt auf mich zu.

Ich wollte, dass sie mich anschreit, und jetzt hört sie nicht mehr auf, doch das ist viel besser, als wenn sie dasitzt, als wäre ihr alles egal.

»Er ist nicht so nett, wie du meinst, Tessa! Warum siehst du das nicht? Er erzählt dir all diesen Blödsinn, um dich rumzubekommen. Er will dich vögeln, das ist alles. Bilde dir nichts darauf ein, oder glaub nicht, er ...« Ich unterbreche mich. Der Teil mit Zed war ernst gemeint, der Rest aber nicht. »Den letzten Teil habe ich nicht so gemeint«, sage ich und ich will, dass sie wieder wütend ist, nicht traurig.

»Na klar.« Sie rollt mit den Augen.

Ich fasse es nicht, dass wir über Zed streiten. So ein Schwachsinn. Ich habe ihr gesagt, sie soll sich von ihm fernhalten, aber stur, wie sie ist, will sie einfach nicht auf mich hören.

Wenigstens hat sie gesagt, dass sie sich ihm nicht an den Hals geworfen hat, die Male, die sie bei ihm übernachtet hat ... *Male?*

»Wie oft hast du bei ihm übernachtet?«, frage ich und bete, dass ich sie falsch verstanden habe.

»Das weißt du doch.« Sie wird immer wütender, genau wie ich.

»Können wir versuchen, einfach ruhig darüber zu reden? Ich

stehe kurz davor, in die Luft zu gehen, und davon hätte niemand etwas.« Ich presse die Finger zusammen, um es zu verdeutlichen.

»Das habe ich versucht, und du …«

»Könntest du eine Sekunde den Mund halten und mir zuhören!«, schreie ich und fahre mir durchs Haar.

Und überraschenderweise tut sie genau das Gegenteil von dem, was ich erwartet habe: Sie geht zum Bett, setzt sich hin und hält ihren verdammten Mund.

Ich weiß nicht recht, was ich sagen oder wo ich anfangen soll, weil ich nicht erwartet hätte, dass sie mir wirklich zuhören würde.

Ich gehe auf sie zu und stelle mich vor das Bett. Sie sieht mit unergründlicher Miene zu mir auf, und ich laufe ein paarmal auf und ab, bevor ich stehen bleibe und rede.

»Danke«, seufze ich erleichtert und gleichzeitig resigniert. »Okay … alles ist total verkorkst und scheiße. Du dachtest, ich wollte zu dir kommen und hätte dich versetzt. Du müsstest mittlerweile wissen, dass ich so etwas nicht tue.«

»Müsste ich das?«, unterbricht sie mich.

Keine Ahnung, warum sie das mittlerweile wissen müsste, nachdem ich so oft versagt habe. »Du hast recht … aber sei bitte mal ruhig«, sage ich, und sie verdreht die Augen.

»Meine Party war total scheiße, und ich wäre gar nicht hingegangen, wenn du etwas dagegen gehabt hättest. Ich habe nicht getrunken – okay, einen Becher, aber das war alles. Ich habe mit keiner Frau geredet, ich habe kaum mit Molly gesprochen, und ich habe mich ganz bestimmt nicht mit den Stripperinnen abgegeben. Was soll ich mit Stripperinnen, wenn ich dich habe?«

Ihr Blick wird etwas weicher, und wenigstens starrt sie mich nicht mehr so wütend an, als wollte sie mir gleich den Kopf abreißen. Es ist ein Anfang.

»Nicht dass ich dich hätte … Ich versuche, dich zurückzugewinnen. Ich will keine andere. Aber vor allem will ich nicht, dass du jemand anderen willst. Ich verstehe sowieso nicht, warum du zu Zed rennst. Ich weiß, dass er nett zu dir ist, bla, bla, bla … aber er verarscht dich nur.«

»Er hat mir nie einen Anlass gegeben, das zu glauben, Hardin«, wirft sie ein.

»Er hat dir von meinem Handy aus Nachrichten gesendet und sich als mich ausgegeben, er hat dir absichtlich von den Stripperinnen erzählt …«

»Du weißt nicht, ob er mir die Nachrichten gesendet hat, und im Übrigen bin ich froh, dass ich von den Stripperinnen erfahren habe.«

»Ich hätte dir von ihnen erzählt, wärst du drangegangen, als ich dich angerufen habe. Ich hatte keine Ahnung, was los war. Ich wusste nicht, dass du mir einen Kuchen gemacht hast oder dass du auf mich gewartet hast. Es ist schon so schwer genug, dir zu zeigen, dass ich mich bemühe, und dann kommt er und setzt dir diese Ideen in den Kopf.«

Sie schweigt.

»Also, wie soll es weitergehen, Tess? Ich muss es wissen, denn dieses Hin und Her bringt mich um. Ich kann mich nicht länger von dir fernhalten.« Ich knie vor ihr, und sie blickt mir in die Augen, während ich auf Antwort warte.

113

Tessa

Im Moment weiß ich nicht, was ich mit Hardin machen oder zu ihm sagen soll.

Ein Teil von mir weiß, dass er nicht lügt, was die Nachrichten betrifft, aber ich glaube nicht, dass Zed mir so etwas antun würde. Ich habe gerade erst mit ihm über Hardin geredet, und er war so lieb und verständnisvoll.

Aber das hier ist Hardin.

Er spricht leise und langsam, drängt aber: »Kannst du mir eine Antwort geben?«

»Ich weiß nicht, ich bin das Hin und Her auch leid. Es laugt mich aus, und ich kann nicht mehr, es geht einfach nicht«, sage ich.

»Aber ich habe nichts getan. Bis gestern war alles gut zwischen uns, und ich bin nicht daran schuld, dass es schiefgelaufen ist. Ich weiß, normalerweise bin ich schuld, aber diesmal nicht. Es tut mir leid, dass ich meinen Geburtstag nicht mit dir verbracht habe. Ich weiß, es wäre besser gewesen, und es tut mir leid«, sagt Hardin.

Er stützt sich mit den Händen auf den Schenkeln ab, während er vor mir kniet, nicht flehend, wie vorher, sondern einfach nur abwartend.

Wenn er die Wahrheit sagt und die Nachrichten nicht gesendet hat, was ich ihm glaube, dann ist das Ganze wirklich nur ein Missverständnis.

»Aber wann hört es auf? Ich habe einfach genug. Unser Date war so schön, aber dann bist du nicht einmal bis morgens geblieben.« Es hat mich verletzt, dass er verschwunden ist, das wird mir erst jetzt so richtig bewusst.

»Ich bin nicht geblieben, weil ich dem Rat von Landon folgen wollte, den ich auch um Hilfe gebeten habe. Er meinte, ich solle dir etwas Freiraum geben. Wie man sieht, versage ich total dabei, aber ich dachte, wenn ich dir etwas mehr Raum lasse, hättest du Zeit, über alles nachzudenken, und es wäre einfacher für dich«, erklärt er.

»Es ist nicht einfacher für mich, aber es geht nicht nur um mich. Es geht auch um dich«, sage ich.

»Was?«, fragt er.

»Es geht nicht nur um mich. Ich meine, für dich muss es doch auch anstrengend sein.«

»Wer interessiert sich für mich? Ich will einfach nur, dass es dir gut geht und du weißt, dass ich mir wirklich Mühe gebe.«

»Das tue ich.«

»Was? Glauben, dass ich mir Mühe gebe?«

»Ja, und mich für dich interessieren.«

»Was sollen wir also tun, Tessa? Vertragen wir uns wieder? Oder ist es wenigstens absehbar, dass wir uns vertragen?« Er hebt die Hand und berührt meine Wange.

Er schaut mich fragend an, und ich halte ihn nicht zurück.

»Warum sind wir beide so verrückt?«, flüstere ich, als sein Daumen über meine Unterlippe streicht.

»Ich bin nicht verrückt. Du natürlich schon.« Er lächelt.

»Du bist verrückter als ich«, sage ich, und er rückt Stück für Stück näher.

Ich bin wütend auf ihn, weil er mich angeschrien hat und mich gestern Nacht versetzt hat, obwohl er angeblich nichts dafür konnte.

Ich ärgere mich, weil wir uns anscheinend nicht vertragen können, aber vor allem fehlt er mir. Mir fehlt die Nähe zwischen uns. Mir fehlt die Art, wie sich sein Blick verändert, wenn er mich ansieht.

Ich muss auch meine Fehler und meinen Anteil an der Misere eingestehen. Ich weiß, wie stur ich bin, und es bringt uns nicht weiter, wenn ich das Schlimmste vermute, während er sich Mühe gibt. Ich sehe, dass er das tut. Für eine Beziehung mit ihm bin ich noch nicht bereit, aber ich habe keinen Grund, wegen gestern Nacht auf ihn sauer zu sein. Jedenfalls hoffe ich das.

Ich weiß nicht, was ich denken soll, und im Moment will ich auch gar nicht denken.

»Nein«, flüstert er, und seine Lippen sind nur Zentimeter von meinen entfernt.

»Doch.«

»Halt den Mund.« Ganz vorsichtig drückt er die Lippen auf meine. Sie berühren sich kaum, als er mein Gesicht mit beiden Händen umfasst.

Seine Zunge streift über meine Unterlippe, und mir stockt der Atem. Ich öffne leicht den Mund, um Luft zu bekommen, doch es scheint keine zu geben – es gibt überhaupt nichts, nur ihn. Ich zerre an seinem Shirt, um ihn von den Knien hochzuziehen, aber er rührt sich nicht und küsst mich langsam weiter. Die quälende Langsamkeit macht mich wahnsinnig, und ich lasse mich vom Bett zu ihm auf den Boden gleiten.

Als er die Arme um meine Taille legt, umfasse ich seinen Hals. Ich versuche ihn nach hinten zu drücken, damit ich auf ihn klettern kann, doch wieder rührt er sich nicht vom Fleck.

»Ist irgendwas?«, frage ich.

»Nein. Ich will nur nicht zu weit gehen.«

»Warum?«, frage ich, ohne meine Lippen von seinen zu lösen.

»Weil wir noch über so viel reden müssen. Wir können nicht einfach ins Bett springen, ohne irgendetwas gelöst zu haben.«

Was? »Aber wir sind nicht im Bett. Wir sind auf dem Boden.« Ich klinge verzweifelt.

»Tessa …« Er schiebt mich wieder von sich.

Ich gebe auf. Mühsam richte ich mich auf und setze mich aufs Bett zurück. Er starrt mich an.

»Ich versuche nur, das Richtige zu tun, okay? Ich will dich vögeln, das kannst du mir glauben. Mann, und wie ich will. Aber …«

»Ist schon okay. Rede nicht mehr darüber«, bitte ich ihn.

Ich weiß, dass es vermutlich nicht die beste Idee ist, aber ich dachte auch nicht unbedingt, dass wir miteinander schlafen würden. Ich wollte ihm nur näher sein.

»Tess.«

»Hör einfach auf, okay? Ich habe verstanden.«

»Nein, offensichtlich nicht.« Frustriert steht er auf.

»Wir bekommen es nie hin, oder? So wird es immer sein. Hin und Her, Auf und Ab. Du willst mich, aber wenn ich dich will, weist du mich ab.« Ich habe Mühe, nicht zu weinen.

»Nein … das stimmt nicht.«

»So sieht es aber aus. Was willst du von mir? Ich soll dir glauben, dass du dich für mich ändern kannst und es mir beweisen willst, aber was dann?« Ich kämpfe verzweifelt gegen die Tränen.

»Was meinst du?«

»Was kommt danach?«

»Ich weiß nicht … so weit sind wir noch nicht. Ich möchte dich wieder ausführen und zum Lachen bringen statt zum Weinen. Ich will, dass du mich wieder liebst.« Seine Augen fangen an zu glänzen, und er blinzelt mehrfach.

»Ich liebe dich, immer«, versichere ich ihm. »Aber das reicht nicht, Hardin. Die Liebe überwindet nicht alle Hindernisse, wie uns die Romane glauben machen. Es gibt immer so viele Schwierigkeiten, und sie ersticken meine Liebe für dich.«

»Ich weiß. Es ist kompliziert, aber so wird es nicht bleiben. Wir schaffen es nicht einen Tag lang, uns zu vertragen, wir schreien uns an und streiten und sind beleidigt wie kleine Kinder, wir sind gehässig und sagen die falschen Dinge. Wir machen es kompliziert, wenn es nicht kompliziert sein müsste, aber wir bekommen es irgendwie hin.«

Ich weiß nicht, wie es weitergehen soll. Ich bin froh, dass Hardin und ich einigermaßen gesittet über alles reden, aber ich kann nicht darüber hinwegsehen, dass er mich nicht unterstützen würde, wenn ich nach Seattle will.

Ich wollte es ihm erzählen, aber ich habe Angst, dass er dann etwas zu Christian sagt, und mal ehrlich, wenn Hardin und ich unsere Beziehung wieder aufbauen, oder was immer wir hier tun, wird es noch komplizierter.

Sollten wir wirklich wieder zusammenkommen, ist es allerdings egal, ob ich hier oder zwei Stunden entfernt bin. Von meiner Mutter habe ich gelernt, dass man sich die Zukunft nicht von einem Mann diktieren lassen darf, egal, wie sehr man ihn liebt.

Ich weiß genau, was passieren wird: Er rastet aus und stürmt los, um sich auf die Suche nach Christian oder Zed zu machen. Höchstwahrscheinlich nach Zed.

»Wenn ich so tue, als wären die letzten vierundzwanzig Stunden nicht gewesen, versprichst du mir dann etwas?«, frage ich.

»Alles«, antwortet er schnell.

»Tu ihm nicht weh.«

»Zed?«, fragt er und klingt wütend.

»Ja, Zed.«

»Nein. Scheiße, nein. Das verspreche ich nicht.«

»Du hast gesagt …«, fange ich an.

»Nein, fang nicht damit an. Er stellt sich zwischen uns und macht einen Haufen Mist. Das lasse ich einfach nicht zu. Scheiße, nein.« Er richtet sich auf und läuft hin und her.

»Du hast keinen Beweis, dass er es war, Hardin, und dich mit ihm zu prügeln, bringt dich nicht weiter. Lass mich mit ihm reden und …«

»Nein, Tessa! Ich sagte dir, ich will nicht, dass du in seine Nähe kommst. Ich sage es nicht noch einmal«, knurrt er.

»Du kannst mir nicht vorschreiben, mit wem ich rede, Hardin.«

»Welchen Beweis brauchst du noch? Reicht es nicht, dass er von meinem Handy aus geschrieben hat?«

»Das war er nicht! So etwas würde er nicht tun.«

Zumindest glaube ich das. Warum sollte er?

Ich werde ihn ohnehin darauf ansprechen, aber ich kann mir nicht vorstellen, dass er mir das antun würde.

»Du bist einfach der naivste Mensch, den ich je getroffen habe, und es bringt mich zur Weißglut.«

»Können wir bitte aufhören zu streiten?« Ich setze mich aufs Bett zurück und stütze den Kopf in die Hände.

»Sag, dass du dich von ihm fernhältst.«

»Sag, dass du dich nicht mehr mit ihm prügelst«, gebe ich zurück.

»Du hältst dich von ihm fern, wenn ich mich nicht prügle?«

Ich will nicht zustimmen, aber ich will auch nicht, dass Hardin sich mit ihm prügelt. Mir dreht sich der Kopf. »Ja.«

»Und mit Fernhalten meine ich überhaupt keinen Kontakt mit ihm. Keine Nachrichten, kein Vorbeischauen bei den Umweltwissenschaften, nichts«, sagt er.

»Woher wusstest du, dass ich da war?«, frage ich. Hat er mich gesehen?

Mein Herz beginnt zu rasen, wenn ich mir vorstelle, Hardin könnte Zed und mich im Gewächshaus bei den leuchtenden Blumen gesehen haben.

»Nate hat erzählt, dass er dich gesehen hat.«

»Ach so.«

»Gibt es sonst noch etwas, das du mir sagen solltest, wo wir schon beim Thema Zed sind? Denn wenn dieses Gespräch vorbei ist, will ich kein Wort mehr über ihn hören«, sagt Hardin.

»Nein«, lüge ich.

»Bist du sicher?«, bohrt er.

Ich will es ihm nicht sagen, aber ich muss. Ich kann keine Ehrlichkeit von ihm erwarten, wenn ich selbst nicht ehrlich bin.

Ich schließe die Augen. »Ich habe ihn geküsst«, flüstere ich und hoffe, dass er mich nicht gehört hat. Doch als er die Bücher vom Regal fegt, weiß ich, dass diese Hoffnung umsonst war.

114

Tessa

Ich öffne die Augen und sehe vom Bett aus zu Hardin auf, aber er sieht mich nicht an. Ich habe das Gefühl, dass ihm kaum bewusst ist, dass ich existiere. Seine Augen sind auf die Bücher gerichtet, die er zu Boden geworfen hat, seine Fäuste sind geballt.

Um ihn wieder in die Wirklichkeit zurückzuholen, sage ich es noch einmal: »Ich habe ihn geküsst, Hardin.«

Statt mich anzusehen, presst er frustriert die Fäuste gegen die Stirn, und ich suche fieberhaft nach einer Erklärung.

»Ich … du … warum?«, murmelt er.

»Ich dachte, dass du mich vergessen hast … dass du mich nicht mehr willst, und er war da und …« Meine Erklärung ist nicht fair, das ist mir klar. Aber ich weiß nicht, was ich sonst sagen soll. Meine Füße weigern sich, auf ihn zuzugehen, obwohl mein Kopf es befiehlt, also verharre ich auf dem Bett.

»Hör auf damit! Sag nicht mehr, dass er da war. Ich schwöre bei Gott, wenn ich das noch einmal höre …!«

»Okay! Es tut mir leid, es tut mir so leid, Hardin. Ich war verletzt und verunsichert, und er hat alles gesagt, was ich so gern von dir gehört hätte, und …«

»Was hat er gesagt?«

Ich möchte Zeds Worte nicht wiederholen, nicht vor Hardin.

»Hardin …« Ich klammere mich an dem Kissen fest wie an einem Rettungsanker.

»*Sofort*«, befiehlt er.

»Er sagte nur, was passiert wäre, wenn er die Wette gewonnen hätte, wenn wir stattdessen zusammengekommen wären.«

»Und wie hat sich das angefühlt?«

»Was?«

»Wie hat es sich angefühlt, den ganzen Bullshit zu hören? Ist es das, was du willst? Wärst du lieber mit ihm zusammen statt mit mir?« Er steht kurz vor der Explosion, und ich sehe, dass er mit aller Macht dagegen ankämpft, doch der Druck steigt immer weiter.

»Nein, das will ich nicht.« Ich erhebe mich vom Bett und wage mich einen Schritt auf ihn zu.

»Nicht. Komm nicht näher.«

Ich erstarre und bleibe, wo ich bin.

»Was hast du noch mit ihm getan? Hast du ihn gevögelt? Seinen Schwanz gelutscht?«

Ich bin so froh, dass das Haus leer ist und niemand Hardins gemeine Anschuldigungen hört.

»O mein Gott! Nein! Du weißt, dass ich das nicht getan habe. Ich weiß nicht, was ich mir dabei gedacht habe, als ich ihn geküsst habe. Es war einfach nur dumm, aber es ging mir so schlecht, nachdem du mich alleingelassen hattest.«

»Dich alleingelassen? Du bist doch gegangen! Und jetzt erfahre ich, dass du dich auf dem Campus angeboten hast wie eine Hure!«, schreit er.

Mir ist zum Weinen zumute, aber hier geht es nicht um mich, sondern darum, wie verletzt und wütend er sein muss. »So habe ich es nicht gemeint. Hör auf, mich zu beschimpfen.« Ich knete die Rückenlehne des Schreibtischstuhls.

Hardin kehrt mir den Rücken zu und lässt mich schmoren. Ich kann mir nicht vorstellen, was ich sagen würde, wenn er so etwas in der schlimmsten Zeit meines Lebens getan hätte. Aber daran habe ich in dem Augenblick nicht gedacht. Ich ging davon aus, dass er dasselbe tut.

Ich will ihn nicht noch mehr reizen. Ich weiß, dass ihn seine Wut irgendwann überwältigt und er sich nicht mehr beherrschen kann, und er hat sein Bestes gegeben.

»Soll ich dich erst mal allein lassen?«, frage ich zaghaft.

»Ja.«

Ich hatte gehofft, dass er Nein sagen würde, aber ich füge mich seinem Wunsch und gehe aus dem Zimmer. Er dreht sich nicht nach mir um.

Als ich an der Wand im Flur lehne, weiß ich nicht so recht, was ich mit mir anfangen soll. Es ist absurd, aber fast wäre es mir lieber, er würde mich anschreien, mich gegen die Wand pressen und verlangen, dass ich ihm sage, warum ich das getan habe, statt aus dem Fenster zu starren und allein sein zu wollen.

Vielleicht brauchen wir den Streit und das Drama, und das ist unser Problem. Aber ich glaube es nicht. Wir haben große Fortschritte gemacht seit Beginn unserer Beziehung, auch wenn wir mehr gestritten als uns vertragen haben. Die meisten Romane, die ich gelesen habe, machen einem weis, ein Streit käme von einem Moment auf den anderen und wäre genauso schnell wieder vorbei. Eine einfache Entschuldigung löst sämtliche Probleme, und innerhalb von Minuten ist alles wieder gut. Doch diese Bücher lügen. Vielleicht haben es mir *Sturmhöhe* und *Stolz und Vorurteil* deshalb so angetan. Beide sind auf ihre Art unglaublich romantisch, aber sie zeigen, wie es in Wirklichkeit hinter der blinden Liebe und den Treueschwüren aussieht.

Das hier ist die Wirklichkeit. Wir leben in einer Welt, in der jeder Fehler macht, selbst das völlig naive Mädchen, das normalerweise Opfer des unsensiblen, hitzigen Jungen wird. Niemand ist wirklich unschuldig in dieser Welt, niemand. Und diejenigen, die sich für perfekt halten, sind die Schlimmsten.

Ein Scheppern aus dem Zimmer schreckt mich auf. Ich halte mir die Hand vor den Mund, während es wieder und wieder kracht. Hardin zerlegt die Einrichtung. Ich wusste, dass es dazu kommen würde. Ich sollte ihn davon abhalten, noch mehr Eigentum von seinem Vater zu zertrümmern, aber ehrlich gestanden habe ich Angst. Nicht davor, dass er mir wehtut – ich habe Angst vor dem, was er in diesem Zustand zu mir sagt. Aber ich darf keine Angst haben, ich schaffe das.

»Fuck!«, brüllt er, und ich trete ein. Eigentlich bin ich dankbar, dass Ken mit Karen und Landon weggefahren ist, aber im Moment könnte ich fast Hilfe brauchen, um ihn aufzuhalten.

Hardin hält ein Stück Holz in der Hand, ein Stuhlbein, wie mir klar wird, als ich den umgekippten Stuhl vor seinen Füßen sehe. Er wirft es von sich und sieht mich wütend an.

»Ich habe gesagt: *Lass mich allein*. Ist das so schwer zu verstehen, Tessa?«

Ich atme noch einmal durch und lasse seine Wut an mir abprallen. »Ich lasse dich nicht allein.« Meine Stimme klingt nicht so fest wie beabsichtigt.

»O doch, wenn du weißt, was gut für dich ist«, droht er.

Ich gehe auf ihn zu und bleibe zwanzig Zentimeter vor ihm stehen. Er versucht, nach hinten auszuweichen, doch da ist die Wand.

»Du wirst mir nicht wehtun«, weise ich seine Drohung zurück.

»Das weißt du nicht, ich habe es schon mal getan.«

»Nicht absichtlich. Du könntest nicht damit leben, das weiß ich.«

»Du weißt gar nichts!«, schreit er.

»Rede mit mir«, sage ich ruhig. Das Herz schlägt mir bis zum Hals, während ich zusehe, wie er die Augen schließt und wieder öffnet.

»Ich habe dir nichts zu sagen, ich will dich nicht.« Seine Stimme klingt gepresst.

»Doch, du willst mich.«

»Nein, Tessa. Ich will nichts mehr mit dir zu tun haben. Er kann dich haben.«

»Ich will ihn nicht.« Ich versuche, seine harten Worte nicht an mich heranzulassen.

»Offensichtlich schon.«

»Nein, ich will nur dich.«

»Blödsinn!« Er schlägt die flache Hand gegen die Wand. Ich erschrecke, bewege mich aber nicht. »Raus, Tess.«

»Nein, Hardin.«

»Hast du nichts Besseres zu tun? Los, geh zu Zed. Vögel ihn, wenn es dir Spaß macht. Ich mach es genauso, das kannst du mir glauben, Tessa. Ich werde jedes Mädchen vögeln, das mir über den Weg läuft.«

Tränen treten mir in die Augen, doch er achtet nicht darauf. »Das sagst du nur aus Wut, du meinst es nicht so.«

Seine Augen suchen den Raum nach etwas ab, das er noch nicht zertrümmert hat. Es ist nicht viel übrig. Zum Glück hat es hauptsächlich meine Sachen getroffen. Die Tafel, die ich für Landons Biologiereferat mitgebracht habe … Der Koffer mit den Büchern ist umgestoßen, und meine Romane liegen verstreut auf dem Teppich. Er hat meine Kleider aus der Kommode gerissen, und natürlich ist da der Stuhl, der umgekippt und kaputt auf dem Boden liegt.

»Ich will dich nicht sehen. Geh«, knurrt er, klingt aber etwas ruhiger als vorher.

»Es tut mir leid, dass ich ihn geküsst habe, Hardin. Ich weiß, es verletzt dich, und deshalb tut es mir leid.« Ich sehe zu ihm auf.

Schweigend studiert er mein Gesicht. Ich zucke leicht zusammen, als er mir mit dem Daumen die Tränen fortwischt, die meine Wangen befeuchten.

»Hab keine Angst«, flüstert er.

»Habe ich nicht«, antworte ich genauso leise.

»Ich weiß nicht, ob ich darüber hinwegkomme.« Er atmet schwer.

Ich gehe fast in die Knie, als er das sagt. Zum ersten Mal in unserer Beziehung muss ich fürchten, dass sich Hardin von mir trennt, weil ich ihm untreu war. Der fremde Typ, den ich zu Neujahr geküsst habe, war etwas anderes. Hardin war wütend, und mir war klar, dass er mich anschreien würde, aber tief im Herzen wusste ich, dass er nicht ewig darauf herumreiten würde. Doch diesmal habe ich ausgerechnet Zed geküsst, mit dem er ein ewiges Hin und Her hat, und das wegen mir. Sie haben sich mehrfach geprügelt, und ich weiß, dass Hardin es nicht erträgt, wenn ich auch nur mit Zed rede.

Im Moment halte ich es für keine gute Idee, mich wieder auf eine richtige Beziehung mit Hardin einzulassen, aber unsere Probleme haben sich von der Ungewissheit über die Zukunft zu diesem Punkt hier verlagert. Die Tränen strömen aus meinen Augen, und sein Blick wird noch ernster.

»Nicht weinen«, beschwört er mich und legt mir die Finger an die Wange.

»Tut mir leid«, hauche ich. Eine Träne fällt auf meine Lippen, und ich lecke sie weg. »Liebst du mich noch immer?« Ich muss es einfach fragen.

Ich weiß, dass er mich liebt, aber ich muss es unbedingt von ihm hören.

»Natürlich liebe ich dich, ich werde dich immer lieben.« Er tröstet mich mit besänftigender Stimme.

Es klingt merkwürdig, aber schön. Sein schwerer, gereizter Atem und dazu die ruhige, sanfte Stimme sind wie das Bild einer tosenden Brandung, die sich lautlos am Ufer bricht.

»Bis wann weißt du, was du willst?«, frage ich und fürchte seine Antwort.

Er seufzt und drückt die Stirn gegen meine, während sich seine Atmung langsam beruhigt. »Ich weiß es nicht. Es ist ja ohnehin so, dass ich ohne dich nicht sein kann.«

»Ich kann es auch nicht«, flüstere ich ihm zu. »Ohne dich sein.«

»Wir werden einfach nie vernünftig, oder?«

»Nein, nie.« Ich lächele fast über den ruhigen Wortwechsel nach seinem Wutanfall vor ein paar Minuten.

»Wir könnten es versuchen?«, schlage ich vor, und versuche, mich an ihn zu lehnen, besorgt, dass er mich von sich schiebt.

»Komm her.« Er fasst mich bei den Armen und zieht mich an die Brust.

Es fühlt sich himmlisch an, wie ein Besuch zu Hause nach langer Zeit in der Ferne. Als ich das Gesicht an seinem T-Shirt vergrabe und seinen Geruch einatme, beruhigt sich mein Herzschlag.

»Du kommst ihm nicht mehr zu nahe«, sagt er in mein Haar.

»Ich weiß«, stimme ich zu, ohne nachzudenken.

»Das heißt nicht, dass ich drüber weg bin, du fehlst mir nur.«

»Ich weiß«, wiederhole ich und schmiege mich noch enger an ihn. Sein Herz schlägt stark und schnell an meinem Ohr.

»Du kannst nicht jedes Mal jemand küssen, wenn du wütend bist. Das ist krank, und ich lasse es nicht zu. Du würdest ausrasten, wenn ich das täte.«

Ich hebe den Kopf von Hardins Brust, um in sein abweisendes Gesicht zu sehen.

Ich lasse sein dünnes T-Shirt los und fahre mit den Fingern durch seine weichen Locken.

Sein Blick ist hart, doch an der Art, wie sich seine Lippen langsam teilen, kann ich ablesen, dass er sich nicht wehren wird, als ich ihn an seinem Haar zu mir herunterziehe. Es wäre einfacher, wenn er nicht so groß wäre. Hardin seufzt, als wir uns küssen, und fasst meine Taille fester. Er lässt die Finger zu meinen Hüften wandern und umfasst mich erneut.

Meine Tränen vermengen sich mit seinem rauen Atem zu einer tödlichen Mischung aus Liebe und Verlangen. Meine Liebe ist tausendmal stärker als mein Verlangen, doch beides vermischt sich und wird intensiver, als er den Mund von meinem löst und mit warmen

Lippen über meine Wange zu meinem Hals herabwandert. Er beugt die Knie, um besser an mich heranzukommen. Ich kann mich kaum auf den Füßen halten, als er mich sanft knapp über der Stelle beißt, an der mein Schlüsselbein hervorstehen würde, wäre ich so dünn, wie es den gesellschaftlichen Erwartungen entspricht.

Ich gehe langsam rückwärts Richtung Bett und ziehe an seinem Shirt, als er protestieren will. Mit einem Stöhnen und einem festen Kuss auf meinen Hals gibt er nach. Wir erreichen das Bett und schauen uns an.

Ich will nicht, dass einer von uns spricht und zerstört, was wir begonnen haben, also ziehe ich mir mein Top über den Kopf. Wieder geht sein Atem schwer, diesmal vor Begehren, nicht vor Wut.

Mein Top fällt zu Boden, und ich strecke die Hände nach ihm aus. Er hebt sein T-Shirt an, und als ich mit nervösen Fingern schnell seinen Gürtel öffne und ihm die Jeans runterziehe, verliert er die Geduld und schiebt sie mit dem Bein nach unten.

Wir klettern aufs Bett, und seine Finger fahren unablässig über meine nackte Haut. Hardin verlagert seine Position, sodass er über mir schwebt und sich mit den Armen abstützt, während er meinen Mund sucht und mit der Zunge langsam durch meine Lippen drängt.

Als ich spüre, wie er allein durch unsere Küsse hart wird, schiebe ich ihm die Hüften entgegen und reibe mich an ihm. Er stöhnt und zieht sich mit einer Hand die Boxershorts bis zu den Knien runter. Sofort umfasse ich seine Erektion, und er stößt zischend die Luft aus. Ich streiche langsam an ihm auf und ab, beuge mich nach unten und streife mit der Zunge über seine Eichel, um ihm noch mehr Laute zu entlocken. Dann hebe ich den Kopf und sehe ihn an, während ich erneut die Hand um ihn schließe.

»Ich liebe dich«, erinnere ich ihn, als er in meine Halsbeuge stöhnt.

Er greift mit einer Hand nach dem BH und zieht grob an den Körbchen, um meine Brüste zu befreien.

»Ich liebe dich«, sagt er schließlich.

»Bist du sicher, dass du das willst? Trotz all der Probleme und obwohl wir gerade nicht zusammen sind ...«, fragt er, und ich nicke.

»Bitte«, sage ich.

Sein Mund trifft auf meine Brust, und seine Hände wandern hinter meinen Rücken, um den BH ganz zu öffnen und abzunehmen. Seine Finger sind kalt auf meiner heißen Haut, doch seine Zunge ist warm und begierig, während er über meine Brustwarze leckt und die Haut mit den Zähnen streift.

Ich wühle mich in sein Haar und werde mit einem leisen Stöhnen belohnt, während er sich meiner anderen Brust widmet.

115

Hardin

Ein Blick auf sie, als sie sich auszieht, und ich bin bereit, mich auf sie zu stürzen. Ich weiß, dass unsere Probleme ungelöst sind, aber ich brauche das hier, *wir* brauchen es, verdammt noch mal.

Ich befreie mich aus meiner Jeans und klettere zu ihr aufs Bett, zu diesem unsäglichen Mädchen, das mich voll und ganz in Besitz genommen hat, mit Leib und Seele, und ich will nichts davon zurück. Es ist mir egal, was sie damit anstellt. Es gehört ihr. Ich gehöre ihr.

Ich werde schon hart, wenn ich ihren nackten Körper nur sehe. Ich löse den Mund nur so lange von ihren wundervollen Titten, bis ich ein Kondom aus der Kommode gezogen habe. Sie legt sich auf den Rücken, die Beine gespreizt.

»Ich will dich dabei sehen können«, sage ich.

Sie neigt verwirrt den Kopf zu Seite, also halte ich sie sanft bei den Armen und ziehe sie auf mich. Es fühlt sich so verdammt gut an, sie auf mir zu spüren. Sie ist für mich geschaffen.

Tessa spreizt die Schenkel noch weiter, bewegt die Hüften und reibt sich feucht an meinem harten Schwanz. Ich bin schon jetzt ungeduldig und begierig, aber die Art, wie sie mit einem frechen Hüftschwung über meinen ganzen Schwanz gleitet, macht mich komplett verrückt.

Ich greife nach unten und reibe mit dem Daumen über ihre Klitoris. Sie japst und umfasst meinen Hals.

Dann senkt sie sich auf mich herab, und wir stöhnen beide, als ich in sie eindringe. Fuck, habe ich das vermisst. Ich habe uns vermisst.

»Es fühlt sich so gut an, wenn ich in dir bin.« Ich lobe sie und sehe zu, wie sie genussvoll mit den Augen rollt. Sie beginnt, langsam mit den Hüften zu kreisen, während ich ihren Anblick auf mich wirken lasse. Sie ist wunderschön und verdammt sexy, wirklich außergewöhnlich. Etwas wie sie habe ich noch nie gesehen. Ihr Busen ist voll und schiebt sich mit jedem Vorstoß ihrer Hüften nach vorne. Ich liebe es, ihr zuzusehen, wie sie mich reitet.

Sie wird immer besser, wenn sie oben ist. Ich erinnere mich daran, wie sie es das erste Mal versucht hat. Sie war nicht schlecht, aber nervös. Jetzt übernimmt sie ganz die Kontrolle, und Fuck, es könnte nicht besser sein. Sie fühlt sich immer wohler in ihrem Körper, und das macht mich glücklich. Sie ist verdammt sexy, und das sollte sie sich eingestehen.

Ich schiebe die Hüften nach oben und dränge mich ihr entgegen. Sie stöhnt, und ihre Augen weiten sich.

»Fühlt sich gut an, oder, Baby? Du bist fantastisch«, ermutige ich sie.

Ich nehme ihren Arm und ziehe sie sanft zu mir herunter. Ich will ihr zwar zusehen, aber noch mehr will ich sie küssen. Ich finde ihren Mund und liebe die Art, wie sie beim Küssen wimmert.

»Sag mir, wie sich das anfühlt«, sage ich in ihren Mund, umfasse ihren Arsch und stoße meinen Schwanz noch tiefer in sie hinein.

»Gut … sehr gut, Hardin«, wimmert sie. Sie stützt sich mit einer Hand auf meiner Brust ab.

»Schneller, Baby«, treibe ich sie an und umfasse eine ihrer Titten. Dann drücke ich zu und sehe, wie sie es genießt.

»Hm-hm …«, stimmt sie zu.

Sekunden später winselt sie und hält inne. Sie blickt mir in die Augen.

»Was ist?« Ich versuche mich aufzusetzen, ohne mich aus ihr zurückzuziehen.

»Nichts … es hat sich nur … irgendwie tiefer angefühlt. Ich spüre dich viel weiter drinnen.« Sie errötet, und ihre Stimme ist leise und voll Staunen.

»Gut oder schlecht?« Ich hebe die Hand und schiebe ihr das Haar hinters Ohr.

»Gut«, stöhnt sie, und ihr Blick verklärt sich.

Ich habe dieses Mädchen jetzt schon so oft gefickt, und sie weiß eigentlich noch immer nichts über Sex, außer, wie man bläst. Darin ist sie super.

Ich bewege ihre Hüften und versuche, den Punkt noch mal zu finden, die Stelle, bei der sie in Sekunden meinen Namen schreien wird. Ich liebe es, ihr zuzusehen, wie sie die Hüften wiegt, sie sind absolut perfekt geformt. Ihre Fingernägel graben sich in meine nackte Brust, und ich weiß, dass ich den Punkt gefunden habe. Sie presst sich eine Hand auf den Mund und beißt hinein, um nicht zu schreien, während ich ihr die Hüften entgegenstemme und immer schneller in sie stoße.

»So lasse ich dich jetzt kommen«, hauche ich.

Sie ist einfach vollkommen. Sie kneift die Augen zu und verlangsamt ihre Bewegungen.

»Du kommst jetzt, habe ich recht? Du kommst für mich, Baby?«

»Hardin …«, stöhnt sie meinen Namen, und es ist die beste Antwort.

»Holy Shit.« Ich muss einfach fluchen, als sie den Rücken durchbiegt und ihre blaugrauen Augen sich erneut schließen. Ihre Fingernägel graben sich in meine Brust, und ich spüre, wie sie sich um mich herum zusammenzieht. Fuck, das ist so gut. Ich verlangsame das Tempo, achte aber darauf, mit jedem Hüftstoß so tief wie möglich in sie zu dringen.

Ich weiß, wie gern sie meine Stimme hört, während ich sie vögele, und sie schreit in ihre Hand, als ich »O Gott« ausstoße und komme.

»Hardin …«, wimmert sie und legt keuchend den Kopf auf meine Brust.

»Baby«, sage ich, und sie sieht mich mit einem schläfrigen Lächeln an.

Ich atme im selben Rhythmus wie sie und spiele mit dem blonden Haar, das wirr über meine Brust fällt. Ich bin immer noch sauer auf sie und auf Zed, aber ich liebe sie und will ihr beweisen, dass ich mich für sie ändern kann. Immerhin können wir uns mittlerweile tausendmal besser verständigen als früher.

Sie wird noch ein letztes Mal auf mich sauer sein wegen Zed, aber er muss endgültig einsehen, dass sie mir gehört und dass er ein toter Mann ist, wenn er sich noch einmal an ihr vergreift.

116

Tessa

Ich lege mich auf Hardins Brust, um wieder zu Atem zu kommen. Unsere nackten Brustkörbe heben und senken sich langsam in der seligen Benommenheit nach dem Orgasmus. Es fühlt sich nicht fremd an, wie ich erwartet hatte, überhaupt nicht. Die Intimität mit ihm hat mir so gefehlt. Sicher war es nicht sehr klug, so schnell wieder miteinander zu schlafen, bevor irgendetwas geklärt ist, aber während seine Finger die Wirbel an meinem Rücken auf und ab streichen, kommt es mir sehr klug vor.

Ich sehe die ganze Zeit vor mir, wie Hardin unter mir liegt und mir die Hüften entgegenstemmt, um mich vollkommen auszufüllen. Wir haben so oft miteinander geschlafen, aber diesmal war ganz bestimmt eines der besten Male. Es war so intensiv und ehrlich, wir wollten, nein, brauchten einander.

Eben noch hatte Hardin einen Wutausbruch, und jetzt sind seine Augen geschlossen und die Lippen leicht nach oben verzogen.

»Ich weiß, dass du mich anschaust, und ich muss pissen«, sagt er schließlich, und ich kann mir ein Kichern nicht verkneifen. »Runter da.« Er hebt mich an den Hüften an und legt mich neben sich.

Hardin fährt sich durchs Haar und streicht sich den losen Pony aus der Stirn, während er seine Kleidung vom Boden einsammelt. Das Shirt lässt er aus und verschwindet Richtung Bad, während ich zurückbleibe und mich anziehe. Sofort fällt mein Blick auf sein T-Shirt auf dem Boden. Aus Gewohnheit bücke ich mich und hebe es auf, doch dann lasse ich es wieder fallen. Ich will nichts überstürzen oder ihn verärgern, also sollte ich fürs Erste bei meiner eigenen Kleidung bleiben.

Es ist fast acht, also ziehe ich eine weite Jogginghose und ein einfaches T-Shirt an. Das Zimmer ist noch von seinem Anfall verwüstet, und ich fange an, die Sachen zurück an ihren Platz zu stellen. Als Erstes räume ich die Klamotten zurück in die Schubladen. Als ich gerade den Reißverschluss an meinem Bücherkoffer zuziehe, kommt Hardin wieder rein.

»Was machst du da?«, fragt er. In seiner großen Hand hält er ein Glas Wasser und einen Muffin.

»Nur aufräumen«, sage ich ruhig.

Ich habe Angst, dass wir wieder anfangen zu streiten, und bin mir nicht sicher, wie ich mich verhalten soll.

»Okay …«, sagt er, stellt Glas und Muffin auf die Kommode und kommt zu mir.

»Ich helfe dir«, schlägt er vor und stellt den kaputten Stuhl wieder hin. Schweigend versuchen wir, das Zimmer zurück in seinen Normalzustand zu bringen. Hardin nimmt den Koffer und geht damit auf den Schrank zu, wobei er fast über ein Kissen stolpert.

Ich weiß nicht, ob ich als Erste reden soll, und bin mir auch nicht sicher, was ich sagen soll. Ich weiß, dass er noch immer wütend ist, aber ich ertappe ihn ständig dabei, wie er mich ansieht, also ist es wohl nicht allzu schlimm.

Er hält eine kleine Tüte und eine mittelgroße Schachtel in der Hand. »Was ist das?«

O nein. »Nichts.« Hastig springe ich auf, um ihm die Sachen abzunehmen.

»Ist das für mich?«, fragt er neugierig.

117

Hardin

»Nein«, lügt sie und stellt sich auf die Zehenspitzen, um mir die Schachtel abzunehmen. Ich hebe sie höher.

»Auf dem Anhänger steht aber mein Name«, sage ich, und sie senkt den Blick.

Warum ist ihr das so peinlich?

»Ich … äh … ich habe dir ein paar Sachen besorgt, aber jetzt kommen sie mir blöd vor. Du musst sie nicht auspacken.«

»Ich will aber«, sage ich und setze mich auf die Bettkante. Ich hätte diesen blöden Stuhl nicht zerschmettern sollen.

Sie seufzt und bleibt am anderen Ende des Zimmers stehen, während ich das Klebeband von dem Geschenkpapier löse. Ich bin etwas irritiert darüber, wie viel Klebeband sie für diese eine Schachtel verwendet hat, aber ich gebe zu, ich bin ganz schön …

… *gespannt.*

Obwohl, eigentlich bin ich nicht gespannt, ich freue mich. Ich erinnere mich nicht, wann ich das letzte Mal ein Geburtstagsgeschenk bekommen habe, nicht mal von Mom. Ich habe es mir früh angewöhnt, Geburtstage zu hassen, und habe alle kläglichen Geschenke meiner Mutter derart verspottet, dass sie schon vor meinem sechzehnten Geburtstag aufgehört hat, mir welche zu kaufen.

Mein Vater schickte mir jedes Jahr eine beschissene Karte mit einem Scheck darin, und es gab mir einen Kick wenn ich die Dinger verbrannte. An meinem siebzehnten Geburtstag habe ich sogar draufgepisst. Als ich die Schachtel endlich aufbekomme, liegen mehrere Dinge darin.

Zuerst eine zerlesene Ausgabe von *Stolz und Vorurteil*. Als ich sie herausnehme, steht Tessa auf und nimmt sie mir aus der Hand.

»Das ist dumm ... ignorier es einfach«, sagt sie, aber das ist natürlich das Letzte, was ich tun werde.

»Warum? Gib es mir zurück«, verlange ich und strecke ihr die Hand entgegen.

Als ich aufstehe, wird auch ihr klar, dass sie den Kampf nicht gewinnen wird, also legt sie mir das Buch wieder in die Hände. Während ich durch die Seiten blättere, bemerke ich neongelbe Markierungen.

»Du hast mir doch mal erzählt, dass du in deinem Tolstoi Stellen markiert hast?«, fragt sie, und ihre Wangen sind leuchtend rot.

»Ja?«

»Na ja, so etwas Ähnliches habe ich sozusagen auch gemacht«, gesteht sie und sieht mir endlich in die Augen.

»Wirklich?«, frage ich und schlage eine Seite auf, die fast vollständig markiert ist.

»Ja. Aber größtenteils bei diesem Buch. Du musst es nicht noch mal lesen. Ich dachte nur ... mir fallen einfach nie gute Geschenke ein, ich bin schrecklich.«

Aber das stimmt gar nicht. Ich möchte sehr gern erfahren, welche Passagen in ihrem Lieblingsroman sie an mich erinnern. Ein besseres Geschenk hätte sie mir nicht machen können. Diese einfachen Dinge geben mir Hoffnung, dass wir es doch irgendwie schaffen können. Dass wir ähnliche Sachen gemacht haben, als wir uns noch gar nicht kannten, zum Beispiel Jane Austen lesen.

»Stimmt doch gar nicht«, widerspreche ich und setze mich aufs Bett.

Ich klemme mir den Roman unters Bein, damit sie ihn mir nicht wieder wegnimmt. Als ich das nächste Geschenk aus der Schachtel ziehe, muss ich leise lachen.

»Wofür ist das?«, frage ich grinsend und halte die Ledermappe hoch.

»Deine Mappe für die Arbeit löst sich an den Nähten auf und ist ein einziges Chaos. Siehst du, diese hier hat Fächer für die einzelnen Wochen – oder Themen, ganz wie du willst.« Sie lächelt.

Es ist ein lustiges Geschenk, weil ich weiß, wie sie sich jedes Mal windet, wenn ich Blätter in meine alte Mappe stopfe. Obwohl sie es immer wieder versucht, lasse ich sie nicht ran, um das Ganze zu ordnen, und ich weiß, dass es sie wahnsinnig macht. Ich will nicht, dass sie sieht, was darin ist.

»Danke.« Ich lache.

»Das ist eigentlich gar kein Geburtstagsgeschenk. Ich habe sie schon vor Längerem gekauft und wollte deine alte einfach wegschmeißen, aber ich hatte nie Gelegenheit dazu«, sagt sie lachend.

»Das liegt daran, dass ich sie immer bei mir hatte. Ich wusste, was du vorhast«, necke ich sie. Jetzt ist noch die kleine Tüte übrig, und wieder muss ich lachen.

Kickboxen ist das erste Wort, das ich auf dem kleinen Ticket lese.

»Damit kannst du eine Woche kickboxen im Fitnesscenter um die Ecke bei uns … dir.« Sie lächelt, sichtlich stolz auf ihr geniales Geschenk.

»Und warum glaubst du, dass ich mich für Kickboxen interessiere?«

»Du weißt, warum.«

Natürlich hat sie es mir gekauft, damit ich etwas von meiner Wut rauslassen kann. »Ich habe es noch nie probiert.«

»Vielleicht macht es dir Spaß«, sagt sie.

»Sicherlich nicht so viel, wie jemanden ohne Schutzkleidung zu vermöbeln«, sage ich, und sie verzieht das Gesicht.

»Das war ein Scherz«, erkläre ich und greife nach der CD, die noch in der Tüte ist. Das Arschloch in mir will sie damit aufziehen, dass sie eine CD gekauft hat, obwohl ich das Album genauso gut herunterladen könnte. Es wird mir gefallen, wenn sie dazu summt. Ich vermute, es ist die zweite von The Fray.

Bestimmt kennt sie schon sämtliche Texte auswendig und wird mir liebend gern die einzelnen Songs erklären, wenn wir im Auto der Musik zuhören.

118

Tessa

»Bleibst du heute Nacht bei mir?«, fragt Hardin und sieht mich forschend an. Ich nicke heftig.

Jetzt, wo er sich das T-Shirt über den Kopf zieht, greife ich gierig danach und drücke es an meine Brust. Er sieht mir zu, als ich mich umziehe, sagt aber nichts. Unsere Beziehung ist so verwirrend – das ist sie immer, aber im Moment ganz besonders. Gerade bin ich mir nicht sicher, wer die Oberhand hat. Vorher war ich sauer, weil er mich an seinem Geburtstag versetzt hat, aber jetzt bin ich ziemlich überzeugt, dass es nicht seine Schuld war, also bin ich an demselben Punkt wie vor ein paar Tagen, als er mich so schön zum Schlittschuhlaufen ausgeführt hat.

Er war furchtbar wütend wegen Zed, aber jetzt merke ich kaum noch etwas von dieser Wut. Stattdessen lächelt er mir zu und macht sarkastische Bemerkungen. Vielleicht unterliegt seine Wut, weil er mich vermisst hat und glücklich ist, dass ich ihm nicht mehr böse bin? Ich kenne den Grund nicht, bin aber so klug, nicht zu fragen. Ich wünschte nur, ich könnte mit ihm über Seattle reden. Wie wird er reagieren? Am liebsten will ich es ihm gar nicht erzählen, aber natürlich muss ich. Wird er sich für mich freuen? Ich glaube nicht, oder besser gesagt: Ich weiß es.

»Komm her.« Er lässt sich rücklings aufs Bett sinken und zieht mich auf seine Brust. Dann tastet er nach der Fernbedienung für den Fernseher an der Wand und zappt durch die Programme, bis er sich für eine Art historische Doku entscheidet.

»Wie war es bei deiner Mom?«, frage ich ein paar Minuten später.

Er antwortet nicht, und als ich in sein Gesicht blicke, schläft er schon tief.

Es ist heiß, viel zu heiß, als ich wieder zu Bewusstsein komme. Hardin liegt auf mir und drückt mich mit seinem Gewicht auf die Matratze. Ich liege auf dem Rücken und Hardin auf dem Bauch, sein Kopf ruht auf meiner Brust. Einen Arm hat er um meine Taille gelegt, den anderen streckt er seitlich von sich. Es hat mir gefehlt, auf diese Weise zu schlafen, selbst wenn ich schwitzend davon aufwache, dass Hardin auf mir draufliegt. Ein Blick auf die Uhr, zwanzig nach sieben – in zehn Minuten geht mein Wecker. Ich will Hardin nicht wecken, er sieht so gelöst aus. Ein sanftes Lächeln liegt auf seinen schlafenden Lippen. Normalerweise runzelt er die Stirn, selbst im Schlaf.

Ich versuche, ihn sanft von mir zu schieben, und hebe den Arm, den er um meine Taille geschlungen hat.

»Mh-hm …«, protestiert er, und seine Lider flattern. Dann verlagert er sich leicht und umfasst meine Taille noch fester.

Ich blicke zur Decke und überlege, ob ich ihn nun einfach von mir runterrollen soll.

»Wie spät ist es?«, fragt er schläfrig.

»Fast halb acht«, sage ich leise.

»Verdammt. Können wir heute schwänzen?«

»Nein, aber *du* kannst.« Ich lächele, streiche sanft über sein Haar und massiere zärtlich seine Kopfhaut.

»Wir könnten frühstücken gehen?« Er dreht den Kopf und sieht mich an.

»Das ist verlockend, aber ich kann nicht.« Dabei würde ich nur zu gern. Er schiebt sich ein Stück nach unten, sodass sein Kinn unter meiner Brust ruht. »Hast du gut geschlafen?«, frage ich ihn.

»Ja, sehr. Ich habe nicht so gut geschlafen seit …« Er verstummt.

Ich bin auf einmal überglücklich und strahle. »Ich bin froh, dass du etwas Schlaf bekommen hast.«

»Kann ich dir etwas erzählen?« Er scheint noch nicht vollkommen wach zu sein. Seine Augen glänzen, und seine Stimme ist ganz rau.

»Natürlich.« Ich fange wieder an, ihm die Kopfhaut zu massieren.

»Als ich in England war, bei meiner Mom, da hatte ich einen Traum … besser gesagt Albtraum.«

O nein. Mir blutet das Herz. Ich wusste, dass er wieder Albträume hatte, aber es schmerzt noch immer, davon zu hören.

»Es tut mir leid, dass die Träume zurückgekommen sind.«

»Aber sie sind nicht nur zurückgekommen, Tess. Sie waren schlimmer.« Ich könnte schwören, dass ich ihn zittern spüre, aber sein Gesicht zeigt keine Regung.

»Schlimmer?«

Ist das überhaupt möglich?

»Diesmal warst es du, sie haben es … mit dir gemacht«, sagt er, und mir gefriert das Blut in den Adern.

»Oh.« Meine Stimme ist schwach, kläglich.

»Ja. Es war … es war so krank, viel schlimmer als sonst. Die mit meiner Mom bin ich gewöhnt, verstehst du?«

Ich nicke und streichele nun auch seinen Arm, während ich sanft seine Kopfhaut massiere.

»Danach wollte ich nicht mehr schlafen und habe es nicht mal mehr versucht. Ich hätte es kein zweites Mal ertragen. Der Gedanke, jemand könnte dich verletzen, macht mich verrückt.«

»Es tut mir so leid.« Sein Blick ist gehetzt, und mir kommen die Tränen.

»Bitte kein Mitleid.« Er fängt meine Tränen auf.

»Es ist kein Mitleid. Ich bin traurig, weil ich nicht will, dass du verletzt bist. Ich bemitleide dich nicht.« Es ist wahr, ich bemitleide ihn nicht. Es bricht mir das Herz, dass dieser kaputte Mann davon träumen muss, wie seiner Mutter Gewalt angetan wird, und wenn ich daran denke, dass Trishs Gesicht durch meines ersetzt wurde, wird mir ganz anders. Ich will nicht, dass seine ohnehin geplagte Seele durch solche Gedanken belastet wird.

»Ich würde niemals zulassen, dass dir jemand wehtut, das weißt du, oder?« Er sieht mir in die Augen.

»Ich weiß, Hardin.«

»Selbst jetzt, selbst wenn es zwischen uns nie mehr wird wie früher. Ich würde jeden umbringen, der es versucht, okay?« Die Worte kommen abgehackt, aber sanft.

»Ich weiß«, versichere ich ihm noch mal mit einem kleinen Lächeln.

Ich möchte mich von diesen drohenden Worten nicht verängstigen lassen, denn ich weiß, dass er es gut meint.

»Es hat gutgetan zu schlafen«, sagt er etwas versöhnlicher, und ich nicke.

»Wo möchtest du frühstücken?«, frage ich.

»Aber du hast doch gesagt …«

»Ich habe es mir anders überlegt. Ich habe Hunger.«

Nachdem er mir so offen von seinen Albträumen erzählt hat, möchte ich den Vormittag mit ihm verbringen. Vielleicht bleibt er noch eine Weile offen und redet mit mir. Normalerweise muss ich ihm jede Information aus der Nase kitzeln, aber diesmal hat er von sich aus erzählt, und das bedeutet mir sehr viel.

»So schnell umgestimmt durch meine lächerliche Geschichte?« Er hebt eine Braue.

»Sag das nicht«, schimpfe ich.

»Warum nicht?« Er setzt sich auf und steigt aus dem Bett.

»Weil es nicht stimmt. Es geht nicht darum, *was* du gesagt hast, sondern *dass* du es gesagt hast. Das hat mich umgestimmt. Und sag bloß nicht, dass du lächerlich bist, denn das ist einfach nicht wahr.« Ich schwinge die Beine aus dem Bett, während er sich die Jeans anzieht. »*Hardin* ...«, bohre ich nach, als er nicht antwortet.

»*Tessa* ...«, äfft er mich mit hoher Stimme nach.

»Ich meine es ernst, du solltest nicht so von dir denken.«

»Ich weiß«, sagt er schnell und setzt dem Gespräch ein jähes Ende.

Ich weiß, dass Hardin alles andere als perfekt ist und seine Fehler hat, aber Fehler hat jeder, besonders ich. Ich wünschte, er könnte über seine hinwegsehen. Vielleicht würde ihm das helfen, seine Sorgen über die Zukunft in den Griff zu bekommen.

»Egal, habe ich dich den ganzen Tag oder nur zum Frühstück?« Er bückt sich und zieht einen Schuh an.

»Diese Schuhe gefallen mir, das wollte ich dir schon länger sagen.« Ich deute auf die festen schwarzen Tennisschuhe, die er gerade anzieht.

»Äh ... danke ...« Er bindet die Schnürsenkel und richtet sich auf. Für jemanden, der so von sich eingenommen ist, kann er erstaunlich schlecht mit Komplimenten umgehen. »Du hast mir noch immer nicht geantwortet.«

»Nur zum Frühstück. Ich kann nicht alle Seminare sausen lassen.« Ich ziehe sein Shirt aus und schlüpfe in ein eigenes.

»Okay.«

»Ich muss mir nur die Haare machen und die Zähne putzen«, erkläre ich, nachdem ich fertig angezogen bin. Als ich die Zahnbürste in den Mund stecke, klopft Hardin an die Tür.

»Komm rein«, nuschele ich durch die Zahncreme.

»Das haben wir schon lange nicht mehr gemacht«, bemerkt er.

»Sex im Bad?«, frage ich. *Warum hab ich das gerade gesagt?*

»Neeein ... zusammen Zähne geputzt.« Er lacht und nimmt eine eingeschweißte Zahnbürste aus dem Badezimmerschränkchen. »Aber wenn dir nach Sex im Bad ist …«, zieht er mich auf, und ich verdrehe die Augen.

»Ich weiß auch nicht, warum ich das gesagt habe, es ist mir eben einfach als Erstes in den Kopf gekommen.« Ich muss über meine Dummheit und meine lose Zunge lachen.

»Tja, das höre ich gern.« Er hält die Zahnbürste unter das fließende Wasser und sagt nichts mehr. Nachdem wir uns die Zähne geputzt haben und ich mein Haar zu einem Pferdeschwanz gebürstet habe, gehen wir runter. Karen und Landon sitzen vor Müslischalen in der Küche und unterhalten sich.

Landon lächelt mich freundlich an. Es scheint ihn nicht zu überraschen, Hardin und mich zusammen zu sehen. Karen auch nicht. Am ehesten sieht sie … *erfreut* aus? Ich kann es nicht sagen, denn sie hebt die Kaffeetasse an den Mund, um ihr Lächeln zu verbergen.

»Ich bringe Tessa heute zum Campus«, sagt Hardin zu Landon.

»Okay.«

»Fertig?« Hardin dreht sich nach mir um, und ich nicke.

»Wir sehen uns in Religion«, sage ich noch zu Landon, bevor mich Hardin aus der Küche zerrt.

»Wozu die Eile?«, frage ich draußen.

Hardin nimmt mir die Tasche von der Schulter, während wir die Einfahrt runtergehen. »Nur so. Ich kenne euch zwei. Wenn ihr anfangt zu quatschen, kommen wir nie los, und wenn dann noch Karen dazukommt, verhungere ich, bis ihr fertig seid.« Er hält mir die Tür zur Beifahrerseite auf, dann geht er um das Auto und steigt selbst ein.

»Das stimmt.« Ich lächele.

Wir diskutieren mindestens zwanzig Minuten, ob wir zu IHOP oder Denny's gehen sollen, bevor wir uns für IHOP entscheiden. Hardin behauptet, sie hätten den besten French Toast, aber das glaube ich erst, wenn ich ihn probiert habe.

»Es dauert zehn bis fünfzehn Minuten, bis ein Platz für Sie frei wird«, sagt eine kleine Frau mit blauem Halstuch, als wir reinkommen.

»Okay«, sage ich im gleichen Moment, als Hardin »Warum?« fragt.

»Wir haben viel Betrieb, und im Moment ist kein Tisch frei«, erklärt sie freundlich.

Hardin rollt mit den Augen, und ich ziehe ihn von ihr weg zur Bank im Eingang.

»Schön, dass du wieder der Alte bist«, ziehe ich ihn auf.

»Was soll das denn heißen?«

»Ich meine nur, du hast noch immer die alte Schärfe.«

»Wann hatte ich die nicht?«

»Ich weiß nicht, bei unserem Date und ein wenig auch gestern Abend.«

»Ich habe das Gästezimmer zerlegt und dich angeschrien«, erinnert er mich.

»Ich weiß, es sollte ein Witz sein.«

»Versuch's mal mit einem guten«, sagt er, doch ich sehe, wie er sich ein Lächeln verkneift.

Als wir schließlich einen Platz bekommen, bestellen wir bei einem jungen Kerl. Sein Bart ist ganz schön lang für jemanden, der kellnert. Sobald er weg ist, beschwert sich Hardin und schwört, dass er ausflippt, wenn er ein Haar in seinem Essen findet. »Ich muss dir doch zeigen, dass ich immer noch Biss habe«, meint er, und ich kichere.

Ich finde es toll, dass er versucht, etwas umgänglicher zu sein, aber ich liebe auch sein abweisendes Auftreten und dass es ihm egal ist, was andere von ihm denken. Ich wünschte, diese Eigenschaften würden etwas mehr auf mich abfärben. Er zählt eine Reihe von Dingen auf, die ihn an dem Restaurant stören, bis unsere Bestellung kommt.

»Warum kannst du die Uni heute nicht ganz sausen lassen?«, fragt Hardin und schiebt sich eine Gabel French Toast in den Mund.

»Weil …«, fange ich an. Ach, weißt du, weil ich mitten im Semester an eine andere Uni wechsele und es nicht noch komplizierter machen möchte, indem ich Anwesenheitspunkte verliere.

»Ich will meine guten Noten nicht gefährden«, sage ich.

»Du bist am College, niemand geht in die Seminare«, erklärt er mir zum hundertsten Mal, seit ich ihn kenne.

»Freust du dich denn nicht auf Yoga?« Ich lache.

»Nein. Kein bisschen.«

Wir essen unser Frühstück auf, und die Stimmung zwischen uns ist immer noch unbeschwert, als Hardin auf den Campus zufährt. Sein Handy klingelt auf dem Armaturenbrett, doch er achtet nicht darauf. Ich möchte für ihn drangehen, aber wir vertragen uns gerade so gut. Als es zum dritten Mal klingelt, sage ich schließlich: »Willst du nicht drangehen?«

»Nein, der geht auf die Mailbox. Es ist vermutlich Mom.« Er hebt das Handy hoch und zeigt mir das Display.

»Siehst du, sie hat eine Nachricht hinterlassen. Kannst du sie abhören?«, fragt er.

Meine Neugier siegt, und ich nehme ihm das Handy ab.

»Lautsprecher«, erinnert er mich.

»Sie haben sieben neue Nachrichten«, meldet die automatische Ansage, als er in den Parkplatz einschert.

Er stöhnt. »Deshalb höre ich sie nie ab.«

Ich drücke die Eins, um sie zu starten. »*Hardin? … Hardin … hier Tessa … ich …*« Ich versuche, auf Abbruch zu drücken, doch Hardin reißt mir das Handy aus der Hand.

O Gott.

»*Ich muss mit dir reden. Ich bin im Auto und ich bin so verwirrt …*« Meine Stimme klingt hysterisch, und ich würde am liebsten aus dem Auto springen.

»Bitte, mach das aus«, flehe ich, aber er nimmt das Handy in die andere Hand, sodass ich nicht drankomme.

»Was ist das?« Er starrt auf das Handy.

»*Warum versuchst du nicht mal, mich anzurufen? Du hast mich einfach gehen lassen, und jetzt rufe ich dich total peinlich an und jammere dir auf die Mailbox. Ich muss wissen, was mit uns passiert ist. Was war diesmal anders – warum tragen wir es nicht aus? Warum kämpfst du nicht um mich? Ich verdiene es, glücklich zu sein, Hardin.*« Meine idiotische Stimme füllt das Auto und hält mich gefangen.

Ich sitze schweigend da und blicke auf meine Hände in meinem Schoß. Es ist erniedrigend. Ich hatte die Nachricht fast vergessen, und ich wünschte, er hätte sie nicht gehört, besonders nicht jetzt.

»Wann war das?«

»Als du weg warst.«

Er stößt die Luft aus und drückt die Mailbox weg. »Warum warst du verwirrt?«, fragt er.

»Ich dachte, dass du nicht darüber reden willst.« Ich beiße mir auf die Unterlippe.

»Doch, das will ich.« Hardin öffnet den Gurt und wendet sich mir zu.

Ich blicke zu ihm auf und überlege, wie ich es am besten sage. »Diese schreckliche Nachricht ist aus der Nacht … der Nacht, als ich ihn geküsst habe.«

»Oh.« Er sieht aus dem Fenster.

Das Frühstück lief so gut, und jetzt wurde alles von meiner dummen Nachricht zerstört, die ich ihm inmitten eines Gefühlstumults hinterlassen habe. Eigentlich kann man sie mir nicht zur Last legen.

»Bevor oder nachdem du ihn geküsst hast?«

»Danach.«

»Wie oft hast du ihn geküsst?«

»Einmal.«

»Wo?«

»In meinem Auto«, krächze ich.

»Und dann? Was hast du gemacht, nachdem du mir diese Nachricht hinterlassen hast?« Er hält das Handy zwischen uns in die Luft.

»Ich bin zu ihm.«

Hardin legt die Stirn ans Lenkrad.

»Ich …«, fange ich an.

Er hebt den Finger, um mich zum Schweigen zu bringen. »Was ist bei ihm passiert?« Er schließt die Augen.

»Nichts! Ich habe geweint, und wir haben ferngesehen.«

»Du lügst.«

»Nein, ich lüge nicht. Ich habe auf der Couch geschlafen. Ich habe nur ein einziges Mal in seinem Zimmer geschlafen, in der Nacht, als du gekommen bist. Ich habe nichts mit ihm gehabt, ich hab ihn nur geküsst, und als ich mich vor ein paar Tagen mit ihm zum Mittagessen getroffen habe, wollte er mich küssen, aber ich habe ihn abgewehrt.«

»Er hat *noch mal* versucht, dich zu küssen?«

Scheiße. »Ja, aber er versteht, was ich für dich empfinde. Ich weiß, dass ich einen Riesenmist gebaut habe, und es tut mir leid, dass ich mich mit ihm getroffen habe. Ich habe keinen guten Grund dafür und kann es nicht entschuldigen, aber es tut mir leid.«

»Du erinnerst dich an das, was du gesagt hast, oder? Dass du dich von ihm fernhältst?« Er atmet beherrscht, zu beherrscht, als er die Stirn vom Steuer hebt.

»Ja, ich erinnere mich.« Es gefällt mir nicht, dass er mir vorschreibt, mit wem ich befreundet bin, aber vermutlich würde ich dasselbe von ihm verlangen, wären die Rollen vertauscht, wie es in letzter Zeit öfter vorgekommen ist.

»Nachdem ich die Einzelheiten jetzt kenne, will ich nicht mehr darüber reden, okay? Ich meine es ernst … ich will nicht mal mehr seinen verdammten Namen aus deinem Mund hören.« Er bemüht sich, ruhig zu bleiben.

»Okay«, stimme ich zu und greife nach seiner Hand. Auch ich

will nicht mehr darüber reden. Wir haben beide alles gesagt, was wir zu dem Thema sagen können, und es noch einmal durchzukauen, schafft nur weitere Probleme für uns und unsere ohnehin angeschlagene Beziehung. Fast ist es eine Erleichterung, dass diesmal ich ein Problem verursacht habe, denn Hardin braucht nicht noch einen Grund, sich zu hassen.

»Wir sollten in unsere Seminare gehen«, meint er schließlich.

Sein kühler Ton versetzt mir einen Stich, doch ich sage nichts, als er mir seine Hand entzieht. Hardin bringt mich zum Philosophie-Gebäude, und ich sehe mich auf der Straße nach Landon um, kann ihn aber nicht entdecken. Vermutlich ist er schon drinnen.

»Danke für das Frühstück«, sage ich und nehme Hardin meine Tasche ab.

»Keine Ursache.« Er zuckt die Schultern, und ich versuche zu lächeln, bevor ich mich zum Gehen wende.

Da packt er mich am Arm, reißt mich herum, und noch bevor er die Lippen auf meinen Mund presst, hat er schon von mir Besitz ergriffen, wie nur er es kann.

»Wir sehen uns nach dem Seminar. Ich liebe dich«, flüstert er und löst sich von mir, sodass ich außer Atem und lächelnd hineingehe.

119

Hardin

Ich höre die Nachricht zum fünften Mal ab, während ich über den Campus gehe. Sie klingt so traurig und aufgelöst. Auf eine kranke Art macht es mich glücklich, die Angst und den Schmerz in ihrer Stimme zu hören, als sie an mein Ohr dringt. Ich wollte wissen, ob es ihr ohne mich genauso schlecht ergangen ist wie mir, und hier ist der Beweis. Ich weiß, ich habe ihr vorschnell vergeben, dass sie dieses Arschloch geküsst hat, aber was hätte ich tun sollen? Ich kann nicht ohne sie sein, und wir haben beide schon ziemlichen Mist gebaut – nicht nur sie.

Außerdem ist es seine Schuld. Er wusste, wie angreifbar sie war, als wir uns getrennt haben. Ich weiß, dass er das verdammt noch mal wusste: Er hat sie weinen gesehen und all das. Und dann geht er nach einer Woche zu ihr hin und küsst sie? Was für ein Drecksack macht so was?

Er hat sie ausgenutzt, meine Tessa, und das lasse ich ihm nicht durchgehen. Er hält sich für so clever und glaubt, er kann sich alles erlauben, aber das ist jetzt vorbei.

»Wo ist Zed Evans?«, frage ich ein untersetztes blondes Mädchen, das an einem Baum im Institut für Umweltwissenschaften sitzt.

Wieso steht dieser riesige Baum in diesem bescheuerten Bau?

»Im Pflanzenlabor zweihundertachtzehn«, sagt sie mit zitternder Stimme.

Endlich finde ich die Tür mit der »218« und öffne sie, bevor ich noch einmal daran denken kann, was ich Tessa versprochen habe. Ich wollte ihm ohnehin eine Abreibung verpassen, aber nach dieser aufgelösten Nachricht aus ihrer Nacht mit ihm wird es zehnmal so schlimm für ihn werden.

Lang gezogene Pflanztische reihen sich in dem Raum. Wer will sich schon den ganzen Tag mit so einem Scheiß befassen, um seinen Lebensunterhalt zu verdienen?

»Was machst du hier?«, höre ich ihn, bevor ich ihn sehe.

Er steht neben einer großen Kiste oder so was. Als er dahinter hervorkommt, trete ich auf ihn zu.

»Stell dich nicht dumm, du weißt genau, warum ich hier bin.«

Er lächelt. »Nein, tut mir leid. Hellseherische Kräfte sind für das Studium der Botanik nicht notwendig.«

Er verhöhnt mich mit seiner bescheuerten Schutzbrille auf dem Kopf. »Du hast den Nerv, mich nach allem, was war, auch noch zu verarschen?«

»Nach was?«

»Tessa.«

»Ich verarsche dich nicht. Du behandelst sie wie Scheiße, also reg dich nicht auf, wenn sie zu mir kommt.«

»Bist du wirklich so dumm, dich an dem zu vergreifen, was mir gehört?«

Er weicht zurück und geht den Gang neben mir hinunter. »Sie gehört dir nicht. Du hast keinen Anspruch auf sie«, höhnt er.

Ich greife über den Pflanztisch, packe ihn am Nacken – und ramme ihn mit dem Gesicht in die Metallbarriere zwischen uns. Als ich das Knacken höre, weiß ich schon, was passiert ist. Aber er hebt den Kopf und schreit: »Du hast mir die verdammte Nase gebrochen!«, während er sich meinem Griff entwinden will, und dann bin ich doch von der Menge an Blut beeindruckt, die da über sein Gesicht strömt.

»Ich habe dich immer wieder gewarnt, die Finger von Tessa zu lassen, seit Monaten, und was machst du? Du küsst sie und lässt sie in deinem verdammten Bett schlafen?« Ich laufe mit langen Schritten durch den Gang, um ihn mir noch einmal zu packen.

Er hält sich die gebrochene Nase, während das Blut über sein Gesicht läuft. »Und ich hab dir schon erklärt, dass es mir scheißegal ist, was du sagst«, knurrt er und kommt einen Schritt auf mich zu. »Du hast mir die verdammte Nase gebrochen!«, ruft er noch einmal.

Tessa bringt mich um.

Ich sollte jetzt gehen. Er verdient es, dass man ihn zusammenschlägt, aber sie wird schäumen vor Wut.

»Was du mir antust, ist viel schlimmer, du vergreifst dich immer wieder an meiner Freundin!«, rufe ich zurück.

»Sie ist nicht deine Freundin, und ich habe noch nicht einmal angefangen, mich an ihr zu vergreifen.«

»Willst du mir allen Ernstes drohen?«

»Ich weiß nicht, tue ich das?«

Ich trete noch einen Schritt auf ihn zu, und er überrascht mich, indem er mir eine reinhaut. Seine Faust trifft auf meinen Kiefer, sodass ich rückwärts torkle und in eine Holzkiste mit Pflanzen gerate. Sie fallen zu Boden, und als ich mich gerade erhole, holt er zum zweiten Mal aus. Diesmal kann ich den Schlag abwehren und stolpere zur Seite.

»Du dachtest, ich bin eine Memme, habe ich recht?« Er grinst ein verzerrtes, blutiges Grinsen und kommt weiter auf mich zu. »Du hältst dich wirklich für einen knallharten Kerl, stimmt's?« Er lacht, bleibt kurz stehen und spuckt Blut auf den weiß gefliesten Boden.

Ich packe ihn beim Laborkittel und schubse ihn auf den nächsten Pflanztisch. Zusammen mit einigen Töpfen gehen wir zu Boden. Ich klettere auf ihn, damit er nicht die Oberhand gewinnt. Aus dem Augenwinkel sehe ich noch, wie er den Arm hebt, aber ehe ich reagieren kann, schlägt er mir einen der kleinen Töpfe gegen die Schläfe.

Mein Kopf wird zur Seite geschleudert, und ich muss blinzeln, um wieder klar zu sehen. Ich bin stärker als er, aber offensichtlich kann er besser kämpfen, als ich dachte.

Trotzdem lasse ich auf keinen Fall zu, dass er mich besiegt.

»Ich habe sie doch schon längst gevögelt«, hustet er, als ich in sein Haar greife und seinen Kopf auf den Boden ramme. Mittlerweile wäre es mir scheißegal, wenn ich ihn umbringe.

»Hast du nicht!«, schreie ich.

»Doch, habe ich. Sie war schön e-eng.« Erstickt und abgehackt lästert er durch meine Hände in seinem Gesicht.

Ich schlage so fest zu, dass ihm der Kopf zur Seite fliegt, und er schreit vor Schmerz. Kurz überlege ich, ob ich seine gebrochene Nase zwischen die Finger klemmen soll, um ihm noch mehr wehzutun. Er strampelt verzweifelt mit den Füßen, um mich abzuwerfen. Bilder von Zed, wie er Tessa anfasst, steigern meine Wut. Noch nie in meinem Leben war ich so außer mir.

Er packt meine Arme und versucht, mich von sich zu schieben. »Fass sie nicht noch mal an«, sage ich und umfasse seinen Hals. »Wenn du glaubst, du kannst sie mir wegnehmen, hast du dich verdammt noch mal geirrt.«

Ich schließe die Hände um seinen Hals. Sein blutverschmiertes Gesicht läuft rot an. Er versucht etwas zu sagen, aber ich höre nur ein abgehacktes Keuchen.

»Was ist hier los?«, ruft eine Männerstimme hinter mir.

Als ich mich umdrehe, versucht Zed, die Hände um meinen Hals zu legen. Vergiss es, Arschloch. Ein Schlag ins Gesicht, und seine Arme fallen seitlich zu Boden.

Eine Hand packt mich am Arm, aber ich schubse sie weg. »Ruft die Campus Security«, sagt die Stimme, und ich steige schnell von Zed herunter.

Fuck. »Nein, nicht.« Ich rappele mich auf.

»Was ist hier los? Verschwinden Sie hier! Warten Sie nebenan!«, ruft der Kerl, doch ich rühre mich nicht vom Fleck. Es ist ein Mann in mittleren Jahren, vermutlich ein Professor. *Scheiße.*

»Er ist hier reingekommen und hat mich angegriffen«, sagt Zed und fängt an zu weinen. Er fängt tatsächlich an zu *weinen*.

Er bedeckt die geschwollene verbogene Nase mit der Hand, während er aufsteht. Sein Gesicht ist blutverschmiert, der Laborkittel rot bespritzt, und sein überlegenes Lächeln ist verschwunden.

Ziemlich autoritär deutet der Mann auf mich und befiehlt: »Stellen Sie sich an die Wand, bis die Security da ist! Ich meine es ernst, keine Bewegung!«

Scheiße, die Campus-Security. Ich bin so am Arsch. Warum bin ich hergekommen? Ich habe versprochen, mich von ihm fernzuhalten, wenn sie es auch tut.

Nachdem ich wieder mal ein Versprechen gebrochen habe, stellt sich die Frage: Wird sie ihres auch brechen?

120

Tessa

Als ich den Stift ansetze, habe ich wirklich vor, über meine Großmutter zu schreiben und wie sie ihr Leben dem christlichen Glauben verschrieben hat, doch irgendwie erscheint Hardins Name auf
dem Papier.

»Ms. Young?«, fragt Professor Soto sanft, aber laut genug, dass es
die ganze erste Reihe hört.

»Ja?« Ich blicke auf und sehe, dass Ken da ist. *Warum ist Ken hier?*

»Tessa, ich brauche dich, bitte komm«, sagt er, und die doofe
Blonde hinter mir macht »Oohhh« wie in der sechsten Klasse.
Höchstwahrscheinlich weiß sie nicht, dass Ken der Rektor vom Col-
lege ist.

»Was ist los?«, wendet sich Landon an Ken, während ich aufstehe
und meine Sachen zusammenpacke.

»Wir können draußen darüber reden.« Kens Stimme klingt angespannt.

»Ich komme mit«, sagt Landon und steht auf.

Professor Soto sieht Ken fragend an. »Ist das in Ordnung für Sie?«

»Ja, er ist mein Sohn«, erklärt er, und die Augen unseres Profes-
sors weiten sich.

»Oh, tut mir leid. Das wusste ich nicht. Und sie ist Ihre Tochter?«, fragt er.

»Nein«, sagt Ken knapp. Er wirkt panisch, und ich werde immer unruhiger.

»Ist Hardin …«, fange ich an, doch Ken führt mich raus, während Landon folgt.

»Hardin wurde festgenommen«, erzählt Ken, sobald wir draußen sind.

Ich schnappe nach Luft. »Er wurde *was*?«

»Er wurde festgenommen, weil er sich geschlagen hat und Campus-Eigentum beschädigt hat.«

»O Gott.« Mehr bringe ich nicht raus.

»Wann? Wie?«, fragt Landon.

»Vor zwanzig Minuten. Ich tue mein Möglichstes, damit die Sache als Universitätsangelegenheit behandelt wird, aber er macht es mir nicht leicht.« Ken eilt über die Straße, und ich muss fast rennen, um Schritt zu halten.

In meinem Kopf überschlagen sich die Gedanken: *Hardin festgenommen? O Gott. Wie konnte das passieren? Mit wem hat er sich angelegt?*

Aber ich weiß schon, mit wem.

Warum konnte er sich nicht einmal im Griff haben? Ist Hardin etwas passiert? Kommt er ins Gefängnis? Ins richtige Gefängnis? Ist Zed etwas passiert?

Ken schließt sein Auto auf, und wir steigen ein.

»Wo fahren wir hin?«, fragt Landon.

»Zur Campus Security.«

»Ist ihm etwas passiert?«, frage ich.

»Er hat eine Schramme im Gesicht und eine am Ohr, wie ich gehört habe.«

»Gehört? Du hast ihn noch gar nicht gesehen?«, fragt Landon seinen Stiefvater.

»Nein. Er tobt. Ich dachte, wir holen besser erst einmal Tessa.« Er nickt in meine Richtung.

»Ja, gute Idee«, stimmt Landon zu, und ich schweige.

Eine Wunde im Gesicht? Ich hoffe, er hat keine Schmerzen. O Gott, das ist alles so verrückt. Ich hätte doch den ganzen Tag mit ihm verbringen sollen. Dann wäre er heute gar nicht erst zum Campus gekommen.

Ken fährt quer über das Gelände und hält kurz darauf vor dem kleinen Backsteingebäude der Campus Security. Er parkt direkt vor einem Parkverbotsschild, doch das gehört vermutlich zu den Privilegien eines Rektors.

Zu dritt eilen wir in das Gebäude, wo ich mich nach Hardin umsehe.

Aber als Erstes höre ich ihn ... »Ist mir doch egal, du bist nur ein Loser mit gefaktem Dienstabzeichen! Du bist nicht besser als ein Kaufhausdetektiv, du Wichser!«

Ich folge seiner Stimme durch den Gang. Ken und Landon sind mir auf den Fersen, aber mir ist alles egal, ich will einfach nur zu Hardin.

Ich komme zu einer kleinen Gruppe von Leuten ... und sehe Hardin in einer kleinen Zelle, wo er auf und ab läuft. *Shit.* Seine Arme stecken hinter dem Rücken in Handschellen.

»Ihr seid Arschlöcher! Ihr alle!«, schreit er.

»Hardin!«, dröhnt die Stimme seines Vaters hinter mir.

Mein tobender Hardin reißt den Kopf herum und blickt in meine Richtung. Seine Augen weiten sich. Er hat einen klaffenden Schnitt unter dem Wangenknochen und einen zweiten vom Ohr bis zum Hinterkopf. Sein Haar ist blutverklebt.

»Ich versuche gerade, den Schaden einzugrenzen, und du bist nicht gerade eine Hilfe dabei!«, herrscht Ken seinen Sohn an.

»Sie haben mich eingesperrt wie ein Tier. Was soll das? Ruf an, wen immer du anrufen musst, damit sie das hier aufsperren«, schreit Hardin und versucht, seine Hände aus den Handschellen zu befreien.

»Hör auf«, herrsche ich ihn an.

Augenblicklich hört er auf zu toben. Er beruhigt sich etwas, doch seine Wut bleibt. »Tessa, du solltest nicht hier sein. Was für eine geniale Idee, sie herzubringen!«, ruft er seinem Vater und Landon zu.

»Hardin, hör jetzt auf. Er versucht dir zu helfen. Du musst dich beruhigen«, sage ich durch die Gitterstäbe. Es ist ein unwirkliches Gefühl, mit ihm zu reden, während er tatsächlich in einer Zelle ist, mit gefesselten Händen und allem. Das kann nicht real sein. Andererseits passieren diese Dinge in der realen Welt. Wer jemanden angreift, wird verhaftet, auf dem Campus genauso wie überall sonst.

Als er in meine Augen blickt, sieht er vermutlich den Schmerz, den ich empfinde. Ich möchte gerne glauben, dass er deshalb schließlich nachgibt, ein Nicken andeutet und sagt: »Okay.«

»Danke, Tessa«, sagt Ken. Dann warnt er seinen Sohn: »Gib mir ein paar Minuten, damit ich sehe, was ich tun kann – aber hör auf zu schreien. Du steckst in großen Schwierigkeiten und machst es nur noch schlimmer.«

Landon schaut erst mich an, dann Hardin, bevor er Ken zurück durch den engen Flur folgt. Ich hasse diesen Ort schon jetzt. Alles ist entweder zu weiß oder zu schwarz, zu klein, und es riecht nach Putzmittel.

Die Leute von der Campus Security, die hinter dem Tisch sitzen, sind in ihre eigene Unterhaltung vertieft, oder zumindest tun sie so, seit der Rektor aufgetaucht ist, um nach seinem Sohn zu sehen.

»Was ist passiert?«, frage ich Hardin.

»Die Campus Security hat mich festgenommen«, knurrt er.

»Bist du okay?«, frage ich und würde so gern durch die Gitterstäbe greifen und ihm das Gesicht abwischen.

»Ich? Ja, alles gut. Es sieht schlimmer aus, als es ist«, antwortet er, und als ich ihn genauer betrachte, sehe ich, dass er recht hat. Von hier erkenne ich, dass es keine tiefen Wunden sind. Auf seinen Armen vereinen sich hellrote Kratzer mit der schwarzen Tinte zu einem ziemlich grässlichen Anblick.

»Bist du mir böse?« Seine Stimme ist leise, vollkommen anders als gerade, als er die Security angeschrien hat.

»Ich weiß nicht«, antworte ich ehrlich.

Natürlich bin ich ihm böse, weil ich weiß, wen er verprügelt hat ... das ist nicht schwer zu erraten. Aber ich bin auch besorgt um ihn und will wissen, warum er sich so in Schwierigkeiten gebracht hat.

»Ich konnte nicht anders«, sagt er, als würde das seine Taten rechtfertigen.

»Ich habe keine Lust, dich im Gefängnis zu besuchen.« Ich verziehe das Gesicht und sehe mir die Zelle an, in der er steckt.

»Das hier zählt nicht, es ist kein echtes Gefängnis.«

»Für mich sieht es echt aus.« Ich tippe an die Metallstäbe, um meine Worte zu unterstreichen.

»Es ist kein richtiges Gefängnis. Es ist nur eine blödsinnige Arrestzelle, bis sie entscheiden, ob sie die echte Polizei holen«, sagt er so laut, dass die zwei Security-Leute von ihrer Unterhaltung aufblicken.

»Hör auf. Das ist kein Witz, Hardin. Ich glaube, du steckst in ziemlichen Schwierigkeiten.«

Als er das hört, verdreht er die Augen.

Das ist das Problem mit Hardin: Er hat noch nicht ganz begriffen, dass seine Handlungen Konsequenzen haben.

121

Tessa

»Wer hat angefangen?«, frage ich und nehme mir vor, anders als sonst keine voreiligen Schlüsse zu ziehen.

Hardin versucht, mir in die Augen zu sehen, doch ich blicke zur Seite. »Ich bin zu ihm gegangen, nachdem ich dich zu deinem Kurs gebracht habe«, erklärt er.

»Du hast versprochen, ihn in Ruhe zu lassen.«

»Ich weiß.«

»Warum hast du es dann nicht getan?«

»Er hat es drauf angelegt – er hat angefangen, mich zu provozieren, er hat gesagt, er hätte dich gevögelt.« Hardins Blick ist wild und verzweifelt. »Du lügst mich nicht an, oder?«, fragt er, und ich flippe fast aus.

»Darauf antworte ich nicht. Ich hab dir schon gesagt, dass zwischen uns nichts war, und jetzt steckst du in einer Gefängniszelle und fragst schon wieder«, sage ich frustriert.

Er verdreht die Augen und setzt sich auf die schmale Pritsche in seiner Zelle. Er regt mich wirklich auf.

»Warum bist du zu ihm gegangen? Das möchte ich wissen.«

»Weil er eine Abreibung gebraucht hat, Tessa. Er muss kapieren, dass er nicht mehr in deine Nähe kommen darf. Ich bin seine beschissenen Spielchen leid und dass er sich Chancen bei dir ausrechnet. Ich habe es für dich getan!«

Ich verschränke die Arme vor der Brust. »Wie würdest du es finden, wenn ich zu ihm gegangen wäre, obwohl ich das Gegenteil versprochen habe? Ich dachte, wir würden uns beide bemühen, aber du lügst mir dreist ins Gesicht. Du wusstest, dass du dich nicht an deinen Teil der Vereinbarung halten würdest, habe ich recht?«

»Ja, wusste ich, okay? Das spielt doch keine Rolle, jetzt ist es passiert.« Er schnaubt wie ein wütendes Kind.

»Für mich spielt das sehr wohl eine Rolle, Hardin. Du bringst dich ständig in Schwierigkeiten, obwohl es nicht nötig ist.«

»Und ob das nötig ist, Tess.«

»Wo ist Zed jetzt? Ist er auch im Gefängnis?«

»Das hier ist nicht das Gefängnis.«

»Hardin …«

»Ich hab keine Ahnung, wo er ist, und es kümmert mich einen Dreck, genauso wie dich. Wag dich ja nicht in seine Nähe.«

»Hör auf damit! Hör auf, mir zu sagen, was ich zu tun und zu lassen habe – das kotzt mich an.«

»Was sind denn das für Ausdrücke?« Er grinst belustigt.

Was ist denn daran lustig? Es ist alles andere als lustig. Ich entferne mich langsam von ihm, und sein Lächeln verschwindet.

»Tessa, komm zurück«, sagt er, und ich drehe mich um.

»Ich sehe nach deinem Vater und finde raus, was los ist.«

»Sag ihm, er soll sich beeilen.«

Ich fauche ihn regelrecht an und gehe. Er glaubt, nur weil sein Vater Rektor ist, kommt er ganz leicht aus dieser Sache raus. Ich hoffe auch, dass es so ist, aber es zerrt an den Nerven, wie leicht er das alles nimmt.

»Glotz nicht so!«, höre ich ihn zu einem Security-Mann sagen und reibe mir die Schläfen.

Ken und Landon stehen bei einem älteren Mann mit grauem Haar und Schnauzbart. Er trägt schwarze Anzughose und Krawatte, und seine Körperhaltung vermittelt den Eindruck, dass er wichtig ist. Als Landon mich im Flur stehen sieht, kommt er zu mir.

»Wer ist das?«, flüstere ich.

»Der Verwaltungsdirektor der Uni.«

»Das ist der Vizerektor, oder?«

Landon sieht besorgt aus. »Ja.«

»Was ist los? Was sagen sie?« Ich versuche, die beiden zu belauschen, kann aber nichts verstehen.

»Es … na ja, es sieht nicht gut aus. Der Schaden an dem Labor, in dem er Zed gefunden hat, ist ziemlich hoch – mehrere Tausend Dollar. Dazu kommt, dass Zed eine gebrochene Nase und eine Gehirnerschütterung hat. Jemand hat ihn ins Krankenhaus gefahren.«

In mir kocht die Wut. Hardin hat Zed nicht nur herumgeschubst. Er hat ihn ernsthaft verletzt!

»Außerdem hat Hardin einen Professor zu Boden gestoßen. Ein Mädchen aus Zeds Kurs hat bereits ihre Aussage geschrieben, demnach kam Hardin rein und hat gezielt nach Zed gefragt. Im Moment sieht es wirklich nicht gut aus. Ken bemüht sich, Hardin vor dem Gefängnis zu bewahren, aber ich weiß nicht, ob es klappt.« Landon seufzt und fährt sich durchs Haar. »Die einzige Rettung wäre, wenn Zed keine Anzeige erstattet. Aber nicht mal dann weiß ich, was passiert.«

Mir dreht sich der Kopf.

»Exmatrikulation«, höre ich den grauhaarigen Mann sagen, und Ken reibt sich das Kinn.

Exmatrikulation? Hardin kann nicht von der Uni fliegen! Gott, was für ein Schlamassel.

»Er ist mein Sohn«, sagt Ken leise, und ich gehe unauffällig einen Schritt näher an sie heran.

»Ich weiß, aber er hat einen Professor angegriffen und Eigentum der Universität beschädigt, darüber können wir nicht einfach hinwegsehen«, erklärt der Vizerektor.

Verdammt, Hardin und sein Temperament. »Das ist eine Katastrophe«, sage ich zu Landon, und er nickt betrübt.

Ich möchte mich auf den Boden werfen und weinen, oder besser noch, zu Hardins Zelle gehen und ihm ins Gesicht schlagen. Nichts davon würde uns weiterbringen.

»Vielleicht solltest du Zed fragen, ob er von einer Anzeige absehen kann?«, schlägt Landon vor.

»Hardin flippt aus, wenn ich zu Zed gehe.« Nicht dass ich auf ihn hören sollte, schließlich hört er auch nicht auf mich.

»Ich weiß«, antwortet Landon. »Aber momentan weiß ich keinen besseren Rat.«

»Wahrscheinlich hast du recht.« Ich werfe einen Blick zu Ken, dann den Flur runter zu Hardins Zelle.

Hardin ist mir das Wichtigste, aber es ist schrecklich, was er mit Zed gemacht hat. Hoffentlich erholt er sich. Wenn ich mit ihm rede, entscheidet er sich vielleicht gegen eine Anzeige. Dann wäre zumindest ein Problem aus der Welt.

»Wo ist er? Weißt du das?«, frage ich Landon.

»Ich glaube, ich habe etwas vom Grandview Hospital gehört.«

»Okay. Dann gehe ich da zuerst hin.«

»Soll ich dich zu deinem Auto fahren?«

»Shit, ich bin nicht mit dem Auto hier.«

Landon vergräbt die Hand in der Tasche und gibt mir seinen Schlüssel. »Hier. Aber fahr vorsichtig.«

Ich lächele meinen besten Freund an. »Danke.«

Ich weiß nicht, was ich ohne ihn tun würde, aber da er bald weg ist, werde ich es wohl herausfinden müssen. Der Gedanke macht mich traurig, aber ich verdränge ihn. Ich kann jetzt nicht darüber nachdenken, dass Landon geht.

»Ich gehe zu Hardin und sag ihm, was los ist.«

»Nochmals danke.« Ich falle Landon um den Hals und umarme ihn fest.

Als ich die Tür erreiche, höre ich Hardins Stimme durch den Gang hallen. »Tessa! Wage es nicht, zu ihm zu gehen!«, ruft er. Ich achte nicht auf ihn und öffne die Doppeltür.

»Ich meine es ernst, Tessa! Komm wieder rein!«

Die kalte Luft verschluckt seine Stimme, als ich draußen bin. Wie kann er es wagen, mir vorzuschreiben, was ich tun soll? Für wen hält er sich? Er hat einen Riesenmist gebaut, weil er seine Wut und Eifersucht nicht beherrschen kann, und ich versuche, die Sache geradezubiegen. Er hat Glück, dass ich ihm nicht einfach eine geknallt habe, weil er sein Versprechen gebrochen hat. Mann, es ist so nervig mit ihm.

Im Grandview Hospital will mir die Frau im Stationszimmer keine Auskunft über Zed geben. Sie sagt mir nicht, ob er hier ist oder je hier war.

»Er ist mein Freund. Ich muss dringend zu ihm«, erkläre ich der jungen Frau mit dem gebleichten Haar.

Sie lässt ihre Kaugummiblase platzen und spielt mit einer Locke. »Er ist Ihr Freund? Der Kerl mit den *Tattoos?*« Sie lacht und glaubt mir offensichtlich nicht.

»Ganz genau«, sage ich knapp, fast drohend, und bin überrascht, wie einschüchternd ich klinge.

Offensichtlich wirkt es. Sie zuckt die Schultern und sagt: »Gehen Sie den Gang runter und rechts. Erste Tür links«, dann läuft sie weiter.

Das war gar nicht so schwer. Ich sollte öfter energisch auftreten. Ich folge ihren Anweisungen und gehe auf die erste Tür links zu. Sie ist geschlossen, also klopfe ich leise an, bevor ich eintrete. Ich hoffe, sie hat mir das richtige Zimmer genannt.

Zed sitzt auf der Kante eines Krankenbetts. Er trägt kein Shirt, nur Jeans und Socken.

»O Gott!«, rutscht es mir heraus, als ich ihn ansehe.

Seine Nase ist gebrochen. Das wusste ich schon, aber es sieht wirklich schlimm aus. Sie ist dick angeschwollen, und beide Augen sind blau. Seine Brust ist verbunden. Die Haut unter seinem Schlüsselbein ist das Einzige, was nicht aufgeschürft oder verbunden ist.

»Bist du okay?« Ich gehe zum Bett. Ich hoffe, er ist mir nicht böse, dass ich zu ihm ins Krankenhaus komme. Schließlich ist alles meine Schuld.

»Nicht wirklich«, sagt Zed matt. Er stößt die Luft aus und fährt sich durchs Haar, dann öffnet er die Augen. Er klopft neben sich auf die Matratze, und ich setze mich zu ihm.

»Es tut mir so leid. Erzählst du mir, was passiert ist?«

Zed sieht mich mit seinen goldbraunen Augen an und nickt. »Ich war im Labor – nicht in dem, das ich dir gezeigt habe, sondern im Pflanzengewebe-Labor. Er kam rein und hat mich angeschrien, dass ich mich von dir fernhalten soll.«

»Und dann?«

»Ich habe ihm gesagt, dass du ihm nicht gehörst, da hat er meinen Kopf gegen einen Metallträger geschlagen.« Ich zucke zusammen und betrachte seine Nase.

»Hast du ihm gesagt, du hättest mit mir geschlafen?«, frage ich und weiß nicht, was ich glauben soll.

»Ja. Habe ich. Es tut mir so leid, dass ich das gesagt habe, aber er ist auf mich losgegangen, und das war die einzige Möglichkeit, zu ihm durchzudringen. Ich weiß, es war mies, und es tut mir wirklich leid, Tessa.«

»Er hat mir versprochen, die Finger von dir zu lassen, wenn ich mich von dir fernhalte«, sage ich.

»Tja, sieht so aus, als hätte er mal wieder ein Versprechen gebrochen, oder?«, bemerkt er spitz.

Ich schweige einen Augenblick und versuche, den Kampf in meinem Kopf zu rekonstruieren. Ich bin sauer, dass Zed Hardin gesagt hat, wir hätten miteinander geschlafen, andrerseits finde ich es gut, dass er es zugegeben und sich entschuldigt hat. Ich weiß nicht, auf wen der beiden ich wütender sein soll. Es fällt schwer, Zed böse zu sein. Er sitzt hier mit all diesen Verletzungen, an denen eigentlich ich schuld bin, und ist trotzdem noch so lieb zu mir.

»Es tut mir leid, es passiert immer wieder, und ich bin daran schuld«, sage ich.

»Du bist nicht schuld. Es ist meine Schuld, und seine. Er betrachtet dich als eine Art Besitz, und das ärgert mich. Weißt du, was er zu mir gesagt hat? Er sagte, ich soll mich nicht an etwas vergreifen ›das ihm gehört‹. So redet er von dir, wenn du nicht dabei bist, Tessa.« Seine Stimme ist sanft und ruhig, ganz anders als Hardins.

Mir gefällt es auch nicht, dass Hardin offenbar glaubt, er würde mich besitzen, und doch höre ich das nicht gern von anderen. Hardin kann nicht mit Gefühlen umgehen, und er hatte noch nie eine Beziehung. »Er ist nur sehr eifersüchtig.«

»Du willst ihn doch jetzt wohl nicht verteidigen?«

»Nein, das nicht. Aber ich weiß nicht, was ich denken soll. Er ist im Gefängnis … also, in einer Arrestzelle auf dem Campus, und du bist im Krankenhaus. Das ist einfach zu viel für mich. Ich weiß, ich sollte nicht klagen, aber ich bin dieses ständige Drama leid. Jedes Mal, wenn ich glaube, wieder atmen zu können, passiert wieder irgendetwas. Es erdrückt mich.«

»*Er* erdrückt dich«, verbessert mich Zed.

Es ist nicht nur Hardin, der mich erdrückt, sondern alles: das College, meine sogenannten Freunde, die mich belogen haben, Hardin, Landon, der geht, meine Mutter, Zed …

»Aber das habe ich mir selbst eingebrockt.«

Zed widerspricht säuerlich: »Hör auf, dir die Schuld für seine Fehler zu geben. Er baut Scheiße, weil er sich einzig um sich kümmert. Würdest du ihm etwas bedeuten, hätte er sich von mir ferngehalten, wie er es versprochen hat. Er hätte dich an seinem Geburtstag nicht versetzt … ich könnte ewig weitermachen.«

»Hast du mir von seinem Handy aus getextet?«

»Was?« Zed stützt sich mit den Händen aufs Bett und rückt näher an mich heran. »Fuck.« Er stöhnt vor Schmerz.

»Brauchst du etwas? Soll ich eine Schwester rufen?«, frage ich.

»Nein, ich gehe gleich. Sie müssten bald mit meinen Entlassungspapieren fertig sein. Was hast du gerade gesagt? Nachrichten, die ich dir geschickt haben soll?«, fragt er.

»Hardin meint, du hättest mir an seinem Geburtstag unter seinem Namen getextet, sodass ich auf ihn gewartet habe, obwohl er nichts davon wusste.«

»Er lügt. Das würde ich nie tun. Warum sollte ich?«

»Ich weiß nicht, er denkt, du versuchst mich gegen ihn aufzubringen.«

Zeds Blick ist zu intensiv, ich muss wegschauen. »Das bekommt er doch auch ohne Hilfe hin, oder nicht?«

»Nein«, entgegne ich. Auch wenn ich wütend auf ihn bin und mich Zeds Worte verwirren, will ich Hardin verteidigen.

»Das sagt er nur, damit du denkst, ich wäre irgendein Arsch, der ich nicht bin. Ich war immer für dich da, wenn er dich im Stich gelassen hat. Er kann nicht mal ein einfaches Versprechen halten. Er ist in das Labor gekommen und hat mich angegriffen – und einen Professor! Er sagte immer wieder, dass er mich umbringen würde, und ich habe ihm wirklich geglaubt. Wäre Professor Sutton nicht reingekommen, hätte er es getan. Er weiß, dass er stärker ist, er hat es mehrfach ausgenutzt.« Zed steht zitternd auf. Er nimmt sein grünes T-Shirt vom Stuhl und hebt die Arme, um es anzuziehen. »Scheiße.« Es fällt zu Boden.

Ich springe auf, um zu helfen, und hebe das T-Shirt auf.

»Heb die Arme, so hoch du kannst«, sage ich, und er streckt die Arme nach vorne, während ich ihn anziehe.

»Danke.« Er versucht wieder zu lächeln.

»Was tut am meisten weh?«, frage ich und mustere noch einmal sein ramponiertes Gesicht.

»Die Zurückweisung«, antwortet er schüchtern.

Autsch. Ich blicke auf meine Hände und zupfe an meinen Fingern herum.

»Meine Nase«, sagt er dann, um die Verlegenheit zu vertreiben. »Als sie das gebrochene Nasenbein zurückbiegen mussten.«

»Wirst du Anzeige gegen ihn erstatten?«, stelle ich schließlich die Frage, wegen der ich gekommen bin.

»Ja.«

»Tu es bitte nicht.« Ich sehe ihm in die Augen.

»Tessa, das kannst du nicht machen. Das ist nicht fair.«

»Ich weiß. Es tut mir leid, aber wenn du ihn anzeigst, kommt er ins Gefängnis, ins echte Gefängnis.« Beim Gedanken daran gerate ich wieder in Panik.

»Er hat mir die Nase gebrochen, und ich habe eine Gehirnerschütterung. Hätte er meinen Kopf noch einmal auf den Boden gerammt, hätte es mich umgebracht.«

»Ich sage nicht, dass es okay ist, aber ich flehe dich an. Bitte, Zed. Wir verschwinden ohnehin. Ich gehe nach Seattle, und Hardin wird auch weg sein.«

Zed sieht mich besorgt an. »Er geht mit dir?«

»Nein – also, ja. Du wirst dir um ihn keine Sorgen mehr machen müssen. Wenn du ihn nicht anzeigst, wirst du nie wieder von ihm hören.«

Zed schaut mich ein paar Sekunden lang aus verschwollenen Augen an. »In Ordnung«, seufzt er. »Ich erstatte keine Anzeige, aber bitte versprich mir, wirklich darüber nachzudenken. Über alles. Denk daran, wie viel einfacher dein Leben ohne ihn wäre, Tessa. Er hat mich grundlos angegriffen, und jetzt biegst du es für ihn gerade, so wie immer«, sagt er wütend.

Ich kann es ihm nicht verdenken. Ich nutze seine Gefühle für mich aus, damit er Hardin nicht anzeigt.

»Das werde ich. Hab vielen Dank«, sage ich, und er nickt.

»Ich wünschte, ich hätte mich in jemanden verliebt, der meine Liebe erwidert«, sagt er so leise, dass ich ihn fast nicht höre.

Liebe? Zed liebt mich? Ich weiß, dass er etwas für mich empfindet … aber Liebe? Der Kampf mit Hardin – der ihn ins Krankenhaus gebracht hat – ist meine Schuld. Aber liebt er mich etwa? Er hat eine Freundin, und bei mir geht es mit Hardin ständig hin und her. Ich mustere ihn von der Seite und bete, dass es der Einfluss der Schmerzmittel ist und eigentlich nicht stimmt.

122

Hardin

»Wir sehen uns dann zu Hause, Tessa«, sagt Landon, als Tessa und ich aus dem Auto von meinem Dad steigen und auf meines zugehen.

Ich sehe mich nach ihm um und murmele ein freundliches »Fick dich«.

»Lass ihn in Ruhe«, sagt sie warnend und verschwindet in meinem Auto.

Ich setze mich hinters Steuer, drehe die Heizung auf und sehe sie dankbar an. »Danke, dass du mit mir nach Hause kommst, auch wenn es nur für eine Nacht ist.«

Tessa nickt und lehnt die Wange gegen die Scheibe.

»Bist du okay? Das mit heute tut mir leid, ich ...«, fange ich an.

Sie seufzt und schneidet mir das Wort ab. »Ich bin einfach nur müde.«

Zwei Stunden später schläft Tessa tief und fest auf dem Bett, die Arme um mein Kissen geschlungen und die Knie an die Brust gezogen. Selbst erschöpft ist sie atemberaubend schön. Für mich ist es noch zu früh zum Schlafen, also hole ich die Ausgabe von *Stolz und Vorurteil,* die sie mir geschenkt hat, aus unserem Wandschrank. Die neongelben Markierungen bedecken viel mehr von dem Text, als ich erwartet habe, also lege ich mich wieder neben sie und fange an, die markierten Stellen zu lesen. Eine fällt mir gleich ins Auge:

»Es gibt wenig Menschen, die ich wirklich liebe, und noch weniger, von denen ich Gutes denke. Je mehr ich von der Welt sehe, um so mehr bin ich von ihr enttäuscht, und jeder neue Tag bestätigt meine Auffassung von der Unbeständigkeit aller menschlichen Charakterzüge und gibt Zeugnis davon, wie wenig man sich auf den Schein von Anstand und Vernunft verlassen kann.«

Diese Markierung stammt bestimmt aus unseren Anfangstagen. Ich sehe vor mir, wie sie auf dem kleinen Bett in ihrem Wohnheimzimmer sitzt, verärgert und fassungslos, einen Marker und den Roman in der Hand.

Ich schiele zu ihr rüber und lache leise über sie. Während ich durch die Seiten blättere, erkenne ich ein Muster. Sie hat mich gehasst. Ich wusste es damals schon, aber es ist ganz schön merkwürdig, daran erinnert zu werden:

»Da stehst du vor einem unglückseligen Zwiespalt, Elisabeth. Vom heutigen Tage an musst du von einem Elternteil als Fremdling betrachtet werden. Deine Mutter will dich nicht mehr sehen, wenn du Herrn Collins nicht heiratest, und ich will dich nicht mehr sehen, wenn du ihn heiratest.«

Ihre Mutter und Noah.

»Doch zornige Menschen handeln nicht immer klug.«

Wohl wahr …

»Ich habe nicht das Vergnügen, dich zu verstehen.« Ich habe mich damals selbst nicht verstanden, und eigentlich ist das noch heute so.

»Ich könnte ihm seinen Stolz leicht vergeben, wenn er nicht den meinen gekränkt hätte.« Das hat sie an dem Tag angestrichen, als ich ihr gesagt habe, dass ich sie liebe, und es dann zurückgenommen habe. Ich weiß es.

»Ich muss mich damit abfinden, glücklicher zu sein, als ich verdiene.« Leichter gesagt als getan, Tess.

»Die Lust am Tanzen führte ganz bestimmt dazu, sich in jemanden zu verlieben.« Die Hochzeit. Ich weiß es. Ich erinnere mich, wie sie

mich angestrahlt hat und so tat, als würde es ihr nicht wehtun, als ich ihr ständig auf die Füße getreten bin.

»Wir alle kennen ihn als stolzen, wenig liebenswerten Menschen; doch das wäre kein Hinderungsgrund, wenn du ihn wirklich liebtest.« Das trifft noch immer zu. Etwas in dieser Art könnte Landon zu Tessa sagen, vermutlich hat er es schon.

»Erst jetzt lerne ich mich wirklich kennen!« Ich weiß gar nicht, auf wen von uns beiden das mehr zutrifft.

»Es liegt, glaube ich, in jedem Charakter eine Veranlagung zu dieser oder jener besonderen Schwäche, zu einem natürlichen Fehler sozusagen, den auch die beste Erziehung nicht ganz beseitigen kann.«

»Und Ihr Fehler ist also ein Hang, von allen schlecht zu denken.«

»Und Ihrer«, entgegnete er lächelnd, *»der Hang, alle absichtlich falsch zu verstehen.«*

Eine Markierung ist treffender als die andere, während ich zurück zum Anfang des vertrauten Romans blättere.

»Sie sieht ganz erträglich aus, doch nicht schön genug, um einen Mann wie mich in Versuchung zu führen; und ich bin augenblicklich nicht in der Stimmung, mich um junge Damen zu kümmern, die von anderen Männern sitzen gelassen worden sind.«

Ich habe Tessa einmal gesagt, sie wäre nicht mein Typ – was war ich für ein Idiot. Ich meine, man muss sie sich doch nur ansehen: Sie würde jedem gefallen, selbst einem, der zu dumm ist, es erst auf den zweiten Blick zu bemerken. Ich blättere immer weiter, und mein Blick gleitet über zahllose markierte Zeilen, die uns beide und ihre Gefühle für mich betreffen. Das ist das beste Geschenk aller Zeiten, so viel steht fest.

»Sie haben mich verhext, meinen Körper und meine Seele.«

Eines meiner Lieblingszitate, ich habe es einmal zu ihr gesagt, als wir hier eingezogen sind. Sie hat die Nase über die kitschige Verwendung gerümpft, mich ausgelacht und mit einem Stück Brokkoli beworfen. Immer bewirft sie mich mit irgendeinem Scheiß.

»Aber die Menschen selber ändern sich so sehr, dass sich an ihnen immer wieder etwas Neues entdecken lässt.« Ich habe mich zum Besseren verändert, für sie, seit ich sie getroffen habe. Ich bin nicht perfekt, Scheiße, nein, nicht mal annähernd, aber ich könnte es eines Tages werden.

»Doch leicht konnte sie sich ausrechnen, wie wenig an dauerndem Glück einem Paar beschieden sein musste, das nur deshalb zusammengekommen war, weil sich ihre Leidenschaften als stärker erwiesen hatten als ihre Tugend.«

Dieser Satz gefällt mir gar nicht. Ich weiß genau, was ihr durch den Kopf gegangen ist, als sie das markiert hat. Weiter …

»In der Phantasie der Frau arbeitet alles sehr schnell; sie springt von Zuneigung zu Liebe, von Liebe zu Ehe, alles in einem Augenblick.« Wenigstens ist nicht nur Tessa so verrückt.

»Nur die tiefste Liebe könnte mich von der Ehe überzeugen.«

Den zweiten Teil des Satzes hat sie unmarkiert gelassen, er lautet: *»Weswegen ich als alte Jungfer enden werde.«*

Nur die tiefste Liebe kann mich von der Ehe überzeugen. Hm … ich weiß nicht, ob das auf mich zutrifft. Tiefer, als ich dieses Mädchen liebe, kann niemand lieben, aber das ändert nichts an meiner Haltung zur Ehe. Die Leute heiraten nicht mehr aus den richtigen Gründen – nicht dass sie das je getan hätten. Früher ging es um Stellung oder Geld, heute wollen sie sich nur noch absichern, um nicht einsam oder unglücklich zu sein – aber fast jeder verheiratete Mensch kennt diese Gefühle.

Ich lege das Buch auf den Nachttisch neben ihr, dann mache ich das Licht aus und lege den Kopf auf die Matratze. Ich hätte gern mein Kissen, aber sie hält es fest, und ich will kein Arsch sein.

»Würdest du bitte aufhören, so stur zu sein, und mit mir nach England kommen? Ich kann nicht ohne dich sein«, flüstere ich ihr im Schlaf zu und fahre mit dem Daumen über ihre warme Wange.

Ich freue mich darauf, wieder etwas schlafen zu können, richtig zu schlafen, neben ihr.

123

Tessa

Als ich aufwache, liegt Hardin quer über dem Bett, ein Arm bedeckt sein Gesicht, der andere hängt über die Kante. Sein T-Shirt ist nass vor Schweiß, und ich fühle mich eklig. Nach einem schnellen Kuss auf seine Wange eile ich ins Bad.

Als ich aus der Dusche komme, ist Hardin wach, als hätte er auf mich gewartet. Er stützt sich auf einen Ellbogen. »Ich habe Angst, dass mich die Uni rausschmeißt«, sagt er. Seine Stimme erschreckt mich, aber sein Geständnis erschreckt mich noch viel mehr.

Ich setze mich neben ihn aufs Bett, und er versucht noch nicht mal, mir das Handtuch wegzureißen. »Ja?«

»Ja. Ich weiß, es ist dumm …«, fängt er an.

»Nein, das ist nicht dumm, das hätte jeder. Ich hätte Angst. Es ist okay, Angst zu haben.«

»Was mache ich, wenn ich von der WCU fliege?«

»Dann gehst du an ein anderes College.«

»Ich will nach Hause«, sagt er, und mein Magen zieht sich zusammen.

»Bitte nicht«, sage ich leise.

»Ich muss, Tess. Ich kann mir keine Universität leisten, an der mein Vater nicht der Rektor ist.«

»Wir könnten einen Weg finden.«

»Nein, das ist nicht dein Problem.«

»Doch, das ist es. Wenn du nach England gehst, sehen wir uns nie.«

»Du musst mitkommen, Tessa. Ich weiß, du willst nicht, aber du musst. Ich kann nicht noch mal von dir getrennt sein. Bitte komm einfach mit.« Seine Worte sind so aufwühlend, dass mir nichts mehr einfällt.

»Hardin, es ist nicht so einfach.«

»Doch, das ist es. Es ist einfach – du könntest einen Job finden, bei dem du genau das Gleiche machst wie jetzt, und möglicherweise besser verdienen und an eine bessere Universität gehen.«

»Hardin …« Ich richte meinen Blick wieder auf seine nackte Haut.

Er seufzt. »Du musst dich nicht gleich entscheiden.«

Fast will ich sagen, dass ich meine Sachen packe und mit ihm nach England gehe, aber ich kann nicht.

Fürs Erste bleibe ich ein Feigling und verschiebe meine Neuigkeiten von Seattle auf einen anderen Tag, während ich mich auf die Seite rolle und er mich in die Arme nimmt.

Diesmal schafft er es, mich zurück ins Bett zu ziehen. Ihn zu trösten, ist wichtiger als mein Tagesplan.

»Der Besitzer Drew kommt wie ein Arschloch rüber, aber er ist ziemlich cool«, erklärt Hardin, während wir auf das kleine Backsteingebäude zugehen.

Eine Glocke bimmelt über meinem Kopf, als Hardin die Tür für mich öffnet und wir reingehen. Steph und Tristan sind schon da. Steph sitzt in einem Ledersessel, und Tristan blättert in einem Buch mit … Tattoos?

»Ihr habt ganz schön lang gebraucht!« Steph tritt nach uns, als Hardin und ich an ihr vorbeigehen, doch Hardin packt ihren Stiefel, bevor er mich berührt.

»Schon wieder unausstehlich, ich sehe schon …« Er rollt mit den Augen und versucht, mich zu Tristan zu führen, aber ich ziehe ihm die Hand weg und bleibe bei Steph.

»Sie mag mich«, sagt sie zu Hardin, und er sieht sie finster an, erwidert aber nichts.

Hardin steht neben Tristan, fünf Meter von uns entfernt, und nimmt sich auch ein Buch mit Tattoos.

»Dich habe ich hier noch nie gesehen.« Der Kerl sieht zu mir auf, während er Stephs nackten Bauch mit einem Tuch abwischt.

»Ich war noch nie hier«, antworte ich.

»Ich heiße Drew. Mir gehört der Laden.«

»Schön, Sie kennenzulernen. Ich bin Tessa.«

»Lässt du dir heute etwas stechen?« Er lächelt.

»Nein«, antwortet Hardin für mich und legt mir den Arm um die Taille.

»Ist sie mit dir da, Scott?«

»Ja.« Hardin zieht mich an sich. Er macht es nur, um anzugeben. Er sagte, Drew käme wie ein Arschloch rüber, aber das empfinde ich gar nicht so. Mir kommt er echt nett vor.

»Cool. Cool. War Zeit, dass du eine Freundin findest.« Drew lacht. Hardin entspannt sich ein wenig, hält aber den Arm um mich geschlungen. »Und warum lässt du dir dann nicht was stechen, Hombre?«

Ein Summen erfüllt den Raum. Ich blicke auf Stephs Bauch und beobachte fasziniert, wie die Tätowiermaschine langsam über ihre Haut fährt. Drew wischt die überschüssige Tinte mit einem Handtuch ab und fährt fort.

»Vielleicht tue ich das«, sagt Hardin.

Ich sehe Hardin an, und unsere Blicke begegnen sich. »Wirklich? Was willst du dir stechen lassen?«, frage ich ihn.

»Ich weiß es noch nicht, irgendetwas auf meinen Rücken.« Hardins Rücken ist die einzige Körperpartie ohne ein einziges Tattoo.

»Im Ernst?«

»Ja.« Er stützt das Kinn auf meinen Kopf.

»Apropos Stechen, wo sind deine verdammten Piercings?«, fragt Drew und tunkt die Pistole in einen kleinen Plastikbecher mit schwarzer Tinte.

»Ich konnte sie nicht mehr sehen.« Hardin zuckt die Schultern.

»Wenn er das hier versaut, weil ihr so viel quasselt, bezahlt ihr.« Steph sieht Hardin an, und ich lache.

»Für den Scheiß zahl ich nicht«, sagen Hardin und Drew im Chor.

Tristan kommt schließlich auch zu uns, zieht sich einen Stuhl heran und setzt sich neben Steph. Er nimmt ihre Hand. Ich betrachte den kleinen, frisch gestochenen Vogelschwarm auf Stephs Haut. Er ist eigentlich ganz hübsch, so wie er platziert ist. Drew gibt ihr einen Spiegel, damit sie ihn besser sehen kann.

»Cool!« Sie lächelt und gibt Drew den Spiegel zurück, bevor sie sich aufsetzt.

»Was willst du dir machen lassen, Hardin?«, frage ich ihn leise.

»Deinen Namen.« Er lächelt.

Geschockt trete ich einen Schritt zurück und schaue ihn mit offenem Mund an.

»Willst du das nicht?«, fragt er.

»Nein! Ich meine, das ist … ich weiß nicht, das ist verrückt«, flüstere ich.

»Verrückt? Stimmt doch gar nicht, es zeigt dir nur, dass ich dir treu ergeben bin und keinen Ring oder Heiratsantrag brauche, um es zu bleiben.«

Seine Stimme ist so klar, dass ich mir nicht sicher bin, ob er mich verarscht. Wie sind wir in den wenigen Sekunden vom Witzeln zu Ergebenheit und Ehe gekommen? So ist es immer bei uns, eigentlich sollte ich langsam daran gewöhnt sein.

»Bereit, Hardin?«

»Klar.« Hardin löst sich von mir und zieht sich das Shirt aus.

»Noch was dazu?« Drew spricht aus, was ich gerade denke.

»Ich möchte es oben über den Rücken, und zwar: ›I never wish to be parted from you from this day on.‹ Mach es ungefähr zwei Zentimeter hoch in deiner coolen Handschrift«, sagt Hardin zu Drew und wendet ihm den Rücken zu.

I never wish to be parted from you from this day on – Von heute an will ich nie mehr von dir getrennt sein.

»Hardin, können wir kurz darüber reden, bitte?«, frage ich.

Ich schwöre, er weiß von meinen Plänen, nach Seattle zu gehen, und verhöhnt mich, indem er sich dieses Tattoo stechen lässt. Das Zitat ist wundervoll und doch voll grausamer Ironie, wenn man bedenkt, dass ich ihm bis jetzt noch nicht von meinem Umzug nach Seattle erzählt habe.

»Nein, Tess, ich möchte es haben«, sagt er und schickt mich weg.

»Hardin, ich glaube wirklich nicht …«

»Es ist kein großes Ding, Tessa, es ist nicht mein erstes Tattoo«, witzelt er.

»Ich wollte nur …«

»Wenn du nicht den Mund hältst, lasse ich mir deinen Namen und deine Sozialversicherungsnummer über den ganzen Rücken stechen«, droht er lachend, aber ich habe das Gefühl, er würde es tatsächlich durchziehen, wenn ich es darauf ankommen lasse.

Ich schweige und überlege, was ich sagen soll. Ich sollte jetzt einfach damit rausplatzen, bevor die Pistole seine reine Haut berührt. Wenn ich warte …

Das mittlerweile vertraute Summen der Pistole setzt ein, und schwarze Tinte zieht sich über Hardins Rücken.

»Jetzt komm schon her und halt meine Hand.« Er grinst und streckt mir die Hand entgegen.

124

Hardin

Tessa nimmt schüchtern meine Hand, und ich ziehe sie an mich.

»Still halten«, brummt Drew.

»Meine Schuld.«

»Tut es weh?«, fragt sie leise.

Die Unschuld in ihren Augen erstaunt mich bis heute. Vor Kurzem war sie noch am Boden zerstört, und jetzt spricht sie mit mir wie mit einem verletzten Kind.

»Ja, total«, lüge ich.

»Wirklich?« Sie sieht besorgt aus.

Ich liebe das Gefühl, wenn die Nadel Tinte unter meine Haut sticht. Es ist nicht mehr schmerzhaft, sondern entspannend.

»Nein, Baby, es tut nicht weh«, versichere ich ihr, und Drew, der alte Wichser, macht Würgegeräusche hinter meinem Rücken.

Tessa kichert, und ich strecke den Stinkefinger in die Luft. Ich wollte vor Drew gar nicht Baby sagen, aber eigentlich ist mir egal, was er denkt. Außerdem weiß ich, dass er bis über beide Ohren in das Mädchen verliebt ist, mit dem er vor ein paar Monaten ein Baby bekommen hat, also braucht er mir nichts zu erzählen.

»Ich kann immer noch nicht glauben, dass du das tust«, sagt sie, als Drew Salbe auf mein neues Tattoo streicht.

»Es ist schon passiert«, erinnere ich sie, und sie sieht besorgt auf ihr Handydisplay.

Ich hoffe, Tessa macht nicht allzu viel Wirbel um dieses Tattoo, es ist keine so ernste Sache. Ich habe jede Menge Tattoos. Dieses hier ist für sie, und ich hoffe, sie freut sich darüber. Ich freue mich jedenfalls.

»Wo sind Steph und Tristan, verdammt?« Ich schaue aus dem Fenster und halte nach Stephs leuchtendem Haar Ausschau.

»Gehen wir doch nach nebenan und gucken mal?«, schlägt Tessa vor, nachdem ich Drew bezahlt und ihm versprochen habe, dass ich mir irgendwann ein großes Motiv von ihm auf den Rücken machen lasse.

Als er vorschlägt, Tessa ein Sleeve Tattoo oder ein Nabelpiercing zu verpassen, schlage ich ihm fast die Zähne ein.

»Ich glaube, ein Nasenring würde cool bei mir aussehen.« Sie lächelt, als wir rausgehen.

Ich lache bei dem Gedanken und lege ihr den Arm um die Taille, als ein bärtiger Mann an uns vorbeistolpert. Seine Jeans und seine Schuhe sind dreckig, und sein dicker Pulli ist bekleckert. Wodka, würde ich sagen, dem Geruch nach zu urteilen.

Tessa bleibt neben mir stehen, genauso wie der Mann. Ich ziehe sie sanft weiter. Wenn dieser besoffene Penner glaubt, er könne ihr auch nur einen Schritt näher kommen, werde ich ihn verdammt noch mal …

Dann flüstert sie etwas, und ich beobachte erstaunt, wie ihr Gesicht alle Farbe verliert.

»Dad?«

Danksagung

Und schon ist das zweite Buch vorbei. Zwei erledigt, zwei weitere vor uns. Ich werde bei dieser Danksagung versuchen, nicht in Tränen auszubrechen wie beim letzten Mal. (Unwahrscheinlich, aber den Versuch ist es wert.)

Als Erstes möchte ich meinem Mann danken, der mich weiterhin unterstützt hat, während ich Stunde um Stunde geschrieben, getwittert, geschrieben, getwittert und dann wieder geschrieben habe.

Als Nächstes meinen Afternators (ich glaube, wir haben uns für diesen Namen entschieden – ha!). Ihr bedeutet mir alles, und ich kann mein Glück bis heute nicht fassen, dass ihr mich unterstützt. (Schon kommen die Tränen.) Jeder Tweet, jeder Kommentar, jedes Selfie, das ihr mir schickt, jedes Geheimnis, das ihr mit mir teilt, hat uns zu der Familie gemacht, die wir heute sind. Diejenigen von euch, die von Anfang an dabei waren (in den Tagen von Wattpad): Zwischen uns gibt es eine Bindung, die man nicht erklären kann. Wir sind es, die sich an das Gefühl erinnern werden, als Tessa und Hardin sich zum ersten Mal geküsst haben. Ihr wisst, wie nervenaufreibend es war, auf die Updates zu warten – ihr erinnert euch an Kommentare wie OMH HARTYSH SHJD, und wir alle wissen genau, was es heißt. Ich kann euch nicht genug danken. Ich hoffe, Hardin hat den gleichen Platz in eurem Herzen wie unser Harry.

Wattpad schulde ich so viel. Ich habe keine Ahnung, wo ich heute wäre, hätte ich diese Plattform nicht entdeckt. Ashleigh Gardner, du bist immer für mich da, wenn ich Fragen habe oder Rat brauche. Du bist eine Freundin für mich geworden, und ich bin so froh, dass ich dich in meinem Team habe. Candice Faktor, du unterstützt mich immer und kämpfst für die Vision hinter *After,* dafür schulde ich dir sehr viel. Nazia Kahn, du machst mein Leben jeden Tag einfacher, ich habe Glück, dich als Freundin zu haben. Wattpad war mein erstes Zuhause und wird immer mein liebster Platz zum Schreiben sein.

Adam Wilson, der großartigste und witzigste Lektor der Welt, du bist der Nächste, mein Lieber. Ich weiß, ich mache dich verrückt mit meinen Anspielungen auf die Fangemeinde, Anspielungen auf *Twilight* und all den anderen Dingen, mit denen ich dich nerve. Du hast alle Hände voll zu tun mit *After* (und mir), und hast das Ganze zu einer unbeschwerten und erfreulichen Erfahrung gemacht. (Obwohl du mir während eines 1D-Konzerts Arbeit geschickt hast, lol.) Danke für alles.

Zwei noch!

Gallery Books, danke, dass ihr an mich und meine Geschichte geglaubt habt. Durch euch sind meine Träume wahr geworden! Kristin Dwyer, du hältst mir immer den Rücken frei und hilfst mir, bei Verstand zu bleiben! Ein Riesendankeschön geht an die Korrekturleser und die Leute aus der Herstellung, die für diese Serie arbeiten: Steve Breslin und Crew, ich weiß, ihr hattet alle Hände voll zu tun. Ihr seid unglaublich!

One Direction, ich mag fünfundzwanzig und verheiratet sein, aber für Schwärmerei gibt es keine Altersgrenze. Ich liebe euch alle fünf seit drei Jahren. Ihr habt so viel für mich getan, und nicht nur, dass ihr mich für diese Serie inspiriert habt. Danke. Ihr habt mir gezeigt, dass es okay ist, sich treu zu bleiben.

Quellennachweis

Trotz intensiver Recherche konnte der Verlag nicht alle Rechteinhaber ermitteln. Bitte wenden Sie sich gegebenenfalls an den Wilhelm Heyne Verlag in der Verlagsgruppe Random House GmbH.

S. 240: Emily Brontë: *Sturmhöhe*. Aus dem Englischen von Michaela Meßner. © 1997 Deutscher Taschenbuch Verlag, München.

S. 276 und Seiten 755/756: Jane Austen, *Stolz und Vorurteil*. Aus dem Englischen von Werner Beyer, © 2008 Fischer Klassik Plus, S. FISCHER Verlag GmbH, Frankfurt am Main

S. 281: Leo Tolstoi, *Anna Karenina,* 1. Band, Deutsche Übersetzung von Hermann Röhl, © 2009 Fischer Taschenbuch, S. FISCHER Verlag GmbH, Frankfurt am Main

*Lieber Leser*innen,*

wir sind zurüüüück! Wir haben eine verdammte Fortsetzung!!!!
Mensch, Leute!!! Ich kann gar nicht sagen, wie surreal mir das alles
nach wie vor vorkommt, und das alles verdanke ich Euch! Ihr habt
After Passion so hart unterstützt, dass es nun weltbekannt ist und die
Verfilmung der größte Indie-Film des Jahre 2019 wurde! Außerdem
haben wir Euretwegen einen People's Choice Award und DREI Teen
Choice Awards gewonnen! Ihr seid wirklich die besten Fans der Welt.
Wir werden ein weiteres Kapitel der Hessa-Story in *After Truth* zu
sehen bekommen. Bei der Entstehung haben wir euer Feedback zum
ersten After-Film bedacht. Ich hoffe, Ihr werdet die Verfilmung ge-
nauso sehr lieben wie das Buch (oder zumindest beinahe so sehr :P).
Ich liebe Euch alle, und ich freue mich so sehr, weil ich eine weitere
Reise mit Euch antrete und die Welt den Film *After Truth* sehen wird.
Ich kann es kaum erwarten, weiterzumachen ;-)

Vorläufig danke ich Euch für alles. Als kleines Dankeschön habe ich
ein Zusatzkapitel geschrieben, um das SO viele von Euch mich gebeten haben <3. Wenn Ihr die gesamte Serie noch nicht gelesen habt,
dann Vorsicht vor dem riesigen, gigantischen Spoiler, der dieses Kapitel für Euch sein kann. Aber wenn Ihr nicht neu in der Fangemeinde
sein, dann genießt die Lektüre einfach nur <3.

Anna

Tessa

»Hardin, hier drin ist es total kalt.« Ich schiebe meine Füße unter seine ausgestreckten Beine, und er zuckt zusammen, atmet scharf zwischen den Zähnen ein.

Ich wackele unter seinen warmen Beinen mit den Zehen und lache, als er sich windet und seine Shorts nach unten zieht, sodass der Stoff zwischen meinen kalten Füßen und seiner Haut liegt.

»Vor einer Viertelstunde war dir noch total heiß, und ich musste die Klimaanlage für dich einschalten.« Hardin lächelt, packt meine Füße und hebt sie auf seinen Schoß.

Ich schließe die Augen, während er sie mit seinen warmen Händen reibt. Mit dem Daumen massiert er meine Fußsohle, und sofort fühle ich mich himmlisch erleichtert. Meine Füße lassen mich nämlich in letzter Zeit ständig im Stich.

»Willst du dich darüber etwa beklagen?« Fragend ziehe ich die Augenbrauen hoch.

Er schüttelt den Kopf und lächelt weiter.

»Ich?« Er pocht mit der Hand auf seine Brust. »Niemals.«

»Hmm. Na gut«, antworte ich spöttisch, und mit sanftem Druck massiert er meine Fußsohlen.

»Ich bin es so leid, dass meine Füße ständig geschwollen sind«, stöhne ich. »Sind immer noch besser dran als gestern, aber meine Haut spannt so doll.«

Ich lasse die Knöchel kreisen und spüre, wie meine Haut gegen die Bewegung protestiert. Ich laufe so gut wie gar nicht mehr, gehe höchstens vom Bett zur Dusche oder zur Couch, wo Hardin und ich heute den ganzen Sonntagabend vertrödeln wollen. Ich konnte es kaum glauben, als er – mit frechem und äußerst vielsagendem Grinsen – seinen Ordner schloss, auf das Regal legte und sich einverstanden erklärte, den restlichen Tag mit mir zu verbringen, hier auf dem Sofa. Keine Arbeit, keine E-Mails, keine Anrufe. Nur wir beide. Ich weiß, er muss noch ein paar Veränderungen an seinem letzten Manuskript vornehmen, und ein paar Interview-Anfragen stapeln sich in seinem E-Mail-Postfach, aber der heutige Abend gehört mir, ohne dass einer von uns unsere kleine Familienblase verlässt.

Hier auf unserer Couch zu sitzen und absolut gar nichts zu tun, ist mittlerweile voll mein Ding.

»Komm schon raus, Kleines. Hör auf, da drin vor dich hin zu schmoren.« Hardins Stimme ist genauso sanft wie seine Finger, mit denen er zärtlich Zentimeter um Zentimeter mein T-Shirt hochhebt.

Ich mustere ihn eindringlich. Seine Augen sind gleichzeitig panisch und voller innerem Frieden, als er meinen Bauch berührt. Egal, wie oft er das tut, ich bekomme immer noch eine Gänsehaut, wenn ich sehe, wie er das Kleine in meinem Bauch mit seiner tätowierten Hand liebkost. Dann ist mein Herz immer zum Überlaufen voll.

»Schmoren? Ernsthaft, Hardin?« Ich lache über seine Wortwahl.

»Na ja, das macht es doch da drin nun mal.« Er zuckt mit den Schultern.

»*Es.*« Ich verdrehe die Augen. »Wo hast du nur gelernt, so toll mit Worten umzugehen?«

Er grinst. »Meine Wortwahl scheint ja durchaus erfolgreich zu sein«, antwortet er und blickt zu einem kleinen Beistelltisch hinüber, wo ein Stapel Bücher liegt, auf denen sein Name prangt.

»Ich hab so was läuten hören.«

»Und wo wir grad von Worten reden«, fängt er an.

Während er spricht, strecke ich die Hand aus und zupfe ihm einen Fussel von seinem schwarzen T-Shirt.

»Ich brauche noch mal deine Hilfe bei so einem Interview.«

»Schon wieder eins?«, necke ich ihn.

Er nickt, wobei ihm das Haar in die Stirn fällt. Nach unserer stundenlangen Dusche ist es jetzt beinahe trocken.

»Dein Haar braucht immer so lang, bis es trocken ist«, sage ich nachdenklich und schlinge mir die dunkle Strähne um den Finger, sodass sie sich lockt und dann auf seine Stirn zurückwippt. Er schiebt sie sich aus dem Gesicht. Offenbar hasst er das Gefühl seines Haars auf seiner Haut, nachdem er wochenlang mit ungewöhnlich kurz rasiertem Haar herumgelaufen ist. Ich war megaerleichtert, dass er es wieder wachsen ließ, nachdem ich ihm einen (katastrophalen) Haarschnitt verpasst hatte, und schwor mir, es nie wieder anzurühren.

»Versuchst du jetzt, mich zu verführen oder mich abzulenken, Theresa?«

»Keins von beidem.« Ich stimme in sein Lachen mit ein. »Ich bin mal wieder total neben der Spur, wie üblich.«

»Biiittteee, Tess«, quengelt er. »Selbst meine Pressesprecherin meinte, ich solle dich um deine Hilfe bitten. Sie findet, dass die Interviews, die du für mich machst, beim Publikum besser ankommen. Willst du denn nicht, dass die Öffentlichkeit mich mag?«

»Nicht so, wie deine Pressesprecherin dich mag.« Ich runzele beim Gedanken an sie die Stirn.

Sie ist toll in ihrem Job, aber gleichzeitig auch eine ziemliche Opportunistin, und mir gefällt das Gefühl ganz und gar nicht, das ich mich instinktiv in ihrer Gegenwart überkommt. Irgendetwas stimmt nicht mit ihr, aber ich kann mich nicht überwinden, mich wegen meines Bauchgefühls in den Job einer anderen Frau einzumischen. Und Hardin braucht echt Hilfe bei seinem Image, jetzt, wo Fremde im Internet alles beurteilen, was er sagt und tut. Manchmal ist es verdammt ätzend, dass unser ganzes Privatleben von anderen Leuten auseinandergenommen wird.

»Sie mag mich nicht.«

Er verdreht die Augen und gibt mir einen Kuss auf den Bauch. Ich erschauere.

»Shh, ist mir egal. Wir sind schließlich nicht mehr achtzehn.« Das rufe ich mir selbst ins Gedächtnis, und zu meinem Ärger und meiner Freude lacht er und küsst meinen Bauch noch einmal.

»Keine Sorge, Tess – Ihr beiden seid die einzigen Mädchen, die ich ertrage«, sagt er an meiner Haut.

Mit der Fingerspitze fährt er an einer langen, purpurnen Linie entlang, die sich von meiner Hüfte zur Mitte meines Bauchs erstreckt. Ich kämpfe gegen die Unsicherheit an, die in mir hochperlt wie Kohlensäure, und versuche, mich damit zu trösten, dass jemand jedes Stück von mir liebt, dass er sogar meine körperlichen Veränderungen genießt. Nach allem, was wir durchgemacht haben, brauche ich ihm nur in die Augen zu sehen, um zu wissen, was er denkt. Einige Tage sind leichter als andere, aber für mich sind sie seit Neuestem viel schwerer, denn Hardin hat total viel Erfolg und ist von einer immer größer werdenden Gruppe von ebenso erfolgreichen wie atemberaubenden Frauen umgeben.

Ihre Kleider werden immer enger, und ihre Absätze höher, während mein Körper sich mit jeder Woche verändert. Außerdem hat mir der Arzt wegen der Komplikationen während meiner letzten Schwangerschaft geraten, nicht mehr zu arbeiten, und obwohl ich mein Kind nie gefährden würde, habe ich ehrlich gesagt das Gefühl, schon wieder einen Teil meiner Identität zu verlieren. Nie hätte ich gedacht, dass ich zu den Moms gehören würde, die zu Hause bleiben, besonders, da meine eigene Mutter mir seit meiner Geburt eingetrichtert hat, dass ich immer arbeiten müsse und mich niemals, unter gar keinen Umständen von jemandem abhängig machen sollte. Und obwohl Hardin früher nicht immer verlässlich war, ist ausgerechnet er zu einer Ausnahme meiner mütterlichen Regel geworden.

»Woran denkst du?«, fragt Hardin mich, umfängt meine Hand genau in dem Augenblick, als ich mich vom Strom meiner Gedanken davonreißen lasse.

Ich seufze. »Oh, nur an meine Rolle als Mutter und Frau in der modernen Gesellschaft. Das Übliche also«, füge ich mit einem weiteren Seufzer hinzu.

Hardin verzieht in sanfter Missbilligung die Lippen, und seine Finger hören auf, sich zu bewegen. »Das ist alles?«

Ich nicke.

»Willst du drüber reden? Nicht, dass ich ein Experte wäre für alles, was damit zu tun hat … na ja, eigentlich für gar nichts, aber wenn du drüber reden willst, dann …«

Ich lege ihm die Hand auf den Mund und schüttele den Kopf. Ich will nicht darüber reden. Ich würde mich dadurch nicht besser fühlen. Er reißt sich ohnehin schon ein Bein aus, damit es mir gut geht, aber manche Dinge muss man eben mit sich selbst ausmachen, und das hier gehört dazu.

»Nein, nicht wirklich. Ich würde viel lieber über deine Interviews reden und wie toll ich die für dich abwickele.«

Hardin blickt mich forschend an. Erst sieht er mir in die Augen, dann auf meinen Mund. Er findet das, wonach er sucht und lächelt.

»Deal«, gibt er nach.

Mein Gott, wie sehr ich den Mann liebe, zu dem er sich entwickelt hat.

»Jedenfalls muss ich meiner Pressesprecherin zustimmen und mein öffentliches Image retten. Ich will nicht als der ›traurige Junge‹ gelten oder als das Arschloch, das ich früher einmal war.«

»Du bist nicht mal dreißig. Ein Junge bist du immer noch.«

»Nicht alle waren mit zwölf schon vierzig, Liebes.«

Er lässt eine Hand zwischen meine Schenkel gleiten und drückt spielerisch mein Bein.

»Du bist einfach so gut in allem, Tess. Als Mum, als Ehefrau, als Wissenschaftlerin. Eine richtige Persönlichkeit, mit der man rechnen muss. Eine …«

Ich halte ihm erneut die Hand vor den Mund. »Okay, okay. Du redest zu viel, und dadurch vermasselst du alles. Und eine Ehefrau bin ich schon gar nicht, Mister.«

Er schüttelt den Kopf und leckt mit seiner Zunge über meine Handfläche. Ein leiser Schrei entfährt mir, und schon liegt meine Hand nicht mehr auf seinem Mund, sondern sein Mund auf meinen Lippen. Er spricht ohne Worte zu mir, nur, indem er mir durch seine Zärtlichkeit seine Zuneigung zeigt.

»So viel kann ich gar nicht mehr vermasseln. Schließlich habe ich mir dich geangelt, würde ich sagen.« Sanft tippen seine Fingerspitzen auf meinen Bauch, als würden sie zärtlich die Tasten eines Klaviers küssen.

»Geangelt?« Ich tue beleidigt, sehe ihn mit offenem Mund an.

»Mmhmm. Buchstäblich.« Sein Lächeln wird breiter, und ich verdrehe die Augen.

»Ruh dich nicht zu sehr auf deinen Lorbeeren aus. Ich bin überzeugt, diese Stadt ist voll von Typen, die sich als Zehenwärmer und Deckenholer hervortun wollen.«

»Deckenholer? Oh Gott!« Er richtet die Aufmerksamkeit wieder auf unser in meinem Bauch heranwachsendes Baby.

»Okay, jetzt musst du aber wirklich langsam rauskommen. Du verwandelst deine Mutter in eine Tyrannin, die sogar Worte erfindet, um mich herabzuwürdigen. Hast du mich verstanden?« Er tippt meinen Bauch an.

»Hallo?« Er tippt nochmal.

Ich liebe ihn mit jedem Tag mehr, obwohl ich eigentlich immer das Gefühl habe, dass in meinem Herzen gar nicht mehr Platz sein könnte, und doch ist er da.

Eine Sekunde der Stille federt zwischen uns hin und her, und er stöhnt. »Oh Gott, jetzt hört sie mir *auch* nicht mehr zu. Der Himmel steh mir bei.«

Ich spüre ein nervöses Flattern im Bauch, weil er so absolut sicher ist, dass unser Baby ein Mädchen ist. Nicht dass ich sicher wüsste, dass er sich irrt oder dass es mich kümmern würde, welches Geschlecht das Baby hat. Vielmehr ist es die Angst, dass diese Schwangerschaft nicht lang genug dauert, um dem Baby einen Namen geben zu können, sobald wir sein Geschlecht erfahren. Die ungeheure Angst vor dem unerträglichen Schmerz, wenn wir noch ein Kind verlieren. Hardin meinte einmal, dies sei der schlimmste Schmerz unseres Lebens gewesen und er wolle dafür sorgen, dass wir nie wieder etwas Vergleichbares erleben müssten. Als ob das so einfach wäre! Als ob die Götter oder das Universum unseren Gebeten jemals Gehör geschenkt hätten! Wir sind nichts Besonderes, und das hat man uns nur allzu häufig vor Augen geführt. Ich beließ ihn in diesem hoffnungsvollen Zustand, denn so geht er nun mal mit seiner Angst um.

Hardin gab sich während der ganzen zweiten Schwangerschaft glücklich und positiv und fest davon überzeugt, dass nichts schiefgehen konnte. Selbst nach den ersten (höllischen) drei Monaten, in denen wir beide total angespannt und voller Angst waren. Er verbarg das besser als ich. Ich pflegte tagsüber zu grübeln, Hardin hingegen eher nachts. Aber letztlich fragten wir uns beide, ob der Fluch, mit dem wir belegt zu sein schienen, nun von uns genommen war, oder ob wir eine weitere Strafe zu erwarten hatten, einen weiteren

Verlust? Ich bin immer noch nicht sicher, und so richtig kann ich immer noch nicht durchatmen, und das, seit jenem Tag, als die zweite kleine Linie auf dem Schwangerschaftstest auftauchte.

»Wir wissen doch noch gar nicht, ob es ein Junge oder ein Mädchen wird«, erinnere ich ihn mit unsicherer Stimme. Ich strecke die Hand nach dem Wasserbecher auf dem Tisch aus, und Hardin greift danach und gibt ihn mir.

Er bemerkt mein verändertes Verhalten – natürlich tut er das –, und er zieht mich an sich, auf seinen Schoß. Dann stellt er das Wasser wieder auf den Tisch.

»Ich weiß, was du denkst. Mach dir keine Sorgen, Tess.«

»Wie könnte ich das verhindern?«, frage ich ihn und blicke von ihm zu meinem Babybauch zwischen uns.

»Ich weiß, das ist leichter gesagt als getan. Der Gedanke macht mich verdammt wahnsinnig, dass du so hart zu dir selbst bist und dir kein Glück gönnst. Du hast es verdient, glücklich zu sein, Tess. Du hast alles genau nach Vorschrift gemacht, und dieses Baby existiert. Es wird hier bei uns auf dieser grässlichen Couch liegen, die du mich zu kaufen gezwungen hast. Und dann will ich, dass du nichts verpasst, denn du hast es verdient, Freude über das neue Leben zu empfinden, das du zur Welt gebracht haben wirst, und das es einmal erheblich besser haben wird als seine Mummy und sein Dad.«

Ich wünschte, ich könnte seinen Worten Glauben schenken, aber so funktioniert mein Hirn leider nicht, und in letzter Zeit verwandelt sich ein Großteil des Glücks, das ich empfinde, in Sorge, egal was ich tue. Ich habe noch etwa einhundertachtundsechzig Tage und jeder einzelne Tag, den ich überstehe, ist ein kleiner Sieg, den ich hier im Scott-Haus – oder besser im Stadthaus – ausfechte. Jeden Morgen markieren wir den Tag davor auf dem Wandkalender, den Landon uns zu Weihnachten geschenkt hat, mit einem großen, glücklichen Kreis statt mit einem X. Der Kalender war voller

Schnappschüsse von Hardin, über die sich alle das ganze Jahr über köstlich amüsieren – nur er nicht.

Die vielen Kreise gaben mir mit jedem Tag mehr und mehr das Gefühl, etwas geleistet zu haben. Wir waren noch nicht im grünen Bereich. Und bei der letzten Schwangerschaft hatte ich mich allzu sicher gefühlt und das Risiko allzu häufig vergessen. Diesen Fehler wollte ich diesmal nicht machen. Ich hätte es nicht ertragen können, dieses Baby ebenfalls zu verlieren. Wir kennen es jetzt schon zu gut. Das Baby kennt unsere Stimmen und unser Lachen und schaut mit uns abgedroschene, romantische Filme. Es ist jetzt schon ein Teil unserer Familie. Wir können keinen weiteren Verlust ertragen. Hardin meint, dass wir es durchaus könnten, wenn es dazu käme, dass wir alles ertragen können, aber ich kann einfach nicht genauso optimistisch sein. Oh, seit ich diesen Mann vor vielen Jahren kennengelernt habe, haben sich die Rollen ganz schön vertauscht.

»Ich bin sicher, dass es ein Mädchen ist. Nur noch zwei Wochen bis zur nächsten Untersuchung, dann können wir hoffentlich das Geschlecht erkennen.«

»Noch vierzehn Kreise«, antworte ich. Das scheint so bald zu sein, ist aber noch so lang hin. »Was, wenn du dich irrst?«, frage ich.

Er legt mir die Hand auf die Wange. Das Licht fällt auf das Narbengewebe an seinen Knöcheln. Sein Daumen berührt meine Wange, genau über meinem Mundwinkel.

»Das wäre nicht mein erster Irrtum.«

»Untertreibung des Jahres.«

Sein Lächeln wird breiter. »Des Jahrhunderts.«

Er küsst mich. Seine Lippen sind kalt, ganz anders als seine fiebrigheißen Hände, die an meinen Schenkeln auf und ab wandern, die mich langsam an ihm hin und her wiegen. Seine Shorts rutschen mit den Bewegungen hinauf, sodass schon bald der Saum seiner schwarzen Shorts sichtbar wird. Mein Körper überholt meine Gedanken, und ich entspanne mich. Wirkungsvoll schaltet er mein Hirn ab und beschenkt mich mit Frieden, während er einen Pfad aus Küssen an meinem Kinn entlang und meinen Hals hinab beschreibt.

»Ist dir immer noch kalt, Tess?«, fragt er, und seine Stimme klingt so anders als noch vor wenigen Sekunden.

Ich schüttele den Kopf und schlinge einen Arm um seinen Nacken, vergrabe meine Finger in seinem dichten, schwarzen Haar. Sein Blick lodert, und er küsst mich wieder.

»Ist fast weg«, sage ich. Er weiß, dass ich von meinem Gedanken spreche und den Zweifeln, die darin strudeln. »Küss mich härter«, bitte ich ihn, und er gehorcht, so innig, dass ich ganz und gar aufhöre zu denken. Ich sehe, rieche, spüre nur noch Hardin.

Er küsst mich, als gäbe es kein Morgen. Als sei ich der einzige Ort, an dem er je war, an dem er je sein wird. Ich spüre, wie sein Herz für mich und unser Baby schlägt, und das blendet alles andere aus. Alles, außer dem Summen seines Handys auf dem Tisch. Ich küsse ihn und ziehe an seinem Haar, um das Vibrieren des Handys auf dem Glas zu verdrängen.

»Ignoriere es«, sagt er und nimmt meine Unterlippe zwischen seine Zähne. Dann beißt er ein wenig zu, sodass ich das Stöhnen nicht unterdrücken kann, selbst wenn ich es versuchte.

Er leckt über die empfindliche Stelle und zieht mir das Shirt über den Kopf. Aber als es auf das Kissen trifft, klopft es heftig an die Tür. Ich zucke auf seinem Schoß zusammen, und seine Hände legen sich auf meinen Rücken, um mich ruhig zu halten.

»Wer zum Teufel?« Unser Türsummer erklingt, und Hardin stößt ein frustriertes Knurren aus.

»Hardin!«, schreit eine weibliche Stimme vor der Tür. Ich erkenne sie sofort.

»Warum bist du nicht drangegangen! Geh ans Telefon. Du bist spät dran!«, kreischt seine Pressesprecherin von draußen.

Ich klettere von ihm herunter und gebe ihm sein Handy. Drei verpasste Anrufe von ihr und eine Termineinblendung, die ihn an ein Dinner mit einem Mann namens Carlton Santos erinnert, wer immer das ist.

Hardin greift nach meinem T-Shirt und reicht es mir mit bedauerndem Blick.

»Moment«, ruft er, als sie noch einmal klopft.

Er sieht mich an, um sich davon zu überzeugen, dass ich angezogen bin und öffnet die Tür.

»Was zum Teufel machst du hier?«, fragt er sie.

Sie wirkt ganz aufgeregt. Ihre Wangen sind gerötet, und sie ist ein wenig außer Atem. Ihr langes Haar, das sie normalerweise überkorrekt ordentlich trägt, ist sogar ein bisschen zerzaust.

»Wir haben heute Abend eine Verabredung zum Dinner. Genau jetzt, mit Mr. Santos von Unified One, du weißt doch, die Firma, die du darum bitten wolltest, deine Launch- und Benefizveranstaltung zu sponsern. Der Mann, den wir fragen, ob er Zehntausende von Dollar an …«

»Ich hatte keine Ahnung davon«, sagt er.

Sie sieht aus, als würde sie gleich in Tränen ausbrechen. In diesem Augenblick tut sie mir leid, obwohl ich weiß, dass sie ihn jetzt aus unserer kleinen Blase herausreißen will. Wird er mitgehen?

»Ich habe es in deinen Kalender eingespeichert, und neulich, als ich anrief, hab ich es dir erzählt«, verteidigt sie sich.

Es entgeht mir nicht, dass sie meiner Anwesenheit im Zimmer keinerlei Beachtung schenkt.

»Du weißt doch, dass ich dir nur selten zuhöre, wenn du was sagst«, meint er. Sie lässt sich von seiner unhöflichen Bemerkung nicht aus der Fassung bringen. »Und diesen verdammten Kalender checke ich auch nie.«

»Na ja, er wartet im Augenblick mit seiner Tochter im Masa. Sie ist ein Fan von dir. Glücklicherweise hat er sich bereiterklärt, für dich nach Brooklyn zu kommen. Wir haben es also nicht weit«, sagte sie mit einem Blick auf ihr Handy.

Hardin sieht mich an, wartet auf meine Reaktion. Ich merke, dass er echt nicht weiß, was er tun soll.

»Schon gut«, sagte ich, denn ich weiß, dass das jetzt wichtiger ist als ich und meine kleine Sonntagabendblase.

»Siehst du, alles gut. Gehen wir.« Sie lächelt mir zu, wahrscheinlich zum ersten Mal seit wir uns kennen.

»Rede nicht mit ihr«, sagt Hardin und stellt sich vor mich hin.

»Bist du sicher, dass dir das recht ist? Tut mir so leid, ich hatte keine Ahnung, dass ich diesen Termin … ich wollte den ganzen Abend hier bei dir sein. Ich schwöre«, versichert er, sehr darum besorgt, dass ich die plötzliche Planänderung absegne.

»Willst du mitkommen? Du solltest mitkommen!«, bietet er an, und ich merke genau, wie der Gesichtsausdruck der Frau sich verändert. Vielleicht will sie ja dem Fan dieses Zusammentreffen nicht versauen. Und das wäre der Fall, wenn sie daran erinnert würde, dass seine Partnerin ein Baby erwartet. Vielleicht wäre der Mann auch weniger bereit, Hardins Stiftung Geld zu spenden, wenn ich dabei bin? Keine Ahnung, aber trotzdem versetzt das meinem ohnehin schon wackligen Gemütszustand einen weiteren Schlag.

»Nein, nein. Wirklich, ist schon gut. Ich bin sowieso müde«, lüge ich, denn ich weiß sehr gut, dass ich noch vor zwei Minuten hellwach war und einen vollkommen anderen Plan für unseren Abend weit weg von der Welt hatte.

»Es wird noch mehr Sonntage geben, bevor das Baby kommt.« Ich lächele, um ihm ein bisschen von dem Druck zu nehmen.

»Tut mir leid«, flüstert er mir ins Ohr und gibt mir einen Kuss.

»Psst, muss es nicht.« Ich bete darum, dass meine Stimme nichts von der heftigen Enttäuschung preisgibt, die mich durchflutet.

Ich frage mich, ob es immer so sein wird? Ein Anruf, ein Dinner, eine Autogrammstunde, ein Event, das seine Aufmerksamkeit verlangt. Meine Gedanken sind total egoistisch, aber ich bin zu enttäuscht, um deshalb ein schlechtes Gewissen zu haben, und ich habe den ganzen restlichen Abend Zeit, um mich darin zu suhlen.

»Ich ziehe mich aber nicht um.« Er dreht sich zu ihr um, drückt meine Hände, dann lässt er sie los und geht zur Tür.

Wortlos streit er seine Sneakers über und fährt sich mit den Fingern durch das zerzauste Haar. Statt ihm zu antworten, beobachtet sie mich. Ihr Blick macht mich unruhig, und mich beschleicht das Gefühl, dass sie glaubt, so etwas wie einen Etappensieg davongetragen zu haben, als sie ihm zur Tür hinaus und aus unserer Wohnung folgt. Nachdem die Tür sich geschlossen hat, bricht der Schutzwall in meinem Hirn, und sämtliche giftigen Gedanken, die Hardin bislang vertreiben konnte, drängen herein. Der Klang ihrer Schritte verhallt im Flur.

Anna Todd

Sehnsucht und Chaos.
Liebe und Schmerz.
Karina und Kael.

978-3-453-58066-4

978-3-453-58067-1

978-3-453-58068-8

HEYNE ‹